Andreas Franke

RÖMISCHES LABYRINTH

Hartingers zweiter italienischer Fall

Coverfotos: Andreas Franke, Rosenheim

ISBN-13: 978-1499648607

ISBN-10: 149964860X

Inneggiamo
il Signor non è morto,
ei fulgente,
ha dischiuso l'avel.
Inneggiamo,
al Signore risorto,
oggi asceso
alla gloria del Ciel!

Lasst uns lobsingen,
der Herr ist nicht tot,
leuchtend
hat er das Grab geöffnet.
Lasst uns lobsingen
dem auferstandenen Herrn,
heute ist er aufgefahren
in die Herrlichkeit des Himmels!

Cavalleria Rusticana, Pietro Mascagni

1

Die große Glocke von Sankt Peter schlug fünf Mal. Der Wind trug ihren Klang weit über die Grenzen des Vatikans hinaus. Auf dem weitläufigen Petersplatz hielten sich nur wenige Touristen auf. Bis Ostern, wenn regelmäßig der erste große Ansturm des Jahres auf Rom erfolgte, waren es noch fast fünf Wochen. Die beiden großen, vierzehn Meter hohen Brunnen auf dem Petersplatz waren von den Handwerkern des Vatikans allerdings bereits aus dem Winterschlaf geweckt worden, unaufhörlich plätscherte das Wasser in die riesigen Granitschalen hinab. Wie zwei große Hände, die das Zentrum der katholischen Christenheit zu umfassen schienen, umrahmten die elipsenförmig angeordneten, vierreihigen Kolonnaden den Petersplatz.

Vincenzo Riva, genannt Enzo, saß in seiner kleinen Werkstatt und nahm den tiefen Ton der Glocke des Petersdomes nur unbewusst wahr, er war es gewohnt, den Glockenschlag regelmäßig zu hören. Er war im *Borgo*, dem alten römischen Stadtviertel, das direkt an den Vatikan angrenzt und sich bis zum *Castel Sant'Angelo*, der Engelsburg, erstreckt, geboren und aufgewachsen. Schon als kleiner Bub hatte er viel Zeit in der Werkstatt verbracht und seinem Vater interessiert bei dessen Arbeit zugesehen, wenn er nicht gerade mit seinem jüngeren Bruder Alfredo und seinen gleichaltrigen Freunden aus der Nachbarschaft auf der Straße Fußball spielte. Ganz selbstverständlich hatte Enzo den Beruf seines Vaters erlernt und war ebenfalls Möbelschreiner geworden. Zudem hatte er schon sehr früh seine künstlerische Ader entdeckt und versuchte sich schon seit seiner Jugend auch als Bildhauer und Maler. Nach seiner Ausbildung hatte er die Werkstatt einige Jahre zusammen mit seinem Vater betrieben, bis dieser krankheitsbedingt seinen Beruf an den Nagel hängen musste. Seitdem führte er die Werkstatt im *Borgo* allein.

Vor über fünfhundert Jahren hatten sich im *Borgo* zahlreiche Handwerker, die Teil der Dombauhütte von *San Pietro* waren, niedergelassen. Nach der Fertigstellung des Petersdomes waren sie geblieben, seit Generationen lebten die kleinen Handwerksbetriebe mit und vielfach auch vom Vatikan und wurden in der Regel vom Vater auf den Sohn übertragen. Viele alte Handwerkstechniken der Möbelschreiner und Restauratoren, die immer wieder vom Vatikan in Anspruch genommen wurden, hatten sich so zum Teil bis in die Gegenwart erhalten. Neben diesen kleinen Betrieben befinden sich heute in den engen Straßen und Gassen des *Borgo* zahlreiche Bars, Cafés, *Ristoranti* und Geschäfte, die sich die unmittelbare Nähe zum Vatikan zunutze machen und von den Millionen von Pilgern und Touristen, die alljährlich den Vatikan besichtigen und den Papst sehen wollen, profitieren. Während des über sechsundzwanzig Jahre langen Pontifikats Johannes Paul II. hatte der Strom der Rom-Pilger schon gewaltig zugenommen, seit der knapp zwei Jahre zurückliegenden Wahl Benedikt XVI. war die Zahl der Pilger nochmals erheblich angestiegen.

Vielen alten Reiseberichten zufolge muss es früher ein beeindruckendes Erlebnis gewesen sein, aus den engen Gassen des *Borgo* heraus plötzlich auf den hellen, weiten Petersplatz mit dem mächtigen Petersdom zu gelangen. Heute erreichen die meisten Touristen den Vatikan über die fünfzig Meter breite *Via della Conciliazione*, die das *Castel Sant'Angelo* am Tiber-Ufer mit dem Petersplatz verbindet. Diese Prachtstraße war erst 1929, nach Unterzeichnung der *Lateran*-Verträge, angelegt worden. In diesen Verträgen zwischen dem Heiligen Stuhl und dem Königreich Italien, vertreten durch den faschistischen Ministerpräsidenten Benito Mussolini, wurde der Status des Vatikans, die sogenannte Römische Frage, endgültig geklärt. Im Zuge des *Risorgimento*, der italienischen Einigungsbewegung, war Rom 1870 besetzt und der Kirchenstaat faktisch aufgelöst worden. Die Päpste sahen sich als Gefangene im Vatikan und hatten ihn deshalb auch nicht mehr verlassen. Erst 1929 konnte eine Vereinbarung zwischen Papst Pius XI. und Italien erreicht und somit der Vatikanstaat konstituiert werden. Auf Betreiben von Mussolini wurde anschließend die *Via della Conciliazione*, die Straße der Versöhnung, geschaffen, indem er rigoros eine komplette Häuserzeile einfach dem Erdboden gleich machen ließ.

Wenigstens die *Chiesa Santa Maria in Traspontina* und den damals schon über vierhundert Jahre alten *Palazzo Torlonia* hatte man in die Häuserzeilen links und rechts der neuen Straße integriert. Dennoch war mit der Straße gleichsam eine Schneise durch den *Borgo* geschlagen worden, und nicht wenige der sehr alten *Borghegiani*, die die Zeit vor 1929 noch erlebt haben, bedauern dies bis heute.

Enzo Riva erledigte die letzten Handgriffe bei der Restauration eines alten, massiven Holztisches. Seinem Kunden hatte er versprochen, dass er den restaurierten Tisch an diesem Tag gegen Abend wieder abholen könne. Punkt halb acht stand der Besitzer des Tisches, für den er schon mehrere Möbelstücke wieder auf Vordermann gebracht hatte, in seiner Werkstatt. Riva, der gerade noch rechtzeitig mit seiner Arbeit fertig geworden war, half ihm, den schweren Tisch zu seinem Auto zu tragen und auf den Anhänger zu heben. Das Auto stand zwei Querstraßen entfernt, weil Rivas Werkstatt in einer der engen Gassen des *Borgo* lag, die für den Autoverkehr gesperrt sind. Nur hin und wieder knatterte eine *Vespa* durch die schmalen Häuserschluchten. Mit dem Lohn für die Arbeit der letzten Tage in der Tasche kehrte Riva zu seiner Werkstatt zurück, sortierte sein Werkzeug und räumte es beiseite. Dann fegte er den Boden, auf dem ein paar verbogene Nägel und ziemlich viele Hobelspäne verstreut lagen. Zum Abendessen war es für italienische Verhältnisse fast noch etwas früh, dennoch machte er sich nach dem Aufräumen seiner Werkstatt sofort auf den Weg zu seiner Lieblings-*Trattoria*, da er an diesem Abend noch etwas zu erledigen hatte. Die kleine *Trattoria* lag nur einige Häuserblocks von seiner Werkstatt entfernt. Giorgio, der Inhaber des *Da Vecchio Zio,* war ein Schulfreund von Enzo Riva. Bereits zu Schulzeiten hatte Giorgio bei seinem Großonkel in der *Trattoria* das Kochen gelernt, war sofort nach seinem Schulabschluss ständig in der Küche beschäftigt gewesen und hatte nach dem Tod seines Onkels die *Trattoria* geerbt, da sein Onkel keine eigenen Kinder hatte. Giorgio begrüßte seinen Stammgast herzlich, als dieser die *Trattoria* betrat.

„*Salve* Enzo."

„*Ciao* Giorgio, was kannst du mir heute empfehlen?"

„Als *Primo* hätte ich heute *Fettuccine alla romana* oder *Penne all'arrabiata*, als *Secondo* könntest du *Saltimbocca alla romana* oder *Coda alla vaccinara* haben."

„Dann nehme ich die *Fettuccine* und die *Coda.*"

Die Nudeln mit der Soße aus Hühnerleber, Schinken, getrockneten Steinpilzen und Tomaten waren genauso köstlich wie das Ochsenschwanzragout. Nach dem Essen und dem unverzichtbaren *Espresso* schlenderte Riva zu seiner Werkstatt zurück. Inzwischen war es schon völlig dunkel geworden und der kühle Wind blies heftig durch die engen Gassen. Es war zwar schon Anfang März, aber der Frühling schien in diesem Jahr ungewöhnlich lange auf sich warten zu lassen. Riva hatte sich keine Jacke übergezogen, deshalb war er froh, als er seine Werkstatt erreicht hatte und die Tür hinter sich schließen konnte. Er drehte den Schlüssel herum und prüfte, ob die Tür auch wirklich verschlossen war. Links und rechts von der Glastür waren zwei große Fenster, die bis zum Boden reichten, so war es tagsüber an seinem Arbeitsplatz sehr hell. Jetzt zog Riva den langen braunen Vorhang vor die Tür und die Fenster, sodass man von außen nicht mehr sehen konnte, was in der Werkstatt vor sich ging. Er schaltete die große helle Deckenleuchte ein und stellte seine Staffelei auf. Aus einem kleinen Nebenraum, der ihm als Lager diente, holte er ein großes Gemälde, hob es auf die Staffelei, trat einen Schritt zurück und betrachtete sein Werk. Es war fast fertig, in dieser Nacht würde er es vollenden können.

Schon im Alter von sechzehn Jahren hatte Riva zum ersten Mal versucht, ein altes Gemälde zu kopieren. Nach vielen Versuchen mit unterschiedlichen Bildern hatte er seinen Pinselstrich so weit perfektioniert, dass die Kopien jeweils täuschend echt aussahen. Selbst ein Experte von der römischen Kunstakademie, der einmal eines seiner Gemälde begutachtete, konnte auf Anhieb nicht sagen, ob es sich um das Original oder um eine Fälschung handelte. Immer wieder hatte er in den folgenden Jahren Kopien der Werke großer Meister angefertigt und diese anfangs zu recht bescheidenen Preisen auf Kunst- und Trödelmärkten an den Mann gebracht. Später fertigte er fast nur noch Auftragsarbeiten an und konnte, je anspruchsvoller die Wünsche seiner Kunden wurden, auch dementsprechend höhere Preise verlangen. Allerdings wäre er nie auf die Idee gekommen, seine Kopien als Originale auszugeben.

Vor zwei Jahren hatte ihn dann ein mysteriöser Brief erreicht. Ein potenzieller Kunde, der vorerst anonym bleiben wollte, hatte ihm ein verlockendes Angebot gemacht. Er sollte die Kopie eines Gemäldes erstellen, das in einer kleinen Kirche im römischen Stadtteil *Trastevere* hing. Der anonyme Briefschreiber war aber nicht auf die Kopie des *San Francesco d'Assisi* aus, er wollte das Original. Riva sollte also, wenn er mit dem Heiligengemälde fertig war, die Fälschung gegen das Original in der Kirche austauschen. Der gebotene Preis dafür lag in etwa beim Zehnfachen der Summe, die er sonst für seine Gemälde bekam. Nachdem sich Riva nach zwei Tagen des Überlegens immer noch nicht entschieden hatte, ob er das Angebot annehmen sollte, wollte er sich mit seinem jüngeren Bruder beratschlagen. Alfredo war sofort Feuer und Flamme gewesen und hatte angeboten, den riskanten Austausch des Bildes in der Kirche zu übernehmen. Alfredos Begeisterung hatte letztlich auch Enzo überzeugt, sich auf dieses unsaubere Geschäft einzulassen. Sie vereinbarten, dass Alfredo für seine gefährliche Aufgabe die Hälfte des Honorars bekommen sollte.

Wie er es in seinem Brief angekündigt hatte, meldete sich der anonyme Auftraggeber nach einer Woche telefonisch bei Enzo. Seinen Namen verriet er am Telefon immer noch nicht, er wollte nur wissen, ob Enzo seinen Auftrag innerhalb der folgenden sechs Wochen erledigen könne. Als Enzo dies bejaht hatte, meinte der Anrufer nur noch, dass er sich wegen der Übergabe des Gemäldes und des Geldes rechtzeitig wieder melden würde. Er hatte aufgelegt, ohne eine weitere Antwort abzuwarten. Am nächsten Tag hatte Enzo seine Werkstatt schon am Nachmittag zugesperrt, hatte sich auf seine *Vespa* gesetzt und war den kurzen Weg nach *Trastevere* hinübergefahren. Bevor er mit der Kopie eines Gemäldes begann, musste er das Original jeweils selbst genau in Augenschein nehmen, zudem fotografierte er es von verschiedenen Seiten und in allen Einzelheiten, damit die Kopie möglichst originalgetreu aussehen würde. Dies war bei seinem neuesten

Auftrag wichtiger als je zuvor, denn nach dem Tausch der Bilder sollte natürlich niemand bemerken, dass plötzlich nicht mehr der originale *San Francesco* in der Kirche hängen würde. In gewohnt gekonnter Manier hatte er es in den darauffolgenden vier Wochen kopiert. Alfredo hatte unterdessen immer wieder die kleine Kirche in *Trastevere* aufgesucht, um die Örtlichkeiten genau auszukundschaften. Beim Tausch der Bilder wollte er kein Risiko eingehen und nichts dem Zufall überlassen.

Alfredo Riva war siebenundzwanzig Jahre alt. Im Gegensatz zu seinem zwei Jahre älteren Bruder Enzo, mit dem er sich in der Regel sehr gut verstand, hatte er von klein auf wenig Interesse an der Arbeit seines Vaters gezeigt. Nach seinem Schulabschluss hatte er in einer der kleinen Bäckereien im *Borgo* eine Lehre begonnen. Das frühe Aufstehen mitten in der Nacht machte ihm wenig aus, er hatte Spaß bei seiner Arbeit. Deshalb hatte er nach Abschluss seiner Lehrzeit das Angebot seines Chefs gerne angenommen und war als Angestellter in der Bäckerei geblieben. Da aber als angestellter Bäcker kein Vermögen zu verdienen war, kam ihm hin und wieder ein Nebenverdienst sehr gelegen.

Nach reiflicher Überlegung und Abwägung verschiedener Möglichkeiten war Alfredo zu dem Schluss gekommen, dass es am einfachsten war, sich mittags um zwölf unbemerkt in der Kirche einsperren zu lassen und in der Zeit bis vier Uhr nachmittags, wenn der Mesner die Kirche wieder aufsperrte, die Bilder zu vertauschen. Die Kirche war nämlich nicht mit einem Alarmsystem ausgestattet, die einzige Aufsichtsperson war der alte Mesner, der die Kirche auf- und zusperrte und sich während der Öffnungszeit um kleinere Reparaturen und um den Blumenschmuck kümmerte. Während des Tages wäre ein Tausch der Bilder auch deshalb zu riskant gewesen, weil immer wieder überwiegend ältere Römerinnen den Weg in die Kirche fanden, vor der Marien- oder der *Sant'Antonio*-Statue eine Kerze anzündeten und sich zu einem kurzen Gebet in einer der Kirchenbänke niederknieten. Der ideale Ort, um sich zu verstecken, war der Beichtstuhl gewesen, dort hatte sich Alfredo kurz vor zwölf hineingesetzt, als die Kirche gerade leer und der Mesner im Garten neben der Kirche damit beschäftigt war, Blumen für den Altar abzuschneiden. Die vier Stunden, die er eingeschlossen war, hatten leicht ausgereicht, um das Original des Bildes aus dem Rahmen zu lösen, stattdessen die Kopie im Rahmen zu befestigen und das wertvolle Gemälde gut verpackt im Rucksack zu verstauen. Unbemerkt war er dann aus der Kirche geschlichen und mit dem Bild zu seinem Bruder gefahren. Ungeduldig warteten er und Enzo in den nächsten Tagen darauf, dass sich der anonyme Auftraggeber wieder melden würde. Exakt sechs Wochen nach seinem ersten Anruf hatte er tatsächlich wieder bei Enzo angerufen und nachdem er gehört hatte, dass sein Bild abholbereit war, hatte er für den nächsten Abend sein Kommen angekündigt.

Eine halbe Stunde vor dem vereinbarten Zeitpunkt der Übergabe des Gemäldes war Alfredo in Enzos Werkstatt gekommen, hatte die Tür verschlossen und die Vorhänge zugezogen. Sie waren beide sehr nervös gewesen, weil sie nicht genau wussten, was sie erwarten würde. Allerdings war ihre Nervosität völlig unbegründet gewesen. Der ominöse Auftraggeber war auf die Minute pünktlich erschienen, hatte das Original des *San Francesco* in Empfang genommen und begutachtet und schließlich Enzo ein Kuvert mit der vereinbarten Summe in die Hand gedrückt.

„Sie werden bei Gelegenheit wieder von mir hören“, hatte sich der sehr vornehm mit einem schwarzen, teuren Anzug bekleidete *Signore* verabschiedet.

Die ganze Aktion hatte nur wenige Minuten gedauert. In den folgenden eineinhalb Jahren hatte Enzo zwei weitere, ähnliche Aufträge erhalten. Er hatte die Gemälde kopiert und Alfredo hatte sich wie beim ersten Mal um den Austausch gekümmert. Ihr Auftraggeber hatte die vereinbarte Summe jeweils in bar bezahlt und Enzo und Alfredo hatten sie im wahrsten Sinne des Wortes brüderlich geteilt.

Nun stand Enzo vor dem fast fertiggestellten vierten Gemälde, das der immer mit einem schwarzen Anzug bekleidete *Signore* in Auftrag gegeben hatte. Diese Arbeit unterschied sich allerdings von den drei vorangegangenen erheblich. Das Gemälde *Tre beati teatini*, dessen Original in der

Basilica Sant'Andrea della Valle hing und das drei Mönche des Theatinerordens zeigte, war viel größer als die bisherigen drei Bilder. Deshalb hatte Enzo von vornherein auf einer Arbeitszeit von drei Monaten bestanden, außerdem hatte er, nachdem er zusammen mit Alfredo das Original in der Kirche begutachtet hatte, einen Risikozuschlag von fünfundzwanzig Prozent auf die angebotene Summe verlangt. Aufgrund der Größe des Gemäldes war es nämlich nicht möglich, das Original einfach im Rucksack verpackt aus der Kirche zu tragen, diesmal müsste Alfredo wohl oder übel den Mesner oder eine sonstige Aufsichtsperson außer Gefecht setzen, um das Gemälde abtransportieren zu können.

„Also dann bis in drei Monaten", war ihr Auftraggeber am Telefon wie immer sehr kurz angebunden, die Forderung des Risikozuschlages hatte er unkommentiert stehen gelassen. Dennoch hatte sich Enzo an die Arbeit gemacht, hatte die drei Monate fast vollständig ausnutzen müssen und stand nun kurz vor der Vollendung der *Tre beati teatini*.

2

Chiara Hartinger stand in der Küche und bereitete das Abendessen vor, als ihr Mann nach Hause kam.

„Hallo, mein Schatz."

„*Ciao* Max, das Essen ist gleich fertig."

Sie ließ die *Spaghetti* ins kochende Wasser gleiten und rührte mit der anderen Hand weiter in der Schinken-Sahne-Soße, die in einer Pfanne köchelte.

„Ich habe schon einen Bärenhunger!"

„Wann hast du den nicht?", lachte Chiara und kniff ihn in den Ansatz eines Speckröllchens, das sich unter seinem Hemd abzeichnete.

Max nahm seine Frau in den Arm und gab ihr einen Kuss.

„Wo sind denn die Mädchen?"

„Martina ist noch beim Reiten und Elena ist mit einer Schulfreundin ins Kino gegangen. Wie war dein Tag?"

„Relativ unspektakulär. Bei der Toten vom Autobahn-Rastplatz sind wir immer noch nicht weitergekommen. Die DNA-Spur, die wir vom potenziellen Täter an der Leiche gefunden haben, passt leider zu keiner der DNA-Proben, die in unseren Archiven bereits gespeichert sind. Und die Zeugenaussagen sind alle so vage, dass sich daraus auch noch keine heiße Spur ergeben hat. Außerdem war mit Wiggerl heute sowieso nichts anzufangen, er hat vergangene Nacht kaum ein Auge zugemacht, weil der Kleine praktisch alle halbe Stunde zu schreien angefangen hat. Gabi war mit ihm heute Vormittag gleich beim Kinderarzt, es scheint aber nur eine harmlose Erkältung zu sein."

Max Hartinger arbeitete bereits seit über zwei Jahrzehnten bei der Kriminalpolizei in Rosenheim, seit mehr als acht Jahren teilte er sich nun schon mit seinem Kollegen Ludwig Maler, genannt Wiggerl, das Büro sowie die Arbeit. Der zweiundvierzigjährige Wiggerl war drei Jahre jünger als sein Freund und Kollege, aber während Hartingers Töchter bereits sechzehn und vierzehn waren, war Maler erst dreieinhalb Monate zuvor stolzer Papa eines kleinen Stammhalters geworden. Obwohl sich der kleine Sebastian in der Nacht normalerweise nur meldete, wenn er gestillt werden wollte, gab es doch immer wieder einmal Nächte, in denen er seine Eltern kaum zum Schlafen kommen ließ.

„Ich habe heute unseren Flug nach Rom gebucht, Max."

„Welchen Hinflug hast du denn ausgesucht? Am Freitag oder am Samstag?"

„Freitag, am Spätnachmittag. Wenn wir gleich starten, sobald die Mädchen aus der Schule kommen, dann müssten wir das ohne Probleme schaffen. Richtung Süden wird die Autobahn zu Beginn der Osterferien sicher wieder dicht sein, aber in entgegengesetzter Richtung dürfte nicht allzu viel los sein. Wir müssen uns auch bald überlegen, was wir Papa schenken sollen."

„Es sind doch noch vier Wochen bis dahin."

„Trotzdem, ich will nicht bis auf den letzten Drücker warten, außerdem habe ich noch überhaupt keine Idee. Ich werde heute einmal bei Francesco anrufen, vielleicht ist ihm oder Giulia schon etwas eingefallen."

Chiaras Vater Aldo Bianchi war Internist in Rom. Sein Geburtstag Anfang April fiel wie in diesem Jahr oftmals in die Osterferien, weshalb Chiara mit ihrer Familie diese Gelegenheit gerne nutzen wollte, um wieder einmal ein paar Tage zu Hause bei ihren Eltern in ihrer Heimatstadt Rom zu verbringen. Zudem stand bei ihrem Vater diesmal der siebzigste Geburtstag bevor, ein Anlass, bei dem weder die Kinder noch die einzigen beiden Enkelkinder des Jubilars fehlen sollten. Mittlerweile war es schon fast achtzehn Jahre her, dass Chiara Rom verlassen hatte, um ihren Max zu heiraten, den sie knapp zwei Jahre zuvor während einer München-Reise auf dem Oktoberfest kennen gelernt hatte. Ihr ein Jahr älterer Bruder Francesco hatte sich im selben Jahr während eines Urlaubs auf der Insel *Ischia* in Giulia verliebt, die auf der Insel geboren war, hatte sie bereits elf Monate später geheiratet und arbeitete dort nun als *Carabiniere*. Schon als Chiara und Francesco noch kleine Kinder waren, hatte die Familie Bianchi regelmäßig ihren Urlaub auf der Vulkaninsel im Golf von Neapel verbracht, und auch nach ihrer Hochzeit mit Max war Chiara mit ihm und ihren Kindern oft nach *Ischia* gereist. Im Vorjahr hatten ihr Mann und ihr Bruder während des Sommerurlaubs auf *Ischia* sogar zusammen die Morde an einem deutschen Hotelgast und an einem in Deutschland geborenen Sohn ischitanischer Gastarbeiter aufklären können.

Nach dem Abendessen, bei dem Max und Chiara hin und her überlegten, welches Geschenk sie nach Rom mitnehmen könnten, räumten sie gemeinsam das Geschirr in die Spülmaschine. Anschließend schenkte sich Max ein Weißbier ein und setzte sich damit im Wohnzimmer vor den Fernseher. Schon den ganzen Tag hatte er sich auf einen spannenden Fußballabend gefreut. Als eingefleischter Fan durfte er sich das Champions-League-Spiel seines FC Bayern gegen Real Madrid natürlich nicht entgehen lassen. Die Vorberichte aus der Münchner Arena liefen bereits, als Max den Fernseher einschaltete und es sich in seinem Fernsehsessel gemütlich machte. Chiara blieb währenddessen in der Küche und wählte die Telefonnummer ihres Bruders.

„*Pronto.*"

„*Ciao* Giulia, ich bin es, Chiara."

„Chiara!", rief ihre Schwägerin erfreut. „Schön, dich zu hören. Wie geht es euch denn?"

„Bei uns ist alles bestens. Und bei euch auf *Ischia*?"

„Hier ist so weit auch alles in Ordnung. Francesco ist heute Abend allerdings noch unterwegs, ich weiß gar nicht, ob er gerade an einem größeren Fall zu knabbern hat."

„Max ist heute zeitig zu Hause gewesen. Ganz zufällig ist heute Fußball im Fernsehen."

„Ja, da sind sie dann immer pünktlich, unsere Männer. *AS Roma* hat gestern Abend schon gespielt, da ist Francesco natürlich nicht so spät heimgekommen. Er war bei meinem Papa drüben, aber ich habe die beiden bis hierher schreien gehört und so habe ich, ohne dass ich mir das Spiel ansehen musste, gewusst, dass die Römer zwei Tore geschossen haben."

„So geht es mir auch immer, wenn ich nicht bei Max im Wohnzimmer sitze, solange er Fußball schaut. Meistens bin ich am Anfang noch mit dabei, aber wenn es recht spannend wird, dann gehe ich lieber in die Küche hinüber, mich regt das dann zu sehr auf, und Max steht sowieso immer unter Strom."

„Das ist bei Francesco natürlich genauso."

„Giulia, ich rufe an, weil ich fragen wollte, ob ihr euch schon überlegt habt, was ihr unserem Papa zu seinem Geburtstag schenken wollt? Wir haben bisher noch keine richtige Idee, vielleicht könnten wir auch zusammen etwas organisieren."

„Francesco und ich haben uns letztes Wochenende auch schon darüber unterhalten, aber uns ist auch noch nichts Sinnvolles eingefallen. Hast du schon einmal mit deiner Mama darüber gesprochen?"

„Bisher noch nicht, aber ich will sie deswegen auf alle Fälle noch anrufen, vielleicht weiß sie etwas, was er sich wünschen würde."

Die beiden Schwägerinnen plauderten noch eine Weile weiter. Giulia erzählte von den Vorbereitungen auf die neue Urlaubssaison in dem Hotel, in dem sie schon seit vielen Jahren arbeitete. Chiara berichtete ihr, dass Martina, ihre ältere Tochter, in der letzten Zeit auffällig oft nach ihrer Reitstunde sehr spät nach Hause kam.

„Heute ist sie auch noch nicht heimgekommen, obwohl sie längst da sein könnte. Da steckt wohl einer der jungen Burschen dahinter, die in dem Stall dort arbeiten."

„Hast du sie schon einmal darauf angesprochen?"

„Ja, aber sie hat mir nur sehr ausweichend geantwortet."

„Lass ihr Zeit, wenn es wirklich etwas Ernsteres werden sollte, wird sie es dir bestimmt bald erzählen."

„Sicher. Ich denke aber, sie will nichts überstürzen. Seit sie sich letzten Sommer auf *Ischia* Hals über Kopf in unseren *Bagnino* verliebt hatte und er nach ein paar Tagen gleich dem nächsten Rock hinterher war, nur weil Martina nicht sofort mit ihm ins Bett gehen wollte, ist sie in der Hinsicht schon etwas vorsichtiger und zurückhaltender geworden."

„Das schadet bestimmt nicht, wenn die Männer nicht immer sofort bekommen, was sie wollen."

Beide mussten über Giulias Bemerkung laut lachen. Sie lästerten noch ein wenig über die Eigentümlichkeiten ihrer eigenen Ehemänner, verabschiedeten sich dann und legten auf.

Chiara holte sich ein Flasche Mineralwasser aus der Speisekammer, nahm ein Glas aus dem Küchenschrank und wollte sich damit zu ihrem Mann ins Wohnzimmer setzen. Sie sah auf die Uhr, es war genau Viertel vor neun. Das Spiel, dem

Max schon den ganzen Tag entgegengefiebert hatte, musste jeden Augenblick angepfiffen werden. Chiara hatte gerade die Klinke der Wohnzimmertür in der Hand, als ihr Mann losbrüllte:

„Toooooor!"

Max stand mit geballter, in die Höhe gereckter Faust vor dem Fernseher, als Chiara hastig die Tür öffnete.

„1:0 nach zehn Sekunden", jubilierte er, fiel seiner Frau um den Hals und drückte sie so heftig, dass ihr beinahe die Wasserflasche und das Glas aus der Hand gefallen wären.

„Das schnellste Tor in der Champions-League-Geschichte", wiederholte Max triumphierend den Kommentar des Fernsehreporters.

„Freu dich nicht zu früh, das Spiel dauert doch noch neunzig Minuten, da kann noch so viel passieren."

Chiara sollte Recht behalten, Max musste bis zur letzten Sekunde des Spiels um das Weiterkommen seiner Bayern zittern. Nach der 3:2-Niederlage in Madrid war im Rückspiel unbedingt ein Bayern-Sieg notwendig. Als Mitte der zweiten Halbzeit das 2:0 fiel, sah es nach einer souveränen Qualifikation für das Viertelfinale aus, aber als den Madrilenen sieben Minuten vor Schluss durch einen zweifelhaften Elfmeter das 2:1 gelang, wurde es noch mal spannend, jeder weitere Gegentreffer hätte das Ausscheiden bedeutet. Chiara war kurz nach dem Anschlusstreffer in die Küche ausgewandert, weil sie dem spannenden Spiel und ihrem nervösen Ehemann nicht länger zusehen konnte. Erst als sie Max laut und deutlich „Sieg" rufen hörte, kehrte sie ins Wohnzimmer zurück.

„Ich glaube, jetzt brauch ich noch ein Bier", seufzte Max, der während der letzten Minuten des Spiels nervös vor dem Fernseher auf und ab gewandert war.

„Vielleicht wären ein paar Baldriantropfen zur Beruhigung besser", schlug ihm Chiara etwas spöttisch vor.

Martina und Elena waren während der zweiten Halbzeit fast gleichzeitig nach Hause gekommen und hatten beide nur kurz den Kopf bei der Wohnzimmertür hineingestreckt, um sich bei ihren Eltern zurückzumelden. Elena hatte sich danach über die Essensvorräte im Kühlschrank hergemacht, Martina stellte sich sofort unter die Dusche, um den Pferdestallgeruch loszuwerden, den sie immer mit nach Hause brachte, wenn sie beim Reiten gewesen war. Danach musste sie noch den letzten Teil ihrer Mathematik-Hausaufgabe, den sie vor dem Reiten nicht mehr erledigen konnte, fertig machen. Elena dagegen war nur noch kurz, nachdem Martina das Bad wieder frei gemacht hatte, darin verschwunden, streckte nochmals den Kopf bei der Wohnzimmertür hinein, um „Gute Nacht“ zu sagen, und war ins Bett gegangen.

„Papa, du schaust richtig glücklich und zufrieden aus“, stellte Martina fest, als sie zu ihren Eltern ins Wohnzimmer kam, nachdem sie mit ihren Hausaufgaben fertig war.

„Jetzt schon“, pflichtete Chiara ihrer Tochter bei. „Aber frag nicht, wie er noch vor einer Viertelstunde aufgeregt umhergelaufen ist. Übrigens schöne Grüße von Tante Giulia, sie freut sich schon darauf, dass wir uns alle bald in Rom wiedersehen.“

„Haben die beiden schon ein Geschenk für Opa?“, wollte Max jetzt wissen, denn Chiara hatte ihm während des Spiels noch nicht erzählt, was sie mit Giulia besprochen hatte.

Nun berichtete sie Max und Martina von ihrem Telefonat mit ihrer Schwägerin, die gegenseitigen kleinen Lästereien über ihre fußballverrückten Ehemänner ließ sie dabei natürlich weg. Max hatte derweil den Fernseher schon abgeschaltet, ihn nervte es, dass nach dem Spiel auf einzelne kurze Interviews jeweils sehr lange Werbepausen folgten. Nachdem Chiara kurz und knapp die Neuigkeiten aus *Ischia* erzählt hatte, machten sich alle drei auf den Weg ins Bett. Während Martina und Chiara rasch einschlafen konnten, dauerte es bei Max schon eine Weile länger, bis er nach dem aufregenden Fußballabend etwas zur Ruhe kam. An Chiaras gleichmäßigem Atem erkannte er, dass sie bereits tief und fest schlief. Schließlich schlummerte auch er endlich ein.

3

Alfredo Riva hatte eine unruhige Nacht hinter sich. Stundenlang hatte er sich im Bett von einer Seite auf die andere gewälzt und in den kurzen Phasen, in denen er eingeschlafen war, plagte ihn immer wieder ein ähnlicher Traum. Er befand sich in einer großen, dunklen Kirche. Durch die hohen, bunten Fenster fiel nur wenig Licht herein, auf dem Altar brannte lediglich eine Kerze. Im Lichtschein der kleinen Flamme sah man den Weihrauch, der sich wie ein Nebelschleier im Presbyterium ausbreitete. Von der Orgel erklang die d-Moll-Toccata von Johann Sebastian Bach und verstärkte die düstere Atmosphäre. Alfredo lief im Mittelgang nach hinten, genau auf das Hauptportal zu. Doch je schneller er lief und je mehr er sich anstrengte, zum Ausgang zu gelangen, desto weiter schien sich die große Holztür von ihm wegzubewegen. Außerdem hatte er das Gefühl, dass er verfolgt wurde, immer wieder nahm er einen großen, dunklen Schatten wahr, ohne erkennen zu können, wer da hinter ihm her war. Allmählich schien er eingeholt zu werden, denn plötzlich hörte er deutlich Schritte hinter sich, die immer näher kamen. Schließlich wachte er schweißgebadet auf, wälzte sich weiter in seinen Laken herum, um dann in der nächsten kurzen Schlafsequenz einen ähnlichen Albtraum zu erleben.

Erst als der Morgen schon graute, war es Alfredo vergönnt, etwas länger zu schlafen, ohne zum wiederholten Male in der großen Kirche auf der Flucht zu sein. Die Frühlingssonne schien schon zum Fenster herein, als er ziemlich gerädert von der unruhigen Nacht aufstand und sich sofort unter die Dusche stellte. Das kalte, erfrischende Wasser erweckte die Lebensgeister in ihm, danach ging es ihm schon viel besser. Der heiße, starke *Caffè*, den er sich in seiner kleinen Küche kochte, tat auch seine Wirkung, nun fühlte er sich fit für den neuen Tag und das Abenteuer, das ihm in den folgenden Stunden bevorstand. Er hatte sich in seiner Bäckerei einen Tag freigenommen, sonst wäre er bereits seit halb fünf in der Backstube gestanden. Nach mehreren Wochen Vorbereitungszeit war endlich der Zeitpunkt gekommen, an dem der bisher gewagteste Tausch eines Gemäldes mit der von seinem Bruder angefertigten Kopie stattfinden konnte. Das über zweihundert Jahre alte Original der *Tre beati teatini* sollte seinen angestammten Platz in der *Basilica Sant'Andrea della Valle* verlassen und in den Privatgemächern eines gut betuchten römischen Kunstsammlers verschwinden.

Alfredos Bruder Enzo hatte bereits am Vorabend von einem Freund einen Lieferwagen, einen weißen *Fiat Ducato*, abgeholt, den er sich immer wieder einmal ausleihen konnte, wenn er größere Möbelstücke zu transportieren hatte. Ebenfalls am Abend zuvor hatte Alfredo auf einem Schrottplatz am Rande der Stadt von einem alten Auto die Nummernschilder abgeschraubt und mitgenommen. Vorsorglich wollten sie die Kennzeichen des *Ducato* austauschen, falls sie jemand bei ihrer Aktion beobachten sollte. Gemeinsam hatten sie außerdem die Kopie der *Tre beati teatini* in zwei große, braune Decken eingehüllt und gut verschnürt, damit sie beim Transport nicht beschädigt werden konnte. Im Schutz der Dunkelheit hatten sie ihre heiße Fracht dann noch zu dem in der Nähe von Enzos Werkstatt geparkten Lieferwagen getragen.

Wie vereinbart trafen sich die zwei Brüder um zehn Uhr beim Parkplatz des Lieferwagens.

„Ich habe heute Nacht sehr schlecht geschlafen", beklagte sich Enzo, als er auf den Fahrersitz kletterte.

„Mir ist es nicht besser ergangen, außerdem habe ich unentwegt wirres Zeug geträumt."

„Das sind die Nerven, Alfredo. Hast du alles dabei?"

„Ja, sicher", bestätigte er seinem Bruder.

Trotzdem öffnete Alfredo seinen Rucksack und wühlte in den Sachen, die er darin eingepackt hatte.

„Der Rom-Reiseführer, die Sturmhaube, mein Werkzeug, das Klebeband, meine Lederhandschuhe, ein paar Stofftaschentücher und natürlich das Fläschchen mit dem Chloroform – es ist alles da."

„Ich habe meine Handschuhe auch dabei. Dann kann es ja losgehen", stellte Enzo fest und startete den Motor des *Ducato*.

„*Andiamo*, gehen wir es an", stimmte ihm Alfredo zu.

Schweigend steuerte Enzo den Lieferwagen durch die Straßen des *Borgo* in Richtung Engelsburg, überquerte den Tiber auf dem *Ponte Principe Amadeo Savoia Aosta*, aber anstatt geradeaus auf direktem Weg zum *Corso Vittorio Emanuele II* zu fahren, bog er nach links ab. Am Tiber entlang fuhren sie bis zum *Ponte Duca d'Aosta*, auf dem sie wieder auf die andere Seite des Tibers wechselten und direkt zum Gelände der Olympischen Sommerspiele von 1960 gelangten, das *Foro Italico* genannt wird. Dort kannte Enzo direkt am Olympiastadion einen Parkplatz, der von der Hauptstraße aus nicht einsehbar war und der in der Regel einsam und verlassen dalag, solange im Stadion keine Fußballspiele oder andere Veranstaltungen stattfanden. Am Parkplatz angekommen, setzte er den Lieferwagen rückwärts in eine Parklücke, die von mehreren dichten Büschen begrenzt war. Während Alfredo ausstieg und nach hinten ging, blieb Enzo in der Fahrerkabine sitzen, um die gesamte Umgebung besser im Blick zu haben. Alfredo brauchte nur eine Minute, um am Heck des *Ducato* die Kennzeichen auszutauschen. Als er fertig war, gab er seinem Bruder ein Zeichen, Enzo ließ den Motor an und wendete, sodass jetzt die Schnauze des *Fiat* in Richtung der Parkplatzbegrenzung zeigte. Nun stieg auch er aus, stellte sich ans Heck, holte sein *Telefonino* aus der Jackentasche hervor und tat so, als würde er telefonieren. Die Zufahrt zum Parkplatz ließ er dabei keine Sekunde aus den Augen. Es dauerte wieder kaum eine Minute, dann hatte Alfredo auch das vordere Kennzeichen des *Ducato* durch das am Schrottplatz entwendete ersetzt.

Auf der Rückfahrt wechselten sie wiederum kein Wort, Enzo konzentrierte sich auf den dichten Verkehr, Alfredo ging in Gedanken wieder und wieder seinen Plan zum Tausch der Bilder durch. Wie bei den ersten erfolgreichen Bildertauschaktionen wollte er sich im Beichtstuhl verstecken, bis der Mesner zur Mittagszeit die Kirche für Besucher schloss. Weil aber das Gemälde der *Tre beati teatini* viel zu groß für einen Transport im Rucksack war, musste er den Mesner mit dem Chloroform wohl oder übel ins Reich der Träume schicken, um das Original unbeobachtet aus der Kirche abtransportieren zu können. Als sein Bruder in den *Corso Vittorio Emanuele II* einbog, sah Alfredo auf seine Armbanduhr.

„Nun habe ich noch knapp eineinhalb Stunden Zeit, bis die Kirche abgeschlossen wird, das sollte reichen."

Enzo blickte zu ihm hinüber und nickte stumm. Als er wieder nach vorne sah, bemerkte er im letzten Augenblick, dass der rote *Alfa Romeo* vor ihm bremsen musste, weil ein Fußgänger plötzlich auf die Straße getreten war, ohne auf den fließenden Verkehr zu achten. Enzo trat mit voller Wucht auf das Bremspedal. Mit laut quietschenden Reifen kamen sie kurz vor dem Heck des *Alfa* zum Stehen. Laut fluchend schimpfte er auf den Fußgänger.

„Das hätte uns gerade noch gefehlt, mit einem geliehenen Wagen und geklauten Kennzeichen einen Unfall zu haben."

Alfredo, dem sofort die Farbe aus dem Gesicht gewichen war, blies die Backen auf und schnaufte einmal tief durch.

„Das ist gerade noch einmal gut gegangen."

Im Gegensatz zur mächtigen Kuppel des Petersdomes, die schon von Weitem zu erkennen ist, egal aus welcher Richtung man sich dem Vatikan nähert, ist die Kuppel von *Sant'Andrea della Valle* erst aus unmittelbarer Nähe zu sehen, wenn man durch die tiefe Häuserschlucht des *Corso Vittorio Emanuele II* auf die *Basilica* zufährt. Dabei ist die Kuppel der Hauptkirche des Theatinerordens die zweithöchste Roms nach der von *San Pietro*. Als sie die Kirche erreichten, fuhr Enzo am Hauptportal vorbei und bog nach rechts auf die *Piazza Vidoni* ab, die direkt auf der linken Seite des Längsschiffes der Kirche liegt. Alle Parkplätze entlang der Kirchenmauer und ebenso die auf den Asphalt aufgemalten Parkbuchten auf der gegenüberliegenden Seite der kleinen *Piazza* waren belegt. Langsam rollten sie bis ans Ende der rechts geparkten Autos und Enzo stellte den Motor ab.

„So, da wären wir. Vergiss nicht, dein Handy auf lautlos zu schalten, wenn du dich versteckst."

„Klar, ich bin doch kein Anfänger! Und du gib sofort Bescheid, wenn sich hier draußen etwas Verdächtiges tun sollte. Ehe wir uns erwischen lassen, brechen wir heute lieber ab und versuchen es in ein paar Tagen noch einmal."

„Außer dass ich vielleicht mit dem Wagen einem geparkten Auto im Weg bin, kann hier eigentlich nichts passieren. Hauptsache, in der Kirche geht alles glatt."

„Wird schon klappen", erwiderte sein Bruder, kramte den Reiseführer aus seinem Rucksack, öffnete die Beifahrertür und stieg aus.

„Wenn alles so funktioniert wie geplant, dann hole ich dich um kurz nach zwölf."

„Viel Glück."

Alfredo schlug die Tür hinter sich zu, warf sich den Rucksack über die rechte Schulter, marschierte an den geparkten Autos vorbei zurück zum *Corso* und betrat, mit dem Reiseführer in der Hand, als Tourist getarnt das Gotteshaus durch den Haupteingang. Die Tür schob er dabei mit der linken Schulter auf, um keine Fingerabdrücke auf dem Türgriff zu hinterlassen. Drinnen bekreuzigte er sich mit Weihwasser und machte eine Kniebeuge. Der beeindruckende weite und hohe Innenraum der *Basilica* war fast leer, nur ein japanisches Ehepaar stand links am Eingang der *Cappella di San Sebastiano,* der dritten von insgesamt acht Kapellen, die links und rechts vom Längsschiff angeordnet sind. Alfredo blieb gleich bei der ersten Kapelle auf der linken Seite stehen, schlug seinen Reiseführer auf und begann halblaut zu lesen:

„In der ersten Kapelle links, der *Cappella Barberini*, spielt der erste Akt von Giacomo Puccinis Oper *Tosca*, dort heißt die Kapelle allerdings *Cappella Attavanti."*

Die beiden Japaner sahen kurz zu ihm herüber, als er zu lesen begann und er drehte sich instinktiv zur Seite, damit sie sein Gesicht nicht sehen konnten. Sie beachteten ihn aber nicht weiter, sondern schossen ein paar Fotos von der *Cappella di San Sebastiano* und wandten sich dann den beiden Papst-Gräbern von Pius II. und Pius III. zu, die sich an den Wänden oberhalb der letzten Kapellenöffnung links und rechts vor dem Querschiff befinden. Alfredo schlenderte langsam von Kapelle zu Kapelle, tat jeweils so, als würde er in seinem Reiseführer lesen, hatte dabei aber immer die beiden Japaner im Blick, die nach den Papstgräbern nun die imposante Kuppel bewunderten sowie das Altarbild mit der Kreuzigung des Apostels Andreas fotografierten. Gegen Viertel nach elf schickten sich die beiden Touristen endlich an, nach ihrer ausführlichen Besichtigung die Kirche zu verlassen, kein anderer Besucher war in der Zwischenzeit hereingekommen, auch vom Mesner war weit und breit nichts zu sehen. Schleunigst zog sich Alfredo seine dünnen Lederhandschuhe an und lief, kaum dass die Tür hinter den Japanern zugefallen war, zu dem Beichtstuhl, der auf der linken Seite des Längsschiffes an der mächtigen, breiten Säule zwischen der dritten und vierten Seitenkapelle stand, vergewisserte sich noch einmal, dass ihn niemand beobachtete, war mit einem Satz hinter der hölzernen Tür verschwunden und zog sie hinter sich zu. Eigentlich war es nur eine halbe Tür, denn sie verschloss nur den unteren Teil des Eingangs, der für den Priester vorgesehen ist. Die obere Hälfte ließ sich nur mit zwei hölzernen Klappen, die wie Fensterläden aussahen, verschließen. Alfredo schloss die Klappen so weit, dass er noch ein klein wenig aus dem Beichtstuhl heraus sehen konnte, selbst aber darin nicht zu entdecken war. Nun konnte er nur noch abwarten. Der Minutenzeiger seiner Uhr schien sich überhaupt nicht vorwärts bewegen zu wollen, die Dreiviertelstunde bis kurz vor zwölf kam ihm endlos lang vor. Außer ihm schien sich während der ganzen Zeit niemand in der Kirche aufzuhalten. Er nahm die Sturmhaube aus dem Rucksack und zog sie sich über. Aus dem Beichtstuhl heraus beobachtete er pausenlos das Hauptportal der Kirche. Wenige Minuten vor zwölf waren zwei ältere Frauen, bei denen es sich ganz offensichtlich nicht um Touristen handelte, hereingekommen. Wohin sie gegangen waren, konnte er nicht sehen, wahrscheinlich knieten sie vor einer der Kapellen zum Beten nieder.

Pünktlich mit dem Glockenschlag um zwölf Uhr hörte er den Mesner kommen. Da Alfredo in den zurückliegenden Wochen mehrfach das Innere der *Basilica* sowie die Gewohnheiten des Mesners ausgekundschaftet hatte, wusste er, dass dieser immer Turnschuhe trug, deren Gummisohle auf dem blanken Steinfußboden bei jedem Schritt ein leises quietschendes Geräusch verursachten. Nun war das Quietschen unverkennbar zu vernehmen, wurde lauter und stoppte in der Nähe des Beichtstuhles.

„Entschuldigen Sie, *Signore*, ich muss die Kirche nun leider zusperren, es ist zwölf Uhr."

Alfredo hielt den Atem an, als die beiden Frauen zusammen mit dem Mesner unmittelbar am Beichtstuhl vorbei zum

Hauptportal der Kirche gingen. Er schraubte das Fläschchen mit dem Chloroform auf, das er schon seit ein paar Minuten in der Hand gehalten hatte, tränkte mit dem Inhalt zwei Stofftaschentücher, die auf seinem linken Knie bereitlagen, und verstaute das Fläschchen anschließend in einer Seitentasche seines Rucksacks. Er vergewisserte sich, dass ihm der Rucksack nicht im Weg war, wenn er sich gleich aus dem Beichtstuhl schleichen und den Mesner überwältigen würde.

Ganz deutlich war zu hören, wie die schwere Holztür zufiel und der Schlüssel im Schloss herumgedreht wurde. Wieder nahm er die quietschenden Schritte wahr und war bereit, in den nächsten Sekunden sein Versteck zu verlassen, sobald der Mesner den Beichtstuhl passiert hätte. Doch wieder verstummte das Geräusch seiner Schritte ganz plötzlich. Alfredo konnte nicht sehen, wo der Mesner stehen geblieben war. Was dann passierte, damit hatte er nun wirklich nicht gerechnet.

Recondita armonia di bellezze diverse.
È bruna Floria, l'ardente armante mia.

„Die Arie des *Cavaradossi*", schoss es Alfredo durch den Kopf, als er den Mesner mit lauter Stimme singen hörte. Er war zwar nicht unbedingt ein Opernexperte, diese berühmte Arie aus dem ersten Akt von *Tosca* aber kannte er. Kurz nachdem sein Bruder den Auftrag zur Beschaffung der *Tre beati teatini* angenommen und er die *Basilica* zum ersten Mal inspiziert hatte, hatte er sich eine Verfilmung der Oper im Fernsehen angesehen. In seiner Fernsehzeitschrift hatte er zufällig gelesen, dass dieser Film mit Plácido Domingo in der Rolle des *Cavaradossi* an den Originalschauplätzen in Rom, eben in der *Basilica Sant'Andrea della Valle*, dem *Palazzo Farnese* sowie dem *Castel Sant'Angelo* gedreht worden war.

Tu azzurro hai l'occhio, Tosca ha l'occhio nero.

Taddeo Arsoli, der Mesner der *Basilica*, war ein großer Opernfan und leidenschaftlicher Sänger. Zu einer Gesangskarriere hatte seine Tenorstimme zwar nicht ausgereicht, aber er sang fast bei jeder sich bietenden Gelegenheit vor sich hin, und wenn er allein in seiner großen Kirche war, konnte er es sich oftmals nicht verkneifen, mit Blick auf die *Cappella Barberini* seine Lieblingsarie zu schmettern und die beeindruckende Akustik des Kirchenraumes zu genießen.

Il mio solo pensier sei tu, Tosca, sei tu!

Wäre er nicht im Beichtstuhl versteckt gewesen, hätte Alfredo dem Sänger am Ende der Arie stürmisch Beifall klatschen müssen, denn er fand seine Stimme erstaunlich gut. Kaum war der letzte Ton verklungen, setzte das Quietschen der Turnschuhe wieder ein, Taddeo Arsoli kam wieder direkt am Beichtstuhl vorbei. Alfredo konnte ihn durch seinen Sehschlitz kurz sehen und war bereit für seinen Angriff. In der rechten Hand hielt er die mit Chloroform getränkten Taschentücher fest umklammert, mit der linken öffnete er leise die Tür des Beichtstuhles. Er wollte dem Mesner nicht zu viel Vorsprung lassen, denn je weiter er ihn verfolgen musste, desto größer war die Wahrscheinlichkeit, dass dieser ihn hören und so das Überraschungsmoment fehlen würde. Aber Alfredo war leise genug, *Signor* Arsoli hatte nicht bemerkt, dass hinter ihm jemand aus dem Beichtstuhl geschlichen war. Mit wenigen schnellen Schritten hatte Alfredo ihn eingeholt, packte ihn von hinten, indem er ihm seinen linken Arm um den Hals schlang, und drückte ihm mit der rechten Hand die Taschentücher auf das Gesicht.

Obwohl Taddeo Arsoli eine kräftige Statur hatte, war er ohne Chance gegen seinen Angreifer, er war zu überrascht von der Attacke von hinten. Außerdem wirkte das Chloroform unmittelbar, da sowohl Mund und Nase von den getränkten Taschentüchern bedeckt waren. Alfredo merkte, wie seinem Opfer relativ schnell die Sinne schwanden, denn es dauerte nicht lange, bis der Widerstand des Mesners allmählich nachließ und er langsam in die Knie ging. Trotzdem drückte er ihm die Taschentücher weiter fest auf das Gesicht, so lange, bis Arsoli besinnungslos am Boden lag. Dann holte er aus seinem Rucksack, den er im Beichtstuhl zurückgelassen hatte, ein trockenes Taschentuch und stopfte es dem Mesner als Knebel in den Mund. Er drehte ihn auf den Bauch und fesselte ihm mit dem Klebeband die Hände auf den Rücken. Schließlich umwickelte er ihm auch noch die Beine auf Höhe der Knöchel so fest mit dem Klebeband, dass er auf keinen Fall mehr laufen konnte.

„Das war einfacher, als ich gedacht hatte", sagte er zu sich selbst und packte die Rolle mit dem Klebeband wieder in den Rucksack. Um ganz sicher zu gehen, dass ihm nichts aus den Jackentaschen oder dem Rucksack gefallen war, womit man ihn später womöglich würde überführen können, nahm er das Innere des Beichtstuhles noch einmal genau unter die Lupe. Aber außer der kleinen Bank für den Priester und dem abgegriffenen schwarzen Rosenkranz, der an einem krummen Nagel an der hölzernen Rückwand hing, war der Beichtstuhl völlig leer. Danach holte er sich den großen Schlüsselbund des Mesners aus dessen Hosentasche und lief damit zur Sakristei, deren Eingang auf der linken Seite des Presbyteriums liegt. Von der Sakristei führte eine Tür nach draußen, gleich der zweite Schlüssel, mit dem Alfredo sie aufsperren wollte, passte. Unmittelbar bei dem Parkplatz, auf dem sein Bruder auf ihn wartete, kam Alfredo ins Freie. Während der knapp eineinhalb Stunden, die er in der Kirche gewesen war, war ein Parkplatz frei geworden, so dass Enzo nicht mehr in zweiter Reihe parken musste. Als er seinen Bruder kommen sah, zog er sich schnell seine Handschuhe an und sprang aus dem Lieferwagen.

„Alles in Ordnung?"

„Ja, es hat perfekt funktioniert, meine Sturmhaube hätte ich gar nicht gebraucht. Bevor sich der Mesner umdrehen konnte, hat er schon die Sterne gesehen."

Gemeinsam hoben sie die Kopie der *Tre beati teatini* aus dem Lieferwagen und trugen das verschnürte Paket durch die Sakristei in die Kirche hinein bis zur *Cappella Rucellai*, die wegen des Gemäldes auch *Cappella dei beati* genannt wird. Enzo sah zu dem gefesselten und geknebelten Mesner.

„Willst du ihn da auf dem kalten Fußboden liegen lassen?", fragte er Alfredo.

„Nein. Die Wirkung des Chloroforms hält nicht allzu lange an. Zwar bleibt man danach in der Regel noch in tiefem Schlaf, aber falls er doch aufwachen sollte, darf er uns auf keinen Fall sehen. Ich habe mir überlegt, dass wir ihn in den Beichtstuhl setzen könnten."

Enzo war einverstanden, und so schleiften sie den besinnungslosen Mesner das kurze Stück zu dem Beichtstuhl. Es war schwieriger als vermutet, den stämmigen Mann in dem engen Beichtstuhl auf die Bank zu heben und so zu platzieren, dass er nicht herunterfallen konnte. Dann schoben sie die Tür zu und schlossen auch die beiden oberen Klappen.

Während Enzo damit begann, sein Bild auszupacken, lief Alfredo zur Sakristei zurück. Als er wenig später zurückkehrte, trug er auf jedem Arm eine Trittleiter.

„Sie standen in einem Nebenraum der Sakristei. Der ist eine Art Lager für Kerzen, Kerzenleuchter, Blumenschalen, Vasen und anderen Kirchenschmuck, außerdem hat sich der Mesner dort eine kleine Werkstatt eingerichtet."

Mit Hilfe der Leitern war es relativ einfach, das Original der *Tre beati teatini* von seinem Platz an der Wand der Kapelle herunterzuheben. Auch das Herauslösen aus dem Rahmen sowie das Befestigen der Kopie in demselben gestaltete sich problemlos. Nach zwanzig Minuten hing der Rahmen samt Bild wieder an der Wand. Enzo trat einen Schritt zurück und begutachtete noch einmal sein Werk.

„Ich glaube, es ist wirklich perfekt. Es wird kaum jemand auf die Idee kommen, dass hier plötzlich nicht mehr das Original hängt."

Alfredo verstaute schnell das Werkzeug wieder in seinem Rucksack und trug die Leitern zurück in den Nebenraum der Sakristei, während Enzo die krummen Nägel einsammelte, mit denen das Bild im Rahmen ursprünglich befestigt gewesen war. Als Alfredo zurückkam, verpackten sie ihre Beute genauso, wie sie die Kopie hergebracht hatten, und trugen sie aus der Kapelle. Sie sahen sich nochmals um, um sich zu vergewissern, dass sie keine offensichtlichen Spuren hinterlassen hatten. An der Außentür der Sakristei setzten sie ihr Paket ab. Um eine falsche Spur zu legen, ging Alfredo zu einem kleinen Bücherregal, das in der Sakristei stand, und kippte es nach vorne, sodass alle Bücher herausrutschten und in einer großen Staubwolke zu Boden fielen. Danach griff er nach einem dicken schweren Gebetbuch, hob es auf und schlug damit die Scheibe einer Glasvitrine ein, in der verschiedene Kelche und Hostienschalen aufbewahrt wurden.

„Das reicht schon“, ermahnte ihn Enzo, als er sah, dass Alfredo suchend umherblickte und zu überlegen schien, was er noch anstellen könnte.

„Lass uns lieber abhauen, Alfredo.“

Er öffnete vorsichtig die Tür und lugte nach draußen. Die Parkflächen waren immer noch alle voll belegt, aber die *Piazza* war menschenleer.

„Wir haben Glück, es ist keiner da, der uns beobachten könnte.“

Alfredo warf den Schlüsselbund des Mesners neben den Haufen der Bücher, auf den sich allmählich die aufgewirbelte Staubwolke niederlegte. Sie trugen das Bild ins Freie und setzten es noch einmal ab, damit sie die Tür hinter sich zuziehen konnten.

„Zieh die Handschuhe aus, Enzo. Sonst fallen wir zu sehr auf, wenn tatsächlich jemand hier vorbeikommen sollte, bis wir das Bild im Wagen haben.“

Doch es kam niemand vorbei. Völlig ungestört konnten sie ihr wertvolles verschnürtes Paket im Lieferwagen verstauen. Für die Rückfahrt wählte Enzo erneut den Umweg über das *Foro Italico*, damit Alfredo wieder unbeobachtet die Kennzeichen des *Fiat Ducato* wechseln konnte.

Gegen vierzehn Uhr erreichten sie den *Borgo* und parkten den Lieferwagen so nahe wie möglich bei Enzos Werkstatt.

„Bis wann musst du den *Ducato* zurückbringen?“

„Luigi braucht ihn erst morgen wieder, wir können also warten, bis es finster ist, um das Bild in die Werkstatt zu tragen.“

„Hoffentlich meldet sich dein ominöser Auftraggeber bald, damit wir das Bild so schnell wie möglich los haben.“

„Damit du so schnell wie möglich deine Kohle bekommst, wolltest du wohl sagen“, meinte Enzo süffisant.

„Das natürlich auch. Ich bin wirklich gespannt, ob er den geforderten Risikozuschlag auch bezahlt.“

„Darüber denke ich auch schon die ganze Zeit nach. Wir müssen uns noch etwas einfallen lassen, womit wir ihn unter Druck setzen können, falls er sich tatsächlich weigern sollte.“

Sie stiegen aus dem Lieferwagen aus, und während Enzo zu seiner Werkstatt ging, machte sich Alfredo auf den Weg zu seiner kleinen Wohnung, die auch ganz in der Nähe lag. Nach seiner unruhigen Nacht und den aufregenden Mittagsstunden wollte er sich erst einmal eine Weile schlafen legen, bevor er sich gegen Abend wieder mit seinem Bruder treffen wollte.

4

Zwei Tage später lief die Dreimonatsfrist ab, auf der Enzo bestanden hatte, als er den komplizierten Auftrag annahm. Er war sich sicher, dass sein Auftraggeber an diesem Tag anrufen würde. Voller Anspannung blickte er während seiner Arbeit ein ums andere Mal zu dem schwarzen Telefon hinüber, das in seiner Werkstatt an der Wand hing, gerade so, als könne er damit bewirken, dass es endlich klingeln würde. Am Spätnachmittag hatte sein Warten ein Ende.

„*Pronto.*"

„*Buonasera.* Wann kann ich vorbeikommen und mir das Gemälde abholen?"

Wie immer war der Anrufer sehr kurz angebunden und beschränkte sich auf das Nötigste. Als er hörte, dass er jederzeit vorbeikommen könne, weil die *Tre beati teatini* zur Abholung bereit waren, kündigte er sich für den folgenden Abend an und hatte schon wieder aufgelegt, bevor Enzo ihn fragen konnte, wie er das Gemälde abtransportieren wolle und wie er sich nun zu dem geforderten Risikozuschlag stellen würde. Er drückte auf die Gabel und wählte sofort die Handynummer seines Bruders, um ihn darüber zu informieren, wann die Übergabe des Bildes stattfinden sollte. Sie waren sich einig, dass sie in jedem Fall die Identität ihres Kunden aufdecken mussten, um überhaupt etwas gegen ihn in der Hand zu haben, wenn er wie befürchtet nicht bereit war, mehr für ihre riskante Auftragsausführung zu bezahlen.

„Ich nehme an, er wird diesmal nicht alleine kommen, um sein Gemälde abzuholen", vermutete Alfredo.

„Meinst du wirklich?"

„Natürlich, alleine kann er es nicht tragen, das weiß er doch."

„Und wenn er einfach nur davon ausgeht, dass ich ihm beim Tragen helfe?"

„Das würde allerdings bedeuten, dass er den Zuschlag zahlt. Andernfalls wird er bestimmt nicht erwarten, dass du ihm auch noch hilfst. Wenn er also nicht alleine kommt, weißt du gleich, was los ist."

„Was wollen wir dann tun?"

„Ich habe mir überlegt, dass ich meine *Vespa* vorne an der Straße in der Nähe der Parkplätze abstelle. Wenn ich anhand seines Autos oder Lieferwagens nicht gleich sehen kann, wer er ist, dann werde ich ihn verfolgen. Im Feierabendverkehr müsste ich mit der *Vespa* allemal so schnell sein wie er mit einem Auto. Ich werde schon herausfinden, wohin er fährt."

„Hast du heute die Zeitungen noch mal durchgesehen, Alfredo?"

„Ja, auch die von gestern. Es waren, wenn überhaupt, nur kurze Notizen darin. ‚Mysteriöser Überfall in *Sant'Andrea*' war eine der Überschriften, und dann stand in allen Artikeln, dass die *Carabinieri* immer noch rätseln, was es mit dem Überfall auf den Mesner auf sich hat, weil nichts gestohlen wurde und nur in der Sakristei ein Bücherregal und eine Glasvitrine beschädigt wurden. Der Mesner konnte sich gegen vier Uhr selbst befreien, nachdem er nach drei wieder zu sich gekommen war, konnte zu seinem Angreifer aber keine Aussage machen."

„Mehr stand nicht drin?"

„Nein. Also entweder haben sie wirklich nicht bemerkt, dass das Gemälde ausgetauscht wurde, oder sie haben es den Journalisten verschwiegen, um uns in Sicherheit zu wiegen. Aber ich bin mir ziemlich sicher, dass der Tausch niemandem aufgefallen ist. In der Hinsicht können wir also ganz beruhigt sein."

„Dann hoffen wir, dass die Übergabe morgen auch so glatt über die Bühne geht."

Als am nächsten Abend der wieder ganz in schwarz gekleidete *Signore* mit zwei finsteren Gestalten im Schlepptau in Enzos Werkstatt auftauchte, war sofort klar, dass Alfredo mit seiner Vermutung richtig gelegen hatte. Die beiden Typen, die in jeder drittklassigen Krimiverfilmung als Serienkiller eine Idealbesetzung gewesen wären, sollten nicht nur das Gemälde tragen, in erster Linie sollten sie Enzo wohl Angst einflößen. Er ließ sich davon allerdings nicht beeindrucken. Er öffnete das Kuvert, das ihm sein Auftraggeber nach der Begutachtung des Gemäldes überreicht hatte, zählte die Scheine, steckte sie wieder zurück und streckte das Kuvert dem *Signore* erbost wieder hin.

„Das reicht nicht. Sie haben sicher in der Zeitung gelesen, welches Risiko wir diesmal eingehen mussten.“

„Es ist genau der Preis, den ich Ihnen von Anfang an genannt hatte.“

„Eben, und ich habe von Anfang an auf einem Risikozuschlag von fünfundzwanzig Prozent bestanden. Entweder Sie bezahlen mehr, oder ...“

„Oder was?“

„Oder Sie können ohne das Gemälde wieder gehen. Dort ist die Tür.“

Wie zwei Bodyguards bauten sich die zwei Begleiter neben ihrem Chef auf. Enzo wusste von vornherein, dass er letztlich nachgeben musste, denn sein Kunde saß am längeren Hebel. Wenn er das angebotene Geld nicht nahm, dann wären die Arbeit der vorangegangenen drei Monate und der riskante Tausch in der Kirche völlig umsonst gewesen.

„Wenn wir erst einmal wissen, wer er ist, dann werden wir schon noch Mittel und Wege finden, uns einen Nachschlag zu holen“, hatte Alfredo am Vortag argumentiert und Enzo dazu geraten, es nicht zu einem Streit kommen zu lassen.

Er selbst war zur Übergabe nicht in der Werkstatt erschienen, sondern hatte sich in der Nähe postiert, um in Aktion treten zu können, wenn das Gemälde abtransportiert wurde.

Enzo lag auf der Zunge, dem feinen Herrn zu drohen, ihn als illegalen Kunstsammler auffliegen zu lassen, aber er konnte sich beherrschen, denn als Hersteller der Fälschungen wäre er selbst auch in Schwierigkeiten geraten, genauso wie sein Bruder. Mit ernster Miene sah ihn sein Gegenüber eine Weile an, legte dann wortlos das Kuvert mit dem Geld auf Enzos Werkbank und gab seinen Begleitern einen Wink. Stumm sah Enzo zu, wie sie die *Tre beati teatini* in die bereitliegenden Decken hüllten, das Paket fest verschnürten und zur Tür hinaustrugen. Grußlos verschwanden die drei in der Dunkelheit. Auf den für den Verkehr gesperrten Gassen des *Borgo* war außer ihnen gerade niemand unterwegs. Alfredo, der an der nächsten Hausecke gewartet hatte, folgte ihnen in sicherer Entfernung und sah, wie sie auf einen schwarzen 7er BMW und einen blauen Kastenwagen zusteuerten. Er hatte seine *Vespa* genau richtig postiert, sie stand auf dem Gehsteig direkt neben der Parkbucht, in der der blaue Lieferwagen stand. „Sandrinelli – *Alimentari* – Export“, prangte in großen weißen Buchstaben am Heck und an den Seiten des Lieferwagens. Alfredo hatte bereits seinen Motorradhelm auf, so konnte er seelenruhig unerkannt zu seiner *Vespa* marschieren und aus dem Augenwinkel heraus beobachten, wie das verschnürte Paket verladen wurde und wie der elegante Herr in die Limousine stieg, die vor dem Kastenwagen geparkt war.

„Du bist wohl Sandrinelli selbst“, dachte Alfredo, wollte sich aber die Chance nicht entgehen lassen, noch etwas mehr über den geizigen Kunstsammler herauszufinden. Er schwang sich auf die *Vespa* und fuhr los, kurz bevor sich auch der BMW in Bewegung setzte. Schon an der nächsten Kreuzung kamen sie nebeneinander zum Stehen. Die Ampel schaltete auf Grün und beide fuhren geradeaus weiter, während der Lieferwagen nach rechts abbog. Das hatte Alfredo gesehen, als er sich im Losfahren kurz umgedreht hatte. Aufgrund des dichten Verkehrs war es problemlos möglich, der schwarzen Limousine zu folgen. Sie waren in dem allabendlichen römischen Verkehrsgewühl schon fast zwanzig Minuten unterwegs, da tauchten auf der linken Seite die riesigen weißen Bauten des *Policlinico Universitario Agostino Gemelli* auf. Nachdem sie das gesamte Areal der berühmten *Gemelli*-Klinik passiert hatten, kamen sie in den Stadtteil *Sant'Onofrio*, der Verkehr wurde weniger, und beinahe hätte Alfredo den BMW aus den Augen verloren, er sah gerade noch, wie die schwere Limousine nach rechts in eine Seitenstraße abbog. Er erreichte die Abzweigung und sah das Straßenschild mit der Aufschrift *Via Giuseppe Taverna*. Die Straße vor ihm war leer.

„Mist, jetzt ist er mir doch noch entwischt“, fluchte er, während er langsam die Straße entlangfuhr und seinen Blick über die auf der rechten Seite geparkten Autos streifen ließ. Er hoffte, den BMW irgendwo stehen zu sehen, denn der Vorsprung war nicht so groß gewesen, dass das Auto an der mehrere hundert Meter entfernten nächsten Kreuzung bereits abgebogen sein konnte. Wenn es allerdings in einer Tiefgarage verschwunden war, musste er sich geschlagen geben. Aber er hatte Glück, etwa in der Mitte des Straßenzuges sah er die schwarze Limousine, die mit eingeschaltetem Innenlicht in einer Parklücke stand. Er fuhr daran vorbei und bog in die Einfahrt des nächsten Häuserblocks ein. Dann nahm er den Helm ab und blieb am Hauseck stehen, von wo aus er das Auto gut im Blick hatte. Der Fahrer telefonierte und gestikulierte dabei mit dem linken Arm. In dem Moment, in dem er offenbar sein Gespräch beendete, hörte Alfredo hinter sich Stimmen und Schritte. Schnell setzte er sich seinen Helm wieder auf, ging zu seiner *Vespa* und tat so, als ob er versuchen würde, den Motor zu starten. Durch das Visier seines Helms sah er, wie sich auf dem Gehsteig eine etwa vierzigjährige blonde Frau mit einem kleinen Mädchen an der Hand näherte. Die Kleine, die Alfredo auf fünf bis sechs Jahre schätzte, hatte lange dunkle Haare und zog an einer langen Hundeleine scheinbar ein kleines schwarzes Wollknäuel hinter sich her, das aber zu bellen begann, als es Alfredo wahrnahm. Die drei waren fast auf Höhe der *Vespa*, da lief die Kleine los und rief laut:

„Papa, Papa!"

Alfredo sah dem kleinen Mädchen nach, das schnurstracks auf das schwarze Auto zulief, aus dem der Fahrer soeben ausstieg. Mit zwei großen Schritten war er auf dem Gehsteig und hob lachend die Kleine in die Höhe, die ihm um den Hals fiel und ihn fest drückte.

„Francesca, meine Prinzessin, geht's dir gut?"

„Ich habe so auf dich gewartet, Papa, ich muss dir gleich zeigen, was ich für dich heute in der Vorschule gebastelt habe."

Er stellte die kleine Francesca wieder auf den Boden, nahm die blonde Frau, die ihn inzwischen auch erreicht hatte, in den Arm und gab ihr einen Kuss.

„*Ciao tesoro!*"

„*Ciao* Paolo. Wartest du schon lange?"

„Nein, ich bin erst vor ein paar Minuten gekommen und habe noch schnell etwas telefonisch erledigt."

„Ich habe schon alles vorbereitet, in einer halben Stunde können wir essen."

Francesca zupfte an seinem schwarzen Mantel, um seine Aufmerksamkeit wieder auf sich zu lenken.

„Hast du mir etwas mitgebracht, Papa?"

„Aber natürlich. Das bekommst du oben."

Alfredo sah ihnen nach, als sie zusammen im Hauseingang verschwanden. Schnell lief er auf die andere Straßenseite, um das ganze Haus überblicken zu können. Über dem Erdgeschoss waren noch drei weitere Stockwerke, das Treppenhaus in der Mitte war nun hell erleuchtet, sonst brannte nur rechts im ersten und links im zweiten Stock Licht. Gespannt wartete Alfredo, in welcher Wohnung nun als nächstes die Lampen angehen würden. Was die Schatten der drei im Treppenhaus bereits andeuteten, bestätigte sich, als plötzlich die Fenster in der obersten Etage, direkt unter dem Dach, erleuchtet waren. Sie wohnten also ganz oben. Während er die Straße wieder überquerte, zog Alfredo einen Zettel und einen Stift aus seiner Jackentasche. An der Haustür konnte man anhand der Anordnung der Klingelknöpfe leicht nachvollziehen, wer in welcher Etage wohnte. Auf jedem Stockwerk gab es zwei Wohnungen, nur das Dachgeschoss bestand offensichtlich aus einer einzelnen Penthouse-Wohnung. Auf dem Klingelschild stand überraschenderweise „Sorano“ und nicht „Sandrinelli“.

Alfredo kritzelte auf seinen Zettel „Sorano – Francesca – Paolo – kleiner Hund – *Via Giuseppe Taverna*“ und steckte den Zettel samt Stift wieder ein.

„Das sind doch fürs Erste schon einige interessante Informationen“, sagte er zufrieden zu sich selbst und machte sich auf den Heimweg.

Zu Hause angekommen, rief er sofort Enzo an und berichtete ihm, was er beobachtet hatte. Danach setzte er sich an seinen Computer und tippte bei einer Internet-Suchmaschine den Begriff „Sandrinelli“ ein. Die Maschine spuckte Hunderte von gefundenen Links aus, zu allererst den Link zur Homepage der Firma Sandrinelli selbst. Neben der Online-Bestellmöglichkeit von Wein, *Prosecco, Pasta* und vielen anderen Lebensmitteln fand Alfredo auch ein Unternehmensporträt.

„Die Wurzeln unseres Unternehmens liegen in einem kleinen Lebensmittelgeschäft, das Francesco Sandrinelli, der Vater des heutigen Inhabers, 1947 in Rom gründete. Nachdem die schwierige Nachkriegszeit gemeistert war, konnte das Geschäft in den folgenden Boomjahren mehrfach vergrößert werden. Aufgrund des allzu frühen plötzlichen Todes von

Francesco Sandrinelli musste sein einziger Sohn Paolo bereits im Alter von einundzwanzig Jahren die Geschäftsleitung übernehmen."

Es folgte ein Foto, das ohne Zweifel den Mann zeigte, für den sie schon mehrfach die wertvollen Gemälde beschafft hatten. Die Bildunterschrift lautete: „Paolo Sandrinelli".

„Bereits 1972 konnte die fünfte Filiale der schnell wachsenden Lebensmittelkette eröffnet werden, bis 1980 stieg die Zahl auf achtzehn an. Seit 1978 werden eine Vielzahl von *Ristoranti* und *Trattorie* in Rom von uns mit dem täglichen Bedarf an Lebensmitteln und Wein beliefert. Ein großer Schritt weiterer Expansion war die Aufnahme des Exportes nach Deutschland, wobei hier die Lieferung von Wein und *Prosecco* im Mittelpunkt steht. Unser Unternehmen beschäftigt derzeit rund 250 Mitarbeiter, die Geschäftsführung liegt beim Inhaber Paolo Sandrinelli (62) zusammen mit seinen Söhnen Raffaele (35) und Sergio (37)."

Den Abschluss des Unternehmensporträts bildete ein zweites Foto, das Paolo Sandrinelli zusammen mit seinen Söhnen und seiner Frau zeigte. Die etwa Sechzigjährige auf dem Foto war aber eindeutig nicht diejenige, die Sandrinelli circa eine Stunde zuvor in der *Via Giuseppe Taverna* geküsst hatte. Und von einer Tochter Francesca war natürlich auch keine Rede.

Alfredo hatte sich mit Enzo im *Da Vecchio Zio* zum Abendessen verabredet. Bei *Makkaroni alla romana* erzählte er ihm von seiner Internet-Recherche. Als ihnen Giorgio, der Inhaber der *Trattoria,* eine gegrillte Seezunge servierte, erkundigte sich Enzo bei ihm, ob auch er von Sandrinelli beliefert werde.

„Ja klar, ich beziehe Wein und einen Großteil der Lebensmittel über ihn."

„Kommst du mit der Firma klar, oder gibt es da auch mal Probleme?", bohrte Enzo nach.

„Die Firma versucht schon etwas zu oft, die Lieferpreise anzuheben und uns die Preise zu diktieren, aber ich weiß inzwischen schon ganz gut, wie ich dem begegnen kann. Der alte Sandrinelli soll ein ziemlicher Geizhals sein und seinen Laden mehr oder weniger diktatorisch leiten."

„Aber seine Söhne sind doch auch in der Führung des Unternehmens", warf Alfredo ein.

„Offiziell schon, aber soviel ich weiß, haben sie nicht viel zu melden, sie müssen ganz schön unter der Fuchtel vom Alten stehen. Die Söhne wohnen hier in der Stadt, er muss oben in *Frascati* eine ziemlich pompöse *Villa* haben, wo er mit seiner Frau alleine wohnt."

Giorgio musste zurück in die Küche und ließ die beiden mit ihrer gegrillten Seezunge allein.

„Sieht ganz so aus, als hätte dem alten Sandrinelli sein trautes Heim nicht mehr ganz ausgereicht. In *Frascati* macht er einen auf heile Familie und hier in der Stadt unterhält er sich eine junge Geliebte samt unehelichem Kind. Ganz schön unvorsichtig von ihm, direkt von dir aus zu seiner Geliebten zu fahren", grinste Alfredo verschmitzt.

„Dabei wirkte er so seriös und akkurat."

„Alles nur Fassade. Ich wette, seine Frau weiß nichts von seiner Geliebten und der Kleinen. Und wenn dem so ist, dann bekommst du noch den Aufschlag auf dein Honorar."

„Wie willst du das denn anstellen?"

„Lass mich nur machen, in einer Woche hast du dein Geld."

In Gedanken bei ihrem mittlerweile nicht nur wegen seiner Leidenschaft für illegal erworbene Kunstwerke etwas zwielichtig erscheinenden Auftraggeber, aßen sie schweigend ihren Fisch auf. Nach dem obligatorischen *Espresso* brachte ihnen Giorgio die Rechnung und wünschte ihnen noch einen schönen Abend. Anschließend verließen die beiden Brüder gemeinsam die *Trattoria.*

„Hast du heute noch etwas vor, Enzo?"

„Ich werde noch kurz bei Papa vorbeischauen. Mama hat mir heute Nachmittag am Telefon erzählt, dass es ihm gar nicht gut geht. Er freut sich bestimmt, wenn er Besuch bekommt. Sonst habe ich für heute Abend nichts mehr geplant."

„Sag Papa viele Grüße, Mama natürlich auch. Ich muss jetzt heim ins Bett, sonst bekomm ich heute Nacht zu wenig Schlaf, bei mir klingelt morgen Früh kurz vor vier schon wieder der Wecker. Ohnehin hängt mir die unruhige Nacht vor unserer

Gemäldetausch-Aktion in *Sant'Andrea* immer noch ein bisschen in den Knochen."

An der nächsten Ecke verabschiedeten sie sich. Enzo besuchte wie angekündigt ihren kranken Vater, Alfredo legte sich zu Hause sofort ins Bett. Aber obwohl er bereits sehr müde war, kam er nicht so schnell zur Ruhe. Zu viele Gedanken um den geizigen und untreuen Sandrinelli mit seinem offensichtlichen Doppelleben spukten ihm durch den Kopf. Die große Glocke von Sankt Peter hatte bereits elf Uhr geschlagen, als er endlich einschlief.

5

Bei Familie Hartinger in Rosenheim herrschte dicke Luft. Martina, die ältere der beiden Töchter, hatte die erste Schulaufgabe nach dem Zwischenzeugnis ziemlich verhauen.

„Ich habe wirklich nichts dagegen, wenn du deine Freizeit im Reitstall verbringst, aber wenn deine schulischen Leistungen darunter leiden, dann wirst du das Reiten etwas einschränken müssen“, schimpfte ihre Mutter Chiara.

„Ich frage mich, warum du gleich so einen Aufstand machst, nur weil ich einmal eine Fünf in Mathe geschrieben habe“, reagierte Martina trotzig. „Das kann doch jedem einmal passieren.“

„Natürlich. Aber du weißt selbst, dass du in Mathe keine Probleme hast, wenn du ein bisschen etwas dafür tust. Aber in den letzten Wochen habe ich den Eindruck, dass dir das Reiten viel wichtiger ist als Schule, Hausaufgaben und Lernen.“

Mutter und Tochter diskutierten noch eine ganze Weile, ohne zu einem Konsens zu kommen. Je mehr Chiara auf sie einredete, desto mehr stellte sich Martina stur. Schließlich verschwand sie in ihrem Zimmer und warf die Tür mit einem lauten Knall hinter sich zu. Ihre Mutter war etwas ratlos, weil es selten einen derart heftigen Disput zwischen ihr und ihrer Tochter gegeben hatte. Einerseits verstand sie natürlich, dass Martina so viel Zeit wie möglich im Reitstall verbringen wollte, weil sie sich anscheinend in einen Jungen verliebt hatte, der dort arbeitete. Aber wenn dann deswegen gleich eine Schulaufgabe in die Hose ging, konnte sie als Mutter nicht tatenlos zusehen, vor allem weil sie wusste, dass sich Martina meistens sehr leicht tat, gute Noten zu schreiben, wenn sie ein bisschen Zeit ins Lernen investierte.

Zwei Stunden lang hatte Martina ihr Zimmer nicht verlassen, dann kam sie zu Chiara in die Küche und sagte mit einem aufmüpfigen Unterton:

„Ich habe meine Hausaufgaben gemacht und für morgen alles gelernt. Ich gehe jetzt zum Reiten.“

Sie war sofort wieder bei der Küchentür draußen, wurde aber von Chiara noch einmal zurückgerufen.

„Wann hast du die nächste Schulaufgabe?"

„Am Freitag in Deutsch. Und Latein schreiben wir nächste Woche am Mittwoch, das ist die letzte vor den Osterferien. Zum Glück sind es nur noch neun Schultage bis dahin."

Ohne einen weiteren Kommentar ihrer Mutter abzuwarten, verschwand sie aus der Küche und aus der Wohnung.

Zum Abendessen war Chiara mit ihrer jüngeren Tochter Elena allein. Ihr Mann Max hatte am Spätnachmittag angerufen und ihr mitgeteilt, dass er noch nicht abschätzen könne, wann er an diesem Abend heimkommen würde. Die Vernehmung eines Mordverdächtigen zog sich derart hin, dass er nicht wusste, wie lange er zusammen mit seinem Kollegen Wiggerl brauchen würde, um alle notwendigen Informationen zu haben, mit denen sie den Verdächtigen des Mordes überführen könnten. Nach dem Essen setzte sich Elena im Wohnzimmer vor den Fernseher, Chiara wusch das wenige Geschirr von Hand ab und stellte das Essen für ihren Mann vorsorglich warm. Danach griff sie zum Telefon und wählte die Nummer von ihrem Bruder auf *Ischia*. Nach dem zehnten oder zwölften Klingelton wollte sie beinahe schon auflegen, als am anderen Ende der Leitung plötzlich doch abgehoben wurde.

„Pronto."

„*Ciao* Francesco. Ich bin's, Chiara."

„*Ciao* Schwesterherz, wie geht's dir?"

„Abgesehen von einem kleinen Krach mit meiner Ältesten geht's mir gut."

„Um was geht es denn? Jungen- oder Schulprobleme?"

„Ich fürchte, beides zusammen."

„Oje, oje. Aber deswegen rufst du bestimmt nicht an, oder?", lachte Francesco.

„Nein, natürlich nicht. Ich wollte dir sagen, dass mit dem Geschenk für Papa alles bestens geklappt hat. Den Hotelgutschein für die beiden Übernachtungen in *Verona* habe ich gleich zu Mama nach Rom schicken lassen."

„Und die Eintrittskarten für die *Arena di Verona?"*

„Dafür kommt ebenfalls per Post ein Gutschein nach Rom. Mit dem Gutschein bekommen sie dann die Original-Tickets direkt an der *Arena*. Der einzige Freitag, für den noch sehr gute Plätze zu haben waren, war der dritte August."

„Ist das Hotel weit weg von der *Arena?*"

„Nein, es liegt in einer Seitenstraße der *Piazza Bra*, da sind sie in wenigen Minuten zu Fuß dort."

„Ich bin wirklich gespannt, was er sagen wird."

„Er wird sicher begeistert sein, *Nabucco* ist doch eine seiner Lieblingsopern. Und Mama wird sich freuen, dass sie ihn einmal für ein verlängertes Wochenende ganz für sich alleine hat."

„Schön langsam könnte er wirklich daran denken, seine Praxis endlich zu schließen und sich zur Ruhe zu setzen. Das wäre doch für beide besser. Andere setzen alles daran, nicht bis fünfundsechzig arbeiten zu müssen, und er rackert sich mit fast siebzig immer noch ab."

„Du hast völlig Recht, Francesco, aber du kennst ihn doch, bei dem Thema redest du bei ihm wie gegen eine Wand."

Chiaras und Francescos Vater *Dottore* Aldo Bianchi behandelte in seiner Praxis in Rom nur Privatpatienten. Zum Leidwesen seiner Frau Giovanna war er abends und am Wochenende oft sehr lange in seiner Praxis oder machte Hausbesuche bei seinen Patienten. Alle Versuche seiner Frau, ihn dazu zu bewegen, mit der Arbeit etwas kürzer zu treten oder die Praxis endlich ganz aufzugeben, waren bisher fehlgeschlagen. Auch die gut gemeinten Ratschläge seiner Kinder schlug er in den Wind. Besonders von seinem Sohn ließ er sich in dieser Hinsicht nichts sagen. Obwohl Francesco bereits seit über zwanzig Jahren als *Carabiniere* arbeitete, bekam er von seinem Vater immer wieder vorgehalten, dass er nicht auch Medizin studiert hatte.

„Du hättest längst meine Praxis übernehmen können, wenn du auch Arzt geworden wärst."

„Ach, jetzt bin ich also schuld daran, dass du deine Arbeit nicht loslassen kannst und Mama immer noch so oft am Abend oder am Wochenende alleine lässt?"

Eine Diskussion zu diesem Thema endete regelmäßig in einem Streit zwischen Vater und Sohn, deswegen überließ es Francesco lieber seiner Mutter und seiner Schwester, auf ihn einzureden.

„Sein runder Geburtstag ist vielleicht ein ganz guter Zeitpunkt, ihn wieder einmal darauf anzusprechen", überlegte Chiara am Telefon laut.

„Ich halte mich da zurück, ich will die freien Tage in Rom genießen und habe keine Lust, ewig mit ihm herumzustreiten und mir gleich wieder Vorwürfe anhören zu müssen."

„Hast du mit Giulia schon besprochen, wann ihr nächste Woche losfahren wollt?"

„Geplant ist Samstag in der Früh, ich hoffe, dass mir hier nicht kurzfristig noch etwas dazwischenkommt."

„Die Gefahr besteht bei Max auch immer, es wäre nicht das erste Mal, dass er prompt zum Urlaubsbeginn im Polizeipräsidium unabkömmlich wäre."

„Wir wollen gleich eine der ersten Fähren nach Neapel nehmen, da brauch ich auch nicht reservieren, denn um diese Zeit werden sie auf keinen Fall ausgebucht sein. Wenn nicht zu viel Verkehr ist, dann sollten wir am späten Vormittag in Rom sein."

„Und wann müsst ihr zurück nach *Ischia?*"

„Wir werden am Ostersonntag am Nachmittag wieder fahren. Ich hätte mir die Woche nach Ostern auch noch frei nehmen können, aber Giulia muss am Ostermontag wieder im Hotel sein."

Francescos Ehefrau Giulia arbeitete auf *Ischia* im Büro eines großen Hotels direkt am berühmten *Maronti*-Strand. Der Strand mit dem typischen dunklen Sand im Süden der Insel ist einer der beliebtesten Strände auf *Ischia*. Die ersten Sonnenanbeter tummeln sich dort schon im März, um Ostern herum setzt dann der übliche Touristenstrom ein, der in der Regel bis in den Spätherbst anhält. Bereits im April wagen sich meistens die ersten Unerschrockenen ins frische, kühle Meer. Die Arbeit im Hotel brachte es mit sich, dass Giulia von April bis Oktober kaum einmal richtig Urlaub machen konnte, deshalb war sie froh, in diesem Jahr Anfang April wenigstens für eine Woche mit ihrem Mann zu dessen Familie nach Rom reisen zu können.

„Hat dir Mama auch schon erzählt, welche üppigen Geburtstagsfestivitäten sie wieder geplant hat?", wollte Francesco wissen.

„Allzu viel hat sie mir noch nicht verraten. Am Geburtstag selbst werden mittags nur wir gemeinsam zum Essen gehen, am Abend soll dann eine große Feier steigen, zu der auch einige Freunde und Bekannte von Papa mit ihren Frauen eingeladen sind. Aber wie und wo das alles ablaufen soll, weiß ich noch nicht."

„Hört sich nach einem ziemlich steifen und langweiligen Geschäfts-Abendessen an. Wie könnten wir da ein bisschen Stimmung reinbringen?"

„Vielleicht sollten wir ein paar Musiker engagieren, das würde die Feier bestimmt ein wenig auflockern."

„Das ist eine gute Idee. Wenn wir dann auch noch anfangen zu tanzen, bringen wir die Alten schon ein bisschen auf Trab. Ich habe nämlich keine Lust, mir den ganzen Abend irgendwelche schlauen Reden über medizinische Probleme oder über Bilanzen und geschäftliche Aktivitäten anzuhören. Das ist doch todlangweilig."

„Francesco, du weißt, dass ich genauso denke. Ich werde gleich noch mit Mama telefonieren und ihr davon erzählen. Bestimmt kann ich sie auch überzeugen, mit Musik ein bisschen Pep bei der Feier hineinzubringen."

„Dann wende mal schön deine Überredungskünste an, damit sie dir auch zustimmt."

„Ich tue mein Möglichstes."

„Falls wir uns vorher nicht mehr hören, wünsche ich euch jetzt schon einen guten Flug."

„Danke. Ich freue mich so darauf, nach einem Jahr wieder einmal nach Rom zu kommen. Sag Giulia schöne Größe und fahr vorsichtig nächste Woche."

„Mach ich doch immer. Bis nächste Woche. *Ciao.*"

„*Ciao, ciao.*"

Chiara wollte sofort bei ihrer Mutter in Rom anrufen, hörte aber, dass die Wohnungstür geöffnet wurde. Erstaunt blickte sie auf die Uhr, um diese Zeit rechnete sie weder mit Martina noch mit ihrem Mann Max. Sie stand auf, um hinauszugehen, aber Max kam ihr bereits bei der Küchentür entgegen.

„Hallo, mein Schatz."

„Servus, Max, das ist ja doch schneller gegangen, als ich dachte."

„Ich hatte auch nicht geglaubt, dass wir so rasch zu einem Ergebnis kommen. Kurz nachdem ich dich angerufen hatte, war er plötzlich bereit, ein umfassendes Geständnis abzulegen. Die Beweislage war ziemlich erdrückend, da hat er schließlich eingesehen, dass es besser für ihn ist, alles zu gestehen. Über kurz oder lang hätten wir ihn doch endgültig überführt."

„Und warum hat er seinen Kollegen umgebracht?"

„Er hatte sich von ihm zehntausend Euro geliehen und sollte sie vor zwei Wochen zurückzahlen. Das Geld hatte er aber in der Spielbank verzockt. Als ihm sein Kollege dann gedroht hat, ihn beim Chef hinzuhängen, ist er einfach durchgedreht. Denn wenn es herausgekommen wäre, dass er spielsüchtig ist, dann hätte er wahrscheinlich seinen Job verloren."

„Die hätten ihm bestimmt gekündigt, denn bei einer Firma, die Werttransporte durchführt, kann man einem Spielsüchtigen wohl kaum jeden Tag Tausende von Euro anvertrauen."

„Richtig. Aber deswegen gleich einen Mord zu begehen, ist die schlechteste aller Lösungen."

Chiara schaltete die Temperatur des Backofens höher, um das Abendessen für ihren Mann noch einmal richtig zu wärmen. Während Max dann zwei große Portionen *Lasagne* verdrückte, erzählte ihm Chiara von ihrem Disput mit Martina und ihrem Telefonat mit Francesco.

„Die Idee mit den Musikern finde ich echt gut. Ich habe genauso wenig wie Francesco Lust darauf, mir den ganzen Abend schlaue Reden anzuhören."

„Und was machen wir mit Martina?"

„Ich glaube, du hast ihr heute Nachmittag schon genug ins Gewissen geredet. Mehr würde ich erst einmal nicht tun."

„Meinst du?"

„Ja. Vielleicht war es tatsächlich nur ein einmaliger Ausrutscher. Wenn ihre Noten wirklich andauernd schlechter werden wie gewohnt, dann wird sie schon von selbst darauf kommen, dass man das Gymnasium nicht einfach so nebenbei bewältigen kann. Außerdem kann ihr doch in diesem Schuljahr nichts mehr passieren, bei den Noten, die sie bisher nach Hause gebracht hat. Wenn die Gefahr bestünde, dass sie eventuell die Klasse wiederholen muss, dann müssten wir sicher sofort etwas unternehmen."

„Wahrscheinlich hast du Recht. Vielleicht war ich heute Nachmittag doch ein bisschen zu streng mit ihr."

„Nein, nein. Ein kleiner Schuss vor den Bug hat ihr bestimmt nicht geschadet und wird sie ein bisschen zum Nachdenken gebracht haben."

Anschließend besprachen Chiara und Max, was sie für ihre zweiwöchige Rom-Reise noch alles vorzubereiten hatten. Das Wichtigste, das Geburtstagsgeschenk für Chiaras Papa, war bereits abgehakt. Ein kleines Geschenk für ihre Mama musste Chiara noch besorgen. Außerdem wollte sie auch ihrer Freundin Angelina, die sie seit ihrem letzten Rom-Aufenthalt ein Jahr zuvor nicht mehr gesehen hatte, eine Kleinigkeit mitbringen.

„Was kann ich noch alles tun?", wollte Max wissen.

Chiara nahm ihn in den Arm.

„Bei dir, mein Lieber, reicht es schon, wenn du nicht kurz vor unsere Abreise ein neues Kapitalverbrechen zur Aufklärung übertragen bekommst."

„Vielleicht sollte ich eine Anzeige in die Zeitung setzen."

„Eine Anzeige?"

„Ja", grinste Max. „Ich lass auf der ersten Seite schreiben: ‚In der Woche vor dem Palmsonntag bitte in Rosenheim niemanden umbringen'. Das hilft bestimmt."

„Max, du bist und bleibst ein Kindskopf."

„Es ist immer noch derselbe Kopf, den du geheiratet hast."

„Ach ja", seufzte Chiara übertrieben laut. „Vielleicht hätte ich doch auf meinen Vater hören sollen, der mich immer davor gewarnt hat, einen deutschen Polizisten zu heiraten."

Wie fast immer endeten ihre gegenseitigen Frotzeleien damit, dass sie begannen, sich gegenseitig in die Seite zu kneifen. Beide waren dort ziemlich kitzelig. Chiara konnte sich zuerst der Angriffe von Max erwehren, dann erwischte er sie aber derart an ihrer kitzeligsten Stelle, dass sie regelrecht aufkreischte. Elena kam aus dem Wohnzimmer in die Küche herübergelaufen.

„Was stellt ihr denn hier an?"

„Nichts", antworteten Max und Chiara gleichzeitig.

„Das sehe ich", war die süffisante Bemerkung von Elena, und alle drei lachten laut los.

Max entließ Chiara aus seiner Umklammerung und gab ihr einen Kuss.

„Ich werde mal sehen, was im Fernsehen läuft."

„Heute überhaupt nichts Gescheites, Papa. Ich lege mich jetzt schon ins Bett, aber ich will noch ein bisschen lesen."

„Gute Nacht, meine Kleine."

Auch Elena bekam von ihrem Vater einen Kuss.

„Und ich werde jetzt endlich Mama in Rom anrufen und ihr den Vorschlag mit den Musikern machen."

So verschwanden Max im Wohnzimmer und Elena in ihrem Kinderzimmer, während Chiara allein in der Küche zurückblieb, sich zum Telefon setzte und die Nummer ihrer Eltern in Rom wählte.

6

Mit einem lauten Knall flog die Tür von Enzo Rivas Werkstatt auf und schlug krachend gegen die Fensterfront rechts vom Eingang. Enzo, der an seiner Werkbank saß und mit der Restauration eines kleinen Beistelltisches beschäftigt war, fuhr erschrocken hoch. Fürs Erste dachte er, jemand hätte ihm die Glasscheibe seiner Werkstatttür eingeworfen. Wie ein Orkan kam Paolo Sandrinelli hereingestürmt und knallte Enzo ein Blatt Papier auf die Werkbank.

„Wenn Sie glauben, dass ich deshalb für die *Tre beati teatini* auch nur einen Cent mehr bezahle, dann haben Sie sich gründlich getäuscht“, brüllte er Enzo an.

Der wusste gar nicht, wie ihm geschah. Hinterher wunderte er sich über sich selbst, dass er in dieser Situation so ruhig geblieben war. Er nahm das Blatt zur Hand. In der oberen Hälfte war ein Foto von einem kleinen Mädchen abgedruckt, das mit einem winzigen schwarzen Hund an der Leine Gassi ging. Darunter stand in Fettdruck geschrieben:

WENN SIE NICHT WOLLEN, DASS IHRE FRAU ETWAS VON IHREM VERHÄLTNIS MIT SIGNORA SORANO UND VON IHRER TOCHTER FRANCESCA ERFÄHRT, DANN BEREITEN SIE BIS MITTWOCH, EINUNDZWANZIGSTER MÄRZ,

25.000 EURO

IN KLEINEN SCHEINEN VOR. INSTRUKTIONEN ZUR GELDÜBERGABE FOLGEN!

Enzo ahnte sofort, dass wahrscheinlich sein Bruder Alfredo hinter diesem anonymen Schreiben steckte. Das war also seine angeblich so tolle Idee, um einen Nachschlag von *Signor* Sandrinelli zu erhalten. Nachdem er den Erpresserbrief gelesen hatte, legte er ihn zurück auf die Werkbank.

„Damit habe ich nichts zu tun.“

Sandrinelli schäumte vor Wut.

„Das können Sie Ihrer Großmutter erzählen. Für wie blöd halten Sie mich denn?“

„Hören Sie, ich kenne weder diese *Signora* Sorano noch das kleine Mädchen auf dem Foto. Außerdem sind mir Ihre Privatangelegenheiten völlig egal.“

Der mit einem langen schwarzen Mantel bekleidete *Signore*, der bei seinen bisherigen Besuchen in Enzos Werkstatt immer so ruhig und gefasst gewirkt hatte, wurde immer wütender.

„Wer soll denn sonst dahinterstecken?“

„Das weiß ich doch nicht. Sie müssten doch am besten wissen, wer Ihnen damit eventuell eins auswischen möchte.“

Auf diese Bemerkung hin stutzte Sandrinelli ein wenig, um nach kurzem Überlegen wieder loszubrüllen.

„Wenn ich nochmals so ein Schreiben erhalten sollte, dann lasse ich Sie mitsamt Ihrer Fälscherwerkstatt hier auffliegen.“

Jetzt wurde es Enzo langsam auch zu bunt. Er stand auf und machte einen Schritt auf den Tobenden zu.

„Das würde ich mir an Ihrer Stelle gut überlegen. Wenn ich auffliege, dann lasse ich Sie mit hochgehen.“

„Der Schuss würde ins Leere gehen“, antwortete Sandrinelli sofort etwas überheblich. „Mir kann keiner etwas nachweisen, solange man bei mir keine Gemälde findet. Aber Sie werden schwer erklären können, warum in vier Kirchen von Rom Ihre Fälschungen hängen. Mit den heutigen Mitteln der Kriminalistik wird es doch ein leichtes sein, nachzuweisen, dass die Gemälde hier in Ihrer Werkstatt entstanden sind.“

Enzo schwieg einen Moment und Sandrinelli genoss seinen vermeintlichen Triumph. Dann holte Enzo zum Gegenschlag aus. Zum Glück für ihn hatte er mit Alfredo schon im Vorfeld genau dieses Problem besprochen und eine einfache Lösung dafür gefunden.

„Es kann schon sein, dass man mir sehr schnell nachweisen könnte, dass ich der Urheber der Gemälde bin. Aber wenn ich der Polizei ein Foto präsentiere, auf dem Sie mit Ihren beiden Djangos im Schlepptau ein Paket aus meiner Werkstatt abtransportieren, dann kann die Polizei eins und eins zusammenzählen und Sie werden ein Problem haben, eine plausible Erklärung für diesen Transport abzugeben.“

Damit hatte Sandrinelli nicht gerechnet. Sein überhebliches und triumphierendes Grinsen erstarrte.

„Sie bluffen doch bloß. Woher sollten Sie denn plötzlich so ein Foto haben?“

Alfredo hatte tatsächlich, als er in der Nähe von Enzos Werkstatt gewartet und den Abtransport der *Tre beati teatini* beobachtet hatte, um sich dann an die Fersen des ominösen Käufers zu heften, einige Fotos von Sandrinelli und seinen Helfershelfern geschossen. Von den besten hatte er seinem Bruder ein paar große Ausdrucke angefertigt. Enzo ging zu seinem Schreibtisch in der hintersten Ecke seiner Werkstatt, zog die oberste Schublade auf und holte die drei DIN-A4-Seiten heraus. Er sah sich die Fotos noch mal an, bevor er sich umdrehte, zurückging und die Blätter vor Sandrinelli auf der Werkbank ausbreitete.

„Ich finde, Sie sind gut getroffen."

Enzo konnte sich ein Grinsen nicht verkneifen, Sandrinelli dagegen war sprachlos.

„Also noch einmal: Ich habe mit diesem Erpresserbrief nichts zu tun. Aber wenn Sie weiterhin vorhaben, mich wegen der Bilder in den Abgrund zu stoßen, dann können Sie sich darauf gefasst machen, dass ich Sie mit hinabreißen werde."

Sandrinelli hatte sich die Fotos angesehen, ohne sie in die Hand zu nehmen. Auf einem war sein Gesicht gestochen scharf zu erkennen und an der Größe und Form des Paketes, das seine zwei Begleiter hinter ihm aus Enzos Werkstatt trugen, konnte man ohne Weiteres schließen, dass sich darin ein großes Gemälde befand.

„Die Dateien mit den Fotos sind in einem E-Mail-Postfach gesichert, man könnte also von jedem Internet-PC der Welt darauf zugreifen. Und eine CD-ROM als Sicherungskopie ist in einem Safe eingesperrt."

Es war zwar gelogen, dass Alfredo eine Kopie der Bilder in einem Safe hinterlegt hatte, aber Enzo wollte von vornherein ausschließen, dass Sandrinelli auf die Idee kommen könnte, sich die Dateien der Fotos auf gewaltsame Weise zu besorgen. Es blieb Sandrinelli nichts anderes übrig, als den Rückzug anzutreten. Einen Beweis, dass der Erpresserbrief von Enzo stammte, hatte er nicht, und auch seine Drohung, Enzo wegen der Fälschungen zu verpfeifen, hatte sich als Eigentor erwiesen. Er nahm den Brief von der Werkbank, faltete ihn zusammen und steckte ihn in die Tasche seines Mantels. Ohne ein weiteres Wort verließ er die Werkstatt.

Enzo trug die Fotos zurück zu seinem Schreibtisch, anschließend rief er Alfredo auf dem Handy an. Der war noch an seinem Arbeitsplatz in der Backstube seiner Bäckerei beschäftigt, wollte aber innerhalb der nächsten Stunde in die Werkstatt kommen. Enzo hatte ihm nur berichtet, dass Sandrinelli ihm einen Besuch abgestattet hatte, mehr wollte er am Telefon nicht verraten. Doch Alfredo konnte sich schon denken, was der Grund für den Besuch war.

„Sag mal, bist du jetzt völlig übergeschnappt?“, fuhr Enzo seinen jüngeren Bruder an, als dieser bei ihm in der Werkstatt auftauchte.

„Wieso?“, fragte Alfredo erstaunt. „Du warst doch einverstanden, dass ich mich um eine Nachzahlung von Sandrinelli kümmere.“

„Aber doch nicht so! 25.000 Euro erpressen zu wollen, ist doch völlig übertrieben. Vor allem die Kleine hättest du aus dem Spiel lassen müssen.“

„Nein, Francesca ist doch das größte Druckmittel. Du hättest mal sehen sollen, wie vernarrt er in sie ist. Sie ist sein Ein und Alles und deshalb sein empfindlichster Punkt.“

„Trotzdem. Hätte ich vorher davon gewusst, hätte ich niemals zugelassen, dass du den Brief abschickst. Wenigstens konnte ich Sandrinelli gegenüber behaupten, dass ich mit der Erpressung nichts zu tun habe.“

„Hat er dir geglaubt?“

„Ich denke nicht. Zuerst hat er gedroht, mich zu verpfeifen, aber als ich ihm die Fotos vom Abtransport des Gemäldes gezeigt habe, hat es ihm völlig die Sprache verschlagen, er hat deinen Erpresserbrief wieder eingesteckt und ist abgezogen.“

„Was willst du jetzt tun?“

„Nichts.“

„Das kann doch nicht dein Ernst sein! Der Saukerl hat uns ausgenutzt und betrogen.“

„Mir ist das Risiko aber zu hoch, dass er mich trotz der Fotos verpfeift.“

Enzo merkte, dass Alfredo keineswegs daran dachte, einfach klein beizugeben.

„Und wenn er mich verpfeifen sollte, Alfredo, dann hängst du genauso mit drin.“

„Der verpfeift dich ganz bestimmt nicht. Für so dumm halte ich ihn nicht."

„Trotzdem. Versprich mir, dass du ihm keinen Erpresserbrief wegen seiner Geliebten und seiner kleinen Tochter mehr schreibst."

„Ja, ist schon okay. Aber zahlen sollte er trotzdem noch etwas."

„Lass es gut sein, Alfredo. Sei froh, dass wir bisher nicht erwischt wurden. Mir ist meine Ruhe lieber als noch ein bisschen mehr Geld für die *Tre beati teatini*."

„Du musst dir aber im Klaren sein, dass diese Quelle für unsere Nebeneinkünfte jetzt wohl endgültig versiegt ist. Da wäre es doch wirklich nützlich, wenn wir sozusagen als Schlusspunkt noch einen ordentlichen Batzen bekommen würden."

„Aber wie denn? Freiwillig zahlt er nicht, und so eine Erpressung, wie du sie angeleiert hast, will ich nicht."

„Und wenn ich ein anderes Druckmittel finde?"

„Dann können wir weitersehen. Aber unternimm nichts, bevor wir uns nicht darüber unterhalten haben."

Nachdem Alfredo gegangen war, setzte Enzo seine Arbeit an dem kleinen Beistelltisch fort. In Gedanken war er aber immer noch bei Sandrinelli und dessen polterndem Auftritt in seiner Werkstatt. Alfredo hatte Recht, selbst wenn Sandrinelli ihm geglaubt hätte, dass er mit dem Erpresserbrief nichts zu tun habe, diese lukrative Verdienstmöglichkeit konnten sie sicher abschreiben. Dies war umso bedauerlicher, da sich von Enzos Stammkunden, für die er immer wieder einmal Kopien von berühmten Gemälden angefertigt hatte, schon seit längerer Zeit keiner mehr mit einem Auftrag an ihn gewandt hatte. Deshalb hätte er es selbstverständlich auch gerne gesehen, wenn sie Sandrinelli als krönenden Abschluss doch noch etwas hätten schröpfen können. Aber solange er auch hin und her überlegte, außer einer Erpressung fiel ihm keine geeignete und aussichtsreiche Möglichkeit ein, um Sandrinelli zur Zahlung zu bewegen. Andererseits war ihm nicht wohl bei dem Gedanken, Gewalt anzuwenden, vor allem, wenn dabei auch noch ein kleines Mädchen im Spiel war, das einfach nur das Pech hatte, die Tochter eines geizigen und cholerischen Vaters zu sein.

Je mehr seine Gedanken um Sandrinelli und die kleine Francesca kreisten, desto weniger konnte er sich auf seine Arbeit konzentrieren.

„Es ist wohl besser, wenn ich für heute Schluss mache", seufzte Enzo und legte sein Werkzeug beiseite.

Er hatte zwar geplant, die Restauration des Tisches an diesem Tag abzuschließen, sein Kunde wollte ihn aber erst zwei Tage später abholen, deshalb konnte sich Enzo ohne Bedenken einen früheren Feierabend genehmigen. Nachdem er noch kurz den Boden unter seiner Werkbank gefegt hatte, machte er sich früher als sonst auf den Weg zum *Da Vecchio Zio*.

7

„Meine Damen und Herren, wir befinden uns im Anflug auf Rom. Wir bitten Sie, Ihre Gurte anzulegen, die Tische vor Ihnen hochzuklappen und alle elektrischen Geräte abzuschalten.“

Chiara Hartinger hatte einen Fensterplatz und während die Maschine tiefer und tiefer sank, genoss sie aus der Vogelperspektive den Blick auf ihre Heimatstadt. Der braune Tiber schlängelte sich durch das Häusermeer der Ewigen Stadt, deutlich waren zuerst der weiß leuchtende Ring des Olympiastadions und dann die Engelsburg sowie der mächtige Bau des Petersdomes mit der nicht zu übersehenden großen Kuppel und dem riesigen Petersplatz davor zu erkennen. Auf der anderen Seite des Tibers, etwa in Höhe des Olympiastadions, konnte Chiara auch den vornehmen Stadtteil *Flaminio* ausmachen, wo das Haus ihrer Eltern stand. Sie griff instinktiv nach der Hand von Max, der neben ihr saß, als das Flugzeug bedenklich zu wackeln begann. Offenbar störten die Turbulenzen beim Landeanflug ihre beiden Töchter überhaupt nicht, sie waren weiterhin in ihre Illustrierten vertieft, mit denen sie sich wie immer vor einem Flug noch eingedeckt hatten. Beim neuerlichen Blick aus dem Fenster sah Chiara nun schon neben dem Örtchen *Fiumicino* einen Teil des Flughafens, der weit außerhalb der Stadt liegt, sowie das nahe Mittelmeer. Kurz darauf setzte die Maschine auf. Es dauerte eine ganze Weile, bis sie den langen Weg vom Rollfeld bis hin zum Flughafengebäude zurückgelegt hatte.

„*Benvenuto a Roma* – Willkommen in Rom“, strahlte Chiara und drückte Max einen sanften Kuss auf die Lippen.

Obwohl sie in Bayern ihr Glück gefunden hatte, als sie ihrer Geburtsstadt den Rücken kehrte, um ihren Max zu heiraten, so war Chiara doch immer überglücklich, wenn sie wieder einmal für ein paar Tage nach Rom zurückkommen konnte.

„Ich freue mich auf zwei erholsame Wochen hier in Rom“, antwortete ihr Max. „Zum Glück ist der Geburtstag von deinem

Vater schon am Montag, dann haben wir den größten Trubel gleich hinter uns und können danach in Ruhe die Osterfeiertage und unseren Urlaub genießen."

Die Gepäckausgabe klappte reibungslos, danach schritten die Hartingers schnurstracks durch das Flughafengebäude hin zu den Bahngleisen, wo der *Leonardo*-Express, die schnellste Zugverbindung zwischen dem *Aeroporto Internazionale Leonardo da Vinci Roma-Fiumicino* und der Innenstadt von Rom im Dreißig-Minuten-Takt verkehrt. Sie hatten Glück, die nächste Abfahrt war bereits in fünf Minuten. Der Zug war relativ voll, sodass sie keine vier nebeneinanderliegenden Sitzplätze mehr fanden und schließlich in ihrem Abteil etwas verteilt saßen. Die beiden Mädchen vertieften sich sogleich wieder in die Illustrierten, während Max und Chiara auf gegenüberliegenden Seiten des Zuges aus dem Fenster blickten. In der Abenddämmerung flogen die Vororte Roms vorbei, schnell wurde die Bebauung dichter, und schon nach einer guten halben Stunde hatten sie die *Stazione Termini*, den Hauptbahnhof von Rom, erreicht.

Die Endhaltestelle für den *Leonardo*-Express liegt außerhalb der riesigen Halle, die die Gleise des Kopfbahnhofes überspannt, sodass alle Ankommenden einen mehrere hundert Meter langen Fußweg zurücklegen müssen, bis sie in das eigentliche Bahnhofsgebäude gelangen. Obwohl seine Familie schon zum wiederholten Mal im *Leonardo*-Express in Rom ankam, konnte sich Max auch diesmal nicht zurückhalten.

„Ich verstehe diese unsinnige Planung nicht", schimpfte er. „Die Reisenden, die vom Flughafen kommen, sind doch diejenigen, die in der Regel das meiste Gepäck dabeihaben, und die lässt man hier ewig bis zur Bahnhofshalle laufen."

„Max, du weißt das doch schon lange und jedes Mal regst du dich wieder darüber auf", versuchte Chiara vergeblich, beruhigend auf ihn einzureden.

„Weil es wahr ist! Vielleicht sollte man sich wirklich einmal bei der italienischen Bahn beschweren."

„Und du meinst, das bringt etwas?"

„Oder dein Vater macht das. Der kennt doch etliche hohe Tiere hier in der Stadt, auf ihn würden sie vielleicht eher hören als auf mich."

„Dann mach ihm doch heute Abend den Vorschlag, mal sehen, was er dazu sagen wird."

Elena, die einen kleinen Rollkoffer hinter sich herzog, stimmte ihrem Vater zu.

„Papa hat doch Recht, Mama, jedes Mal müssen wir hier zehn Minuten mit unserem Gepäck rumlatschen, bis wir zu den Taxiständen vor dem Bahnhof kommen."

Nachdem Chiaras Vater um diese Tageszeit noch in seiner Praxis tätig war und ihre Mutter wie üblich in der Küche stand, um ein opulentes Begrüßungsessen für ihre Tochter, ihren Schwiegersohn und ihre beiden einzigen Enkelkinder vorzubereiten, mussten die Hartingers das letzte Stück ihrer Reise bis *Flaminio* mit dem Taxi zurücklegen. Auf der *Piazza dei Cinquecento*, dem riesigen Vorplatz des Bahnhofs, herrschte ein heilloses Durcheinander aus Linienbussen, weißen Taxis, Reisebussen, Autos, Motorrollern und Fußgängern, die meist mit Koffern, Reisetaschen oder Rucksäcken bepackt waren. Ein weißhaariger *Poliziotto*, der eine silberne Pfeife im Mund hatte und damit unentwegt kurze schrille Pfiffe von sich gab, versuchte dem Chaos, so gut es ging, Herr zu werden, indem er wie ein Dirigent mit den Armen wild umherfuchtelte. Pausenlos spuckten die ankommenden Busse und Taxis Reisende aus, die auf andere Busse umstiegen oder in der Bahnhofshalle verschwanden, während sich von dort ein nicht enden wollender Strom von Ankommenden in die italienische Hauptstadt ergoss.

Die Hartingers hielten nach einem geräumigen Taxi Ausschau, in dem sie zu viert zusammen mit ihrem Gepäck Platz haben würden. Beinahe hätte ihnen eine andere vierköpfige Familie den großen *Fiat Ulysse* vor der Nase weggeschnappt, doch Max war etwas schneller und hatte seinen Koffer schon in den Kofferraum hineingeschoben, bevor der andere Familienvater das Taxi erreicht hatte. Nachdem auch Chiara, Martina und Elena ihr Gepäck verstaut hatten, Elena zur dritten Sitzreihe nach hinten geschlüpft war und auch die anderen drei im Taxi Platz genommen hatten, konnte sich der Taxifahrer ins abendliche römische Verkehrsgewühl wagen. Ein Pulk von Taxis und Bussen verließ mit ihnen die *Piazza dei*

Cinquecento in Richtung Innenstadt. Auf der *Piazza della Repubblica* folgte der Taxifahrer dem Straßenverlauf rings um die eindrucksvolle *Fontana delle Naiadi* mit den mit Meerestieren spielenden Wassernymphen in der Brunnenmitte. Chiara wunderte sich, dass der Fahrer nicht in Richtung *Villa Borghese* abbog, um dann über die *Piazza del Popolo* hinüber nach *Flaminio* zu fahren, sondern dass er über die *Via Nazionale* den Weg hinunter zur *Piazza Venezia* einschlug.

„Er hofft wohl, dass wir dort eher im Verkehr stecken bleiben und er so ein bisschen mehr von uns kassieren kann", dachte sich Chiara.

Doch falls das tatsächlich ein Vorhaben des Taxifahrers gewesen sein sollte, hatte er eher Pech gehabt. Ohne größere Behinderungen erreichten sie die *Piazza Venezia* mit dem alles überragenden, in weißem Marmor leuchtenden *Monumento Nazionale Vittorio Emanuele II*, das von den Römern wegen seiner eckigen und zur *Piazza* hin stufenweise abfallenden Form etwas spöttisch nur Schreibmaschine genannt wird. Der gesamte mittlere Bereich der *Piazza* war mit Bauzäunen abgesperrt, die ein sichtbares Zeichen dafür waren, dass unterhalb des Platzes eine Haltestelle der neuen, dritten U-Bahn-Linie Roms entstehen sollte. Doch immer wenn man in und um Rom in den Untergrund gräbt, muss man damit rechnen, auf Mauerreste oder andere Spuren aus der Zeit des *Imperium Romanum* oder den Jahrhunderten danach zu stoßen. Deshalb fanden auch hier, bevor man mit den eigentlichen Bauarbeiten begann, archäologische Untersuchungen statt.

„Schaut mal, hier sieht es immer noch genauso aus wie vor einem Jahr", stellte Martina fest. „Anscheinend sind sie da unten mit den archäologischen Untersuchungen noch nicht weitergekommen."

„Doch", widersprach Elena ihrer älteren Schwester. „Ein bisschen weiter sind sie schon. Lies doch mal, was auf den Schildern dort steht."

Elena hatte Recht, mittlerweile war man bei der *Piazza Venezia* tatsächlich schon einen Schritt weiter. Auf den Planen, die entlang des Zauns rings um die Baustelle als Sichtschutz aufgehängt waren, war die Beschriftung *Indagini archeologiche* bereits durch Aufkleber mit der Aufschrift *Scavi archeologiche* überklebt. Aus den archäologischen Untersuchungen waren also inzwischen archäologische Ausgrabungen geworden, was die Archäologen freute, den römischen Verkehrsplanern allerdings die Schweißperlen auf die Stirn trieb, weil sich die Fortsetzung der Bauarbeiten für die U-Bahn auf unbestimmte Zeit nach hinten verschob.

Der Taxifahrer überquerte den nördlichen Teil der *Piazza* und bog dann nach rechts in die *Via del Corso* ab. Die tiefe Häuserschlucht des *Corso* ist eine der belebtesten Straßen von Rom, dicht gedrängt waren links und rechts auf den Gehsteigen unzählige Fußgänger unterwegs, die vor den Schaufenstern der Geschäfte Halt machten, in kleinen Gruppen beieinanderstanden und sich gestikulierend unterhielten oder einfach nur die Straße entlangeilten. Vor dem *Palazzo Chigi* auf der *Piazza Colonna* war eine große Gruppe japanischer Touristen versammelt, deren Reiseleiterin an einem langen, dünnen Stock ein rotes Fähnchen in die Höhe hielt. Wahrscheinlich erklärte sie den Japanern gerade, dass der *Palazzo Chigi* seit 1961 der Sitz der italienischen Ministerpräsidenten ist und dass die *Piazza Colonna* nach der Säule benannt ist, die dort zu Ehren des römischen Kaisers Mark Aurel steht. Nach der *Piazza Colonna* wird der *Corso* zuerst Einbahnstraße und dann Fußgängerzone, deshalb bog der Taxifahrer rechts ab, umkurvte einen Häuserblock, überquerte den *Corso* und gelangte so auf die *Piazza del Parlamento*. Das Gebäude des italienischen Parlaments war mit einer riesigen grün-weiß-roten Flagge sowie der Europaflagge geschmückt. Nach der *Piazza* schlängelte sich der Taxifahrer durch mehrere kleinere Gassen, bis er kurz vor dem *Ponte Cavour* direkt am Tiber herauskam. Als er sich nach einiger Wartezeit endlich in den dichten Verkehr einreihen konnte und Richtung Norden am Tiber entlangfuhr, hatten die Hartingers endgültig das letzte Teilstück ihrer Reise erreicht.

Giovanna Bianchi war eine typische italienische *Mamma*, die es natürlich am liebsten gesehen hätte, wenn die ganze Großfamilie unter einem Dach vereint in Rom gewohnt hätte. Aber diese Hoffnung hatte sich sehr schnell zerschlagen, als ihre beiden Kinder Francesco und Chiara erwachsen waren. Als

Francesco sich auf *Ischia* in seine zukünftige Frau Giulia verliebt hatte, war dies für ihn eine willkommene Gelegenheit, nicht nur dem Elternhaus, sondern gleich auch Rom *Arrivederci* zu sagen. Damit entkam er in gewisser Weise auch den ständigen Vorwürfen seines Vaters, dass er nur ein *Carabiniere* geworden war und nicht wie er selbst Medizin studiert hatte. Chiara dagegen hatte nie geplant, von ihrer Heimatstadt wegzugehen, umso schmerzlicher war es dann auch für ihre Mutter, als sie Rom und auch Italien verließ. Allerdings konnte Giovanna ihre Tochter gut verstehen. Nur drei Monate nachdem sich Chiara und Max auf dem Münchner Oktoberfest kennen gelernt hatten, war Max zum ersten Mal nach Rom gereist, hatte auch bei seiner Schwiegermutter in spe seinen bayerischen Charme spielen lassen und sie in kürzester Zeit für sich gewonnen. Giovanna wusste Chiara bei Max in besten Händen, freute sich mit ihrer bis über beide Ohren verliebten Tochter und war schließlich überglücklich, als die beiden sie schon knapp ein Jahr nach ihrer Hochzeit mit der Geburt von Martina zur *Nonna* machten.

Aldo Bianchi war alles andere als begeistert gewesen, als sich seine einzige Tochter ausgerechnet für einen deutschen Polizisten entschieden hatte. Nicht nur wegen der Berufswahl seines Sohnes waren ihm sämtliche Berufe, die in irgendeiner Weise mit den *Carabinieri* oder der *Polizia* zu tun hatten, suspekt. Aber er war auch ein stolzer Opa und bedauerte es, dass er seine beiden Enkeltöchter so selten sah. Auf weitere Enkelkinder konnten die Großeltern nicht mehr hoffen, Max und Chiara hatten ihre Familienplanung längst abgeschlossen, und Giulia konnte als Folge einer Unterleibserkrankung in ihrer Jugend leider keine Kinder bekommen. Francesco und sie hatten länger überlegt, ob sie vielleicht ein Kind adoptieren sollten, hatten diesen Gedanken letztlich aber doch verworfen.

Während Giovanna in der Küche das Abendessen vorbereitete, blieb sie immer wieder am Küchenfenster stehen, von dem aus sie die Straße vor ihrem Haus überblicken konnte. Ungeduldig sah sie auf die Uhr, das Taxi musste doch eigentlich längst da sein. Inzwischen konnte sie die *Crostata di visciole*, einen Mürbeteigkuchen mit einer fruchtigen Kirschfüllung, den sie als Nachtisch vorgesehen hatte, aus dem Ofen holen und zum Auskühlen auf ein Kuchengitter stellen. Neben dem Nachtisch waren auch schon die *Antipasti* fertig, Giovanna hatte *Pandorato*, ein gefülltes und in der Pfanne herausgebackenes, pikantes Brot, sowie gefüllte und frittierte Reiskroketten vorbereitet. Die leichte Tomatensoße, mit der die *Supplì alla romana* normalerweise gereicht werden, musste sie nur noch wärmen, um sie servieren zu können. Sie kostete gerade einen kleinen Löffel voll Tomatensoße, um zu prüfen, ob sie diese noch ein bisschen nachwürzen sollte, als es stürmisch an der Haustür klingelte. Giovanna warf den kleinen Löffel ins Spülbecken und lief zur Tür. Sie hatte die schwere Holztür kaum geöffnet, da warfen sich ihr schon Martina und Elena an den Hals. Als die beiden ihre Oma wieder losließen, fielen sich Mutter und Tochter in die Arme. Wie immer konnte Giovanna ihre Tränen nicht zurückhalten, wenn sie Chiara nach vielen Monaten endlich wieder einmal sah, und auch Chiara bekam bei der Umarmung ihrer Mutter feuchte Augen.

„Spar dir doch jetzt deine Tränen, sonst hast du für den Abschied keine mehr“, witzelte Max, als schließlich auch er seine Schwiegermutter zur Begrüßung umarmte.

„Dein Max ist und bleibt ein ungezogener Junge, Chiara“, schoss Giovanna zurück und zog ihm ein bisschen das Ohr lang. „Du hättest ihn wirklich besser erziehen müssen.“

„Ach Mama, das habe ich längst aufgegeben“, lachte Chiara. „Bei dem ist Hopfen und Malz verloren.“

„Jetzt kommt aber erst einmal herein, Papa wollte heute einmal etwas früher aus der Praxis kommen, er müsste auch bald da sein.“

Das große Haus der Familie Bianchi, das man schon eher als *Villa* oder *Palazzo* bezeichnen konnte, wurde von Chiaras Eltern alleine bewohnt und war für sie natürlich viel zu groß. Immer wieder hatten sie überlegt, sich in der Nähe eine kleinere Wohnung zu suchen, aber Aldo hatte es bisher nicht übers Herz gebracht, das Haus, in dem er aufgewachsen war und das er von seinen Eltern geerbt hatte, zu verlassen. Außerdem konnte die Großfamilie, die sich fast regelmäßig zu Ostern hier traf, dann zusammen wohnen und somit viel Zeit miteinander verbringen. Die großen ehemaligen Kinderzimmer von Francesco und Chiara lagen im ersten Stock des Hauses und waren längst zu Schlafzimmern mit Doppelbetten umfunktioniert worden. In einem Nebenraum, der den beiden Kindern früher als Spielzimmer gedient hatte, standen jetzt zwei Einzelbetten für Martina und Elena bereit. Während Giovanna wieder in der Küche verschwand, bezogen die vier Hartingers ihre Zimmer, räumten ihre Kleidung in die Schränke und wanderten nacheinander zum Bad, um sich nach ihrer Reise etwas frisch zu machen.

Chiara kam als Erste zu ihrer Mutter in die Küche.

„Kann ich dir etwas helfen, Mama?"

„Nein, die *Antipasti* und der Nachtisch sind schon fertig, mit den *Spaghetti* muss ich natürlich noch warten und die *Saltimbocca* kann ich auch erst in die Pfanne geben, wenn Papa schließlich da ist. Seine Geburtstagsgeschenke habe ich dir übrigens in dein Nachtkästchen gelegt."

„Danke. Es war doch am sinnvollsten, den Hotelgutschein und den Gutschein für die *Arena di Verona* gleich hierher schicken zu lassen, damit beides rechtzeitig da ist."

„Die Idee mit den Tickets für die *Arena* war wirklich gut, es ist schon so lange her, dass wir dort zum letzten Mal waren. Ich glaube, es war im Jahr nach deiner Hochzeit, da hatten wir sogar für zwei aufeinander folgende Abende Eintrittskarten. Am ersten Abend zu *La Traviata* war fantastisches Wetter, am zweiten musste die *Aida* leider schon während des ersten Aktes abgebrochen werden, weil ein fürchterliches Gewitter aufgezogen war. Wenigstens haben wir unser Eintrittsgeld wieder zurückbekommen."

„Da habt ihr aber Glück gehabt, dass damals noch eine andere Regelung galt. Inzwischen gibt es das Eintrittsgeld nicht mehr zurück, sobald mit der Aufführung begonnen wurde und dann wegen schlechten Wetters abgebrochen werden muss."

„Hoffentlich spielt das Wetter Anfang August mit, wenn wir nach so langer Zeit endlich wieder einmal in *Verona* sind."

„Wir haben es, seit ich mit Max verheiratet bin, auch nur einmal in die *Arena* geschafft. Damals war Martina noch ganz klein, wir haben sie bei dem Bruder von Max und dessen damaliger Freundin gelassen, haben uns ein verlängertes

Wochenende am Gardasee gegönnt und sind dann von dort an einem Abend nach *Verona* hinübergefahren. Bei uns stand auch *Aida* auf dem Programm. Am eindrucksvollsten fand ich damals, dass sie auf der Bühne sogar echte Elefanten und Kamele aufgeboten haben. Und die Atmosphäre in der *Arena* ist natürlich immer einzigartig."

Nach und nach kamen auch Max und die Mädchen in die Küche und Giovanna wusste gar nicht, wen sie zuerst nach den wichtigsten Erlebnissen seit ihrem letzten Treffen in Rom ein Jahr zuvor fragen sollte.

Der zweite Teil des stürmischen Begrüßungsrituals erfolgte eine halbe Stunde später, als Chiaras Vater nach Hause kam. Auch er hatte seine Tochter und deren Familie seit einem Jahr nicht mehr gesehen. Nachdem er alle umarmt und gedrückt hatte, führte er die vier Urlauber ins Esszimmer, und sogleich brachte Giovanna das *Pandorato* und die *Supplì alla romana* mit der Tomatensoße zum großen Esstisch. Während sich fünf hungrige Mäuler über die *Antipasti* hermachten, gab Giovanna in der Küche die Kalbsschnitzel in die Pfanne mit dem heißen Öl und rührte in einer zweiten Pfanne Eier und Speck für die *Spaghetti alla carbonara* zusammen. Das Nudelwasser in einem großen, silbernen Topf kochte bereits, sodass sie es salzen und dann die langen *Spaghetti* hineingeben konnte. Als sie ins Esszimmer zurückkehrte, waren die beiden großen Platten mit den *Antipasti* fast leer.

„Ihr seid wirklich nett, dass ihr mir auch noch etwas übrig gelassen habt", war der nicht ganz ernst gemeinte Kommentar von Giovanna, als sie sah, dass gerade noch vier Reiskroketten auf einem der beiden Vorspeisenteller lagen.

Sie verspeiste sie mit dem Rest der Tomatensoße und räumte dann die kleinen Teller ab. Von der riesigen Schüssel voll *Spaghetti alla carbonara*, die sie anschließend auftrug, blieb auch keine einzige Nudel übrig, es war kein Zufall gewesen, dass sie an diesem Abend die Lieblings-*Pasta* von ihrer Tochter und ihrem Ehemann gekocht hatte.

Ein weiteres Lieblingsgericht von Chiara waren die *Saltimbocca alla romana*. Die dünnen, mit einer Scheibe *Prosciutto di Parma* und einem Salbeiblatt belegten Kalbsschnitzel kamen nur wenige Minuten in die heiße Pfanne. Den Parmaschinken kaufte Giovanna immer in einer kleinen *Salumeria* am Rande von *Flaminio*, die ihrer Meinung nach die beste Schinken- und Wurst-Auswahl von ganz Rom hatte. Während Giovanna ihre *Antipasti* gegessen hatte, war Chiara in der Küche gestanden, hatte die *Saltimbocca* aus der Pfanne genommen, den Bratensaft mit *Vino bianco* aufgegossen und die Soße aufkochen lassen. Anschließend verfeinerte sie das Ganze noch mit ein paar Stückchen Butter. Nachdem die *Spaghetti* verspeist waren, gab Giovanna die Schnitzel noch einmal kurz in die heiße Soße, um sie dann wie immer mit frischen Erbsen und knusprigem Weißbrot zu servieren.

„Es macht wirklich Spaß, für euch zu kochen", freute sich Giovanna, weil auch vom Hauptgang nichts übrig geblieben war.

Bevor sie auch noch den Nachtisch holen konnte, brauchte die Familie allerdings erst einmal eine kleine Pause. Aldo erzählte von einem seiner Patienten, den er schon seit vielen Jahren behandelte.

„Er ist der typische eingebildete Kranke. Wenn er mich anruft, hört er sich immer so an, als würde er den nächsten Tag nicht mehr erleben, aber wenn ich ihn dann untersuche, finde ich nie einen Grund für seine Beschwerden. Entweder ist er wirklich ein Hypochonder oder er ist einfach nur einsam und sucht lediglich einen Grund dafür, dass ich bei ihm vorbeischaue."

„Apropos Hypochonder", unterbrach Max seinen Schwiegervater. „Kennst du den?"

Aldo war sich sicher, dass nun wieder ein Arzt-Witz angesagt war. Er hatte Recht.

„Herr Doktor, Herr Doktor, der Hypochonder von Zimmer 13 ist gestorben!"

Gespannt warteten alle auf die Pointe.

„Jetzt übertreibt er aber!"

Aldo schüttelte sich vor Lachen und hatte sogleich auch einen Arzt-Witz auf Lager. Einer nach dem anderen wollte dann den neuesten Witz zum Besten geben, und so wurde es bis dahin ein sehr vergnüglicher Abend. Die ausgelassene Stimmung wollte Chiara ausnutzen, um bei ihrem Vater das heikle Thema Praxisaufgabe anzusprechen. Außerdem wollte sie die Diskussion beendet haben, bevor am folgenden Tag ihr Bruder zur Familie stoßen würde. Zur Verwunderung aller tat Chiaras Frage, wann er denn endlich seinen Beruf an den Nagel hängen würde, der guten Laune ihres Vaters keinen Abbruch. Er antwortete nicht sofort, gespannt sahen ihn fünf Augenpaare an. Aldo Bianchi räusperte sich und schnaufte einmal tief durch.

„Eigentlich wollte ich mir diese Überraschung für meinen Geburtstag aufheben, aber wenn du mich so direkt danach fragst, kann ich es euch schon heute verraten. Ab dem 1. April, also offiziell ab Sonntag, habe ich einen jungen Assistenzarzt in meiner Praxis. Er ist der Sohn von einem Kollegen, der als Professor in der *Gemelli*-Klinik tätig ist. Ich werde ihn eine Weile einarbeiten und nach und nach mit meinen Patienten bekannt machen. Wenn alles so klappt, wie wir uns das vorstellen, dann wird er in absehbarer Zeit, vielleicht schon zum 1. Juli, meine Praxis ganz übernehmen."

Dieser Paukenschlag war Aldo wirklich geglückt, eine Weile sah ihn seine Familie erstaunt und etwas ungläubig an. Der erste Kommentar zu dieser Neuigkeit kam von Chiara.

„Mensch, Papa, damit machst du dir selbst wirklich das schönste Geburtstagsgeschenk."

Giovanna stand auf, umarmte ihren Mann und drückte ihn.

„Ich hätte dir gar nicht zugetraut, dass du so eine wichtige Entscheidung so lange geheim halten kannst."

„Siehst du, dein alter Aldo ist doch immer noch für eine Überraschung gut."

Martina und Elena freuten sich, dass ihre Großeltern nun viel öfter die Möglichkeit hätten, sie in Rosenheim zu besuchen, und Max rechnete im Stillen vor sich hin, wie viele Jahre im Polizeidienst ihm noch bis zu seiner Pensionierung bevorstanden. Giovanna lief in die Küche hinüber und kam mit einer gekühlten Flasche *Prosecco* wieder.

„Das muss gefeiert werden!"

Gekonnt öffnete sie die Flasche und füllte die Gläser, die Chiara aus der Vitrine neben dem Fenster geholt hatte. Ausnahmsweise bekam auch Elena ein halbvolles Glas zum Anstoßen.

„Lieber Schwiegerpapa", ergriff Max das Wort, als alle ihren *Prosecco* in der Hand hielten. „Lieber spät als nie hast du eine sehr weise Entscheidung getroffen. Wir wünschen dir, dass du deinen baldigen Ruhestand bei bester Gesundheit und natürlich lange mit dir, liebe Schwiegermama, genießen kannst. *Salute!*“

Die Gläser klirrten, als sie auf das Wohl des zukünftigen Rentners anstießen.

Nachdem die Flasche *Prosecco* geleert war, kam der Nachtisch an die Reihe. Der Kirschkuchen war Giovanna sehr gut gelungen, aber mehr als ein Stück davon konnte keiner mehr essen. Bald darauf verabschiedeten sich Martina und Elena ins Bett und obwohl auch Max und Chiara von ihrer Reise schon ziemlich müde waren, blieben die vier Erwachsenen noch bis weit nach Mitternacht zusammen sitzen.

8

Silvana Tozzi schälte sich aus ihrem *Alfa Brera*. Ihre endlos langen Beine kamen zwar durch den extrem kurzen Minirock, den sie trug, noch besser zur Geltung, aber es war gar nicht so einfach, mit dem engen Rock und den hochhackigen Schuhen aus der tiefen Sitzschale des Sportwagens zu klettern. Als sie neben ihrem Auto stand, sah sie sich um. Ihr Klient war anscheinend noch nicht angekommen, jedenfalls war sie ganz allein auf der Straße. In dieser unwirtlichen Gegend fühlte sie sich ein bisschen unwohl, in ihrem schicken Outfit passte sie auch nicht wirklich in dieses Ambiente mit heruntergekommenen und teilweise verlassenen Häusern, verbeulten alten Autos und verdreckten Gehsteigen und Hauseingängen. Eigentlich nahm sie in einer solchen Gegend keine Aufträge an, ihre bevorzugte Klientel gehörte zur Schicht der gut betuchten Römer, die vorwiegend an herrschaftlichen *Palazzi* oder größeren Villen in den Nobelvororten der italienischen Metropole interessiert waren. Obwohl sie erst sechsunddreißig Jahre alt war, hatte sie sich in der bisherigen Zeit ihrer Tätigkeit als Immobilienmaklerin so weit nach oben gearbeitet und einen Namen gemacht, dass sie es sich leisten konnte, bestimmte Maklleraufträge gar nicht erst anzunehmen.

Die Vermittlung der Wohnungen in dem schmuddelig wirkenden Sechsfamilienhaus, vor dem sie aus ihrem *Alfa* gestiegen war, hatte sie nur als Freundschaftsdienst für einen Kollegen übernommen. Dieser hatte sie darum gebeten, weil er selbst den Auftrag bereits angenommen hatte und sich dann überraschend einer Blinddarmoperation unterziehen musste. Als sie das gesamte leer stehende Haus zum ersten Mal inspiziert hatte, war sie sich relativ sicher gewesen, dass sie dort keine einzige Wohnung an den Mann bringen würde. Umso erstaunter war sie gewesen, als sich schon nach wenigen Tagen ein Interessent gemeldet hatte und sofort nach dem ersten Besichtigungstermin zusagte. So war Silvana Tozzi froh gewesen, wenigstens eine Wohnung in dem düsteren Haus vermietet zu haben.

Mit einer Verspätung von fast zwanzig Minuten fuhr der zukünftige Mieter der Wohnung im zweiten Stock in einem alten, verrosteten und verbeulten *Fiat Panda* vor. Bei der Besichtigung hatte er sich als Davide Rossi vorgestellt. Sie hatte ihn auf etwa fünfunddreißig geschätzt und war erstaunt gewesen, als er sein Alter mit neunundzwanzig angegeben hatte. Sein dünner Oberlippenbart sowie sein Bart am Kinn waren ganz schwarz, ob seine Haare ebenfalls diese satte, pechschwarze Farbe hatten, konnte sie nicht sehen, weil sie unter einer dunkelblauen Baseballkappe verborgen waren.

„Entschuldigen Sie meine Verspätung, *Signorina* Tozzi, ich habe das römische Verkehrschaos unterschätzt."

Er hatte bei ihrer ersten Begegnung zwar nicht gewusst, ob sie verheiratet war, aber weil sie keinen Ring trug, hatte er sie eben mit *Signorina* angeredet, und sie hatte dem nicht widersprochen.

„Kein Problem", antwortete sie instinktiv, obwohl sie sich insgeheim ärgerte und dachte, dass er einfach nur eher hätte losfahren müssen.

Ohnehin war er ihr nicht sonderlich sympathisch. In der Regel konnte sie ihre Kunden ganz gut einschätzen, bei ihm tat sie sich ausnahmsweise schwer. Er war sehr modisch gekleidet, nicht übermäßig teuer, aber irgendwie passte das nicht zu dem alten verrosteten Auto, das er fuhr. Auch die blaue Baseballkappe, die er wieder trug, war alles andere als passend zu seiner Kleidung.

„Dann lassen Sie uns gleich die Formalitäten erledigen", schlug sie vor und ging in Richtung Haustür.

Ihr war nicht entgangen, dass er sie von oben bis unten mit dem gleichen lüsternen Blick gemustert hatte, genau wie ein paar Tage zuvor, als er die Wohnung besichtigt hatte. Am liebsten hätte sie ihm geradewegs ins Gesicht gesagt, dass er erst gar nicht versuchen sollte, sie in irgendeiner Weise anzubaggern, ließ es dann aber bleiben, sie wollte nur so schnell wie möglich die Wohnungsübergabe hinter sich bringen.

Der ungemütliche äußere Eindruck des Hauses setzte sich im Treppenhaus fort. Es gab keinen Aufzug und die hölzernen Treppenstufen hatten schon lange keinen Besen mehr gesehen, geschweige denn einen feuchten Putzlumpen. Auch der Handlauf des Geländers war mit einer dicken Staubschicht bedeckt. Auf jeder Etage gab es zwei gegenüberliegende Wohnungstüren, vom zweiten Stock führte die Treppe noch weiter hinauf zu einem niedrigen Dachboden, den die Mieter des Hauses als Abstellkammer benutzen konnten.

„So, *Signor* Rossi, da wären wir."

Mit Mühe konnte sie die Tür der linken Wohnung im zweiten Stock aufsperren, das Schloss hätte dringend einmal ein bisschen Öl gebraucht.

„Wie gesagt, Sie sind derzeit der einzige Mieter in diesem Haus. Das macht Ihnen hoffentlich nichts aus?"

„Nein, nein, ich werde ohnehin meistens nur zum Schlafen hier sein. Außerdem kann ich immer noch nicht abschätzen, wie lange ich wegen meines Projektes in Rom sein werde, das kann in drei Monaten vorbei sein, kann sich aber auch bis zu einem Jahr hinziehen."

Da Silvana Tozzi das Haus schnellstens wieder verlassen wollte, verzichtete sie darauf, ihn nach Einzelheiten zu seinem Beruf und zu dem angesprochenen Projekt zu fragen.

„Hier ist der vorbereitete Mietvertrag, die Zählerstände von Strom, Gas und Wasser sind im Anhang bereits eingetragen."

Er überflog den Vertrag kurz und setzte seine Unterschrift darunter. Dann holte er aus seiner Hosentasche einen braunen Ledergeldbeutel hervor, zog ein Bündel Geldscheine heraus, zählte die Miete für drei Monate ab und drückte ihr das Geld in die Hand. Es war sein Wunsch gewesen, die Miete gleich für ein Vierteljahr im Voraus zu bezahlen. Silvana Tozzi setzte ihrerseits ihre Unterschrift unter den Mietvertrag und das Übernahmeprotokoll, übergab *Signor* Rossi die Schlüssel der Wohnung in zweifacher Ausfertigung, steckte die Mietvorauszahlung in ihre Geldbörse, ließ diese in der schwarzen Handtasche verschwinden und verabschiedete sich von ihm.

„Ich wünsche Ihnen einen angenehmen Aufenthalt."

„Vielen Dank, den werde ich bestimmt haben. *Arrivederci.*"

Erleichtert, dass alles reibungslos geklappt hatte und dass jetzt, am späten Samstagvormittag, auch ihr Wochenende endlich beginnen konnte, verließ sie die Wohnung. Der neue Mieter hielt einen Augenblick inne und lauschte dem klappernden Geräusch ihrer Absätze, als sie im Treppenhaus rasch nach unten lief. Dann ging er von der großen Diele hinüber ins Wohnzimmer. Der Balkon, der über das Wohnzimmer zu erreichen war, lag auf der Straßenseite. Er öffnete die Balkontür, trat hinaus und beobachtete von oben, wie die Immobilienmaklerin ihren *Alfa* aufsperrte, sich auf den Fahrersitz fallen ließ und dann gekonnt ihre langen Beine ins Innere ihres Autos zog. Er wartete noch so lange, bis sie den Motor angeworfen und ihre Parklücke verlassen hatte und schließlich an der Kreuzung, die etwa zweihundert Meter weiter lag, um die Ecke gebogen war. Schnell ging er vom Balkon ins Wohnzimmer zurück, holte sein Handy aus der Hosentasche und wählte eine eingespeicherte Nummer.

„*Pronto.*"

„Es hat keine Probleme gegeben. Sie ist gerade weggefahren, du kannst dich auf den Weg machen."

„Ist gut, ich bin sofort unterwegs. *Ciao*, bis gleich."

„Drück dann unten am besten alle Klingelknöpfe, ich weiß noch nicht, welcher der richtige ist. *Ciao.*"

Während er wartete, ging er langsam durch die Wohnung. Die Küche, die direkt an das Wohnzimmer angrenzte, war mit dem Nötigsten ausgestattet. Über der Spüle war ein mit Kunststoff überzogenes Drahtgestell angebracht, in das das abgespülte Geschirr zum Abtropfen hineingestellt werden konnte. Neben der Spüle stand ein einfacher Gasherd mit drei Flammen, dessen emaillierte weiße Oberfläche mit zahlreichen stark verkrusteten schwarzen Flecken übersät war. Er öffnete den Kühlschrank, der zwischen Herd und Küchentür platziert war. Im Gegensatz zum Herd war er sehr sauber zurück gelassen worden und hatte sogar ein etwas größeres Gefrierfach. Einen Augenblick überlegte er, ob er den Kühlschrank schon einschalten sollte, ließ es dann aber sein, das hatte noch ein paar Tage Zeit. Von der Küche wanderte er weiter und warf einen kurzen Blick ins Bad, in dem sich neben dem WC und einem kleinen Waschbecken eine Badewanne befand. Die Wanne stand auf elegant geformten Metallfüßen, deren Oberfläche von einer grünlich schimmernden Patina überzogen war. Aus dem Duschkopf, der über der Wanne an der Wand hing, tropfte langsam etwas Wasser. Er versuchte, den

Wasserhahn fester zuzudrehen, musste dann aber einsehen, dass das Wasser trotzdem tröpfchenweise weiterfließen würde.

„Jetzt könntest du aber schön langsam da sein“, murmelte er halblaut vor sich hin, als er auf seine Uhr geblickt hatte.

Er zog die Badezimmertür hinter sich zu. Im Gegensatz zur Küche und zum Wohnzimmer, in dem ein altes, verschlissenes Sofa sowie ein wackeliger kleiner Tisch standen, war das nächste Zimmer völlig leer. Mit etwa zehn Quadratmetern war es relativ klein. Die vielen Löcher an der Wand und die dazwischenliegenden waagrechten Staubstreifen ließen deutlich erkennen, dass vom Vormieter hier ein breites Regal angebracht worden war, das bis unter die Decke gereicht hatte. Offenbar war dieser Raum als Arbeitszimmer genutzt worden. Er testete, ob die Glühbirne, die an einem kurzen Kabel von der Decke hing, funktionierte. Als er den Lichtschalter betätigte, blieb die Lampe allerdings finster. Er drückte nochmals auf den Schalter, ging dann in die Diele hinaus und steuerte direkt auf den kleinen Sicherungskasten zu, der neben der Wohnungstür in die Wand eingelassen war. Tatsächlich stand der Schalter der Hauptsicherung auf der Position 0. Er legte ihn um und kehrte in das kleine Zimmer zurück. Als er nun wieder das Licht einschalten wollte, flackerte die Glühbirne zwar zuerst etwas, dann leuchtete sie aber kontinuierlich, wenn auch ziemlich schwach weiter. Vom Fenster aus überblickte man einen Innenhof, der auf drei Seiten von Wohnhäusern begrenzt wurde. Er ließ seine Augen über die gegenüberliegenden Fenster wandern, auch die angrenzenden Häuser schienen komplett leer zu stehen. Im Innenhof hatte sich jede Menge Müll angesammelt, neben mehreren verrosteten und verbogenen Fahrrädern waren ein Haufen mit Bauschutt, umgeworfene Mülltonnen, leere Farbkübel und eine ausrangierte Waschmaschine zu sehen. Zwischen den länglichen Steinplatten, mit denen der Innenhofes gepflastert war, wuchs das Unkraut in die Höhe. Das quietschende, kratzende Geräusch von verrostetem Metall ließ ihm eine Gänsehaut über den Rücken laufen, als er die Fensterläden schloss. Obwohl sie scheinbar schon länger nicht mehr bewegt worden waren, ließen sie sich ohne Weiteres zuklappen und mit dem vorhandenen Metallriegel fixieren. Er schloss auch das Fenster wieder und holte ein Maßband aus seiner Hosentasche.

„Neunzig Zentimeter“, sagte er laut zu sich selbst, nachdem er die Breite der Fensternische vermessen hatte. Im selben Augenblick klingelte es. Er lief durchs Wohnzimmer auf den Balkon hinaus und sah nach unten.

„Ich komme runter“, rief er, als er den weißen Kastenwagen von oben erblickte.

Er ließ die Wohnungstür offen stehen und rannte die Treppenstufen hinunter. Beim Öffnen der Haustür fiel ihm eine kleine Matratze entgegen. Er fing sie auf und lehnte sie neben der Tür an die Wand.

„Wir stellen am besten alles zuerst einmal hier rein und tragen es dann hinauf“, schlug er vor, während sein Besucher ihm mit einer sehr großen Matratze entgegenkam.

Gemeinsam leerten sie den Kastenwagen und trugen nacheinander eine weitere große Matratze, ein niedriges Bettgestell, zwei leere Putzkübel, einen Stapel Holzbretter, einen Werkzeugkasten, eine große Einkaufstüte und einen kleinen Koffer ins Haus.

„Hat sie nicht nachgefragt, warum du ausgerechnet diese Wohnung genommen hast?“

„Nein, überhaupt nicht. Ich habe ihr wie besprochen erzählt, dass ich an einem Projekt arbeite und ohnehin sehr selten hier sein werde.“

„Das hat sie ohne Weiteres geschluckt?“

„Ja, was hätte sie denn für einen Grund haben sollen, daran zu zweifeln? Außerdem hatte ich den Eindruck, dass sie so schnell wie möglich wieder hier weg wollte.“

„Du hast sie doch nicht etwa angemacht?“

„Nein, natürlich nicht. Wobei sie schon ein ziemlich heißer Feger ist. Du hättest sie einmal sehen sollen, High Heels, lange Beine und ein knallenger Minirock, der nicht mehr war als ein kleiner Fetzen Stoff. Wenn sie sich gebückt hätte, wäre sie im Freien gestanden. Und so eine Oberweite.“

Mit seinen Händen deutete er an, mit welchen üppigen weiblichen Rundungen ihn die Maklerin beeindruckt hatte.

„Du bist und bleibst ein Weiberheld.“

„Ein bisschen schauen wird doch wohl noch erlaubt sein, zumindest solange ich noch nicht vergeben bin. Bei der hättest du auch Stielaugen bekommen. Außerdem scheint sie nicht schlecht zu verdienen, ihre Kleidung und ihr Schmuck haben ziemlich teuer ausgesehen. Und einen *Alfa Brera* kann sich auch nicht jeder leisten. Eigentlich schon schade, dass ich sie nicht unter anderen Umständen kennen gelernt habe."

Er kratzte sich am Kinn.

„Dieser blöde Bart juckt ganz schön."

„Daran wirst du dich gewöhnen müssen, solange du hier ein- und ausgehst. Auf alle Fälle wirkst du damit völlig verändert."

„Deine dicke Brille und die Perücke machen sich aber auch nicht schlecht, irgendwie schaust du damit aus, als könntest du nicht bis drei zählen."

„Hier drin kann ich die Brille zum Glück abnehmen. Hilf mir mal, das Bettgestell hinaufzutragen."

Es dauerte nicht mehr als zehn Minuten, dann waren alle Utensilien, die sie aus dem Lieferwagen ins Treppenhaus gestellt hatten, in den zweiten Stock transportiert. Das Bettgestell hatten sie vorerst in der Diele stehen gelassen, es sollte ihnen noch als eine Art Werkbank dienen.

„Die Bretter müssen neunzig Zentimeter lang sein, das hab ich vorher gerade abgemessen."

„Jetzt haben sie genau zwei Meter."

„Das ist doch ideal, den längeren Teil können wir dann beim zweiten Mal verwenden."

Er legte eines der Bretter auf das Bettgestell und holte aus dem Werkzeugkasten eine Säge und einen Bleistift. Als er die erforderlichen neunzig Zentimeter abgemessen hatte, zog er mit dem Stift eine Linie über das Brett und griff zur Säge.

„Halte das Brett dort hinten fest, dann kann ich es besser abschneiden."

Wie ein eingespieltes Handwerkerteam arbeiteten sie Hand in Hand und hatten innerhalb kürzester Zeit sieben Bretter zugeschnitten. Sie trugen die Bretter in das kleine Zimmer und nagelten damit das Fenster zu, das von außen bereits mit den Fensterläden verschlossen war. Die zurechtgesägten Bretter passten exakt, sie sparten nicht mit den Nägeln und als sie das letzte Brett festgenagelt hatten, war vor dem Fenster eine glatte hölzerne Wand, bei der auch oben und unten kaum eine Ritze frei geblieben war.

„Die kann man ohne Werkzeug bestimmt nicht herausreißen."

„Das ist ja auch der Sinn der Sache. Ich habe die kleinste Matratze, die ich finden konnte, mitgebracht.“

„Sie dürfte genau richtig sein.“

Er hatte Recht, die kleine Matratze hatte in etwa die Größe der Fensternische.

„Sollen wir sie noch befestigen?“

„Nein, ich denke, es reicht, wenn wir sie zwischen die Bretter stecken.“

Nach der Passprobe legten sie die Matratze beiseite und holten die längeren Teile der zersägten Bretter. Die zehn Zentimeter, die sie links und rechts von der Fensternische überstanden, waren gerade recht, um sie dort festnageln zu können. Nachdem sie, von unten beginnend, drei Bretter befestigt hatten, schoben sie gemeinsam die Matratze in den entstandenen Zwischenraum und nagelten dann die Fensternische bis oben hin zu.

„So, das müsste reichen, damit dürfte kein Laut nach außen dringen, und hereinschauen kann hier sowieso keiner mehr.“

„Ich glaube, dass die gegenüberliegenden Häuser auch alle unbewohnt sind. Vielleicht übernachtet dort mal ein Obdachloser, aber sonst dürfte sich da bestimmt niemand aufhalten.“

„Eine bessere Wohnung hätten wir kaum finden können.“

„Die Maklerin hat auch nicht nachgefragt, warum ich die Miete gleich für drei Monate im Voraus bezahlt habe. Meine Erklärung, dass ich dieses Vierteljahr auf alle Fälle in Rom sein werde, hat ihr völlig ausgereicht.“

„Das kann uns doch nur recht sein. Je weniger sie von uns weiß, umso besser ist es.“

Es waren noch einige Bretter übrig. Eines davon sägten sie so weit ab, dass man es unter der Türklinke des kleinen Zimmers einklemmen konnte. Nicht einmal mit großer Gewalt ließ sich die Klinke dann noch nach unten drücken. Sie lehnten dieses Brett neben die Zimmertür, anschließend trugen sie das Bettgestell ins Zimmer hinein und legten eine der beiden großen Matratzen darauf. Die zweite ließen sie links von der Tür an der Wand angelehnt. Dort, wo das Bettgestell in der Diele gestanden hatte, blieben auf dem Boden verstreut die Sägespäne zurück.

„Wir haben keinen Besen dabei.“

„Richtig, den haben wir vergessen.“

„Schau doch einmal in den Besenschrank neben der Küchentür, vielleicht ist dort einer drin."

Die schief sitzende, hölzerne Tür des Besenschrankes klemmte hartnäckig, und es bedurfte schon eines größeren Kraftaufwandes, um sie schließlich doch zu öffnen. Es war jedoch vergebliche Liebesmüh, die kleine Nische, die sich hinter der widerspenstigen Tür befand, war vollkommen leer.

„Pech gehabt."

„Dann muss es eben ohne Besen gehen."

Mit den Füßen schoben sie die Sägespäne zusammen und schaufelten sie dann mit bloßen Händen in einen der beiden Putzkübel. Den zweiten Putzkübel stellten sie neben das Bett und leerten dann den Inhalt des mitgebrachten Koffers auf der Matratze aus. Zuerst eine dunkelbraune Wolldecke und ein dünnes, quadratisches Kissen. Danach einen tragbaren CD-Player mit mehreren Märchen-CDs, eine kleine Babypuppe, die ein rosa Kleidchen trug, die Augenlider öffnen und schließen konnte und leise „Mama" sagte, wenn man ihr auf den Bauch drückte. Schließlich befanden sich in dem Koffer auch noch ein dickes Malbuch, eine große, flache Metalldose mit Buntstiften, ein Block mit unlinierten weißen Blättern sowie zwei Bilderbücher. Das erste zeigte ausführlich alle Tiere, die auf einem Bauernhof leben, das zweite enthielt unzählige Fotos von Pferden in allen Größen, Farben und Rassen. Die zwei Tabletts und die Thermoskanne, die sie in der großen Einkaufstüte mitgebracht hatten, stellten sie in der Küche ab.

„Was fehlt uns jetzt noch?"

„Nicht mehr viel. Zwei Sechserpacks mit Zweiliterflaschen *Acqua minerale* und ein paar Rollen Toilettenpapier habe ich unten im *Panda*, die werde ich gleich noch herauftragen. Die Lebensmittel können wir nächste Woche mitbringen. Damit dürften wir dann alles beieinanderhaben."

„Sehr gut. Wann musst du den *Panda* zurückbringen?"

„Erst heute Abend."

„Den Kastenwagen muss ich auch heute Abend zurückgeben, kann dann aber gleich den *Fiat Tempra* mitnehmen, den ich bis Montagabend ausleihen kann."

„Ich habe schon alles hergerichtet, das Chloroform, das Klebeband und eine extragroße Decke. Mehr dürften wir am Montag nicht brauchen."

Sie begutachteten noch einmal, was sie in der vergangenen Stunde bewerkstelligt hatten, waren mit sich selbst sehr zufrieden und verließen die Wohnung, als von einer nahe gelegenen Kirche das blechern klingende, von einem Tonband abgespielte Mittagsgeläut der Kirchenglocken zu hören war.

9

Mit der Ankunft von Francesco und Giulia am frühen Samstagnachmittag war die Großfamilie Bianchi in Rom komplett. Die beiden Ischitaner hatten eine Reise mit einigen Hindernissen hinter sich. Zuerst hatte ihre Fähre in *Ischia Porto* nicht ablegen können, weil sich die schwere, an Ketten befestigte Heckklappe nicht schließen ließ. Francesco war schon drauf und dran, wieder von der Fähre zu fahren, um auf einer anderen einzuchecken, als die Mechaniker doch noch Erfolg hatten und die defekte Klappe reparieren konnten. Mit einer Verspätung von mehr als einer Stunde waren sie am Hafen in Neapel angekommen, dort waren sie dann gleich im samstäglichen Verkehrsgewühl stecken geblieben. Kurz vor Rom schließlich hatte sie auf der Autobahn ein mehrere Kilometer langer Stau aufgehalten. Ein schwarzer Renault-Transporter hatte sich überschlagen und war auf dem linken Fahrstreifen völlig zertrümmert liegen geblieben. Erst nachdem der schwer verletzte Fahrer, der im Fahrzeug eingeklemmt worden war, von der Feuerwehr aus seiner Fahrerkabine befreit werden konnte, hatte die *Polizia Stradale* den Verkehr an der Unfallstelle vorbeigeleitet.

Der Rest der Familie hatte gerade den *Espresso* nach dem Mittagessen genossen, als Francesco mit seiner Frau endlich bei seinem Elternhaus eintraf. Giovanna und Aldo hatten ihren Sohn und ihre Schwiegertochter seit Anfang Januar nicht mehr getroffen. Aldo hatte sich überreden lassen, seine Praxis nach Weihnachten wenigstens für ein paar Tage zu schließen, war mit seiner Frau über den Jahreswechsel nach *Ischia* gereist und hatte dort bis zum Heiligdreikönigtag eine erholsame Zeit verbracht. Seine Schwester Chiara und deren Familie hatte Francesco auch auf der Insel zum letzten Mal gesehen, dies war allerdings schon im August des Vorjahres während des Sommerurlaubs der Hartingers gewesen. Die gegenseitige Begrüßung fiel dementsprechend stürmisch und laut aus. Nach seinen Eltern drückte Francesco Chiara ganz fest, von klein auf hatten er und seine jüngere Schwester ein sehr inniges

Verhältnis zueinander und umso mehr bedauerten sie es, dass sie sich in der Regel nicht mehr als zweimal im Jahr sahen. Auch mit seinem Schwager Max verstand sich Francesco blendend und umarmte ihn zur Begrüßung.

„*Ciao* Max, du altes Kanonenrohr, was machen die Mörder von Rosenheim?“

„Die habe ich alle rechtzeitig hinter Gitter gebracht, damit sie mir meinen Osterurlaub nicht verderben. Meine Kanone hab ich übrigens schon länger nicht mehr gebrauchen müssen.“

„Ich die meine schon, auch wenn es nur ein Warnschuss war. Jeden Abend bin ich froh, wenn ich sie unbenutzt wieder in meinem Schrank einsperren kann. Insgesamt war es während der letzten Monate aber, wie immer über den Winter, sehr ruhig bei uns. Jetzt, wenn die neue Urlaubssaison wieder so richtig beginnt, wird auch unsere Arbeit wieder mehr werden.“

„Ich spüre bei uns kaum einen saisonalen Unterschied, das liegt aber hauptsächlich daran, dass die ganze Kleinkriminalität, die auch bei uns während der Urlaubszeit etwas zunimmt, nicht auf meinem Schreibtisch landet, sondern von meinen Kollegen bearbeitet wird.“

Max hatte sofort nachdem er Chiara kennen gelernt hatte, einen Italienischkurs besucht, um schnell die Muttersprache seiner großen Liebe zu lernen, und hatte dann mit ihr, die damals noch in Rom als Dolmetscherin und Reiseführerin tätig war, eine hervorragende Privatlehrerin. Obwohl Francesco mittlerweile immer mehr Deutsch verstand und auch ein wenig sprechen konnte, verließ er sich lieber darauf, dass Max mit ihm Italienisch redete. Martina und Elena waren von Anfang an zweisprachig aufgewachsen, für sie war es somit noch weniger als für ihren Vater ein Problem, wenn in der Familie in Rom nur Italienisch gesprochen wurde.

Mit einer herzlichen Umarmung hieß Max auch Giulia in Rom willkommen.

„Für dich habe ich später noch eine Überraschung“, wandte sich Francesco nochmals an Max, nachdem er seine beiden Nichten mit der Bemerkung, dass sie schon wieder viel erwachsener geworden seien, auch begrüßt hatte.

„So, was denn für eine?“, fragte Max erstaunt.

„Sei doch nicht so neugierig, ein bisschen musst du dich schon noch gedulden.“

„Francesco, du hast sicher Hunger. Es ist noch genügend *Minestrone* da. Ich werde sie gleich noch einmal warm machen.“

Ohne eine Antwort abzuwarten und ohne auch ihre Schwiegertochter zu fragen, ob sie Hunger habe, verschwand Giovanna in der Küche. Chiara holte unterdessen zwei Gedecke aus dem Wohnzimmerschrank und stellte sie auf dem Esstisch für Francesco und Giulia bereit. Zur Begrüßung der beiden waren natürlich alle aufgestanden, nun nahmen sie wieder Platz, aber auch im Sitzen blieb es bei dem lauten Stimmengewirr, weil jeder kreuz und quer versuchte, als Erster seine Erlebnisse der letzten Monate zum Besten zu geben. Francesco und Max mussten selbstverständlich die jüngsten Ergebnisse der Fußballspiele ihrer Lieblingsvereine *AS Roma* und FC Bayern München ausführlich diskutieren, und auch Aldo gab, wenn es um die Römer ging, seine Kommentare dazu ab. Nachdem Francesco und Giulia ihr spätes Mittagessen verspeist hatten, trugen sie zuallererst ihr Gepäck in Francescos ehemaliges Kinderzimmer und verstauten ihre Kleidung in dem großen dreitürigen Schrank. Etwa eine Viertelstunde später klopfte Chiara an die Zimmertür.

„Avanti“, rief Francesco laut, und Chiara trat ein.

Giulia hatte sich nach dem Auspacken aufs Bett gelegt, Francesco saß in dem bequemen Sessel, der in der Ecke neben dem Kleiderschrank stand, und sah in den Garten hinaus. Er wusste sofort, warum Chiara heraufgekommen war.

„War deine SMS gestern Abend tatsächlich ernst gemeint?“, wollte er von seiner Schwester wissen.

„Natürlich. Er wollte es uns eigentlich erst an seinem Geburtstag verkünden, aber es hat sich dann gestern eben so ergeben, dass er es uns gleich erzählt hat.“

„Und wann sperrt er die Praxis zu?“

„Zuerst einmal hat er ab sofort einen Assistenzarzt. Wir können nur hoffen, dass er sich mit ihm gut versteht und ihn zügig einarbeiten kann, denn je besser und schneller das klappt, desto eher wird er ihm die Praxis ganz übergeben.“

„Was hat denn Mama dazu gesagt?“

„Sie hat vor Freude sofort eine Flasche *Prosecco* geköpft. Sie ist schon sehr erleichtert, dass er sich endlich zu diesem Schritt durchgerungen hat."

„Es ist aber auch wirklich höchste Zeit geworden. Gut, dass das jetzt schon geklärt ist, dann fällt wenigstens ein Reizthema für die Geburtstagsfeier weg."

„Gibt es denn noch ein anderes?"

„Bis jetzt zum Glück nicht. Ich hoffe, das bleibt auch so."

„Das hoffe ich auch. Unser Geschenk ist übrigens planmäßig angekommen."

Chiara sah, dass ihre Schwägerin inzwischen eingenickt war. Sofort redete sie nur noch im Flüsterton weiter.

„Ich gehe wieder nach unten. Kommst du gleich mit?"

„Nein, lass mir noch einen Moment."

Leise schloss Chiara die Zimmertür hinter sich und ging wieder ins Erdgeschoss hinunter.

An den wenigen freien Nachmittagen, die sich Aldo gönnte, ging er mit Giovanna gerne in dem nahe gelegenen, weitläufigen Park der *Villa Borghese* spazieren. Wenn sie einen schattigen Sitzplatz auf einer Parkbank fanden, setzten sie sich eine Weile und beobachteten die vielen Menschen, die so wie sie in dem Park etwas Ruhe und Abwechslung suchten.

Die *Villa Borghese*, eine der größten Parkanlagen Roms, war Anfang des siebzehnten Jahrhunderts von Kardinal Scipione Caffarelli-Borghese, dem Neffen von Papst Paul V. Borghese in den Weinbergen der reichen römischen Adelsfamilie der *Borghese* angelegt worden. Als nach der Vereinigung Italiens 1870 Rom zur neuen Hauptstadt geworden war, sich flächenmäßig immer mehr ausdehnte und viele Bauspekulanten Ländereien rings um die Stadt aufkauften und bebauen ließen, konnte die Zerstörung des Parks zum Glück verhindert werden. König Vittorio Emanule III. kaufte das circa achtzig Hektar große Areal 1902 und schenkte es der Stadt, die den Park 1903 öffentlich zugänglich machte. In dem Park befinden sich zahlreiche Brunnen, Gartenhäuser und künstliche Seen. In einem der Seen, auf dem man mit gemieteten Ruderbooten kleine Bootstouren unternehmen kann, ist auf einer künstlichen Insel ein kleiner Äskulap-Tempel errichtet. Berühmte

Persönlichkeiten, wie zum Beispiel Johann Wolfgang von Goethe, Victor Hugo oder Lord Byron, werden in dem Park mit Denkmälern geehrt. Bekannt ist vor allem die *Piazza di Siena*, auf der im Sommer Open-Air-Aufführungen von Opern stattfinden und in jedem Jahr ein internationales Reitturnier ausgetragen wird.

Aldo hatte beim Mittagessen vorgeschlagen, dass die ganze Familie am Nachmittag zur *Villa Borghese* spazieren könnte. Alle waren damit einverstanden gewesen, nur Francesco und Giulia waren in dem allgemeinen Trubel bei ihrer Ankunft noch nicht gefragt worden, ob sie auch mitgehen würden. Als die beiden nun nach ihrer kurzen *Siesta* wieder vom ersten Stock herunterkamen, machte Aldo auch ihnen den Vorschlag.

„Gerne gehen wir auch mit“, ging Giulia auf die Frage ein, bevor Francesco sie ablehnend beantworten konnte.

„Zuerst habe ich aber noch eine Überraschung für Max“, verkündete Francesco und zog ein Kuvert aus der Hosentasche.

„Jetzt bin ich wirklich gespannt.“

„Wir aber auch“, waren Martina und Elena sofort zur Stelle, um zu sehen, was ihr Vater wohl aus dem Umschlag herausziehen würde.

Max riss das Kuvert auf, sah den Inhalt und zog erstaunt die Augenbrauen hoch.

„Champions-League-Viertelfinale *AS Roma* gegen Manchester United“, las er laut vor und schwenkte dann freudig eine Eintrittskarte durch die Luft. „Die Überraschung ist dir wirklich gelungen, Francesco“, strahlte Max und umarmte seinen Schwager. „Vielen Dank.“

„Für mich habe ich natürlich auch eine Karte. Piero, ein ehemaliger Kollege, mit dem ich hier in Rom zusammen meine Ausbildung bei den *Carabinieri* gemacht habe, hat sie mir besorgen können.“

„Wann ist denn das Spiel?“, wollte Chiara wissen.

„Am Mittwoch.“

„Papa, dann kannst du aber das Bayern-Spiel in Mailand gar nicht anschauen.“

„Doch, doch, Elena“, korrigierte Francesco seine Nichte. „Die Bayern spielen schon am Dienstag in Mailand. Das können wir uns gemeinsam im Fernsehen anschauen.“

„Siehst du, Chiara, so schnell haben unsere Männer die Abende verplant“, meinte Giulia süffisant.

„Dann stürzen wir beide uns eben allein ins römische Nachtleben, Giulia“, war die nicht weniger ironische Antwort von Chiara.

Francesco hätte auch noch eine dritte Eintrittskarte für seinen Vater besorgen können, aber Aldo hatte das Angebot dankend abgelehnt. Er sah sich die Spiele der Römer, wenn er zu Hause war, gerne im Fernsehen an, live dabei im Olympiastadion war er nun schon mehrere Jahre nicht mehr gewesen. Mit Zehntausenden anderen Fußballanhängern zum Stadion zu pilgern, war ihm mittlerweile etwas zu anstrengend, deshalb zog er den gemütlichen Platz auf der Wohnzimmercouch der harten Plastik-Sitzschale im Stadion vor.

„Wollen wir dann aufbrechen?“, fragte Aldo in die Runde und erntete von allen ein zustimmendes Kopfnicken.

Vom Wohnhaus der Bianchis bis zum nordöstlichen Eingang der *Villa Borghese* waren es nur wenige hundert Meter. Es war jedes Mal aufs Neue überraschend, wie man beim Betreten des Parks schon nach wenigen Schritten aus dem Großstadtlärm in eine Oase der Ruhe eintauchen konnte. Gemeinsam spazierten sie auf dem Kieselsteinweg ins Grüne hinein. Viele Römer taten es ihnen gleich, sie wollten das erste Frühlingswochenende, an dem es richtig warm geworden war, ausnutzen. Junge Mütter schoben Kinderwägen vor sich her, Familien mit Kindern hatten Dreiräder, Roller oder Laufräder dabei, und ältere Herrschaften schlenderten gemächlich dahin oder genossen bereits die erste Pause auf einer der vielen Parkbänke. Nach etwa zwanzig Minuten wollten auch Giovanna und Aldo eine kurze Rast einlegen, nahe an einem Teich fanden sie eine leere Parkbank, die unter einem Schatten spendenden Baum stand. Max und Chiara setzten sich zu ihnen, während Giulia und Francesco sowie die beiden Mädchen noch ein bisschen weiterspazieren wollten.

Elena, die viele Krimis geradezu verschlang und immer sehr neugierig war, was die Tätigkeit ihres Vaters anging, wollte die Gelegenheit nutzen, um auch wieder einmal ihren Onkel mit Fragen zu seiner Arbeit bei den *Carabinieri* zu löchern.

„Bestimmt ist doch in den letzten Wochen wieder etwas Spannendes auf *Ischia* passiert."

„Da muss ich dich leider enttäuschen, Elena. Seit den zwei Mordfällen im letzten Sommer, die ich zusammen mit deinem Papa aufgeklärt habe, ist bei uns nichts Außergewöhnliches vorgefallen."

Elena war wirklich etwas enttäuscht, dass ihr Onkel keine aktuelle, spannende Kriminalgeschichte zu erzählen hatte. Zu gerne hätte sie sich wie zu Hause von ihrem Vater alles bis ins kleinste Detail berichten lassen, um dann ihre eigenen, hin und wieder sogar zutreffenden Rückschlüsse zu ziehen, um einen komplizierten Kriminalfall zu lösen.

Giulia und Martina waren etwas hinter Elena und Francesco zurückgefallen, sodass sie sich auch alleine und in Ruhe unterhalten konnten.

„Du bist heute so ruhig, Martina. So kenne ich dich gar nicht. Hast du Sorgen?"

Martina schwieg und schüttelte nur mit dem Kopf.

„In der Schule vielleicht?"

„Nein, eigentlich nicht. Ich habe zwar vor zwei Wochen eine Matheschulaufgabe ziemlich verhauen, aber sonst gibt es keine Probleme. Aber lass uns bitte nicht von der Schule reden, ich bin ganz froh, dass ich mal zwei Wochen nichts davon hören und sehen muss."

Giulia wechselte das Thema.

„Spukt dir manchmal noch der *Bagnino* vom letzten *Ischia*-Urlaub im Kopf herum?"

„Ach der, der ist es doch gar nicht wert, dass ich noch einen Gedanken an ihn verschwende. Weißt du, Tante Giulia, diese Enttäuschung hat mir damals schon sehr wehgetan, aber ich habe aus dieser Erfahrung auch viel gelernt."

Giulia war nicht entgangen, dass Martina bei ihrer Antwort ein betont ernstes Gesicht machen wollte, ihr dann aber doch ein kurzes Lächeln über die Lippen gehuscht war. Und neugierig, wie sie nun einmal war, bohrte sie sofort nach.

„Dann gibt's wohl längst einen anderen?"

Nun konnte sich Martina ein breites Grinsen nicht mehr verkneifen und war im Nu knallrot angelaufen.

„Einer aus deiner Klasse?"

„Nein. Ich kenne ihn vom Reiten. Sein Vater ist der Eigentümer von dem Stall, in dem ich immer bin.“

„Dann hat er sicher ein eigenes Pferd.“

„Nicht direkt. Seinem Vater gehören natürlich einige und er reitet immer dasselbe. Ich hätte so gern auch ein eigenes.“

„Nur wegen ihm?“

„Nein, nein, das hatte ich mir schon gewünscht, als ich ihn noch gar nicht kannte. Aber Papa spielt da nicht mit. Und meine Ersparnisse und mein Taschengeld reichen natürlich bei Weitem nicht aus, um mir selbst eins zu kaufen.“

„So ein Pferd ist eben kein ganz billiges Vergnügen.“

„Ja, leider.“

„Dann gibt's nur eins.“

Martina sah ihre Tante neugierig an.

„Was meinst du?“

„Wenn du ein eigenes Pferd willst, musst du ihn wohl heiraten.“

„Ha, du bist lustig, Tante Giulia“, lachte Martina laut auf. „Wir sind noch nicht einmal richtig zusammen, und du redest schon vom Heiraten.“

„Das war doch nur ein Spaß. Aber im Ernst, wie meinst du das, dass ihr noch nicht richtig zusammen seid?“

„Wir sehen uns oft, weil ich regelmäßig zum Reiten gehe, zweimal waren wir zusammen im Kino und einmal in der Disco. Mehr war da noch nicht.“

„Aber du hättest schon gerne mehr?“

Wieder lief Martina rot an.

„Ich denke schon. Er ist so süß und ich muss die ganze Zeit an ihn denken. Er vermisst mich auch schon, gestern Abend hat er mir gleich eine SMS geschrieben, ob ich gut angekommen bin und dass es in den nächsten zwei Wochen im Stall bestimmt langweilig werden wird, weil ich nicht da bin. Das ist der einzige Nachteil an unserer Rom-Reise, dass ich ihn nicht wie in den letzten Wochen alle zwei bis drei Tage sehen kann.“

„Wie heißt er denn?“

„Robert.“

„Und wie alt ist er?“

„Im Mai wird er achtzehn. Er ist fast auf den Tag genau ein Jahr älter als ich.“

Sie erreichten Francesco und Elena, die an einer Weggabelung auf sie warteten.

„Sollen wir wieder umdrehen?“, fragte Francesco.

„Ja, wir können langsam zu den anderen zurückgehen.“

Martina und Elena waren ebenfalls einverstanden. Bei der schattigen Parkbank lasen sie ihre Großeltern sowie Max und Chiara wieder auf, drehten im Park gemeinsam noch eine kleine Runde und kehrten dann zum Haus der Bianchis zurück. Giovanna und Chiara, die am Vormittag zusammen beim Einkaufen gewesen waren, machten sich nach der Rückkehr sofort daran, das Abendessen vorzubereiten, und auch Giulia, die eine ausgezeichnete Köchin war, wollte sich in der Küche nützlich machen. Gemeinsam zauberten die drei ein Vier-Gänge-Menü mit verschiedenen *Antipasti*, hausgemachter *Pasta* mit einer scharfen Specksoße, gefüllten und gegrillten Hähnchen und zum Nachtisch einer *Zuppa inglese alla napoletana*. Allen schmeckte es hervorragend, bis auf den letzten Bissen wurden alle Köstlichkeiten verspeist, und nicht nur weil die Erwachsenen ordentlich Wein zum Essen tranken, wurde es ein sehr lustiger und gemütlicher Samstagabend.

Der Palmsonntag versprach ein herrlicher Frühlingstag zu werden. Bereits am Morgen strahlte die Sonne vom azurblauen, wolkenlosen Himmel über Rom. Langsamer als an den hektischen Werktagen erwachte die Stadt aus ihrer nächtlichen Ruhe. Auf dem Petersplatz waren allerdings schon seit dem frühen Morgen viele fleißige Hände damit beschäftigt, den Palmsonntagsgottesdienst vorzubereiten. Am Beginn des ersten Festtages der heiligen Woche vor Ostern stand traditionell die prächtige Palmprozession des Papstes über den Petersplatz hinauf zum Altar vor dem Petersdom. Die erste große Touristenschar des Jahres und viele Einheimische strömten zeitig zum Petersplatz, um sich die Plätze mit der besten Sicht auf die Prozession und den Papst zu sichern. Auch die Großfamilie Bianchi hatte sich nach dem gemeinsamen Frühstück vollzählig in Richtung Vatikan aufgemacht. Auf der rechten Seite des Petersplatzes, unter den Kolonnaden, passierten sie die Sicherheitskontrollen, die ähnlich abliefen wie am Flughafen. Martina und Elena waren als erste kontrolliert worden und liefen anschließend voraus, um für alle Plätze zu besetzen. Die ersten Reihen unterhalb der Stufen, die zum Altar und dem Petersdom hinaufführen, waren bereits belegt.

„Elena, lass uns dort rüberlaufen“, rief Martina und deutete auf die etwas weiter hinten liegenden Stuhlreihen, bei denen noch die Plätze direkt am Mittelgang, wo die Palmprozession vorbeiführen sollte, frei waren.

„Gib mir deine Jacke“, forderte Elena ihre Schwester auf, als sie die freien Plätze erreicht hatten.

Sie selbst hatte ihre bereits ausgezogen und über zwei nebeneinanderstehende Stühle geworfen.

„Gute Idee“, antwortete Martina und belegte mit ihrer Jacke ebenfalls zwei Stühle.

Dann setzten sie sich beide auf zwei Stühle gleichzeitig.

„Gut, dass wir so schnell sind“, triumphierte Elena, nachdem sie mit Martina die acht Sitzplätze in Beschlag genommen hatte.

Bis nach ihnen auch der Rest der Familie dort eintraf, mussten die beiden Mädchen diese Plätze mehrmals mit einem lauten italienischen Redeschwall gegen neu ankommende Gottesdienstbesucher verteidigen. Nach und nach füllten sich die Stuhlreihen bis hin zum Obelisken, der in der Mitte des Petersplatzes über fünfundzwanzig Meter in den Himmel ragt.

Der ägyptische Obelisk war im Jahr 37 nach Rom transportiert worden und stand bis zum Mittelalter im Circus des Nero, der sich auf dem heutigen Gelände des Vatikans befand. 1586 befahl Papst Sixtus V., ihn an den heutigen Standort zu versetzen. Beim Aufrichten des dreihundertzweiundzwanzig Tonnen schweren Steins drohten die Seile zu zerreißen. Trotz des strikten Schweigegebotes des Papstes schrie ein Arbeiter „Wasser auf die Seile“ und verhinderte damit ein Unglück. Aus Dankbarkeit erhielten er und seine Familie vom Papst das Privileg, jährlich für den Palmsonntagsgottesdienst die Palmzweige zu liefern, was bis heute von seinen Nachkommen wahrgenommen wird. Auf der dem Petersdom zugewandten Seite des Obelisken war ein Podest aufgebaut, rings um den riesigen Obelisken standen zahlreiche Palm- und Ölbaumzweige bereit. Zu Beginn des Gottesdienstes zog die

Geistlichkeit bis zum Obelisken, dort schritt der Papst die Stufen des Podestes hinauf und eröffnete von dort aus die Feierlichkeiten mit der Weihe der Palmzweige. Nachdem jeder Konzelebrant seinen geweihten Zweig in Händen hielt, folgte das Evangelium vom Einzug Jesu in Jerusalem. Anschließend zog die Palmprozession mitten durch die links und rechts aufgestellten Stuhlreihen bis zum Altar vor dem Petersdom. Martina und Elena hielten förmlich den Atem an, als die Prozession mit dem Papst unmittelbar bei ihnen vorbeizog. Die Stufen zum Altar hinauf waren fächerförmig mit Blumen- und Gräserteppichen in verschiedenen Grüntönen geschmückt. Am Ende des festlichen Gottesdienstes richtete Benedikt XVI. noch in verschiedenen Sprachen Grußworte an die versammelten Pilger. Nach den englischen und französischen Worten folgten die Grüße auf Deutsch:

„Ein herzliches Grüß Gott sage ich allen deutschsprachigen Pilgern und Besuchern und ganz besonders den vielen jungen Menschen, die am heutigen Palmsonntag den zweiundzwanzigsten Weltjugendtag feiern. Wie die Jünger, so lädt Jesus auch uns zur Nachfolge ein: ‚Wie ich euch geliebt habe, so sollt auch ihr einander lieben.' Lassen wir die Liebe Christi, die in seiner Leidensgeschichte so deutlich aufscheint, in unserem Leben sichtbar werden. Der Herr geleite euch alle durch diese heilige Woche!"

Bei dem „Grüß Gott" des bayerischen Papstes jubelten und klatschten alle deutschsprachigen Pilger. Zur Überraschung ihrer Familie zog Elena plötzlich eine bayerische Fahne aus ihrer Jackentasche, sprang auf und wedelte mit der weiß-blauen Rautenfahne wild durch die Luft.

„Wo hast du denn plötzlich die Fahne her?", fragte Max erstaunt.

„Die habe ich letzte Woche nach der Schule in einem Geschäft in der Fußgängerzone hängen gesehen, und da ist mir spontan die Idee gekommen, dass ich sie hierher mitnehmen könnte."

Chiara schüttelte lächelnd mit dem Kopf.

„Unsere Kleine ist immer für eine Überraschung gut."

Nach den deutschen Pilgern wurden auch noch die spanischen, portugiesischen und polnischen in ihrer jeweiligen Landessprache begrüßt, der Abschluss erfolgte auf Italienisch.

„Jetzt hab ich aber Hunger“, stellte Francesco fest, kaum dass die letzten Töne des Schlussgesangs verklungen waren.

„Ich freu mich auch schon den ganzen Vormittag auf meine *Pizza*“, stimmte ihm Elena sofort zu.

Francesco kannte noch aus seiner Jugendzeit eine *Pizzeria* im *Borgo*, in der er mit seinen Freunden oft viele Stunden verbracht hatte. Wenn er in Rom war, ließ er es sich nicht nehmen, wenigstens einmal dort zum Essen zu gehen. Der alte Besitzer hatte das Lokal längst an seinen Sohn übergeben, die *Pizze* waren aber immer noch genauso köstlich wie vor fünfundzwanzig Jahren. Francesco hatte für den Palmsonntag rechtzeitig einen Tisch mit acht Plätzen reserviert, denn wenn sich nach dem Gottesdienst ein Großteil der Pilger vom Petersplatz auf die umliegenden Viertel zum Mittagessen verteilte, hatte man ohne Reservierung praktisch keine Chance, für die ganze Familie einen freien Tisch zu finden.

Nach dem vorzüglichen Essen verbanden die Bianchis ihren Heimweg mit einem Sonntagsspaziergang. Zu Hause angekommen, zog sich Aldo sofort zu einer *Siesta* zurück, auch Elena wollte sich ein bisschen hinlegen. Die Zeit von Aldos Mittagsschlaf wollte Giovanna gleich nutzen, um mit ihren Kindern die letzten Details der am folgenden Tag anstehenden Geburtstagsfeier zu besprechen. Über den groben Ablauf seiner Feier war Aldo natürlich informiert, Giovanna hatte aber einige Überraschungen organisiert, von denen sie bisher noch nicht einmal Chiara und Francesco etwas erzählt hatte.

„Die größte Überraschung wird für ihn bestimmt sein, dass *Zia* Maria morgen auch da sein wird.“

Aldos einzige noch lebende Schwester Maria wohnte mit ihrem Mann Stefano in der Nähe von *Pisa*. Seit Stefano fünf Jahre zuvor einen Schlaganfall erlitten hatte, war er ein Pflegefall und wurde von seiner Frau zu Hause versorgt. Da sie keine Kinder hatten, war sie bei der Pflege auf sich allein gestellt und deshalb auch in den letzten Jahren nicht mehr in Rom gewesen.

„Aber wer kümmert sich denn dann um *Zio* Stefano?“, fragte Chiara besorgt.

„Eine Krankenpflegerin wird für zwei Tage rund um die Uhr bei ihm bleiben, Maria kommt morgen Vormittag mit dem Zug und wird am Dienstag nach dem Frühstück wieder zurückfahren. Könntest du sie morgen am Bahnhof abholen, Francesco?“

„Natürlich. Papa wird bestimmt Augen machen, wenn *Zia* Maria plötzlich hier auftauchen wird. Ihr wart doch auch schon lange nicht mehr bei ihr in *Pisa*, oder?“

„Es sind schon wieder fast zwei Jahre, dass wir zuletzt dort waren. Du weißt, dass wir uns mit Stefano nie sonderlich gut verstanden haben, und seit er ans Bett gefesselt ist, ist er noch unausstehlicher geworden. Für Papa und Maria tut es mir natürlich leid, dass sie sich so selten sehen können.“

„Umso schöner ist es, dass sie morgen hier sein kann. Ich habe sie auch nicht mehr gesehen, seit ich mit Max und den Mädchen vor sechs Jahren auf der Rückfahrt von *Elba* in *Pisa* vorbeigeschaut habe. Damals hat *Zio* Stefano noch gearbeitet.“

„Aber jetzt erzähl doch mal, was du noch für Überraschungen für morgen parat hast“, drängte Francesco.

„Mithilfe seiner Freunde ist da schon einiges zusammengekommen“, setzte Giovanna an und erzählte dann ihren Kindern in groben Zügen, was sie und besonders den Jubilar an seinem Festtag alles erwarten würde.

Chiara und Francesco steuerten auch noch die eine oder andere Idee bei, sodass sie sich sicher waren, mit ihrem Vater einen schönen runden Geburtstag feiern zu können.

10

„Francesca?“

Keine Antwort.

„Francesca, bist du fertig? Du musst gleich los, sonst kommst du zu spät.“

Die Badezimmertür ging auf, und Francesca kam heraus.

„Ich war mit dem Zähneputzen noch nicht ganz fertig.“

„Hast du dir einen Apfel und eine Banane eingepackt?“

„Ja, die sind schon in meinem Rucksack.“

Nicoletta Sorano strich ihrer kleinen Tochter über die langen, dunklen Haare.

„Ich wünsche dir viel Vergnügen. Und trödle bitte heute Mittag nicht herum, du weißt, dass wir am Nachmittag zum Zahnarzt müssen.“

„Ich habe aber keine Lust auf den Zahnarzt.“

„Wenn du deine Zähne immer richtig sauber geputzt hast, dann reicht es, wenn dir der Zahnarzt einmal kurz in deinen Mund schaut, dann sind wir ganz schnell wieder aus der Praxis draußen.“

Sie half Francesca in ihren rosafarbenen Anorak, denn morgens war es immer noch recht frisch. Das Rascheln des Anoraks war für Francescas kleinen Hund das Signal, sich auch von ihr zu verabschieden. Schnurstracks kam er aus der Küche gelaufen, wedelte mit dem Schwanz und sprang an ihrem Bein hoch. Sie ließ sich von ihm die Hand lecken und streichelte ihm über den Kopf.

„*Ciao* Cicco, mach's gut, bis heute Mittag.“

Von ihrer Mutter bekam Francesca noch einen Kuss auf die Wange, dann öffnete *Signora* Sorano die Wohnungstür.

„*Ciao* mein Schatz.“

„*Ciao* Mama.“

Sie sah ihrer Tochter nach, die pfeifend die Treppe hinunterlief.

Das dritte und damit letzte Jahr der Vorschulzeit von Francesca an der *Scuola Materna* neigte sich dem Ende entgegen, da sie im Juli ihren sechsten Geburtstag feiern und im September eingeschult werden sollte. Eigentlich war die *Scuola Materna* 2004 offiziell in *Scuola dell'Infanzia* unbenannt worden, aber ein Großteil der italienischen Bevölkerung wollte sich mit dem neuen Begriff nicht anfreunden und verwendete wie gewohnt die alte Bezeichnung. Im Winter, wenn es morgens noch finster war, begleitete *Signora* Sorano ihre Tochter zur Vorschule. Anfang April war es aber in der Früh schon ausreichend hell, deshalb schickte sie die Kleine allein auf den kurzen Weg. Die Vorschule lag nur wenige Querstraßen von ihrem Zuhause entfernt.

Keinem der Anwohner der *Via Giuseppe Taverna* war der schwarze *Fiat Tempra* aufgefallen, der seit zwanzig Minuten in etwa zweihundert Metern Entfernung vom dem Haus, in dem *Signora* Sorano mit ihrer Tochter wohnte, am Straßenrand geparkt war. Von außen wäre auch nur der Fahrer sichtbar gewesen, der zweite Insasse saß im Heck des Wagens, das wegen der mit dunklen Folien beschichteten Scheiben nicht einsehbar war.

„Bist du bereit?", fragte der Fahrer, der über dem Lenkrad eine aktuelle Tageszeitung ausgebreitet hatte und so tat, als würde er interessiert darin lesen.

„Klar, von mir aus kann es gleich losgehen. Ich brauche nur noch das Tuch vorbereiten."

Beide waren mit Jeans und dunklen Jacken bekleidet und trugen schwarze Handschuhe. Der hinten Sitzende schraubte ein kleines Glasfläschchen auf und tränkte mit der Flüssigkeit, die sich darin befand, einen weißen Fetzen Stoff.

„Pass auf, dass du nichts verschüttest, sonst werden wir selbst noch ganz benebelt von dem Chloroform."

„Mach dir keine Sorgen, so schnell verdampft das nicht."

„Haben wir auch wirklich alles dabei?"

„Sicher. Die Decke, das Klebeband und, falls nötig, noch zwei Tücher als Knebel. Mehr brauchen wir nicht."

Der Fahrer schaute auf die Uhr.

„Sie müsste jeden Augenblick kommen, hoffentlich schickt sie die Sorano wieder alleine los, denn wenn sie doch dabei sein sollte, dann können wir gleich einpacken."

„Reg dich doch nicht schon vorher auf. Ich bin mir sicher, dass die Kleine allein unterwegs sein wird."

Sie warteten noch einige Minuten, der Fahrer rutschte immer aufgeregter auf seinem Sitz hin und her und ließ den Gehsteig nicht aus den Augen. Plötzlich sah er den rosa leuchtenden Anorak.

„Sie kommt!"

Schnell faltete er die Zeitung zusammen und warf sie auf den Beifahrersitz.

„Mach dich bereit", rief er und drehte sich nach hinten um.

Sein Hintermann zog sich eine dunkle Sturmhaube, die er schon auf dem Kopf hatte, über das Gesicht, nahm das mit Chloroform getränkte Tuch in die linke Hand und legte die rechte an den Türöffner. Durch die abgedunkelten Scheiben konnte man zwar nicht nach innen sehen, der Blick nach außen war aber möglich.

„Sie ist gleich da", rief der Fahrer sichtlich nervös und startete den Motor.

Nun zitterte auch die Hand am Türöffner etwas, der Maskierte musste sich zurückhalten, um die Autotür nicht zu früh aufzumachen. Erst als Francesca das Auto erreicht hatte und er durch die Seitenscheibe sah, wie sie an ihm vorbeigegangen war, öffnete er leise die Tür und sprang hinaus. Mit zwei, drei Schritten war er direkt hinter der Kleinen und presste ihr mit der linken Hand das getränkte Tuch auf das Gesicht. Gleichzeitig umfasste er mit seinem rechten Arm ihren Oberkörper, hob sie hoch, drehte sich um und lief die wenigen Schritte zum Auto zurück. Das völlig überrumpelte Kind strampelte wild mit den Beinen und versuchte zu schreien, aber der Druck auf ihr Gesicht war zu stark, mehr als ein leises Kreischen brachte sie nicht heraus.

„Sei still, dann passiert dir nichts."

Durch ihr wildes Strampeln schlug Francesca mit dem Schienbein gegen die Autotür, als sie ins Auto gezerrt werden sollte. Vor Schmerzen schossen ihr die Tränen in die Augen, aber ihr Entführer ließ nicht locker. Trotz ihrer Gegenwehr schob er sie auf die Rückbank und war selbst noch nicht einmal richtig wieder im Auto drin, als er schrie:

„Fahr los!"

Der Fahrer, der mit dem linken Fuß auf der Kupplung stand und bereits mit dem Gaspedal spielte, hatte wie gebannt beobachtet, wie das kleine Mädchen von seinem Komplizen überwältig wurde. Auf dessen Kommando ließ er den Motor laut aufheulen und das Auto schoss mit quietschenden Reifen nach vorne. Die rechte hintere Tür war noch nicht geschlossen und wäre beinahe gegen ein anderes geparktes Auto geschlagen, als er losbrauste. Gerade noch rechtzeitig konnte sie der Maskierte zuziehen.

„Aiuto, aiuto!“

Für einen Augenblick hatte er seinen Griff lockern müssen, als er die Autotür zuzog, doch niemand hörte Francescas Hilfeschreie, auch weil er ihr sofort wieder das mit Chloroform getränkte Tuch aufs Gesicht drückte. Die Wirkung des Betäubungsmittels setzte schnell ein, ihr Widerstand erlahmte zusehends. Als der schwarze *Fiat Tempra* aus der *Via Giuseppe Taverna* in die nächste Querstraße abbog, war sie bereits besinnungslos. Ihr Entführer zog sich die Sturmhaube vom Kopf und schnaufte erst einmal tief durch.

„Ich glaube, von unserer Aktion hat keiner etwas mitbekommen. Oder hast du einen Passanten gesehen, der uns beobachtet haben könnte?“

„Nein, ich habe keinen einzigen Fußgänger oder Radfahrer in der Straße gesehen. Wahrscheinlich haben wir unheimliches Glück gehabt mit dem Zeitpunkt, zu dem sie uns in die Arme gelaufen ist. Was ist mir ihr?“

Der Fahrer versuchte über den Rückspiegel nach hinten zu sehen.

„Schau du lieber nach vorne, damit du keinen Unfall baust. Ich mach das hier schon. Sie wird jetzt erst einmal eine Weile etwas Schönes träumen.“

Er faltete ein Stofftaschentuch, das neben ihm bereitlag, zusammen und stopfte es Francesca als Knebel in den Mund. Dann legte er sie zur Seite und zog ihre Beine hoch, sodass sie zusammengekrümmt auf der Rückbank lag. Aus dem Fußraum hinter dem Fahrersitz zog er eine dunkelbraune Decke nach oben und breitete sie über dem betäubten Mädchen aus, sodass es nicht mehr zu sehen war.

„Das Schwierigste hätten wir geschafft.“

Vor den Toren Roms, am Ortsrand von *Frascati*, saß Paolo Sandrinelli in seiner herrschaftlichen *Villa* am großen runden Tisch des Esszimmers. Ganz untypisch für einen Italiener bestand sein Frühstück nicht aus einem *Caffè* und einem *Cornetto* in einer Bar, er bevorzugte, zu Hause einen *Cappuccino* zu trinken sowie mehrere gebutterte Toasts mit Marmelade zu essen. Seine Frau Rosaria schloss sich ihm dabei an, wobei sie ihren Toast lieber ohne den süßen Aufstrich aß.

„Du bist heute spät dran, Paolo."

„Heute fahre ich nicht sofort nach Rom in die Firma."

„Wo musst du denn vorher noch hin?"

„Ich habe gleich einen Termin bei einem Winzer drüben in *Grottaferrata*. In der letzten Zeit häufen sich die Beschwerden unserer Kunden über die Qualität seines Weines. Wer weiß, was der da im letzten Jahr herumgepanscht hat, ich muss dringend ein ernstes Wort mit ihm reden. Denn letztlich fällt es auf uns zurück, wenn wir schlechte Ware liefern."

„Denkst du daran, dass wir heute Abend zu Aldos Geburtstagsfeier eingeladen sind?"

„Ach du meine Güte, dass hätte ich jetzt beinahe vergessen. Wann sollen wir denn dort sein?"

„Um acht."

„Willst du selbst fahren oder soll ich dich abholen?"

„Wegen mir brauchst du vorher nicht extra wieder heimfahren, das lohnt sich doch nicht. Ich kann schon selbst fahren. Und so früh kommst du doch ohnehin nicht aus der Firma, dass wir dann pünktlich um acht dort sein könnten."

„Nimmst du unser Geschenk mit oder soll ich es mir gleich ins Auto legen?"

„Lass es ruhig da, ich bringe es abends mit."

Zwanzig Minuten später verließ Paolo Sandrinelli das Haus. Unter seinen schwarzen, frisch geputzten Schuhen knirschten die hellen, fast weißen Kieselsteine auf dem Weg von der Haustür bis zur Doppelgarage. Er drückte auf den Knopf des Senders, den er in der Hosentasche trug, und leise surrend öffnete sich das breite Tor der Garage. Neben seinem schwarzen 7er BMW war das silberne BMW 3er-Cabrio seiner Frau geparkt. Sandrinelli öffnete die hintere Tür seiner Limousine, stellte seinen Aktenkoffer hinter den Fahrersitz und schlug die Tür wieder zu. Sein schwarzes Sakko zog er nicht aus, weil der Weg hinüber nach *Grottaferrata* so kurz war, dass er es in wenigen Minuten ohnehin wieder hätte anziehen müssen. Er stieg ein und ließ das Handy in der Halterung der Freisprechanlage einrasten. Als er mit seinem schweren Wagen vom Hof rollte und das breite, schmiedeeiserne Gartentor passierte, begegnete ihm der Gärtner, der soeben von seiner *Vespa* stieg. Der Gärtner zog seinen Helm vom Kopf und nickte fast untertänig, als sein Chef an ihm vorbeifuhr. Über die *Viale Cicerone* und die *Via 24 Maggio* verließ er *Frascati.* Auf der rechten Seite standen die Reihen der Weinstöcke bereits in sattem Grün, die Wärme der vergangenen Tage hatte der Natur einen ordentlichen Schub verpasst. An der Kreuzung der *Via 24 Maggio* mit der *Via Anagnina*, an der er nach rechts Richtung *Grottaferrata* abbiegen wollte, musste er anhalten, weil die Ampel gerade auf Rot gesprungen war. In diesem Augenblick begann sein Handy zu klingeln.

„Suona suona mia chitarra, lascia piangere il mio cuore, senza casa e senza amore, mi rimani solo tu."

Erst vor Kurzem hatte er sich mit Hilfe seines jüngeren Sohnes Raffaele den Refrain seines Lieblingsliedes *Chitarra romana* als Klingelton aus dem Internet heruntergeladen und unwillkürlich summte er nun die Melodie mit, als sie über den Lautsprecher ertönte. Er sah auf das Display und las erstaunt „Unbekannter Teilnehmer". Mit einem Druck auf die Telefontaste am Lenkrad nahm er das Gespräch an.

„Pronto."

Zuerst war nur ein starkes Rauschen zu hören, gerade so als ob der andere Gesprächsteilnehmer unter der Dusche oder direkt an einem vorbeifahrenden Zug stehen würde, dann folgte ein metallisch klingendes Klicken.

„Pronto", wiederholte Sandrinelli, diesmal aber bereits bedeutend energischer.

Es klickte noch ein weiteres Mal, dann begann am anderen Ende der Leitung endlich jemand zu sprechen.

„Hör gut zu, Sandrinelli. Wir haben deine Tochter. Wenn du sie lebend wiedersehen willst, dann lass die Polizei aus dem Spiel. Hast du gehört? Keine Polizei! Für vier Millionen Euro kriegst du die Kleine zurück. Du hast fünf Tage Zeit, das Geld zu besorgen. Keine Polizei, sonst machen wir die Kleine kalt. Wir melden uns morgen wieder."

Bevor Sandrinelli überhaupt einen Ton herausbrachte, klickte es noch einmal und die Leitung war tot. Sein Puls raste, dicke Schweißperlen standen ihm auf der Stirn. Erstarrt vor Schreck saß er in seinem Auto, unfähig, einen klaren Gedanken zu fassen. Erst als hinter ihm mehrere Autofahrer wild zu hupen begannen, weil die Ampel längst Grün zeigte, erwachte er aus seiner Trance. Er fuhr los und bog wie geplant nach rechts in Richtung *Grottaferrata* ab. Bei der nächsten Gelegenheit hielt er am Seitenstreifen an und schaltete den Motor ab. In seinem Kopf raste es, er war es gewohnt, alles und jeden in seinem Leben zu kontrollieren und im Griff zu haben. Eine Situation wie diese traf ihn völlig unvorbereitet.

„Vielleicht ist das Ganze nur ein übler Scherz", schoss es ihm durch den Kopf, aber dieser Gedanke war eher ein Ausdruck völliger Hilflosigkeit, als dass er ernsthaft daran glaubte, jemand hätte sich einen derartigen Scherz ausdenken können.

Hektisch wählte er eine Nummer auf seinem Handy. Es klingelte zweimal.

„Nun geh schon ran."

Nach dem vierten Klingeln wurde endlich abgehoben.

„Pronto."

„*Ciao* Nicoletta, ich bin es, ist Francesca da?"

„Nein, sie ist in der *Scuola Materna*. Wieso?"

„Ich dachte, sie hätte ab heute schon Osterferien."

„Nein, die Ferien sind nur vom Gründonnerstag bis einschließlich Osterdienstag."

„Merda", fluchte Sandrinelli.

„Was ist denn los, Paolo?"

Er antwortete nicht sofort.

„Seit wann ist sie schon weg?"

„Sie ist vor circa einer Dreiviertelstunde los. Warum fragst du das alles? Sag doch endlich, was los ist, Paolo!"

Ihre Stimme klang mehr und mehr hysterisch, weil sie fühlte, dass irgendetwas Schlimmes passiert sein musste.

„Unsere Kleine ist entführt worden."

„Nein! Oh mein Gott, oh mein Gott."

Nicoletta schrie und schrie in einer Lautstärke, dass das Handy förmlich zu vibrieren begann.

„Oh mein Gott, meine arme Francesca, meine arme Kleine, nein, nein, nein."

Obwohl Sandrinelli selbst noch wie gelähmt war von der schrecklichen Nachricht, versuchte er, beruhigend auf seine Geliebte einzureden.

„Nicoletta, *Tesoro*, bitte dreh jetzt nicht durch. Ich stehe gerade an der Straße zwischen *Frascati* und *Grottaferrata*, ich komme so schnell es geht zu dir. Bitte unternimm nichts, bevor ich nicht bei dir bin."

Nicoletta Sorano schluchzte am anderen Ende der Leitung, Sandrinelli hörte, wie sie nach Luft schnappte, er befürchtete, sie würde gleich ohnmächtig werden.

„Wir müssen jetzt versuchen ruhig zu bleiben. Und auf keinen Fall dürfen wir die Polizei einschalten."

„Keine Polizei?", schrie Nicoletta. „Aber wer soll uns denn sonst unseren Schatz zurückbringen?"

„Hör zu, die Entführer haben mich gerade angerufen und gedroht, dass sie ihr etwas antun, wenn wir die Polizei benachrichtigen."

„Was wollen sie denn?"

„Vier Millionen."

„Diese Schweine, diese elenden, feigen Schweine vergreifen sich an einem armen, unschuldigen Kind."

Sie schrie wieder so laut, dass Sandrinelli befürchtete, ihre Nachbarn könnten etwas davon hören.

„Nicoletta, ich fahre jetzt los, bitte versuche ruhig zu bleiben. Wir dürfen nichts tun, was unsere Kleine in eine noch größere Gefahr bringen würde. Am besten rufst du gleich in der Vorschule an und meldest Francesca für den Rest der Woche krank, bevor von dort irgendwelche Nachfragen kommen."

„Ich weiß nicht, ob ich das schaffe", zweifelte Nicoletta Sorano mit tränenerstickter Stimme. „Ich kann doch nicht so tun, als ob nichts geschehen wäre."

Während Paolo Sandrinelli noch eine Weile versuchte, die Mutter seiner Tochter wenigstens etwas zu beruhigen, hatte er den Motor wieder gestartet und sich in den fließenden Verkehr eingereiht. Anstatt wie ursprünglich geplant in *Grottaferrata* abzubiegen, um seinen Weinlieferanten aufzusuchen, blieb er auf der *Strada statale* und erreichte nach wenigen Kilometern den Autobahnring um Rom. Dort konnte er endlich kräftig Gas geben, dennoch dauerte es eine Dreiviertelstunde, bis er in der

Via Giuseppe Taverna vorfuhr. Er hatte die Haustür noch nicht ganz erreicht, da surrte schon der elektrische Türöffner. Eilig hastete er die Treppen hinauf, an der Tür ihrer Wohnung im Dachgeschoss erwartete ihn Nicoletta mit rot geweinten Augen.

„Entschuldige, es ging einfach nicht eher, ich bin so schnell gefahren wie möglich."

Laut schluchzend fiel sie ihm um den Hals.

„Unsere arme kleine Francesca, hoffentlich haben sie ihr nichts angetan."

Sandrinelli drückte die Wohnungstür hinter sich zu.

„Sie werden ihr sicher nichts tun, denn sie wollen ja mein Geld. Solange wir machen, was sie von uns verlangen, wird unserer Kleinen bestimmt nichts passieren."

Er versuchte so überzeugend wie möglich zu argumentieren, auch wenn er sich im Auto bereits in Gedanken ausgemalt hatte, was für schreckliche Dinge die Entführer mit seiner kleinen Tochter womöglich anstellen würden.

„Hast du nicht gefragt, ob du mit ihr sprechen kannst?"

„Nein, das ging nicht. Ich habe mir bei der Fahrt hierher immer wieder den Anruf durch den Kopf gehen lassen. Ich glaube, dass der Text auf einem Tonband aufgenommen war. Es war am Anfang und am Ende auch so ein komisches Klicken zu hören, das war bestimmt das Geräusch, als das Band eingeschaltet und dann wieder ausgeschaltet wurde."

Sie waren ins Wohnzimmer gegangen und hatten sich nebeneinander auf die Couch gesetzt. Sandrinelli legte seinen Arm um seine Geliebte, sie lehnte sich an seine Schulter und ließ ihren Tränen freien Lauf.

„Was sollen wir denn jetzt nur machen?"

„Hast du die *Scuola Materna* informiert?"

„Ja, es war natürlich schon aufgefallen, dass Francesca heute noch nicht da war. Ich habe ihnen erzählt, dass sie sich am Wochenende bei einem Ausflug ein bisschen erkältet hat und sie die drei Tage bis zu den Osterferien besser zu Hause bleiben soll."

„Gut, dann wundert sich wenigstens in den nächsten Tagen keiner, wenn sie nicht kommt."

Auch Cicco, Francescas kleiner Hund, merkte, dass an diesem Tag etwas anders war als sonst, er lief aufgeregt in der

Wohnung auf und ab, winselte ständig und schien nach Francesca zu suchen.

„Kannst du das Geld besorgen, Paolo?“

„Natürlich, das ist kein Problem, das müsste meine Bank innerhalb von zwei Tagen bereitstellen können, auch wenn da bestimmt neugierige Fragen kommen werden, warum ich eine so große Summe in bar abheben will. Aber da wird mir schon eine Ausrede einfallen.“

„Und dann?“

„Die wollen sich morgen wieder melden, da werde ich erst einmal ein Lebenszeichen von Francesca verlangen.“

Nachdem sich Sandrinelli mittlerweile von dem ersten Schock erholt hatte, begann er schon wieder wie gewohnt zu funktionieren. So wie er in seiner Firma immer darauf aus war, nicht nur seinen Konkurrenten, sondern auch seinen Geschäftspartnern einen Schritt voraus zu sein, so versuchte er jetzt mit diesem völlig neuen und ungewohnten privaten Problem fertigzuwerden.

„Aber wenn sie wieder nur ein Tonband abspielen, was willst du dann machen?“

„Die werden schon einmal mit mir sprechen, schließlich werden sie wissen wollen, ob ich das Geld bereits besorgt habe. Ansonsten können wir nur abwarten.“

Nicoletta Sorano war aufgestanden und ging hektisch im Wohnzimmer hin und her.

„Ich kann aber hier nicht tagelang tatenlos herumsitzen. Irgendetwas müssen wir doch unternehmen können. Hast du keine Idee, wer dahinterstecken könnte?“

„Nein, keine Ahnung“, log er, denn er hatte natürlich längst an den anonymen Erpresserbrief gedacht, den er kürzlich erhalten hatte.

„Ich habe noch nicht einmal eine Ahnung, wer überhaupt Bescheid wissen könnte, dass Francesca meine, unsere Tochter ist. Von mir hat noch keiner erfahren, dass ich noch ein drittes Kind habe.“

„Von mir natürlich auch nicht.“

Diese Geheimhaltung der Existenz von Francesca war Teil einer Abmachung, die Sandrinelli vor der Geburt seiner Tochter mit Nicoletta Sorano getroffen hatte. Sie war schon einige Jahre in seiner Firma beschäftigt gewesen, bevor ihre Liaison begann. Da er beruflich sehr viel unterwegs war, ließ es sich oft einrichten, dass sie lange Abende oder auch Teile des Wochenendes miteinander verbrachten, ohne dass seine Ehefrau misstrauisch geworden wäre. Da er mit Rosaria keinen Ehevertrag geschlossen hatte, kam für ihn eine Scheidung nicht infrage, denn diese hätte wahrscheinlich den Fortbestand seiner Firma ernsthaft gefährdet. Nicoletta wusste, dass sie ihn nie ganz für sich allein haben würde, trotzdem wünschte sie sich ein Kind von ihm. Als sie tatsächlich schwanger wurde, kaufte ihr Sandrinelli die Wohnung in der *Via Giuseppe Taverna*, sie kündigte, bevor man sah, dass sie ein Kind erwartete, und er zahlte ihr einen üppigen monatlichen Unterhalt. Bedingung dafür war allerdings gewesen, dass niemand erfahren durfte, wer der Vater von Francesca war.

„Und wenn wir doch zur Polizei gehen?", überlegte Nicoletta Sorano laut.

„Ich glaube nicht, dass das eine gute Idee ist. Mit solchen Verbrechern ist nicht zu spaßen. Wenn wir die Polizei einschalten, dann ist die Gefahr viel zu groß, dass doch etwas über die Entführung an die Öffentlichkeit gelangt."

Inzwischen wanderte auch Sandrinelli unruhig im Wohnzimmer auf und ab.

„Irgendetwas müssen wir doch unternehmen, Paolo. Kennst du keinen zuverlässigen Privatdetektiv, der ohne Polizei ermitteln könnte? Stell dir vor, du bezahlst die vier Millionen und sie lassen unseren Schatz trotzdem nicht frei. Was dann?"

Sandrinelli überlegte eine Zeit lang.

„Ich habe noch nie einen Privatdetektiv gebraucht, aber..."

Er redete nicht weiter, sondern blieb am Wohnzimmerfenster stehen und blickte hinaus.

„Was, aber?"

„Aber du hast mich gerade auf einen anderen Gedanken gebracht. Ja, das wäre vielleicht tatsächlich eine Möglichkeit."

„Was meinst du?"

„Vielleicht kann uns wirklich jemand weiterhelfen, ohne dass wir Gefahr laufen, dass die Entführer etwas davon erfahren."

Er nahm Nicoletta bei der Hand, ging mit ihr zur Couch und beide setzten sich.

„Hör zu. Heute Abend bin ich zum siebzigsten Geburtstag von einem Freund eingeladen. *Dottore* Bianchi ist seit vielen Jahren mein Hausarzt."

„Wie soll der uns denn weiterhelfen können?", unterbrach sie ihn ungeduldig.

„Er nicht. Aber sicher wird seine ganze Familie heute Abend auch da sein. Sein Sohn ist bei den *Carabinieri*, aber nicht hier in Rom, sondern er ist auf *Ischia* stationiert. Seine Tochter lebt in Deutschland und sein deutscher Schwiegersohn arbeitet, soviel ich weiß, auch bei der Polizei. In den Osterferien waren sie schon öfter zusammen mit ihren beiden Töchtern hier."

Nicoletta konnte nicht ruhig sitzen bleiben und war wieder aufgestanden.

„Meinst du, die beiden würden uns helfen?"

„Sicher weiß ich es natürlich nicht, aber ich kann mir nicht vorstellen, dass sie meine Bitte ablehnen würden. Ob sie mit Entführungsfällen schon Erfahrung haben, kann ich dir leider auch nicht sagen. Aber ich denke, wir haben keine andere Wahl."

„Ist deine Frau heute Abend auch dabei?"

„Ja, natürlich."

„Wie willst du dann deinen Freund in Ruhe um Hilfe bitten?"

„Lass mich nur machen, es ergibt sich bestimmt eine Gelegenheit, allein mit ihm zu reden. Wenn er beziehungsweise sein Sohn und sein Schwiegersohn uns helfen können, dann muss ich mich ohnehin mit ihnen noch einmal treffen, damit wir ausführlich besprechen, was wir unternehmen können und wie ich mich verhalten soll, wenn die Entführer wieder anrufen."

Nicoletta schwieg eine Weile, während sie pausenlos im Wohnzimmer umherlief.

„Mir fällt niemand ein, den wir sonst noch um Rat fragen könnten. Dann bleibt wohl nur dein Doc. Allerdings musst du ihm dann erzählen, dass Francesca deine Tochter ist."

Sandrinelli stand auf und nahm Nicoletta in den Arm.

„Keine Sorge, er wird dichthalten. Außerdem zählt doch jetzt nur, dass Francesca nichts passiert und wir sie gesund zurückbekommen."

Er merkte, wie Nicolettas Herz vor Aufregung immer noch rasend schnell schlug.

„Kann ich dich alleine lassen?“, fragte er sie besorgt.

„Muss du denn unbedingt schon weg?“

Sie wollte nicht, dass er seine Umarmung löste.

„Ja, leider. Allmählich sollte ich nämlich in die Firma fahren. Meine Söhne wissen zwar, dass ich für heute Vormittag einen Termin bei einem Winzer in *Grottaferrata* ausgemacht hatte, aber ich habe auch gesagt, dass ich am späten Vormittag wieder im Büro bin. Außerdem muss ich doch gleich mit meiner Bank sprechen, damit wir so schnell wie möglich das Lösegeld zur Verfügung haben.“

„Ich weiß nicht, ob ich das hier den ganzen Tag alleine aushalte.“

Wieder liefen ihr die Tränen übers Gesicht.

„*Tesoro,* ich mache mir doch auch wahnsinnige Sorgen um unsere Kleine, aber ich muss jetzt wirklich los. Zumindest nach außen hin müssen wir so tun, als ob nichts geschehen ist.“

„Das kann ich nicht.“

„Ich rufe dich heute Nachmittag an und sobald ich heute Abend mit *Dottore* Bianchi gesprochen habe, melde ich mich natürlich auch bei dir. Vielleicht kann ich sogar nach der Geburtstagsfeier noch auf einen Sprung vorbeikommen, ich habe nämlich mit Rosaria ausgemacht, dass sie selbst mit dem Auto nach Rom hereinkommt.“

Sie begleitete ihn zur Wohnungstür, sonst kam auch Cicco jedes Mal herangestürmt, wenn es galt, jemanden zu verabschieden, aber heute ließ er sich nicht blicken, gerade so, als wollte er den Überbringer schlechter Nachrichten mit Nichtbeachtung strafen. Sandrinelli umarmte Nicoletta noch einmal.

„Ich werde alles dafür tun, dass Francesca wohlbehalten zurückkommt.“

Er wischte ihr mit dem Handrücken ein paar Tränen aus dem Gesicht.

„Hoffentlich ist sie nicht längst schon tot.“

„Nicoletta!“, antwortete er vorwurfsvoll. „So etwas darfst du nicht einmal denken. Sie lebt und sie wird bald wieder da sein.“

Er drückte ihr einen sanften Kuss auf die Wange, dann entließ er sie aus seiner Umarmung, öffnete die Wohnungstür und lief die Treppe hinunter, ohne sich noch einmal umzudrehen.

11

„Tanti auguri a te, tanti auguri a te, tanti auguuuuuri, caro Aldo, tanti auguri a te!“

Die ganze Familie war bereits im Esszimmer versammelt, als der Jubilar erschien und mit einem Geburtstagsständchen gebührend begrüßt wurde. Giovanna hatte dafür gesorgt, dass er erst aus dem ersten Stock herunterkam, als alles für seinen siebzigsten Geburtstag hergerichtet war. Auf dem großen Esstisch stand ein riesiger Strauß mit siebzig roten Rosen, den ein Blumenhändler, dessen Laden ganz in der Nähe lag, in aller Früh vorbeigebracht hatte. Von Aldos Lieblingsbar, in der er auf dem Weg in seine Praxis oft Halt machte, hatte Giovanna eine große Tüte mit frischen, unterschiedlich gefüllten *Cornetti* liefern lassen, und aus der Küche strömte bereits der herrliche Duft von frisch gebrühtem Kaffee herüber. Martina und Elena hielten gemeinsam einen großen, runden Kuchen, auf dem siebzig kleine, bunte Wachskerzen brannten.

„Als erstes musst du die Kerzen ausblasen, *Nonno*“, forderten sie ihren Opa auf.

Dieser holte tief Luft, schaffte aber auf Anhieb nicht alle Kerzen, erst als er zum zweiten Mal angesetzt hatte, waren sämtliche kleinen Flammen erloschen. Einer nach dem anderen umarmte daraufhin das Familienoberhaupt und wünschte ihm Gesundheit und viel Glück im neuen Lebensjahr.

„Ich wünsche dir, dass die Übergabe deiner Praxis reibungslos klappt und du bald deinen Ruhestand genießen kannst“, war der nicht ganz uneigennützige Glückwunsch von seiner Giovanna. „Und dass dir nicht langweilig wird, dafür soll mein Geschenk sorgen.“

Sie überreichte ihm ein Päckchen, das mit dunkelblauem Geschenkpapier umwickelt und mit einer gelben Schleife verziert war.

„Soll ich es gleich auspacken?“

„Natürlich“, war die vielstimmige Antwort. „Wir wollen doch auch sehen, was drin ist.“

Aldo setzte sich und versuchte mit einer Engelsgeduld, den Knoten der Schleife zu lösen, anstatt sie mit einem Ruck von dem Paket herunterzureißen. Chiara wollte ihm ihre Hilfe anbieten.

„Warte, ich hol dir eine Schere."

„Nein", war die energische Antwort von Aldo. „Die Schleife kann man doch sicher noch einmal verwenden, wenn man sie jetzt nicht zerschneidet."

Er versuchte weiter, die Schleife aufzuknoten, während der Rest der Familie ungeduldig um ihn herum stand und mit den Aufforderungen, die Schleife endlich zu zerschneiden oder zu zerreißen, das Auspacken beschleunigen wollte. Doch Aldo ließ sich nicht beirren und fingerte so lange an dem Knoten herum, bis er sich endlich löste. Dann versuchte er vorsichtig, die drei langen Klebstreifen abzuziehen, mit denen das Geschenkpapier zugeklebt war, denn schließlich könne man das Papier auch noch einmal verwenden, wenn man es beim Auspacken nicht zerreißen würde.

„Nun mach es doch nicht so spannend", wollte ihn Martina antreiben, endlich etwas schneller auszupacken, ihr Großvater aber blieb dabei, sein Päckchen mit stoischer Ruhe zu öffnen.

Endlich hatte er auch den letzten Klebstreifen Stück für Stück entfernt und konnte das Papier auseinanderfalten.

„Eine Digitalkamera", rief Elena, und tatsächlich kamen die Schachtel einer silbernen Digitalkamera und ein Handbuch mit Tipps für die digitale Fotografie zum Vorschein.

„Nun kannst du deine alte Kamera ausrangieren", kommentierte Giovanna ihr Geschenk und Aldo bedankte sich bei ihr.

„Ich habe schon länger überlegt, mir eine modernere Kamera zu kaufen, aber bisher habe ich einfach nicht die Zeit gefunden, mich mit dem Thema näher zu beschäftigen."

„Zukünftig kannst du mit deinem PC auch ein bisschen mehr anstellen, als nur Rezepte für Medikamente auszudrucken. Ein Programm zur Bildbearbeitung ist in dem Softwarepaket auf deinem Rechner bereits enthalten, Papa."

Francesco hatte zwei Jahre zuvor für seinen Vater einen PC gekauft, weil dieser sich auch außerhalb der Praxis damit beschäftigen wollte, aber wie von Giovanna beim Kauf schon vermutet, war er in seiner ohnehin knapp bemessenen Freizeit sehr selten am Computer gesessen.

Das nächste Geschenk bekam Aldo von Chiara im Namen seiner Kinder und Schwiegerkinder überreicht.

„Damit wir nicht wieder so lange warten müssen, haben wir unser Geschenk nur in ein Kuvert gesteckt."

Diesmal fehlte die Spannung beim Öffnen des Geschenks, denn bis auf Aldo selbst wusste jeder, dass in dem Kuvert die Gutscheine für die zwei Hotelübernachtungen in *Verona* sowie für die Oper in der *Arena di Verona* steckten. Das Spannendste war nun die Reaktion von Aldo. Mit seinem silbernen Brieföffner schlitzte er das große Kuvert an einer Seite auf, fasste hinein und zog einen Gutschein heraus.

„*Nabucco*, meine Lieblingsoper", jubilierte er. „Das war eine großartige Idee von euch. Vielen Dank."

Er wollte das Kuvert schon beiseitelegen, wurde aber von Giulia darauf hingewiesen, dass noch etwas darin stecken würde. Den Hotelgutschein hatte er nämlich übersehen.

„Zwei Übernachtungen im Hotel auch noch. Da habt ihr euch aber wieder in Ausgaben gestürzt."

Zuletzt kamen die beiden Enkeltöchter an die Reihe, Martina und Elena hatten für ihren Opa ein flaches, mit buntem Papier umwickeltes Päckchen, das sie mit kleinen Blumen aus Krepppapier beklebt hatten. Obwohl das Geschenkpapier wegen der vielen aufgeklebten Blumen nicht wieder zu verwenden war, ließ es sich Aldo nicht nehmen, auch bei diesem Geschenk ganz vorsichtig die Klebstreifen zu entfernen. Als er dann das Papier auseinandergefaltet hatte, kam ein Bilderrahmen zum Vorschein. Darin befand sich die Vergrößerung eines Fotos, das im August des Vorjahres auf *Ischia* aufgenommen worden war und die ganze Familie Hartinger zusammen mit Francesco und Giulia zeigte.

„Das hat mein Vater im Garten hinter unserem Haus geknipst", erklärte Giulia.

„Ja, da hatten wir eine Riesengaudi", ergänzte Elena. „Wir haben bestimmt zehn Fotos gemacht, bis eines so halbwegs gepasst hat, dass man es auch herzeigen kann."

Nachdem Aldo seine Geschenke ausgepackt hatte, machten sich alle über die mit Schokolade oder Vanillecreme gefüllten *Cornetti* her und ließen kein einziges übrig. Danach durfte Aldo unter Beifall seinen Geburtstagskuchen anschneiden, von dem Elena, Francesco und Max gleich auch noch ein Stück probieren wollten. Plötzlich klingelte Aldos Handy.

„Da ist schon der nächste Gratulant", mutmaßte Giovanna.

„*Pronto.*"

Aldo machte ein ernstes Gesicht, als er dem Anrufer zuhörte.

„Haben Sie Ihre Tabletten heute Morgen genommen, *Avvocato*?", fragte er dann.

Die Blicke von Giovanna und Chiara kreuzten sich und beide verzogen das Gesicht, weil ganz offensichtlich anstatt eines Gratulanten ein Patient von Aldo am Telefon war. Aldo hatte zwar für diesen Tag seine Praxis geschlossen, aber einige seiner Patienten hatten auch seine Handynummer, sodass er für sie rund um die Uhr erreichbar war und es deshalb für ihn vielfach keinen Feierabend und keine Wochenendruhe gab.

„Bleiben Sie liegen, *Avvocato*, ich bin in zehn Minuten da."

Aldo beendete das Gespräch und schaltete das Handy ab.

„Willst du tatsächlich heute auch noch arbeiten? Er könnte doch genauso gut den Rettungsdienst anrufen, wenn er wieder Herzprobleme hat."

Giovanna wusste um die gesundheitliche Verfassung von Aldos ältestem Patienten und dass er sehr eigen war. Der mittlerweile siebenundneunzig Jahre alte *Avvocato* Carparola lebte allein und wurde in seiner Wohnung von einer Haushälterin versorgt, die allerdings nicht bei ihm wohnte. Er war genauso stur, wie er alt war, deshalb war Giovanna auch bekannt, dass er sich ausschließlich von ihrem Mann behandeln ließ. Aldo hatte sogar einmal gescherzt:

„Ich glaube, wenn er einmal ins Krankenhaus müsste, dann stirbt er lieber sofort, als dass er sich von einem anderen Arzt behandeln ließe."

Auch alle anderen waren wie Giovanna wenig begeistert, dass Aldo seine Familie alleine lassen wollte und ausnahmsweise schien es ihm auch ein bisschen unangenehm zu sein.

„Was soll ich denn machen? Wenigstens auf einen kurzen Sprung muss ich bei ihm vorbeischauen. Recht viel länger als eine halbe Stunde werde ich bestimmt nicht unterwegs sein."

Während Aldo dem alten *Avvocato* den Hausbesuch abstattete, räumte Giovanna mit Hilfe von Giulia das Esszimmer und die Küche auf. Die beiden Mädchen verschwanden in ihrem Zimmer. Martinas Schwarm Robert hatte auf die SMS, die sie ihm nach dem Aufstehen geschickt hatte, bereits geantwortet, und nun wollte sie ihm gleich wieder das Neueste aus Rom berichten. Max schnappte sich die aktuelle Tageszeitung und Chiara wollte endlich mit ihrer Freundin Angelina telefonieren. Mit ihr zusammen hatte sie auf der *La Sapienza* in Rom Germanistik studiert und Angelina war sogar dabei gewesen, als Chiara ihren Max auf dem Oktoberfest in München kennen gelernt hatte. Schon mehrfach hatte Chiara am Samstag und Sonntag vergeblich versucht, Angelina zu erreichen. Aber an diesem Vormittag hatte sie mehr Glück. Schon nach dem zweiten Klingeln nahm Angelina ab und freute sich riesig, ihre Freundin endlich zu hören.

„Ich wollte am Freitag noch deiner Mama Bescheid geben, dass wir übers Wochenende zu meinen Schwiegereltern nach *Terracina* fahren, habe es dann aber völlig vergessen."

„Ist doch kein Problem. Ich dachte mir schon, dass ihr womöglich dort seid. Was machen denn deine beiden Racker?"

Angelinas Söhne Massimo und Adriano waren dreizehn und vierzehn und kamen gerade in ein richtiges Flegelalter.

„Wir haben das Wochenende ohne größere Katastrophen überstanden. Der Schaden von letzter Woche reicht auch für eine Weile."

Angelina erzählte, dass Massimo und Adriano in der vorangegangenen Woche im Flur ihrer Wohnung mit einem Ball aus Stoff Handball gespielt und dabei die geöffnete Badezimmertür zum Tor umfunktioniert hatten. An sich hätte der weiche Stoffball nichts beschädigen können, aber als Massimo einmal kräftig aufs Tor geworfen hatte und Adriano den Ball passieren ließ, war er direkt an den großen Badezimmerspiegel geflogen, der sich durch den Aufprall aus seiner Halterung gelöst hatte, auf das Waschbecken gefallen und in tausende kleine Splitter zersprungen war.

„Was hat denn Luca dazu gesagt?"

„Er war natürlich alles andere als begeistert, aber nachdem die beiden einen Teil ihres Taschengeldes zum neuen Spiegel dazugegeben hatten, hat er sich auch wieder beruhigt."

Angelinas Ehemann Luca hatte von seinem Vater ein kleines Antiquitätengeschäft geerbt, dass er in den vergangenen Jahren mehr und mehr vergrößern konnte. Seit zwei Jahren führte er außerdem mehrmals im Jahr Kunstauktionen durch, die sich mittlerweile als einträglicher erwiesen als der Verkauf der Antiquitäten in seinem Laden.

„Der Geburtstag von deinem Papa ist heute, oder?", wechselte Angelina das Thema.

Chiara erzählte ihr, was für diesen Tag alles geplant war und dass ihr Vater trotz seines Festtages gerade zu einem Patienten nach Hause gefahren war.

„Er kann eben nicht raus aus seiner Haut."

Die beiden Freundinnen vereinbarten, sich am folgenden Tag zum Mittagessen zu treffen.

„Da kannst du mir dann alle Einzelheiten von eurem großen Fest berichten, Chiara."

Aus der halben Stunde, die Aldo unterwegs sein wollte, wurde dann doch fast eine ganze Stunde. Francesco nutzte die Zeit, um unbemerkt von seinem Vater dessen Schwester im Zug anzurufen.

„*Ciao Zia,* ich wollte mich nur vergewissern, dass du auch wirklich losgefahren bist."

„Selbstverständlich bin ich unterwegs."

„Wo bist du gerade?"

„Ich weiß es nicht genau. Auf alle Fälle ist der Zug fast pünktlich in Pisa abgefahren, ich müsste also laut Fahrplan um zwei Minuten vor zwölf in *Roma Termini* ankommen."

„In Ordnung, ich werde dich am Gleis abholen."

„Ihr habt hoffentlich nichts verraten!"

„Nein, natürlich nicht, Papa hat keine Ahnung, dass du kommst. Bis später."

Unter dem Vorwand, dass er noch etwas zu erledigen hätte, machte sich Francesco am späten Vormittag auf den Weg zur *Stazione Termini*. Sein Vater war natürlich sehr neugierig, was Francesco so kurz vor dem gemeinsamen Mittagessen noch vorhatte, musste sich aber mit „Das wirst du dann schon sehen" vertrösten lassen.

„Immer diese Geheimniskrämerei", beklagte sich Aldo scherzhaft.

„Das wird dir heute im Laufe des Tages bestimmt noch öfter passieren, Papa, an einem runden Geburtstag ist man eben nie vor Überraschungen sicher."

Francesco hatte mit seiner Mutter besprochen, dass er vom Bahnhof aus gleich zu dem *Ristorante* fahren würde, in dem sie für das Mittagessen einen Tisch reserviert hatten. Es lag am Rand der *Villa Borghese* und war vom Haus der Bianchis gut zu Fuß zu erreichen.

„Wir werden gegen zwölf hier aufbrechen."

„Bis spätestens halb eins müsste ich mit *Zia* Maria auch da sein."

Die Überraschung mit ihrem geheim gehaltenen Besuch war Maria wirklich gelungen. Wie sie in dem *Ristorante* plötzlich vor ihm stand, bekam Aldo sogar etwas feuchte Augen. Er wollte sie gar nicht mehr loslassen, als sie ihn zur Begrüßung umarmte. Selbstverständlich durfte sie beim Essen neben ihm Platz nehmen, während sich Giovanna auf der anderen Seite neben ihn setzte. *Zia* Maria war eine rüstige, fidele Rentnerin, die mit Geschichten aus Aldos Kindheit und Jugendzeit die ganze Familie unterhielt und zum Lachen brachte. Ihr tat es sichtlich gut, einmal aus den eigenen vier Wänden, in denen sie ihren kranken Ehemann Stefano seit Jahren pflegte, herauszukommen.

„Wie kleine Buben eben so sind, musste Aldo überall hinaufklettern. Kein Stuhl, keine Leiter, nichts war vor ihm sicher. Damals stand in unserem Garten noch ein großer Apfelbaum mit weit ausladenden Ästen. Aldo war ungefähr fünf Jahre alt, als er im Sommer einmal allein im Garten war und auf den Baum kraxelte, dann aber nicht wusste, wie er wieder hinunterklettern könnte."

Francesco lachte laut über das Missgeschick seines Vaters.

„Du brauchst gar nicht so schadenfroh sein, Francesco", ermahnte Giovanna ihren Sohn grinsend. „Du bist als Zweijähriger auch einmal am Fensterladen der Terrassentür nach oben geklettert und hast dann laut um Hilfe geschrien, weil du dich nicht getraut hast, rückwärts wieder hinunter zu steigen."

„Aber Aldo hat auf seinem Apfelbaum nicht um Hilfe gerufen, dazu hat er sich zu sehr geschämt", erzählte Maria weiter. „Erst als ihn unsere Mama gegen Abend überall suchte, sah sie, wie er weinend auf dem Baum saß, und hat ihn mit einer Leiter gerettet."

Aldo legte seine Hand auf den Unterarm seiner Schwester, als wollte er sie davon abhalten, der ganzen Familie auch noch das Ende dieser Geschichte zu erzählen. Aber Maria war nicht zu bremsen.

„Unsere Mama hat ihn zwar unversehrt von seinem Baum heruntergeholt, trotzdem ging es ihm hinterher richtig schlecht."

„Warum denn?", fragten Martina und Elena neugierig.

„Im Laufe des Nachmittags hat er dort oben natürlich Hunger bekommen und in seiner Not ein paar von den unreifen Äpfeln gegessen. Damit hat er sich ganz kräftig den Magen verdorben."

Das Mittagessen hatte jeder à la carte gewählt, für die große Feier am Abend hatten Aldo und Giovanna bereits ein mehrgängiges Menü vorbestellt. Mit den Erzählungen von *Zia* Maria war die Zeit wie im Flug vergangen, es war schon fast drei, als die Bianchis das *Ristorante* wieder verließen. Maria ließ Francesco allein mit dem Auto und ihrem Gepäck vorausfahren, da sie lieber mit dem Rest der Familie einen Spaziergang durch die *Villa Borghese* und dann zurück zum Haus ihres Bruders machen wollte. Dort angekommen, zog sich Aldo zu einer kurzen *Siesta* zurück, während Maria zuerst im Gästezimmer ihren kleinen Koffer auspackte und sich dann zu den anderen ins Esszimmer setzte. Obwohl sie mittags reichlich gegessen hatten, griffen alle bei Aldos Geburtstagskuchen wieder kräftig zu, und wiederum war es *Zia* Maria, die mit ihren lustigen Geschichten alle unterhielt. Das laute Lachen seiner Familie hatte Aldos *Siesta* schnell wieder beendet.

Immer wieder klingelte das Telefon und im Gegensatz zum Vormittag waren es ausnahmslos Freunde und Bekannte von Aldo, die nicht nur aus Rom, sondern aus ganz Italien anriefen, um ihm zu seinem runden Geburtstag zu gratulieren. Gegen Abend zogen sich alle ein Festtagsgewand an und machten sich in den Autos von Francesco und Aldo auf den Weg ins *Hotel Vittorio Emanuele* im Zentrum von Rom, wo sie für die Geburtstagsfeier einen großen Nebenraum des Hotel-*Ristorante* angemietet hatten. Der Raum war bereits festlich hergerichtet, alle Tische waren mit mehreren blau-weißen Blumengestecken und blauen Kerzen geschmückt, an jedem Platz standen edles Geschirr mit Kristallgläsern und kunstvoll gefaltete Stoffservietten bereit. Es dauerte nicht lange, dann trafen pünktlich um acht Uhr die ersten Gäste ein. Zuerst Amadeo Muro, mit dem Aldo bereits die Schulbank gedrückt hatte.

„*Auguri*, du alter Knacker, jetzt gehst du schon auf die achtzig zu."

„Sei vorsichtig, Amadeo, du weißt, in sechs Wochen bekommst du alles wieder doppelt und dreifach zurück."

Die gegenseitigen Frotzeleien an ihren Geburtstagen waren ein jahrelanges Ritual zwischen Aldo und dem nur sechs Wochen jüngeren Amadeo. Zuerst zog Amadeo seinen Schulfreund wegen seines Alters auf und dieser revanchierte sich dann wenige Wochen später, wenn Amadeo dasselbe Alter erreicht hatte. Muro kam in Begleitung seiner Frau Agnese, die Aldo ebenfalls schon seit Jahrzehnten kannte. Sie war auf dem Gymnasium nur eine Jahrgangsstufe unter Aldo und Amadeo gewesen und bereits seit den Monaten vor dem Abitur waren Agnese und Amadeo ein Paar.

Schon bevor sie in den Saal hereingekommen waren, roch man, dass *Professore* Carlo Ricca mit seiner Frau Monica angekommen war. Wie immer umwehte Monica eine große, sehr intensive Parfumwolke.

„Aldo, alles Gute zum Geburtstag!"

Monica umarmte ihn und Aldo war froh, als sie ihn wieder losließ, ihr Parfum raubte ihm fast den Atem. Auch Carlo umarmte ihn, als er ihm gratulierte. Der Parfumduft seiner Frau hatte sich bereits in seiner Kleidung festgesetzt. Giovanna fand, dass die beiden überhaupt nicht zueinander passten. Carlo war der Leiter der Chirurgie in der *Gemelli*-Klinik, war fast zwei Meter groß, immer sehr elegant gekleidet und hatte dichtes schwarzes Haar. Trotz seiner knapp fünfundsechzig Jahre sah man darin kein einziges graues Härchen. Monica, erst seit zwei Jahren seine Frau und mehr als zwanzig Jahre jünger als er, hatte lange, strohblonde Haare, war grell geschminkt und hatte bei der farblichen Zusammenstellung ihrer Kleidung meistens kein sehr glückliches Händchen.

„Nehmt doch bitte am linken Tisch Platz“, forderte Aldo die beiden auf.

Die Geburtstagstafel bestand aus drei Tischen, der mittlere war für Aldos Familie vorgesehen, der linke für seine Freunde und der rechte für seine Angestellten und Nachbarn. Dort war auch ein Platz für *Don* Filippo, den Priester der Heimatpfarrei der Bianchis, reserviert.

Bis kurz vor halb neun waren fast alle Gäste eingetroffen, unter ihnen der Vizebürgermeister Belli, dem Aldo vor vielen Jahren nach einem Wespenstich mit einem Luftröhrenschnitt das Leben gerettet hatte, und auch Alessandro Ricca, der Sohn des *Professore* aus erster Ehe und potenzielle Nachfolger in Aldo Bianchis Arztpraxis. Neben dem zweiunddreißigjährigen Alessandro waren natürlich auch Aldos Sprechstundenhilfen Riccarda Fondi und Patricia Mentana eingeladen. Bevor sich Aldo dazu durchringen konnte, dem jungen Arzt das Angebot zu machen, bei ihm eine Weile mitzuarbeiten und ihm seine Praxis später eventuell zu übergeben, ließ er sich von Alessandro stundenweise assistieren. Obwohl sie Alessandro nur an diesen wenigen Tagen ein bisschen kennen lernen konnte, hatte die fünfundzwanzigjährige Patricia bereits ein Auge auf ihn geworfen und strahlte nun übers ganze Gesicht, als sie neben ihm am Tisch Platz nehmen konnte. Die fast doppelt so alte Riccarda dagegen stand dem potentiellen neuen Chef noch etwas skeptisch gegenüber. Als letzte der geladenen Gäste trafen Rosaria und Paolo Sandrinelli ein. Rosaria hatte schon eine ganze Weile vor dem Hotel auf ihren Mann gewartet, der wie so oft nicht pünktlich erschien, weil er in seiner Firma wieder einmal aufgehalten worden war. Am Eingang waren die beiden auch noch dem Geschäftsführer des *Vittorio Emanuele* in die Arme gelaufen, der Sandrinelli schon seit Jahren kannte, weil die Hotelküche viele Lebensmittel über Sandrinellis Firma bezog. Nach einem kurzen Plausch mit ihm gingen sie in den Festsaal hinein. Aldo und Paolo waren sich einige Jahre zuvor bei einem Empfang des Vizebürgermeisters zum ersten Mal begegnet, als sie beim Essen zufällig nebeneinander saßen. Besonders ihre Ehefrauen fanden sich auf Anhieb sehr sympathisch, immer wieder hatte Giovanna in der Folge lange Nachmittage bei Rosaria in der großen *Villa* in

Frascati verbracht. Wahrscheinlich verstanden sie sich auch deshalb so gut, weil sie in einer ähnlichen Situation waren. Ihre Ehemänner lebten voll und ganz für ihre Arbeit, Aldo für seine Praxis, Paolo für seine Firma. Wenigstens für Giovanna sollte die Zeit, in der sie so oft abends und am Wochenende von ihrem Mann allein gelassen wurde, bald vorbei sein. Nicht lange nach ihrem Kennenlernen suchte Paolo als Patient Aldo in seiner Praxis auf und ließ sich seitdem regelmäßig von ihm behandeln.

„*Auguri*, Aldo!"

„Danke. Schön, dass ihr da seid."

„Entschuldige meine Verspätung, bei mir ist es heute den ganzen Tag drunter und drüber gegangen."

„Willst du dich nicht bald zur Ruhe setzen, Paolo? Deine Söhne sind doch beide schon lange in deiner Firma tätig. Könnten sie den Laden nicht längst übernehmen?"

Bevor Paolo antworten konnte, schaltete sich Rosaria ein.

„Bemühe dich nicht, Aldo, bei diesem Thema schaltet er immer auf Durchzug."

„Lästert nur über mich", wehrte sich Paolo. „Es ist eben nicht so leicht, sein Lebenswerk einfach aufzugeben."

Paolo dachte dabei aber nicht nur an seine Firma. Wenn er nicht mehr täglich von *Frascati* nach Rom fahren würde, dann hätte er auch kaum mehr eine Gelegenheit, unbemerkt von seiner Frau seine Geliebte Nicoletta und seine Tochter Francesca zu besuchen. Er wollte das Thema schnell wieder beenden und überreichte Aldo das Geschenk.

„Eine Ikone! Die ist wirklich wunderschön."

Das Heiligenbild zeigte den Apostel Paulus.

„Giovanna, schau, dafür müssen wir einen besonderen Platz in unserem Wohnzimmer suchen. Vielen Dank, ihr beiden."

Nachdem die Sandrinellis Platz genommen hatten und Giovanna und Aldo zum Tisch ihrer Familie gegangen waren, trugen die Kellner neun große Platten mit verschiedenen *Antipasti* herein und stellten jeweils drei davon auf jeden Tisch. Aldo klopfte mit einem kleinen Löffel an sein Wasserglas.

„Meine Lieben, ich freue mich, dass ihr meiner Einladung gefolgt seid und mit mir meinen Geburtstag feiern wollt. Ich wünsche euch einen guten Appetit."

Die ersten wollten sich schon über die *Antipasti* hermachen, wurden aber von Aldo noch mal gebremst.

„Zuerst aber bitte ich *Don* Filippo noch um ein kurzes Tischgebet."

Don Filippo stand auf, sprach ein Segensgebet, und alle bekreuzigten sich. Dann konnte endlich gegessen werden. Nach den *Antipasti* durften die Gäste zwischen zwei verschiedenen *Pasta*-Gerichten auswählen. Die Pause zwischen *Pasta* und Hauptgang nutzte Vizebürgermeister Belli, um eine der von Francesco befürchteten langweiligen Reden zu halten. Glücklicherweise begannen die Kellner relativ schnell, den Hauptgang zu servieren, weshalb Belli seine Rede abkürzte, um selbst auch weiteressen zu können. Nach dem Hauptgang ergriff *Professore* Ricca als Vertreter der römischen Ärztekammer das Wort. In seiner langatmigen Rede hob er besonders hervor, dass Aldo den Eid des Hippokrates immer sehr ernst genommen hatte. Gleichzeitig dankte er Giovanna sowie Chiara und Francesco, dass sie die zahlreichen Entbehrungen auf sich genommen hatten, die sich durch Aldos Arbeit zwangsläufig für sie ergeben hatten. Nachdem Ricca endlich zum Ende gekommen war, ergriff der Jubilar selbst das Wort. Zuerst dankte er allen Gästen für die Glückwünsche und Geschenke.

„Und nun habe ich noch eine Überraschung für euch."

Im Saal herrschte eine gespannte Stille.

„Heute kann ich euch den Nachfolger in meiner Praxis vorstellen: *Dottore* Alessandro Ricca."

Alessandro erhob sich und wirkte fast ein bisschen verlegen, als alle zu klatschen begannen. Patricia neben ihm klatschte besonders laut und lang anhaltend.

„Alessandro wird ab morgen in meiner Praxis mitarbeiten, und ich plane, mich im Sommer zur Ruhe zu setzen."

Rosaria Sandrinelli blickte etwas neidisch zu Giovanna hinüber, gerade so, als wollte sie sagen: „Du hast es geschafft". Sie selbst hatte wenig Hoffnung, dass ihr Mann bald den Ruhestand der Arbeit in seiner Firma vorziehen würde. Aldo hatte sich kaum gesetzt, da stand Francesco auf.

„Lieber Papa, ich habe dir heute Vormittag bereits angekündigt, dass du dich heute noch auf einige Überraschungen gefasst machen darfst. Hier kommt die nächste."

Die breite Flügeltür des Saales ging auf und drei Musiker marschierten ein. Der Sänger, der Geiger und der Akkordeonspieler platzierten sich gegenüber dem Tisch, an dem die Familie Bianchi saß. Als Erstes spielten und sangen sie die rasante *Tarantella „La Danza"*. Nachdem der letzte Ton verklungen war, wandte sich der Geiger an Aldo.

„Lieber *Dottore* Bianchi, wir gratulieren Ihnen herzlich zu Ihrem Geburtstag und freuen uns, Sie heute Abend unterhalten zu dürfen."

Alle applaudierten. Aldo hatte sich gewundert, warum die festliche Tafel nicht genau in der Mitte des Raumes platziert worden war, die Erklärung dafür lieferte ihm nun der Geiger.

„Und jetzt bitten wir Sie, zusammen mit Ihrer lieben Gattin den Tanz zu eröffnen."

Aldo war sichtlich überrascht, eine Geburtstagsfeier mit Musik und Tanz hatte er schon seit vielen Jahren nicht mehr erlebt. In der Zeit, nachdem er und Giovanna sich kennen gelernt hatten, waren sie am Wochenende oft beim Tanzen gewesen, aber als im Jahr nach ihrer Hochzeit Francesco und wiederum nur ein Jahr später Chiara geboren wurden, waren sie nur noch sehr selten zum Tanzen ausgegangen. Umso mehr freute er sich jetzt, als er Giovanna auf die Tanzfläche führen durfte. Francesco hatte den Musikern den Hinweis gegeben, dass seine Eltern nach der Hochzeit nach Venedig gereist waren, deshalb stimmten sie den Lagunenwalzer aus der Operette „Eine Nacht in Venedig" von Johann Strauß Sohn an. Zum rhythmischen Klatschen aller Festgäste begannen Aldo und Giovanna zu tanzen. Nach ein paar Minuten forderte der Sänger mit einer einladenden Handbewegung die Gäste auf, sich dem tanzenden Paar anzuschließen. Darauf hatte Patricia Mentana nur gewartet, sofort griff sie nach der Hand von Alessandro Ricca und zog ihn zur Tanzfläche.

„Darf ich bitten?", forderte Max seine Chiara zum Tanz auf, Francesco und Giulia schlossen sich ihnen an.

Weil fast nur ältere Ehepaare anwesend waren und der einzige jüngere männliche Gast von seiner zukünftigen Sprechstundenhilfe in Beschlag genommen worden war, blieben für Martina und Elena keine passenden Tanzpartner übrig. Elena gab Martina einen Stups.

„Komm, lass uns auch tanzen."

Martina hatte gerade davon geträumt, wie schön es wäre, wenn sie sich jetzt in den Armen von Robert übers Parkett drehen könnte. Aber dafür war er leider viel zu weit weg.

„Gute Idee."

Sie folgte gerne der Aufforderung ihrer jüngeren Schwester, mit ihr den Walzer zu tanzen. Die kleine Tanzfläche war schnell voll, als sich noch drei weitere Paare dazugesellten. Dies nahmen die Musiker zum Anlass, den Lagunenwalzer noch einmal zu wiederholen. Am Ende des Walzers applaudierten die Tanzpaare und gingen an ihre Plätze zurück.

Es war Zeit für das Dessert. Einer der Kellner schaltete das elektrische Licht aus, sodass der Saal nur noch durch das Kerzenlicht beleuchtet war. Seine Kollegen standen vor der Tür bereit und entzündeten, sobald drinnen das Licht ausging, die Sternwerfer auf einer riesigen, kuppelförmigen Eisbombe. Unter lautem „Oh" und „Ah" der Festgäste schoben sie den Funken sprühenden Nachtisch in den Saal. Als alle Sternwerfer heruntergebrannt waren, wurde das Saallicht wieder eingeschaltet und Aldo durfte die Eisbombe unter dem Beifall der Gäste anschneiden. Als sie bis auf den letzten Rest verspeist war, wurde immer wieder das Tanzbein geschwungen und nach und nach wurden an den drei Tischen die Plätze getauscht. Rosaria hatte sich zu Giovanna gesetzt und ihr zu der gelungenen Organisation der Geburtstagsfeier gratuliert. Beide bestellten sich einen *Espresso* und unterhielten sich angeregt.

Aldo hatte eine Weile mit *Professore* Ricca über einen Kollegen diskutiert, über den bei der Ärztekammer immer wieder Beschwerden eingingen. Anschließend verließ er den Saal, um zur Toilette zu gehen. Paolo Sandrinelli, der auf diese Gelegenheit schon länger gewartet hatte, ging ihm schleunigst hinterher, nachdem er sich vergewissert hatte, dass seine Frau Rosaria immer noch mit Giovanna ins Gespräch vertieft war. Im Flur, kurz vor den Toilettentüren, holte er Aldo ein.

„Aldo, warte mal."

„Was ist denn, Paolo?"

„Ich habe ein sehr großes Problem."

„Hast du Schmerzen?"

„Nein, gesundheitlich geht's mir gut."

„Was ist es denn dann? Mir ist schon mehrfach aufgefallen, dass du heute mit deinen Gedanken anscheinend ganz woanders bist."

„Das ginge dir genauso, wenn du in meiner Lage wärst."

„Na los, raus damit."

Paolo zögerte einen Augenblick und sah hinter sich, um sicherzugehen, dass ihnen niemand zuhörte.

„Zuerst muss ich dich um absolute Diskretion bitten."

„Das ist doch selbstverständlich."

„Also, pass auf. Ich habe eine sechsjährige Tochter."

„Du hast eine Tochter?"

Aldo starrte ihn mit offenem Mund an.

„Ja, sie heißt Francesca."

„Jetzt bin ich aber wirklich sprachlos."

„Ich habe nichts anderes erwartet. Rosaria und meine Söhne wissen natürlich nichts davon."

„Das ist verständlich. Wer ist denn die Mutter?"

„Sie heißt Nicoletta Sorano und war, bis sie schwanger wurde, meine Chefsekretärin."

„Aha, und wo liegt jetzt das Problem? Ist dir Rosaria auf die Schliche gekommen?"

„Nein, ich sag dir doch, dass Rosaria nichts davon weiß. Es ist viel schlimmer. Francesca ist heute Früh entführt worden."

„Entführt?", rief Aldo entsetzt.

„Nicht so laut!", ermahnte ihn Paolo. „Sie war allein auf dem Weg zur *Scuola Materna*, ich habe dann am Vormittag einen anonymen Anruf mit einer Lösegeldforderung auf mein Handy bekommen. Die Entführer haben mich ausdrücklich davor gewarnt, die Polizei einzuschalten. Nicoletta hätte allerdings trotzdem am liebsten sofort dort angerufen. Ich konnte sie aber zum Glück noch zurückhalten, die Entführer haben nämlich gedroht, Francesca umzubringen, falls ich zur Polizei gehe."

„Das ist ja schrecklich. Aber wie soll ich dir da weiterhelfen können?"

„Du nicht direkt. Ich dachte an ..."

Das Ende des Satzes verschwieg Paolo vorerst, weil ein Hotelgast, der nicht zur Geburtstagsgesellschaft gehörte, an ihnen vorbei in die Herrentoilette hineinging. Als die Tür zugefallen war, sprach Paolo weiter.

„Ich dachte an deinen Sohn und an deinen Schwiegersohn."

„Verstehe."
„Meinst du, sie würden mir helfen?"
„Sicher würden sie das tun, aber nachdem sie hier in Rom nicht im Dienst sind, sind ihnen bestimmt in vielerlei Hinsicht die Hände gebunden."
„Ich weiß, dass das wahrscheinlich nicht ganz einfach wird, aber die beiden sind meine einzige Hoffnung. Natürlich mache ich alles, was die Entführer verlangen, aber professionelle Hilfe kann in diesem Fall sicher sehr nützlich sein."
„Was wollen sie denn von dir?"
„Vier Millionen Euro."
Aldo pfiff durch die Zähne.
„Oh, die Kerle wollen es wirklich wissen. Kannst du das Geld organisieren?"
„Ja, meine Bank arbeitet schon daran, dass ich das Geld übermorgen in bar abholen kann. Meinst du, dass Francesco und Max morgen Vormittag etwas Zeit für mich hätten?"
„Das geht bestimmt. Ich weiß zwar nicht, was sie morgen vorhaben, aber wenn sie hören, was passiert ist, werden sie sich sicher gerne mit dir treffen."
„Die Entführer haben für morgen den nächsten Anruf angekündigt, da wäre es bestimmt nicht schlecht, wenn Max und Francesco dabei wären."
„Hast du eine Idee, wer dahinterstecken könnte?"
„Ja, ich habe einen Verdacht, aber Beweise kann ich leider nicht liefern. Wahrscheinlich ist das auch der einzige Ansatzpunkt, den ich Francesco und Max nennen kann."
„Ich werde, sobald wir von der Feier nach Hause kommen, mit Francesco und Max reden. Wie können sie dich am besten erreichen?"
„Am einfachsten übers Handy. Das bleibt rund um die Uhr eingeschaltet."
„In Ordnung. Francesco ruft dich morgen Früh an."
„Danke, Aldo."
Paolo umarmte den sichtlich überraschten Aldo, denn solche Gefühlsausbrüche waren ihm bei Paolo völlig fremd.
„Kannst du mir heute noch einen Gefallen tun?"
„Natürlich. Was für einen denn?"
Paolo musste abermals eine Pause machen, denn der Hotelgast verließ nun die Toilette wieder.

„Rosaria und ich sind separat mit dem Auto hier. Wenn wir uns später bei dir verabschieden, könntest du mich noch ein bisschen aufhalten, damit sie alleine vorausfährt?"

„Und du?"

„Ich muss unbedingt noch einmal bei Nicoletta vorbeischauen, die Arme dreht mir sonst völlig durch so allein in ihrer Wohnung. Heute Vormittag hatte ich die ganze Zeit die Befürchtung, dass sie mir umkippt."

„Heißt das, dass ihr immer noch zusammen seid?"

„Ja, schon allein wegen Francesca treffen wir uns regelmäßig. Wenn wir schon kein normales Familienleben führen können, dann will ich Francesca wenigstens sooft es irgendwie möglich ist, sehen."

„Wie hast du es nur geschafft, dass Rosaria die ganzen Jahre noch nie etwas davon bemerkt hat?"

„Eine Zeit lang nach Francescas Geburt dachte ich, dass sie etwas ahnt, aber da hatte ich mich anscheinend getäuscht. Dadurch, dass sie mit der Firma nichts zu tun hat und meistens nur nach Rom hereinkommt, wenn sie mich zu Veranstaltungen oder offiziellen Terminen begleitet, kann ich meine Besuche bei Nicoletta und Francesca immer als geschäftlich tarnen."

„Hast du noch nie daran gedacht, dich von Rosaria zu trennen?"

„Doch, natürlich, aber eine Scheidung würde mich die Hälfte meines Vermögens kosten, da könnte ich die Firma niemals halten."

Dieses Thema war Paolo sichtlich unangenehm, deshalb versuchte er das Gespräch zu beenden.

„Allmählich sollten wir zu deiner Geburtstagsgesellschaft zurückgehen, die werden sich bestimmt schon wundern, wo wir so lange sind."

„Ja, du hast Recht, aber zuerst muss ich noch hier hinein."

Aldo verschwand in der Toilette und Paolo ging in den Festsaal zurück.

Giovanna und Rosaria waren immer noch eifrig am Plaudern und die Musiker spielten gerade wieder zum Tanz auf, aber außer Alessandro Ricca und Patricia Mentana tanzte niemand. Die überwiegend älteren Herrschaften tauschten lieber den neuesten Klatsch und Tratsch der römischen Gesellschaft aus, so war es anscheinend gar nicht aufgefallen, dass Aldo und Paolo eine ganze Weile gefehlt hatten. Paolo setzte sich an seinen ursprünglichen Platz, goss sich aus einer der bereitstehenden Karaffen ein Glas Wasser ein und leerte es in einem Zug. Wie schon mehrfach an diesem Tag kam plötzlich in ihm diese panische Angst hoch, dass die Entführer seiner kleinen Tochter bereits etwas angetan haben könnten. Deshalb war er ganz froh, als ihn Vizebürgermeister Belli, der zu seiner Linken saß, ansprach und nach dem bisherigen Verlauf des Geschäftsjahres fragte. Solange er mit Zahlen um sich werfen und über geschäftliche Dinge diskutieren konnte, fühlte er sich sicher und unantastbar.

Nachdem Aldo auch in den Saal zurückgekehrt war und die Musiker wieder einmal eine kurze Pause einlegten, gab Amadeo in Reimform ein paar Anekdoten aus der gemeinsamen Schulzeit mit Aldo zum Besten. Martina und Elena staunten, was ihr Opa alles angestellt und welche verrückten Streiche er damals seinen Lehrern gespielt hatte. *Zia* Maria konnte anschließend zu manchem von Aldos Streichen noch etwas ergänzen und erzählte gleich auch noch einige lustige Geschichten aus Aldos Kindheit, mit denen sie die Familie teilweise auch schon beim Mittagessen unterhalten und zum Lachen gebracht hatte. Trotz der ausgelassenen Stimmung machten sich kurz vor Mitternacht die ersten älteren Gäste auf den Heimweg. Bald darauf wollten auch Paolo und Rosaria Sandrinelli aufbrechen. Nachdem sich Aldo von Rosaria verabschiedet und sich nochmals für die Ikone bedankt hatte, verwickelte er Paolo wie vereinbart in ein Gespräch, sodass Rosaria schließlich alleine losfuhr und Paolo tatsächlich die Gelegenheit hatte, Nicoletta noch einen kurzen Besuch abzustatten. Aldo ließ die Entführung der kleinen Francesca mittlerweile auch keine Ruhe mehr, am liebsten hätte er Max und Francesco sofort beiseite genommen und sie darüber informiert, was geschehen war, aber das wäre bei der zunehmend kleiner werdenden Geburtstagsgesellschaft zu sehr aufgefallen. Deshalb wollte er damit warten, bis sie nach der Feier zu Hause waren. Als Mitternachtssnack wurden Kaffee und Kuchen aufgetragen und alle noch anwesenden Gäste langten wieder reichlich zu. Die kleine Musikergruppe spielte danach nochmals zum Tanz auf, Elena nutzte die Gelegenheit, auch einmal mit ihrem Opa zu tanzen, Max forderte Giulia auf und Martina wurde von ihrem Onkel Francesco zur Tanzfläche geführt. Wie schon den ganzen Abend tanzte Patricia mit Alessandro, von Mal zu Mal enger umschlungen, denn mittlerweile hatte der junge Arzt an seiner zukünftigen Sprechstundenhilfe auch richtig Gefallen gefunden. Riccarda Fondi, die das turtelnde Paar die meiste Zeit nicht aus den Augen gelassen und selbst kein einziges Mal getanzt hatte, war schon mit den ersten aufbrechenden Gästen vor Mitternacht nach Hause gegangen. Gegen ein Uhr kündigte der Geiger den letzten Tanz an, der natürlich dem Jubilar und seiner Ehefrau vorbehalten war. Anschließend bedankte sich Aldo bei Giovanna und seinen Kindern für die großartige Idee und bei den Musikern für die prächtige musikalische Gestaltung seiner Geburtstagsfeier. Die schönen Stunden waren viel zu schnell verflogen, aber weil Aldo am anderen Morgen wie gewohnt zeitig in seiner Praxis sein wollte, drängte er seine Familie, sich nun auf den Heimweg zu machen. Außerdem musste er seinen Sohn und seinen Schwiegersohn auch noch über den Entführungsfall informieren. So brachen schließlich die ganze Familie Bianchi und die restlichen noch verbliebenen Gäste zusammen mit den Musikern auf.

„Ich danke euch für den wunderschönen Geburtstag, den ihr mir bereitet habt."

Jeden Einzelnen seiner Familie umarmte Aldo, als sie zu Hause angekommen waren, aber Giovanna merkte sofort, dass irgendetwas nicht in Ordnung war, weil er anschließend plötzlich ein sehr ernstes Gesicht aufsetzte. Aldo hatte die ganze Zeit überlegt, ob er nur Francesco und Max von Francescas Entführung erzählen sollte, aber nachdem alle unter einem Dach wohnten und die anderen zwangsläufig etwas davon mitbekommen würden, wenn sich die beiden Kriminaler um den Fall kümmerten, hatte er sich entschieden, alle zusammen darüber zu informieren. Er wartete nur noch einen Moment ab, bis seine Schwester in ihr Zimmer gegangen war. Bereits bei der Heimfahrt hatte sie angekündigt, sofort ins Bett zu gehen, weil der lange Tag für sie doch etwas anstrengend gewesen war und sie anderntags sehr früh wieder nach *Pisa* zurückfahren wollte. Aldo begann mit gedämpfter Stimme zu erzählen.

„Leider muss ich euch noch etwas Schlimmes berichten."

Alle sahen ihn sehr erstaunt und verwundert an, aber keiner sagte etwas. Nur Giovanna dachte sich, dass sie ihren Ehemann nach so vielen Jahren eben doch zu gut kannte, als dass er vor ihr etwas verbergen konnte.

„In erster Linie betrifft es euch beide, Francesco und Max, aber ihr solltet alle Bescheid wissen."

Wieder machte er eine Pause.

„Sicher ein Mordfall, Opa, oder?", preschte Elena vor, die nie einen Hehl daraus machte, dass sie die kriminalistische Ader ihres Papas geerbt hatte und immer sofort Feuer und Flamme war, wenn es darum ging, über einen undurchsichtigen Kriminalfall zu rätseln.

„Nein, Elena, zu einem Mord ist es hoffentlich noch nicht gekommen, aber du hast in gewisser Weise Recht, es handelt sich um ein Verbrechen. Ich muss euch allerdings darum bitten, alles, was ich euch jetzt sage, für euch zu behalten."

„Das ist doch selbstverständlich", entgegnete ihm Giovanna.

„Meine Liebe, besonders deiner Freundin Rosaria Sandrinelli darfst du absolut nichts erzählen."

„Rosaria? Dann hat also Paolo etwas damit zu tun?"

„Ja. Er hat mich, beziehungsweise Francesco und Max, dringend um Hilfe gebeten, weil er sich nicht direkt an die Polizei wenden kann."

Nachdem er nicht weitersprach, drängte ihn Francesco.

„Nun rede schon, Papa, was hat *Signor* Sandrinelli für ein Problem?"

„Paolo hat eine kleine, sechsjährige Tochter, die nicht von seiner Frau Rosaria stammt."

„So ein gemeiner Kerl. Die arme Rosaria!"

Giovanna war richtig entrüstet darüber, dass Paolo ihre Freundin hintergangen hatte.

„Aber das allein ist noch kein Verbrechen."

„Richtig, Max. Ein uneheliches Kind ist kein Verbrechen. Paolo ist hier auch nicht der Täter. Das Opfer ist in erster Linie seine Tochter. Die kleine Francesca ist nämlich heute entführt worden und Paolo soll vier Millionen Euro Lösegeld zahlen."

Für einige Augenblicke herrschte betretenes Schweigen.

„Und die Entführer haben ihn bestimmt davor gewarnt, die Polizei zu informieren, stimmt's?"

„Natürlich, Francesco. Das war eine der Forderungen, die sie ihm nannten, als sie ihn am Vormittag auf dem Handy angerufen haben. Genau deshalb hat sich Paolo an mich gewandt."

Aldo fasste die wenigen Fakten zusammen, die er selbst über die Entführung erfahren hatte.

„Ist doch selbstverständlich, dass wir ihm helfen."

Max vermied es, bei dieser Zusage seine Frau anzusehen, weil er wusste, dass sie alles andere als begeistert war, wenn er auch im Urlaub seiner Arbeit nachging. Aber in diesem Fall konnte selbst Chiara nicht dagegen sein. Mit Entsetzen stellte sie sich gerade vor, eine ihrer Töchter wäre als kleines Mädchen entführt worden. Dann hätte sie natürlich auch alles darangesetzt, sie wohlbehalten zurückzubekommen.

„Wir müssen uns so schnell wie möglich mit Sandrinelli treffen", schlug Francesco vor.

„Er wartet nur auf euren Anruf, ich habe ihm angekündigt, dass du dich morgen Vormittag bei ihm meldest, Francesco."

„Gut, dann soll er am besten gleich hierher kommen, damit er uns alle Einzelheiten erzählen kann und wir mit ihm besprechen, was wir unternehmen können. Max, hast du schon einmal an einem Entführungsfall gearbeitet?"

„Ja, vor drei Jahren. Allerdings hat sich dann herausgestellt, dass die Entführung nur fingiert war. Das vermeintliche Opfer hatte zusammen mit einem Kumpel alles nur inszeniert, um die eigene Ehefrau zu schröpfen. Sie war steinreich, er wollte sich scheiden lassen, hätte aber in diesem Fall wegen eines Ehevertrages keinen Cent von ihr bekommen. Da ist er auf die Idee gekommen, sich auf anderem Wege ein ordentliches Sümmchen von ihr zu besorgen. Seine Frau hatte uns damals trotz der ausdrücklichen Warnung doch informiert. Und als wir dann bei der geplanten Lösegeldübergabe nicht nur den Kumpel, sondern auch gleich den Entführten selbst schnappen konnten, war die Sache schnell geklärt."

Obwohl Giulia und Francesco keine eigenen Kinder hatten, konnte Giulia doch gut nachvollziehen, wie sich die Eltern der kleinen Francesca in dieser furchtbaren Situation fühlen würden. Deshalb war sie auch ein wenig enttäuscht, dass Max nicht mehr Erfahrung mit Entführungen hatte. Soweit sie sich erinnern konnte, hatte auch Francesco erst einmal mit einem ähnlichen Fall zu tun gehabt.

„Ich befürchte, recht viel mehr Erfahrung kann Francesco auch nicht vorweisen."

„Ja, leider, Giulia, mir ist in den letzten zwanzig Jahren auch nur eine Entführung untergekommen. Es war Anfang der Neunzigerjahre, da wurde der Sohn einer Unternehmerfamilie aus Neapel verschleppt. Die Entführer haben sich fast eine Woche lang Zeit gelassen, bis sie zusammen mit einem Lebenszeichen ihre Lösegeldforderung an die Eltern geschickt haben. Drei Milliarden *Lire* wollten die damals haben. Wir *Carabinieri* auf *Ischia* wurden dann in die Ermittlungen eingeschaltet, als es Hinweise gab, dass der Bub auf der Insel versteckt wird, eine konkrete Spur zu dem Versteck oder den Verbrechern hatten wir aber lange nicht. Mehrfach wurde das bereitgelegte Lösegeld an den vereinbarten Orten außerhalb von Neapel nicht abgeholt, weil sich die Entführer anscheinend beobachtet gefühlt haben."

„Habt ihr den Kleinen gefunden?", drängelte Elena, der die ausschweifende Erzählung ihres Onkels zu lange dauerte.

„Ja, letztlich ist uns Kommissar Zufall zu Hilfe gekommen. Wie sich später herausgestellt hat, war er auf einem Boot versteckt. Seine Entführer haben immer wieder den Liegeplatz des Bootes gewechselt, die meiste Zeit lagen sie in einem der Häfen von *Ischia* vor Anker. Fast zwei Monate nach der Entführung zog in einer Nacht ein fürchterliches Gewitter mit einem heftigen Sturm auf. Ausgerechnet in dieser Nacht hatten sie den Buben auf dem Boot alleine gelassen. Im Sturm rissen die Taue, mit denen das Boot festgemacht war, sodass es allmählich im Hafenbecken von *Casamicciola* abtrieb. Als sich der Sturm gelegt hatte, wurde das scheinbar herrenlose Boot von unserer Küstenwache eingefangen und zur Hafenmauer zurückgeschleppt. Die Kollegen von der *Guardia Costiera* wollten dann vorsorglich die Kabine kontrollieren und haben dabei unter Deck den Kleinen gefunden."

„Und die Entführer?", wollte Martina wissen.

„Die sind uns leider durch die Lappen gegangen. Wir haben herausgefunden, dass das Boot gestohlen und teilweise umlackiert worden war. Auch der Bub konnte uns nicht weiterhelfen, weil sie immer, wenn sie ihm etwas zu essen, lesen oder spielen gebracht haben, schwarze Sturmhauben aufgesetzt hatten. Wir wussten schließlich nur, dass sie neapolitanischen Dialekt sprachen."

Aldo sah auf die Uhr, es war mittlerweile schon nach zwei.

„Passt bitte morgen Früh auf, dass Maria von dem Ganzen nichts mitbekommt. So, jetzt sollten wir aber allmählich ins Bett gehen, damit wir morgen alle einen klaren Kopf haben."

Alle stimmten ihm zu, ohne die umfänglichen Auskünfte von Paolo Sandrinelli konnten Max und Francesco ohnehin noch nichts Konkretes unternehmen. Dennoch schwirrten ihnen schon viele Gedanken durch den Kopf, denn es würde bestimmt nicht einfach werden, die kleine Francesca zu finden und zu retten. Auch Elena überlegte sich schon, wie sie ihrem Papa und ihrem Onkel bei den Ermittlungen helfen könnte. Giulia und Chiara dachten in erster Linie an die Mutter der Kleinen, beide hatten es vermieden, Aldo nach ihr zu fragen, denn sie wussten nicht, worüber Giovanna mehr entsetzt war, über die Entführung oder darüber, dass Sandrinelli ihre Freundin Rosaria nicht nur betrogen, sondern sogar ein Kind mit seiner Geliebten hatte. So zogen sich alle nach dem fröhlichen und unterhaltsamen siebzigsten Geburtstag leider mit einer ziemlich gedrückten Stimmung in ihre Zimmer zurück.

„Hast du davon gewusst?", war Giovannas erste Frage, als sie mit Aldo allein im Schlafzimmer war.

„Dass Paolo eine Tochter hat? Nein, das habe ich natürlich nicht gewusst."

„Und von seiner Geliebten?"

„Das hat er mir auch erst heute Abend erzählt. Ich bitte dich noch einmal, auf keinen Fall Rosaria etwas davon zu erzählen. Ich habe Paolo absolute Diskretion versprochen, außerdem müssen wir alles vermeiden, was Francesca auch nur im Geringsten gefährden könnte."

„Ja, das ist mir schon klar. Trotzdem ist Paolo für mich gestorben. Die arme Rosaria so zu betrügen."

„Bist du nicht ein bisschen vorschnell mit deinem Urteil? Du kennst doch die ganzen Hintergründe nicht."

„Was muss ich denn da großartig wissen? Dafür gibt es in meinen Augen keine Entschuldigung."

„Ich denke in erster Linie an die kleine Francesca. Zum einen kann sie nichts dafür, dass sie aus einem Seitensprung stammt" – dass Paolo und Francescas Mutter Nicoletta Sorano immer noch ein Paar waren, verschwieg er seiner Frau vorsorglich lieber – „zum anderen tut es mir furchtbar leid, dass sie es ausbaden muss, dass ihr Vater sehr reich ist und nun jemand ein paar Millionen von ihm erpressen will."

Aldo verschwand noch kurz im Bad, als er zurückkam, lag Giovanna bereits im Bett und starrte an die Decke. Er schlüpfte unter seine Bettdecke, streckte sich zu ihr hinüber und gab ihr einen Kuss. Er wollte das Thema Paolo und Francesca nicht erneut anschneiden, deshalb bedankte er sich noch einmal für seinen schönen Geburtstag.

„Es war hoffentlich so, wie du es dir vorgestellt hast."

„Noch viel schöner, besonders die Idee mit der Musik war großartig."

„Da darfst du dich bei Chiara und Francesco bedanken, es war ihr Vorschlag."

„Das werde ich morgen noch tun. Was hältst du von Alessandro?"

„Ich habe nur kurz mit ihm gesprochen. Seine Qualitäten als Arzt kann ich natürlich nicht beurteilen, aber ich finde ihn sehr nett. Patricia ist ja auch sehr angetan von ihm."

„Ja, das war nicht zu übersehen. Da hat es anscheinend ordentlich gefunkt."

„Ist das ein Problem für dich?"

„Nein, wieso? Ein Problem könnte es höchstens für Riccarda sein, wenn sie in der Praxis die beiden Turteltauben den ganzen Tag um sich hat. Aber darüber will ich mir nicht jetzt schon den Kopf zerbrechen. Dafür ist morgen auch noch Zeit. Gute Nacht, schlaf gut, meine Liebe."

„Gute Nacht."

12

Langsam erwachte die Metropole am Tiber aus ihrer nächtlichen Ruhe. Es dämmerte bereits, als er vor dem heruntergekommenen Haus aus dem Auto stieg. Er öffnete die schwere Haustür und stieg die hölzerne Treppe, die unter jedem seiner Schritte knarzte und ächzte, nach oben. In der Wohnung angekommen, zog er als Erstes die große Matratze, die in einem Türrahmen feststeckte, beiseite und lauschte an der Zimmertür. Drinnen war nichts zu hören. Er ging in die Küche, nahm einen großen Topf aus dem Drahtgestell, das über der Spüle angebracht war, ließ ihn voll Wasser laufen und stellte ihn auf den Herd. Dann drehte er das Gas auf, benötigte mit seinem Feuerzeug aber drei Versuche, bis die Flamme unter dem Topf endlich richtig brannte. Einen zweiten, kleineren Topf, der bereits auf dem Herd stand, spülte er kurz mit Wasser aus, stellte ihn zurück, nahm aus dem Kühlschrank eine Tüte Milch und goss etwa die Hälfte in den Topf. Diesmal reichte ein Anlauf, um die Gasflamme anzuzünden. Während das Wasser und die Milch langsam warm wurden, zündete er sich erst einmal eine Zigarette an.

In eine große, mit Mickymaus-Figuren verzierte Tasse gab er drei Teelöffel voll Kakaopulver, goss die fast kochende Milch darüber und rührte um. Er musste noch ein paar Minuten warten, bis auch das Wasser sprudelnd kochte, dann drehte er das Gas ab und hängte zwei Teebeutel über den Rand des Topfes. Auf das Tablett, das auf dem Kühlschrank lag, stellte er nacheinander die Tasse Kakao, drei Äpfel und Bananen sowie eine Tüte mit zwei frischen *Cornetti* und drei frischen *Panini*. Dazu kam aus dem Kühlschrank ein Teller, auf dem unter einer Klarsichtfolie ein großes Stück Käse und mehrere Scheiben Salami und Schinken lagen. Anschließend schüttete er den Tee vorsichtig in eine bereitstehende Thermoskanne, schraubte diese zu, stellte sie auch noch auf das Tablett und überlegte dann kurz, ob er etwas vergessen hatte. Dies schien nicht der Fall zu sein. Deshalb zog er aus seiner Jackentasche seine schwarze Sturmhaube, die er sich aufsetzte und übers

Gesicht zog. Er trug das Tablett zu der verschlossenen Zimmertür und stellte es daneben auf den Fußboden. Dann entfernte er die Latte, die unter der Türklinke eingeklemmt war, und schloss auf. Wie erwartet brannte im Zimmer das Licht.

Das kleine Mädchen saß mit angezogenen Beinen in der hintersten Ecke des Bettes und zog die Decke noch ein bisschen weiter nach oben, als der Maskierte ihr Gefängnis betrat.

„Hallo, Francesca."

Er versuchte, so gut es ging, seine Stimme zu verstellen, damit sie ihn später nicht daran identifizieren konnte. Francesca sagte nichts, mit angsterfüllten Augen beobachtete sie, wie der Maskierte das volle Tablett neben ihr Bett stellte und ein zweites, das dort gestanden hatte, vor die Tür trug und sich wieder zu ihr umdrehte.

„Du brauchst keine Angst zu haben, ich habe dir gestern schon gesagt, dass dir nichts passiert, wenn du schön brav bist."

„Ich will zu meiner Mami", wimmerte sie leise.

„Du darfst sehr bald zu deiner Mami, wenn dein Papa genau das macht, was wir von ihm verlangen."

Als er sich aufs Bett setzte, versuchte Francesca augenblicklich, sich noch weiter in ihre Ecke zurückzuziehen.

„Du darfst sogar eine Nachricht an deinen Papa schicken, du musst allerdings genau das nachsprechen, was ich dir vorsage. Hast du das verstanden?"

Francesca nickte stumm, während er aus der Jacke ein kleines Diktiergerät zog. Die ersten beiden Aufnahmen musste er abbrechen, weil Francesca zu weinen begann und deshalb nicht weitersprechen konnte, beim dritten Mal hatte er dann das auf dem Band, was er wollte.

„Brauchst du noch etwas?"

„Darf ich jetzt zu meiner Mami?"

„Du musst bestimmt nicht lange hierbleiben."

Er stand auf, nahm den Eimer, der Francesca als Toilette diente, und leerte ihn im Bad. Obwohl er nicht glaubte, dass sie sich vom Fleck rühren würde, solange er in der Wohnung war, hatte er sicherheitshalber die Tür hinter sich zugesperrt, während er sich im Bad aufhielt. Als er den Eimer zurückgetragen hatte, fragte er die Kleine nochmals, ob sie noch etwas benötigte. Diesmal schüttelte sie nur mit dem Kopf.

Daraufhin verließ er das Zimmer, schloss ab, nahm seine Sturmhaube ab, klemmte die Latte wieder unter der Türklinke fest, schob die große Matratze davor und drückte sie in den Türrahmen. Das Tablett mit dem Geschirr vom Vorabend trug er in die Küche und stellte die große Tasse, das Glas sowie den Teller ins Spülbecken. Zum Geschirrspülen hatte er nun keine Zeit. Er vergewisserte sich noch, dass er das Gas am Herd auch wirklich komplett abgeschaltet hatte, damit er bei seiner Rückkehr keine unliebsame Überraschung erleben würde. Er wusste zwar, dass durch die Matratze hindurch im Zimmer kaum etwas zu hören sein würde, dennoch ließ er hinter sich die Wohnungstür möglichst laut zufallen. Mit schnellen Schritten lief er die Treppe hinunter, setzte sich ins Auto und fuhr davon. Nachdem er an der nächsten Kreuzung auf die Hauptstraße abgebogen war, zog er sich die angeklebten Bärte ab, griff zum Handy und wählte eine eingespeicherte Nummer.

„*Ciao,* ich bin's, es ist alles okay. Die Kleine wird uns keine Schwierigkeiten machen."

„Hast du die Aufnahme gemacht?"

„Klar, genau wie wir es besprochen hatten. Ich bin in einer Viertelstunde da. Bis gleich."

„*Ciao.*"

13

Wie gewohnt war Giovanna Bianchi vor ihrem Ehemann aufgestanden, um für ihn den Kaffee zu kochen, den er zu Hause noch trank, bevor er das Haus verließ. An diesem Tag wollte er sogar noch etwas früher los, weil er seine Schwester Maria gleich mit zum Bahnhof nehmen wollte. Nach Aldo und Maria waren aber auch Max und Francesco zeitig auf den Beinen, die Entführung der kleinen Francesca hatte beiden eine unruhige Nacht beschert, obwohl sie praktisch noch nichts über die Hintergründe wussten. Giovanna hatte sich bereits auf den Weg gemacht, sie wollte in der Nähe in einer kleinen Bäckerei ein paar frische Semmeln holen, weil sie ganz genau wusste, dass für ihren Schwiegersohn Max ein Start in den Tag ohne eine Buttersemmel mit *Nutella* ein Fehlstart war.

„Hast du auch so gut geschlafen, Francesco?“, war der ironische Morgengruß von Max.

„Wunderbar“, kam es mit dem gleichen ironischen Unterton zurück. „Ich glaube, ich habe gestern zu viel Kuchen gegessen, außerdem liegt mir die Entführung bereits schwer im Magen.“

„Mir auch. Ich überlege schon die ganze Zeit hin und her, wie wir die Sache am besten angehen sollen.“

„Bevor wir nicht alle Einzelheiten von Sandrinelli gehört haben, können wir sowieso noch keine konkreten Pläne schmieden, aber ich denke natürlich auch schon pausenlos darüber nach.“

Aldo und Maria waren nach dem gemeinsamen Kaffee noch einmal nach oben gegangen. Während Maria ihre letzten Sachen für die Heimfahrt einpackte, kam Aldo bereits wieder zu Francesco und Max in die Küche.

„Habt ihr Paolo schon angerufen?“

„Nein, wir wollten wenigstens vorher noch kurz frühstücken. Mama müsste gleich wieder von der *Panetteria* zurück sein.“

„Hoffentlich könnt ihr ihm schnell weiterhelfen, er war gestern verständlicherweise sehr verzweifelt.“

„Welcher Vater wäre nicht verzweifelt, wenn ihm das Kind entführt wird?“, meinte Max.

„Ihr könnt mich gerne zwischendurch in der Praxis anrufen, wenn es wichtige Neuigkeiten gibt oder ihr meine Hilfe benötigt. Viel Erfolg."

„Danke, Papa."

Kurz darauf stand auch Maria mit ihrem kleinen Köfferchen in der Küche und verabschiedete sich von Max und Francesco. Als Aldo mit ihr zusammen aufbrechen wollte, kam Giovanna gerade von der Bäckerei zurück. Sie umarmte ihre Schwägerin, dankte ihr für den Besuch und wünschte ihr eine gute Heimreise. Dann wandte sie sich an Aldo.

„Dir wünsche ich auch einen schönen Tag. Und sei bitte ein bisschen nachsichtig mit Alessandro, wenn er manche Sachen etwas anders angeht als du."

„Du meinst, ich soll ihn nicht gleich am ersten Tag vergraulen?", grinste Aldo sie an.

„Mach dich nur lustig über mich. Sei froh, dass du einen Nachfolger für die Praxis hast."

„Bin ich doch auch. Außerdem bin ich überzeugt davon, dass es mit Alessandro keine Probleme geben wird. Ich habe mir schon etwas dabei gedacht, als ich ihn tageweise in die Praxis kommen ließ, bevor ich mich für ihn entschieden habe."

„Da bin ich aber beruhigt."

„Außerdem wird er sich nun besonders ins Zeug legen, weil er doch bestimmt seiner Sprechstundenhilfe imponieren will."

„Meinst du, dass das noch notwendig ist? Patricia himmelt ihn doch ohnehin schon an."

„Stimmt. Trotzdem will er sicher auch weiterhin einen guten Eindruck auf sie machen."

Aldo sah auf die Uhr.

„Jetzt müssen wir aber los, damit du deinen Zug nicht versäumst, Maria."

Er umarmte seine Frau, gab ihr einen Kuss und machte sich zusammen mit seiner Schwester auf den Weg.

Nach einem relativ kurzen Frühstück zogen sich Max und Francesco mit einem schnurlosen Telefon in Aldos kleines Arbeitszimmer zurück. Francesco wählte die Handynummer von Paolo Sandrinelli, die ihm Aldo aufgeschrieben hatte, und stellte den Lautsprecher des Telefons an, damit Max mithören konnte. Bereits beim zweiten Klingelton wurde abgehoben.

„Pronto."

„Buongiorno Signor Sandrinelli, hier ist Francesco Bianchi."

„Buongiorno, ich habe schon auf Ihren Anruf gewartet."

„Mein Vater hat uns gestern nach der Geburtstagsfeier erzählt, was mit Ihrer kleinen Tochter passiert ist. Selbstverständlich werden wir Ihnen helfen. Haben Sie in der Zwischenzeit wieder etwas von den Entführern gehört?"

„Nein, sie haben bei ihrem ersten Anruf gestern Vormittag zwar angekündigt, dass sie sich heute wieder melden, das ist aber bisher nicht passiert."

„Signor Sandrinelli, wir sollten uns so schnell wie möglich treffen."

„Und wo?"

„Am besten hier bei uns zu Hause, da sind wir ungestört."

„In Ordnung. Ich bin bereits im Auto unterwegs."

„Wann können Sie hier sein?"

„Ich bin vor einer Viertelstunde in *Frascati* losgefahren, ich schätze, dass ich ungefähr in einer halben Stunde bei Ihnen sein kann."

„In Ordnung, dann bis gleich."

Francesco wollte einhängen, da fiel ihm noch etwas ein.

„Signor Sandrinelli, falls sich die Entführer in der Zwischenzeit melden, verlangen Sie unbedingt ein Lebenszeichen von Ihrer Tochter."

„Danach wollte ich ohnehin fragen. Ich hoffe, ich kann diesmal direkt mit diesen Kerlen sprechen, gestern haben sie mir nur ein Tonband vorgespielt."

„Beim ersten Anruf machen das Entführer häufiger, aber auf Dauer werden die das nicht durchhalten, irgendwann werden sie direkt mit Ihnen sprechen."

„Das denke ich auch."

Sie verabschiedeten sich voneinander und legten auf.

„Beim ersten Anruf machen das Entführer häufiger", äffte Max Francesco nach und lachte. „Man könnte denken, du hast jeden Tag mit Entführungen zu tun."

„Ich wollte Sandrinelli doch nur das Gefühl vermitteln, dass er mit seinem Problem bestens bei uns aufgehoben ist", antwortete Francesco und machte dazu ein Gesicht, als wäre er tödlich beleidigt.

Eine Weile schwiegen sie, dann fragte Max:

„Woran denkst du?“

„Ich habe gerade überlegt, dass wir alleine praktisch keine Möglichkeit haben werden, die Anrufe der Entführer zurückzuverfolgen.“

„Darüber habe ich auch schon nachgedacht. Das wäre natürlich der einfachste Weg, die Entführer zu finden. Allerdings glaube ich nicht, dass sie so dumm sein werden, ihre Anrufe von einem privaten Festnetzanschluss zu tätigen. Sicher gehen sie für ihre Anrufe in eine Telefonzelle oder nehmen ein nicht namentlich registriertes Handy.“

„Trotzdem müssen wir es auf alle Fälle versuchen.“

„Aber wie willst du das anstellen?“

„Ich habe schon eine Idee. Wenn Sandrinelli selbst bei seinem Netzbetreiber anfragt, woher die Anrufe kommen, dann dauert es bestimmt viel zu lange, bis er eine Auskunft erhält. Deshalb werde ich Piero, meinen ehemaligen Kollegen hier in Rom, der uns die Eintrittskarten fürs Fußball besorgt hat, anrufen. Er hat viele Jahre im *Reparto Tecnico* der *Carabinieri* gearbeitet und war dort unter anderem für die Technik zuständig, wenn es darum ging, bei der Bekämpfung von Terrorismus und organisierter Kriminalität Telefone abzuhören. Mittlerweile ist er direkt in dieser Ermittlungsgruppe tätig. Ich bin mir aber sicher, dass er auch heute noch gute Kontakte zu den Handy-Netzanbietern hat und Bescheid weiß, wie man dort am einfachsten Auskunft bekommt, wenn es um anonyme Anrufe geht.“

„Ist es nicht zu riskant, wenn wir die örtlichen *Carabinieri* doch einschalten?“

„Nein, Piero ist absolut zuverlässig, der erzählt es sicher nicht weiter. Ich denke, auch Sandrinelli wird nichts dagegen haben, wenn wir ihm erklären, dass das absolut notwendig ist. Aber jetzt hören wir uns erst einmal an, was er uns alles erzählen kann, dann werde ich Piero anrufen und ihm unser Problem schildern.“

Paolo Sandrinelli steckte im morgendlichen Berufsverkehr fest. Auf dem Weg zu seiner Firma kannte er einige Schleichwege, auf die er ausweichen konnte, wenn auf seinem gewohnten Weg der Verkehr zu sehr stockte, aber bei seiner

Fahrt nach *Roma-Flaminio* zum Haus der Bianchis musste er sich auf sein Navigationsgerät verlassen. Schon seit fast zehn Minuten stand er vor einer Kreuzung, praktisch ohne einen Meter vorwärts gekommen zu sein. Da der Querverkehr bei Grün in die Kreuzung eingefahren war, obwohl es sich auch hinter der Kreuzung staute, war die Straße so verstopft, dass vor ihm nicht weitergefahren werden konnte, auch wenn die Ampel auf Grün schaltete. Das Navigationsgerät zeigte ihm an, dass es bis zu seinem Ziel nur noch knapp zwei Kilometer waren, aber die geschätzte halbe Stunde bis zu seiner Ankunft, die er Francesco am Telefon genannt hatte, war längst überschritten. Immer wieder ließ er sich durch den Kopf gehen, was er Francesco und Max alles erzählen musste, um kein wichtiges Detail zu übersehen.

„Suona suona mia chitarra, lascia piangere il mio cuore, senza casa e senza amore, mi rimani solo tu."

Der Klingelton seines Handys riss ihn aus seinen Gedanken. Sofort dachte er, dass es Francesco sei, um zu fragen, wo er so lange bliebe, doch dann sah er auf dem Display den Hinweis „Unbekannter Teilnehmer". Augenblicklich raste sein Puls los, denn das konnte nur der angekündigte zweite Anruf der Entführer seiner Tochter sein.

„Pronto."

Wie am Vortag waren anfangs nur ein Rauschen und dann ein Klicken zu hören, bevor jemand zu sprechen begann.

„Hallo, Sandrinelli. Wir hoffen für deine Tochter, dass du schon dabei bist, das Geld zu besorgen. Vier Millionen. Du hast noch vier Tage Zeit. Und keine Polizei, verstanden?"

Sandrinelli war sich sicher, dass am anderen Ende wieder nur ein Band lief. Dennoch fragte er, wie er es sich vorgenommen hatte, nach einem Lebenszeichen von seiner Tochter. Auch wenn sie selbst nichts sagten, sondern nur ihre Aufnahme abspielten, würden ihn die Entführer bestimmt hören. Anscheinend hatten sie schon mit dieser Frage gerechnet, denn nach einer kurzen Pause war plötzlich Francesca zu hören.

„Hallo, Papa, mir geht's gut. Bitte hol mich schnell hier raus. Ich hab dich lieb, Papa."

„Francesca! Francesca!"

Obwohl er wusste, dass es sinnlos war, nach ihr zu rufen, rief, ja schrie er fast ihren Namen.

In der Leitung klickte es noch einmal kurz, dann war nichts mehr zu hören. Bei den kurzen Sätzen seiner Tochter waren ihm die Tränen in die Augen gestiegen, die er sich jetzt mit dem Handrücken aus dem Gesicht wischte.

„Verdammter Stau", fluchte er und hämmerte mit der Faust auf das Lenkrad.

Er ärgerte sich jetzt auch maßlos über sich selbst, dass er nicht früher losgefahren war und Francesco und Max wegen seiner Verspätung den Anruf nicht mit anhören konnten. Endlich konnte er wenigstens zwei Wagenlängen vorwärts fahren, dann war die Ampel schon wieder auf Rot gesprungen. Schnell zog er einen Notizblock und einen Stift aus seinem Handschuhfach und schrieb den Text des Anrufes auf, auch wenn dieser keine neuen Informationen für ihn enthielt. Wenigstens war Francesca am Leben. Oder hatten sie ihr womöglich nach der Aufnahme der drei kurzen Sätze etwas angetan? Zum wiederholten Mal seit dem ersten Anruf der Entführer befiel ihn die furchtbare Angst, er würde seine geliebte kleine Tochter nicht mehr lebend wiedersehen. Es war unbeschreiblich, wie hilflos er sich dabei fühlte. Nachdem er endlich die verstopfte Kreuzung passiert hatte, war er nach fünf Minuten an seinem Ziel angekommen.

In der Zwischenzeit waren Giulia sowie Chiara und ihre beiden Töchter auch aufgestanden. Die neugierige Elena hatte, als sie ins Erdgeschoss heruntergekommen war, Max sofort gefragt, ob es Neuigkeiten in dem Entführungsfall gäbe, aber er musste sie bis nach dem Gespräch mit Sandrinelli vertrösten. Am liebsten wäre Elena selbst dabei gewesen, wenn Francescas Vater von der Entführung berichtete, aber dies hatte Max natürlich abgelehnt. Als sie daraufhin Hilfe suchend zu ihrem Onkel blickte und merkte, dass sie diesbezüglich keine Unterstützung von ihm bekommen würde, verzog sie sich ein wenig beleidigt ins Esszimmer und machte sich über das Frühstück her. Wie immer hatte sie einen ordentlichen Appetit.

„Wenn ich immer so zulangen würde wie du, dann sähe ich schon längst aus wie eine Tonne", beklagte sich Giulia etwas neidisch.

Sie hatte Recht, Elena konnte essen, was sie wollte, ohne dabei ihre schlanke Figur zu verlieren. Bei Martina war es ähnlich.

„Ich hätte die zwei schon als kleine Kinder gebremst, wenn sie zu dick geworden wären, aber das war zum Glück nie nötig."

Im gleichen Moment kamen Max und Francesco zu ihnen ins Esszimmer.

„Bei Max ist das schon etwas anderes", lachte Chiara.

„Was ist bei mir anders?", wollte dieser natürlich sofort wissen. „Was lästert ihr denn schon wieder über mich?"

„Wir lästern doch nie", antworteten Chiara und Giulia fast gleichzeitig und prusteten los.

„Und schon gar nicht über unsere Männer", schoss Giulia hinterher, was sofort einen heftigen Protest von Francesco nach sich zog.

„Nein, das habt ihr natürlich noch nie gemacht."

„Zumindest nicht, solange sie dabei sind", flüsterte Giulia Chiara zu, bewusst aber so laut, dass es alle hören konnten.

Max und Francesco ließen es sich nicht nehmen, in die gegenseitigen Frotzeleien einzustimmen und auch über ihre Frauen herzuziehen.

Die ausgelassene Stimmung wurde abrupt beendet, als es an der Haustür klingelte.

„Das wird Sandrinelli sein."

„Francesco, mach du auf, ich will ihn gar nicht sehen."

Giovanna war noch immer nicht gut zu sprechen auf den untreuen Ehemann ihrer Freundin. Francesco ging schnurstracks zur Haustür, auch Max verließ das Esszimmer, drehte sich aber im Hinausgehen noch einmal um.

„Wir sind im Arbeitszimmer, bitte stört uns nicht."

Eher zufällig sah er dabei Elena an, die so gerne alles aus erster Hand über die Entführung erfahren hätte. Deshalb schaute sie ihren Vater noch einmal betont beleidigt an, obwohl sie wusste, dass er seine Meinung nicht mehr ändern würde. Im Flur traf Max auf Francesco und Paolo Sandrinelli. Diesem war deutlich anzusehen, dass er in der vergangenen Nacht so gut wie überhaupt nicht geschlafen hatte. Er war ziemlich blass und hatte dunkle Ringe unter den Augen. Max schüttelte ihm die Hand und begrüßte ihn. Zusammen gingen sie in Aldos Arbeitszimmer, Francesco und Sandrinelli nahmen an dem kleinen Tisch Platz, der gegenüber vom Schreibtisch an der Wand stand, Max zog sich den Schreibtischstuhl herüber und setzte sich zu ihnen.

„Ich danke Ihnen, dass Sie mir Ihre Urlaubszeit opfern, ich wüsste nicht, was ich ohne Sie tun sollte."

„*Signor* Sandrinelli, es ist für uns selbstverständlich, dass wir Ihnen helfen", versicherte ihm Francesco.

Max nickte zustimmend und forderte Sandrinelli auf, ihnen alle Einzelheiten der Entführung zu schildern.

„Am besten jedes noch so kleine Detail, auch wenn es auf den ersten Blick völlig unbedeutend oder unwichtig erscheint."

Sandrinelli schnaufte tief durch und begann zu erzählen.

„Francesca hat sich gestern wie gewohnt zu Fuß auf den Weg zur *Scuola Materna* gemacht. Bei schlechtem Wetter fährt sie ihre Mama schnell mit dem Auto hin, aber wenn es morgens ausreichend hell ist und nicht regnet, dann geht Francesca den Weg allein. Es sind zu Fuß nur etwa zehn Minuten."

„Was hatte Francesca gestern an?", unterbrach ihn Max.

Sandrinelli zog ein Foto aus der Jackentasche, auf dem ein hübsches kleines Mädchen mit langen dunklen Haaren abgebildet war, und reichte es Max.

„Hier, dieses Foto hat ihre Mama erst vor drei Wochen aufgenommen. Da trägt sie den rosa Anorak, den sie gestern auch anhatte. Außerdem trug sie gestern eine helle Jeans und einen weißen, gestrickten Pullover."

„Nicoletta, also *Signora* Sorano, Francescas Mama, hat ihr zuerst von der Wohnungstür aus nachgesehen, wie sie die Treppe nach unten gelaufen ist. Sie hat anschließend auch noch kurz aus dem Fenster geschaut, allerdings kann sie von dort aus den Gehsteig nur ein kleines Stück überblicken. Bis dorthin war alles wie gewohnt."

Inzwischen hatte Max das Foto an Francesco weitergegeben.

„Ist *Signora* Sorano in den Tagen zuvor irgendetwas aufgefallen, was nun im Nachhinein mit der Entführung in Verbindung gebracht werden könnte?"

„Darüber haben wir uns gestern lange unterhalten, aber ihr ist in den letzten Tagen nichts eigenartig oder ungewohnt vorgekommen."

Paolo Sandrinelli hätte denken können, dass Max und Francesco schon lange als Kriminaler zusammenarbeiten würden, denn wie ein eingespieltes Team bei einem Verhör griffen sie abwechselnd seine Antworten auf, um ihm weitere Fragen zu stellen. Nun war wieder Max an der Reihe.

„Wie geht es denn *Signora* Sorano?"

„Sie ist mit den Nerven völlig am Ende. Natürlich macht sie sich Vorwürfe, dass sie Francesca gestern alleine losgeschickt hat. Nachdem ich sie über die Entführung informieren musste, hat sie Francesca bei der *Scuola Materna* für den Rest der Woche krankgemeldet, dann hat sie sich völlig zurückgezogen und mit niemandem mehr gesprochen. Ich bin gestern Abend nach der Geburtstagsfeier noch kurz bei ihr vorbeigefahren, sie hatte schon eine Schlaftablette genommen, die hat aber leider kaum geholfen. Ich habe vorhin mit ihr telefoniert, sie hat die ganze Nacht kein Auge zugemacht."

„Das ist leicht nachvollziehbar. Kontakt mit den Entführern hatte sie also keinen?"

„Nein, bisher haben sie nur zweimal bei mir angerufen. Gestern Vormittag und vorher gerade, als ich wieder einmal in dem verdammten Verkehr festgesteckt bin."

„Sie haben den zweiten Anruf schon erhalten?", antworteten Max und Francesco überrascht.

„Ja, aber sie haben mir wieder nur ein Tonband vorgespielt."

Sandrinelli zog den Zettel aus seiner Sakkotasche, auf dem er nach dem zweiten Anruf den Wortlaut, so gut es ging, aufgeschrieben hatte, und las laut vor. Er stockte kurz, bevor er die abschließenden drei Sätze seiner Tochter wiedergab. Francesco wollte versuchen, ihn etwas zu beruhigen.

„Es ist schon einmal sehr positiv, dass die Entführer von sich aus ein Lebenszeichen von Francesca mitgeschickt haben. Allem Anschein nach haben sie es wirklich nur auf Ihr Geld abgesehen und wollen der Kleinen nichts antun."

„Ich hoffe, Sie haben damit Recht."

„Er hat ganz bestimmt Recht", stimmte auch Max zu. „Verlief der erste Anruf gestern ähnlich?"

„Ja, der war auch nicht länger. Zuerst hat es nur gerauscht, dann war da dieses Klicken, das ich im Nachhinein nun als das Einschalten eines Tonbandes interpretiere. Mir wurde gesagt, dass sie Francesca in ihrer Gewalt haben, dass ich die Polizei nicht einschalten soll, weil sie Francesca sonst umbringen, und dass ich fünf Tage Zeit habe, vier Millionen Euro zu besorgen. Abschließend hieß es dann nur noch, dass ich heute wieder einen Anruf bekomme."

„War das heute die gleiche Stimme wie gestern?"

Sandrinelli überlegte einen Augenblick.

„Ich denke schon, sie hat sich sowohl heute als auch gestern irgendwie sehr gedämpft angehört."

„Der Anrufer wollte bestimmt seine Stimme etwas verändern, womöglich hat er bei der Aufnahme des Textes dazu ein Tuch über das Mikro gelegt", spekulierte Max.

„Muss ich deshalb davon ausgehen, dass ich den Anrufer kenne?"

„Nicht unbedingt, auch ein Ihnen Unbekannter wird versuchen, seine Stimme zu verändern, weil er immer damit rechnen muss, dass die Anrufe aufgezeichnet werden."

Paolo Sandrinelli saß ein paar Augenblicke wortlos da, ihm schwirrte der Kopf.

„Könnte ich bitte einen Schluck Wasser haben?"

„Natürlich. Entschuldigen Sie, dass wir Ihnen noch nichts angeboten haben."

Max stand auf und ging hinaus.

„Glauben Sie, dass es sich um einen Einzeltäter handelt?"

„Sie meinen, weil Sie zweimal der gleiche angerufen hat?"

„Ja."

„Es ist nicht ungewöhnlich, dass nach außen hin immer nur einer in Erscheinung tritt. Daraus sollte man aber nicht schließen, dass es ein Einzeltäter ist. Ich halte das auch eher für unwahrscheinlich. Die Entführung an sich, das Verstecken, die Versorgung des Entführten oder auch die Lösegeldübergabe erfordern doch einen ziemlichen logistischen Aufwand, weshalb meistens mehrere Täter am Werk sind."

Sandrinelli ließ sich den ersten Anruf noch einmal durch den Kopf gehen.

„Der Anrufer hat gestern immer im Plural gesprochen, also ‚Wir haben Ihre Tochter' und ‚Wir melden uns morgen wieder', dann müssen es doch mehrere sein."

„Theoretisch könnte das auch ein Ablenkungsmanöver sein, aber ich würde jetzt einmal davon ausgehen, dass wir es mit mehreren Tätern zu tun haben."

Max kam zurück und stellte ein Tablett mit drei Gläsern und zwei Flaschen *Acqua minerale* auf den Tisch. Er öffnete eine der Flaschen und schenkte in alle drei Gläser ein. Sandrinelli nahm sich eines und trank es sofort bis zur Hälfte leer.

„Wir haben uns gerade darüber unterhalten, ob wir es mit einem oder mehreren Tätern zu tun haben, Max."

„Ein Einzeltäter? Das kommt bei Entführungen eher selten vor."

„Genau der Meinung bin ich auch. *Signor* Sandrinelli, haben Sie vielleicht einen Verdacht, wer dahinterstecken könnte?"

Aufgrund der Tatsache, dass er kurz nachdem er bei Enzo Riva das Original der *Tre beati teatini* abgeholt hatte, einen anonymen Erpresserbrief erhalten hatte, der seiner Meinung nach nur von Riva stammen konnte, lag es für Sandrinelli nahe, nun Enzo Riva auch zu verdächtigen, Francesca entführt zu haben. Sandrinelli hatte lange überlegt, wie viel von seinen unsauberen Geschäften mit Enzo Riva er preisgeben sollte. Den Erpresserbrief hatte er nach seinem Besuch bei Riva, als dieser ihm die Fotos vom Abtransport des Gemäldes gezeigt hatte, vernichtet, weil er die Sache als erledigt betrachtet hatte.

„Ich habe Mitte März einen anonymen Brief erhalten, in dem mir gedroht wurde, mein Verhältnis mit Nicoletta Sorano und die Existenz meiner Tochter an meine Frau zu verraten."

Francesco und Max blickten sich erstaunt an. Max war mehrfach die Frage auf der Zunge gelegen, ob Sandrinelli immer noch ein Verhältnis mit Nicoletta Sorano habe, diese Frage hatte sich mit dem Inhalt des Erpresserbriefes erledigt. Über die Antwort war Max nicht verwundert, überraschend war vielmehr, dass Sandrinelli schon einmal erpresst worden war.

„Wie hoch sollte im März das Schweigegeld sein, dass Sie bezahlten sollten?"

„Fünfundzwanzigtausend Euro."

„Haben Sie den Brief dabei?"

„Nein, ich habe ihn weggeworfen."

„Weggeworfen? Warum?"

„Ich sah die Sache als erledigt an, nachdem ich dem vermeintlichen Briefschreiber einen Besuch abgestattet hatte. Er hat zwar alles abgestritten, trotzdem war ich mir relativ sicher, dass er dahintersteckte. Ich habe ihm klar gemacht, dass ich mich nicht erpressen lasse."

„Und wer war der mutmaßliche Erpresser?"

Sandrinelli machte eine Pause, um sich zu sammeln. Er durfte sich keinen Fehler erlauben.

„Es war ein gewisser Enzo Riva. Er hat im *Borgo* eine kleine Werkstatt, in der er als Möbelschreiner und Restaurator von antiken Möbeln arbeitet."

Max hatte plötzlich das Gefühl, dass hinter der Entführung von Francesca weit mehr stecken könnte als nur die Erpressung von vier Millionen Euro.

„Aus welchem Grund sollte dieser *Signor* Riva auf die Idee kommen, Sie zu erpressen?"

„Wir hatten Streit, weil er sich bei einem Antiquitätengeschäft von mir übervorteilt gefühlt hat."

„Aber deswegen erpresst man doch nicht gleich jemanden."

„Das sagen Sie. Außer Riva ist für mich niemand sonst als Verfasser des Briefes infrage gekommen. Im Übrigen war sein Vorwurf völlig aus der Luft gegriffen."

„Um was ging es bei dem Antiquitätengeschäft?"

Diese Frage hatte Sandrinelli erwartet, er wollte aber unter keinen Umständen seine Leidenschaft für alte Gemälde und seine unlauteren Methoden bei der Beschaffung der Originale preisgeben.

„Ich habe ihm etwas abgekauft und er wollte plötzlich einen viel höheren Preis dafür. Da habe ich natürlich nicht mitgemacht. Stellen Sie sich vor, was meine Kunden sagen würden, wenn wir zuerst ein Preis aushandeln und ich dann bei der Lieferung viel mehr in Rechnung stellen würde. Da würde zu Recht jeder protestieren."

„Sie sagten gerade, dass Sie die Sache mit dem Erpresserbrief als erledigt betrachteten. Trotzdem verdächtigen Sie diesen Riva jetzt, Francesca entführt zu haben?"

„Mir fällt sonst niemand ein, *Signor* Hartinger. Vielleicht habe ich mich geirrt, als ich dachte, Riva würde Ruhe geben."

„Das können wir auf Anhieb jetzt nicht beurteilen. Halten Sie es aber wirklich für realistisch, dass ein Erpresser zuerst fünfundzwanzigtausend Euro fordert und dann, nachdem seine Forderung nicht erfüllt wird, die Summe sofort auf vier Millionen erhöht? Das sind doch völlig andere Dimensionen."

„Wie gesagt, ich habe keine Idee, wer sonst dahinterstecken könnte. Auffällig ist doch, dass es beide Male um Francesca geht."

„Es könnte auch nur ein ganz dummer Zufall sein. Auf alle Fälle werden wir diesen Riva zuallererst unter die Lupe nehmen. Haben Sie sich schon um die vier Millionen gekümmert?"

„Selbstverständlich. Ich habe gestern Vormittag sofort mit meiner Bank gesprochen, bis morgen müsste die Summe in bar bereitliegen."

Francesco schenkte Sandrinelli noch einmal Wasser nach, denn er hatte sein Glas schon zum zweiten Mal leer getrunken.

„Abgesehen von der Recherche bei Riva, was können Sie sonst noch unternehmen?"

„Wir müssen natürlich versuchen, die Anrufe der Erpresser zurückzuverfolgen."

„Das wird nicht viel nutzen, denn auf dem Handydisplay hat beide Male nur ‚Unbekannter Teilnehmer' gestanden, das heißt doch, dass der Anrufer die Weiterleitung seiner Nummer unterdrückt hat."

„Nicht ganz", verbesserte ihn Francesco. „Die Nummer wurde zwar nicht an Sie als Empfänger des Anrufes weitergegeben, bei Ihrem Netzanbieter muss die Nummer aber auf alle Fälle aufgezeichnet sein."

„Dann werde ich mich sofort mit der Firma in Verbindung setzen."

„Das wird uns aber leider nicht sehr viel weiterhelfen."

„Wieso?"

„*Signor* Sandrinelli, mein Schwager und ich haben dieses Problem heute Morgen schon besprochen. Bis Sie als Privatperson von Ihrem Netzanbieter eine genaue Auflistung der Anrufer bekommen, würde viel zu viel Zeit vergehen."

„Und wie wollen Sie an die Daten kommen?"

„Über einen Freund, der mit mir zusammen die Ausbildung bei den *Carabinieri* hier in Rom gemacht hat."

„Nein", protestierte Sandrinelli. „Sie wissen doch genau, dass die Entführer gedroht haben, Francesca umzubringen, wenn ich die Polizei einschalte."

Francesco versuchte ihn zu beruhigen.

„Von meinem Freund wird niemand etwas erfahren, er ist absolut zuverlässig und vertrauenswürdig. Es ist doch auch in

Ihrem Interesse, dass wir so schnell wie möglich wissen, von wo aus Sie angerufen wurden. Er dürfte so gute Kontakte haben, dass wir die Telefonnummern umgehend bekommen müssten. Außerdem können wir ihn auch noch aus einem zweiten Grund sehr dringend brauchen."

„Warum denn noch?"

Nun war auch Max gespannt, was Francesco als zweiten Grund für eine Einbindung von seinem Freund Piero nennen würde.

„Wir brauchen dringend einen Kontaktmann bei den *Carabinieri*, der dort die Augen und Ohren offen hält. Stellen Sie sich vor, ein Passant hätte gestern die Entführung von Francesca beobachtet oder in der näheren Umgebung des Versteckes von Francesca würde jemand verdächtige Beobachtungen machen. Wenn wir bei den *Carabinieri* niemanden haben, der eventuelle Anzeigen oder diesbezügliche Hinweise an uns weitergibt, dann würden uns womöglich sehr wichtige Informationen verloren gehen, die uns helfen könnten, Francesca schnell zu finden. Natürlich werde ich meinen Freund sensibilisieren, dass keiner erfahren darf, womit er sich neben seiner regulären Tätigkeit noch beschäftigt."

Dem Vater der kleinen Francesca war zwar überhaupt nicht wohl bei dem Gedanken, dass sich der Kreis derer, die von der Entführung wussten, immer mehr vergrößerte, aber letztlich sah er keine Alternative dazu. In erster Linie ging es ihm natürlich darum, das Leben seiner Tochter zu retten, aber gerne wollte er sich verständlicherweise auch die Zahlung von vier Millionen Euro sparen. Und wenn dies nur mit der Hilfe eines weiteren *Carabiniere* möglich war, dann musste er sich damit eben abfinden.

„Allmählich müsste ich in meine Firma fahren", meinte Sandrinelli mit Blick auf seine Uhr. „Dort wird man sich ohnehin schon wundern, dass ich noch nicht da bin. Kann ich Ihnen jetzt noch irgendwie weiterhelfen?"

Max und Francesco sahen sich an und schüttelten beide mit dem Kopf.

„Ich denke, für den Moment haben wir ausreichend Informationen, damit wir uns an die Arbeit machen können. Außer der genauen Adresse von diesem Riva."

Sandrinelli griff nach seiner Brieftasche, klappte sie auf und nahm aus einem der Steckfächer eine Visitenkarte heraus, auf der die Anschrift und die Telefonnummer von Rivas Werkstatt aufgedruckt waren. Er streckte sie Francesco hin und hielt einen Augenblick inne. Wieder überlegte er, wie viel er von seinen Geschäften mit Riva verraten durfte, ohne sich selbst in die Bredouille zu bringen.

„Wenn Sie ihm etwas auf den Zahn fühlen, sollten Sie das vielleicht auch bei seinem Bruder tun. Der arbeitet zwar nicht die ganze Zeit in der Werkstatt mit, ich weiß aber, dass er ihm immer wieder zur Hand geht und die beiden einiges zusammen unternehmen."

„Haben Sie von ihm auch eine Adresse?"

„Leider nicht, aber ich nehme an, dass er auch im *Borgo* oder zumindest nicht allzu weit davon entfernt wohnt."

„Wenn Riva tatsächlich hinter der Entführung steckt und sein Bruder vielleicht sein Komplize sein sollte, dann werden wir das bestimmt herausfinden."

Nachdem Sandrinelli sein Wasserglas zum dritten Mal geleert hatte, stand er auf, um zu gehen.

„Sie können mich rund um die Uhr am Handy erreichen. Nochmals vielen Dank für Ihre Hilfe."

„Wir sind für Sie auch jederzeit erreichbar, wenn Sie Neuigkeiten haben oder Ihnen noch etwas einfällt, was uns weiterhelfen könnte. Hier sind unsere Handynummern."

Francesco schob ihm einen Zettel über den Tisch, auf dem er ihm seine Handynummer als auch die von Max aufgeschrieben hatte. Während sich dann Max bereits im Arbeitszimmer von Sandrinelli verabschiedete, wollte Francesco ihn bis zur Haustür begleiten. Im Flur lief ihnen Giovanna über den Weg.

„Guten Morgen, Giovanna", sagte Sandrinelli freundlich.

„Morgen", grummelte sie, ohne ihn anzusehen, und verschwand, so schnell es ging, im nächsten Zimmer.

„Was hat sie denn?", wunderte sich Sandrinelli. „Sie ist doch sonst immer so fröhlich und gut gelaunt."

Francesco druckste etwas herum.

„Äh, *Signor* Sandrinelli, sie hat gestern Abend nach der Geburtstagsfeier, als uns mein Vater von der Entführung berichtet hat, natürlich auch von *Signora* Sorano und Francesca erfahren."

„Und deshalb redet sie nicht mehr mit mir?“

„Sie wissen doch, wie gut sie sich mit Ihrer Frau versteht. Auch wenn sie die Hintergründe überhaupt nicht kennt, solidarisiert sie sich nun mit Ihrer Frau.“

„Sie wird ihr hoffentlich nichts verraten. Das würde mir in der jetzigen Situation gerade noch fehlen.“

„Keine Sorge. Sowohl mein Schwager und ich als auch mein Vater haben ihr unmissverständlich klar gemacht, was es für Francesca bedeuten könnte, wenn Ihre Frau von der Entführung etwas erfährt und dann durch sie Nachrichten darüber an die Öffentlichkeit gelangen würden.“

Sandrinelli sah nicht so aus, als ob ihn die Beschwichtigungen von Francesco vollends beruhigen würden. Deshalb legte Francesco noch einmal nach.

„Ich werde gleich noch mal mit ihr sprechen.“

„Vielen Dank, *Signor* Bianchi.“

An der offenen Haustür gaben sie sich die Hand.

„Wir halten Sie auf dem Laufenden, *Signor* Sandrinelli. Verlassen Sie sich darauf, dass wir alles Menschenmögliche tun werden, damit Francesca wohlbehalten wieder nach Hause kommt.“

Sandrinelli nickte stumm, Francesco hatte den Eindruck, dass er gegen ein paar Tränen ankämpfte.

„*Arrivederci*“, rief Francesco ihm noch hinterher, als Sandrinelli zu seinem Auto ging. Dann drehte er sich um und machte hinter sich die Haustür zu.

14

Francesco war zum Arbeitszimmer seines Vaters zurückgegangen, kurz vor ihm war Elena ins Zimmer gehuscht und hatte sich auf den Schreibtischstuhl gesetzt. Max stand am Fenster und blickte hinaus in den Garten. Er hatte Elena zwar hereinkommen gesehen, sagte aber nichts.

„Jetzt erzähl schon, Papa, wo werdet ihr anfangen, nach Francesca zu suchen?", drängelte sie.

Francesco nahm wieder auf dem Stuhl Platz, auf dem er zuvor auch gesessen war. Max drehte sich zu den beiden um.

„Elena, ich glaube, es ist besser, du lässt uns noch eine Weile allein."

„Warum denn?", jammerte sie. „Jetzt, wo *Signor* Sandrinelli weg ist, kann ich euch doch zuhören."

Sie sah mit flehendem Blick ihren Onkel an und diesmal bekam sie auch seine Unterstützung.

„Von mir aus kannst du schon hierbleiben."

Max widersprach nicht mehr, sondern nickte kaum merklich mit dem Kopf und setzte sich auch an den Tisch. Elena strahlte und wartete gespannt darauf, endlich Einzelheiten der Entführung zu erfahren.

„Ich wollte Sandrinelli vorhin nicht entmutigen, aber ich glaube, wir sollten uns nicht allzu große Hoffnungen machen, dass wir die Kleine schnell finden werden."

„Seit wann bist du denn so ein Pessimist, Max? So kenne ich dich gar nicht."

„Genau, Papa, willst du etwa schon aufgeben, bevor ihr überhaupt angefangen habt, nach Francesca zu suchen?"

„Ich bin kein Pessimist, sondern ich sehe die Sache realistisch. Die Hinweise, die uns Sandrinelli gegeben hat, sind mehr als dürftig. Wenn sich die Kerle keine ganz groben Fehler erlauben, wird es fast ein Ding der Unmöglichkeit sein, Francesca zu finden. Wo sollen wir denn hier in der Stadt anfangen zu suchen?"

Elena war wie immer sehr schnell, wenn es darum ging, sich auf einen Täter festzulegen oder über Hintergründe und Umstände eines Verbrechens zu spekulieren.

„Bestimmt haben sie Francesca in den Katakomben versteckt. Dort müsst ihr anfangen zu suchen."

In den Osterferien des Vorjahres, als Max nicht mit seiner Familie nach Rom mitreisen konnte, weil er in Rosenheim mit der Klärung eines Doppelmordes beschäftigt war, hatte Chiara zusammen mit Martina und Elena in den *Catacombe di San Callisto* an der *Via Appia Antica* eine Führung mitgemacht. Martina war schwer beeindruckt gewesen von den kilometerlangen Gängen und Kammern der Katakombe, in der sich auf fünf Ebenen rund fünfhunderttausend Gräber befinden. Elena hatte nach der Führung gescherzt, dass man dort unten wunderbar Verstecken spielen könnte.

„Elena, hier in Rom und Umgebung gibt es mehr als sechzig Katakomben, von denen nur eine Handvoll für Besucher zugänglich ist. Also kämen mehr als fünfzig als Versteck in Frage. Du kannst dir leicht ausrechnen, dass wir bis zum nächsten Wochenende beschäftigt wären, alle diese Katakomben zu durchsuchen, wenn wir uns jeden Tag nur zehn davon vornehmen würden. Und das ist schon viel zu viel für einen Tag."

„Wir müssen uns eben aufteilen, Martina, Mama und Tante Giulia würden doch sicher auch mithelfen, damit wir das Versteck von Francesca finden."

Max griff nach ihrer Hand.

„Das ist wirklich lieb gemeint von dir, Elena. Aber selbst dann ist dein Plan aussichtslos, denn in die meisten Katakomben würden wir als Privatpersonen überhaupt nicht reinkommen. Ganz abgesehen davon, dass wir uns dort unten allein wahrscheinlich so verlaufen würden, dass wir selbst nicht mehr herausfinden."

„Da hat dein Papa leider recht", stimmte Francesco zu.

Enttäuscht drehte sich Elena auf dem Schreibtischstuhl hin und her, sie war sich so sicher gewesen, dass sie Francesca in den Katakomben sehr schnell aufspüren würden.

„Was hältst du von Sandrinellis Hinweis auf den Möbelrestaurator, Max?"

„Dieser Spur müssen wir auf alle Fälle nachgehen, wobei ich da auch eher skeptisch bin."

„Warum?"

„So blöd kann doch eigentlich keiner sein. Dieser Riva weiß doch, dass ihn Sandrinelli sofort in Verdacht hatte, als er vor zwei Wochen den Erpresserbrief bekam. Da ist es nur logisch, dass er damit rechnen muss, von Sandrinelli auch für den Entführer von Francesca gehalten zu werden."

„Richtig. Wenn Riva wirklich dahintersteckt, dann ist er entweder unheimlich dreist oder er ist sich seiner Sache so sicher, dass er kein Risiko sieht, entdeckt zu werden."

„Dabei ist er doch nur ein einfacher Handwerker."

„Selbst das wissen wir noch nicht genau. Meinst du nicht, dass hinter dem Streit zwischen Sandrinelli und Riva viel mehr stecken könnte als nur die Meinungsverschiedenheit über einen Kaufpreis? Sollte er aus diesem einzigen Grund gleich zum Erpresser geworden sein?"

„Daran habe ich vorhin auch schon gedacht, Francesco. Denn Sandrinelli schien mir doch sehr darum bemüht zu sein, uns nur das Nötigste über dieses Geschäft mit Riva zu erzählen. Es wird aber nicht einfach werden, darüber etwas zu erfahren."

Elena hatte die ganze Zeit aufmerksam zugehört. Jetzt konnte sie endlich auch etwas zu dieser Diskussion beitragen.

„Vielleicht kann uns Luca, der Mann von Mamas Freundin Angelina, weiterhelfen. Er hat doch ein Antiquitätengeschäft. Wer weiß, womöglich kennt er Riva oder kann euch sagen, wo ihr am besten mit dem Recherchieren anfangen sollt."

„Das ist eine sehr gute Idee, Elena", lobte Max den Vorschlag seiner Tochter. „An Luca habe ich überhaupt nicht gedacht. Chiara trifft sich ohnehin heute zum Mittagessen mit Angelina. Ich werde sie gleich darum bitten, Angelina davon zu erzählen, dass wir Lucas Hilfe gebrauchen könnten."

„Willst du, dass sie die Entführung erwähnt?"

„Nein, besser nicht. Bei Luca würde ich ebenfalls erst einmal abwarten, auch ihn müssen wir nicht unbedingt einweihen."

„Er wird aber sicher nachfragen, warum wir hier in Rom während unseres Urlaubs kriminalisieren."

„Trotzdem muss er es nicht wissen. Wir brauchen ihn nur wegen des Antiquitätengeschäftes und das hat vielleicht überhaupt nichts mit der Entführung von Francesca zu tun."

„Okay, dann sprich du gleich einmal mit Chiara, und ich werde versuchen, Piero auf dem Revier zu erreichen."
„Und was kann ich in der Zwischenzeit tun?", wollte Elena wissen.
„Vorläufig nichts, Elena. Wolltest du nicht heute mit Martina einen Stadtbummel machen?"
„Doch, aber erst am Nachmittag. Nach dem Frühstück ist sie nur am Handy gehangen und hat eine SMS nach der anderen geschrieben."
„An diesen Robert?"
„Vermutlich. Ich wüsste nicht, mit wem sie sonst die ganze Zeit hin und her schreiben sollte."
„Das wird schön teuer, Auslands-SMS sind nicht gerade billig."
„Papa, sie muss doch selbst wissen, wofür sie ihr Taschengeld verwendet."
„Natürlich, dann bleibt für heute Nachmittag eben weniger Geld zum Shoppen übrig."
„Ich werde gleich einmal nachsehen, ob sie inzwischen schon wieder ansprechbar ist."

Elena ging also zu Martina in den ersten Stock, und Francesco blieb im Arbeitszimmer, um seinen Kollegen Piero anzurufen. Max suchte nach Chiara und fand sie zusammen mit Giovanna und Giulia in der Küche sitzend. Die drei hatten sich noch einmal ausgiebig über die Geburtstagsfeier vom Vorabend unterhalten, jetzt beratschlagten sie, was sie zum Abendessen kochen sollten. Fürs Mittagessen war nur ein kleiner Imbiss vorgesehen. Aldo kam ohnehin über Mittag nicht aus seiner Praxis nach Hause, Chiara war mit Angelina zum Essen verabredet und Giovanna rechnete damit, dass Francesco und Max bald in Sachen Entführung unterwegs sein würden. Max fasste für die drei Damen kurz die Infos von Sandrinelli zusammen und erklärte Chiara dann, wie sie bei Angelina um Lucas Hilfe bitten sollte. Chiara war etwas skeptisch.
„Du meinst wirklich, das bringt etwas?"
„Bestimmt. Die Antiquitätenhändler kennen sich doch sicher untereinander, deshalb halte ich die Wahrscheinlichkeit für relativ hoch, dass dieser Riva für Luca kein Unbekannter ist.

Sollte er ihn nicht direkt kennen, könnten wir trotzdem über Kollegen von ihm an Riva herankommen. Je mehr Infos wir über ihn haben, desto besser können wir einschätzen, ob er mit Francescas Entführung etwas zu tun haben könnte und wo wir mit unseren Ermittlungen ansetzen sollen."

„Was macht Francesco?", erkundigte sich Giulia nach ihrem Mann.

„Er wollte versuchen, Piero auf dem Revier zu erreichen."

Max erklärte ihr, dass sie Piero einschalten wollten, um über ihn sehr schnell die Daten der Erpresseranrufe herauszufinden.

„Wir rechnen zwar nicht damit, dass wir auf diesem Weg eine Privatnummer oder eine namentlich registrierte Handynummer erhalten, aber wir müssen natürlich alle Möglichkeiten ausschöpfen, uns Informationen zu beschaffen. Schließlich haben wir nur vier Tage Zeit, bis das Ultimatum der Entführer abläuft. Sandrinelli besorgt bis dahin das Lösegeld, aber natürlich wollen wir versuchen, Francesca schon vorher zu finden."

„Sie haben Sandrinelli bestimmt noch nicht gesagt, wo und wie die Lösegeldübergabe stattfinden soll", mutmaßte Chiara.

„Richtig, mein Schatz. Ich erwarte, dass Sandrinelli diese Informationen erst sehr kurzfristig bekommt. Die Entführer wollen sich so gewiss absichern, damit der dann genannte Ort der Übergabe nicht präpariert werden kann und sie nicht in eine Falle tappen."

Giulia, die sich trotz des Berufs ihres Mannes ganz gerne Krimis im Fernsehen ansah, ließ ihre Phantasie spielen.

„In den Fernsehkrimis muss das Lösegeld meistens aus einem fahrenden Zug oder von einer sehr hohen Brücke geworfen werden. Stellt euch schon einmal darauf ein, dass ihr bald einen kleinen Ausflug in die Umgebung von Rom machen dürft."

„So weit sind wir noch lange nicht, Giulia. Außerdem kannst du die Krimis vom Fernsehen nicht mit der Realität vergleichen. Wer weiß, auf welche abenteuerlichen Ideen die Entführer von Francesca kommen, um die Lösegeldübergabe so risikolos wie möglich über die Bühne gehen zu lassen."

„Solange sie Francesca in ihrer Gewalt haben, liegt das Risiko doch eher auf eurer Seite, Max."

„Wie meinst du das, Chiara?"

„Ich meine, dass es der Kleinen wenig nützt, wenn ihre Kidnapper geschnappt werden und sie trotzdem nicht befreit wird. Wer garantiert euch, dass diese Kerle nach einer Festnahme das Versteck von Francesca verraten?"

„Nun mal langsam, Chiara. Ich glaube, es hilft uns nicht weiter, wenn wir uns jetzt mit solchen Katastrophenszenarien beschäftigen. Außerdem könnte man in so einem Fall den Entführern schon klar machen, dass sie lebenslang hinter Gitter wandern würden, wenn sie verschweigen, wo sie Francesca gefangen halten, und sie deshalb ums Leben kommen würde."

Max war überrascht, dass sich Giovanna, die sich bisher noch überhaupt nicht zu seinen Überlegungen geäußert hatte, auf seine Seite schlug.

„Chiara, diesmal muss ich Max zustimmen. Francesco und er sollten sich jetzt nicht schon damit befassen, was Ende der Woche im schlimmsten Fall alles passieren könnte, sondern sie müssen zuerst einmal versuchen, den Tätern schon vor einer möglichen Geldübergabe das Handwerk zu legen."

„War es nun Zufall oder Absicht, dass Giovanna nur von den Entführern sprach und Francesca nicht erwähnte?", dachte sich Max.

Er kannte seine Schwiegermutter sehr gut, deshalb war er sich sicher, dass sie über Sandrinellis Ehebruch und seine uneheliche Tochter nicht so schnell hinwegsehen würde. Darum verkniff er es sich auch, seine Frage auszusprechen.

In der Mitte des Küchentisches stand eine Obstschale. Max griff nach einem leuchtend roten Apfel und biss hinein. Nachdem er den ersten Bissen hinuntergeschluckt hatte, wandte er sich zur Tür.

„Ich bin wieder im Arbeitszimmer. Inzwischen dürfte Francesco schon mit Piero gesprochen haben."

Im Flur kam ihm Francesco entgegen.

„Piero meint, dass er die Daten innerhalb einer Viertelstunde bekommen müsste. Er wird sich gleich wieder melden."

„Hat es bei den *Carabinieri* irgendeinen Hinweis in Bezug auf die Entführung gegeben?"

„Piero hat nichts davon mitbekommen, er will sich aber bei seinen Kollegen noch etwas umhören."

Gemeinsam gingen sie zurück ins Arbeitszimmer, um auf Pieros Rückruf zu warten. Es dauerte keine zehn Minuten, bis das Telefon klingelte. Francesco hob ab und stellte den Lautsprecher an.

„*Pronto.*“

„*Ciao* Francesco, ich habe alles, was ihr braucht. Wie du schon vermutet hast, wurde beide Male von einer Telefonzelle aus angerufen. Der erste Anruf gestern Vormittag kam von einem Apparat an der U-Bahn-Station *Piramide*, heute Früh wurde auch von einer Telefonzelle aus angerufen, diesmal an der U-Bahn-Station *Basilica San Paolo.*“

„Vielen Dank, Piero. Eine Nummer, der man einen Namen zuordnen kann, wäre uns natürlich lieber gewesen. Aber vielleicht können uns die Informationen, die wir jetzt haben, auch weiterhelfen.“

„Sobald ich zur Entführung selbst etwas hören sollte, melde ich mich wieder.“

„Okay, bis dann.“

Francesco wollte bereits auflegen, hörte aber über den Lautsprecher, dass ihn Piero noch etwas fragen wollte.

„Meinst du, dass ihr morgen überhaupt Zeit haben werdet, mit ins Stadion zu gehen?“

„Das kann ich dir beim besten Willen nicht sagen, Piero, wir müssen einfach abwarten, wie sich die Sache entwickelt. Es kann schon passieren, dass die *Roma* ohne uns spielen muss, wobei es sehr schade wäre, wenn wir die Karten, die du uns besorgt hast, verfallen lassen müssten. Das Bayern-Spiel heute Abend würde sich Max natürlich auch ungern entgehen lassen, aber die Kleine geht selbstverständlich vor.“

„Viel Glück. Und melde dich, wenn ich euch noch irgendwie behilflich sein kann. *Ciao.*“

Francesco legte auf.

„Das hilft uns nicht viel weiter“, bemerkte Max enttäuscht. „An so einer belebten U-Bahn-Station achtet doch keiner darauf, ob jemand an einem öffentlichen Telefon ein kleines Diktiergerät an den Hörer hält und ein Tonband abspielt.“

„Trotzdem würde ich mir die Telefone gerne vor Ort ansehen, vielleicht fällt uns dort doch etwas auf. Am besten brechen wir gleich auf.“

„Von mir aus. Wir brauchen nur unseren Damen Bescheid sagen. Willst du mit dem Auto fahren?“

„Nein, lieber mit der U-Bahn. Wenn ich meinen Dienstwagen hier hätte, dann würde ich schon damit fahren. Aber mit dem Privatauto quer durch Rom kurven lohnt sich nicht, allein schon wegen der Parkplatzsuche. Giulia fährt uns sicher schnell zur *Stazione Flaminio*, dann brauchen wir bis dorthin nicht einmal laufen."

Giovanna, Chiara und Giulia saßen immer noch in der Küche, als Max und Francesco hineinkamen. Francesco erklärte ihnen kurz, wohin sie sich gleich auf den Weg machen wollten. Giulia war gerne bereit, sie zur U-Bahn zu bringen.

„Da kann ich auf dem Rückweg auch noch etwas fürs Abendessen einkaufen."

Max wollte Chiara nochmals daran erinnern, wie wichtig es sei, über Angelinas Ehemann Luca an Informationen über Riva zu kommen.

„Ich vergesse das bestimmt nicht. Glaub mir, ich wäre froh, wenn ihr den Fall schnell lösen könntet, damit du etwas von deinem Urlaub hast und hier nicht auch noch die ganze Zeit arbeiten musst."

„Wann und wo triffst du dich mit Angelina?"

„Um zwölf an der *Barcaccia.*"

Die *Fontana della Barcaccia*, ein Brunnen in Form eines Schiffes, befindet sich auf der *Piazza di Spagna* am Fuße der berühmten Spanischen Treppe und ist ein beliebter Treffpunkt der Römer, um sich von dort aus ins Nachtleben der Ewigen Stadt zu stürzen oder tagsüber einen Schaufensterbummel durch die gegenüber beginnende berühmte *Via Condotti* mit ihren Luxusläden zu unternehmen.

„Ich werde Angelina bitten, sofort bei Luca anzurufen", schlug Chiara vor. „Dann kann ich euch sehr schnell Bescheid geben, ob Luca etwas über Riva weiß."

„Sie kann an Luca auch gerne unsere Handynummern weitergeben, damit er uns direkt informieren kann. Unter Umständen schauen wir uns dann den Laden von Riva gleich an, nachdem wir an den U-Bahnhöfen die Telefone inspiziert haben."

Francesco nickte zustimmend. Max nahm Chiara in den Arm und gab ihr einen Kuss.

„Viel Spaß mit Angelina, richte ihr schöne Grüße von mir aus."

Giovanna war wie immer um das leibliche Wohl ihres Sohnes besorgt.

„Willst du nicht erst noch etwas essen, Francesco?"

„Danke, Mama. Wir werden uns unterwegs eine Kleinigkeit besorgen. Jetzt reicht mir ein Apfel."

Max nahm sich auch noch einen Apfel aus der Obstschale und steckte ihn in seine Jackentasche. Giulia hatte sich inzwischen ebenfalls ihre Jacke angezogen und war bereit, die beiden zur U-Bahn zu fahren.

Zehn Minuten später erreichten sie die *Stazione Flaminio*, an der die *Linea A*, eine der beiden römischen U-Bahnlinien, hält. Direkt bei dem roten Schild mit dem großen weißen M in der Mitte, das auf einen Bahnhof der *Metropolitana* hinweist, stiegen Max und Francesco aus. Sie hatten Glück, kaum waren sie die Treppe zu den Gleisen hinuntergegangen, da fuhr ein Zug in Richtung *Stazione Termini* ein. Bis zum Hauptbahnhof von Rom waren es nur vier Stationen, dort stiegen sie in die *Linea B* um, die Richtung Süden bis nach *Roma Laurentina* fährt. Über die Haltestellen *Cavour, Colosseo* und *Circo Massimo* erreichten sie die *Stazione Piramide*, die nach der gegenüber dem Bahnhofsgebäude liegenden Pyramide des Caius Cestius benannt ist. Als sie über die Treppe nach oben gekommen waren, fiel ihr Blick gleich auf die drei Telefone, die in der Halle an der Wand hingen. Direkt neben den gesicherten Eingängen, bei denen man eine gültige Fahrkarte einführen muss, um zu den Gleisen zu gelangen, war ein Zeitungsstand aufgebaut, an dem ein älterer Herr in einer Illustrierten blätterte und auf den nächsten Kunden wartete. Francesco steuerte sofort auf den Zeitungsverkäufer zu und hielt ihm seine *Carabinieri*-Dienstmarke unter die Nase.

„Buongiorno Signore."

„Buongiorno Commissario."

„Maresciallo", verbesserte er ihn. „Verraten Sie mir Ihren Namen?"

„Barelli. Giuseppe Barelli."

„Grazie, Signor Barelli. Haben Sie gestern Vormittag auch hier gearbeitet?"

„Sicher, ich bin jeden Tag hier. Normalerweise betreibe ich den kleinen Laden dort am Ende der Halle, aber weil er gerade renoviert wird, stehe ich derzeit immer an diesem Platz."

„Dann können Sie mir bestimmt weiterhelfen."

„Gerne, *Maresciallo*, wenn Sie mir erklären, wie."

„Gestern Vormittag wurde von einem der drei Telefone dort drüben ein anonymer Anruf getätigt, wahrscheinlich hatte der Anrufer ein Diktiergerät oder ein anderes kleines Tonbandgerät bei sich, das er am Telefon abgespielt hat."

Der Zeitungsverkäufer sah Francesco erstaunt an, sagte vorerst nichts, sondern überlegte eine Weile. Dann meinte er:

„Mit einem Tonbandgerät habe ich niemanden gesehen, trotzdem kann ich mich an etwas Merkwürdiges erinnern, wenn ich über den gestrigen Vormittag nachdenke."

„Was war merkwürdig?"

„Da war einer, der vor der Tür die ganze Zeit auf und ab gegangen ist und dabei unentwegt mit dem Handy telefoniert hat."

„Daran ist noch nichts ungewöhnlich."

„Richtig. Ungewöhnlich war aber, dass er nach seinem Telefonat das Handy in die Hosentasche gesteckt hat und zu den öffentlichen Telefonen dort an der Wand gegangen ist, um wieder zu telefonieren."

„Interessant. Warum sollte er von dort aus telefonieren, wenn er ein Handy dabei hat?"

„Eben, das habe ich mich auch gefragt. Von einem Tonband habe ich, wie gesagt, nichts gesehen. Er stand dort aber mit dem Rücken zu mir, was er am Telefon gemacht hat, konnte ich nicht sehen."

„Wie lange stand er dort?"

„Das weiß ich leider nicht, *Maresciallo*, ich war hier mit Kundschaft beschäftigt, ich habe nicht gesehen, wann er weggegangen ist."

„Können Sie mir den Mann beschreiben?"

„Er hatte einen dunklen Kinnbart und einen Oberlippenbart, außerdem trug er eine blaue Baseballkappe."

„Wie alt war er?"

„Schwer zu sagen, so genau habe ich mir sein Gesicht nicht angesehen. Aber ich schätze, er dürfte in etwa Ende zwanzig oder Anfang dreißig gewesen sein."

„Haben Sie gesehen, ob er alleine hier war?"

„Während er am Handy und dort drüben telefoniert hat, war er auf alle Fälle allein. Ob er auch allein hierhergekommen ist oder sich mit jemandem getroffen hat, weiß ich nicht. Ist er ein Verbrecher?"

„Das kann ich Ihnen leider nicht sagen, *Signor* Barelli. Es könnte aber sein, dass er in ein Verbrechen verwickelt ist. Mit Ihren Angaben haben Sie mir schon sehr viel weitergeholfen."

Francesco wollte seine Visitenkarte nicht hergeben, denn dort stand neben seiner Handynummer auch seine Telefonnummer auf dem Revier der *Carabinieri* von *Ischia Porto* drauf. Dort sollte Barelli auf keinen Fall anrufen, denn Francescos Kollegen auf *Ischia* mussten nicht unbedingt wissen, dass er während seines Urlaubs in Rom einer kriminalistischen Arbeit nachging. Deshalb zog er einen kleinen Notizblock aus der Jackentasche, schrieb *„Maresciallo* Francesco Bianchi" und seine Handynummer darauf und riss den Zettel vom Block.

„Hier haben Sie meine Nummer. Ich wäre Ihnen sehr dankbar, wenn Sie mir Bescheid geben würden, wenn Ihnen zu gestern Vormittag noch etwas einfällt oder der bärtige Typ hier noch einmal auftauchen sollte."

„In Ordnung, dann rufe ich Sie in jedem Fall sofort an."

„Arrivederci Signor Barelli."

„Arrivederci Maresciallo."

Sie gingen nicht sofort wieder zu den Gleisen hinunter, sondern traten vor die Tür des Bahnhofsgebäudes. Francesco war sehr zufrieden.

„Für den Anfang war das nicht schlecht."

„Ja, wenn es wirklich einer der Entführer war, den *Signor* Barelli beobachtet hat. Vielleicht war bei dem bärtigen Typen aber auch nur der Handy-Akku leer, und allein deshalb hat er mit einem der öffentlichen Apparate weitertelefoniert."

„Das könnte natürlich auch der Fall sein. Aber wenn es tatsächlich einer der Kidnapper war, haben wir wenigstens schon einmal eine ganz grobe Beschreibung von ihm."

Max blickte über den vor dem Bahnhof liegenden, weitläufigen *Piazzale Ostiense* hinüber zur Pyramide.

„Francesco, kannst du mir verraten, wie man auf die Idee kommt, mitten in Rom eine Pyramide zu bauen?"

„Der Bauherr Caius Cestius war römischer Prätor und Volkstribun, warum der sich eingebildet hat, unbedingt in einer Pyramide begraben zu werden, kann ich dir beim besten Willen nicht sagen. Aber als sie erbaut wurde, lag sie nicht mitten in der Stadt, sondern außerhalb. Sie durfte gar nicht innerhalb der Stadt gebaut werden."

„Warum?"

„Weil bis ins fünfte Jahrhundert hinein innerhalb der Stadtgrenzen Bestattungen verboten waren. Caius Cestius soll 12 v. Chr. gestorben sein, also muss die Pyramide damals außerhalb der Stadt errichtet worden sein."

„Liegt sie deshalb gleich bei der *Porta San Paolo?*"

„Das ist anzunehmen, denn die *Porta San Paolo* war damals die Stadtgrenze. Sie wurde in der Antike allerdings noch *Porta Ostiense* genannt, weil sie das Stadttor war, an dem die *Via Ostiense,* die Straße zur antiken Hafenstadt *Ostia,* begann. Erst in christlicher Zeit hat man sie dann in *Porta San Paolo* umbenannt, weil sie auch auf dem Weg zur *Basilica San Paolo* liegt. Und die *Basilica* trägt den Zusatz „vor den Mauern", weil sie zur Zeit ihrer Erbauung eben auch außerhalb der Stadtmauern lag. Jetzt reicht es aber mit der Geschichtsstunde, lass uns weiterfahren."

Diesmal mussten sie einige Minuten auf einen Zug der *Metropolitana* warten, hatten aber dann nur zwei Stationen zu fahren, bis sie ihr Ziel erreichten. An der Haltestelle *Basilica San Paolo* stiegen viele Touristen aus. Wieder suchten Francesco und Max nach den Telefonen. An diesem Bahnhof befanden sie sich neben einem Seiteneingang, vom Zeitungskiosk in der Halle aus waren sie nicht zu sehen, ein anderer Verkaufsstand war leider auch nicht in der Nähe.

„Hier haben wir wohl Pech, Francesco."

„Ja, es sieht ganz so aus, dass uns hier niemand etwas über einen Entführer, der mit einem Tonband in der Hand telefoniert, sagen kann. Und nun?"

„Im Prinzip könnten wir wieder nach Hause fahren. Vorher rufe ich aber kurz bei Chiara an, vielleicht haben sie und Angelina schon eine Antwort von Luca wegen Riva."

Chiara und Angelina saßen bereits beim Aperitif in einer kleinen Bar an der *Piazza di Spagna*, als Max bei Chiara anrief.

Angelina hatte auch schon versucht, ihren Mann zu erreichen. Luca war allerdings am Vormittag unterwegs gewesen, um antike Möbel aus einem Nachlass zu begutachten, und hatte deswegen wohl sein Handy ausgeschaltet. Angelina hatte ihm eine Nachricht auf seiner Mailbox hinterlassen.

„Angelina meint, dass Luca eigentlich bis Mittag in seinem Laden zurück sein wollte, es wird bestimmt nicht mehr lange dauern, bis er sich meldet."

„In Ordnung. Dann werden wir hier vielleicht auch gleich eine Kleinigkeit essen. Außerdem war ich ewig nicht mehr in der *Basilica San Paolo*. Wenn ich jetzt schon einmal hier bin, werde ich die Gelegenheit nutzen. Bis später, *ciao.*"

Francesco wollte zusammen mit Max in die *Basilica* hineingehen.

„Max, bei mir ist es bestimmt auch schon wieder drei Jahre her, dass ich zuletzt drin war. Weißt du, dass seit Ende letzten Jahres das Paulus-Grab teilweise freigelegt ist?"

„Ich weiß, dass darüber ein Artikel in der Zeitung war. Aber an Einzelheiten erinnere ich mich nicht."

„Der Überlieferung nach liegt in der Krypta unterhalb der *Basilica* das Grab des Apostels Paulus, das Wissen um den genauen Standort war aber im Laufe der Jahrhunderte verloren gegangen. Dazu trugen auch mehrere Umbauten und ein Großbrand bei. Nach jahrelangem Suchen sind die Archäologen im letzten Jahr auf einen römischen Sarkophag gestoßen, in dem sie die sterblichen Überreste des Apostels vermuten. Seit Dezember gibt ein kleines Fenster unterhalb des Altares den Blick auf eine Seite des Sarkophages für die Gläubigen frei. Ich habe in den italienischen Zeitungen einiges darüber gelesen, selbst gesehen habe ich das Grab aber noch nicht."

Sie gingen ein Stück die *Via Ostiense* entlang und bogen auf den *Piazzale San Paolo* ab, der sich an der Nordseite der *Basilica* befindet und über die ganze Länge des Kirchenschiffes erstreckt. Eine große Pilgergruppe, die gemeinsam die *Basilica* besichtigt hatte, legte hier gerade eine Mittagspause ein und verzehrte den Inhalt der mitgebrachten Lunchpakete. Francesco und Max überquerten den großen Platz und erreichten den Kreuzgang mit der großen Paulus-Statue in der Mitte, der vor dem Haupteingang der Kirche angelegt ist. Die große, schwere Tür am Portal der *Basilica* knirschte ein wenig in den Scharnieren, als Francesco sie öffnete. Sofort schlug ihnen der typische Geruch entgegen, der in den meisten Gotteshäusern herrscht, ein Gemisch aus Ruß, Kerzenwachs und Weihrauch. Es war relativ duster.

„Ich will mir unbedingt auch die Papstporträts ansehen", flüsterte Max. „Bei meinem letzten Besuch hier fehlte das Mosaik unseres bayerischen Papstes noch, denn zu der Zeit war er doch noch Kardinal. Ich bin gespannt, wie sein Mosaik aussieht."

Neben dem Paulus-Grab ist eine weitere Sehenswürdigkeit der *Basilica San Paolo fuori le Mura*, dass oberhalb der Säulen, die den riesigen, fünfschiffigen Bau tragen, in runden Medaillons der Reihe nach alle bisherigen Päpste verewigt sind. Das Mosaik des jeweils aktuellen Papstes wird dabei von Scheinwerfern angestrahlt und hell erleuchtet. Nachdem Max und Francesco den steinernen Sarkophag des Paulus unter dem Altar besichtigt hatten, eine Weile in Stille davor gekniet waren und danach die Stufen von dort wieder heraufkamen, fiel ihr Blick sofort auf das beleuchtete Mosaik Benedikt XVI.

„Man könnte meinen, dass das Porträt gemalt ist. Es ist bestimmt nicht einfach, die kleinen Mosaiksteinchen so zu setzen, dass daraus das gewünschte Bild entsteht. Ich hätte dafür kein Händchen."

„Ich wahrscheinlich auch nicht, Max. Neben dem handwerklichen Geschick sollte man auch künstlerisch begabt sein, aber diese Begabung fehlt mir leider völlig."

„Mir auch. Chiara hat da etwas mehr Talent mitbekommen. Weitervererbt hat sie es aber nur an Martina. Obwohl mir von den beiden Mädchen eher Martina ähnlich sieht, ist sie in diesen Dingen wie Chiara veranlagt, und Elena kommt in dieser Hinsicht ganz nach mir."

„Das merkt man auch deutlich an ihrer kriminalistischen Spürnase. Pass nur auf, Max, da wächst dir bald Konkurrenz im eigenen Haus", lachte Francesco.

„Ganz so schlimm ist es zum Glück noch nicht. Elena verschlingt zwar einen Krimi nach dem anderen und neugierig auf meine Arbeit war sie schon immer. Aber ich muss sie manchmal regelrecht bremsen in ihrem Eifer, weil sie oft einfach vergisst, dass die Verbrechen, mit denen ich mich tagtäglich herumschlagen muss, bittere Realität sind und nicht der Fantasie eines Krimiautors entspringen."

Sie hielten sich noch eine Weile in der großen Kirche auf und verließen sie dann wieder durch den Haupteingang.

„Hast du auch schon Hunger, Max?"

„Ja, mittlerweile schon. Die *Panini* an dem kleinen Imbissstand dort vorne an der Ecke haben sehr verlockend ausgesehen."

„Die haben mich vorhin auch angelacht. Dann lass uns gleich hinübergehen."

Beide kauften sich ein *Panino* mit Schinken und Käse, Francesco nahm sich dazu ein *Acqua minerale*, Max dagegen eine Dose Cola. Nach dem ersten *Panino* war er immer noch hungrig und kaufte sich gleich noch ein zweites.

„Gut, dass mich Chiara jetzt nicht sieht, sonst dürfte ich mir gleich wieder einen Vortrag über gesunde Ernährung anhören", grinste er.

„Mein Schwesterherz ist eben besorgt um dich."

Max kaute noch an seinem zweiten *Panino*, als Francescos Handy klingelte.

„Die Nummer kenne ich nicht", meinte er erstaunt, als er aufs Display blickte.

„*Pronto.*"

„*Ciao* Francesco, hier ist Luca."

„*Ciao* Luca, danke, dass du dich meldest. Hat dir Angelina erklärt, worum es geht?"

„Nur kurz. Ihr wollt etwas über Enzo Riva wissen."

„Richtig, wir sind hier einer Sache auf der Spur, bei der er eventuell seine Finger mit im Spiel haben könnte."

Wie mit Max besprochen, wollte Francesco vorerst nicht zu viele Details über ihren aktuellen Fall preisgeben.

„Kennst du ihn?"

„Ja, ich hatte schon einige Male mit ihm zu tun."

Um Max zu signalisieren, dass Elenas Idee, Luca nach Riva zu fragen, goldrichtig war, streckte er den Daumen in die Höhe.

„Kannst du mir etwas über ihn erzählen?"

„Nicht allzu viel. Er hat im *Borgo* eine kleine Werkstatt, die er von seinem Vater übernommen hat. Wenn bei meinen Antiquitäten vor dem Verkauf kleinere Reparaturen notwendig waren, habe ich das hin und wieder von ihm ausführen lassen. Er arbeitet sehr genau."

Francesco dachte an den Antiquitätenhandel, bei dem sich Riva von Sandrinelli übervorteilt gefühlt hatte.

„Hast du von ihm auch Antiquitäten gekauft?"

„Nein, er ist doch kein Händler, nur Restaurator. Warum fragst du danach?"

Erstaunt zog Francesco die Augenbrauen hoch.

„Meines Wissens handelt er auch mit Antiquitäten."

„Das ist mir neu. Ich kenne ihn nur als Restaurator und Möbelschreiner. Um Antiquitäten an- und verkaufen zu können, bräuchte er schon einen kleinen Laden oder wenigstens ein kleines Möbellager. Ich war ein paar Mal in seiner Werkstatt, und da ist dafür sicher kein Platz."

„Wir haben eine Aussage, dass er auch mit Antiquitäten Geschäfte macht. Jedenfalls soll es bei einem solchen Handel zu einem Streit mit einem Kunden gekommen sein."

Max machte eine eindeutige Handbewegung, um Francesco vorsorglich etwas zu bremsen, damit er auf keinen Fall den Namen Sandrinelli erwähnen würde.

„Wenn es so sein sollte, wie du vermutest, Francesco, dann müsste in Händlerkreisen etwas darüber zu erfahren sein. Ich werde mich gleich heute ein bisschen umhören."

„Das wäre sehr gut. Gib mir bitte gleich Bescheid, wenn du etwas herausgefunden hast."

„Mach ich. Jetzt würde ich aber schon gerne wissen, was er ausgefressen hat, dass du dich so für ihn interessierst."

„Wie gesagt, er ist eventuell in eine unsaubere Sache verwickelt, mehr kann ich dir im Moment leider nicht sagen. Behalte das aber bitte für dich, denn es könnte auch sein, dass wir ihn mit unseren Ermittlungen ganz schnell von dem Vorwurf entlasten können. Solange wir keine Beweise haben, gilt er natürlich als unschuldig."

„In Ordnung, von mir erfährt keiner etwas."

„Hältst du es für möglich, dass er auf die schiefe Bahn geraten ist?"

„Das kann ich nicht beurteilen, dazu kenne ich ihn zu wenig. Ich halte die Ohren offen und melde mich, so schnell es geht."

„Vielen Dank. *Ciao* Luca."

„Ciao."

Da sie an dem Imbissstand nicht alleine waren, hatte Francesco den Lautsprecher seines Handys nicht eingeschaltet, weshalb Max nur die eine Hälfte des Telefonats hören konnte. Francesco gab kurz Lucas wichtigste Aussagen wieder.

„Merkwürdig, Sandrinelli hat doch eindeutig von einem Antiquitätengeschäft gesprochen."

„Vielleicht war es eine einmalige Sache", überlegte Francesco. „Aber so zugeknöpft, wie Sandrinelli bei meiner Nachfrage war, wird es schwer sein, das herauszufinden."

„Eben. Wir können nicht einfach zu Riva spazieren und ihn danach fragen. Ansehen würde ich mir seine Werkstatt aber trotzdem gerne."

„Willst du sofort hinfahren, Max?"

„Von mir aus können wir das machen." Er blickte auf seine Uhr. „Oder meinst du, er macht jetzt noch zwei Stunden *Siesta*?"

„Das kann ich mir nicht vorstellen. Wir haben doch noch keinen Hochsommer, wo man es zur Mittagszeit vor Hitze kaum aushält. Bis wir dort sind, ist er bestimmt aus seiner Mittagspause zurück."

Für die Fahrt zurück ins Zentrum nahmen sie wieder die *Metropolitana*, stiegen bei der *Stazione Termini* in die *Linea A* um und fuhren sechs Haltestellen weit bis zum U-Bahnhof *Ottaviano*, der dem Vatikan und somit auch dem *Borgo* am nächsten liegt. Während der Fahrt diskutierten sie, ob sie die Werkstatt gemeinsam inspizieren sollten.

„Ich gehe lieber alleine rein, Francesco, damit er uns nicht zusammen sieht. Wenn wir ihn in den nächsten Tagen beschatten wollen, ist es besser, wenn er zumindest dich noch nicht gesehen hat. Ich denke, fürs Erste reicht es, wenn ich die Werkstatt von innen gesehen habe und kurz mit ihm spreche."

„Gib dich ganz einfach als Tourist aus und tu so, als würdest du nur wenig Italienisch verstehen."

„Gute Idee. Ich sehe mich ein wenig um und frage ihn, ob ich das, was da vermutlich an alten Möbeln herumstehen wird, auch kaufen kann. Dann werde ich schon sehen, ob er mit den Antiquitäten auch handelt oder sie nur restauriert."

Sie verließen die U-Bahn-Station *Ottaviano* und gingen über die *Via Ottaviano* bis zur belebten *Piazza Risorgimento*.

Obwohl sie die *Piazza* auf den vorhandenen Zebrastreifen überqueren wollten, war es kaum möglich, auf die andere Seite zu gelangen, weil sich die Autofahrer nicht um die am Straßenrand wartenden Fußgänger scherten und zum Teil in atemberaubendem Tempo an ihnen vorbeirasten.

„Das ist ja lebensgefährlich“, beklagte sich Max.

Schließlich erbarmte sich dann doch ein Autofahrer und blieb vor dem Zebrastreifen stehen, sodass eine größere Gruppe Fußgänger, die sich am Bürgersteig schon gesammelt hatte, endlich hinübergehen konnte. Auf der anderen Seite der *Piazza* gingen sie auf der *Via di Porta Angelica* weiter, an deren rechter Seite eine lange, hohe Mauer den Vatikan begrenzt. Am Ende der Straße waren durch die *Porta Angelica* bereits die Kolonnaden des Petersplatzes zu sehen. Max und Francesco bogen allerdings schon ein Stück vorher nach links ab. Schnell hatten sie die Gasse gefunden, in der laut Sandrinellis Angaben Rivas Werkstatt lag.

„Dort vorne müsste es sein, Francesco.“

Max deutete auf ein Kupferschild, das an einem eisernen Haken über einer breiten Glastür hing und auf dem verschiedene Werkzeuge abgebildet waren. Das Schild war mit dicker Patina überzogen. Wie besprochen, ließ Francesco seinen Schwager allein bis zu der Werkstatt gehen, er selbst blieb an einem Hauseck stehen.

„Gute Geschäfte“, rief er ihm lachend nach.

Max ging langsam an der gläsernen Front der Werkstatt vorbei und sah dabei hinein. Drinnen hielt sich anscheinend nur eine Person auf, die auf der rechten Seite an einer Werkbank stand und mit einer Schleifmaschine die Kanten einer kleinen Schublade bearbeitete. An der linken Wand der Werkstatt standen verschiedene alte Möbelstücke nebeneinander aufgereiht. Der Handwerker sah kurz auf, als er die Gestalt vor seinen Fenstern wahrnahm. Max las an der Glastür den Schriftzug „*La Bottega* Enzo Riva“ und wusste, dass er hier richtig war. Zuerst tat er so, als würde er weitergehen, dann aber machte er einen Schritt zurück, öffnete die Tür und trat ein.

„*Salve*“, wurde er sofort freundlich begrüßt.

Er antwortete mit einem langsamen, bewusst in die Länge gezogenen „*Bu-on gi-or-no*“.

Der Handwerker legte die Schleifmaschine beiseite und sah ihn erwartungsvoll an.

Max blickte zurück zur Tür, als müsse er den Schriftzug dort noch einmal lesen, dann drehte er sich wieder um und fragte:

„*Signor* Riva?“

„*Si*“, nickte dieser und fragte Max, was er für ihn tun könne.

Max zuckte mit den Schultern, um vorzutäuschen, dass er die Frage nicht verstanden hätte. Ohne zu antworten steuerte er auf einen kleinen Beistelltisch zu, der mitten unter den anderen Möbelstücken auf der linken Seite stand. Er strich mit der Handfläche über die Tischplatte, in die verschiedene hölzerne Intarsien eingearbeitet waren, trat einen Schritt zurück und betrachtete das Tischchen noch eine Weile.

„*Molto bello, quanto costa?*“, fragte er dann.

Riva schüttelte mit dem Kopf und betont langsam sprechend erklärte er ihm, dass der Beistelltisch nicht zu verkaufen sei. Max verstand natürlich alles, stellte sich aber weiter unwissend. Deshalb versuchte Riva, ihm auf Englisch deutlich zu machen, dass er den Beistelltisch für einen Kunden repariert habe und dass auch alle anderen Möbelstücke, die an der Wand aufgereiht standen, nicht zu verkaufen waren. Max musste sich ein Lachen verkneifen, denn schon lange hatte er niemanden mehr auf Englisch mit einem derart starken, alles überlagernden italienischen Akzent sprechen hören.

Während sich Riva bemühte, ihm zu verdeutlichen, dass es bei ihm nichts zu kaufen gab, nutzte Max die Zeit, sich in der kleinen Werkstatt etwas umzusehen. An der hinteren Wand, die der gläsernen Eingangsfront gegenüber lag, stand ein alter Schreibtisch, in der Ecke zwischen dem Schreibtisch und der an der rechten Wand platzierten Werkbank führte eine Tür in einen Nebenraum. Da die Tür nicht ganz geschlossen war, sah Max, dass der Raum anscheinend kein Fenster hatte, denn innen war es stockdunkel. Durch den offenen Türspalt fiel etwas Licht hinein, deshalb konnte er eine Staffelei und verschiedene Maler-Utensilien erkennen. In der anderen hinteren Ecke der Werkstatt war ebenfalls eine Tür, deren obere Hälfte aus einem großen Glasfenster bestand. In den dahinterliegenden Korridor schien durch ein Fenster zum Innenhof reichlich Licht herein. Am Ende des Korridors gab es zwei weitere Türen, die eine führte unverkennbar zur Toilette, die zweite stand weit offen und gab den Blick auf einen kleinen Gasherd und einen Kühlschrank frei.

„Ich habe genug gesehen", dachte sich Max.

Luca hatte mit seiner Vermutung richtig gelegen, hier war bestimmt kein Platz für ein Antiquitätenlager oder einen Ausstellungsraum für alte Möbel. Um sich verabschieden zu können, fragte Max in einem italienisch-englischen Durcheinander, wo er in der Nähe vielleicht einen ähnlichen Beistelltisch wie den hier restaurierten kaufen könne. Riva, den es sichtlich anstrengte, ihm alles auf Englisch zu erklären, schrieb ihm den Namen und die Adresse eines Antiquitätenhändlers auf, der seinen Laden ebenfalls im *Borgo* hatte.

„*Grazie*", bedankte sich Max und verabschiedete sich mit einem freundlichen „*Arrivederci*".

„Wie ist es gelaufen?", wollte Francesco sofort wissen, als Max zu dem Hauseck zurückkam, an dem sein Schwager auf ihn gewartet hatte.

„Ziemlich unspektakulär. Er macht einen ganz sympathischen Eindruck. Die alten Möbel, die dort herumstehen, sind alle nicht zu verkaufen, sondern wurden ihm zur Reparatur gegeben. Luca hatte auch Recht, als er gesagt hat, dass die Werkstatt für einen Antiquitätenhandel zu klein ist."

„Würde die Beschreibung des Zeitungsverkäufers an der *Stazione Piramide* auf ihn passen?"

„Leider nicht. Er dürfte zwar auch in etwa Ende zwanzig oder Anfang dreißig sein, aber er hat weder einen Oberlippenbart noch einen Bart am Kinn."

„Schade. Was hat er für einen Eindruck auf dich gemacht?"

„Er war sehr freundlich und bemüht, mir auf Englisch zu erklären, dass ich bei ihm nichts kaufen kann. Obwohl ich jetzt nur kurz mit ihm gesprochen habe, kann ich mir den als Kidnapper kaum vorstellen."

„Ich habe schon einige Verbrecher kennen gelernt, die stets sehr nett und unauffällig aufgetreten sind und sich schließlich als eiskalt, skrupellos und berechnend herausgestellt haben."

„Diese Sorte Mensch ist mir natürlich auch schon zur Genüge begegnet. Ich weiß, dass man sich nicht immer auf den ersten Eindruck verlassen kann."

Während sie überlegten, wie sie das Verhalten Rivas bewerten sollten und wie sie nun weiter vorgehen könnten, marschierten sie zurück zur U-Bahn-Station *Ottaviano*. Von dort waren es nur zwei Haltestellen zurück bis nach *Flaminio*, wo sie Giulia ein paar Stunden zuvor an der *Metropolitana* abgesetzt hatte. Dort angekommen, verzichteten sie darauf, Giulia wieder als Fahrerin zu engagieren und gingen den kurzen Weg zu Fuß nach Hause.

15

Giovanna und Giulia waren im Garten, als Max und Francesco daheim ankamen. Giovanna saß auf der Terrasse im Schatten unter einem großen, rechteckigen Sonnenschirm und las in einem Roman, während sich Giulia das erste Sonnenbad des Jahres gönnte. Sie hatte sich vor der Terrasse eine Liege aufgestellt, einen Bikini angezogen und ihre große Sonnenbrille aufgesetzt, lag nun auf der Liege ausgestreckt in der prallen Sonne und döste vor sich hin. Giovanna hatte es zwar für etwas übertrieben gehalten, sich schon Anfang April bis auf einen Bikini auszuziehen, aber ihre Schwiegertochter ließ sich dadurch nicht von ihrem Vorhaben abbringen. Von ihrer Heimat *Ischia* war sie es gewohnt, sich sofort zum ersten Sonnenbad an den Strand zu legen, sobald es das Wetter im Frühling zuließ. Auf der Insel im Golf von Neapel war dies oft schon im März möglich. Nun genoss sie die warmen Sonnenstrahlen und die Ruhe des Gartens. Martina und Elena waren noch bei ihrem Stadtbummel unterwegs, und auch Chiara war nach dem Mittagessen mit ihrer Freundin Angelina noch nicht nach Hause zurückgekehrt.

„Habt ihr schon etwas herausgefunden, was euch auf die Spur der Entführer bringen könnte?", wollte Giovanna wissen, als Francesco und Max plötzlich bei ihr auf der Terrasse erschienen. Auch Giulia lugte neugierig hinter ihrer Sonnenbrille hervor, nachdem sie durch Giovannas Frage darauf aufmerksam geworden war, dass ihr Mann und ihr Schwager zurückgekommen waren. Francesco berichtete von ihren Beobachtungen an den beiden U-Bahn-Stationen.

„Eventuell haben wir eine grobe Beschreibung von demjenigen, der gestern Vormittag den ersten anonymen Anruf bei Sandrinelli getätigt hat. Und Max hat sich die Werkstatt von dem Möbelrestaurator angesehen, den Sandrinelli verdächtigt, die kleine Francesca entführt zu haben."

„Das reicht aber noch nicht aus, um sagen zu können, ob er mit der Entführung etwas zu tun hat", ergänzte Max.

Giovanna ging auf ihre Antworten nicht ein, sondern war wie immer um das Wohl ihres Sohnes besorgt.

„Hast du Hunger, Francesco?“

„Nein, wir haben uns zum Mittagessen *Panini* gekauft, aber auf einen Kaffee und etwas Süßes hätte ich schon Lust.“

„Ich auch.“

Bei einem Stück Kuchen oder einer anderen Süßigkeit konnte Max selten widerstehen.

„Als ihr am späten Vormittag alle weg wart, habe ich einen Nusskuchen gebacken.“

Giovanna stand auf.

„Ich gehe Kaffee kochen.“

Im Hineingehen drehte sie sich noch einmal um.

„Giulia, willst du auch Kaffee und Kuchen?“

„Für mich bitte nur einen Kaffee.“

„Wegen mir brauchst du aber nicht auf den Kuchen verzichten, Giulia, du hast doch schon eine perfekte Bikinifigur für den Sommer.“

Giulia spitzte die Lippen, um Francesco einen Kuss zuzuwerfen und sich bei ihm für das Kompliment zu bedanken. Francesco und Max setzten sich unter den Sonnenschirm, Giulia drehte sich auf ihrer Liege zur Seite und nahm die Sonnenbrille ab.

„Wie wollt ihr jetzt weiter vorgehen?“

„Das wissen wir noch nicht genau“, entgegnete Max. „Zuerst einmal haben wir uns um die wenigen Hinweise, die wir haben, gekümmert, wobei uns das nicht sonderlich weit gebracht hat. Vielleicht müssen wir auch etwas mehr der Frage nachgehen, wer ein Interesse haben könnte, Sandrinelli zu schaden. Oder anders formuliert, wer könnte überhaupt von der Existenz Francescas erfahren haben, und was hat denjenigen dazu veranlasst, sein Wissen für die Entführung und Erpressung zu nutzen? Sandrinelli hat uns in dieser Hinsicht heute Vormittag nicht viel weiterhelfen können. Unter Umständen könnte uns aber *Signora* Sorano wertvolle Tipps geben.“

„Gute Idee. Papa hat gestern nicht erzählt, wann und wo Sandrinelli sie kennen gelernt hat. Vielleicht ergibt sich daraus ein Ansatzpunkt. Soll ich ihn gleich einmal anrufen?“

„Das kannst du machen, Francesco. Er wartet doch bestimmt auf Nachricht von dir, was wir bisher erreicht haben. Brauchen wir sonst noch eine Auskunft von ihm?“

„Ich denke, vorerst nicht.“

Francesco ließ sein Handy eine der eingespeicherten Nummern wählen, schaltete den Lautsprecher an und wartete darauf, dass sich sein Vater melden würde.

„*Ciao* Francesco, einen Moment bitte."

Sie hörten, wie Aldo seine Sprechstundenhilfe Riccarda bat, den nächsten Patienten noch nicht ins Behandlungszimmer zu rufen.

„So, jetzt bin ich da. Kommt ihr vorwärts?"

Francesco erzählte, wie sie herausgefunden hatten, von wo aus die beiden anonymen Anrufe getätigt worden waren, und wiederholte, was er kurz zuvor Giovanna und Giulia über ihre Recherchen vor Ort berichtet hatte. Dann griff er die Überlegungen von Max auf.

„Papa, weißt du, wo Sandrinelli die Mutter von Francesca kennen gelernt hat?"

„Er hat mir gestern erzählt, dass sie in seiner Firma gearbeitet hat. Soweit ich mich erinnere, war sie seine Chefsekretärin. Aber als sie von ihm schwanger geworden war, hat sie sofort gekündigt, seitdem kommt er für ihren Unterhalt auf."

„War seine Firma damals auch schon in *Ostiense*?"

„Ja, sicher, dort ist sie schon seit mehr als zwanzig Jahren."

„Meinst du, wir könnten uns mit *Signora* Sorano selbst unterhalten?"

„Bestimmt, ich wüsste nicht, was dagegen sprechen sollte. Sandrinelli würde es dir sicher sagen, wenn sie noch nicht in der Lage wäre, mit euch zu reden. Ruf ihn einfach an, damit er euch die Adresse geben kann."

Noch während sich Francesco von Aldo verabschiedete, war Max aufgestanden und ins Haus gegangen. Aus der Küche strömte ihm der Duft von frischem Kaffee entgegen, Giovanna war gerade dabei, von dem Nusskuchen mehrere Stücke abzuschneiden.

„Hast du zufällig einen Stadtplan von Rom da?"

„Ich glaube, Aldo hat einen in seinem Arbeitszimmer. Rechts unten im Bücherregal stehen einige Reiseführer, daneben müsste auch ein relativ aktueller Stadtplan liegen."

„Danke, ich werde gleich nachsehen."

Sehr schnell hatte Max den Stadtplan gefunden und auf Aldos Schreibtisch ausgebreitet. Als er gesehen hatte, was er sehen wollte, faltete er ihn nur provisorisch zusammen, ging damit zurück auf die Terrasse und breitete den Plan vor Francesco auf dem Tisch aus.

„Was hast du denn jetzt vor, Max?", fragte er erstaunt, als er den Stadtplan sah.

„Bei deinem Telefonat habe ich gerade zwei wichtige Informationen bekommen. Schau, hier ist die *Stazione Piramide*, von wo gestern der erste Erpresseranruf kam."

Max setzte seinen Zeigefinger auf das rote Emblem der *Metropolitana*.

„Da ist die *Stazione Basilica San Paolo*, von der aus Sandrinelli heute angerufen wurde."

Mit seinem Mittelfinger markierte Max diesen Punkt.

„Und hier ist *Ostiense*, wo Sandrinellis Firma ihren Sitz hat und wo er *Signora* Sorano kennen gelernt hat, wie wir gerade von Aldo gehört haben."

Max' Ringfinger landete genau auf dem Schriftzug *Ostiense*. Aufgrund des kleinen Maßstabes des Stadtplans lagen die drei mit den Fingern markierten Punkte relativ nah beieinander. Francesco schaute etwas skeptisch.

„Fällt dir da nichts auf, Francesco?"

„Doch, natürlich, die drei Orte liegen gar nicht weit auseinander."

„Richtig. Aber nicht nur das. Wenn man zum Beispiel mit der *Metropolitana* vom Zentrum stadtauswärts fährt, kommt man über die *Stazioni Piramide* und *Basilica San Paolo* direkt zum Sitz der Firma nach *Ostiense.*"

„Willst du damit sagen, wir müssen bei der Suche nach Francescas Entführern zuallererst in Sandrinellis Firma nachsehen?"

„Ja, genau, die Orte der anonymen Anrufe können zwar zufällig in der Nähe der Firma liegen, vielleicht aber auch nicht. Es ist wirklich notwendig, dass wir so schnell wie möglich mit *Signora* Sorano sprechen. Wenn in der Firma jemand von Francescas Existenz weiß, dann vermutlich schon seit mehreren Jahren. Wir wissen zwar nicht, wie lange das Verhältnis von Sandrinelli und Nicoletta Sorano schon ging, bevor sie die Firma wegen der Schwangerschaft verließ, aber ich kann mir beim besten Willen nicht vorstellen, dass dort niemand etwas davon mitbekommen hat."

„Möglich wäre es natürlich. Aber du hast Recht, es wäre doch sehr unwahrscheinlich, wenn nicht einmal die engsten Mitarbeiter von *Signora* Sorano etwas bemerkt hätten. Ich rufe jetzt gleich bei Sandrinelli an."

Max legte den Stadtplan sorgfältig wieder zusammen, Francesco griff zum Handy und wählte Sandrinellis Nummer. Paolo Sandrinelli war nicht sehr begeistert, dass Francesco und Max sich mit seiner Geliebten treffen wollten, denn sie hatte sich noch nicht von den schockierenden Ereignissen des Vortages erholt. Aber Francesco ließ nicht locker, bis er die Telefonnummer und die Adresse von Nicoletta Sorano bekam. Dann fasste er auch Sandrinelli kurz ihre bisherigen Recherchen zusammen und verabschiedete sich von ihm. Danach wählte er sofort die Nummer, die er soeben erhalten hatte.

„Pronto", meldete sich eine leise, zittrige Stimme.

„Signora Sorano?"

„Ja, wer ist denn da?"

„Hier ist *Maresciallo* Francesco Bianchi. Mein Vater ist der Arzt von Paolo Sandrinelli und wurde gestern von ihm wegen der Entführung Ihrer kleinen Tochter um Hilfe gebeten."

Am anderen Ende der Leitung war ein leises Schluchzen zu hören.

„Signora Sorano, wir haben bisher nur einige vage Hinweise, denen wir zwar bereits nachgegangen sind, die uns aber bei der Suche nach Francesca noch nicht entscheidend vorwärts gebracht haben. Deshalb würden mein Schwager, der in Deutschland bei der Kriminalpolizei arbeitet, und ich gerne heute bei Ihnen vorbeikommen und uns mit Ihnen unterhalten. Meinen Sie, dass das möglich wäre?"

Nicoletta Sorano antwortete mit tränenerstickter Stimme.

„Natürlich, wenn es Ihnen hilft, meine kleine Francesca zu retten. Wann wollen Sie denn kommen?"

„Am besten sofort."

„Gut, ich wohne in *Sant'Onofrio*, in der *Via Giuseppe Taverna."*

„Ich weiß, *Signor* Sandrinelli hat mir Ihre genaue Adresse bereits genannt. Wir sind in einer halben Stunde bei Ihnen."

„In Ordnung."

„Bis gleich. *Arrivederci."*

Während Francesco mit Paolo Sandrinelli und *Signora* Sorano telefoniert hatte, war Giovanna mit einem Tablett auf die Terrasse gekommen und hatte den Kaffee und den Kuchen serviert. Max hatte bereits die erste Tasse Kaffee getrunken und das erste Stück Kuchen verputzt, noch ehe Francesco sein Telefonat beendet hatte.

„Lass mir auch noch etwas übrig, Max“, lachte er. „Ich brauche doch eine Stärkung, bevor wir uns gleich wieder auf den Weg machen.“

„Ihr seid aber doch abends rechtzeitig zurück?“, war die besorgte Frage von Giovanna, die natürlich die gesamte Großfamilie beim Abendessen versammelt haben wollte.

„Das kann ich dir nicht versprechen, Mama. Wir müssen abwarten, was das Gespräch mit Nicoletta Sorano ergibt.“

Inzwischen war Giulia von ihrer Liege aufgestanden und zu ihnen auf die Terrasse gekommen.

„Was hat die arme Mama der kleinen Francesca für einen Eindruck auf dich gemacht, Francesco?“

„Wie nicht anders zu erwarten, scheint sie mit den Nerven völlig am Ende zu sein. Aber sie hat sofort zugestimmt, dass Max und ich bei ihr vorbeifahren und sie wegen der Entführung befragen. Sie wohnt in *Sant'Onofrio.“*

„Fährt dort eine *Metropolitana* hin?“, wollte Max wissen.

„Nein, nur ein Regionalzug hält dort, aber das ist zu umständlich, diesmal nehmen wir das Auto.“

Max schenkte sich und Giulia noch einmal Kaffee nach und faltete dann den Stadtplan von Rom wieder auf, um nach dem Stadtteil *Sant'Onofrio* zu suchen. Francesco ahnte, warum er den Stadtplan noch einmal zur Hand genommen hatte.

„Wenn man vom Vatikan aus Richtung Nordwesten fährt, kommt man an dem großen Komplex der *Gemelli*-Klinik vorbei, kurz dahinter beginnt dann *Sant'Onofrio*.“

Er deutete mit dem Zeigefinger auf den Stadtplan, und Max sah sich den Weg dorthin und die nähere Umgebung von *Sant'Onofrio* an. Während er dann den Plan wieder zusammenlegte, trank Francesco seine Tasse leer und stand auf.

„Andiamo.“

Max schob sich noch schnell das letzte Eck des zweiten Stücks Nusskuchen in den Mund, leerte seine Kaffeetasse in einem Zug und stand ebenfalls auf.

„*Andiamo,* auf geht's."

Als sie aufbrachen, äußerte Giovanna noch einmal den Wunsch nach einem gemeinsamen Abendessen, aber zu ihrem Unmut wiederholte Francesco, dass er noch nicht wissen könne, ob er und Max rechtzeitig zurück sein würden. Max verkniff sich die Bemerkung, dass es ihm reichen würde, rechtzeitig zum Anpfiff des Champions-League-Spiels seines FC Bayern beim AC Mailand daheim zu sein.

Vor der Haustür lief Max direkt Chiara in die Arme.

„Das war aber ein langes Mittagessen", frotzelte er.

Als er sah, dass seine Frau mit drei großen Einkaufstüten beladen war, hatte er einen Grund, noch etwas nachzulegen.

„Und sie haben euch auch noch etwas zum Essen eingepackt und mitgegeben."

Aber Chiara ließ sich nicht ärgern, sondern gab ihm Kontra.

„Wenn du mit mir keinen Einkaufsbummel machst, dann geh ich eben mit meiner besten Freundin zum Shoppen."

Max musste schon besonders gute Laune haben, dass er sich erweichen ließ, mit Chiara einen Schaufensterbummel zu machen und mit ihr von Geschäft zu Geschäft zu wandern. Deshalb konnte er Chiaras Antwort nicht widersprechen, lieber wechselte er das Thema.

„Wir sind gerade auf dem Weg zu Nicoletta Sorano."

„Was versprichst du dir davon? Meinst du nicht, dass die Entführer in erster Linie Paolo Sandrinelli treffen wollen?"

„Natürlich."

„Dann müsst ihr doch eher bei ihm zu suchen beginnen."

„Unser Ansatzpunkt ist ein anderer. Wir wollen eruieren, wer aus dem Umfeld von *Signora* Sorano von Francescas Existenz wissen könnte. Vielleicht müssen wir dabei bis zu der Zeit zurückgehen, als sie noch seine Chefsekretärin war."

„Ach, sie haben sich also in der Firma kennen gelernt?"

„Ob sie sich erst dort getroffen haben, weiß ich nicht. Auf alle Fälle hat sie bei ihm gearbeitet."

„Luca hat sich hoffentlich bei euch gemeldet?"

„Ja, er wusste allerdings nichts davon, dass dieser Riva auch mit Antiquitäten handelt. Er wollte sich aber noch ein bisschen bei seinen Berufskollegen umhören und uns dann sofort anrufen, wenn er noch etwas über ihn herausgefunden hat."

Max fügte noch an, was er in Rivas Werkstatt alles beobachtet hatte, bis ihn Francesco, der die ganze Zeit nur zugehört hatte, zum Aufbruch mahnte.

„Komm, Max, wir müssen los. Es wird bestimmt eine Weile dauern, bis wir uns durch den Verkehr nach *Sant'Onofrio* gekämpft haben."

Max verabschiedete sich mit einem Kuss von Chiara, sie blieb noch so lange vor der Haustür stehen, bis nach ihrem Bruder auch Max ins Auto gestiegen war und sie davongefahren waren.

Francesco kannte in seiner Heimatstadt zum Glück genügend Ausweichrouten, sodass er die Hauptverkehrsstraßen größtenteils meiden konnte und sie die Wohnung von Nicoletta Sorano wider Erwarten zur avisierten Zeit erreichten. Es dauerte nur wenige Augenblicke, bis nach dem Klingeln der elektrische Türöffner der Haustür summte. In dem sehr hellhörigen Treppenhaus verursachte jeder Schritt einen Widerhall, oben war hinter einer Tür das heftige Bellen eines kleinen Hundes zu hören. *Signora* Sorano erwartete sie an der offenen Wohnungstür. Sie trug einen beigefarbenen Rock und eine weiße Bluse, darüber hatte sie eine weiße Strickjacke angezogen. Ihre Gesichtsfarbe unterschied sich kaum von dem Weiß der Jacke, sie hatte dunkle Ringe unter den Augen und eingefallene Wangen. In dem schwach beleuchteten Treppenhaus sah sie aus wie ein Gespenst. Max hatte zwar nicht erwartet, dass sie nach den seelischen Qualen, die sie seit der Entführung ihrer Tochter durchlitt, wie das blühende Leben aussehen würde, aber dieser Anblick übertraf seine schlimmsten Befürchtungen bei Weitem. Als er Francescos erschrockenen Gesichtsausdruck sah, wusste er, dass es seinem Schwager ähnlich erging. In diesem Zustand war es auch sehr schwierig, ihr Alter zu schätzen. Sie mochte vielleicht etwas über vierzig sein, im Moment konnte man sie aber auch für eine Fünfzigjährige halten.

Mit einem zaghaften *„Buongiorno"* begrüßte sie ihre beiden Besucher und öffnete die Wohnungstür weit, damit sie eintreten konnten. Sofort war das Hundegebell, das sie bereits im Treppenhaus gehört hatten, noch lauter zu vernehmen. Durch die Glasscheibe in der Küchentür war ein kleines, schwarzes Wollknäuel zu sehen, das ständig an der Tür nach oben sprang und mit den Pfoten an die Scheibe schlug.

„Cicco spielt seit gestern völlig verrückt", meine Nicoletta Sorano beinahe entschuldigend. „Man könnte fast meinen, er weiß davon, dass Francesca etwas zugestoßen ist."

Sie bat die beiden ins Wohnzimmer.

„Darf ich Ihnen etwas zu trinken anbieten?"

„Für mich bitte nur ein Glas *Acqua minerale.*"

„Für mich auch, bitte."

Sie verschwand kurz in Richtung Küche, während sich Max und Francesco auf die Ledercouch setzten und sich im Wohnzimmer ein wenig umsahen. Es war sehr elegant eingerichtet.

„Sie hat beim Einrichten bestimmt nicht jeden Euro dreimal umdrehen müssen", flüsterte Francesco.

„Wenn man einen Sponsor hat, dann lässt es sich leicht teure Möbel und edle Teppiche kaufen. Bei ihr scheint Sandrinelli ziemlich spendabel gewesen zu sein", stieß Max ins gleiche Horn.

Weiter konnten sie sich allerdings nicht über die teure Wohnungseinrichtung auslassen, weil Nicoletta Sorano mit einem Tablett mit zwei Flaschen Mineralwasser und drei Gläsern zurückkam. Sie füllte die drei Gläser, stellte jedem eines hin und setzte sich in den ledernen Sessel.

„Wie kann ich Ihnen helfen, Francesca zu finden?"

Ihr war deutlich anzumerken, dass sie dieses Gespräch so schnell wie möglich hinter sich bringen wollte. Davon ließ sich Francesco aber nicht abhalten, etwas auszuholen.

„*Signora* Sorano, um jedes zusätzliche Risiko für Francesca zu vermeiden, müssen wir selbstverständlich darauf verzichten, die *Carabinieri* oder die *Polizia* offiziell in den Fall einzuweihen. Das macht die Suche nach Francesca für uns natürlich sehr schwierig. Wie ich Ihnen bereits am Telefon geschildert habe, haben uns die bisherigen Hinweise nicht viel weitergeholfen. Auch wenn wir davon ausgehen, dass die Entführer mit ihrer Erpressung in erster Linie *Signor* Sandrinelli treffen wollen und ihnen Francesca dafür nur als Mittel zum Zweck dient, ist vielleicht schon allein Francescas Existenz der Schlüssel zur Lösung dieses Falles."

„Das glaube ich nicht. Das hieße ja, jemand wolle Paolo und damit auch mich dafür bestrafen, dass wir seit acht Jahren zusammen sind."

„Das wollte ich damit nicht sagen, *Signora* Sorano. Ich meinte eher, dass jemand mit Paolo Sandrinelli eine offene Rechnung begleichen wollte und sich in dieser Situation daran erinnert hat, dass es mit seiner geheim gehaltenen Tochter etwas gibt, was ihn angreifbar und verletzlich macht. Im Grunde ist dadurch der Kreis möglicher Täter relativ eng begrenzt. Wenn wir genau wüssten, wer Sandrinellis und Ihr Geheimnis kennt, dann wären wir sicher schnell auf der Spur der Entführer."

Nicoletta Soranos Blick ging ins Leere, sie schaute weder Francesco noch Max an und ging vorerst auch nicht mehr auf Francescos Erklärungen ein. Schließlich ergriff Max das Wort.

„Wir wissen, dass Sie bis zu Ihrer Schwangerschaft in der Firma Sandrinelli beschäftigt waren, deshalb halten wir es für möglich, dass jemand, der Ihnen zur damaligen Zeit in der Firma vielleicht etwas näher stand, von Ihrem Verhältnis zum eigenen Chef weiß und dieses Wissen jetzt zu Geld machen will."

Nun war es Nicoletta Sorano, die etwas weiter ausholte.

„Ich habe vor zwölf Jahren als Bürokraft in der Verkaufsabteilung der Firma Sandrinelli zu arbeiten begonnen, etwa zwei Jahre später wechselte ich ins Sekretariat, und als nach zwei weiteren Jahren Paolos damalige Chefsekretärin überraschend kündigte, machte er mich zu ihrer Nachfolgerin. Wir waren uns vorher schon sehr sympathisch, so richtig gefunkt zwischen uns hat es aber erst, als wir tagtäglich miteinander zu tun hatten. Aus einer Schwärmerei ist dann schnell mehr geworden. Anfangs wurde im Sekretariat natürlich hinter meinem Rücken darüber getuschelt, dass da zwischen mir und dem Chef etwas laufen würde, *in flagranti* erwischt hat uns aber nie jemand, weil wir in der Firma sehr vorsichtig waren."

Zum ersten Mal hatte sie ein leichtes Lächeln auf den Lippen.

„Wir mussten schon sehr vorsichtig sein, schließlich war Paolos älterer Sohn Sergio bereits seit mehreren Jahren bei uns beschäftigt, und auch Raffaele, sein zweiter Sohn, war kurz zuvor in die Firma eingestiegen. Und die beiden durften natürlich am allerwenigsten etwas von uns erfahren. Wenn ich

Paolo auf Geschäftsreisen begleitet habe, dann immer nur am Wochenende, unter der Woche wäre es sonst zu auffällig gewesen, wenn ich ausgerechnet immer dann, wenn er mehrere Tage verreist war, auch gefehlt hätte."

Francesco ahnte, dass sie nun gleich auf ihre Tochter zu sprechen kommen würde, denn bevor sie weitererzählte, hielt sie kurz inne und leerte ihr noch halbvolles Wasserglas in einem Zug.

„Als dann mein größter Wunsch, nämlich ein Kind von Paolo zu bekommen, wahr werden sollte, habe ich selbstverständlich so schnell wie möglich gekündigt, noch bevor irgendjemand bemerken konnte, dass ich schwanger war. Die Firma habe ich seitdem nie wieder betreten. Wegen des Getuschels über Paolo und mich hatte ich auch zu keiner meiner Kolleginnen einen so engen Kontakt, dass ich ihn nach meiner Kündigung aufrechterhalten hätte. So dürfte es für meine ehemaligen Kolleginnen auch nicht allzu verwunderlich gewesen sein, dass ich nach meinem Ausscheiden aus der Firma völlig von der Bildfläche verschwand."

Sie goss sich noch mal etwas Wasser ein.

„Um auf Ihre Frage zurückzukommen, mir fällt wirklich niemand aus der Firma ein, der von Francesca wissen könnte."

Max und Francesco sahen sich etwas ratlos an. Sollten sie mit ihren Überlegungen völlig falsch gelegen haben? Max stand auf, trat ans Fenster und blickte hinaus. Das Wohnzimmerfenster ging zu einem kleinen, gepflegten Garten hinaus, den man hier gar nicht vermuten würde, wenn man nur die Beton- und Ziegelfassaden auf der Straßenseite der Häuser gesehen hatte. In einer Ecke des Gartens, der von einer hohen Hecke begrenzt wurde, stand eine Schaukel. Der leichte Wind bewegte das hölzerne Sitzbrett kaum merklich hin und her. Wie oft hatte die Kleine dort unten wohl schon geschaukelt? Hatten sie ihre Entführer vielleicht von einem der anderen Fenster aus beim Schaukeln beobachtet? Dieser Gedanke brachte ihn auf eine Idee.

„*Signora* Sorano, obwohl Sie damals sehr vorsichtig waren, können wir es nicht völlig ausschließen, dass in der Firma nicht doch jemand über Ihr Verhältnis mit Paolo Sandrinelli Bescheid wusste oder auch später von Francescas Geburt erfuhr. An diesem Punkt kommen wir allerdings jetzt nicht weiter. Mir ist aber gerade noch ein ganz anderer Gedanke gekommen. Wie sieht es hier mit Ihrer Nachbarschaft aus? Ist *Signor* Sandrinelli öfter hier, so dass unter Umständen einer Ihrer Nachbarn ihn erkannt und dann seine Rückschlüsse daraus gezogen hat?"

„Paolo ist selbstverständlich regelmäßig hier. Seine Söhne wohnen in der Stadt, er und seine Frau draußen in *Frascati*, deshalb ist er im Auto immer alleine unterwegs nach Hause und kann seine Besuche am Spätnachmittag oder am Abend immer mit geschäftlichen Terminen kaschieren. Zu meinen Nachbarn habe ich zum Teil schon etwas mehr Kontakt, es bleibt auch nicht aus, dass ich hin und wieder zusammen mit Paolo im Haus oder im Garten gesehen werde. Sein Nachname dürfte hier aber niemandem bekannt sein. Ich kann mir auch beim besten Willen keinen der Hausbewohner als Kidnapper vorstellen, das sind alles ganz normale Leute."

„Das muss nichts heißen", unterbrach Francesco sie. „Wir erleben es leider immer wieder, dass hinter ganz unscheinbaren und unbescholten wirkenden Personen Schwerstkriminelle stecken. Was sind denn das für Leute, die hier noch wohnen?"

„Im Stockwerk unter mir lebt rechts eine alleinstehende ältere Dame, sie geht bereits auf die achtzig zu, in der Wohnung links wohnt ein Ehepaar, beide dürften schon über sechzig sein, auf alle Fälle sind sie schon pensioniert. Im ersten Stock steht eine Wohnung leer, in die andere ist erst Anfang März eine Frau um die dreißig eingezogen."

„Und wer wohnt im Erdgeschoss?"

„Links ist die Wohnung von *Signor* Casini, unserem Hausmeister. Er ist ganz vernarrt in Francesca, ich muss ihn immer bremsen, weil er ihr bei jeder Gelegenheit etwas Süßes zustecken will. Er hat mir erzählt, dass sie ihn an seine eigene kleine Tochter erinnert, die zusammen mit seiner Ehefrau bei einem Verkehrsunfall ums Leben gekommen ist, als sie gerade eingeschult worden war. Obwohl das nun schon mehr als zwanzig Jahre her ist, spricht er immer wieder davon. Ihn kann ich mir am allerwenigsten als Entführer vorstellen, weil er doch am besten weiß, was es bedeutet, sein Kind zu verlieren. Gegenüber von *Signor* Casini leben drei Studenten in einer

WG. Mit ihnen habe ich den wenigsten Kontakt, sie sind aber immer ganz freundlich, auch wenn sie manchmal einen etwas verwahrlosten Eindruck machen. Aber das liegt vielleicht nur daran, dass sie ihr Studentenleben in vollen Zügen genießen."

Francesco fiel die Aussage des Zeitungsverkäufers an der *Stazione Piramide* wieder ein.

„Hat einer der Studenten einen Bart?"

Nicoletta Sorano überlegte kurz.

„Nein, sie haben zwar alle drei ziemlich lange Haare, aber einen Bart hat keiner von ihnen."

Max war enttäuscht, dass sie anscheinend auch seine Idee mit den Nachbarn nicht auf die Spur von Francesca bringen würde, wollte sich aber nicht so schnell geschlagen geben.

„Wie sieht es mit den Bewohnern der Nachbarhäuser aus?"

„Da gibt es eigentlich keinen, den ich näher kennen würde. Einige sehe ich zwar immer wieder einmal, man grüßt sich auf der Straße, mehr aber auch nicht."

„Ist da zufällig ein junger Mann dabei, der einen dunklen Kinnbart und einen Oberlippenbart trägt?"

„Wieso fragen Sie schon wieder nach einem Bärtigen? Haben Sie doch schon eine Spur der Entführer?"

Sie erzählten ihr von den Beobachtungen des Zeitungsverkäufers.

„Leider kenne ich niemanden, auf den diese Beschreibung passen würde", meinte Nicoletta Sorano resigniert.

Max dachte daran, wohin sich Francesca bei ihrer Entführung auf den Weg gemacht hatte.

„Hat *Signor* Sandrinelli die Kleine hin und wieder zur *Scuola Materna* gebracht, von dort abgeholt oder war er dort sogar bei Veranstaltungen dabei?"

Darüber musste sie nicht lange nachdenken.

„Nein, dorthin gebracht oder abgeholt hat er sie noch nie. Aber im letzten Jahr waren wir einmal gemeinsam dort. Die *Scuola Materna* veranstaltet vor den Ferien für alle Kinder und ihre Eltern immer ein Sommerfest. Francesca hatte sich nichts sehnlicher gewünscht, als dass Paolo beim Fest mit dabei ist, weil sie mit ihrer Gruppe einige Lieder einstudiert hatte, die dann beim Sommerfest vorgetragen wurden. Nach längerem Zögern hat sich Paolo schließlich von ihr breitschlagen lassen und ist für ungefähr eine Stunde zum Fest gekommen."

„Hat er sich dort eventuell länger mit jemandem unterhalten oder sogar Bekannte getroffen?“

„Nein, das wäre mir bestimmt aufgefallen.“

„Das werden wir ihn selbst auch noch mal fragen. Vielleicht hat ihn auch jemand, mit dem er nicht geredet hat, erkannt“, überlegte Max laut.

„Es wäre schon möglich, aber doch ein ziemlich großer Zufall. Halten Sie es nicht für wahrscheinlicher, dass er in meiner Nachbarschaft erkannt wurde?“

„Wir können weder das eine noch das andere ausschließen. Wer weiß, durch welchen dummen Zufall die kriminelle Energie der Entführer geweckt wurde“, mutmaßte Max.

Francesco fasste ihre bisherigen Erkenntnisse zusammen.

„Also, wir haben keinen Anhaltspunkt, wer in der Firma von Francesca wissen könnte. Hier im Haus kennt sie selbstverständlich jeder, dafür ist *Signor* Sandrinelli keinem namentlich bekannt.“

Er machte eine kurze Pause.

„Dann bleiben nur noch Ihre Familie und Ihr Bekanntenkreis.“

„Meine Familie?“, rief Nicoletta Sorano entsetzt. „Das meinen Sie doch nicht im Ernst?“

„*Signora* Sorano“, sagte Francesco in einem ruhigen, beschwichtigenden Tonfall. „Wir müssen jede nur erdenkliche Möglichkeit ausloten. Leider werden gerade innerhalb der Familie immer wieder Verbrechen begangen, an die man normalerweise überhaupt nicht zu denken wagt.“

„Meine Familie lebt gar nicht hier in Rom, ich selbst bin auch keine gebürtige Römerin, ich stamme aus dem südlichen *Lazio*, aus *Frosinone*. Nach der Schule habe ich dort im Büro eines Lebensmittel-Großhandels gearbeitet. Wegen meines Freundes, den ich auf einer Fortbildung hier in Rom kennen gelernt hatte, bin ich dann nach Rom gezogen. Die Beziehung hat zwar nicht lange gehalten, aber die Arbeit, die ich gefunden hatte, hat mir so viel Spaß gemacht, dass ich hier bleiben wollte. Meine Eltern und praktisch alle Verwandten leben in und um *Frosinone*, nur meine Schwester, zu der ich nicht unbedingt das beste Verhältnis habe, wohnt mit ihren drei Söhnen und ihrem Mann in dessen Heimatstadt Neapel. Obwohl es bis hierher nur circa einhundert Kilometer sind, ist für meine Eltern das Reisen mittlerweile viel zu beschwerlich, deshalb habe ich so gut wie nie Verwandtschaftsbesuche hier. Wir sehen uns eigentlich nur in *Frosinone*, meistens wenn meine Eltern Geburtstag feiern oder an Weihnachten. Meine Familie weiß auch, dass Francescas Vater verheiratet ist, natürlich haben das meine Eltern nicht so gern gesehen, aber sie lieben ihre einzige Enkeltochter über alles. Immer wieder haben sie mir vorgeschlagen, wieder nach *Frosinone* zurückzuziehen, aber das würde bedeuten, dass Francesca ihren Vater kaum noch sehen könnte. Von mir ganz zu schweigen. Deshalb stand bisher ein Umzug noch nie zur Debatte."

Nachdem sie nicht weiterredete, hakte Max an diesem Punkt ein.

„Sie haben sich aber gerade so angehört, als würden Sie einen Umzug seit gestern Vormittag nicht mehr völlig ausschließen."

„Wundert Sie das? Ich frage mich pausenlos, ob ich mit Francesca überhaupt in Rom bleiben kann, wenn sie hoffentlich bald wieder da ist. Mir ist nichts so wichtig wie die Sicherheit und das Wohl meiner Tochter. Ich werde alles dafür tun, dass sie die schlimme Entführung so schnell wie möglich verarbeiten kann, und wenn ein Ortswechsel dabei helfen sollte, dann werde ich das selbstverständlich machen."

„Zu gegebener Zeit können Sie dazu sicherlich kompetenten ärztlichen Rat in Anspruch nehmen. Eine völlig neue Umgebung muss in so einer Situation nicht immer förderlich sein. Aber ich bin kein Psychologe, der das richtig beurteilen kann", stellte Francesco fest.

„Wenn wir tatsächlich umziehen sollten, dann müsste das ohnehin recht bald passieren, schließlich kommt Francesca im Herbst in die Schule, und einen Umzug und Schulwechsel gleich während des ersten Schuljahres würde ich in jedem Fall vermeiden wollen."

Max wollte nochmals zu Francescos Frage nach der Familie und dem Bekanntenkreis von Nicoletta Sorano zurückkommen, als dessen Handy klingelte.

„Pronto."

Kurze Pause.

„*Ciao* Luca, ich bin gerade in einer Besprechung, kann ich dich in der nächsten halben Stunde zurückrufen?"

Wieder wartete er kurz.

„Danke, dann bis gleich."

Nachdem Francesco eingehängt hatte, setzte Max noch einmal an.

„Haben Sie einen großen Bekanntenkreis?"

„Nein, überhaupt nicht. Die Einzige, mit der ich mich regelmäßig treffe, ist meine beste Freundin Monica. Wir kennen uns von der Entbindungsstation, ihre Tochter Sofia ist nur ein paar Stunden nach Francesca geboren. Monica ist seit vier Jahren auch alleinerziehend, unsere beiden Mädchen spielen gerne miteinander, wir haben schon mehrfach den Kindergeburtstag gemeinsam gefeiert, und Monica und ich sind in den letzten Jahren richtig dicke Freundinnen geworden."

„Wie sieht es mit den Eltern der anderen Kinder in der *Scuola Materna* aus?"

„Die anderen Mütter kennen mich alle nur als alleinerziehend, von den Vätern sehe ich den einen oder anderen ganz selten, wenn ich Francesca selbst hinbringe."

Damit ging sie unbewusst auf die Frage ein, die Francesco als Nächstes stellen wollte.

„Ist Francesca sehr oft allein zur *Scuola Materna* unterwegs?"

„Im Winter, wenn es morgens noch finster ist, lasse ich sie nie alleine gehen, aber wenn es für den Hinweg schon ausreichend hell ist, gehe ich meistens nicht mit. Abgeholt wird sie von mir eher selten, außer bei sehr schlechtem Wetter."

„Wie war es in den letzten Tagen?"

„Wegen des Dauerregens habe ich sie in der vergangenen Woche am Montag und Dienstag jeweils mit dem Auto gebracht und abgeholt, bis dahin war sie in diesem Jahr morgens auch noch nie alleine unterwegs. Am Mittwoch hat sie sich zum ersten Mal in der Früh wieder alleine auf den Weg gemacht."

„Ist sie immer dieselbe Strecke gegangen?"

„Ja, es sind nur wenige hundert Meter bis dort, jede andere Route als ihre übliche wäre ein Umweg."

Max überlegte, dass die Entführer vermutlich nur wenige Tage Zeit gehabt hatten, ihre Tat exakt zu planen und vorzubereiten, denn nur wenn Francesca ohne Begleitung unterwegs gewesen war, hatten sie ihren genauen Weg und ihr Verhalten auskundschaften können.

„Hat Francesca nichts darüber erzählt, dass in den letzten Tagen etwas Ungewöhnliches vorgefallen wäre, dass sie beispielsweise ein Fremder angesprochen hätte?“

„Nein, überhaupt nichts. Dann wäre ich sicher sofort hellhörig geworden und hätte sie nicht mehr alleine losgeschickt. Ich mache mir ohnehin die größten Vorwürfe, dass ich es gestern getan habe.“

„*Signora* Sorano, sie sollten sich nicht mit diesen Gedanken quälen“, redete Max beschwichtigend auf sie ein. „Sie können ihr Kind doch nicht rund um die Uhr bewachen, die Entführer hätten dann sicher irgendeine andere Möglichkeit gefunden, ihren schrecklichen Plan in die Tat umzusetzen.“

„Trotzdem zermartere ich mir das Hirn, wie ich das alles hätte verhindern können.“

Ihr stiegen die Tränen in die Augen, aus der Tasche ihrer Strickjacke zog sie ein Taschentuch hervor und schniefte einige Male hinein. Max und Francesco sahen sich an, und mit einem kurzen Kopfnicken verständigten sie sich darauf, dass es allmählich Zeit wurde, *Signora* Sorano wieder alleine zu lassen. Obwohl Francesco noch immer keinen großen Fortschritt bei ihrer Suche nach der Kleinen sah, wollte er der weinenden Mutter dennoch etwas Hoffnung machen.

„Vielen Dank für die Zeit, die Sie sich für uns genommen haben, und für Ihre ausführlichen Auskünfte, die sehr aufschlussreich für uns waren. Seien Sie sicher, dass wir alles daransetzen, Francesca so schnell wie möglich zu finden.“

„Danke, *Signori*“, schniefte sie.

„Sobald wir Neuigkeiten für Sie haben, werden wir Sie selbstverständlich informieren.“

„Sie können mich auch gerne anrufen, wenn Sie weitere Fragen haben. In den nächsten Tagen werde ich bestimmt die ganze Zeit zu Hause sein, außer wenn der Hund mal hinaus muss. Ich möchte niemandem im Haus begegnen, denn dann müsste ich meinen Nachbarn bei den Fragen nach Francesca immer etwas vorlügen. In der *Scuola Materna* habe ich sie gestern gleich bis nach den Ostertagen krankgemeldet, damit sich die Betreuerinnen nicht über ihr Fehlen wundern. Aber hier im Haus könnte vielleicht einer der Nachbarn auf die Idee kommen, sie zu besuchen, wenn ich erzähle, sie sei krank. Was sollte ich denn sonst sagen? Deshalb bleibe ich lieber gleich zu Hause."

Max machte ihr einen Vorschlag.

„Warum erzählen Sie nicht, dass Francesca über die Osterfeiertage zu ihren Großeltern nach *Frosinone* gefahren ist?"

„Daran habe ich noch überhaupt nicht gedacht. Das könnte ich vielleicht machen."

Sie stand auf und begleitete ihre beiden Besucher bis zur Wohnungstür. Sobald Cicco bemerkte, dass sich in der Diele der Wohnung etwas rührte, begann er sofort wieder wie ein Gummiball an der Küchentür auf und ab zu springen und laut bellend gegen die Glasscheibe zu schlagen. Francesco und Max drückten Nicoletta Sorano die Hand und versicherten ihr nochmals, alles Menschenmögliche zur Rettung von Francesca zu tun.

Auf der Treppe zwischen dem ersten und zweiten Stock kam ihnen ein grau melierter Herr in einem blauen Kittel entgegen. Das musste *Signor* Casini, der Hausmeister, sein.

„*Buongiorno Signori,* kann ich Ihnen behilflich sein?"

„Nein, danke", antwortete Max.

„Wir finden schon selbst hinaus", ergänzte Francesco.

Sie gingen an ihm vorbei, ohne sich von ihm aufhalten zu lassen. Dabei entging ihnen aber nicht, wie er ihnen misstrauisch hinterherblickte. Offenbar war ihm jeder, der sich in seinem Haus aufhielt und den er nicht kannte, von vornherein suspekt. Bevor Francesco und Max ins Auto stiegen, das fast direkt vor der Haustür geparkt war, drehten sie sich noch einmal um. Hinter keinem der Fenster war jemand zu sehen, nur der vermeintliche Hausmeister stand im zweiten Stock im Treppenhaus am Fenster und sah zu ihnen herunter. Sie stiegen in Francescos *Fiat Bravo*, fuhren aber nicht sofort los.

„Max, was hältst du von ihren Aussagen?"

„Das ist schwer zu sagen. Im Prinzip würden aus ihrer Familie oder aus ihrem Bekanntenkreis einige als Entführer infrage kommen, eben alle, die von Sandrinelli und Francesca wissen. Trotzdem denke ich immer wieder an die Firma. Vielleicht hat die Sorano dadurch, dass sie nach ihrer Kündigung jeglichen Kontakt zu ihren ehemaligen Kolleginnen abgebrochen hat, genau das Gegenteil von dem bewirkt, was sie eigentlich wollte."

„Wie meinst du das?"

„Denk mal an die tratschenden Kolleginnen. Sie kündigt und wird nicht mehr gesehen, da ist es doch naheliegend, dass die Kolleginnen nun erst recht vermuten, dass sie ein Verhältnis mit dem Chef hat, noch dazu, wenn sie sich hinterher nicht einmal mehr meldet. Wenn ihr deshalb nur eine der Kolleginnen hinterhergeschnüffelt hat, dann hat diese bestimmt herausgefunden, dass sie schwanger war und ein Kind bekommen hat. Und wer der Vater des Kindes ist, konnte sie sich dann auch leicht zusammenreimen."

„Demnach müssten wir uns von Sandrinelli eine Liste der Angestellten geben lassen, die damals mit Nicoletta Sorano zusammengearbeitet haben."

„Im ersten Schritt sollten wir dann diejenigen überprüfen, die jetzt auch noch in der Firma beschäftigt sind."

„Am besten wäre, wir hätten einen Insider aus der Firma, den wir einweihen könnten."

„Das wird kaum möglich sein, Francesco."

„Und jemanden in die Firma einschleusen ist leider erst recht nicht möglich."

Max sah ihn mit großen Augen an. Francesco war gespannt, was für eine Idee sein Schwager nun wieder hatte.

„Warum sollte das nicht möglich sein?"

„An wen denkst du?"

„Wie wäre es mit Martina? Sie spricht perfekt Italienisch und hätte genau das richtige Alter, um sie als Praktikantin vorzustellen und ein paar Tage in der Firma arbeiten zu lassen. Nur Sandrinelli müsste dabei mitspielen."

„Und Martina selbst auch."

„Ja, und Chiara müsste ich es auch schonend beibringen."

In Gedanken malte sich Max aus, dass Chiara alles andere als begeistert sein würde, wenn neben ihrem Mann auch noch ihre ältere Tochter in den Ferien arbeiten würde.

„Viel Zeit, dort herumzuschnüffeln, hätte sie aber nicht."

„Das stimmt, im Prinzip müsste sie gleich morgen anfangen, damit sie sich wenigstens noch zwei Tage lang vor dem Osterwochenende ein bisschen umsehen und umhören könnte."

„Glaubst du, dass Martina ohne weiteres mitmachen wird?"

„Ich denke schon. Ein Problem wird es eher mit Elena geben, sie wird bestimmt sauer sein, dass nicht sie für uns als Detektiv unterwegs sein darf. Aber dafür ist sie dann doch noch etwas zu jung, schließlich wird sie im September erst fünfzehn. Glaubwürdiger ist auf alle Fälle eine fast Siebzehnjährige als Praktikantin."

„Wenn die Drahtzieher der Entführung tatsächlich in der Firma Sandrinelli sitzen, meinst du nicht, dass die dann etwas misstrauisch werden, wenn ihr Chef von heute auf morgen eine Praktikantin mitbringt?"

„Er muss sich eben eine nachvollziehbare Begründung zurechtlegen. Wenn er erzählt, dass er Martina gestern Abend bei der Geburtstagsfeier ihres Opas kennen gelernt und von ihr erfahren hat, dass sie gerne einmal in Italien arbeiten würde, dann klingt das doch alles ganz plausibel. Außerdem, warum sollten die Entführer auf die Idee kommen, dass ihnen eine Jugendliche hinterherspioniert?"

„Da hast du recht, Max, einen Versuch ist es allemal wert. Aber bevor ich deswegen gleich mit Sandrinelli sprechen werde, muss ich schnell noch Luca zurückrufen, er wartet sicher schon."

Francesco wählte Lucas Nummer und schaltete den Lautsprecher seines Handys ein.

„Pronto."

„Ciao Luca, jetzt kann ich in Ruhe reden. Was hast du über Riva herausgefunden?"

„Etwas sehr Interessantes. Neben seiner Arbeit als Möbelrestaurator betätigt er sich auch als Kunstmaler. Er soll eine sehr ausgeprägte künstlerische Ader haben, was das Malen angeht. Wie ich gehört habe, hat er jahrelang berühmte Gemälde abgemalt und diese Reproduktionen dann verkauft. Zuerst nur auf Trödelmärkten, später soll er praktisch nur noch Auftragsarbeiten ausgeführt haben."

„Ist das alles legal gelaufen?"

„Solange er seine Gemälde als Kopien ausgibt, kann ihm keiner etwas anhaben."

„Das heißt also, er hat nicht mit Antiquitäten gehandelt, sondern er hat nur seine kopierten Gemälde verkauft."

„Richtig, über einen Antiquitätenhandel an sich habe ich nichts herausfinden können."

„Ich habe im Nebenzimmer seiner Werkstatt eine Staffelei stehen gesehen“, warf Max ein. „Ein paar Malerutensilien standen dort auch herum. Das würde zu deinen Informationen passen, Luca. Hast du sonst noch etwas über ihn erfahren.“

„Nein, das wäre alles.“

„Vielen Dank für deine Hilfe.“

„Hab ich ihn damit jetzt etwas von eurem Verdacht entlasten können oder eher noch mehr belastet?“

„Ich kann jetzt auf Anhieb nicht einordnen, wie das alles zu unserem Fall passen könnte, aber je mehr wir über ihn wissen, desto schneller dürften wir bei ihm Klarheit haben.“

„Dann hoffe ich für euch, dass ihr schnell an euer Ziel kommen werdet.“

„Danke, bis bald, Luca.“

„Ciao.“

Kopfschüttelnd schaltete Francesco das Handy ab.

„Allmählich blicke ich überhaupt nicht mehr durch. Was soll das denn alles mit der Entführung zu tun haben?“

„Das weiß ich auch nicht. Letztlich wissen wir jetzt nur, dass es bei dem Geschäft, bei dem sich Riva und Sandrinelli gestritten haben, wohl um ein kopiertes Gemälde gegangen sein muss, sollte Riva tatsächlich nicht mit Antiquitäten gehandelt haben.“

„So wie sich Sandrinelli ausgedrückt hat, müssen sie sich über den Preis uneinig gewesen sein.“

„Richtig, er hat gemeint, Riva hätte sich übervorteilt gefühlt und wolle sich nun mit der Entführung den Rest holen.“

„Aber gleich vier Millionen Euro? So viel kann doch kein kopiertes Gemälde wert sein.“

„Also, was sagt uns das? Entweder sind wir, was die Entführung angeht, bei Riva völlig auf der falschen Spur, oder bei dem Geschäft zwischen Riva und Sandrinelli ging es doch nicht um ein kopiertes Gemälde, sondern um ein ganz anderes großes Ding, wahrscheinlich sogar um etwas Illegales. Das würde auch erklären, warum Sandrinelli kaum etwas dazu sagen wollte.“

Francesco griff zum Zündschlüssel und startete den Motor.

„Halt, wir wollten doch noch bei Sandrinelli wegen Martinas Praktikum anrufen.“

„Das kannst du später selbst machen, Max. Jetzt will ich so schnell wie möglich zu Riva fahren."

„Was hast du dort vor?"

„Ich will bei seiner Werkstatt sein, bevor er Feierabend macht. Und dann lasse ich ihn heute Abend nicht mehr aus den Augen. Dich kennt er schon von deinem Besuch heute Nachmittag, aber ich kann ihm ganz unauffällig folgen. Ich steige im *Borgo* aus, und du kannst nach Hause fahren, mit Sandrinelli telefonieren, Martina auf ihren Einsatz vorbereiten und Chiara beruhigen."

„Und wie willst du Riva auf den Fersen bleiben, wenn er heute Abend womöglich selbst mit einem Auto oder einer *Vespa* irgendwohin fahren wird?"

„Da wird mir schon etwas einfallen, zur Not springe ich in ein Taxi oder halte ein anderes Auto auf. Meine Dienstmarke habe ich dabei, der Fahrer wird schon nicht gleich merken, dass da *Carabinieri Ischia Porto* draufsteht und ich hier offiziell überhaupt nicht ermitteln darf."

Während Francesco aus der Parklücke fuhr, drehte sich Max noch einmal zu dem Haus um, in dem Nicoletta Sorano wohnte. Der grau melierte Herr in dem blauen Kittel stand noch immer am Fenster im zweiten Stock. Was Max nicht sah, war, dass er dort auch noch so lange stehen blieb, bis das Auto mit den beiden Unbekannten aus seinem Blickfeld verschwunden war. Vorher hatte er genügend Zeit gehabt, sich das neapolitanische Kennzeichen des *Fiat Bravo* zu notieren.

16

Nicoletta Sorano war etwas erleichtert. Obwohl sie anfangs dem Gespräch mit *Maresciallo* Francesco Bianchi und seinem Schwager nur widerwillig zugestimmt hatte, hatte es ihr letztendlich gutgetan, mit jemandem über die Entführung ihrer kleinen Tochter zu reden, nachdem sie zwei Tage lang ihre Wohnung nur kurz verlassen hatte, um mit Francescas Hund Cicco Gassi zu gehen. Ein Blick in ihren Kühlschrank sagte ihr auch, dass es längst notwendig war, wieder einmal ein paar Einkäufe zu erledigen. Sie zog sich einen leichten Anorak an, nahm Cicco an die Leine und schnappte sich ihren Einkaufskorb. Da sie niemandem begegnen wollte, lauschte sie an der offenen Wohnungstür, ob sich einer ihrer Nachbarn im Treppenhaus aufhielt. Nachdem alles ruhig war, verließ sie die Wohnung. Sie hatte bereits das Erdgeschoss erreicht, als sie dem Hausmeister Casini in die Arme lief, der, wie immer mit seinem blauen Kittel bekleidet, aus seiner Wohnung kam.

„Buongiorno Signora."

„Buongiorno Signor Casini."

Anders als üblich, wollte sie schnurstracks an ihm vorbeilaufen, aber Casini schaffte es dennoch, sie in ein Gespräch zu verwickeln.

„Ist bei Ihnen alles in Ordnung? Diese beiden Herren waren vorher doch bei Ihnen oben, oder?"

Sie stutzte, ihr Herz begann heftig zu pochen.

„Nur ruhig bleiben", dachte sie sich.

„Was sollte denn bei mir nicht in Ordnung sein, *Signor* Casini?"

„Für mich haben sich diese beiden Herren sehr eigentümlich verhalten. Sie sind noch eine ganze Zeit vor dem Haus im Auto gesessen, haben telefoniert und dabei immer wieder unser Haus beobachtet."

„Sie brauchen sich keine Gedanken machen. Das waren zwei Bekannte von Paolo, die ein paar Tage in Rom sind und mich nur kurz besuchen wollten. Warum sie sich noch eine Weile vor dem Haus aufgehalten haben, kann ich Ihnen nicht sagen. Auf alle Fälle brauchen Sie nicht besorgt darüber zu sein."

Mit dieser Erklärung gab sich Casini anscheinend zufrieden, denn ohne weiter nachzufragen, wechselte er das Thema.

„Wie geht es denn meiner kleinen Freundin? Ich habe sie diese Woche noch gar nicht gesehen."

„Francesca ist schon in den Osterferien bei ihren Großeltern in *Frosinone.*"

„Allein?"

„Ja, zum ersten Mal ist sie alleine dort. Ich habe hier in Rom in dieser Woche ein paar Dinge zu erledigen, die ich nicht verschieben konnte. Paolo hat sie gestern mit dem Auto hingefahren."

Nicoletta Sorano war erstaunt, mit welcher Selbstverständlichkeit sie dem Hausmeister ihre Lügengeschichte erzählen konnte. Damit er nicht noch weiter nachfragen konnte, wünschte sie ihm schnell noch einen schönen Tag, lief die letzten Stufen bis zur Haustür hinunter und trat, immer den kleinen Hund hinter sich herziehend, auf die Straße hinaus. Ohne sich umzudrehen, lief sie den Gehsteig entlang, erst als sie außer Sichtweite des Hauses war, blieb sie stehen. Cicco zerrte winselnd an seiner Leine.

„Ruhig, Cicco, wir gehen ja gleich weiter. Das war gerade ganz schön knapp. Wenn ich nicht vorher den Tipp bekommen hätte, dass ich erzählen soll, Francesca sei bereits in *Frosinone*, dann hätte ich nicht gewusst, was ich Casini hätte sagen sollen."

Cicco interessierte sich kein bisschen für das, was sein Frauchen erzählte, er zog weiter heftig an seiner Leine, weil er weiterlaufen wollte. Schließlich hatte er damit Erfolg, sie gingen bis zu dem kleinen *Alimentari*-Laden, der nur etwa fünf Minuten entfernt war. Nicoletta Sorano kaufte frisches Brot, etwas Wurst und Käse, ein paar Tomaten und zwei *Zucchini* sowie drei Dosen Hundefutter. Als sie wieder zu Hause ankam, hatte sie mehr Glück als zuvor, ohne einem ihrer Nachbarn im Treppenhaus zu begegnen, erreichte sie ihre Wohnung im Dachgeschoss.

Im einsetzenden Feierabendverkehr hatten sich Francesco und Max zum *Borgo* gequält. Am Rande des Bereiches, der für den Autoverkehr gesperrt ist, stoppte Francesco direkt vor einem Parkverbotsschild. Inzwischen war es bereits nach sechs.

„Hoffentlich arbeitet Riva um diese Uhrzeit noch. Max, du wartest am besten noch kurz hier. Ich gehe zur Werkstatt und schaue nach, ob er noch da ist. Dann gebe ich dir Bescheid, andernfalls bin ich in ein paar Minuten wieder zurück."

„In Ordnung. Danach solltest du dein Handy auf Vibrationsalarm umschalten, damit Riva nicht durch das Klingeln auf dich aufmerksam wird, wenn du ihm unauffällig folgen willst."

„Findest du allein zurück?"

„Klar, von hier aus ist es doch nicht so schwierig, nach *Flaminio* zu kommen."

Beide stiegen aus, während Francesco zu Fuß in Richtung Werkstatt marschierte, nahm Max auf dem Fahrersitz Platz. Keine fünf Minuten später meldete sich Francesco am Handy und berichtete, dass Riva noch fleißig am Arbeiten war.

„Viel Glück beim Observieren, Francesco. Melde dich, wenn du Hilfe brauchst."

„Ich glaube nicht, dass das nötig sein wird. Außer er führt mich direkt zu Francescas Versteck. Aber da würde ich dann sofort Piero und seine Kollegen von der Spezialeinheit der *Carabinieri* alarmieren."

Ohne in einem größeren Stau stecken zu bleiben und ohne sich in der belebten italienischen Hauptstadt zu verfahren, erreichte Max das Haus seiner Schwiegereltern in *Flaminio*. Aldo war noch nicht aus seiner Praxis zurück, Giovanna, Giulia und Chiara betätigten sich in der Küche und bereiteten das Abendessen vor. Max begrüßte seine Frau mit einer Umarmung und mit einem Kuss.

„Wo hast du denn Francesco gelassen?", fragte Giovanna sofort mit besorgter Miene.

„Er wird heute Abend einen Verdächtigen beschatten, es könnte spät werden, bis er nach Hause kommt."

„Hat er vorher wenigstens noch etwas gegessen?"

„Nein, dazu war keine Zeit. Aber er wird schon nicht gleich verhungern. Außerdem wird er zwischendurch bestimmt die Gelegenheit haben, sich unterwegs etwas zu kaufen."

Max hielt noch immer Chiara im Arm.

„Wie war es bei *Signora* Sorano?", wollte sie wissen.

„Wir haben viele Informationen von ihr bekommen, aber inwieweit uns diese bei der Suche nach Francesca vorwärtsbringen werden, kann ich noch nicht beurteilen. Sind die Mädchen noch nicht vom Einkaufen zurück?"

„Doch, sie sind seit einer halben Stunde da und vorhin gerade in ihr Zimmer hinaufgegangen. Bestimmt müssen sie gleich die ganzen Klamotten, die sie sich gekauft haben, noch einmal anprobieren."

Chiara sollte Recht behalten. Als Max zu seinen Töchtern ins Zimmer kam, stand Martina in einer neuen, sehr engen Jeans und einem neuen T-Shirt vor dem Spiegel und drehte sich hin und her. Auf dem Bett waren reihenweise Einkaufstüten abgeladen. Elena saß auf einem Stuhl und schlüpfte gerade in ein Paar neue Turnschuhe.

„So, so, ihr habt also heute Nachmittag die italienische Wirtschaft ordentlich angekurbelt."

„Hallo, Papa."

„Hallo, ihr beiden. Was habt ihr denn alles eingekauft?"

„Gar nicht viel", grinste Martina. „Diese Jeans, zwei T-Shirts, eine Bluse und eine Shorts."

Elena hielt sich mit einer Antwort zurück, denn ihre Einkaufstüten waren noch voller gewesen.

„Martina, kann ich dich mal alleine sprechen?"

Seine beiden Töchter sahen Max überrascht an, denn diese Aufforderung verhieß zu Hause meist nichts Gutes. Martina folgte ihm ins Eltern-Schlafzimmer und überlegte fieberhaft, was sie angestellt haben könnte, dass ihr Vater sie um diese Unterredung bat. Max schloss die Schlafzimmertür.

„Was ist denn los, Papa?"

„Onkel Francesco und ich, wir brauchen deine Hilfe."

„Meine Hilfe? Geht's um Francesca?"

„Ja, genau. Wir waren wegen ihr heute den ganzen Tag unterwegs, haben aber noch immer keine heiße Spur."

„Und wie soll ich euch dabei helfen?"

„Wir möchten dich in Sandrinellis Firma einschleusen."

„Als Spitzel?", rief sie erstaunt.

„So ähnlich. Ich muss das allerdings vorher noch mit Sandrinelli klären, aber ich denke schon, dass er mitmachen wird. Unsere Idee ist, dass er dich in seiner Firma als Praktikantin vorstellt und du dich zwei Tage lang ein bisschen umsiehst. Wir vermuten nämlich, dass der oder die Entführer von Francesca eventuell in der Firma sitzen könnten."

„Nur zwei Tage lang?“

„Ja, morgen und am Donnerstag. Nachdem das Ultimatum der Entführer bis zum Wochenende läuft und am Freitag Feiertag ist, bleiben uns wahrscheinlich nur diese zwei Tage. Würdest du das machen?“

„Natürlich mache ich das, sehr gerne sogar. Was sagt denn Mama dazu?“

„Die weiß es noch gar nicht, ich wollte erst mit dir reden. Sandrinelli werde ich jetzt gleich anrufen.“

„Mama wird bestimmt nicht begeistert sein, aber ich finde es spannend. Hoffentlich kann ich dann auch etwas Nützliches herausfinden.“

„Es wird reichen, wenn du Augen und Ohren offen hältst und aufpasst, ob sich jemand auffällig verhält, ob vielleicht getratscht wird oder ob jemand ständig auf den Chef schimpft.“

„Und wenn mich die Entführer enttarnen?“

„Keine Sorge, keiner wird auf die Idee kommen, dass du für uns dort herumspionierst. Zur Sicherheit werden wir uns aber einen anderen Namen für dich ausdenken. Sollten die Entführer tatsächlich in der Firma zu finden sein, werden sie bestimmt nicht vermuten, dass ihnen eine Sechzehnjährige auf der Spur ist.“

„Eine fast Siebzehnjährige“, korrigierte ihn Martina. „Wenn ich gewusst hätte, dass ich morgen ganz offiziell zum Arbeiten gehe, dann hätte ich mir heute auch noch ein schickes Kleid gekauft.“

„Ich glaube, deine Einkäufe von heute reichen allemal aus. Ein Kleid ist gar nicht nötig, du gehst schließlich nicht zu einem Casting. Du kannst dort ruhig in Jeans und Pulli erscheinen. Ich gehe jetzt in Opas Arbeitszimmer, um Sandrinelli anzurufen, und dann werde ich es Mama schonend beibringen.“

Im Hinausgehen sah Max, dass Martina ihr Handy aus der Hosentasche zog.

„Ich glaube, es ist besser, wenn du das jetzt nicht sofort in einer SMS an Robert schreibst.“

„An Robert?“

„Martina, ich habe doch Augen im Kopf. Meinst du, dass ich nicht gemerkt habe, dass du seit unserer Ankunft hier immer wieder am simsen bist? Es ist dir wohl sehr ernst mit ihm?“

Martina schaute etwas verlegen.

„Er fehlt mir einfach, schließlich habe ich ihn seit letztem Donnerstag nicht mehr gesehen. Aber ob das zwischen uns etwas Ernsteres wird, weiß ich selbst noch nicht, Papa."

„Ich wünsche es dir. Aber von deinem Einsatz morgen und übermorgen schreibst du ihm besser noch nichts. Dazu ist die Sache zu brisant."

„Okay."

Paolo Sandrinelli war überrascht und empört zugleich, dass Max und Francesco die Entführer seiner Tochter in seiner eigenen Firma vermuteten. Aber als ihm Max am Telefon die Gründe dafür näher erläuterte, musste auch Sandrinelli einsehen, dass man diese Möglichkeit nicht völlig ausschließen konnte.

„Wir wollen bei unseren Recherchen nun zweigleisig fahren", erklärte Max. „Francesco wird sich heute Abend an die Fersen von Enzo Riva heften, mein Besuch in seiner Werkstatt heute Nachmittag hat noch keine neuen Erkenntnisse gebracht, denn ich konnte ihn selbstverständlich nicht auf Ihren Verdacht ansprechen. Was Ihre Firma angeht, haben wir uns folgendes überlegt."

Max machte eine Pause, er wollte den Vorschlag, Martina als Praktikantin in die Firma zu schicken, so formulieren, dass Sandrinelli auf keinen Fall ablehnen konnte. Sandrinelli hörte sich den Plan in Ruhe an, räusperte sich zwischendurch einige Male und sagte dann überraschenderweise kurz und knapp:

„Gute Idee."

Sie besprachen, wo und wann sich Martina unter falschem Namen am nächsten Morgen in der Firma melden sollte. Sandrinelli wollte sich bis dahin überlegen, in welchen Abteilungen er Martina an den kommenden zwei Tagen einsetzen wollte, damit einerseits ihre Tarnung als Praktikantin glaubwürdig erschien und sie andererseits auch möglichst viele von denjenigen Kollegen kennenlernen konnte, die schon zu Zeiten von Nicoletta Sorano in der Firma tätig waren. Eine Liste mit den Namen der betroffenen Angestellten wollte er für Martina vorbereiten. Außerdem wollte er seine Söhne gleich im Anschluss an sein Telefonat mit Max darüber informieren, dass kurzfristig eine Praktikantin in die Firma käme, damit sie sich nicht zu sehr überrumpelt fühlten, wenn Martina am nächsten Tag ohne Vorankündigung auftauchen würde.

„Halten Sie mich bitte auch auf dem Laufenden, was Ihr Schwager bei Riva herausfindet, für mich ist es immer noch wahrscheinlicher, dass er hinter der Entführung steckt als irgendjemand aus meiner Firma."

„Ich melde mich morgen Vormittag bei Ihnen, dann sind wir vielleicht schon schlauer, was eine mögliche Beteiligung von Riva angeht."

„Was soll ich tun, wenn sich die Entführer wieder bei mir melden?"

„Auf jeden Fall wieder ein Lebenszeichen von Francesca verlangen, wenn Ihnen nicht erneut nur ein Band vorgespielt wird. Je länger Sie mit dem Anrufer reden, desto eher hören Sie vielleicht einen Hinweis heraus, wer dahinterstecken könnte."

„In Ordnung, das werde ich machen."

Als er auflegen wollte, fiel Max ein, dass er ihn noch fragen musste, ob er beim Sommerfest der *Scuola Materna* zufällig einen Bekannten getroffen hatte. Diese Frage konnte Sandrinelli sofort verneinen, keinen der Besucher des Festes hatte er vorher jemals gesehen oder war ihm danach noch einmal über den Weg gelaufen.

Nachdem es kein Problem gewesen war, Sandrinelli zum Mitmachen zu überreden, ging Max etwas mutiger in die Küche. Dort fand er jedoch nur noch Giovanna und Giulia beim Kochen vor, Chiara war bereits im Esszimmer damit beschäftigt, den großen runden Tisch für das Abendessen herzurichten.

Sie drehte ihm den Rücken zu, als er ins Zimmer kam.

„Ciao tesoro."

„Max?", fuhr sie abrupt herum. „Warum schleichst du dich so herein, du hast mich ganz schön erschreckt."

„Entschuldige, das wollte ich nicht."

„Was ist denn los?"

Sie kannte ihren Max zu gut, als dass er vor ihr verbergen konnte, wenn er ein Problem mit ihr besprechen wollte. Und er wusste, dass er bei Chiara nicht lange um den heißen Brei herumreden brauchte, sondern dass es besser war, die Karten gleich auf den Tisch zu legen. Wie erwartet war Chiara überhaupt nicht erfreut darüber, Martina als Spitzel einzusetzen. Aber nachdem ihr Max ausführlich erklärt hatte, dass das wahrscheinlich die einzige Möglichkeit war, möglichst unauffällig zu erkunden, was in der Firma Sandrinelli alles ablief, stimmte schließlich auch sie dem Plan zu. Max nahm sie in den Arm.

„Mir wäre es auch lieber, wenn wir ganz ungestört Urlaub machen könnten, aber wer sollte dann der kleinen Francesca helfen?“

Chiara erwiderte seine Umarmung.

„Du hast ja Recht. Ich muss immer wieder daran denken, was wir alles unternehmen würden, wenn eines unserer Mädchen in die Hände von solchen Verbrechern gefallen wäre.“

„Das mag ich mir gar nicht ausmalen.“

Sie standen eine Weile eng umschlungen und stumm da, als plötzlich krachend die Tür aufflog und Elena hereinstürmte.

„Papa!“, schrie sie.

„Oje“, dachte sich Max. „Martina hat Elena also schon von ihrem Praktikum erzählt.“

„Papa! Das ist doch wohl nicht dein Ernst. Martina interessiert sich meistens überhaupt nicht für deine Fälle, und jetzt, wo du einen Detektiv brauchst, darf sie das machen, und ich werde deswegen nicht einmal gefragt. Du bist richtig gemein.“

Chiara und Max hatten ihre Tochter schon lange nicht mehr so aufgebracht gesehen.

„Jetzt beruhige dich erst einmal, ich kann dir das schon erklären.“

„Ich will mich aber nicht beruhigen.“

Elena schrie so laut, dass sie bis in die Küche zu hören war und ihre Großmutter deshalb augenblicklich herübergelaufen kam.

„Was ist denn hier für ein Geschrei?“

„Elena hat ein Problem damit, dass wir Martina für zwei Tage als Praktikantin in die Firma Sandrinelli schicken.“

„Ich wäre ein viel besserer Detektiv“, protestierte Elena.

Giovanna schüttelte verwundert den Kopf.

„Wie kommt ihr denn auf so eine Idee?“

Bevor Max erklärte, warum sie sich für Martina und nicht für Elena als Spitzel entschieden hatten, schilderte er, warum sie überhaupt jemanden in die Firma einschleusen wollten. Er sah, wie Elena innerlich kochte, und er erwartete nicht, dass sie sich schnell beruhigen würde, wenn sie seine Argumente für Martina hören würde.

„Ich weiß, dass du mir schon sehr oft sinnvolle Vorschläge zu meinen Ermittlungen geliefert hast, Elena, darum geht es jetzt aber nicht. Als Siebtklässlerin bist du einfach ein bisschen zu jung für eine Praktikantin, es ist einfach nachvollziehbarer, wenn jemand, der schon in die zehnte Klasse geht, in den Ferien ein Praktikum machen will. Außerdem glaube ich, dass Martina diese Aufgabe völlig unvoreingenommen angehen wird, du legst dich bei deinen Überlegungen immer sehr schnell auf einen möglichen Täter fest. Wenn du das in der Firma auch machst, würden uns vielleicht wertvolle Informationen über andere Angestellte durch die Lappen gehen."

Nun war Elena erst recht beleidigt, und weil Chiara bei den Erklärungen von Max mehrmals zustimmend genickt hatte, wusste sie, dass sie in diesem Fall auch von ihrer Mutter keine Unterstützung erwarten konnte. Wortlos zog sie sich schmollend in ihr Zimmer zurück. Giovanna, die auf Sandrinelli ohnehin nicht gut zu sprechen war, brummte nur, dass sie hoffe, Martina würde dieses Unterfangen gut überstehen, und kehrte zu Giulia in die Küche zurück.

„Findest du, dass ich das zu hart formuliert habe, Chiara?"

„Nein, sie wird sich schon wieder beruhigen. Für so eine Aufgabe ist sie vielleicht doch noch etwas zu naiv, deswegen ist es mir auch lieber, wenn wir Martina dorthin schicken. Ich werde mir überlegen, was ich morgen und übermorgen mit Elena unternehmen könnte, um sie ein bisschen abzulenken."

„Hattest du für die beiden Tage noch nichts anderes geplant?"

„Noch nicht konkret. Ich will zwar auf alle Fälle noch bei der Agentur vorbeischauen, für die ich während meiner Studienzeit die Ausflüge und Stadtführungen mit den deutschen Touristen organisiert und geleitet habe, aber dort kann ich auch noch nächste Woche hingehen, dann ist es vielleicht auch etwas ruhiger als jetzt in den Tagen vor Ostern. Einige meiner früheren Kolleginnen sind immer noch für die Agentur tätig, die würde ich schon gerne wieder einmal sehen. Was hast du heute noch vor?"

Max grinste.

„Außer Fußballschauen noch nichts."

Er wurde aber sogleich wieder etwas ernster.

„Wenn Francesco Riva auf den Fersen bleibt und womöglich etwas Wichtiges herausfindet, könnte es natürlich sein, dass ich ihm kurzfristig zu Hilfe eilen müsste, aber das halte ich für eher unwahrscheinlich."

„Du könntest mir helfen, den Tisch fertig zu decken."

Dazu war Max gerne bereit, nicht nur, weil Chiara gerade sehr nachsichtig mit ihm gewesen war, als er den gemeinsamen Familienurlaub aufgrund seiner Ermittlungen wieder einmal gehörig durcheinandergewirbelt hatte.

Eine halbe Stunde später kam Aldo aus seiner Praxis nach Hause und bombadierte Max sogleich mit zahlreichen Fragen, weil er ganz genau wissen wollte, was sich seit Francescos Anruf am Nachmittag an neuen Erkenntnissen ergeben hatte. Aldo war auch eher skeptisch, was die für Martina vorgesehene Aufgabe als Spitzel anging, zumindest darin war er sich mit Giovanna einig. Nicht ganz einverstanden war er damit, dass seine Ehefrau strikt dagegen war, das Thema Entführung auch während des gemeinsamen Abendessens ausführlich zu diskutieren. Um des lieben Friedens willen sparten Aldo und Max das Thema aber aus. Nachdem sich auch Aldo das Bayern-Spiel ansehen wollte und sich Giovanna überhaupt nicht für Fußball interessierte, wusste er, dass er sich nach dem Abendessen noch ungestört und ausführlich mit seinem Schwiegersohn darüber unterhalten konnte. Das köstliche Abendessen zog sich bis nach halb neun hin, Max sah mehrfach auf die Uhr, um den Beginn des Spiels nicht zu versäumen. Giovanna und auch Aldo sahen es nicht gern, wenn jemand vor dem Ende des Essens aufstand, aber nachdem Aldo selbst ins Wohnzimmer vor den Fernseher wechseln wollte, konnte Giovanna die beiden an diesem Abend nicht daran hindern, ihren Nachtisch mit ins Wohnzimmer zu nehmen, die Familie allein zurückzulassen und das Essen vor dem Fernseher zu beenden.

Zur gleichen Zeit saß Francesco auch beim Abendessen, allerdings allein. Enzo Riva hatte bis um acht in seiner Werkstatt gearbeitet, hatte sie anschließend sorgfältig aufgeräumt und war dann schnurstracks zur *Trattoria Da Vecchio Zio* gegangen. Nachdem er vom Inhaber sehr herzlich begrüßt worden war, hatte er sich an einen kleinen runden Tisch in der hintersten Ecke der *Trattoria* gesetzt. Francesco hatte Glück, denn der Tisch daneben war auch frei, außerdem war eine ganze Reihe von anderen Tischen bereits besetzt, sodass es nicht auffiel, dass er sich ganz in die Nähe von Enzo Riva setzte.

„Das trifft sich doch gut", dachte sich Francesco. „Hier kann ich ihn sehr gut beobachten und gleichzeitig auch noch zu Abend essen."

Enzo Riva wollte vorerst nur ein Glas *Vino rosso*. Wie Francesco bei dessen Bestellung mithören konnte, wartete er noch auf jemanden und wollte erst dann zusammen mit diesem das Essen bestellen. Francesco konnte nicht länger warten, dazu war sein Hunger zu groß und der herrliche Essensduft, der von den anderen Tischen und aus der Küche zu ihm herüberströmte, vergrößerte seinen ohnehin schon kräftigen Appetit noch mehr. Auf Empfehlung des *Cameriere* wählte er als ersten Gang *Bucatini all'amatriciana* und als Hauptgericht *Tonno con i piselli*. Er hatte die *Pasta* mit der scharfen Specksoße gerade aufgegessen, als am Nebentisch ein zweiter junger Mann eintraf, der von Riva mit einem Händedruck sehr förmlich begrüßt wurde. Francesco registrierte, dass er keinen Bart trug und ebenso wie Riva in etwa Ende zwanzig war. Während er auf den Thunfisch mit Erbsen wartete, konnte er in Ruhe den Gesprächen seiner beiden Tischnachbarn zuhören. Zuerst unterhielten sie sich über eher belanglose Dinge wie das Wetter, eine Autopanne und das andauernde Chaos in der italienischen Regierung. Zwischendurch hatten auch sie ihr Essen bestellt, und während des ersten Ganges konnte Francesco hören, warum sie sich in dieser *Trattoria* getroffen hatten. Rivas Gegenüber versuchte zwar deutlich leiser zu sprechen als vorher, trotzdem war er am Nebentisch noch gut zu verstehen. Aus dem Augenwinkel heraus sah Francesco, wie sich die beiden über ein Foto beugten, auf dem anscheinend das Gemälde einer Heiligenfigur abgebildet war.

„Ich brauche in etwa drei Monate Zeit", erklärte Riva.

„Das ist kein Problem", antwortete sein Gegenüber. „Hauptsache, wir bekommen das Bild."

Francesco traute sich kaum, an seinem Thunfisch zu kauen, um auf keinen Fall ein Wort vom Nebentisch zu überhören. Etwas Entscheidendes überhörte er dann aber doch, nämlich wie hoch das Honorar für Riva sein sollte. Das Einzige, was er bei der Summe noch verstehen konnte, war „tausend Euro". Wie viele Tausend Euro es waren, war ihm leider entgangen. Trotzdem wunderte er sich über die Höhe der Summe. Luca hatte zwar erwähnt, dass die von Riva angefertigten Gemäldekopien nahezu perfekt waren, das Honorar dafür kam ihm aber dennoch viel zu hoch vor. Er sah, wie Riva das Blatt mit dem Foto zusammenfaltete und in die Hemdtasche steckte, gerade als den beiden ihr Hauptgericht serviert wurde. Während sie aßen, wurde nicht mehr über Gemälde oder andere Kunstgegenstände gesprochen, nun war Fußball das Thema. Der junge Mann an Rivas Tisch bedauerte, dass er für das am folgenden Abend stattfindende Spiel seiner Römer gegen Manchester keine Eintrittskarte mehr bekommen hatte.

„Ich bin zwar in der glücklichen Lage, eine Karte für morgen zu haben, aber diese irrsinnige Idee, ein kleines Mädchen zu entführen und ihren Vater damit zu erpressen, könnte mir noch einen Strich durch die Rechnung machen", ärgerte sich Francesco.

Er war bereits beim *Espresso* angelangt, während seine Tischnachbarn erst noch einen Nachtisch bestellten. Die Zeit, bis sie danach womöglich bald aufbrechen sollten, wollte er nutzen, um Max zu informieren, was hier vor sich ging. Er zog sein Handy aus der Hosentasche und tippte eine kurze SMS an seinen Schwager:

„*Trattoria Da Vecchio Zio* – Riva trifft Unbekannten – soll Gemälde kopieren – hohes Honorar – *Saluti*, Francesco."

Als die SMS bei Max eintraf, waren im *Stadio San Siro* in Mailand bereits fast vierzig Minuten gespielt, und Max stand unter Strom, weil ein Angriff nach dem anderen auf das Bayern-Tor zurollte. Bisher hatten die Münchner mit Glück und Geschick ein Gegentor verhindern können. Durch das Lesen der SMS war Max ein wenig abgelenkt, er dachte darüber nach, was die Informationen von seinem Schwager für den Entführungsfall bedeuten könnten. Er überflog die SMS noch einmal, als der italienische Fernsehreporter ein lang gezogenes

“*Goooooooool*“ brüllte. Nun war es doch passiert, der AC Mailand war kurz vor der Halbzeit in Führung gegangen. In den zahlreichen Wiederholungen, die folgten, konnte sich Max das Gegentor noch einmal in Zeitlupe und aus allen möglichen Kameraperspektiven ansehen. In der Pause erzählte er seinem Schwiegervater, was ihm Francesco geschrieben hatte, und ging dann kurz hinüber ins Esszimmer, wo Giovanna, Giulia und Chiara immer noch beisammen saßen und bereits die zweite Flasche Rotwein geöffnet hatten.

„Giovanna, ich hab eine gute Nachricht für dich, dein Sohn wird heute Abend nicht verhungern, er hat mir gerade aus einer *Trattoria* eine SMS geschrieben“, frotzelte er.

„Max, Max“, schüttelte Giovanna mit dem Kopf und versuchte, ein möglichst ernstes Gesicht zu machen. „Du bist und bleibst ein ungehobelter Kerl.“

„Aber ein liebenswerter ungehobelter Kerl“, kam ihm seine Frau Chiara zu Hilfe.

„Danke, Schatz.“

Auch hier erzählte Max kurz den Inhalt der SMS von Francesco, und die drei Damen konnten auf Anhieb ebenfalls keinen Zusammenhang mit der Entführung von Francesca feststellen.

„Vielleicht wird es etwas spannender, wenn Francesco noch herausfindet, wohin Riva geht, wenn er die *Trattoria* wieder verlässt. Ich bin dann wieder vor dem Fernseher.“

Mit einem Umweg über die Toilette kehrte er zu seinem Schwiegervater ins Wohnzimmer zurück, kurz bevor die zweite Halbzeit in Mailand angepfiffen wurde.

Im *Da Vecchio Zio* hatte Francesco weiterhin gespannt den Gesprächen am Nebentisch zugehört, aber Riva und sein Gegenüber waren nicht mehr auf das Gemälde zu sprechen gekommen, ebensowenig war irgendetwas zu der Entführung von Francesca herauszuhören gewesen. Nachdem sie ausführlich über Fußball diskutiert hatten, waren sie nochmals auf das ebenfalls unerschöpfliche Thema der italienischen Innenpolitik zu sprechen gekommen. Nebenbei hatten sie ihren Nachtisch gegessen, zwei *Espressi* getrunken und danach die Rechnung bezahlt. Francesco hatte bereits vor ihnen den *Cameriere* herbeigewunken und sich die Rechnung für sein

Abendessen bringen lassen. So konnte er das *Da Vecchio Zio* sehr schnell verlassen, als sich auch seine zwei Tischnachbarn anschickten zu gehen. Schräg gegenüber der *Trattoria* war eine Konditorei. Francesco blieb vor dem Schaufenster stehen und sah sich in der Auslage scheinbar interessiert die bunten Marzipanfiguren und Marzipanfrüchte an, die die Käufer anlocken sollten. Im Schaufenster spiegelte sich der Eingang der *Trattoria*, sodass er von seinem Standort aus sofort sehen konnte, wie Riva in Begleitung herauskam. Riva verabschiedete sich von seinem Auftraggeber mit einem Handschlag und marschierte in Richtung seiner Werkstatt davon, während der andere in entgegengesetzter Richtung in der Dunkelheit verschwand. In sicherer Entfernung blieb Francesco hinter Riva, der an seiner Werkstatt vorbeilief, am Ende des nächsten Häuserblocks nach rechts abbog und dann zwei Querstraßen weiter schnurstracks auf einen Hauseingang zusteuerte. Francesco meinte gesehen zu haben, dass sich Riva immer wieder vorsichtig umschaute, als würde er befürchten oder sogar bemerkt haben, dass ihn jemand verfolgte. Vor der Haustür zog er einen Schlüssel aus seiner Hosentasche, sperrte auf und verschwand im Haus, ohne sich noch einmal umgedreht zu haben. Francesco beobachtete das Haus von der anderen Straßenseite aus, weil er darauf wartete, dass gleich hinter einem der Fenster das Licht angehen würde, aber nichts passierte. Er blieb noch einige Augenblicke stehen und wagte sich dann bis zur Haustür vor. Von den sechs Klingelschildern waren nur vier beschriftet, auf einem davon stand „Salvatore Riva“. Was hatte das nun zu bedeuten? Für Francesco gab es vorerst nur zwei Möglichkeiten. Entweder gehörte eine Klingel ohne Namensschild zur Wohnung von Enzo Riva, oder er wohnte, falls Salvatore Riva sein Vater war, noch bei seinen Eltern.

„Aha, ein *Mammone*“, dachte sich Francesco.

Als *Mammone*, zu Deutsch Muttersöhnchen, werden in Italien gerne diejenigen jungen Männer bezeichnet, die bis zu ihrer Heirat zu Hause wohnen und sich von ihrer Mutter mit Essen und Wäsche versorgen lassen, was manchmal nur fehlendem oder nicht bezahlbarem eigenen Wohnraum geschuldet ist. Oft lassen sich aber die manchmal schon fast

Dreißigjährigen oder noch älteren Söhne einfach nur aus Bequemlichkeit von ihrer Mutter versorgen, ein Indiz dafür ist auch, dass viele Männer nach einer Trennung oder Scheidung wieder zurück in die elterliche Wohnung ziehen.

Unabhängig davon, ob Riva in dem Haus selbst eine Wohnung hatte oder noch bei seinen Eltern wohnte, Francescos Job schien für diesen Abend erledigt. Oder gab es noch eine andere Möglichkeit? Zur Sicherheit wollte er noch etwas abwarten und postierte sich am Gehsteig gegenüber. Langsam ging er auf und ab. Die Zahl der beleuchteten Fenster in dem von ihm beobachteten Haus hatte sich immer noch nicht verändert. Francesco gingen viele Fragen durch den Kopf: Wenn er allein hier wohnen würde, dann hätte doch irgendwo das Licht angehen müssen? Oder hatte er vielleicht zuerst bei seinen Eltern vorbeischauen wollen, bevor er dann in seine eigene Wohnung ging? War Salvatore Riva überhaupt sein Vater? Vielleicht war Salvatore auch der Bruder, den Sandrinelli erwähnt hatte und der mit Enzo hin und wieder zusammenarbeitete.

Inzwischen war ungefähr eine Viertelstunde vergangen, seit Riva das Haus betreten hatte. Es war bereits kurz nach elf. Francesco überlegte, wie lange er noch darauf warten sollte, ob Riva wieder herauskommen würde.

„Bis halb zwölf warte ich noch“, sagte er zu sich selbst. „Wenn er bis dahin das Haus nicht mehr verlässt, dann wird er sich wohl schlafen legen, ohne vorher noch auszugehen.“

Ein älterer Herr, der mit seinem Hund Gassi ging, passierte die Stelle, an der Francesco wartete. Er wusste, dass vor allem in den älteren und kleineren Stadtvierteln wie im *Borgo* praktisch jeder jeden kannte, deshalb wunderte er sich nicht, dass er als Fremder dem älteren Herrn auffiel. Der Hund schnüffelte an seinem Hosenbein, davon ließ sich Francesco aber nicht beirren, genauso wenig wie von dem misstrauischen Blick, mit dem ihn der ältere Herr beäugte. Zum Glück verlor der Hund schnell das Interesse an seinem Hosenbein und zerrte sein Herrchen weiter. Dann blieb es lange ruhig, bis kurz vor halb zwölf ein *Vespa*-Fahrer mit so laut knatterndem Motor durch die Gasse rauschte, dass jeder, der bereits schlief, bestimmt wieder aufgewacht war. Der Lärm der *Vespa* war kaum verhallt, als die Haustür aufging und Enzo Riva herauskam. Instinktiv drehte sich Francesco um und marschierte los. Er hörte an den Schritten, dass Riva hinter ihm herkam. An der nächsten Ecke blieb er stehen, ging in die Knie und tat so, als müsste er ein offenes Schuhband wieder zubinden. Riva passierte ihn und ging gemächlich in Richtung seiner Werkstatt, bog allerdings eine Querstraße davor ab, und zielgerichtet wie zuvor steuerte er auf einen Hauseingang zu. Schnell hatte er aufgesperrt, und diesmal musste Francesco nicht lange warten, bis hinter einem Fenster im ersten Stock das Licht anging. Nachdem er auf einem der Klingelschilder dann auch noch den Namen Enzo Riva vorfand, wollte Francesco für diesen Abend den Rückzug antreten. Er rief Max auf dem Handy an und bat ihn, zum *Borgo* zu kommen und ihn abzuholen.

„Du warst hoffentlich noch nicht auf dem Weg ins Bett, Max."

„Nein, nein, ich könnte sowieso noch nicht schlafen. Das Spiel ist zwar schon seit fast einer Stunde vorbei, aber ich habe mich noch immer nicht beruhigt."

„Ist es denn so schlimm ausgegangen für deine Bayern?"

„2 : 2"

„Das ist doch ein gutes Ergebnis, da haben sie im Rückspiel sicher große Chancen, ins Halbfinale zu kommen."

„Das schon, aber du musst erst hören, wie es zustande kam. Ich erzähle es dir hernach im Auto."

Francesco blieb in der Nähe von Rivas Haus. Nach etwa zehn Minuten war das Fenster, das nach dessen Ankunft sofort beleuchtet gewesen war, plötzlich wieder finster. Offenbar war Riva zu Bett gegangen. Francesco schlenderte zu dem Treffpunkt, an dem ihn Max abholen wollte, und musste auch nicht mehr lange warten, bis sein Schwager eintraf. Max war stinksauer, das hatte Francesco bereits am Telefon registriert, und als er zu ihm ins Auto stieg, sah er es ihm auch an, dass er innerlich kochte.

„Was ist denn beim Spiel passiert, dass du so wütend bist?"

„Kurz vor der Halbzeit ist Mailand in Führung gegangen. Knapp eine Viertelstunde vor Schluss haben wir uns den Ausgleich erkämpft, aber ein paar Minuten später ist der Schiedsrichter auf eine Schwalbe hereingefallen und hat einen Elfmeter für Milan gepfiffen."

„Siehst du das jetzt nur durch deine rot-weiße Bayern-Brille so, oder war es tatsächlich kein Foul?"

„Selbst der Trainer vom AC Mailand hat hinterher im Interview bestätigt, dass es alles andere als ein Elfmeter war. Wir haben zwar in der Nachspielzeit nochmals den Ausgleich geschafft, aber ohne den geschenkten Elfmeter hätten wir vielleicht sogar gewonnen."

„Trotzdem ist das Unentschieden eine gute Ausgangsbasis zum Weiterkommen."

Ausnahmsweise hatte Max schon genug von der Fußballdiskussion.

„Was war noch mit Riva?"

Francesco erzählte ausführlich von den Gesprächen, die er in der *Trattoria* belauscht hatte und wie er Riva anschließend bis zu dem Haus, in dem vermutlich seine Eltern wohnten, und dann weiter bis zu seiner eigenen Wohnung gefolgt war.

„In Bezug auf die Entführung war dieser Abend eher ein Schlag ins Wasser. Außer dem Verdacht von Sandrinelli finde ich bisher keine Anhaltspunkte dafür, dass Riva etwas mit dem Verschwinden von Francesca zu tun haben könnte."

„Was sollen wir wegen ihm als Nächstes unternehmen?"

„Ich möchte ihn morgen Früh nochmals observieren. Wenn er von seiner Wohnung direkt wieder zu seiner Werkstatt geht, heißt das zwar nicht, dass er nicht in die Entführung von Francesca verwickelt ist, denn wenn er einen Mittäter hat, kann der in der Zwischenzeit auf Francesca aufpassen und sich um sie kümmern. Aber es würde dann wahrscheinlich wenig Sinn machen, wenn ich mich den ganzen Tag in der Nähe seiner Werkstatt aufhalte, um ihn zu beobachten."

„Da musst du aber früh raus, damit wir sicher sein können, dass er nicht doch noch bei Francescas Versteck war, bevor er sich in seiner Werkstatt an die Arbeit macht."

„Nicht nur ich muss früh raus", grinste Francesco. „Du darfst mich gerne wieder zum *Borgo* fahren, Max. Ich werde morgen auch noch einmal bei Luca anrufen, mich interessiert, was er von der Geschichte mit der teuren Gemäldekopie hält. Das Honorar für Riva ist schon sehr hoch."

„Das finde ich auch, an der Sache ist bestimmt irgendetwas faul. Und wenn ich daran denke, wie zurückhaltend Sandrinelli war, als wir Genaueres zu seinem Antiquitätengeschäft mit Riva wissen wollten, dann scheint Riva öfter in unsaubere Geschäfte verwickelt zu sein."

„Ich gebe dir völlig Recht, aber solange das nichts mit Francesca zu tun hat, können wir uns darauf nicht konzentrieren."

„Wer weiß, Francesco, an Ende hängt das doch alles zusammen."

Die restlichen Minuten bis zum Haus von Francescos Eltern schwiegen sie, beide überlegten, welcher Zusammenhang zwischen Francescas Entführung und den anscheinend unsauberen Geschäften von Riva bestehen könnte. Als sie vor dem Haus aus dem Auto stiegen, spitzte Francesco Max nochmals wegen des folgenden Tages an.

„Fährst du mich morgen Früh rüber oder bleibst du lieber im Bett?"

„Wenn es notwendig ist, fahre ich dich natürlich hin. Wann willst du dort sein?"

„Spätestens um sieben."

Francesco sperrte die Haustür auf. Im Haus war alles ganz ruhig, sie sahen allerdings, dass im Esszimmer noch Licht brannte.

„Meinst du nicht, dass du um diese Zeit im *Borgo* noch einen Parkplatz findest? Ich würde mich beim Frühstück gerne nochmals ausführlich mit Martina unterhalten, bevor sie zu Sandrinelli aufbricht."

„Dann hat er dem Vorschlag also zugestimmt?"

„Richtig, davon habe ich dir noch gar nichts erzählt."

Noch in der Diele fasste Max kurz sein Gespräch mit Sandrinelli und die Reaktionen von Francescos Eltern, von Chiara und insbesondere von Elena zusammen.

„Also, sprich Elena möglichst nicht auf Martinas fingiertes Praktikum an, ich weiß nicht, wie lange es dauern wird, bis ihr Ärger verraucht sein wird."

„Und was hat Martina zu unserem Plan gesagt?"

„Sie war sofort einverstanden und will uns gerne helfen."

Aus dem Esszimmer kam ihnen Giovanna entgegen.

„Da seid ihr ja wieder. Francesco, hast du noch Hunger?"

„Nein, Mama, ich habe mir während meiner Detektivarbeit ein ausgezeichnetes Abendessen gegönnt. Jetzt will ich nur noch ins Bett, morgen muss ich wieder beizeiten raus."

„Ich glaube, die anderen schlafen mittlerweile alle schon, als Letzter ist Papa vor einer halben Stunde nach oben gegangen. Ich wollte auch gerade ins Bett."

„Gute Nacht. Ich hole mir nur noch einen Schluck Wasser. Willst du auch noch etwas zu trinken, Max?"

„Gerne."

Gemeinsam gingen sie in die Küche, aber anstatt gleich ins Bett zu gehen, nachdem sie eine halbvolle Flasche *Acqua minerale* geleert hatten, diskutierten sie wiederum über ihre weitere Vorgehensweise.

„Du hast vorhin einen möglichen Mittäter von Riva erwähnt, Francesco. Da ist mir eingefallen, dass Sandrinelli bei seinem Besuch hier etwas von einem Bruder Rivas erzählt hat, der ihm immer wieder einmal zur Hand geht."

„An den habe ich heute Abend auch schon gedacht, als ich das Klingelschild mit dem Namen Salvatore Riva gelesen habe."

„Meinst du, dass es Sinn machen würden, wenn Piero für uns recherchiert, wie sein Bruder heißt und was er so treibt?"

„Natürlich macht das Sinn. Ich hatte ohnehin vor, Piero morgen wegen Riva anzurufen. Wenn er wirklich unsaubere Geschäfte macht, dann ist er vielleicht schon einmal aktenkundig geworden."

„Das könnte uns unter Umständen weiterhelfen."

Max sah auf die Uhr.

„Jetzt sollten wir aber auch endlich ins Bett gehen."

„Du hast Recht, Max, die Nacht wird ohnehin viel zu kurz. Ich fahre morgen Früh dann allein zum *Borgo*, damit du nochmals Martina instruieren kannst. Wenn bei Riva nichts passiert, dann bin ich im Laufe des Vormittags wieder da, und wir können mit Luca und Piero telefonieren."

Um niemanden zu wecken, gingen sie leise die Treppe nach oben, verschwanden nacheinander kurz im Bad und schlüpften dann in ihren Zimmern ins Bett zu ihren Frauen, die bereits friedlich schliefen.

17

Im Autoradio liefen gerade die Sechs-Uhr-Nachrichten, als er in die dunkle Gasse abbog. Es gab zwar entlang des Gehsteiges eine Reihe von Straßenlaternen, aber die meisten davon brannten nicht. Bei einigen war das Glas zerborsten, anderen sah man nicht an, warum sie kein Licht spendeten. Er parkte direkt vor der Haustür, griff nach der großen Plastiktüte, die vor dem Beifahrersitz stand, und stieg aus. Obwohl er nicht vermutete, so früh schon jemandem auf der Straße zu begegnen, hatte er sich wieder den dünnen schwarzen Oberlippenbart sowie den Bart am Kinn angeklebt. Da ihm tagsüber sehr viel Arbeit bevorstand, war er schon früher als am Vortag aufgebrochen. Von so mancher durchfeierten römischen Nacht kannte er einige kleine Bäckereien, die schon vor sechs geöffnet hatten. Eine davon lag praktischerweise genau auf seinem Weg zur Wohnung. Neben mehreren *Panini* und *Cornetti* für die Kleine hatte er für sich selbst auch ein *Cornetto* mit Schokoladenfüllung gekauft und es bereits im Auto aufgegessen. Als er die Haustür aufsperrte, drehte er sich instinktiv um und schaute, ob ihn jemand beobachten würde, aber auf der Straße war niemand zu sehen. Trotzdem schloss er die Haustür sorgfältig hinter sich und lief die Treppe nach oben.

„Jetzt habe ich das Ölkännchen wieder vergessen“, ärgerte er sich, als sich das Schloss der Wohnungstür wie an den vergangenen Tagen dagegen sträubte, aufgesperrt zu werden.

„Andererseits lohnt es sich eigentlich gar nicht, hier etwas zu reparieren. Wenn der Alte so schlau ist, das Lösegeld für die Kleine pünktlich zu bezahlen, dann sind wir ab Samstag ohnehin wieder weg. Aber wenn er nicht zahlen oder bei der Geldübergabe irgendetwas schieflaufen sollte, dann ...“

Er konnte diesen Gedanken nicht zu Ende führen, denn sie hatten noch nicht besprochen, wie viel Aufschub sie ihm für diesen Fall gewähren sollten oder was sie dann mit der Kleinen anstellen würden.

Beim vierten Versuch, den Schlüssel herumzudrehen, gab das Schloss endlich seinen Widerstand auf. In der Wohnung war alles ruhig, auch als er die große Matratze zur Seite geschoben hatte, war aus Francescas Gefängnis nichts zu hören. Ohne nach ihr zu sehen, machte er sich in der Küche daran, ihre Verpflegung für diesen Tag herzurichten. Zuerst musste er allerdings das Geschirr spülen, das er am Vortag nur im Spülbecken abgestellt hatte. Danach setzte er das Teewasser auf und bemerkte, dass die Thermoskanne noch im Zimmer bei Francesca stand. Deshalb ging er hinüber, zog seine Sturmhaube über und schloss die Zimmertür auf, nachdem er die unter der Klinke eingeklemmte Latte entfernt hatte.

Er war überrascht, dass im Zimmer kein Licht brannte und dass Francesca anscheinend noch schlief. Langsam schob er die Zimmertür so weit auf, dass von der Diele ausreichend Licht ins Zimmer fiel, damit er genügend sah. Drinnen war es sehr stickig, denn das vernagelte Fenster konnte natürlich nicht zum Lüften geöffnet werden. An die Frischluftzufuhr für dieses Verlies hatten sie bei ihrer Planung nicht gedacht. Auf dem Fußboden neben dem Bett stand das Tablett, das er am Vortag zu Francesca gebracht hatte. Außer dem Obst hatte sie nicht allzu viel gegessen. Die Salami und den Schinken hatte sie überhaupt nicht angerührt, nur den Käse hatte sie zusammen mit einem der drei *Panini* aufgegessen. Wenigstens die große Tasse Kakao hatte sie ausgetrunken.

Leise trat er etwas näher ans Bett heran, aber Francesca rührte sich nicht.

„Schlaf ruhig weiter“, flüsterte er. „Vielleicht bist du wach, bis ich wiederkomme.“

Er nahm das Tablett und ging damit in die Küche zurück, nicht ohne die Zimmertür wieder hinter sich zuzusperren.

„Ihr noch einmal Wurst und Schinken hinzustellen, kann ich mir wahrscheinlich sparen“, dachte er sich und legte nur den mitgebrachten Käse auf einen sauberen Teller.

Die Salami und den Schinken wickelte er in die Plastikfolie ein, in der zuvor der Käse eingepackt gewesen war. Das frische Obst und alle noch warmen *Cornetti* und *Panini* legte er aufs Tablett, vielleicht hatte Francesca heute mehr Appetit als gestern. Inzwischen kochte das Teewasser, er zog den Topf von der Flamme und stellte dafür den Milchtopf darauf. Obwohl er noch eine zweite große Tasse zur Verfügung hatte, spülte er die Mickymaus-Tasse aus, damit er darin wieder den Kakao für Francesca anrühren konnte. Solange der Tee ziehen musste und die Milch noch nicht heiß war, konnte er eine Zigarettenpause einlegen. Er ging rauchend in der Diele auf und ab, aus Francescas Zimmer war immer noch nichts zu hören. Deshalb überlegte er, wie er sie gleich am besten wecken sollte, damit sie nicht zu sehr erschrak. Denn wecken musste er sie in jedem Fall, ohne eine weitere Tonbandaufnahme von ihr konnte er nicht zurückfahren. Beinahe hätte er übersehen, dass die Milch zu kochen begann, gerade noch rechtzeitig konnte er das Gas abdrehen, bevor sie übergelaufen wäre. Nachdem er in der Mickymaus-Tasse die Milch mit dem Kakaopulver verrührt und den Tee in die Thermoskanne gegossen hatte, stellt er beides zu den anderen Lebensmitteln auf das Tablett und trug es bis zu der versperrten Tür. Wieder zog er sich seine Sturmhaube über, drehte den Schlüssel herum, stieß die Tür auf und stellte das Tablett neben Francescas Bett ab. Noch immer rührte sie sich nicht, obwohl er sich diesmal bewusst etwas lauter verhalten hatte. Sie lag immer noch genauso da wie ein paar Minuten zuvor. Im düsteren Lichtschein, der aus der Diele hereinfiel, beobachtete er sie und erschrak. Atmete sie überhaupt noch?

Wie gebannt starrte er sie einige Augenblicke an und stürzte dann zum Lichtschalter neben der Tür. Die Glühbirne, die an einem Kabel von der Decke hing, war viel zu schwach, um den Raum richtig hell auszuleuchten, aber nun konnte man wenigstens sehen, dass sich Francescas Brustkorb im Rhythmus ihres Atems leicht bewegte. Wie sollte er sie nun wecken? Nicht einmal durch das plötzlich eingeschaltete Licht war sie aufgewacht. Er stellte sich ans Fußende des Bettes, begann leicht an ihrer Decke zu ziehen und sagte leise „Francesca“. Im Schlaf griff sie nach ihrer Zudecke und wälzte sich von der einen Seite auf die andere.

„Francesca!“

Diesmal sprach er schon deutlich lauter und zog ihr die Decke noch ein Stück weiter weg. Langsam schien sie aufzuwachen, denn sie drehte sich auf den Rücken, streckte sich und begann mit den Augen zu blinzeln. Im ersten Moment wusste sie anscheinend nicht, wo sie war, sie sah zuerst an der Wand und an der Zimmerdecke entlang, bevor ihr Blick auf ihren maskierten Entführer fiel. Erschrocken schnellte sie nach oben, griff nach der Zudecke und rutschte im Sitzen in die hinterste Ecke ihres Bettes.

„Keine Angst, Francesca, ich tue dir bestimmt nichts", versuchte er mit verstellter Stimme beruhigend auf sie einzureden.

Francesca zitterte am ganzen Körper, begann zu weinen und fragte mit tränenerstickter Stimme:

„Holt mich meine Mami heute ab?"

Er ging auf ihre Frage nicht ein.

„Ich habe dir eine Tasse Kakao gekocht und wieder Obst, Brot und Käse gebracht."

„Wann kommt meine Mami?"

Nun kam er nicht mehr umhin, ihr darauf zu antworten.

„Ein bisschen wird es noch dauern, bist du wieder bei deiner Mami bist. Aber du darfst gleich wieder eine Nachricht für deinen Papa aufs Tonband sprechen, so wie wir das gestern auch schon gemacht haben. Erinnerst du dich?"

Francesca nickte stumm.

Im Gegensatz zum Vortag klappte die Aufnahme gleich beim ersten Versuch, denn diesmal hatte er den Text, den Francesca in das Diktiergerät hineinsprechen sollte, vorher aufgeschrieben. Er las ihr Satz für Satz vor, sodass sie es nur nachzusprechen brauchte. Im Anschluss daran leerte er wieder Francescas provisorische Toilette. Nach der Tonbandaufzeichnung hatte sie nichts mehr gesagt, sondern war verängstigt und weinend in der Ecke ihres Bettes sitzen geblieben, bis er sie wieder alleine gelassen und die Tür zu ihrem Gefängnis sorgfältig mit Schlüssel, Latte und Matratze verrammelt hatte. Er verließ die Wohnung und noch während er im Treppenhaus nach unten ging, informierte er per Handy seinen Komplizen, dass mit ihrem gekidnappten Opfer alles in Ordnung und die nächste Nachricht von Francesca für Paolo Sandrinelli vorbereitet war.

18

Francesco war zeitig aufgestanden. Seine Frau Giulia war vom Klingeln seines Weckers auch aufgewacht und sah ihn erstaunt an, weil es draußen noch ziemlich dunkel war.

„Schlaf ruhig weiter, Giulia. Ich muss heute Morgen noch einmal diesen Riva observieren und will vor Ort sein, bevor er das Haus verlässt."

Giulia drehte sich auf die andere Seite und war schnell wieder eingeschlafen. Francesco war nach unten gegangen und hatte sich bereits einen Kaffee gekocht, bevor seine Mutter Giovanna auch in die Küche kam.

„Guten Morgen, Francesco."

„Morgen, Mama."

„Wann willst du los?"

Er blickte auf seine Armbanduhr.

„Wenn ich rechtzeitig dort sein will, dann muss ich mich gleich auf den Weg machen."

„Bist du zum Mittagessen zurück?"

„Wahrscheinlich bin ich schon im Laufe des Vormittags zurück. Ob wir dann über Mittag da sein werden, wird sich noch herausstellen. Solange wir nach der Kleinen suchen, werden Max und ich sicher die meiste Zeit unterwegs sein. Die Zeit drängt, heute ist schon Mittwoch, und das Ultimatum der Entführer läuft nur bis Samstag."

Francesco hatte nebenbei seinen Kaffee getrunken und anschließend die leere Tasse ins Spülbecken gestellt. Giovanna wollte nun für sich und Aldo den Kaffee aufsetzen.

„Du kannst gleich mehr kochen, Max und Martina wollen heute auch etwas eher frühstücken, weil er mit ihr noch einmal ausführlich ihren heutigen Einsatz in Sandrinellis Firma besprechen will."

„Davon halte ich gar nichts."

„Nur weil du sauer bist auf Sandrinelli?"

„Nein, ich kann mir einfach nicht vorstellen, was Martina an zwei Tagen dort herausfinden sollte."

„Ob sie etwas Entscheidendes herausfinden kann, hängt in erster Linie davon ab, ob die Entführer tatsächlich in der Firma zu finden sind. Aber wir brauchen das jetzt nicht mehr diskutieren, Sandrinelli war damit einverstanden, und Martina freut sich darauf, dass sie uns helfen kann. Wenn wir, was die Firma angeht, tatsächlich auf einer falschen Fährte sein sollten, dann hat sie wenigstens für zwei Tage bei einer italienischen Firma hineinschnuppern können. Wie du weißt, hat sie schon öfter erzählt, dass sie sich durchaus vorstellen kann, nach dem Abitur für eine Weile in Italien zu arbeiten. Da schadet es nie, wenn sie weiß, was sie dabei eventuell erwarten könnte."

Dem konnte auch Giovanna nicht widersprechen. Sie machte sich an die Frühstücksvorbereitungen, während Francesco noch einmal nach oben ging, um sich seine Jacke zu holen.

Kurz darauf saß er im Auto und fuhr in Richtung *Borgo*. Der Verkehr hielt sich um diese Zeit noch ziemlich in Grenzen, sodass er zügig vorankam. Im *Borgo* angekommen, hatte er das Glück, dass ein anderer Autofahrer gerade aus einer Parklücke fuhr, so dass er keine Zeit mit der Parkplatzsuche verschwenden musste. Im Laufschritt eilte er durch die Gassen des *Borgo*, bis er das Haus, in dem Enzo Riva wohnte, erreicht hatte. Es war kurz nach sieben Uhr. Hinter mehreren Fenstern des Hauses brannte das Licht, auch hinter einem der Fenster, die vermutlich zu Rivas Wohnung gehörten. Als er wenige Stunden zuvor vor dem Haus gestanden hatte, war es stockdunkel gewesen. Nun konnte sich Francesco ein wenig umsehen, während er in einiger Entfernung zur Haustür auf und ab ging. Einen Häuserblock weiter entdeckte er eine kleine Bar, die schon geöffnet hatte, und sogleich bekam er Appetit auf eine kleine Süßigkeit. Konnte er seinen Wachposten verlassen und sich in der Bar ein Frühstück gönnen, ohne dass ihm Riva entwischte? Etwa eine Viertelstunde lang konnte er sich beherrschen, aber weil die ganze Zeit nichts passierte, ging er doch hinüber zur Bar, drehte sich dabei aber mehrmals um, damit er nicht übersehen würde, falls Riva genau in diesem Moment das Haus verlassen sollte. Er erreichte die Bar, bezahlte, wie in Italien üblich, zuerst an der Kasse und wandte sich dann mit seinem Kassenzettel an den *Barista*. Dieser bereitete ihm den vorausbezahlten *Cappuccino*, legte ihm ein mit Vanillecreme gefülltes *Cornetto* auf einen Teller und stellte ihm beides auf den Tresen.

Am Fenster der Bar stand ein lang gezogener Stehtisch, von dem aus man die Gasse und auch die Tür, hinter der Riva am Vorabend verschwunden war, im Blick hatte. Dort postierte sich Francesco, ließ sich seinen *Cappuccino* und sein *Cornetto* schmecken, ohne dabei aber Rivas Haustür aus den Augen zu lassen. Als er sich dann mit einer Serviette den Puderzucker, den das *Cornetto* rings um seinen Mund hinterlassen hatte, abwischte und den letzten Schluck *Cappuccino* trank, stand Riva plötzlich vor dem Haus und zog hinter sich die Tür zu. Francesco wollte sofort nach draußen laufen, um ihn nicht aus den Augen zu verlieren, aber das war nicht nötig, denn Riva steuerte schnurstracks auf die Bar zu.

„Hoffentlich erkennt er mich nicht", schoss es Francesco augenblicklich durch den Kopf. „Schließlich bin ich gestern in der *Trattoria* den ganzen Abend neben ihm gesessen. Er könnte misstrauisch werden, weil ich mich schon wieder in seiner Nähe aufhalte."

Schnell griff er zur rosafarbigen *Gazzetta dello Sport*, die neben anderen Zeitungen und Zeitschriften in einem Metallständer auf dem Tresen stand. Auf der Titelseite standen die Berichte über das Champions-League-Spiel des AC Mailand gegen den FC Bayern sowie ein Vorbericht zum Duell zwischen AS Rom und Manchester United im Mittelpunkt. Francesco versteckte sich hinter der Zeitung, als Riva die Bar betrat. Außer ihnen war gerade kein anderer Gast anwesend, deshalb konnte Francesco deutlich hören, dass Riva einen Kaffee und ein mit Schokolade gefülltes *Cornetto* bestellte. Als er sein Frühstück erhalten hatte, stellte er sich ebenfalls an den Stehtisch. Francesco hatte die Zeitung inzwischen aufgeschlagen und hielt sie noch ein Stück höher, damit ihn Riva auf keinen Fall sehen konnte. Während er die Artikel überflog, ohne sie richtig zu lesen, hatte er das Gefühl, dass Riva während des Essens auf der Außenseite der Sportzeitung mitlas. Während Francesco überlegte, ob er so lange in der Bar bleiben sollte, bis Riva ging, oder ob es unauffälliger war, vor ihm zu gehen und sich dann draußen so zu postieren, damit er ihn wieder verfolgen konnte, klingelte plötzlich direkt neben ihm ein Handy. Riva griff in die Hosentasche und holte es heraus.

„Pronto."

Kurze Pause.

„*Ciao* Alfredo."

Francesco hörte, wie am anderen Ende der Leitung gesprochen wurde, konnte den Anrufer aber nicht verstehen.

„Sehr gut. Bei mir ist bisher alles glatt gegangen", antwortete Riva und lauschte der nächsten Frage.

„Nein, Sandrinelli hat er nicht erwähnt, und ich habe ihn natürlich auch nicht nach ihm gefragt."

Francesco fiel fast die Zeitung aus den Händen, als er den Namen Sandrinelli hörte.

„Wir könnten heute Abend besprechen, wie wir weiter vorgehen. Kommst du ins *Da Vecchio Zio*?"

So sehr sich Francesco auch bemühte und die Ohren spitzte, er konnte nicht hören, was Alfredo antwortete.

„Ach so, dann geht das natürlich abends nicht. Hättest du trotzdem ein paar Minuten Zeit, um wieder mal bei Papa vorbeizuschauen? Er hat sich gestern Abend schon beklagt, dass du ihn so selten besuchst."

„Aha", dachte sich Francesco. „Mit meiner Vermutung, dass Salvatore Riva sein Vater ist, bin ich anscheinend richtig gelegen. Und dieser Alfredo am anderen Ende der Leitung ist offenbar Rivas ominöser Bruder, von dem Sandrinelli gesprochen hatte. Jetzt wissen wir schon einmal seinen Namen, das wird die Recherche in den Archiven der *Carabinieri* für Piero gleich ein wenig einfacher machen."

„Nein, es geht ihm noch nicht besser, er geht zurzeit überhaupt nicht vor die Tür. Deshalb ist er für jeden Besuch und jede Abwechslung dankbar, auch wenn ihn Mama den ganzen Tag umsorgt, so gut es geht."

Alfredo versuchte anscheinend, sich zu rechtfertigen, warum er seinen Vater so selten besuchte.

„Mehr als eine Viertelstunde oder zwanzig Minuten brauchst du ohnehin nicht zu bleiben, weil es ihn sonst zu sehr anstrengt."

Francesco meinte gehört zu haben, dass im Hintergrund jemand sehr laut Alfredos Namen gerufen hatte, und auch Riva schien das gehört zu haben.

„Okay, dann lass uns Schluss machen. *Ciao* Alfredo."

Francesco wollte nun auf alle Fälle so lange bleiben, bis auch Riva die Bar verließ. Wer weiß, vielleicht konnte er noch ein weiteres interessantes Telefonat mithören. Während er sich weiter hinter der Zeitung versteckte, überlegte er, welche Schlüsse er daraus ziehen sollte, dass auch Alfredo Riva Sandrinelli kannte. War Alfredo an Enzos eventuell unsauberem Antiquitätengeschäft mit Sandrinelli beteiligt gewesen oder hatte ihm Enzo nur davon erzählt, weil er sich von Sandrinelli über den Tisch gezogen fühlte? Wer war der Dritte, der Sandrinelli nicht erwähnt hatte? War es vielleicht derjenige, mit dem sich Riva am Vorabend im *Da Vecchio Zio* getroffen und über ein Gemälde unterhalten hatte? Und natürlich stellte er sich zum wiederholten Mal die Frage, was diese neuen Informationen mit der Entführung von Francesca zu tun haben könnten. Während er versuchte, sich darauf einen Reim zu machen, hatte Riva sein Frühstück beendet, wünschte dem *Barista* und der jungen *Signorina* an der Kasse einen schönen Tag und verließ die Bar. Francesco faltete schleunigst die *Gazzetta dello Sport* zusammen, stellte sie zurück in den Ständer und folgte Riva auf die Straße hinaus. Wie erwartet begab er sich nun auf direktem Weg zu seiner Werkstatt, sperrte die breite Glastür auf, verschloss sie hinter sich wieder und zog die großen braunen Vorhänge an der Innenseite der Fensterfront nach links und rechts zurück.

Francesco blieb in einiger Entfernung stehen und wartete. Etwa zehn Minuten später meinte er, dass nun genug Zeit verstrichen war, um zu kontrollieren, ob Riva auch wirklich arbeitete oder vielleicht doch auf dem Sprung war, seine Werkstatt wieder zu verlassen. Deshalb näherte er sich der Werkstatt und ging in ungefähr zwei Metern Entfernung an der Fensterfront vorbei, ohne direkt hineinzusehen, damit Riva sein Gesicht nicht von vorne sah. Aus dem Augenwinkel heraus konnte er erkennen, dass Riva arbeitete. Er stand an seiner Werkbank über eine Schublade oder ein anderes Teil eines Möbelstückes gebeugt und bearbeitete es mit Schleifpapier. Francesco hatte genug gesehen. Auch wenn er natürlich keine Garantie hatte, dass sich Riva in Kürze nicht doch noch auf den Weg zum Versteck der entführten Francesca machen würde, wollte er, wie mit Max besprochen, nicht den ganzen Tag vor der Werkstatt verbringen. Er ging den kurzen Weg zu seinem Auto zurück und machte sich auf den Heimweg nach *Flaminio*.

„*Salve*, mein Name ist Valentina Bauer, ich bin für zwei Tage als Praktikantin hier und soll mich bei *Signor* Sandrinelli melden."

Der Pförtner am Empfang des Verwaltungsgebäudes der Firma Sandrinelli sah Martina erstaunt an.

„Entschuldigen Sie, *Signorina*, davon weiß ich leider nichts. Zu welchem der Herren Sandrinelli möchten sie denn? Zum Chef oder zu einem der beiden Junioren?"

Martina wunderte sich, dass der Pförtner diese Formulierung wählte, denn wie sie von ihrem Vater gehört hatte, waren Sandrinellis Söhne Sergio und Raffaele ebenfalls in der Geschäftsleitung tätig.

„Zum Chef."

„Er ist noch nicht im Haus, nur einer der beiden Junioren ist schon da. Ich werde gleich bei der Sekretärin vom Chef anrufen, damit Sie von ihr hier abgeholt werden. Dann können Sie im Vorzimmer vom Chef warten."

„Vielen Dank."

Beim Frühstück hatte Max Martina noch einmal auf ihre Aufgabe eingeschworen.

„Die Entführer werden sich bestimmt nicht leichtfertig selbst in Verdacht bringen, achte einfach auf Kleinigkeiten und scheinbare Nebensächlichkeiten."

Danach hatte er sie noch zu Fuß bis zum U-Bahnhof *Flaminio* begleitet und ihr „Viel Glück" nachgerufen, als sich die Türen der *Metropolitana* Richtung *Stazione Termini* bereits hinter ihr schlossen. In *Termini* war sie von der *Linea A* in die *Linea B* umgestiegen und bis zum Bahnhof *Basilica San Paolo* weitergefahren. Von dieser U-Bahn-Haltestelle bis zum Sitz der Firma Sandrinelli war es noch ein knapper Kilometer, den sie zu Fuß zurücklegte hatte. Während sie nun auf die Sekretärin von *Signor* Sandrinelli wartete, sah sich Martina ein wenig um. Vom gläsernen Eingangsbereich blickte man hinaus auf den Firmenparkplatz, der bereits zur Hälfte belegt war. Direkt neben der Eingangstür waren drei größere Parkbuchten, in denen bisher nur ein Auto stand.

„Toller Schlitten", dachte sich Martina, als sie den schwarzen *Lancia* dort stehen sah. „Das ist bestimmt das Auto vom Junior."

Es dauerte nicht lange, dann öffnete sich die Tür des Fahrstuhls und eine grell geschminkte Blondine in hochhackigen Schuhen kam heraus. Sie steuerte direkt auf Martina zu.

„*Signorina* Bauer?"

„Ja, das bin ich."

„*Buongiorno,* ich bin Caterina Moresco, die Chefsekretärin. Willkommen in der Firma Sandrinelli."

Sie schüttelte Martina die Hand, drehte sich dann sofort wieder um und ging zum Fahrstuhl zurück, dessen Tür noch offen stand. Martina folgte ihr.

„*Signor* Sandrinelli hat mich erst gestern Abend informiert, dass Sie für zwei Tage bei uns sein werden."

„Ich hoffe, das war nicht zu kurzfristig für Sie", entgegnete Martina höflich. „Aber die Möglichkeit mit dem Praktikum hat sich erst gestern zufällig ergeben, und ich bin *Signor* Sandrinelli sehr dankbar dafür, dass er zugestimmt hat. Ich weiß nämlich nicht, wann ich wieder einmal in Rom sein werde und wann sich mir abermals eine so günstige Gelegenheit bieten könnte."

Caterina Moresco hatte sich ziemlich über ihren Chef geärgert, weil sie am Vorabend erst kurz vor Dienstschluss von dem Praktikum erfahren hatte. Sonst liefen alle wichtigen Informationen über ihren Schreibtisch, als aufmerksamer Chefsekretärin entging ihr normalerweise nichts, sodass sie es gewohnt war, über alle Vorgänge in der Firma rechtzeitig informiert zu sein. Bei Gelegenheit würde sie das ihren Chef noch wissen lassen, ihren Ärger darüber wollte sie aber nicht an Martina auslassen.

„Kompliment, Sie sprechen perfekt Italienisch. Wo haben Sie das gelernt?"

„Meine Mama ist Italienerin, deshalb sind mein Bruder und ich zweisprachig aufgewachsen."

Neben ihrem falschen Namen hatten sich Max und Martina auch ein paar falsche Details zu ihrer Familie überlegt, damit in der Firma in keinem Fall jemand auf die Idee kommen könnte, dass die Praktikantin die Tochter eines deutschen Kriminalers und die Nichte eines italienischen *Carabiniere* war.

Der Fahrstuhl hielt im dritten Stock an, *Signora* Moresco stolzierte in ihren hohen Schuhen auf eine Glastür zu, hinter der ein langer Gang lag. Am hereinfallenden Tageslicht konnte man erkennen, dass auf beiden Seiten des Ganges alle Türen offen standen, nur eine einzige, ganz hinten rechts, war geschlossen.

„In diesem Trakt liegen das Chefsekretariat, das Büro vom Chef, ein großes und zwei kleinere Besprechungszimmer und die Büros von Sergio und Raffaele Sandrinelli. Sergio Sandrinelli, der ältere der beiden Söhne vom Chef, ist schon da, deshalb ist seine Bürotür dort hinten zu“, erklärte *Signora* Moresco.

Sie führte Martina bei der zweiten Tür auf der linken Seite hinein.

„Hier ist der Wartebereich für die Gäste vom Chef und gleich daran anschließend mein Reich, das Chefsekretariat. Und hier rechts geht es ins Büro von unserem Chef. Nehmen Sie ruhig Platz, es kann vielleicht noch etwas dauern, bis *Signor* Sandrinelli da sein wird.“

Während Caterina Moresco in ihrem Büro verschwand, setzte sich Martina in einen der schwarzen, bequemen Ledersessel und ließ ihren Blick umherschweifen. Der Raum hatte keine Fenster, wurde aber durch eine sehr große, gläserne Oberlichte ausreichend erhellt. Die Tür zu Sandrinellis Büro sah sehr massiv aus, es war schwer vorstellbar, dass da aus dem Chefzimmer irgendein Laut nach außen dringen würde. An zwei Wänden hingen in schweren hölzernen Rahmen zwei Gemälde, die wohl schon sehr alt waren. Martina konnte sie aber keinem bestimmten Künstler zuordnen. Zwischen den Ledersesseln standen zwei runde Glastische, auf denen zahlreiche verschiedene Wirtschaftszeitschriften ausgebreitet waren. *Signora* Moresco hatte ihre Bürotür nicht geschlossen, deshalb konnte Martina hören, dass sie telefonierte, allerdings waren für sie keine nützlichen oder wichtigen Informationen dabei, es ging lediglich um verschiedene Termine von Sandrinelli, die die Sekretärin für diesen Tag vereinbart hatte. Deshalb nahm sich Martina eine der Zeitschriften und begann darin zu blättern.

„Salve.“

Plötzlich stand *Signor* Sandrinelli neben ihr, sie hatte ihn gar nicht hereinkommen gehört. Bei der Geburtstagsfeier von ihrem Opa Aldo zwei Tage zuvor hatte sie sich zwar nicht mit ihm unterhalten, sein Gesicht erkannte sie aber gleich wieder. Sie erhob sich und gab ihm die Hand.

„*Buongiorno Signor* Sandrinelli."

„*Buongiorno Signorina* Bauer."

Den Namen Bauer sagte er betont laut und zwinkerte ihr dabei kurz zu.

„Wir können gleich in mein Büro gehen, dann kann ich mit Ihnen kurz den Ablauf der nächsten zwei Tag besprechen."

Inzwischen war Caterina Moresco aus ihrem Büro gekommen, wünschte ihrem Chef einen guten Morgen und öffnete die Tür zu seinem Büro.

„*Buongiorno* Caterina, bitte sorgen Sie dafür, dass ich in der nächsten Viertelstunde nicht gestört werde."

Er ließ Martina zuerst in sein Büro eintreten, folgte ihr und zog die schwere Tür hinter sich zu. Seine Chefsekretärin blickte ziemlich verwundert drein, dass er sie so einfach vor der Tür stehen ließ, denn in der Regel war sie es, die in der Früh als Erste in sein Büro kam und mit ihm die wichtigsten Termine des neuen Tages kurz besprach. Sie fand es sehr merkwürdig und ungewöhnlich, dass ihr Chef so viel Aufhebens wegen dieser Praktikantin machte.

„Zuerst erfahre ich es auf den letzten Drücker, und jetzt ist ihm dieses junge Ding, das mich in den nächsten zwei Tagen womöglich ständig von meiner Arbeit abhalten wird, auch noch viel wichtiger als ich", ärgerte sie sich. Kopfschüttelnd drehte sie sich um und stapfte wütend zu ihrem Schreibtisch zurück.

Martina blieb fast die Spucke weg, als sie in Sandrinellis Büro stand. Der Schreibtisch war mindestens doppelt so groß wie der, den ihr Opa in seiner Arztpraxis stehen hatte und selbst der sah schon sehr imposant aus. Dieser hier hatte dicke runde, gedrechselte Füße und eine mehrere Zentimeter dicke Tischplatte. Dahinter stand ein mit schwarzem Leder bespannter breiter und hoher Stuhl, der eher wie ein Thron als ein Schreibtischstuhl aussah. Die beiden Stühle, die auf der anderen Seite des Tisches standen, sahen im Vergleich dazu sehr winzig aus. Wie im Vorzimmer waren auch hier die Wände mit teuer aussehenden Gemälden behangen. Auf einem kleinen Beistelltisch neben dem Schreibtisch standen eine Karaffe mit Wasser, eine Schale mit frischen Eiswürfeln und mehrere Gläser bereit. Sandrinelli stellte seinen Aktenkoffer neben dem Schreibtisch ab und ließ sich in seinen Stuhl fallen. Martina war so frei, sich ohne Aufforderung auch hinzusetzen. Gerade hatte Sandrinelli Martina noch sehr freundlich begrüßt, aber kaum dass er an seinem Schreibtisch saß, sah er sie mit sehr ernster Miene an.

„Ich nehme an, Sie sind von Ihrem Onkel und Ihrem Vater über alle Einzelheiten informiert worden."

„Ja. Nachdem wir alle unter einem Dach wohnen, hat natürlich jeder von uns mitbekommen, dass mein Papa und mein Onkel auf der Suche nach Ihrer kleinen Tochter sind. Mein Papa hat mir gestern Abend aber auch ganz ausführlich erklärt, warum die beiden auf die Idee gekommen sind, dass ich mich hier in den nächsten zwei Tagen etwas umsehen und umhören sollte."

„Von Francescas Mama Nicoletta weiß ich, dass sich die beiden gestern Nachmittag auch mit ihr über die Möglichkeit unterhalten haben, dass die Entführer meiner Tochter eventuell hier zu finden sein könnten. Wie mit Ihrem Vater gestern besprochen, habe ich Ihnen eine Liste mit allen Personen zusammengestellt, die dafür infrage kommen könnten, weil sie mit Nicoletta in meiner Firma eine Zeit lang zusammengearbeitet haben. Bitte denken Sie daran, dass Nicolettas Name hier auf keinen Fall erwähnt werden darf."

Martina nickte zustimmend. Er zog ein zweimal gefaltetes Blatt Papier aus der Innentasche seines Sakkos und breitete es vor sich auf dem Schreibtisch aus.

„Im Wesentlichen sind es zwei Personengruppen. Einmal die Kollegen, die zeitgleich mit Nicoletta in der Verkaufsabteilung arbeiteten, das sind insgesamt sechs Mitarbeiter, deren Namen ich Ihnen hier aufgeschrieben habe. Dazu kommen diejenigen, die damals im Sekretariat tätig waren, nämlich Caterina Moresco, die Sie bereits kennen gelernt haben, sowie Graziana Rubino und Stella Mandani, die bis heute im Sekretariat arbeiten."

Er schob das Blatt über den Schreibtisch hinüber zu Martina.

„Wer von diesen weiß denn schon, dass ich heute und morgen als Praktikantin hier bin?"

„Bisher nur *Signora* Moresco. Außerdem habe ich meine Söhne Sergio und Raffaele gestern Abend darüber informiert. Ihnen habe ich allerdings nur erzählt, dass Sie hier sind, weil Sie nach Ihrer Schulzeit gerne etwas im kaufmännischen Bereich machen möchten und sich vorstellen könnten, dies hier in Italien zu tun."

„Das ist nicht einmal gelogen."

„Ich wollte, dass Sergio Sie gleich in der Firma herumführt, er hat aber heute Vormittag außer Haus einen Termin, den er nicht verschieben konnte. Deshalb wird Ihnen Raffaele alles zeigen und Sie vor allem im Sekretariat und im Verkauf persönlich vorstellen. Haben Sie bis hierher noch Fragen?"

Martina schüttelte mit dem Kopf. Deshalb griff Sandrinelli zum Telefonhörer, er kam aber nicht mehr dazu, eine Nummer zu wählen, denn im selben Augenblick begann sein Handy zu klingeln.

„Suona suona mia chitarra, lascia piangere il mio cuore, senza casa e senza amore, mi rimani solo tu."

Hastig holte er das Handy aus seiner Hosentasche hervor und sah aufs Display.

„Das müssen die Entführer sein. Endlich!", stotterte er fast und legte das Handy vor sich auf den Schreibtisch.

Bevor er das Gespräch annahm, zog er schnell eine Schreibtischschublade auf, griff zu seinem Diktiergerät, legte es direkt neben das Handy und schaltete es auf Aufnahme. Erst dann drückte er auf seinem Handy die zwei Tasten, um die Verbindung herzustellen und um den Lautsprecher einzuschalten. Martina sah, wie seine Hände dabei zitterten. Sie selbst hatte sich, als Sandrinelli seine Vermutung über den Anrufer äußerte, aufrecht hingesetzt und war mit ihrem Stuhl noch ein Stück näher an den Schreibtisch herangerückt. Sie merkte, wie ihr Herz vor Aufregung heftig zu pochen begann.

„Hallo Papa, hast du gestern das 2:2 vom AC Mailand gesehen?"

„Heute ist schon Mittwoch."

„Bitte lass mich nicht bis Samstag warten."

„Hast du das Geld schon früher?"

„Jaaaa!“
Sandrinelli schrie förmlich in sein Handy.
„Ja! Morgen Früh kann ich das Geld bei meiner Bank abholen, sagen Sie mir nur, wann und wo Sie es haben wollen! Und tun Sie um Himmels willen meiner Tochter nichts!“
Sandrinelli hatte kaum zu Ende gesprochen, als zuerst ein Klicken und dann überhaupt nichts mehr zu hören war. Die Verbindung war abgebrochen. Martina traute sich nicht, etwas zu sagen. Ihrem Gegenüber standen dicke Schweißperlen auf der Stirn, er drehte sich zur Seite, goss sich ein Glas Wasser ein und trank es in einem Zug leer. Danach griff er sofort zu seinem Diktiergerät, stoppte die Aufnahme, spulte die Kassette an den Anfang zurück und drückte auf die Taste für die Wiedergabe. Wie gebannt starrte er das Diktiergerät an, als er nochmals die Stimme seiner Tochter hörte. Sowohl am Anfang als auch nach jedem ihrer kurzen Sätze klickte es, anscheinend war ihre Nachricht nicht in einem Stück aufgenommen worden, sondern jeder Satz einzeln. Nachdem Sandrinelli seine schreiende Antwort auch noch einmal gehört hatte, schaltete er das Gerät aus und blickte einige Augenblicke ins Leere. Deshalb ergriff Martina die Initiative. Sie zog ihr Handy aus der Gesäßtasche ihrer Jeans und wählte die eingespeicherte Nummer von ihrem Vater.
„Hallo, Martina. Was ist denn passiert, dass du dich so schnell meldest?“
„Hallo, Papa, ich sitze im Büro von *Signor* Sandrinelli. Stell dir vor, die Entführer haben gerade angerufen und Francesca eine Nachricht sprechen lassen. Ist Onkel Francesco schon zurück?“
„Ja, er ist vor ein paar Minuten gekommen. Da kann er gleich Piero bei den *Carabinieri* anrufen, damit der wieder herausfinden kann, woher der Anruf kam.“
Martina dachte, Max würde sofort wieder auflegen.
„Warte Papa, *Signor* Sandrinelli hat den Anruf aufgenommen.“
„Wirklich?“
„Soll ich es dir vorspielen?“
„Einen Moment, ich hole Onkel Francesco dazu.“
Martina hörte, wie Max nach Francesco rief. Sie griff nach Sandrinellis Diktiergerät und spulte die Kassette nochmals an

den Anfang zurück. Sandrinelli sagte die ganze Zeit gar nichts, er war aufgestanden, zum Fenster gegangen und schaute nach draußen. Einige Augenblicke später meldete sich Max wieder.

„Martina, Onkel Francesco kann jetzt mithören."

„Okay, ich schalte das Diktiergerät ein."

Sie hielt ihr Handy so nahe an das Diktiergerät, dass ihr Vater und ihr Onkel nichts überhören würden. Als Martina das Band wieder gestoppt hatte, meldete sich Francesco.

„Martina, kannst du mir mal bitte *Signor* Sandrinelli geben?"

„Sicher, einen Moment."

Sandrinelli hatte sich gerade wieder hingesetzt. Martina reichte ihm das Handy hinüber.

„Mein Onkel möchte Sie sprechen."

Sandrinelli nahm ihr das Handy aus der Hand.

„Buongiorno Signor Sandrinelli. Es war eine sehr gute Idee, das Gespräch aufzuzeichnen, auch wenn heute die Stimmen der Entführer leider nicht zu hören waren. Das konnten Sie schließlich nicht wissen."

„Was halten Sie von dem Anruf?"

„Positiv ist, dass Sie wieder ein Lebenszeichen von Francesca bekommen haben. Der Hinweis auf das Fußball-Ergebnis von gestern Abend war eindeutig."

„Und was war negativ?", fragte Sandrinelli ungeduldig.

Francesco machte bewusst eine kurze Pause.

„Negativ ist, dass wir nun schon ab morgen Vormittag jederzeit damit rechnen müssen, dass Sie aufgefordert werden, dass Geld irgendwo zu deponieren."

„Hätte ich etwa sagen sollen, ich habe das Geld nicht?", echauffierte sich Sandrinelli.

„Nein, natürlich nicht. Das war auch kein Vorwurf an Sie. Sie haben sich völlig richtig verhalten. Aber uns bleibt damit immer weniger Zeit, die Entführer oder Ihre Tochter zu finden, bevor Sie das Geld aus der Hand geben. Wenn die das Lösegeld erst einmal haben und Francesca freilassen, wird es sehr schwierig, die Kerle noch zu schnappen und Ihnen das Geld zurückzubringen."

„Das Geld ist mir in diesem Fall egal, Hauptsache, wir bekommen Francesca gesund wieder zurück."

„Ich werde mich sofort darum kümmern, den Anruf zurückzuverfolgen."

„Gibt es etwas Neues wegen Riva?"
„Nein, leider nicht. Ich habe ihn gestern den ganzen Abend und auch heute Morgen die ganze Zeit beschattet. Bisher haben wir keinen Hinweis, dass er mit der Entführung etwas zu tun haben könnte."
Dass an diesem Morgen während des Frühstücks in der Bar bei Rivas Telefonat Sandrinellis Name gefallen war, verschwieg Francesco erst einmal.
„Wollen Sie Ihre Nichte noch einmal sprechen?"
„Nein, aber wir sollten uns heute Abend noch einmal persönlich sprechen."
„Warum?"
„Wie gesagt, ab morgen Vormittag müssen Sie darauf vorbereitet sein, dass von den Entführern die Aufforderung zur Geldübergabe kommt. Es ist bestimmt sinnvoll, wenn wir uns diesbezüglich noch einmal zusammensetzen, um zu besprechen, wie Sie sich dann am geschicktesten verhalten sollen."
„Soll ich wieder nach *Flaminio* kommen?"
„Ja, das wäre am besten. Oder sollen wir uns bei *Signora* Sorano treffen?"
„Nein", antwortete Sandrinelli energisch. „Nicoletta lassen wir da lieber aus dem Spiel, die Nervenbelastung für sie ist ohnehin schon viel zu groß. Heute Nacht hat sie wieder nicht geschlafen. Ich melde mich am Spätnachmittag noch einmal bei Ihnen, damit wir noch einen genauen Zeitpunkt ausmachen können."
„In Ordnung. *Arrivederci.*"
Sandrinelli schaltete das Handy aus und gab es Martina zurück.

Martina hatte erwartet, dass Sandrinelli nun auch noch mit ihr über den Anruf der Entführer sprechen würde, aber da hatte sie sich getäuscht. So als wäre nichts geschehen, machte er da weiter, wo er vor dem Anruf aufgehört hatte. Er nahm den Hörer von seinem Telefon ab und drückte auf der rechten Seite des Telefons eine der Kurzwahltasten. Er wartete, aber nichts passierte. Deshalb drückte er auf die Gabel und wählte eine andere Taste.
„Caterina, haben Sie Raffaele heute schon gesehen?"

Die Antwort musste Nein gewesen sein, denn Sandrinelli legte den Hörer etwas heftig wieder auf und schimpfte laut los.

„Wo steckt der Kerl schon wieder?“

Abermals griff er zum Telefon und wählte eine andere der eingespeicherten Nummern.

„Sergio, weißt du, wo Raffaele steckt?“

Aber auch von seinem älteren Sohn bekam er anscheinend nicht die Antwort, die er hören wollte.

„Wann kapiert er endlich, dass das so nicht funktioniert. Wenn er sich jeden Abend in irgendwelchen Bars und Kneipen herumtreibt, dann ist es doch logisch, dass er in der Früh nicht aus den Federn kommt. Ich frage mich, ob er jemals erwachsen wird.“

Bevor er den Hörer wieder auf die Gabel knallte, hatte Sandrinelli Sergio aufgefordert, in sein Büro zu kommen. Es dauerte keine zwei Minuten, da stand er in der Tür.

„Sergio, das hier ist unsere Praktikantin Valentina Bauer. Nachdem Raffaele noch nicht da ist, kannst du gleich mit ihr eine Runde durch die Firma machen. Sie wird sich heute und morgen in erster Linie den Verkauf und das Sekretariat anschauen.“

„Du weißt doch, dass ich heute Vormittag einen Termin bei Marconi habe“, entgegnete Sergio. „Wenn ich pünktlich bei ihm sein will, dann sollte ich gleich los.“

„Dann muss Marconi eben eine halbe Stunde warten. Er lässt mich auch immer wieder wochenlang auf mein Geld warten, dann wird er es auch verkraften, wenn du einmal etwas zu spät zu ihm kommst. Er soll froh sein, dass wir ihn immer noch pünktlich beliefern.“

Sergio konnte nichts mehr dagegen einwenden, denn noch während er auf seinen Kunden Marconi schimpfte, war Sandrinelli aufgestanden, um seinen Schreibtisch herumgegangen und hatte Martina, die ebenfalls aufgestanden war, die Hand gegeben.

„Ich wünsche Ihnen zwei lehrreiche Tage in meiner Firma, *Signorina* Bauer. Gerne können wir uns morgen, bevor Sie heimgehen, noch einmal zusammensetzen, denn ich möchte schon hören, welche Eindrücke Sie hier gewonnen haben.“

„Vielen Dank. Ich bin mir sicher, dass ich sehr viel Interessantes und Neues hören und sehen werde.“

Zusammen mit Sergio verließ sie Sandrinellis pompöses Büro und lief direkt Caterina Moresco in die Arme, die bereits im Vorzimmer darauf gewartet hatte, endlich ins Büro ihres Chefs hineingelassen zu werden. Wortlos gingen Martina und Sergio an ihr vorbei hinaus in den Flur.

„Vielen Dank, dass Sie sich die Zeit für mich nehmen, *Signor* Sandrinelli."

„Sie können ruhig Sergio zu mir sagen. Nachdem mein Bruder Raffaele eigentlich dafür vorgesehen war, diesen Rundgang mit Ihnen zu unternehmen, bin ich darauf jetzt nicht sonderlich vorbereitet, aber ich denke, ich kann Ihnen trotzdem zu jeder Abteilung genügend erzählen. Am besten fangen wir im ersten Stock im Verkauf an."

Als sie durch die Glastür zum Fahrstuhl gingen, öffneten sich gerade die Türen, und ein junger Mann kam heraus. Martina war sich sicher, dass es sich um Raffaele handelte, denn er sah Sergio sehr ähnlich, wirkte aber wesentlich jünger als er.

„*Ciao* Sergio."

„*Ciao* Raffaele, da bist du ja endlich. Er hat schon wieder getobt, weil du noch nicht da warst, als er dich gesucht hat."

„Er soll sich bloß nicht immer so künstlich aufregen, der Arbeitstag ist noch lange genug."

Sein finsterer Blick erhellte sich auffallend schnell, als er Martina neben Sergio wahrnahm und von oben bis unten musterte. Sie hatte sich eine ihrer am Vortag neu gekauften Blusen angezogen und sich dezent geschminkt. Die Bluse war relativ eng und betonte ebenso wie die enge Jeans ihre schlanke Figur sehr gut. Sie sah etwas älter aus, als sie war. Martina war nicht entgangen, dass Raffaele kurz die Augenbraue hochgezogen hatte, bevor er ihr die Hand gab und sie begrüßte.

„Du musst Valentina sein, ich bin Raffaele, herzlich willkommen bei uns."

Wie selbstverständlich hatte er sie gleich geduzt. Martina hatte nichts dagegen, auch wenn sie sich viel erwachsener vorkam, wenn sie mit *Signorina* Bauer angesprochen wurde. Sergio war froh, dass er sich durch die Ankunft seines jüngeren Bruders der Aufgabe, die Praktikantin durch die Firma zu führen, doch noch entledigen konnte, und wollte sich gleich verabschieden.

„Darf ich dir *Signorina* Bauer anvertrauen, Raffaele? Ich muss mich auf den Weg zu Marconi machen, sonst komme ich zu spät."

„Ja, ja, fahr du nur, wir kommen hier schon allein zurecht."

„Also dann bis später."

Sergio machte kehrt und ging in sein Büro zurück, um seinen Aktenkoffer zu holen, damit er sich auf den Weg zu seinem Termin machen konnte. Martina hatte den Eindruck, dass Raffaele ganz froh darüber war, dass ihn sein älterer Bruder mit der jungen, hübschen Praktikantin allein ließ.

„Ich schlage vor, ich zeige dir als Allererstes unsere kleine *Cafeteria*. Die ist im zweiten Stock. Dann kann ich dir dort bei einem *Caffè* oder *Cappuccino* gleich etwas über unsere Firma erzählen, bevor wir uns auf unsere Runde durch alle Abteilungen machen. Und du kannst mir ein bisschen etwas über dich erzählen."

Martina war sich nicht sicher, ob sie nun froh darüber sein sollte, dass Raffaele gleich so vertraut mit ihr umging, als würden sie sich schon länger kennen, oder ob sie ihn lieber etwas auf Distanz halten sollte. Obwohl sie ihn ganz sympathisch fand, empfand sie seine Blicke, mit denen er sie andauernd ansah, schon als ziemlich aufdringlich. Schließlich dachte sie sich, dass er ihr für ihr Vorhaben, die ehemaligen Kollegen von Francescas Mama etwas genauer unter die Lupe zu nehmen, vielleicht noch nützlich sein konnte.

„Okay, dann lass uns in der *Cafeteria* anfangen. Dann habe ich vielleicht die wichtigste Abteilung der ganzen Firma schon gesehen", sagte sie mit einem Augenzwinkern.

„Gut, ich sehe schon, wir werden uns bestens verstehen."

Martina drehte sich um und ging die wenigen Schritte zum Fahrstuhl voraus, nicht ohne dabei fast schon übertrieben mit ihrem Hintern zu wackeln. Als sie sich umdrehte, sah sie an Raffaeles lüsternem Blick, dass das seine Wirkung nicht verfehlt hatte. Plötzlich hatte sie richtig Gefallen daran gefunden, den Juniorchef ein bisschen um den Finger zu wickeln.

19

In *Flaminio* war Francesco sofort nach Martinas Anruf aktiv geworden. Unmittelbar nachdem das Gespräch mit Sandrinelli beendet war, hatte er seinen Freund Piero bei den *Carabinieri* angerufen und ihn gebeten, über Sandrinellis Handydaten wieder die Herkunft des anonymen Anrufes ausfindig zu machen. Ungeduldig warteten Max und Francesco, bis nach zwanzig Minuten endlich Francescos Handy klingelte.

„*Ciao* Piero, was hast du herausgefunden?"

„Der Entführer scheint gerne mit der *Metropolitana* zu fahren, auch der dritte Anruf kam aus einer Telefonzelle an einer U-Bahn-Station, diesmal war es die am *Circo Massimo.*"

„Also wieder an der *Linea B.*"

„Genau."

Max dachte daran, wie er sich auf dem Stadtplan von Rom die eingezeichnete Route der *Linea B* angesehen hatte, und überlegte laut, was die Information von Piero bedeuten könnte.

„Vielleicht kommen die Entführer tatsächlich aus der Firma Sandrinelli, weil man mit der *Linea B* doch von *Termini* aus über die Stationen *Circo Massimo*, *Piramide* und *Basilica San Paolo* nach *Ostiense* kommt, wo die Firma ihren Sitz hat. Die drei Erpresseranrufe kamen also von hintereinander liegenden U-Bahn-Stationen. Es könnte allerdings auch bedeuten, dass Francesca irgendwo im Süden der Stadt gefangen gehalten wird und die Entführer jeweils auf dem Weg vom Versteck zurück in die Innenstadt ihre anonymen Anrufe absetzen. Auf alle Fälle müssen sie gestern sehr spät am Abend oder gleich heute Früh dort gewesen sein."

„Was macht dich da so sicher?", fragte Piero.

„Francesca hat doch bei dem Anruf das Fußball-Ergebnis von gestern Abend erwähnt."

Francesco meinte, dass diese Kerle trotz der Hinweise, die sie ihnen mit den Orten der Telefonanrufe unter Umständen gegeben hatten, ganz schön gerissen seien, weil sie mittlerweile nicht mehr selbst ihre Botschaften überbrachten, sondern nur noch eine Aufnahme mit Francesca vorspielten.

„Der Meinung bin ich auch“, kommentierte Piero Francescos Vermutung. „Trotz der jeweils sehr kurzen Anrufe von den Telefonzellen aus und trotz ihrer Drohung, keine Polizei einzuschalten, müssen sie doch damit rechnen, dass ihre Anrufe zurückverfolgt und aufgezeichnet werden. Seid ihr anderweitig schon bei eurer Suche nach Francesca weitergekommen?“

Francesco berichtete ihm ausführlich davon, wie er am Vorabend und in der Früh den von Sandrinelli verdächtigten Enzo Riva beschattet und was er dabei gehört und gesehen hatte.

„Ich wollte mich deshalb heute Vormittag ohnehin wieder bei dir melden. Ganz wichtig wäre es jetzt für uns, dass wir noch mehr über Enzo Riva und auch etwas über seinen Bruder Alfredo erfahren. Sieh doch mal nach, ob du da etwas herausfinden kannst, vor allem, ob einer der beiden schon Dreck am Stecken hat. Vielleicht kommen wir auf diesem Weg einen Schritt weiter. Außerdem müssten wir wissen, wo wir Alfredo finden könnten. Wenn die beiden Rivas die Entführer sein sollten und Enzo, so wie ich es beobachtet habe, anscheinend kein mögliches Versteck von Francesca aufgesucht hat, dann könnte Alfredo derjenige sein, der sich um die Kleine kümmert. Aber solange wir nicht wissen, wo er wohnt oder arbeitet, haben wir keine Chance, uns an seine Fersen zu heften, um auch ihn zu beobachten.“

Piero versprach, sich sofort darum zu kümmern und sich so schnell wie möglich wieder bei Francesco zu melden.

Nach dem Telefonat mit Piero blieben Francesco und Max gleich in Aldos Arbeitszimmer, um auch noch mit Luca zu telefonieren und ihn nochmals um Hilfe zu bitten.

„*Ciao* Francesco, jagst du immer noch hinter Enzo Riva her?“

„Um ihn zu jagen, müssten wir erst einmal wissen, ob er überhaupt etwas ausgefressen hat, aber so weit sind wir leider immer noch nicht. Genau deshalb rufe ich auch wieder an.“

Luca hörte gespannt zu, als ihm Francesco schilderte, was er in der *Trattoria* beobachtet und gehört hatte.

„Mehrere Tausend Euro?“, fragte Luca erstaunt.

„Ja, die genaue Summe habe ich wie gesagt leider nicht verstanden, aber die Worte „tausend Euro“ sind mit Sicherheit gefallen. Was hältst du davon?“

„Für eine Kopie ist das mit Sicherheit viel zu viel. Wer blättert denn so eine hohe Summe hin, nur um sich dann ein Duplikat an die Wand zu hängen?"

„Wir haben auch schon diskutiert, dass es bei dem Auftrag vielleicht nur darum geht, das Gemälde irgendwo zu stehlen, aber was sollte dann Rivas Hinweis, dass er etwa drei Monate Zeit braucht. Wenn er es wirklich nur klauen will, woher weiß er dann, dass es erst in etwa drei Monaten so weit sein dürfte?"

„Richtig, das passt nicht zusammen. Die Zeitspanne spricht schon eher dafür, dass er selbst den Pinsel schwingen will."

Max hatte bisher nur zugehört, nun nahm er Francesco das Handy aus der Hand.

„*Ciao* Luca, hier ist Max. Du hast uns gestern erzählt, dass Riva seine Gemäldekopien zuerst auf Trödelmärkten verkauft hat und dann die Kopien nur noch bei entsprechenden Aufträgen angefertigt hat. Hast du nicht gehört, wie viel er dafür jeweils verlangt hat?"

„Nein, leider nicht. Aber das lässt sich bestimmt noch herausfinden. Wie ich gestern festgestellt habe, ist sein künstlerisches Talent nicht nur einigen wenigen Kunstliebhabern bekannt. Mit Sicherheit werde ich jemanden finden, der mir genau sagen kann, was Riva für seine Bilder gewöhnlich bekommen hat. Kann ich euch sonst noch irgendwie weiterhelfen?"

Max schüttelte mit dem Kopf, während er Francesco das Handy zurückgab.

„Danke, Luca. Vorerst reicht es, wenn du dich über die Preise von Rivas Gemäldekopien schlau machst. Denk bitte daran, dir die Informationen so unauffällig wie möglich zu beschaffen."

„Willst du mir immer noch nicht sagen, was hinter der ganzen Sache wirklich steckt?"

„Nein. Wenn die Geschichte ausgestanden ist, kann ich dir alles erklären. Dann wirst du sicher auch verstehen, warum ich dir jetzt nicht mehr darüber erzählen darf."

Luca war zwar nicht erfreut darüber, dass er von Francesco wieder vertröstet wurde, das änderte aber nichts an seiner Zusage, ihm und Max zu helfen. Wenn Francesco partout keine Einzelheiten zu entlocken waren, dann musste es dafür schon sehr wichtige Gründe geben.

„Ich hoffe, dass ich bis heute Abend herausgefunden habe, was ihr wissen wollt. Bis später."

„*Ciao* Luca."

„So, jetzt müssen wir auf die Infos von Piero warten, bevor wir weitermachen können", seufzte Francesco.

„Dann nutzen wir doch die Gelegenheit, um Brotzeit zu machen."

„Max, du denkst nur ans Essen."

„Ich habe heute mit Martina so zeitig gefrühstückt, da ist es doch logisch, dass ich schon wieder Hunger habe."

„Armer Kerl, du wirst uns irgendwann noch einmal verhungern."

Max ließ sich durch Francescos spitze Bemerkungen natürlich nicht davon abhalten, schleunigst vom Arbeitszimmer in die Küche zu marschieren, um nach etwas Essbarem zu suchen. Direkt vor der Küchentür traf er im Flur auf Chiara.

„Ist vom Frühstück noch eine Semmel da?"

„Hast du schon wieder Hunger, Schatz?"

„Man merkt, dass du Francescos Schwester bist", grinste Max. „Er hat sich gerade auch schon wieder über mich lustig gemacht, nur weil ich jetzt Brotzeit machen will."

„Tja, ich habe eben einen schlauen Bruder, der längst gemerkt hat, dass sein Schwager nur ans Essen denkt."

Wie so oft, wenn sie sich gegenseitig auf den Arm nahmen und Max die Argumente ausgingen, täuschte er eine zärtliche Umarmung vor, begann stattdessen aber damit, Chiara in die Seiten zu kneifen, weil er wusste, dass es sie völlig wehrlos machte, wenn er sie an ihren kitzeligsten Stellen erwischte. Aber sie wusste sich zu wehren, weil er genauso kitzelig war. Und diesmal zog er tatsächlich den Kürzeren, weil Chiara als Erste einen Volltreffer landete. Max machte mit einem lauten Schrei einen Satz zur Seite und musste Chiara deshalb zwangsläufig loslassen.

„Siehst du, Max, zu viel Speck auf den Hüften macht träge."

Max gab sich geschlagen, aber nur, was die verbalen und körperlichen Angriffe von Chiara anging, auf seine geplante Brotzeit wollte er deshalb noch lange nicht verzichten. Chiara folgte ihm in die Küche.

„Es sind sogar noch zwei Semmeln vom Frühstück da, aber eine könntest du vielleicht für Elena lassen."

„Ach, sonst bin ich wohl der Rabenvater, der seiner Tochter das Essen wegfuttert", lachte er.

„Du bist und bleibst ein Kindskopf."

Max taten die Frotzeleien mit Chiara sichtlich gut. Wenn er an einem komplizierten Fall zu knabbern hatte, diente ihm der Spaß mit seiner Frau oder auch seinen Töchtern sehr häufig als Ausgleich und als Ablenkung. Er konnte sich nämlich derart bei einem Fall festbeißen, dass sich jeder Gedanke nur noch darum drehte, den oder die Täter zu finden und dingfest zu machen. Dann war es gut, wenn er zwischendurch von seiner Familie etwas abgelenkt werden konnte. Sich danach wieder von Neuem in einen Fall hineinzudenken, hatte ihn schon öfter auf den Weg zur Lösung gebracht. Chiara ließ es sich nicht nehmen, ihm nach dem siegreichen Kampf seine Brotzeit herzurichten. Während sie die Semmel mit Butter und *Nutella* bestrich, warf Max einen Blick in das angrenzende Esszimmer.

„Wo sind denn Giovanna, Giulia und Elena?"

„Giovanna und Giulia sind zum Einkaufen gegangen, Elena liegt oben auf ihrem Bett und liest."

„Schmollt sie immer noch?"

„Ja, zu allem, was ich ihr als Ablenkung für heute vorgeschlagen habe, hat sie angeblich keine Lust. Sie will lieber in ihrem Zimmer bleiben und lesen. Hast du nicht eine Aufgabe für sie, die mit dem Fall zusammenhängt?"

„Vielleicht ergibt sich heute im Laufe des Tages etwas. Es kommt darauf an, welche Infos wir von Piero und Luca bekommen."

Max gab das Wichtigste von Francescos Telefonaten wieder.

„Meinst du, ich könnte Elena mitnehmen, wenn wir Alfredo Riva auch noch beschatten sollten? Oder wäre es möglich, sie zu Enzo Riva zu schicken und sie die Preise für seine Gemälde auskundschaften zu lassen, wenn Luca da nicht vorwärts kommen sollte?"

„So direkt hatte ich das mit der Aufgabe für Elena eigentlich nicht gemeint. Ich dachte eher daran, dass sie vielleicht von hier aus etwas für euch tun könnte, im Internet recherchieren zum Beispiel."

„Das könnte sie natürlich machen, aber ich glaube, über die Rivas wird sie kaum so viel finden, dass sie länger als eine Viertelstunde beschäftigt ist. Ich werde aber trotzdem gleich zu ihr hinaufgehen und ihr den Vorschlag machen."

Dazu kam Max allerdings nicht mehr, denn noch während er seine Semmel verspeiste, kam Elena in die Küche, weil auch sie schon wieder Hunger hatte. Max sprach sie gleich wegen der Internetrecherche an, aber Elenas Begeisterung darüber hielt sich ziemlich in Grenzen, da sie vermutlich ahnte, dass die Aufgabe nicht allzu umfangreich sein würde. Ihr war auch deutlich anzumerken, dass sie immer noch auf Max sauer war, weil er für den Einsatz bei Sandrinelli Martina vorgezogen hatte. Chiara hielt sich mit einem Kommentar zu dem Angebot von Max zurück, weil sie selbst schon mehrfach vergeblich versucht hatte, Elena aufzumuntern. Plötzlich stürzte Francesco mit dem Handy in der Hand in die Küche.

„Ich habe Piero in der Leitung. Er hat einiges zu den Rivas herausgefunden. Hör gleich mit, Max, dann brauch ich dir nicht alles noch einmal erzählen."

Ins Handy hinein sagte er: „Du kannst loslegen, Piero. Max hört jetzt auch zu."

„Okay, also meine Suche war nur teilweise erfolgreich. Über Enzo Riva war in unseren Archiven leider nichts zu finden, er scheint also eine saubere Weste zu haben."

„Oder er hat sich bisher einfach nur noch nicht erwischen lassen", kommentierte Max die Feststellung von Piero.

„Das ist natürlich auch möglich. Bei seinem Bruder Alfredo sieht es schon ganz anders aus."

„Du bist gerade richtig heruntergekommen", flüsterte Chiara ihrer Tochter zu. „Jetzt kannst du die Neuigkeiten gleich live mit anhören."

Sie selbst blieb nicht in der Küche, um sich das Ergebnis von Pieros Erkundigungen anzuhören, sondern nahm sich die Tageszeitung, die auf dem Tisch lag, und ging damit ins Wohnzimmer hinüber.

„Alfredo Riva ist schon mehrfach aktenkundig geworden. Mit siebzehn und neunzehn ist er zweimal in eine Schlägerei verwickelt gewesen, beide Male ist er aber mit einer Geldstrafe davongekommen. Danach finden sich über mehrere Jahre keine Einträge in seiner Akte. Am interessantesten ist ein Vorfall von vor zwei Jahren, da kam es nämlich zu einer Anklage wegen Diebstahl und Hehlerei. Ihm wurde vorgeworfen, ein antikes Gemälde selbst gestohlen oder wissentlich ein gestohlenes Bild zum Verkauf angeboten zu haben."

Max und Francesco sahen sich überrascht an und Elena freute sich, weil es jetzt anscheinend richtig spannend werden würde. Piero fuhr mit seinem Bericht fort.

„Alfredo war bei einem Antiquitätenhändler aufgetaucht und hatte ein Gemälde angeboten, das, wie sich später herausstellte, aus einer Kirche in *Trastevere* gestohlen worden war. Der Händler war misstrauisch geworden, obwohl Alfredo erzählt hatte, er hätte das Gemälde auf dem Flohmarkt gekauft, ohne zu wissen, dass es anscheinend sehr wertvoll war. Der Antiquitätenhändler bat ihn um ein paar Tage Bedenkzeit, recherchierte ein bisschen und erfuhr so relativ schnell von dem Diebstahl des Bildes. Als Alfredo drei Tage später wieder damit bei ihm auftauchte, klickten die Handschellen."

„Ist er dafür verurteilt worden?", fragte Max ungeduldig.

„Nein. Der Diebstahl blieb in der Kirche einige Zeit unentdeckt, deshalb konnte man nicht mehr genau feststellen, wann das Gemälde abhandengekommen war. Obwohl Alfredo nicht für die gesamte in Frage kommende Zeitspanne ein stichhaltiges Alibi vorweisen konnte, gelang es letztlich nicht, ihm nachzuweisen, dass er selbst es in *Trastevere* gestohlen hatte."

„Und der Vorwurf der Hehlerei?"

Diesmal war es Francesco, der Piero unterbrach.

„Auch diesen Vorwurf konnte er am Ende entkräften. Er gab an, das Gemälde bei einem Händler auf dem Flohmarkt an der *Porta Portese* gekauft zu haben."

Der Flohmarkt an der *Porta Portese*, am südlichen Ende von *Trastevere*, ist Roms größter und bekanntester Flohmarkt. Jeden Sonntag werden dort von sieben bis vierzehn Uhr auf einer Länge von circa zwei Kilometern an unzähligen Ständen alle nur möglichen Waren angeboten. Benannt sind das alte Stadttor sowie der Flohmarkt nach der *Via Portuense*, die an der *Porta Portese* beginnt und in Richtung *Fiumicino* führt.

„Den Namen des Händlers auf dem Flohmarkt konnte er natürlich nicht nennen. Schließlich hat ihn dann ein Freund herausgeboxt. Dieser gab an, dass er dabei gewesen sei, als Alfredo das Gemälde an der *Porta Portese* gekauft haben soll. Am Ende war er zwar das Bild los, ohne Geld dafür zu bekommen, kam aber ohne eine Strafe davon."

Als Piero mit seinem Bericht fertig war, herrschte für einige Momente Schweigen. Dann unterbrach Elena die Stille.

„Ich dachte, es geht hier um die Entführung von Francesca, stattdessen beschäftigt ihr euch mit illegalem Kunsthandel. Was hast denn das alles mit der Suche nach Francesca zu tun?“

„Genau dieselbe Frage haben wir uns seit gestern auch schon mehrfach gestellt“, bestätigte Max den Einwand seiner Tochter. „Außer dem Hinweis von Sandrinelli, dass er Riva verdächtige, hinter der Entführung zu stecken, gibt es bisher keine Verbindung zwischen dem Verschwinden von Francesca und dem für uns noch nicht ganz durchschaubaren Kunsthandel.“

Francesco wusste darauf auch keine Antwort, hakte aber noch einmal bei Piero nach.

„Hast du noch weitere Infos über Alfredo?“

„Ja, aber nichts Weltbewegendes. Er ist siebenundzwanzig, gelernter Bäcker und arbeitet seit Beginn seiner Lehrzeit in einer kleinen Bäckerei im *Borgo*. Die Bäckerei ist nur wenige Querstraßen von Enzos Werkstatt entfernt, und auch die Wohnungen der beiden liegen nur wenige Gehminuten auseinander.“

Francesco notierte sich die genaue Adresse von Alfredos Wohnung sowie den Namen und die Anschrift der Bäckerei, in der er beschäftigt war. Diese Informationen reichten ihm aber nicht.

„Wenn wir uns eine Zeit lang an seine Fersen heften wollen, dann müssten wir jetzt noch wissen, wie Alfredo aussieht. Kannst du uns per Mail auch noch ein Foto schicken, Piero?“

„Das ist kein Problem. Das letzte Foto in unseren Akten ist zwar schon zwei Jahre alt, aber bestimmt könnt ihr ihn anhand dieses Fotos erkennen.“

Max kam sofort der mutmaßliche anonyme Anrufer von der *Stazione Piramide* in den Sinn.

„Trägt er auf dem Foto zufällig einen Bart?“

„Nicht direkt, nur einen Dreitagebart. Auch auf den älteren Fotos, die ich von ihm gesehen habe, hatte er nie einen Bart. Warum fragst du, Max?“

Piero war ziemlich überrascht, als er hörte, dass sie eine vage Beschreibung des potentiellen anonymen Anrufers hatten.

„Warum habt ihr mich darüber nicht sofort informiert? Der Zeitungshändler hätte doch längst unsere Verbrecherkartei durchblättern und nach einem Foto von dem Bärtigen suchen können.“

Francesco und Max hatten sich bereits kurz über diese Möglichkeit unterhalten, aber da sie nicht glaubten, dass die Entführer Profis waren, sondern eher aus dem persönlichen oder geschäftlichen Umfeld von Sandrinelli kamen, hatten sie vorerst darauf verzichtet. Piero bot ihnen an, jederzeit noch darauf zurückkommen zu können.

„Wie wollt ihr denn jetzt weiter vorgehen, nachdem ich euch die Infos über Alfredo Riva geliefert habe, Francesco?“

„Sobald du uns auch noch sein Foto geschickt hast, wird sich einer von uns vor der Bäckerei postieren, damit er nur unter unserer Beobachtung seinen Arbeitsplatz verlassen kann. Dann dürfen wir ihn nicht mehr aus den Augen lassen, vielleicht führt er uns tatsächlich zu Francescas Versteck.“

„Und wenn sich Sandrinellis Verdacht als komplett falsch erweisen sollte, was dann?“

„Dann haben wir immer noch ein zweites Eisen im Feuer, von dem ich dir noch nichts erzählt habe.“

Piero bekam von Francesco eine Kurzversion der Überlegungen zu hören, die zu dem Ergebnis geführt hatten, Martina als Spitzel bei der Firma Sandrinelli einzuschleusen.

„Mein lieber Mann, ihr seid ganz schön mutig, eine Sechzehnjährige in die Höhle des Löwen zu schicken. Habt ihr keine Angst, dass ihr dort etwas zustoßen könnte?“

Max versuchte Pieros Bedenken zu zerstreuen.

„Wenn ich Angst um meine Tochter haben müsste, dann hätte ich sie bestimmt nicht dorthin geschickt. Wir haben ihr als Tarnung einen neuen Namen verpasst, und außer Sandrinelli selbst weiß in der Firma wirklich niemand, was der eigentliche Grund ihres Praktikums ist. Außerdem weiß Martina, dass sie auf keinen Fall etwas auf eigene Faust unternehmen darf, wenn sie dort den Entführern tatsächlich auf die Schliche kommen sollte.“

Piero blieb skeptisch, sicherte ihnen aber nochmals seine volle Unterstützung zu, falls sie weiter seine Hilfe benötigten oder an einem Punkt ankommen sollten, an dem sie trotz der Warnung der Kidnapper die *Carabinieri* einschalten wollten.

„Und heute Abend muss ich wohl damit rechnen, dass ihr mich alleine ins Stadion gehen lasst."

„Piero, du weißt, wie gerne Max und ich mitkommen würden, aber Francesca geht heute auf alle Fälle vor. Wir müssen einfach abwarten, was sich heute im Laufe des Tages noch ergibt, vielleicht schaffen wir es ja doch, rechtzeitig bis zum Anpfiff im Olympiastadion zu sein."

Nach dem Telefonat mit Piero waren sie sich schnell einig, dass Max für das Observieren von Alfredo Riva zuständig sein sollte. Wenn sie sich parallel dazu noch einmal an die Fersen von Enzo Riva heften wollten, dann war es am sinnvollsten, wenn diese Aufgabe wieder Francesco übernehmen würde.

„Wann soll ich mich spätestens an der Bäckerei auf die Lauer legen?", rätselte Max.

Elena hatte schnell eine Antwort parat.

„Als Bäcker fängt er doch bestimmt spätestens um vier Uhr an. Rechne acht Stunden dazu, Papa, dann hat er wahrscheinlich schon ab Mittag frei."

„Da könntest du Recht haben", bekräftigte Francesco Elenas Vermutung und sah auf die Uhr. Es war kurz vor halb elf.

„Wir sollten spätestens in einer Stunde los, damit du rechtzeitig vor der Bäckerei bist und ich Enzos Werkstatt erreiche, bevor er in die Mittagspause geht."

„Willst du mitgehen, Elena?", fragte Max und überraschte damit seine Tochter und seinen Schwager gleichermaßen.

Elena war sofort Feuer und Flamme.

„Bei der Überwachung und der anschließenden Verfolgungsjagd bin ich natürlich sofort dabei", jubilierte sie.

„Ob gleich eine Verfolgungsjagd daraus wird, kann ich dir nicht versprechen. Vielleicht wird es auch eine ganz langweilige Angelegenheit."

„Das glaube ich nicht. Ich habe doch noch nie jemanden beschattet. Bestimmt wird es sehr aufregend."

Francesco war ganz offensichtlich nicht sehr begeistert von Max' Vorschlag, aber er kannte seinen Schwager so gut, um zu wissen, dass er Elena dieses Angebot nicht ohne Hintergedanken gemacht hatte und er schon noch eine Erklärung dafür bekommen würde. Er schlug vor, wieder ins Arbeitszimmer seines Vaters zurückzugehen.

„Wahrscheinlich ist die Mail von Piero mit Alfredos Foto inzwischen schon angekommen."

„Ich komme gleich nach", rief Elena den beiden hinterher. Sie wollte sich noch schnell die Semmel, die ihr Max übrig gelassen hatte, als Proviant zurechtmachen. Als sie dann ins Arbeitszimmer kam, druckte Francesco gerade das Foto von Alfredo Riva aus.

„Einmal reicht doch", meinte Max, weil Francesco gerade nochmals „Drucken" anklickte.

„Vielleicht kann ich das zweite Foto heute auch noch gebrauchen", entgegnete Francesco, ohne eine Erklärung dafür abzuliefern. Er faltete den zweiten Druck zusammen, steckte ihn in seine Hemdtasche und gab Max das erste Exemplar.

„Von mir aus können wir gleich starten."

Max war auch startklar, Elena wollte sich nur noch ihren kleinen Rucksack aus dem Schlafzimmer herunterholen.

„Sagst du Mama noch, dass ich mit euch mitfahre, Papa? Ich glaube, sie sitzt im Wohnzimmer. Aber erwarte nicht, dass sie sich sonderlich darüber freuen wird."

„Sie weiß schon, dass ich vorgehabt habe, dich eventuell mitzunehmen, deshalb wird sie nicht allzu überrascht sein."

Chiara nahm die Nachricht auch erstaunlich gelassen hin, weil sie nicht befürchtete, dass Elena beim Oberservieren von Alfredo Riva etwas zustoßen könnte.

„Seid ihr bis zum Abendessen wieder zurück?"

Francesco lachte laut los.

„Jetzt fragst du schon wie Mama. Wie es bei uns beiden aussieht, kann ich nicht sagen, aber Elena sollten wir in jedem Fall nach Hause schicken, bevor es finster wird. Max, am besten nehmen wir gleich unsere Eintrittskarten für heute Abend mit, damit wir, falls wir es zeitlich doch hinbekommen sollten, gleich zum Stadion gehen können, ohne vorher noch einmal hierher zurückkommen zu müssen."

„Gute Idee. Aber ob Elena sich so einfach heimschicken lässt, bloß weil es finster wird, bezweifle ich stark."

„Max, das wäre mir aber auch lieber", war die verständliche Reaktion von Chiara.

„Mach dir mal keine Sorgen, Chiara, wir wissen ja noch nicht einmal, wie lange wir überhaupt unterwegs sein werden. Ich pass auf unsere Kleine schon auf."

„Ich bin nicht klein“, protestierte Elena, die im selben Augenblick zur Tür hereinkam. „Ich bin schon genauso groß wie Mama.“

„Dann pass ich eben auf unsere Jüngste gut auf“, korrigierte sich Max, und Elena war zufrieden.

Nachdem sich alle drei von Chiara verabschiedet und Francesco und Max auch noch ihre Eintrittskarten fürs Olympiastadion eingesteckt hatten, machten sie sich zu Fuß auf den Weg zur *Stazione Flaminio*, um mit der U-Bahn Richtung *Borgo* zu fahren.

In der *Cafeteria* der Firma Sandrinelli hörte Raffaele aufmerksam zu, was ihm Valentina alias Martina alles über sich zu erzählen hatte. Zum Glück war sie darauf gut vorbereitet, weil sie sich zusammen mit Max genügend falsche Informationen über sich selbst und ihre Familie ausgedacht hatte. So konnte sie nun, ohne lange zu überlegen, dem neugierigen Juniorchef ihre Lügengeschichte auftischen, was ihr sichtlichen Spaß bereitete. Da wurde aus ihrer Schwester Elena ihr Bruder Martin, ihren Wohnort verlegte sie von Rosenheim nach München, aus dem Vater bei der Kripo wurde der Monteur am Band von BMW und aus der Römerin Chiara die in *Perugia* geborene Mama Antonia. Nur bei ihren Plänen für die Zeit nach dem Abitur konnte Martina bei der Wahrheit bleiben, weil es für sie durchaus vorstellbar war, wenigstens eine Zeit lang in Italien zu arbeiten und dabei etwas im kaufmännischen Bereich zu tun.

„Jetzt musst du mir aber auch ein bisschen was von dir erzählen. Du hast ja richtig Glück gehabt, dass du in diese große Firma praktisch hineingeboren wurdest.“

An Raffaeles Blick sah Martina, dass er in dieser Hinsicht etwas anderer Meinung war und sie anscheinend einen ziemlich wunden Punkt bei ihm getroffen hatte.

„Vielleicht hört sich das für dich jetzt komisch an, aber ich habe mir schon öfter gewünscht, dass es anders wäre. Natürlich hatten Sergio und ich den Vorteil, dass wir uns nie Gedanken machen mussten, wo wir nach dem Studium einen sicheren Arbeitsplatz finden könnten, aber den eigenen Vater als Chef zu haben, ist oft alles andere als lustig. Zumindest bei uns ist das so.“

Während ihrer kurzen Besprechung mit Paolo Sandrinelli hatte Martina bereits mitbekommen, wie aufbrausend er sein konnte und in welchem Ton er seine Sekretärin und seinen Sohn herumkommandiert hatte.

„Hast du dir nie überlegt, dir woanders einen Job zu suchen?"

„Natürlich habe ich schon öfter mit diesem Gedanken gespielt, ihn dann aber letztlich wieder verworfen."

„Warum?"

„Der Alte wäre imstande und würde mich enterben, wenn ich die Firma verlassen würde. Für ihn war von Anfang an klar, dass Sergio und ich Betriebswirtschaft studieren müssen und danach hier arbeiten werden. Aber manchmal denke ich mir, dass er seine Angestellten besser behandelt als seine eigenen Söhne. Er meint, er müsste uns jeden Handgriff vorschreiben, für Eigeninitiative bleibt da nicht viel Platz. Jeder der Angestellten könnte doch ganz einfach kündigen, wenn es ihm hier nicht mehr gefallen sollte, aber bei Sergio und mir sieht das eben anders aus, da ginge das nicht so einfach."

Raffaele war gerade dabei, sich richtig in Rage zu reden, stoppte aber abrupt. Bislang waren sie alleine in der *Cafeteria* gesessen, nur zweimal waren Angestellte hereingekommen, hatten sich an der Kaffeemaschine bedient und waren sofort wieder gegangen. Nun aber hatten sich drei Frauen, nachdem sie sich etwas zu trinken geholt hatten, an den Nebentisch gesetzt. Eine von ihnen war Caterina Moresco, die Chefsekretärin, die beiden anderen kannte Martina noch nicht. Raffaele wechselte sofort das Thema.

„Buongiorno Signore", begrüßte er die drei. „Das trifft sich gut, Sie hier zu sehen, da kann ich Ihnen gleich unsere Praktikantin Valentina Bauer vorstellen. Sie wird sich heute oder morgen eine Zeit lang bei Ihnen im Sekretariat aufhalten."

„Signora Moresco kenne ich schon", stellte Martina fest, stand auf, ging zum Nebentisch hinüber und gab den beiden Unbekannten die Hand.

„Das sind Stella Mandani und Graziana Rubino, unsere Sekretärinnen", erklärte ihr Raffaele.

„Ich freue mich darauf, etwas über Ihre Arbeit zu erfahren", sagte Martina höflich und versuchte sich die beiden Gesichter sofort gut einzuprägen, weil die zwei Sekretärinnen auch auf der Namensliste standen, die ihr Sandrinelli mitgegeben hatte.

Stella Mandani und Graziana Rubino lächelten betont freundlich, als sie Martina begrüßten und ihr einen schönen und interessanten Aufenthalt in ihrer Firma wünschten.

„Jetzt sollten wir aber erst einmal unsere Runde durch die verschiedenen Abteilungen machen, Valentina.“

Raffaele wandte sich zur Tür, und Martina ging ihm hinterher, nicht ohne sich noch einmal umzudrehen, um den drei Damen „Bis später“ zuzurufen.

„Wenn du willst, können wir uns beim Mittagessen weiter unterhalten“, schlug Raffaele im Hinausgehen vor.

Nach dem bisherigen Verlauf ihrer Begegnung mit Raffaele hatte Martina bereits erwartet, dass er mit ihr auch die Mittagspause verbringen wollte.

„Das können wir gerne machen.“

Vor der Tür der *Cafeteria* fiel ihr auf, dass sie ihre Jacke über der Stuhllehne hängen gelassen hatte.

„Ich hab meine Jacke vergessen, warte einen Moment, ich bin gleich wieder da.“

Die drei Sekretärinnen bemerkten nicht sofort, dass Martina noch einmal zurückgekommen war, deshalb konnte sie den letzten Satz von Caterina Moresco noch aufschnappen.

„Er ist und bleibt eben ein Weiberheld, aber wir wissen ja, wo er es herhat.“

Martina tat so, als hätte sie nichts davon gehört, nahm wortlos ihre Jacke und ging wieder zu Raffaele hinaus.

Der Rundgang durch das Verwaltungsgebäude der Firma Sandrinelli sowie die angrenzenden Lagerhallen war für Martina sehr interessant, auch wenn sie dabei, was die Entführung von Francesca betraf, keine neuen Informationen bekam. In den riesigen, hohen Lagerhallen und Kühlhäusern erklärte ihr Raffaele, auf welchem Weg die Lebensmittel angeliefert wurden, wie die Zwischenlagerung erfolgte und wie die Verteilung und der Weitertransport zu den *Ristoranti*, *Alimentari*-Läden und den Kunden im Ausland organisiert war. Ein Lieferwagen nach dem anderen verließ die Rampe, an der die Waren verladen wurden.

„Die Lieferwägen sind auf dem Weg zu unseren Kunden in Rom und Umgebung, die großen Laster machen sich größtenteils auf den Weg nach Deutschland.“

„Habt ihr eigene Läden in Deutschland? Ich kann mich nicht erinnern, dort schon einmal einen gesehen zu haben.“

„Nein, eigene Läden betreiben wir nicht, auch hier in Rom nicht, obwohl der Ursprung unserer Firma ein von unserem Opa gegründeter *Alimentari*-Laden war.“

Von der Verladerampe gingen sie über den Firmenparkplatz zum Haupteingang des Verwaltungsgebäudes zurück. Der Parkplatz, auf dem am Morgen Sergios *Lancia* gestanden hatte, war leer, dafür waren jetzt links und rechts davon der schwarze 7er BMW von Paolo Sandrinelli sowie der rote *Alfa Romeo* Spider von Raffaele abgestellt.

„Der rote ist meiner.“

„Angeber“, dachte sich Martina spontan, antwortete ihm aber so, dass sie sich praktisch selbst zu einer Fahrt mit dem roten Spider einlud.

„Ich bin noch nie mit einem Cabrio mitgefahren.“

„Wirklich? Dann wird es aber höchste Zeit. Das *Ristorante*, in das ich mittags öfter gehe, ist nicht weit weg, aber für eine kleine Spritztour reicht es schon.“

„Der Flitzer war bestimmt teuer, oder?“

„Er läuft über die Firma, selbst könnte ich mir so ein Auto nicht unbedingt leisten.“

Martina sah ihn verwundert an.

„Du als Firmeninhaber?“

„Wo denkst du hin, Sergio und ich haben noch keine Anteile an der Firma. Bevor der Alte den Löffel nicht abgibt, gibt der doch nichts aus der Hand. Er hält uns ja selbst beim Gehalt sehr knapp. Das Einzige, was er uns sonst noch zugesteht, ist der Firmenwagen.“

„Und dein Bruder und du, ihr nehmt das einfach alles so widerspruchslos hin?“

„Was bleibt uns denn anderes übrig? Unser Vater steht auf dem Standpunkt, dass wir heilfroh sein können, unsere Jobs in der Firma zu haben, die Firma erben würden wir noch früh genug. Ich habe es in der *Cafeteria* schon erwähnt, dass er imstande wäre, uns zu enterben, wenn wir auf die Idee kämen, uns außerhalb seiner Firma einen Job zu suchen.“

Abermals mussten sie ihre Diskussion unterbrechen, weil ihnen an der Eingangstür des Verwaltungsgebäudes einige Mitarbeiter entgegenkamen.

„Ich denke, es ist am sinnvollsten, wenn du dir heute für den Rest des Tages die Verkaufsabteilung ansiehst und dann morgen Vormittag unseren Sekretärinnen über die Schulter schaust. Und morgen Mittag können wir dann besprechen, wo du am Nachmittag hingehst. Das lassen wir noch offen, du kannst dann selbst entscheiden, was du noch gerne sehen willst."

„Okay, wann willst du Mittagspause machen?"

Martina wollte es sich gerne gefallen lassen, vom Junior-Chef zum Mittagessen ausgeführt zu werden. Aufgrund des Altersunterschiedes hätte er zwar sogar ihr Vater sein können, aber sie fand ihn ganz nett und entgegen dem ersten Eindruck mittlerweile auch nicht mehr zu aufdringlich, obwohl er sie auch während des Rundgangs durch die Firma immer wieder mit eindeutigen Blicken gemustert hatte. Sie überlegte kurz, ob ihr Robert etwa eifersüchtig sein würde, wenn er wüsste, dass sie sich von einem Italiener im Cabrio zum Mittagessen chauffieren lassen würde. Aber nachdem sie Raffaele nach den zwei Praktikumstagen bestimmt nie wieder sehen würde, dachte sie sich, dass sie kein schlechtes Gewissen haben müsste. Im Gegenteil, wenn die Geschichte mit Francesca ausgestanden war, hätte sie bei ihrem Wiedersehen mit Robert mit Sicherheit ein spannendes Reiseerlebnis zu erzählen.

„Sollen wir um ein Uhr los, Valentina?"

„Von mir aus."

„Gut, dann treffen wir uns direkt bei meinem Auto."

Inzwischen hatten sie über die Treppe die Verkaufsabteilung im ersten Stock erreicht. Raffaele brachte Martina zu Lorenzo Vironi, dem Leiter des Verkaufs, dem er Martina am Anfang ihres Rundganges bereits vorgestellt hatte, und verabschiedete sich.

„Nun muss ich auch endlich nachschauen, was sich in der Zwischenzeit auf meinem Schreibtisch alles angesammelt hat. Bis später."

Signor Vironi war sehr freundlich und nahm sich zwanzig Minuten Zeit, um Martina in seinem Büro die Aufgaben der einzelnen Teams innerhalb seiner Abteilung zu erklären. Als er zwischendurch einmal kurz nach draußen gerufen wurde, holte Martina schnell den Zettel, den ihr Sandrinelli mitgegeben hatte, aus ihrer Tasche und sah sich die sechs Namen an, die unter der Überschrift „Verkauf“ notiert waren. Einer davon war Lorenzo Vironi.

„Wieder einer, den ich genau beobachten muss.“

Nach seiner detaillierten Einführung begleitete *Signor* Vironi Martina in das Großraumbüro, in dem die eingehenden Bestellungen in Empfang genommen und weiterbearbeitet wurden. Dort stellte er sie vier Damen vor, die gerade beieinanderstanden und über ein Problem mit einem Kunden diskutierten. Vironi bat sie, sich um die Praktikantin zu kümmern, ihre Fragen zu beantworten und ihr die Arbeitsabläufe zu erklären. Als Martina die vier Namen hörte, wusste sie, dass zwei davon ebenfalls auf Sandrinellis Liste standen, Alessandra Duro und Nina Novese.

„*Signorina* Bauer, setzen Sie sich am besten direkt neben mich.“

„Vielen Dank, *Signora* Duro. Sie können aber ruhig Valentina zu mir sagen, sonst komme ich mir gleich so alt vor.“

„Also gut, Valentina, ich habe gerade mehrere Bestellungen auf den Tisch bekommen, da kannst du dir als Einstieg gleich einmal ansehen, wie die Abwicklung einer Bestellung abläuft.“

Martina zog sich einen Stuhl, der bei einem unbesetzten Schreibtisch stand, zum Platz von *Signora* Duro herüber und war gespannt darauf, wie die Arbeit in so einer großen Abteilung ablaufen würde. Als sich die drei anderen Mitarbeiterinnen auch wieder setzten, sah sie, dass die Schreibtische von Nina Novese und Alessandra Duro direkt nebeneinander standen.

„Das passt doch alles wunderbar“, dachte sich Martina. „Jetzt kann ich euch beide gut beobachten und die Ohren spitzen, ob ihr eine genauso tolle Meinung vom Chef habt wie sein eigener Sohn.“

20

„Papa, wann passiert denn jetzt endlich etwas? Oder meinst du, dass er gar nicht mehr da ist?"

Elena und Max standen seit einer Dreiviertelstunde in der Nähe der Bäckerei, in der Alfredo Riva arbeitete. Als die beiden dort eingetroffen waren, hatte sich Max zuerst vergewissert, dass es keinen Hinterausgang gab, durch den Alfredo unbemerkt seinen Arbeitsplatz verlassen konnte.

„Er ist bestimmt noch da, Elena. Vielleicht muss er gar nicht so früh anfangen, wie wir vermutet haben, dann könnte es schon sein, dass es noch eine Weile dauert, bis er herauskommt."

„Das Observieren habe ich mir viel spannender vorgestellt."

„Ich habe dir doch gleich gesagt, dass es auch etwas langweiliger werden kann, wenn man länger warten muss, bis etwas passiert."

Allzu lange mussten sich die beiden aber doch nicht mehr gedulden. Ein paar Minuten später sah Max nämlich, dass Enzo Riva die Gasse entlangkam und auf die Bäckerei zusteuerte. In sicherer Entfernung folgte ihm Francesco. Enzo blieb vor der Eingangstür stehen und schien nun seinerseits auch auf seinen Bruder zu warten. Der kam wenige Minuten später bei der Tür heraus.

„*Ciao* Enzo."

„*Ciao* Alfredo."

Max und Elena standen nahe genug, um hören zu können, wie sich die beiden Brüder begrüßten.

„Das Foto von ihm hatten wir gar nicht gebraucht, Papa", flüsterte Elena.

„Richtig, aber wir haben doch nicht ahnen können, dass er sich heute Mittag mit seinem Bruder trifft."

Alfredo trug eine große Papiertüte mit einem Aufdruck der Bäckerei bei sich und hatte zwei Flaschen *Acqua minerale* unter den Arm geklemmt. Ohne viele Worte zu verlieren, marschierten beide los, in unterschiedlichen Abständen von Elena und Max sowie von Francesco verfolgt. Elena war begeistert, dass sie nun doch noch zu ihrer Verfolgungsjagd kam. Max musste sie mehrfach bremsen, damit sie in ihrem Übereifer nicht zu nahe auf die beiden Rivas auflief. Diese spazierten auf dem kürzesten Weg durch den *Borgo* bis hin zum Petersplatz. Vier Tage vor Ostern waren dort schon sehr viele Pilger und Touristen unterwegs, aber nachdem sich die beiden Verfolgten wohl kaum zur Brotzeit in den Petersdom begeben würden, war es unwahrscheinlich, dass sie sich zusammen mit den Touristen bei der Sicherheitskontrolle unter den Kolonnaden anstellen würden. Dort hätte durchaus die Gefahr bestanden, die beiden im Getümmel aus den Augen zu verlieren, wenn man selbst etwas langsamer durch die Kontrollen kommen würde. Sie liefen zwar geradewegs auf die Kolonnaden zu, ließen sich aber dann auf dem Sockel einer der ersten Säulen nieder. Alfredo gab Enzo eine der beiden Wasserflaschen, öffnete die Papiertüte und ließ seinen Bruder hineingreifen. Der holte sich ein belegtes *Panino* heraus und biss hinein. Enzo nahm ein zweites heraus und zerknüllte mit der anderen Hand die leere Tüte. Während Francesco und Max noch beratschlagten, wo sie sich am besten postieren sollten, um die beiden belauschen zu können, ohne von ihnen entdeckt zu werden, preschte Elena vor.

„Lasst mich nur machen, von mir denken sie bestimmt nicht, dass ich sie bespitzel."

Bevor Max oder Francesco etwas sagen konnten, lief Elena los und setzte sich auf den Sockel der Säule, die in Richtung Petersdom den beiden Rivas am nächsten stand. Die nächste Säule in entgegengesetzter Richtung war bereits durch ein junges Pärchen, das ebenfalls Brotzeit machte, besetzt. Aus ihrem Rucksack holte Elena ein Notizbüchlein und einen Stift, ein Außenstehender hätte meinen können, sie würde eine kurze Pause nutzen, um etwas in ihrem Reisetagebuch aufzuschreiben.

„Siehst du, Francesco, es war keine schlechte Idee, Elena mitzunehmen. Sie kann sich ganz unauffällig so nahe zu den beiden setzen."

„Ich habe mir schon gedacht, dass du so etwas vorgehabt hast."

„Und nebenbei habe ich damit auch noch ihre schlechte Laune vertrieben, die sie hatte, seit sie von Martinas Einsatz bei Sandrinelli gehört hatte."

„Hast du mit Martina besprochen, dass sie sich in regelmäßigen Abständen bei dir melden soll?“

„Nein. Sie weiß, dass sie sofort bei mir anrufen muss, wenn sie etwas Entscheidendes herausfinden konnte. Ansonsten ist es bestimmt besser, sie ruft nicht ständig an. Wenn das ein eventueller Kidnapper mitbekommen würde, dann würde ihn das vielleicht nur misstrauisch werden lassen.“

Ohne Gefahr zu laufen, von Enzo Riva gesehen und wiedererkannt zu werden, konnten sich Max und Francesco ihm und Alfredo nicht weiter nähern. Deshalb standen sie zu weit weg, um hören zu können, was sie besprachen. Aber Elena schien eine Menge Infos zu bekommen, jedenfalls war sie fast pausenlos dabei, etwas in ihrem Notizbüchlein aufzuschreiben.

Plötzlich begann es zu regnen. Der Himmel war zwar den ganzen Vormittag schon etwas bewölkt gewesen, mit Regen hatten aber weder Max noch Francesco gerechnet, weshalb sie nun ohne Regenjacke oder Schirm dastanden. Wie viele andere Besucher des Petersplatzes auch retteten sie sich unter die Kolonnaden.

„Der Schauer ist bestimmt gleich wieder vorbei, Max. Dort hinten wird es schon wieder heller.“

„Hoffentlich hast du Recht. Schau mal dort vorne. Ich frage mich, wie die das immer machen!“

Max deutete zu den vielen fliegenden Händlern, die sich auf der *Piazza Pio XII.*, also auf der Verbindung der *Via della Conciliazione* mit dem Petersplatz, aufhielten. Weiter als bis zur Grenze des Vatikans konnten sie sich nicht vorwagen, da auf diesem Territorium der Straßenhandel nicht geduldet wurde. Bei schönem Wetter boten sie allerlei Souvenirs der Ewigen Stadt, billige Uhren und Schmuck oder auch Sonnenbrillen und Sonnenhüte an. Sobald es jedoch zu regnen begann, standen sie beladen mit unzähligen Regenschirmen parat, deren Mechanik und Gestänge jedoch so billig hergestellt waren, dass man sie oft schon nach dem ersten Gebrauch wegwerfen konnte.

„Schau, Francesco. Es fallen drei Tropfen Regen, und schon ist der ganze Krimskrams, den sie sonst anbieten, verschwunden, und es werden nur noch Regenschirme verkauft. Ich frage mich immer wieder, wie die das organisieren.“

„Genau kann ich dir das auch nicht erklären, aber wahrscheinlich haben sie in der Nähe alle einen Lagerplatz oder Lieferwägen für ihre Waren, wo sie ihr Angebot ganz schnell austauschen können."

Als der Regen einsetzte, standen Alfredo und Enzo auf und setzten sich auf der vom Petersplatz abgewandten Seite ihrer Säule wieder auf den Sockel, um bei ihrem Mittagessen nicht nass zu werden. Elena tat es ihnen gleich und notierte fleißig weiter, was die beiden zu besprechen hatten. Wenig später stand Enzo wieder auf und ging weg. Francesco wollte ihm sofort folgen, aber Elena kam Francesco entgegengelaufen und hielt ihn auf.

„Du brauchst ihn jetzt nicht zu beschatten, Onkel Francesco, er geht nur zur Toilette. Alfredo wartet auf seinem Platz an der Säule auf ihn."

Max kam dazu und schob Francesco und Elena etwas zur Seite, sodass er selbst Alfredo noch im Blick hatte, dieser aber die beiden anderen nicht sehen konnte.

„Also erzähl, Elena, worüber haben sie sich die ganze Zeit unterhalten?"

„Zuerst war es überhaupt nicht interessant, da haben sie nur über Krankheiten und ihren Vater gesprochen. Dann wollte Alfredo wissen, ob sich Enzo das Gemälde schon im Original angeschaut hat."

„Das Gemälde, über das er sich mit dem Unbekannten in der *Trattoria* unterhalten hat?", fragte Francesco ungeduldig.

„Das weiß ich nicht. Auf alle Fälle geht es um das Gemälde *La crocifissione di San Pietro* von Caravaggio, es hängt in der *Cappella Cerasi* der *Chiesa Santa Maria del Popolo*. Enzo will heute Nachmittag um vier hinfahren, es sich genau anschauen und fotografieren, damit er es malen kann."

„Also geht es doch nur um die Kopie des Gemäldes. Aber warum soll die Kopie Tausende Euro kosten? Sollte ich mich bei dem Preis so verhört haben?", rätselte Francesco.

„Warte, Onkel Francesco, es kommt noch etwas. Alfredo will demnächst auch zur *Chiesa Santa Maria del Popolo* fahren. Soviel ich gehört habe, will er sich aber nicht unbedingt die Kreuzigung Petri anschauen, sondern er will gleich einmal die Lage checken."

„Die Lage checken?“, wiederholten Max und Francesco.

„Ja, das hat er wörtlich gesagt: Ich werde spätestens nächste Woche zu der Kirche hinfahren und gleich einmal die Lage checken. Außerdem hat er noch gemeint, dass er hernach seinen Vater kurz besuchen wird, dann aber heute nichts mehr unternehmen will, weil er endlich einmal wieder ausschlafen muss. Wegen der bevorstehenden Osterfeiertage muss er nämlich morgen eher als sonst an seinem Arbeitsplatz sein, er muss um drei Uhr aufstehen, damit er pünktlich um halb vier in der Bäckerei ist.“

„Über Francesca haben sie überhaupt nicht gesprochen?“

„Nein, Papa, zu Francesca ist kein einziges Wort gefallen.“

„Wieder nicht“, seufzte Francesco und stellte resignierend fest: „Dann waren unsere bisherigen Bemühungen, was die beiden angeht, also völlig umsonst.“

Max war anderer Meinung.

„Nicht ganz, Francesco. Das, was Elena gerade belauscht hat, deutet für mich schon sehr darauf hin, dass da mit dem Gemälde anscheinend doch ein unsauberes Geschäft läuft. Denn warum sollte Alfredo in der Kirche die Lage checken, wenn es nur darum ginge, dass Enzo eine Kopie des Gemäldes anfertigt?“

„Was glaubst du, was dahintersteckt, Max?“

„Ich weiß es noch nicht, aber für mich stinkt die ganze Sache schon gewaltig.“

Aus dem Augenwinkel heraus sah Max, dass Enzo von der Toilette zurückkam.

„Enzo ist wieder da. Wenn sie gleich aufbrechen, sollten wir ihnen trotzdem auf den Fersen bleiben, so lange, bis Enzo die Werkstatt und Alfredo seine Wohnung erreicht hat.“

Francesco wollte danach aber das Observieren von Enzo nicht komplett einstellen.

„Um vier werde ich auf alle Fälle in der *Chiesa Santa Maria del Popolo* sein und beobachten, was er dort alles treibt.“

„Elena und ich, wir werden Alfredo noch so lange begleiten, bis er zu Hause ist, danach wird bei ihm wohl heute nichts mehr passieren.“

„Anschließend könntet ihr den Posten vor Enzos Werkstatt übernehmen, damit wir wissen, ob er tatsächlich erst kurz vor vier in Richtung *Chiesa* aufbricht.“

„Und was willst du in der Zwischenzeit machen, Francesco?“

„Ich werde mit der *Metropolitana* zuerst zur *Stazione Circo Massimo* fahren, um mich dort nach mögliche Zeugen des dritten anonymen Anrufs umzusehen, danach fahre ich weiter zur *Stazione Piramide,* ich will dem Zeitungshändler zur Sicherheit noch Alfredos Foto zeigen.“

„Aber, Onkel Francesco, was soll das bringen? Was die Entführung von Francesca angeht, sind wir doch bei den beiden völlig auf dem falschen Dampfer. Außerdem hatte der Anrufer doch einen Bart, deswegen kann es Alfredo gar nicht gewesen sein.“

„In Bezug auf Enzo gebe ich dir Recht, Elena. Da bin ich mittlerweile auch der Meinung, dass er mit dem Verschwinden von Francesca nichts zu tun hat.“

„Na also, warum willst du dann noch wegen Alfredo durch die Gegend fahren?“

„Weil ich mir bei Alfredo eben nicht so sicher bin, dass er an der Entführung nicht beteiligt ist. Wer gibt uns denn die Garantie, dass er es nicht ohne Wissen seines Bruders angestellt hat? Sandrinelli kennt Alfredo, also wird er umgekehrt auch Sandrinelli kennengelernt haben. Vielleicht hat er durch Zufall von Francesca erfahren und dann ist seine kriminelle Energie wieder einmal erwacht, weil er die Möglichkeit gesehen hat, schnell reich zu werden. Und was den Bart betrifft, Elena, denk mal an den Fasching. Es gibt auch Bärte, die man sich ankleben kann.“

Dieses Argument überzeugte Elena, und auch Max gab zu, an diese Möglichkeit noch nicht gedacht zu haben.

In der Zwischenzeit hatte der Regen aufgehört, es tröpfelte nur noch leicht. Langsam wagten sich die Touristen wieder unter den Kolonnaden hervor, und auch Alfredo und Enzo brachen auf. Francesco, Max und Elena folgten ihnen wieder, bis sich in der Nähe von Enzos Werkstatt ihre Wege trennten. Enzo ging sofort zu seiner Werkstatt und begann wieder zu arbeiten. Alfredo machte anscheinend wie angekündigt einen Besuch bei seinem Vater, denn an dem Haus, in das er gegangen war, stand auf einem der Klingelschilder der Name Salvatore Riva. Das zu überprüfen, hatte sich Elena nicht nehmen lassen. Sein Besuch dauerte aber nicht allzu lange, schon nach einer knappen halben Stunde kam er wieder heraus und ging ohne Umweg zu der Adresse, die Piero ihnen als seinen Wohnort mitgeteilt hatte.

„Ich glaube, jetzt ist unsere Arbeit erst einmal erledigt, Elena. Wenn es stimmt, was du gehört hast, dann wird er wahrscheinlich das Haus heute nicht noch mal verlassen."

„Warum sollte das nicht stimmen? Übrigens hab ich jetzt richtig Hunger, Papa."

„Dann lass uns gleich zum Essen gehen, mir knurrt der Magen auch schon eine ganze Weile."

Sie fanden in der Nähe eine kleine *Pizzeria*, in der die *Pizze* nach traditioneller Art im Holzofen gebacken wurden. Max bestellte sich wie fast immer eine *Pizza* mit Salami, Elena aß am liebsten eine *Pizza Funghi*. Während sie aufs Essen warteten, rätselte Elena, welche Möglichkeiten ihnen jetzt noch blieben, Francesca vor Ablauf des Ultimatums der Entführer zu finden.

„Papa, was willst du unternehmen, wenn der Zeitungshändler unsere Vermutung bestätigt, dass Alfredo nicht der anonyme Anrufer war?"

„Die Idee mit dem angeklebten Bart klingt zwar nachvollziehbar, aber im Gegensatz zu Onkel Francesco glaube ich nicht, dass Alfredo die Entführung ohne seinen Bruder durchgezogen haben könnte. Ich denke, wir müssen uns damit abfinden, dass uns Sandrinelli mit seinem Verdacht auf eine völlig falsche Spur gebracht hat."

„Meinst du, er hat das absichtlich gemacht? Vielleicht, um von sich selbst abzulenken, weil er auch mit darin verwickelt ist?"

Max war einen Moment sprachlos, auf welche abwegigen Gedanken Elena wieder einmal kam und schüttelte den Kopf.

„Nein, das kann ich mir beim besten Willen nicht vorstellen und das ergäbe auch gar keinen Sinn. Zum einen denke ich nicht, dass sein Entsetzen über die Entführung gespielt war, zum anderen hat er doch nichts davon, wenn er eine Entführung inszeniert, bei der er selbst der Einzige ist, der das Lösegeld aufbringen muss. Also, wo sollte da ein Grund für so ein Schauspiel sein?"

„Wie viel wird seine Firma wert sein?"

„Das kann ich dir nicht sagen, dazu müsste man vielleicht einen Unternehmensberater oder Wirtschaftsprüfer befragen.

Aber etliche Millionen werden es schon sein, denn ohne entsprechendes Vermögen würde ihm seine Bank so auf die Schnelle sonst nicht die vier Millionen bereitstellen. Worauf willst du hinaus?“

„Du hast mir doch erzählt, dass er Francesca geheim gehalten hat, damit seine Frau sich nicht scheiden lässt, weil ihn das wahrscheinlich die Hälfte seines Vermögens kosten würde. Mit einer fingierten Entführung hätte er zwei Fliegen mit einer Klappe geschlagen. Er zieht vier Millionen aus der Firma, damit später für seine Frau weniger übrig bleibt, und weil sie wegen der Entführung erfährt, dass er eine Tochter hat, provoziert er damit auch die Scheidung, sodass er dann endlich zu Nicoletta und Francesca ziehen kann.“

„Meine Kleine, ich glaube, du liest zu viele Krimis und Romane, sonst würdest du nicht auf solche abenteuerlichen Ideen kommen.“

„Warum? Möglich wäre das doch.“

„Elena, du hast nicht gesehen, in welchem furchtbaren Zustand sich Nicoletta Sorano wegen der Entführung ihrer Tochter befindet, sie steckt in keinem Fall dahinter. Außerdem ist die Firma von Sandrinelli bestimmt viel mehr wert, als dass er sich damit begnügen würde, vor einer eventuellen Aufteilung zwischen ihm und seiner Frau nur vier Millionen auf die Seite zu schaffen. Du hast dir eine interessante Geschichte ausgedacht, aber mit der Realität dürfte sie nichts zu tun haben.“

Elena war ziemlich enttäuscht, dass Max ihre Idee so rigoros verworfen hatte. Sie kam aber nicht mehr dazu, dagegen noch einmal etwas einzuwenden, da gerade ihre herrlich duftenden *Pizze* serviert wurden und sie sich sofort mit Heißhunger darauf stürzten. Max hatte seine *Pizza* schneller aufgegessen.

„Wenn wir die Rivas jetzt einmal abhaken, dann können wir nur noch hoffen, dass unser zweiter Gedanke, nämlich dass die Entführer in Sandrinellis Firma sitzen, richtig ist und dass uns Martina dafür die entscheidenden Hinweise liefern kann.“

Max hatte es gewagt, diesen heiklen Punkt anzusprechen, weil Elena den Mund noch voll hatte. An ihrem Gesichtsausdruck sah er, dass ihr Ärger darüber noch immer nicht ganz verraucht war. Als sie am letzten Stück *Pizza* kaute, wollte er deshalb lieber wieder von diesem Thema ablenken.

„Sollen wir uns noch einen Nachtisch genehmigen?"

Elena nickte heftig und grinste. Für einen süßen Nachtisch war sie immer zu begeistern. So bestellten sie sich beide einen Eisbecher und Max anschließend noch den obligatorischen *Espresso*.

„Meinst du, wir sollten zwischendurch mal bei Mama anrufen?"

„Das ist eine gute Idee, Elena. Damit warten wir aber besser, bis wir draußen sind. Hier drin muss das nicht unbedingt sein, mich stört es auch immer, wenn während des Essens am Nebentisch telefoniert wird."

Max gab dem *Cameriere* ein Zeichen, bat ihn um die Rechnung und gab ihm beim Bezahlen für das ausgezeichnete Essen ein ordentliches Trinkgeld. Nachdem sie die *Pizzeria* verlassen hatten, gingen sie langsam in Richtung von Enzos Werkstatt, und Max griff zum Handy, um Chiara anzurufen und ihr einen kurzen Bericht über das, was sich im *Borgo* seit dem späten Vormittag alles zugetragen hatte, zu erstatten.

Martina hatte einen sehr interessanten ersten Vormittag in der Firma Sandrinelli gehabt. Die Zeit, die sie in der Verkaufsabteilung bis zur Mittagspause zugebracht hatte, war wie im Flug vergangen, denn es war für sie spannend und lehrreich zugleich gewesen, von wie vielen verschiedenen Kunden allein innerhalb der knapp zwei Stunden, die sie in der Abteilung war, Bestellungen eingingen und wie diese von *Signora* Duro und ihren Kolleginnen bearbeitet wurden. Obwohl zwischendurch immer wieder Angelegenheiten besprochen wurden, die nicht direkt mit den aktuellen Bestellungen zu tun hatten oder teilweise sogar gänzlich privat waren, hatte Martina bis zur Mittagspause in der Verkaufsabteilung keinen einzigen Hinweis aufgeschnappt, der auf die Entführung von Francesca hätte hindeuten können. Im Gegensatz zu Raffaele hielten sich die Damen auch mit Kommentaren zu Paolo Sandrinelli zurück. Nur *Signor* Vironi, der ab und zu ins Großraumbüro kam, ließ einmal eine Bemerkung über Sandrinellis Pingeligkeit fallen, mit der er seinen Angestellten andauernd auf die Nerven ging. Pünktlich um ein Uhr war Martina dann am Firmenparkplatz für ihre erste Cabrio-Spritztour bereit gestanden, Raffaele ließ sie allerdings fast zehn Minuten warten.

„Entschuldige die Verspätung, mein Vater wollte unbedingt noch ein paar Unterlagen von mir haben. Ungeduldig wie immer, konnte er darauf nicht bis nach der Mittagspause warten, sondern ich musste sofort springen. Wie war es bei dir?"

„Sehr interessant. So vielseitig hätte ich mir den Job im Verkauf gar nicht vorgestellt."

Raffaele öffnete Martina die Beifahrertür, ließ sie einsteigen und ging dann um sein Cabrio herum. Bevor er sich schwungvoll in den tiefen Fahrersitz fallen ließ, hatte er an der Fassade des Firmengebäudes nach oben gesehen. Im dritten Stock stand sein Vater in seinem Büro am geschlossenen Fenster und beobachtete ihn. Raffaele tat so, als hätte er ihn nicht gesehen, stieg zu seiner jungen, hübschen Beifahrerin ins Auto und zog die Tür hinter sich zu. Obwohl dunkle Wolken am Himmel standen, drückte er einen der Knöpfe auf der Mittelkonsole, und surrend öffnete sich das elektrische Cabrio-Dach. Das *Ristorante*, in das er Martina ausführen wollte, lag nur wenige hundert Meter von der Firma entfernt, aber Raffaele fuhr absichtlich einen längeren Umweg, damit Martina etwas mehr von dem Cabrio-Feeling abbekam.

„Wow, das ist ja wirklich cool", schwärmte sie begeistert, als sie schließlich vor dem *Ristorante* ankamen.

Bevor sie ausstiegen, schloss Raffaele das Dach wieder, weil sich die Wolken mittlerweile bedrohlich verdunkelt hatten. Beim Betreten des *Ristorante Torre Latino* wurde Raffaele von Sebastiano, dem *Cameriere,* mit den üblichen Wangenküssen freundschaftlich begrüßt.

„Das ist Valentina, unsere derzeitige Praktikantin", stellte er Martina vor.

„Buongiorno Signorina Valentina."

Zur Begrüßung bekam sie von Sebastiano einen Handkuss. Von einigen älteren Herrschaften, die bereits beim Essen saßen, wurden die beiden sehr kritisch beäugt, bei Sebastiano hatte Martina den Eindruck, dass es für ihn nichts Außergewöhnliches war, dass Raffaele mit sehr junger weiblicher Begleitung ins *Torre Latino* zum Essen kam. Sie hatten kaum Platz genommen, da brachte Sebastiano zum Aperitif schon eine eisgekühlte Flasche *Prosecco.* Obwohl sie schon fast siebzehn war, trank Martina sehr selten Alkohol, zu Hause gab es für sie nur an Festtagen vielleicht einmal ein halbes Glas

Wein zum Essen. Wenn sie mit ihren Freundinnen ausging, trank sie am liebsten Cola, Bier schmeckte ihr überhaupt nicht.

„Willst du mich betrunken machen, Raffaele?"

„Wo denkst du hin? Ein Glas spürst du doch gar nicht."

„Ich glaub, mir reicht schon ein halbes, schließlich habe ich seit dem Frühstück nichts mehr gegessen."

Raffaele verstand zwar überhaupt nicht, warum man ein einziges volles Glas *Prosecco* als Appetitanreger nicht vertragen sollte, wollte Martina deswegen aber nicht weiter bedrängen. Er gab Sebastiano einen Wink, woraufhin dieser mit einer großen schwarzen Tafel erschien, auf der mit weißer Kreide die Tagesgerichte notiert waren. Martina und Raffaele schienen, was das Essen anging, in etwa dieselben Vorlieben zu haben, denn beide bestellten sich als *Primo* eine Portion *Rigatoni* mit *Scampi* und als *Secondo* gebratenen Lachs in Pfeffersauce.

Während sie ihre *Rigatoni* genossen, hatte Martina den Eindruck, dass Raffaele zum wiederholten Mal auf ihre Hände sah. Da sie keinen Ring trug, ahnte sie, was er sie womöglich gleich fragen wollte, kam ihm aber mit ihrer Frage zuvor. Raffaele trug nämlich auch keinen Ring.

„Hast du eigentlich keine feste Freundin?"

Raffaele musste erst einmal hinunterschlucken.

„Bist du immer so direkt?"

„Nicht immer, aber manchmal. Eine Gegenfrage ist aber keine Antwort."

Nun konnte er nicht mehr aus.

„Nein, zurzeit habe ich keine."

„Eigentlich erstaunlich. Du hast ein schickes Auto, einen sicheren Job und wirst einmal eine Firma erben, da müsste sich doch eine für dich finden", meinte Martina schnippisch.

Er grinste, sagte aber nichts.

„Er ist und bleibt ein Weiberheld."

Martina hatte noch die Bemerkung von Caterina Moresco im Ohr, die sie in der *Cafeteria* ungewollt aufgeschnappt hatte.

„Genauso, wie er mir sofort schöne Augen gemacht hat, so macht er es wohl mit einer nach der anderen, falls *Signora* Moresco Recht haben sollte", dachte sie sich.

Raffaele ging auf ihre letzte Bemerkung nicht ein, sondern stellte wieder eine Gegenfrage.

„Und wie sieht es bei dir aus? Wartet da in München einer darauf, dass du endlich wieder aus Rom zurückkommst?"

So wie er seine Frage gestellt hatte, konnte sie Martina ohne zu lügen verneinen. Sie dachte natürlich sofort an Robert, aber der wartete nicht in München, sondern in Rosenheim auf sie. Da der Kellner im selben Moment erschien, um die *Pasta*-Teller abzuräumen und den gebratenen Lachs zu servieren, verkniff sich Raffaele einen Kommentar. Erst als Sebastiano wieder weg war, meinte er:

„Das hätte ich jetzt auch nicht gedacht, dass eine so hübsche junge Frau wie du solo ist."

Martina bedankte sich für das Kompliment, ließ aber Raffaeles weitere Bemerkung unbeantwortet, genauso wie er es mit ihrem Hinweis auf sein Auto und seine potentielle Firmenerbschaft getan hatte. Sie überlegte, wie sie das Thema wieder eher auf die Firma und die Angestellten lenken könnte, um vielleicht doch ein Indiz dafür zu finden, dass dort einer für die Entführung von Francesca verantwortlich sei. Demonstrativ sah sie auf die Uhr.

„Wie lange macht ihr in der Firma gewöhnlich Mittagspause?"

„Das ist ganz unterschiedlich, einige Abteilungen haben feste Arbeitszeiten, bei anderen ist das sehr variabel geregelt, denn zum Beispiel unsere Fahrer und Lageristen müssen einfach verfügbar ein, so lange, bis alle Auslieferungen abgearbeitet sind. Und bei Sergio und mir gibt es sowieso keine geregelten Arbeitszeiten. Weil es abends ab und zu später werden kann, genehmige ich mir schon eine ausgiebige Mittagspause."

„Macht Sergio das genauso?"

„Nein, er holt sich als Mittagessen meistens nur einen Salat oder ein *Panino*. Er wohnt schon seit sechs Jahren mit seiner Freundin zusammen, und die bekocht ihn abends immer ausgiebig, deshalb macht er lieber nur eine kurze Mittagspause und sieht mehr als ich darauf, abends nicht zu spät aus der Firma zu kommen."

„Und was unternimmst du nach Feierabend?"

Raffaele erzählte ihr, dass er einen ziemlich großen Bekanntenkreis hätte und er sich fast jeden Abend mit einigen Freunden in einer *Trattoria* zum Essen treffen und oft danach noch in eine Kneipe oder eine Bar weiterziehen würde.

„Egal wer dabei ist, wir sind immer eine sehr lustige Runde."
„Ich kann mir denken, wie es da zugeht, wenn ein Haufen junger Männer gemeinsam um die Häuser zieht", lachte sie.
„Es sind doch nicht nur Männer dabei, viele meiner Freunde sind schon verheiratet oder länger liiert, die haben dann natürlich oft ihre Frauen oder Freundinnen dabei. Du kannst gerne heute Abend mitkommen."
Martina hatte dieses Angebot schon erwartet, aber das ging natürlich gar nicht. Sie musste die falsche Identität als Valentina wahren, außerdem malte sie sich aus, was Raffaele dann am Abend womöglich noch alles mit ihr vorhaben würde. Andererseits wollte sie ihn auch nicht verärgern, weil er bisher, was die Firma anging, so auskunftsfreudig gewesen war.
„Heute geht es leider nicht, weil wir heute Abend schon eingeladen sind."
„Wer ist wir?"
„Wir, das sind meine Eltern, mein Bruder und ich."
„Musst du da unbedingt mit?"
„Ja, auf alle Fälle."
Er war es wohl nicht gewohnt, dass er von einer jungen Frau einen Korb bekam, wenn er sich mit ihr zu einem Date verabreden wollte. Deshalb blieb er hartnäckig.
„Mit deiner Familie kannst du doch noch so oft weggehen, mit mir hier in Rom aber nur noch ein paar Abende."
„Es geht nicht nur um meine Familie, sondern in erster Linie um unsere Freunde, bei denen wir zum Essen eingeladen sind. Die habe ich seit einem Jahr nicht mehr gesehen und freue mich deshalb schon den ganzen Tag auf heute Abend."
Martina konnte auch hartnäckig sein, obwohl in diesem Fall das Abendessen bei Freunden nur erfunden war.
„Keine Chance?"
„Nein, Raffaele, keine Chance, zumindest heute nicht."
Mit diesem offenen Hintertürchen für die nächsten Abende gab er sich zufrieden, und Martina war froh, es so hingebogen zu haben, dass er nicht beleidigt war. Schließlich wollte sie an den folgenden eineinhalb Tagen weiter versuchen, dem Entführer von Francesca auf die Spur zu kommen, und da konnte ihr Raffaele, ohne es zu ahnen, noch behilflich sein. Nachdem sie sich als Nachtisch noch zwei *Profiteroli* bestellt hatten und den mit Sahne gefüllten und Schokoladensauce übergossenen

Windbeuteln noch zwei *Espressi* hatten folgen lassen, verließen sie das *Torre Latino*.

„Gut, dass ich das Dach geschlossen habe", stellte Raffaele fest, als er sah, dass sein Auto und die Straße ganz nass waren.

Von dem zwischenzeitlichen Regenschauer hatten sie im *Ristorante* gar nichts bemerkt. Da er nun auf direktem Weg zur Firma zurückfahren wollte, verzichtete er darauf, das Dach wieder zu öffnen. Ziemlich satt von dem ausgezeichneten Essen kehrte Martina an ihren Platz in der Verkaufsabteilung zurück.

Max und Elena waren nach ihrem Mittagessen eine Viertelstunde durch den *Borgo* spaziert und hatten schließlich den Weg zu Enzo Rivas Werkstatt eingeschlagen. Francesco war nicht zu sehen, er schien also wie geplant Richtung *Circo Massimo* und *Piramide* gefahren zu sein. Enzo Riva saß an seiner Werkbank und bearbeitete gerade ein Holzteil mit dem Hobel. In weitem Bogen flogen die Hobelspäne davon. Elena hatte das beobachtet, als sie kurz vor seinem Fenster stehen geblieben war. Bevor er von seiner Arbeit aufsehen konnte, um festzustellen, wer vor seiner Werkstatt stand, hatte sie sich wieder zurückgezogen. Es folgten für Elena wieder sehr langweilige eineinhalb Stunden, die sie in der Nähe der Werkstatt zusammen mit Max wartend verbrachte, bis Enzo Riva gegen halb vier seinen Arbeitsplatz verließ, die Tür der Werkstatt hinter sich zusperrte und zu Fuß bis zu seinem Wohnhaus ging. Dort stand unter einem Vordach geparkt seine weiße *Vespa*. Er war kurz im Haus verschwunden, hatte aber offenbar nur seinen Helm geholt, dann schwang er sich auf seinen Motorroller und brauste davon. Max, der mit Elena am nächsten Hauseck stand, holte sofort sein Handy aus der Hosentasche und rief Francesco an.

„Pronto."

„*Ciao* Francesco. Enzo ist gerade zu Hause mit seiner *Vespa* weggefahren."

„Sehr gut, ich stehe bereits an der *Chiesa Santa Maria del Popolo* und warte auf ihn. Hat sich inzwischen etwas Neues ergeben?"

„Nein. Alfredo war zuerst bei seinem Vater und ist dann sofort nach Hause gegangen. Daraufhin waren wir erst beim

Mittagessen und sind jetzt ungefähr eineinhalb Stunden vor Enzos Werkstatt Wache gestanden, bis er herausgekommen ist und sich zu Hause seine *Vespa* geholt hat. Und bei dir?"

„Enzo ist vom Petersplatz aus geradewegs zu seiner Werkstatt und hat dort auch gleich zu arbeiten begonnen. Deshalb bin ich bald zur *Metropolitana* gegangen. *Signor* Barelli war überrascht, dass ich nochmals bei ihm aufgetaucht bin."

„Hat er Alfredo erkannt?"

„Nein, leider nicht. Er ist sich absolut sicher, dass er nicht der Bärtige war, den er am Montag vor seinem Zeitungsstand beobachtet hat. Wir haben auf dem Foto Alfredo mit einem schwarzen Stift einen Bart angemalt, aber wie gesagt, laut *Signor* Barelli war er sicher nicht der anonyme Anrufer."

„Hast du wenigstens an der *Stazione Circo Massimo* etwas erreicht?"

„Nein, leider auch nicht. Die Telefone stehen dort außerhalb am Straßenrand des *Viale Aventino,* und der Zeitungskiosk befindet sich auf der anderen Straßenseite."

„Von dort aus hat niemand etwas gesehen?"

„Nein, die Straße ist dort vierspurig, in der Mitte dazwischen liegen auch noch die Straßenbahngleise. Vom Kiosk aus ist die Entfernung viel zu groß, um genau sehen zu können, was bei den Telefonen passiert."

„So ein Mist. Und jetzt?"

„Jetzt warte ich hier auf Enzo und schaue, was er in der Kirche machen wird. Danach werde ich wahrscheinlich nach Hause kommen. Ihr könntet eigentlich gleich heimfahren."

„Das werden wir auch machen, denn hier können wir heute bestimmt nichts mehr ausrichten."

„Okay, dann sehen wir uns später zu Hause. Bis dann."

„*Ciao.*"

Max und Elena gingen zur U-Bahn-Station *Ottaviano*, um mit der *Metropolitana* nach Hause zu fahren. Schon vor ihrem Anruf hatte sich Francesco an der *Chiesa Santa Maria del Popolo* etwas umgesehen. Nach der langen Pause über Mittag sollte die Kirche erst wieder um vier geöffnet werden, deshalb konnte er sich im Innern noch nicht anschauen, wo genau das Bild der Kreuzigung Petri hing. Bis Enzo eintreffen würde, hatte er noch etwas Zeit. Er ging von der Kirche am Rande der *Piazza del Popolo* in die Mitte des riesigen Platzes, wo inmitten von vier Wasser speienden Löwen der *Obelisco Flaminio* in die Höhe ragt. Diesen Obelisken hatte einst Kaiser Augustus von Ägypten nach Rom transportieren und ursprünglich im *Circo Massimo* aufstellen lassen. Die steinernen Stufen am Fuße des Obelisken werden besonders von Touristen gerne für eine kurze Pause genutzt. Francesco setzte sich dorthin und blickte, mit der *Chiesa Santa Maria del Popolo* im Rücken, zuerst Richtung Süden, wo, links und rechts gesäumt von den Kirchen *Santa Maria di Monte Santo* und *Santa Maria dei Miracoli,* die kerzengerade, kilometerlange *Via del Corso* beginnt, die bis zur *Piazza Venezia* in der Stadtmitte führt.

„Wahrscheinlich kommt er direkt über die *Ponte Regina Margherita"*, ging es Francesco durch den Kopf.

Deshalb wechselte er seinen Sitzplatz auf die Westseite des Obelisken. Von dort aus konnte er zwar nicht durch die *Via Ferdinando di Savoia* bis hinunter zum Tiber sehen, weil ihm die *Fontana del Nettuno* an der halbrunden Mauer im Westen der *Piazza* die Sicht versperrte. Aber weil er wusste, wie Enzo an diesem Tag bekleidet war und dass er auf einer weißen *Vespa* gefahren kam, war er sich sicher, seine Ankunft nicht zu übersehen. Enzo traf kurz vor vier ein, stellte seine *Vespa* gegenüber der *Chiesa Santa Maria del Popolo* auf dem Gehsteig ab, ging über die Straße und schritt die Stufen zum verschlossenen Portal der Kirche hinauf. Schließlich konnte er sie sogar noch vor Francesco betreten, weil dieser sich im Hintergrund hielt, bis aufgesperrt wurde. Francesco ließ zwei Minuten vergehen, bevor auch er das Gotteshaus betrat.

Im Haus der Familie Bianchi redete Elena wie ein Wasserfall. Bis ins kleinste Detail musste sie ihrer Mama, ihrer Tante Giulia und ihrer Oma Giovanna erzählen, wie die Verfolgungsjagden abgelaufen waren, wie wichtig es gewesen sei, dass sie dabei war, und welche entscheidende Rolle sie gespielt hatte, als es darum ging, herauszufinden, welches Gemälde bei Enzo Riva in Auftrag gegeben worden war. Max kam überhaupt nicht zu Wort. Anschließend war Elena mit dem gleichen Feuereifer damit beschäftigt, im Internet möglichst viel über das Gemälde von Caravaggio herauszufinden. Das Schicksal der kleinen Francesca war bei ihr für den Moment völlig in Vergessenheit geraten. Als ihr Onkel Francesco später auch zu

Hause eintraf und der mit Ausnahme von Aldo und Martina im Wohnzimmer versammelten Familie erzählen konnte, was sich in der *Chiesa Santa Maria del Popolo* alles zugetragen hatte, war sie bereits bestens vorbereitet.

„Pünktlich um vier, als die Kirche aufgesperrt wurde, stand Riva bereit. Ich bin kurz nach ihm hinein, habe mich erst einmal in eine der hinteren Bänke gesetzt und ihn beobachtet."

Elena fiel Francesco gleich ins Wort.

„Ist er nicht sofort in die *Cappella Cerasi*, die Kapelle direkt links vom Presbyterium?"

„Nein, Elena, er hat sich zuerst im Mittelschiff der Kirche ein wenig umgesehen, hat eine Zeit lang den Altar betrachtet, dann ist er auch noch langsam durch die beiden Seitenschiffe gegangen und ist vor jeder einzelnen Kapelle stehen geblieben, bevor er in die *Cappella Cerasi* hinein ist."

„Was hat er da drin gemacht?"

Elena platzte schier vor Neugierde, deshalb wollte sie ihr Onkel ein bisschen auf die Folter spannen.

„Ich habe mich, als er in die Kapelle hinein ist, so in eine der vordersten Bänke gesetzt, dass ich gut beobachten konnte, was da drin vor sich ging."

„Mach es doch nicht so spannend, Onkel Francesco. Was hat er da drin gemacht?"

Max kam seinem Schwager zu Hilfe.

„Jetzt unterbrich ihn doch nicht ständig, Elena. Wenn du dich einmal ein bisschen zurückhalten könntest, dann hätte Francesco schon viel mehr erzählen können."

Elena schaute Max etwas beleidigt an, sah aber auch, dass Chiara zustimmend nickte, und sparte sich deshalb eine Antwort auf den Vorwurf von ihrem Vater.

„Anfangs ist er nur dagestanden und hat ein Gemälde betrachtet. Obwohl dort drei große Schilder angebracht sind, dass man innerhalb der Kapelle nicht fotografieren darf, hat er dann seine Digitalkamera aus der Jackentasche geholt und das Gemälde an der linken Seitenwand der Kapelle aus jeder erdenklichen Position fotografiert. Das war schon ziemlich dreist, weil ihn jeder dabei beobachten konnte. Ich habe nicht mitgezählt, aber geblitzt hat es bestimmt mehr als zehn Mal. Außerdem hat er auch noch einen Zettel und einen Stift hervorgeholt und sich einige Notizen gemacht."

Nun war es Max, der Francesco bei seinem ausführlichen Bericht unterbrach.

„Hat er außer von dem Gemälde sonst noch Fotos gemacht, von der Kapelle insgesamt vielleicht oder in der Kirche selbst? Ich denke immer noch darüber nach, was Alfredo damit meinte, er müsse in der Kirche die Lage checken."

„Nein, soviel ich gesehen habe, hat er wirklich immer nur das eine Gemälde fotografiert. Als er damit fertig war und sich anscheinend auch genügend Notizen gemacht hatte, hat er auf direktem Weg die Kirche wieder verlassen, ist zu seiner *Vespa* und ist davongebraust. Als er weg war, bin ich wieder in die Kirche zurück und habe mir die Kreuzigung Petri auch angesehen. Nun kann ich mir auch denken, warum er gesagt hat, er bräuchte drei Monate Zeit, das Bild ist nämlich mindestens zwei Meter auf zwei Meter fünfzig groß."

Jetzt konnte Elena noch einmal loslegen.

„Es ist genau zwei Meter dreißig auf einen Meter fünfundsiebzig groß. Das Ölgemälde auf Leinwand entstand zwischen 1600 und 1601, genau wie *La conversione di San Paolo.* Die Bekehrung des Paulus ist genauso groß, hängt direkt gegenüber an der rechten Seitenwand der *Cappella Cerasi* und stammt auch von Caravaggio."

„Es ist wirklich erstaunlich, was man über dieses Internet heutzutage auf die Schnelle alles herausfinden kann."

„Ich habe noch mehr gefunden, Oma. Du weißt sogar, wie dieser Caravaggio ausgesehen hat."

„Wie er ausgesehen hat? Woher sollte ich das denn wissen?"

„Ganz einfach, Oma. Bevor der Euro eingeführt wurde, war Caravaggios Bildnis auf den 100 000-Lire-Scheinen drauf."

„Ach deswegen kenne ich ihn nicht", grinste Chiara süffisant. „Mit so großen Scheinen hatte ich nie zu tun."

„Ich im Hotel schon, aber deswegen wusste ich auch nicht, dass er da drauf war", gab Giulia zu.

„Eigentlich heißt er auch Michelangelo Merisi, wurde aber nach dem Ort, aus dem seine Eltern stammten, nur Caravaggio genannt. Er wurde 1571 in Mailand geboren und starb 1610 in *Porto Ercole.*"

„Danke für die Nachhilfestunde in Kunstgeschichte, Elena."

Sie freute sich über das Lob von Max, war sich aber nicht sicher, ob seine Bemerkung nicht doch einen etwas zu ironischen Unterton hatte. Er dagegen rätselte, was sie nun mit diesen vielen Informationen anfangen sollten.

„Wie sollen wir jetzt weiter vorgehen? Hast du eine Idee, Francesco, wie wir endlich herausfinden könnten, was wirklich hinter dieser ganzen Aktion steckt?"

Francesco schüttelte mit dem Kopf.

„Ich denke, wir entfernen uns gerade immer mehr von unserer eigentlichen Aufgabe, nämlich Francesca zu finden. Deshalb macht es meines Erachtens auch keinen Sinn, dass wir uns so lange auf die Lauer legen, bis Alfredo, wie er geplant hat, spätestens nächste Woche seinerseits die Kirche besichtigen will. Ich werde den ganzen Sachverhalt Piero erzählen, vielleicht hat er eine Idee, was die beiden Rivas wirklich vorhaben. In diesem Fall kann er auch bei den *Carabinieri* ganz offen ermitteln, denn das Gemälde und Francesca haben bestimmt nichts miteinander zu tun."

Mitten in ihre Überlegungen platzte ein Anruf von Luca.

„Francesco, wie versprochen habe ich mich heute noch ein wenig umgehört. Wenn meine Informationen zutreffen, dann hat Enzo Riva für seine Gemäldekopien maximal einige Hundert Euro kassiert, das waren dann aber schon die höchsten Preise für große, sehr berühmte Bilder. In die Tausende dürften die Preise nie gegangen sein. Bist du dir sicher, dass du dich nicht verhört hast?"

„Ja, da bin ich mir absolut sicher, Luca. Übrigens wissen wir inzwischen, um welches Gemälde es diesmal geht."

Francesco schilderte Luca, wie Enzo Riva die *Crocifissione di San Pietro* inspiziert hatte.

„Ein Caravaggio", rief Luca überrascht ins Handy. „Da hat er sich nicht gerade eine einfache Aufgabe herausgesucht. Trotzdem würde es mich schon sehr wundern, wenn ein Kunde für eine Kopie mehr als tausend Euro bezahlen würde, auch wenn es eine Auftragsarbeit ist. Was unternehmt ihr jetzt?"

„Das wissen wir noch nicht genau, wir sind gerade dabei, uns zu beratschlagen. Auf alle Fälle vielen Dank für deine Hilfe, Luca."

Francesco wollte ihm gar keine Gelegenheit geben, wieder nach Einzelheiten und Hintergründen ihrer Ermittlungen zu fragen.

„Habe ich doch gerne gemacht. Melde dich, wenn du noch etwas von mir brauchst."

„Danke, Luca. *Ciao.*"

Francesco steckte sein Handy in die Hosentasche und rekapitulierte.

„Also, laut Luca hat Riva maximal ein paar Hundert Euro für seine Kopien bekommen, auch für eine Caravaggio-Kopie hält er tausend Euro oder mehr für deutlich zu viel. Wo waren wir vorher stehen geblieben?"

Elena konnte ihm auf die Sprünge helfen.

„Du hast gemeint, Piero könnte jetzt ganz offen ermitteln, weil das Gemälde nichts mit Francescas Entführung zu tun hat."

„Richtig. Seit zwei Tagen rennen wir den Rivas hinterher, ohne auch nur die kleinste Verbindung zu Francesca festgestellt zu haben. Ich müsste mich schon sehr täuschen, wenn sie die Kidnapper wären."

Max schaute etwas skeptisch.

„Ich weiß nicht, ich weiß nicht. Für mich ergibt das alles noch keinen Sinn. Wir rennen herum wie in einem Labyrinth, finden einen neuen Weg nach dem anderen, kommen aber trotzdem nicht zum Ziel. Es ist bestimmt sinnvoll, Piero jetzt mehr einzubinden. Andererseits sollten wir vielleicht auch Sandrinelli ein bisschen in die Mangel nehmen."

„Papa, glaubst du jetzt auch, dass er die Entführung selbst inszeniert hat?"

Elena grinste triumphierend, weil sie mit ihren Gedanken über Sandrinelli ihrem Vater anscheinend die entscheidende Idee geliefert hatte.

„Nein, Elena, so habe ich das nicht gemeint."

Ihr Grinsen wich einem fragenden Blick.

„Damit habe ich gemeint, dass uns Sandrinelli endlich die Karten auf den Tisch legen sollte, um was es bei seinem Antiquitätengeschäft mit Riva wirklich ging. Wenn wir schon unsere Ferien dafür opfern, nach seiner Tochter zu suchen, dann sollte er uns nicht auch noch Prügel zwischen die Beine werfen, in dem er Informationen zurückhält. Das müssen wir ihm jetzt klar und deutlich sagen."

Giovanna, Giulia und Chiara, die eine ganze Weile nur zugehört hatten, nickten zustimmend. Besonders Giulia und Chiara wäre es natürlich viel lieber gewesen, zusammen mit ihren Ehemännern erholsame Ferientage ohne die übliche Arbeitsbelastung zu haben. Francesco stimmte zu, dass sie bisher die fraglichen Informationen nicht mit genügend Nachdruck bei Sandrinelli eingefordert hatten.

„Er müsste sich ohnehin bald bei mir melden, weil wir uns doch mit ihm über die bevorstehende Geldübergabe noch unterhalten wollten. Dann könnten wir das miteinander verbinden. Nun werde ich aber zuerst Piero anrufen."

Die drei Damen des Hauses wollten sich inzwischen daranmachen, das Abendessen für die Großfamilie vorzubereiten, als es an der Haustür klingelte. Draußen stand Martina, die von ihrem ersten Praktikumstag in der Firma Sandrinelli zurückkehrte. Nun gingen weder die Damen zum Kochen, noch telefonierte Francesco mit Piero, denn alle waren gespannt darauf, was sie aus der Firma zu berichten hatte.

Keiner wagte es, Martina zu unterbrechen, als sie ihren Tagesablauf wiedergab und insbesondere erzählte, was sie an Kommentaren zum Chef Paolo Sandrinelli aufgeschnappt hatte. Selbstverständlich durfte auch ein ausführlicher Bericht über die Cabrio-Spritztour und das gemeinsame Mittagessen mit Raffaele Sandrinelli nicht fehlen, auch wenn sie davon einige Details lieber verschwieg. Elena, die nach wie vor der Meinung war, dass es besser gewesen wäre, wenn sie in der Firma ermitteln würde, war entsetzt.

„Wir schicken dich dorthin, damit du nach den Entführern von Francesca suchst, und dir fällt nichts Besseres ein, als dem Juniorchef den Kopf zu verdrehen."

Martina wusste sich zu wehren.

„Man muss da eben taktisch vorgehen. Was ist denn daran so schlimm, wenn man das Angenehme mit dem Nützlichen verbindet? Ich weiß schon selbst, wie weit ich bei Raffaele gehen kann. Es hat unserem Vorhaben bestimmt nicht geschadet, dass ich ihm ein wenig schöne Augen gemacht habe, neben einem köstlichen Mittagessen und meiner ersten Fahrt in einem Cabrio bin ich nämlich auch zu vielen Informationen über die Firma und den Chef gekommen. Raffaele war in der *Cafeteria* und im *Ristorante* sehr gesprächig."

„Wenn das dein Robert wüsste."

„Zum einen geht's ihn nichts an, zum anderen ist er sowieso noch nicht mein Robert."

Die Betonung lag eher auf dem „noch nicht" als auf „mein Robert".

Bevor Elena noch einmal dagegen schießen konnte, ging Max dazwischen.

„Welche Hinweise hast du auf mögliche Entführer von Francesca bekommen?"

„Bisher habe ich noch niemanden konkret in Verdacht, aber es ist schon sehr auffallend gewesen, dass eigentlich keiner sonderlich gut auf Paolo Sandrinelli zu sprechen ist. Am deutlichsten war das allerdings bei Raffaele zu spüren. Ich habe den Eindruck gehabt, dass es ihm wirklich gut getan hat, sich über seinen diktatorischen Vater einmal so richtig auszukotzen."

Giovanna empörte sich darüber, was für Ausdrücke ihre Enkelin benutzte.

„Entschuldige, Oma, aber dieses Wort beschreibt es nun mal am allerbesten. Du hättest mal hören sollen, über was er sich im Laufe des Tages alles beklagt hat."

Das Wichtigste davon fasste Martina kurz zusammen. Dann wollte Francesco auch etwas über Raffaeles Bruder hören.

„Was war mit Sergio, dem anderen Sohn?"

„Mit ihm konnte ich bisher nur kurz sprechen, weil er am Vormittag einen Termin außer Haus hatte. In der Früh habe ich aber mitbekommen, dass auch er sofort springen muss, wenn sein Vater pfeift. Vorhin, als ich gegangen bin, habe ich ihn nochmals kurz gesehen, mit ihm gesprochen habe ich allerdings nicht mehr. Ich hoffe, dass sich morgen dazu noch eine Gelegenheit ergibt. Von der Liste habe ich auch noch nicht alle durch."

„Was für eine Liste?", fragten Chiara und Elena.

„Signor Sandrinelli hat mir heute Früh eine Liste mit allen Angestellten gegeben, die schon zu Zeiten von Nicoletta Sorano in der Firma waren und mit ihr eine Zeit lang zusammengearbeitet haben. Einige davon habe ich heute schon kennen gelernt, den Rest treffe ich hoffentlich morgen noch. *Signor* Sandrinelli hat für meinen Durchlauf alle Abteilungen vorgesehen, in denen die betreffenden Personen arbeiten."

Elena war besonders neugierig darauf, noch mehr über Raffaele zu erfahren, aber für Max reichte das, was Martina über die von Sandrinelli genannten Angestellten berichtet hatte, noch nicht aus.

„Von denjenigen auf der Liste, die du schon kennst, hat sich wirklich keiner verdächtig benommen?“

„Nein, Papa, außer einigen spitzen Bemerkungen über Sandrinelli kam da nichts.“

„Was haben sie denn über ihn gelästert?“

„Die Chefsekretärin ist der Meinung, Raffaele sei genauso ein Weiberheld wie sein Vater. Das war aber nicht für mich bestimmt, sondern für zwei andere Sekretärinnen, ich habe es nur zufällig gehört. Dann hat sich noch der Leiter vom Verkauf über Sandrinellis nervtötende Pingeligkeit beklagt. Alles also keine Aussagen, die gleich ein Motiv für eine Entführung wären. Darüber hinaus habe ich heute im Verkauf einige von der Liste kennen gelernt, die sich überhaupt nicht über ihn geäußert haben.“

„Hat er seine Söhne auch auf die Liste gesetzt?“

„Nein. Wieso, Papa?“

„Von Nicoletta Sorano wissen wir, dass zu dem Zeitpunkt, als sie gekündigt hat, Sergio schon mehrere Jahre und Raffaele auch schon einige Zeit in der Firma tätig war. Eigenartig, dass er ausgerechnet seine Söhne vergessen hat.“

Für einen Moment herrschte Ruhe, jeder schien sich seinen eigenen Reim darauf zu machen. Elena konnte wieder mal am kürzesten ruhig bleiben.

„Papa, du glaubst doch etwa nicht, dass die ihre eigene Schwester entführt haben?“

„Du brauchst dich gar nicht so zu echauffieren, Elena. Beim Mittagessen hast du heute noch vermutet, Sandrinelli selbst würde hinter Francescas Entführung stecken. Warum darf ich dann nicht darüber nachdenken, ob es Sergio und Raffaele waren?“

Martina musste zugeben, dass sie über diese Möglichkeit auch noch nicht nachgedacht hatte, obwohl sich Raffaele am meisten über seinen Vater beklagt hatte.

„Wenn ich mir vorstelle, ich wäre heute tatsächlich mit einem Kidnapper beim Mittagessen gewesen ...“

Sie ließ den Satz unvollendet. Ihre Oma, die von vornherein gegen das fingierte Praktikum war, sah sich nun bestätigt.

„Ich habe gleich gesagt, dass ich von dieser Bespitzelei gar nichts halte. Am besten, du gehst morgen überhaupt nicht mehr hin."

Bevor sich jemand diesem Vorschlag anschließen konnte, protestierte Martina vehement dagegen.

„Denkste, Oma, jetzt muss ich erst recht morgen noch einmal hin."

Chiara machte sich nun natürlich auch Sorgen um ihre Tochter.

„Du hast doch heute schon recht viel Zeit mit Raffaele verbracht, Martina. Kannst du dir ernsthaft vorstellen, dass er dazu fähig wäre, seine kleine Halbschwester zu entführen?"

Martina überlegte einen Augenblick.

„Eigentlich kann ich es mir nicht vorstellen, zu mir war er sehr nett und zuvorkommend. Aber mir will er bestimmt nichts Böses, im Gegenteil, er wollte sogar, dass ich heute Abend mit ihm und seiner Clique ausgehe."

„Der spinnt wohl."

Oma Giovanna wurde es langsam zu viel. Sie wollte auch schon längst mit den Vorbereitungen für das Abendessen begonnen haben, meinte aber, dass sie bei der Diskussion unbedingt vonnöten sei. Chiara beschlich auch mehr und mehr ein ungutes Gefühl.

„Was hast du ihm geantwortet?"

„Ich habe einfach behauptet, wir wären bei einer befreundeten Familie eingeladen. Damit war der Fall erledigt."

Francesco wollte wieder zu einer etwas sachlicheren Diskussion zurück.

„Wenn man ein bisschen darüber nachdenkt, dann ist die Idee von Max vielleicht gar nicht einmal so abwegig."

Elena hielt allerdings nichts davon.

„Ich finde es schon sehr abwegig, dass einer seine kleine Schwester entführt, nur weil er sich manchmal über seinen Vater ärgern muss."

„Und wenn es darum in erster Linie gar nicht geht?"

Elena sah Max erstaunt an, und auch alle anderen waren gespannt darauf, welche Überlegung er tatsächlich angestellt hatte.

„Unsere Idee, Martina in die Firma zu schicken, beruhte darauf, dass die Entführer sich, warum auch immer, an Sandrinelli rächen wollen und Francesca deshalb als Druckmittel benutzen. Deshalb kam für uns als Täter natürlich nur jemand in Frage, der von Francescas Existenz wissen kann."

„Richtig", stimmte Francesco zu.

„Vielleicht waren wir dabei auf dem richtigen Weg, sind aber an der letzten Gabelung falsch abgebogen."

„Papa, du sprichst in Rätseln."

Max machte absichtlich eine Pause, um die Spannung zu erhöhen.

„Wenn Francescas Existenz nicht nur das Druckmittel, sondern der eigentliche Grund für die Entführung ist, dann hätten Raffaele und Sergio ein erstklassiges Motiv. Früher war klar, dass die beiden die Firma einmal jeweils zur Hälfte erben werden. Nun müssen sie damit rechnen, dass für jeden nur noch ein Drittel bleibt. Bei dem sicher nicht geringen Wert des gesamten Unternehmens hat Francescas Geburt die beiden mal eben ein paar Millionen gekostet."

Wieder herrschte betretenes Schweigen, das diesmal von Francesco unterbrochen wurde.

„Sandrinelli geht allerdings davon aus, dass seine Söhne nichts von Francesca wissen."

„Das mag schon sein, dass er davon ausgeht. Das muss aber nicht heißen, dass es wirklich auch so ist."

Chiara, die neben Martina saß, legte ihr die Hand auf den Arm.

„Willst du jetzt immer noch auch den zweiten Tag in der Firma verbringen?"

„Natürlich, Mama", antwortete sie, auch wenn es längst nicht mehr so überzeugt klang wie zuvor. „Wir haben schließlich noch keinen einzigen Beweis, dass es wirklich so ist, wie sich Papa das gerade zusammengereimt hat. Deshalb gehe ich auf alle Fälle wieder hin. Egal ob nun tatsächlich Raffaele oder jemand anderer aus der Firma dahinterstecken sollte, wenn ich jetzt kneife, dann vergeben wir vielleicht die einzige Chance, Francesca zu retten. Und solange ich den wahren Grund für meinen Aufenthalt in der Firma nicht verrate, wird mir nichts passieren. Raffaele tut mir bestimmt nichts."

Nun wurde es Giovanna wirklich zu viel. Sie stand auf und verschwand missmutig in Richtung Küche.

„Ich gehe jetzt kochen, ich bin sowieso schon viel zu spät dran."

Giulia schloss sich ihr an. Chiara, die ursprünglich auch helfen wollte, blieb lieber noch bei den anderen im Wohnzimmer sitzen. Francesco schaute auf die Uhr.

„Ich werde jetzt trotzdem noch Piero anrufen, damit wir in Sachen Riva auch weiterkommen. Wegen Francesca können wir heute ohnehin nichts mehr unternehmen, außer dass ich gleich auch versuchen werde, Paolo Sandrinelli zu erreichen, weil er sich selbst immer noch nicht gemeldet hat. Dann wissen wir, wann er hier vorbeikommt. Max, vielleicht reicht es zeitlich doch noch, dass wir uns mit Piero im Stadion treffen können."

„Das wäre nicht schlecht."

„Dass ihr in so einer Situation überhaupt noch an Fußball denken könnt?"

Chiara wusste natürlich, dass ihr Bruder genauso fußballverrückt war wie ihr Max, meistens hatte sie dafür auch vollstes Verständnis, aber manchmal war es selbst ihr zu viel.

„Wolltest du dich nicht mit Giulia ins römische Nachtleben stürzen, während wir im Stadion sind?"

„Mach dich nur über mich lustig, Max."

An ihrem Gesichtsausdruck erkannt Max, dass Chiara im Moment überhaupt nicht zum Scherzen aufgelegt war. Er setzte sich auf den freien Stuhl neben ihr, auf dem gerade noch Giulia gesessen hatte, und legte seinen Arm um sie.

„Du hast ja recht, Schatz, der Ernst der Lage und die ausgelassene Stimmung im Stadion, das passt nicht unbedingt zusammen. Andererseits, seit der Nacht zum Dienstag denke ich an nichts anderes mehr als an die Suche nach Francesca. Da tut es mir und auch Francesco bestimmt gut, auch einmal auf andere Gedanken zu kommen. Außerdem sitzt doch Piero direkt bei uns, meinst du, dass wir da ein anderes Gesprächsthema als die Entführung haben werden?"

„Gut, dass du nie um eine Ausrede verlegen bist, um ins Stadion zu kommen."

Chiara konnte sich über ihre eigene Bemerkung ein Lächeln nicht verkneifen, und Max grinste triumphierend.

„Ich habe doch gewusst, dass du dich einer sinnvollen Argumentation nicht verschließen wirst."

Chiara seufzte.

„Max, warum habe ich bei dir immer das Gefühl, dass du dich über mich lustig machen willst?“

„Versuchst du das nicht schon seit fast zwanzig Jahren vergeblich herauszufinden?“, lachte Max.

„Siehst du, genau das meine ich, mit dir kann man überhaupt nicht ...“

Bevor Chiara weiterreden konnte, drückte ihr Max einen Kuss mitten auf den Mund, und ihr Widerstand war endgültig gebrochen. Als Francesco sah, dass sich seine Schwester geschlagen geben würde, ging er ins Arbeitszimmer von seinem Vater, um in Ruhe mit Piero und Sandrinelli telefonieren zu können. Elena, die schon wieder einen Bärenhunger hatte, lief in die Küche hinüber, um nachzusehen, was es zum Abendessen geben würde. Martina wollte sich nach ihrem anstrengenden Arbeitstag ein heißes Bad gönnen und verschwand in den ersten Stock, so dass Max und Chiara plötzlich alleine im Wohnzimmer saßen.

„Vielleicht war das mit dem römischen Nachtleben doch keine so schlechte Idee“, überlegte Chiara laut, als Max sie wieder losgelassen hatte. „Wenn du dich heute Abend schon vergnügen willst, dann kann ich das auch.“

Er wollte sie nochmals küssen, hatte diesmal aber das Nachsehen, weil Chiara abrupt aufstand.

„Alles bekommst du von mir auch nicht“, lachte sie und gab ihm mit dem Zeigefinger einen Stups auf die Nase. „Ich werde nun doch Mama und Giulia beim Kochen helfen.“

Alleine wollte Max nun auch nicht im Wohnzimmer sitzen bleiben, deswegen folgte er Francesco ins Arbeitszimmer, damit er bei dessen Telefonaten mit Piero und Sandrinelli gleich mithören konnte.

21

Francesco sprach bereits mit Paolo Sandrinelli, als Max das Arbeitszimmer betrat. Sein Schwager drückte sofort auf die Lautsprechertaste. Den ersten Sätzen, die Max mithörte, entnahm er, dass Paolo Sandrinelli entgegen der ursprünglichen Planung anscheinend an diesem Abend nicht mehr zu ihnen kommen wollte. Francescos Handbewegung und seine Mimik sollten wohl bedeuten, dass er ihm die Gründe dafür gleich erklären würde. Wie kurz zuvor mit Max besprochen, wollte er auch noch einen zweiten Punkt mit Francescas Vater klären.

„Für unsere Suche nach Ihrer Tochter wäre es sehr hilfreich, wenn wir wüssten, um was für ein Antiquitätengeschäft es sich handelte, als sich Riva von Ihnen übervorteilt fühlte."

Sandrinelli war da ganz anderer Meinung.

„Auf das Geschäft an sich kommt es überhaupt nicht an, den Grund für die Entführung von Francesca sehe ich allein darin, dass Riva plötzlich nicht mehr mit dem vereinbarten Preis einverstanden war."

Francesco wollte aber nicht so schnell locker lassen.

„Warum weigern Sie sich so beharrlich, uns zu helfen?"

„Dafür habe ich schon meine Gründe."

Nun schaltete sich Max ein und ging gleich in die Offensive.

„Bei dem Geschäft ging es nicht zufällig um die Kopie eines Gemäldes?"

Einen Moment lang schwieg Sandrinelli, dann antwortete er in seiner gewohnt selbstherrlichen Art.

„Eine Gemäldekopie? Nein, ganz bestimmt nicht. Sie glauben doch nicht im Ernst, dass ich mich mit billigen Kopien zufriedengebe. Wenn ich Kunstgegenstände erwerbe, dann müssen das schon die Originale sein."

Noch zweimal versuchten sie, ihn dazu zu bewegen, ihnen endlich Einzelheiten zu nennen, aber er blieb stur. Deshalb forderte Francesco Sandrinelli auf, sie sofort zu informieren, wenn sich die Entführer wieder bei ihm gemeldet hätten und legte auf.

„So ein Sturkopf", schimpfte Max, als Francesco eingehängt hatte. „Er hat mit Riva bestimmt ein illegales Geschäft abgeschlossen, sonst könnte er uns doch sagen, was er bei ihm gekauft hat."

„Da gebe ich dir völlig Recht, Max. Einen anderen Grund dafür sehe ich auch nicht. Leider können wir nicht so einfach zu Riva hin marschieren und ihn danach fragen."

„Wir nicht, aber vielleicht Piero und seine Kollegen."

„Richtig, ihn müssen wir jetzt darauf ansetzen. Ein Grund mehr, ihn gleich anzurufen."

Bevor er Pieros Nummer wählte, wollte Max noch von ihm wissen, warum Sandrinelli nun doch nicht zu ihnen nach *Flaminio* kommen würde.

„Er hat sich schon zu Beginn unseres Gespräches sehr eigenartig verhalten. Wenn die Entführer ihm mitteilen, wann und wo er das Lösegeld deponieren soll, dann werde er sich exakt an deren Instruktionen halten, deshalb sah er keinen Sinn darin, sich deswegen mit uns zu besprechen. Außerdem hat er heute angeblich noch mehrere Termine, so dass er es auch zeitlich nicht schaffen würde, noch hierher zu kommen."

„Martina hat in seiner Firma schon den richtigen Eindruck gewonnen. Mich wundert es nicht, dass seine Angestellten und sogar sein Sohn über ihn lästern, er ist wirklich ein komischer Kauz."

„Komisch? Ich würde sagen, der Kerl hat keine Manieren. Wenn es nur um ihn ginge, hätte ich große Lust, einfach alles hinzuschmeißen. Wir rackern uns ab, und er kooperiert kein bisschen. Aber wir können die Kleine nicht im Stich lassen."

„Eben. Außerdem will ich auf alle Fälle herausfinden, in welche Machenschaften die beiden Rivas verstrickt sind, egal ob es etwas mit der Entführung zu tun hat oder nicht."

„Vielleicht kann sich Piero einen Reim darauf machen, was Alfredo Rivas Auskundschaften der Kirche für einen Sinn haben soll, wenn sich Enzo Riva schon selbst genügend Fotomaterial vor Ort angefertigt hat, um das Gemälde kopieren zu können."

Piero meldete sich, kaum dass Francesco seine Nummer gewählt hatte. Er freute sich zu hören, dass es sein ehemaliger Kollege und dessen Schwager an diesem Abend nun doch schaffen würden, rechtzeitig ins Olympiastadion zu kommen.

„Das Spiel gegen Manchester wird bestimmt eine ganz spannende und aufregende Angelegenheit."

„Spannung und Aufregung haben wir derzeit eigentlich schon genug, Piero, aber wir freuen uns natürlich auch, dass wir doch noch dabei sein können."

„Seid ihr bei eurem Fall wieder ein Stück weitergekommen?"

„Wir haben heute ein paar sehr interessante Informationen erhalten, die uns zu dem Schluss kommen lassen, dass wir womöglich an zwei Fällen dran sind, die gar nichts oder nur zufällig ein klein wenig miteinander zu tun haben."

Damit sich Piero ein genaues Bild machen konnte, schilderte Francesco ausführlich, wie sie die beiden Rivas verfolgt, belauscht und beobachtet hatten, was im Internet über das Gemälde stand und welche Informationen Luca über Enzo Rivas bisherige Gemäldeverkäufe hatte beschaffen können. Dann folgte eine Zusammenfassung von Martinas erstem Praktikumstag in der Firma Sandrinelli. Piero schätzte die Lage ähnlich ein wie Max und Francesco.

„Es ist zwar ein schönes Klischee, dass alle Angestellten auf ihren Chef nicht gut zu sprechen sind, aber in dieser Firma scheint das in besonderem Maße tatsächlich der Fall zu sein. Ich sehe es so wie ihr und Martina, ein Motiv für eine Entführung sind diese Sticheleien gegen den Boss bestimmt nicht. Was seine Söhne angeht, würde ich schon eher dranbleiben. Beim Streit ums Erbe haben sich schon viele Familien bis aufs Messer bekriegt."

„Könntest du wie bei den Rivas auch einmal nachsehen, ob Sergio und Raffaele Sandrinelli schon einmal aktenkundig geworden sind?"

„Sicher, Francesco, das lässt sich ganz schnell bewerkstelligen. Was das Kapitel Kunstraub oder Fälschungen angeht, bin ich allerdings nicht so bewandert, weiß aber, wen ich darauf ansetzen könnte. Erinnerst du dich an Davide Botazzi?"

„Die Glatze?"

„Ja, richtig, die Glatze, den Spitznamen hat er immer noch. Er war ein Jahr vor uns mit der Ausbildung fertig und ist dann nach Florenz gegangen."

„Kann sein, das weiß ich nicht mehr so genau."

„Grund dafür war seine damalige Freundin Emanuela."

„An den heißen Feger erinnere ich mich schon eher, obwohl ich sie bestimmt nicht mehr als dreimal gesehen habe. Die hatte er doch irgendwo am Strand aufgegabelt, oder?"

„Ja, ich glaube das war im Urlaub in *Castiglione della Pescaia*. Auf alle Fälle hat er sich wegen ihr nach Florenz versetzen lassen. Dort hat er sich auf alles spezialisiert, was mit dem Thema Kunst und Antiquitäten zusammenhängt, da gibt es in Florenz auch genügend zu tun. Nach fünf Jahren hat ihm Emanuela kurz vor der geplanten Hochzeit den Laufpass gegeben, deshalb ist er, so schnell es möglich war, wieder nach Rom zurückgekommen. Von der Stellenbesetzung her hat es damals auch gerade so gepasst, dass er sein Fachgebiet behalten konnte."

„Dann wäre er genau der Richtige für die beiden undurchsichtigen Riva-Brüder."

„Genau, vielleicht hat er ganz schnell einen Tipp, was die beiden wirklich vorhaben. Ich werde gleich nachsehen, ob er noch in seinem Büro ist. Kann ich sonst noch etwas für euch tun?"

Francesco sah Max fragend an, der schüttelte mit dem Kopf.

„Nein, ich denke, im Moment nicht. Wir werden uns jetzt noch mit Mamas Köstlichkeiten verwöhnen lassen und dann beizeiten in Richtung Stadion aufbrechen."

„Okay, lasst es euch schmecken. Bis später."

„*Ciao* Piero, bis später."

Obwohl Giovanna ihrer Meinung nach viel zu spät mit dem Kochen begonnen hatte, war das Abendessen dank der emsigen Hilfe ihrer Tochter und ihrer Schwiegertochter genau dann fertig, als Aldo aus seiner Praxis nach Hause kam. Francesco drängte darauf, sofort mit dem Essen zu beginnen, damit er und Max nicht zu spät ins Olympiastadion kommen würden. Aldo wollte natürlich den aktuellen Stand bei der Suche nach Francesca wissen. Es war nicht zu übersehen, dass Francesco und Max Aldos Fragen relativ knapp beantworteten, schließlich mussten sie nebenbei noch essen. Deshalb kam ihnen Chiara zu Hilfe.

„Papa, wie läuft es denn in deiner Praxis mit Alessandro?"

„Sehr gut, der Junge hat wirklich etwas auf dem Kasten und kann sehr einfühlsam mit den Patienten umgehen."

Giulia interessierte viel mehr, wie es zwischen Alessandro und Patricia an den vergangenen zwei Tagen weitergegangen war.

„Turteln die beiden genauso weiter wie am Montagabend bei der Geburtstagsfeier?“

„Sicher. Alessandro hält sich zwar etwas zurück, vor allem wenn Riccarda in der Nähe ist, aber Patricia himmelt ihn pausenlos an. Die hat es voll erwischt.“

„Da wird die arme Riccarda einen schweren Stand haben, wenn sie bald mit den beiden allein in der Praxis sein wird.“

Aus dieser Bemerkung war nicht nur Giovannas Sorge um die ältere Sprechstundenhilfe herauszuhören, sondern auch der Wunsch, dass Aldo wie geplant seine Praxis sehr schnell endgültig an Alessandro übergeben würde.

„Solange die Arbeit in der Praxis nicht unter den beiden Turteltauben leidet, sehe ich keinen Grund dafür, warum sich Patricia und Riccarda nicht mehr so gut verstehen sollten wie bisher.“

Aldo wollte zum ursprünglichen Gesprächsthema zurück und löcherte nun Martina mit Fragen zu ihrem Spitzeleinsatz, obwohl ihm Max und Francesco schon die wesentlichen Fakten erzählt hatten. Martina schwärmte wieder von ihrer ersten Cabrio-Spritztour und dem guten Mittagessen.

„Über das Essen hier kannst du aber auch nicht klagen. Giovanna, das *Agnello al pesto di menta* ist wieder einmal ausgezeichnet.“

Mit einem Stück Weißbrot tunkte Max den letzten Rest des Minze-*Pesto* auf, mit dem Giovanna die Lammkoteletts serviert hatte. Der Blick auf die Uhr zeigte ihm, dass es Zeit war aufzubrechen.

„Meiner schlanken Linie zuliebe verzichte ich heute auf einen süßen Nachtisch.“

Die ganze Familie brach in schallendes Gelächter aus, besonders Chiara konnte sich vor Lachen kaum mehr halten.

„Welche schlanke Linie?“, lästerte sie. „Außerdem ist ein Fußballspiel doch der einzige Grund, warum du etwas zu essen stehen lässt.“

Francesco stand seinem Schwager bei.

„Ich mag heute auch kein Dessert mehr.“

Er und Max standen auf und verließen das Esszimmer, während ihnen ihre Familie weiter spitze Bemerkungen hinterherrief. Weil es Anfang April am Abend auch in Rom noch empfindlich kalt werden konnte, holten sich beide eine etwas dickere Jacke aus ihren Schlafzimmern und brachen zu ihrem Fußballabend auf.

Die beiden Mannschaften von AS Rom und Manchester United liefen sich gerade warm, als Francesco und Max in ihrem Block im Stadion ankamen. Piero stand bereits an ihren drei nebeneinanderliegenden Sitzplätzen, für die er die Karten besorgt hatte. Francesco beobachtete Max, wie er seinen Blick durchs weite Rund schweifen ließ, kaum dass sie das Innere des Stadions erreicht hatten.

„Max, jedes Mal wenn du hier ins Stadion kommst, bekommst du ganz glänzende Augen."

„Wundert dich das? Ich habe dir schon mehrfach erzählt, dass ich immer, wenn ich den Innenraum dieses Stadions sehe, das Bild vor Augen habe, wie Franz Beckenbauer 1990 nach dem Weltmeisterschafts-Finale allein über den Platz gegangen ist, während unsere Nationalmannschaft mit dem goldenen Weltpokal ihre Ehrenrunde gelaufen ist."

„Ja, ja, ich weiß. Aber das ist doch jetzt schon so viele Jahre her."

„Trotzdem werde ich das nie vergessen."

Max wäre liebend gerne während der Weltmeisterschaft 1990 in Italien vor Ort gewesen, aber nachdem Martina erst wenige Wochen vor Beginn der Spiele auf die Welt gekommen war, hatten Max und Chiara auf die alljährliche Italienreise verzichtet und den Urlaub zu Hause in Rosenheim mit Ausflügen an den Chiemsee oder in die nahen Berge verbracht. Max nutzte im Juni und Juli natürlich jede Gelegenheit, die Weltmeisterschaft am Fernseher zu verfolgen. In die Freude über das gewonnene Endspiel mischte sich auch ein bisschen Neid auf Francesco, denn der hatte zusammen mit seinem Vater Aldo tatsächlich zwei Tickets für das Finale in Rom ergattern können. Allerdings war deren Freude darüber auch etwas getrübt, als dann nicht wie erhofft Italien, sondern Argentinien ins Finale einzog. So blieb ihnen auch nichts anderes übrig, als der deutschen Mannschaft die Daumen zu drücken, denn dafür, dass sie ihre Italiener im Halbfinale besiegt hatten, sollten die Argentinier nicht auch noch mit dem Titel belohnt werden.

Piero begrüßte Francesco mit einer herzlichen Umarmung. Sie hatten zwar an den Tagen seit Francescos Ankunft in Rom mehrfach telefoniert, gesehen hatten sich die beiden ehemaligen Kollegen allerdings seit mehreren Monaten nicht mehr. Francesco stellte seinen Schwager vor und fragte Piero sofort, ob er auf dem Revier noch etwas erreicht hätte.

„Lasst uns noch einmal kurz hinausgehen", schlug Piero vor. „Dann können wir uns unterhalten, ohne dass jemand mithört."

Gemeinsam verließen sie ihre Plätze und gingen in den Tribünenbereich hinaus, durch den die einzelnen Stadionblöcke miteinander verbunden sind. Dort begann Piero zu berichten.

„In unseren Archiven habe ich zu Sergio Sandrinelli gar nichts gefunden. Raffaele dagegen ist mehrfach bei Verkehrsüberwachungen aufgefallen, weil er mit seinem Auto immer wieder viel zu schnell in der Stadt unterwegs war."

„Sonst gibt es keine Einträge?"

Max hatte sich schon etwas mehr erhofft.

„Nein, sonst sind die beiden absolut sauber."

„Hast du die Glatze auch noch getroffen?", grinste Francesco.

„Ja, Davide war noch in seinem Büro. Ich habe ihm die dubiose Geschichte der Riva-Brüder erzählt."

„Und was sagt er dazu? Konnte wenigstens er sich einen Reim darauf machen?"

„Davide ist bekannt, dass es hier in der Stadt eine Kunstfälscher-Szene gibt, der aber sehr schwierig beizukommen ist. Denn solange die betrogenen Käufer von Fälschungen keine Gutachten über die Echtheit eines Gemäldes oder eines anderen erworbenen Kunstgegenstandes in Auftrag geben, so lange bleiben die Fälscher selbst und auch die Zwischenhändler der gefälschten Ware unbehelligt. Ein großes Problem ist es laut Davide auch, dass Fälscher, Händler und Gutachter oft unter einer Decke stecken. Wenn der Gutachter ein gefälschtes Zertifikat über die Echtheit ausstellt, ist der unwissende und betrogenen Käufer natürlich beruhigt und verfolgt das Thema nicht weiter."

„Kennt Davide die Rivas?"

„Nein, er kennt sie nicht, und sie sind auch bei ihm noch nie aktenkundig geworden."

„Dann hat er wohl auch keine Idee, was sie im Schilde führen", meinte Max mit einem leicht resignierenden Unterton.

„Nicht direkt. Er ist aber trotzdem hellhörig geworden, denn mit euren Beobachtungen habt ihr ihn vielleicht auf eine Idee gebracht, was hinter einem sehr mysteriösen Fall, den er seit ein paar Wochen bearbeitet, vielleicht stecken könnte."

„Wirklich?"

„Ja, es hat im März einen eigenartigen Vorfall in einer Kirche gegeben. Der Mesner der *Basilica Sant'Andrea della Valle* wurde, nachdem er das Gotteshaus mittags von innen zugesperrt hatte, von einem Unbekannten betäubt. Als er wieder zu sich kam, saß er gefesselt und geknebelt im Beichtstuhl. Nach einer ganzen Weile konnte er sich befreien und Hilfe holen. Weil die *Carabinieri*, die zuerst zur *Basilica* kamen, natürlich vermutet haben, dass es sich um einen Raubüberfall gehandelt hat, wurde Davide sofort in die Ermittlungen mit einbezogen."

„Wurden Gemälde gestohlen?"

Max war wie immer ungeduldig und wollte alle Informationen am liebsten auf einmal hören.

„Nein, alle Gemälde waren noch da, und auch sonst fehlte nichts. Das ist eben das Eigenartige. In der Sakristei waren ein Bücherregal umgeworfen und das Glas einer Vitrine zerstört, aber nach dem Aufräumen hat sich auch dort herausgestellt, dass nichts fehlte."

„Aber warum dann der Überfall?"

„Keine Ahnung. Als ich Davide erzählt habe, dass Alfredo Riva eine Kirche ausspähen will, war dieser merkwürdige Fall von der *Basilica Sant'Andrea della Valle* natürlich sofort wieder präsent."

Max kratzte sich am Kopf und sagte mehr zu sich selbst:

„Es wurde also nichts gestohlen."

„Ja, der Mesner arbeitet schon seit fast zwanzig Jahren in der *Basilica*, er ist sich absolut sicher, dass nichts fehlte."

Francesco überlegte, ob die Täter vielleicht gestört wurden und deshalb nichts abhandengekommen war.

„Das hat Davide für äußerst unwahrscheinlich gehalten", widersprach Piero Francescos These. „Der Mesner wurde um zwölf betäubt, unmittelbar nachdem er die Kirche zugesperrt hatte. Aufgewacht ist er aber erst wieder nach drei, also hatten der oder die Täter circa drei Stunden freie Bahn, denn außer dem Mesner konnte am frühen Nachmittag niemand in die *Basilica*. Davide hat natürlich auch mit dem zuständigen Pfarrer gesprochen, der neben dem Mesner selbstverständlich auch einen Schlüssel hat. Er hat aber an diesem Tag mit einer Gruppe Senioren aus seiner Pfarrei einen Ausflug in die Albaner Berge gemacht."

Erneut kratzte sich Max am Kopf.

„Der Mesner wurde für mehrere Stunden betäubt, aber es wurde nichts entwendet", wiederholte er die Informationen von Davide.

Piero und Francesco warteten gespannt, welche Idee Max nun haben würde, denn dass ihm gerade etwas ganz heftig im Kopf herumspukte, war ihm deutlich anzusehen. Es dauerte einige Augenblicke, bis ihnen Max seine Überlegungen preisgab.

„Hat Davide auch etwas dazu gesagt, ob nach dem Vorfall auch exakt die gleichen Gegenstände in der Kirche waren?"

Er erntete dafür nur fragende Blicke.

„Worauf willst du hinaus, Max?"

„Ich meine, dass es von vornherein vielleicht die Absicht der Täter war, den Eindruck zu erwecken, es sei nichts gestohlen worden."

Piero konnte ihm ebenso wenig folgen wie Francesco.

„Ich verstehe immer noch nicht, was deiner Meinung nach der Zweck des Überfalles war."

„Ziel war es sicherlich, sich einige Zeit ungestört in der Kirche aufzuhalten, und die Verwüstungen in der Sakristei waren vielleicht nur ein Ablenkungsmanöver. Eventuell wurde doch etwas gestohlen, aber es wurde so geschickt angestellt, dass es bisher noch keiner gemerkt hat."

Nun verstanden Piero und Francesco gar nichts mehr, und Max spann seinen Faden weiter.

„Wir haben in diesen Tagen so viel von Gemäldekopien gehört. Es wäre doch möglich, dass ein Gemälde aus der *Basilica* entwendet wurde, während der Mesner bewusstlos war, und dass der Diebstahl nicht bemerkt wurde, weil anstelle des gestohlenen Gemäldes eine Kopie davon aufgehängt wurde."

„Das ist ja eine geniale Idee!" rief Piero begeistert. „Ich weiß nicht, ob Davide mit seinem Team untersucht hat, ob dort etwas ausgetauscht wurde. Das kann ich ihn aber sofort fragen."

Rasch nahm Piero sein Handy, rief seinen Kollegen an und erzählte ihm, was für eine Idee Max gerade gehabt hatte. Davide Botazzi saß mit seiner Frau und einigen Freunden gerade in einem *Ristorante* beim Abendessen, deshalb konnte er nicht ungestört reden, aber er fand den Einfall äußerst interessant. Gleich am nächsten Morgen wollte er eine genaue Überprüfung der Kunstgegenstände in der *Basilica Sant'Andrea della Valle* veranlassen. Nachdem Piero eingehängt hatte, wollte er von Max wissen, was ihn auf diese Idee gebracht hatte.

„Mir ist vorhin unser heutiges Telefonat mit Paolo Sandrinelli durch den Kopf gegangen. Nachdem ich ihn direkt gefragt hatte, ob es bei seinem Geschäft mit Riva vielleicht um eine Gemäldekopie gegangen sei, hat er ganz entrüstet gemeint, dass für ihn nur Originale infrage kommen würden. Es könnte doch sein, dass er ein bestimmtes Gemälde aus der *Basilica* haben wollte, die Rivas haben es beschafft und anstelle des Originals eine Kopie, die Enzo angefertigt hatte, in die *Basilica* gehängt. Drei Stunden dürften schon ausgereicht haben, um das Original mit der Kopie auszutauschen."

Francesco dachte an das, was er in der *Chiesa Santa Maria del Popolo* beobachtet hatte und was Alfredo vorhatte.

„Dann könnte es sein, dass Alfredo in der Kirche die Lage checken will, um herauszufinden, wie ein Tausch am besten vonstatten gehen könnte."

„Das könnte durchaus sein."

In ihrem Rätseln über den mysteriösen Überfall hatten die drei völlig die Zeit vergessen. Als der Stadionsprecher laut die Aufstellung der beiden Teams vorlas, bemerkten sie, dass es nur noch drei Minuten bis zum Anpfiff waren. Schleunigst begaben sie sich auf ihre Plätze und freuten sich auf ein spannendes Spiel. Während der neunzig Minuten erwähnte keiner die kopierten Gemälde, denn auf den voll besetzten Tribünen hätten die um sie herum sitzenden Zuschauer ohne Weiteres mithören können.

Nach dem Schlusspfiff wussten Piero und Francesco nicht, ob sie sich über den knappen 2 : 1-Sieg ihrer Römer freuen oder eher skeptisch dem Rückspiel in Old Trafford in Manchester entgegensehen sollten, wo eine 1:0-Niederlage bereits das Ausscheiden bedeuten würde. Schließlich überwog dann doch mehr der Ärger darüber, dass ihre Mannschaft kein besseres Ergebnis erzielt hatte, obwohl Manchester nach einer gelb-roten Karte fast eine Stunde in Unterzahl spielen musste. Weil sie sich noch einmal über ihren aktuellen Fall austauschen wollten, fuhren die drei mit dem Bus ein Stück Richtung Zentrum und suchten sich eine Kneipe, die nicht von grölenden, betrunkenen Engländern übervölkert war. Sie stellten sich drei Barhocker um einen hohen, runden Tisch und bestellten sich jeweils ein Glas *Vino rosso*.

„Also", begann Francesco. „Wir haben einen Möbelrestaurator, der auch Gemälde kopiert und diese dann zusammen mit seinem Bruder vielleicht in Kirchen heimlich mit den Originalen vertauscht. Dann haben wir einen Unternehmer, der womöglich der Auftraggeber einer solchen Aktion war, dessen Tochter entführt wurde und der den Möbelrestaurator der Entführung bezichtigt. Schließlich haben wir die Firma des Unternehmers, in der keiner gut auf ihn zu sprechen ist und in der seine Söhne an der kurzen Leine gehalten werden. Wegen der unehelichen Tochter ihres Vaters hätten sie ein Motiv, sich mit der Entführung der Kleinen einen finanziellen Ausgleich für den plötzlich viel kleineren Erbteil zu verschaffen."

Max nickte zustimmend.

„Das hört sich alles ganz plausibel an, Francesco, aber bisher ist das alles nur Spekulation, leider haben wir dafür keinen einzigen stichhaltigen Beweis."

„Die Beweise müssten wir uns morgen besorgen. Wenn Davide herausfinden sollte, dass in der *Basilica Sant'Andrea della Valle* tatsächlich ein gefälschtes Gemälde hängt, könnten wir damit eventuell Enzo Riva überführen."

„Richtig. Und wenn er dann ordentlich in die Mangel genommen wird, dürfte er zugeben, dass ein gewisser Paolo Sandrinelli sein Auftraggeber war. Mit einem Durchsuchungsbefehl für die *Villa* von Sandrinelli in *Frascati* könnten wir dann wahrscheinlich auch das Original des Gemäldes wiederfinden."

Piero musste ihre Euphorie etwas bremsen.

„Aber euer größtes Problem bleibt. Wo ist Francesca und wie könnt ihr sie schnellstmöglichst befreien?"

Max setzte seine Hoffnung ganz auf seine Tochter.

„Martina wird morgen bestimmt die Gelegenheit haben, noch mehr über Sergio und Raffaele Sandrinelli zu erfahren. Vielleicht findet sie tatsächlich einen Hinweis darauf, dass die beiden Brüder ihre kleine Halbschwester entführt haben."

Francesco wollte Piero mehr mit einbeziehen.

„Wie könntest du uns bei der Suche unterstützen?"

„Nachdem die *Carabinieri* offiziell nicht eingebunden sind, kann ich ohne konkrete Verdachtsmomente meine Kollegen nicht losschicken, um beispielsweise die jungen Sandrinellis zu überwachen. Damit würde ich riskieren, dass die Entführung doch publik wird, vor allem wenn eine so bekannte Person wie Paolo Sandrinelli davon betroffen ist. Aber bei der Geldübergabe könnten unsere Zivilfahnder durchaus vor Ort sein und versuchen, die Kidnapper zu schnappen."

„Hältst du das nicht für zu riskant? Wenn nicht alle Entführer zur Geldübergabe kommen, dann könnten der oder die anderen Täter, die wir nicht verhaften können, doch Francesca etwas antun, so wie sie es angedroht haben."

„Ein gewisses Risiko können wir nie ganz ausschließen, Francesco. Wer garantiert uns, dass die Kleine auch wirklich freigelassen wird, wenn die Kerle erst einmal das Lösegeld haben? Wir können zwar anhand des Anrufes von heute Morgen davon ausgehen, dass sie noch lebt, aber es hat schon mehrfach Entführungen gegeben, bei der nach einem Lebenszeichen die geforderte Summe gezahlt und das Opfer von den Entführern dann doch ermordet wurde, weil ihnen vielleicht das Risiko zu groß war, von dem Freigelassenen später wiedererkannt zu werden."

Max trank den letzten Schluck von seinem *Vino*.

„Ich muss dir Recht geben, Piero, ein gewisses Risiko müssen wir eingehen. Wie schnell könntest du im Zweifelsfall deine Zivilfahnder mobilisieren?"

„Mobilisiert wären sie innerhalb weniger Minuten. Um den potentiellen Ort der Übergabe genau zu inspizieren, brauchen sie natürlich schon etwas Vorlauf, aber ich denke nicht, dass die Entführer einen so engen zeitlichen Rahmen setzen, dass das nicht möglich wäre. Und wenn sie Sandrinelli irgendwohin auf die Reise schicken, sollten wir ihn mit einem kleinen Mikro verkabeln, damit unsere Fahnder mithören können, wo er sich jeweils befindet. Allerdings würde eine derartige Verfolgungsjagd das Risiko schon erhöhen, entdeckt zu werden oder die Entführer nicht verhaften zu können."

Francesco hatte mittlerweile sein Glas auch leer getrunken und gähnte.

„Ich glaube, es ist Zeit, nach Hause zu fahren, morgen steht uns womöglich ein sehr anstrengender Tag bevor, da sollten wir ausgeschlafen sein."

Piero und Max stimmten ihm zu, sie bezahlten und verließen die Kneipe. Draußen wehte ein ziemlich frischer Wind, weshalb sie die Krägen ihrer Jacken nach oben schlugen.

„Nochmals vielen Dank, dass du uns die Karten besorgt hast, Piero."

„Gern geschehen. Bist du mit Giulia nächste Woche auch noch hier? Dann könnten wir uns das Rückspiel gemeinsam im Fernsehen anschauen."

„Leider nicht, wir müssen am Sonntagabend auf *Ischia* zurück sein, Giulia muss am Montag wieder arbeiten."

„Schade. Aber ich gehe davon aus, dass wir uns in den nächsten Tagen noch einmal sehen."

„Das wird bestimmt der Fall sein. Halte uns auf dem Laufenden, was die Glatze herausfindet, und du hörst auch sofort von uns, wenn sich die Entführer melden oder uns Martina neue Hinweise liefern kann."

„In Ordnung. Dann bis morgen."

Piero verabschiedete sich von ihnen mit einem Handschlag und machte sich auf den Weg zu seiner Wohnung in *Trastevere*, während Max und Francesco in Richtung *Flaminio* aufbrachen.

22

Am Morgen des Gründonnerstags waren im Hause Bianchi fast alle sehr zeitig auf den Beinen. Aldo erwartete den üblichen Patientenansturm vor dem langen Osterwochenende und wollte deshalb noch zeitiger als sonst zu seiner Praxis aufbrechen. Giovanna bereitete ihm wie immer den morgendlichen Kaffee zu und versorgte auch gleich Max und Francesco damit. Beide hatten nicht sonderlich gut geschlafen, weil ihnen Gemäldekopien, ein Aktenkoffer voller Lösegeld und ein entführtes kleines Mädchen im Kopf herumspukten. Martina freute sich auf ihren zweiten Tag in der Firma Sandrinelli, auch wenn Chiara, die kurz nach ihr aufgestanden war, sie noch einmal eindringlich bat, bei ihrem Einsatz nichts auf eigene Faust zu unternehmen, wenn sie Francescas Entführern tatsächlich in der Firma auf die Schliche kommen sollte. Nur Giulia und Elena blieben länger im Bett und genossen es, richtig auszuschlafen. Nach dem Frühstück setzten sich Giovanna und Chiara zusammen, um zu besprechen, wie ihr Speiseplan und somit auch der Einkaufszettel für die bevorstehenden Osterfeiertage aussehen sollte. Francesco wollte zur Überraschung aller in der *Villa Borghese* eine Runde joggen, und Max schnappte sich die aktuelle Tageszeitung, nachdem auch er Martina vor ihrer Abfahrt davor gewarnt hatte, im Fall der Fälle alleine zu handeln.

„Ruf mich sofort an, wenn du etwas Entscheidendes herausfindest, oder schreib mir eine SMS. Wer ein kleines Mädchen entführt, der ist auch zu ganz anderen Taten fähig."

„Papa, ich weiß schon selbst, wie weit ich mich vorwagen kann. Außerdem kann ich es irgendwie immer noch nicht glauben, dass Raffaele wirklich ein Kidnapper sein könnte, weil er gestern so nett zu mir war."

Als sie kurz darauf in der *Metropolitana* saß, antwortete sie gleich auf die SMS von ihrem Robert, die sie während des Frühstücks erhalten hatte. Es fiel ihr schwer, wieder nichts von ihrem Spitzeleinsatz zu berichten, aber in Gedanken malte sie sich aus, wie schön es sein würde, ihn nach den Ferien wiederzusehen und dann so viel zu erzählen zu haben.

Nach dem Joggen hatte Francesco geduscht, sich ein zweites Frühstück schmecken lassen und sich zu Max ins Wohnzimmer gesetzt. Er hatte in der Zeitung den Bericht über das Spiel vom Vorabend fast zu Ende gelesen, als sein Handy klingelte.

„Es ist Sandrinelli", rief er, nahm das Gespräch an und schaltete den Lautsprecher ein.

Paolo Sandrinelli war sehr aufgeregt, weil er soeben den nächsten anonymen Anruf erhalten hatte, bei dem ihm wiederum nur ein Tonband mit wenigen Sätzen seiner kleinen Tochter vorgespielt worden war.

„Ich habe das Gespräch so wie gestern aufgenommen. Ein Moment, ich spiele es Ihnen vor."

Sie hörten, wie Sandrinelli die Kassette in seinem Diktiergerät etwas zurückspulte und das Gerät dann einschaltete.

„Hallo, Papa, mir geht's gut."

„Hast du dich über das 2 : 1 von *AS Roma* gestern Abend gefreut?"

„Morgen ist Zahltag."

Ein metallisch klingendes Klicken sagte ihnen, dass die Botschaft zu Ende war, was ihnen Sandrinelli auch sogleich bestätigte.

„Mehr hat meine Kleine diesmal nicht gesagt. Was halten Sie davon, *Signori?*"

Max überließ es Francesco, zu antworten.

„Der Hinweis auf das Endergebnis von gestern Abend ist wieder ein deutliches Zeichen, dass Francesca noch am Leben ist. Ob die Entführer etwas damit bezwecken, die Geldübergabe am Feiertag vonstattengehen zu lassen, kann ich auf Anhieb nicht beurteilen, das könnte auch reiner Zufall sein."

„Wie soll ich mich nun verhalten?"

„Im Grunde können Sie nur abwarten, bis Sie morgen die genauen Instruktionen der Erpresser bekommen. Wir werden heute natürlich die wenigen Spuren, die wir haben, weiterverfolgen und hoffen darauf, Francesca doch noch zu finden, bevor es überhaupt zu einer Geldübergabe kommt."

„In Ordnung. Vielen Dank."

Ohne sich zu verabschieden, hängte Sandrinelli ein.

„Er hat wohl befürchtet, ich würde ihn wieder nach seinem Geschäft mit Riva fragen“, spekulierte Max, weil Sandrinelli so kurz angebunden war.

Francesco wollte sofort Piero über den neuerlichen Erpresseranruf informieren, damit er wieder herausfinden konnte, von wo aus diesmal telefoniert worden war. Er kam aber nicht dazu, zu wählen, weil sein Handy erneut klingelte.

„Ich kenne die Nummer nicht.“

Wie kurz zuvor aktivierte er sofort nach der Annahme des Gesprächs den Lautsprecher, damit Max mithören konnte.

„Pronto.“

Anfangs war nur ein keuchendes Schnaufen zu hören.

„Maresciallo?“

„Ja, hier ist Bianchi. Mit wem spreche ich denn?“

„Entschuldigen Sie, ich bin noch ganz außer Atem, weil ich so schnell die Treppe rauf- und runtergelaufen bin.“

Max zuckte mit den Schultern. Die Stimme kam ihm zwar irgendwie bekannt vor, er wusste aber genauso wenig wie Francesco, wer am anderen Ende der Leitung war.

„*Maresciallo*, hier ist Giuseppe Barelli, der Verkäufer vom Zeitungsstand in der *Stazione Piramide.“*

„*Signor* Barelli“, rief Francesco überrascht. „Verzeihung, dass ich Sie nicht sofort erkannt habe. Was ist denn passiert?“

„Der mysteriöse Anrufer war wieder da, *Maresciallo.“*

„Wann war das?“, fragte Francesco augenblicklich ganz aufgeregt.

„Vor ein paar Minuten, deshalb bin ich ja so außer Atem. Ich hatte gerade einen Kunden bedient, da sah ich plötzlich den Bärtigen drüben bei den öffentlichen Telefonen stehen. Er hängte in dem Moment den Hörer ein und steckte etwas in seine Jackentasche. Ich habe ihn sofort wiedererkannt. Er ist an meinem Zeitungsstand vorbei und bei einem der gesicherten Eingänge hinein. Da habe ich ganz schnell meine Kassenschublade zugesperrt. Weil ich keine gültige Fahrkarte parat hatte, musste ich bei einem der Ausgänge über das Drehkreuz klettern, um ihm nachrennen zu können. Leider hatte er deshalb zu viel Vorsprung. Obwohl ich schleunigst hinter ihm die Treppe hinunter bin, ist er rechtzeitig in eine *Metropolitana* hinein, die gerade abfahrbereit am Gleis stand. Bis ich den Zug auch erreicht hatte, schlossen sich die Türen.“

„Hat er bemerkt, dass Sie ihn verfolgt haben?“

„Nein, das glaube ich nicht, er hat sich auch nicht umgedreht, als er in die U-Bahn eingestiegen ist.“

„In welche Richtung ist er abgefahren?“

„Es war der Zug, der in Richtung Süden bis *Roma Laurentina* fährt.“

„Können Sie uns jetzt noch mehr Details über sein Aussehen liefern als am Dienstag?“

„Sein Gesicht habe ich wieder nur kurz gesehen, aber es hat ausgereicht, ihn an dem schwarzen Kinnbart und dem Oberlippenbart zu erkennen. Bekleidet war er mit einer Jeans und einer dunkelbraunen Lederjacke. Er dürfte ungefähr eins achtzig groß sein und hatte eine unauffällige Figur.“

„Unauffällig?“

„Ja, ich meine ganz normal, nicht zu dick oder sonderlich schlank. Athletisch würde es vielleicht am besten beschreiben. Und er trug wie am Montag eine dunkelblaue Baseballkappe.“

„Vielen Dank, *Signor* Barelli, dass Sie uns sofort informiert haben, Sie waren uns eine sehr große Hilfe.“

„Wenn mir noch etwas einfällt, was ich jetzt auf die Schnelle vergessen habe, melde ich mich noch einmal.“

„Gerne, Sie können mich jederzeit anrufen. *Arrivederci.*“

„Arrivederci Maresciallo.“

Sofort nach Barellis Anruf rief Francesco bei Piero an, damit er überprüfen konnte, ob der anonyme Anruf bei Sandrinelli von der Telefonzelle an der *Stazione Piramid*e gekommen war.

„Er ruft gleich zurück“, meinte Francesco, als er eingehängt hatte. „Aber ich würde mich schon sehr wundern, wenn der Typ von der *Stazione* nicht einer der Entführer war.“

„Dass er mit der *Metropolitana* Richtung Süden gefahren ist, könnte wieder ein Indiz dafür sein, dass wir in der Firma Sandrinelli weitersuchen müssen. Sobald Piero zurückgerufen hat, werde ich Martina informieren, an welcher Bekleidung sie den mutmaßlichen Entführer erkennen kann.“

„Was sollen wir unternehmen, wenn sie dir erzählt, dass einer der beiden Sandrinelli-Söhne heute in Jeans und mit einer Lederjacke herumläuft?“

„Das weiß ich auch noch nicht genau. Ohne konkreten Beweis können wir Piero und seine Leute dort nicht vorfahren lassen, damit sie ihn verhaften. Außerdem müssen wir auch an Francesca denken. Gesetzt den Fall, einer der Söhne hängt mit drin, dann heißt das nicht automatisch, dass auch der Bruder zu den Entführern gehört. Und solange wir nicht wissen, wer alles daran beteiligt ist, wäre die Verhaftung eines Einzelnen vermutlich ein zu hohes Risiko, denn wir könnten damit die restlichen Entführer derart in die Enge treiben, dass es bei ihnen womöglich zu einer Kurzschlussreaktion kommt."

„Aber wir können doch nicht tatenlos hier sitzen bleiben", seufzte Francesco.

„Natürlich nicht. Wenn wir von Martina einen entsprechenden Hinweis bekommen sollten, dann müssen wir uns heute Abend eben vor der Firma für eine weitere Verfolgung bereithalten. Ich bin mir sicher, dass zumindest einer der Entführer einmal am Tag das Versteck von Francesca aufsucht."

Mitten in ihre Diskussion platzte der Rückruf von Piero.

„Volltreffer, der Anruf kam wieder von der Telefonzelle an der *Stazione Piramide*. Was unternehmt ihr jetzt?"

„Wir haben gerade über unsere noch sehr dürftige Beweislage diskutiert. Jetzt ist wieder Martina an der Reihe, Max wird sie gleich anrufen, damit sie weiß, auf welche Bekleidung sie in der Firma heute besonders achten soll. Wenn sie fündig wird, werden wir uns gegen Abend vor dem Firmengelände auf die Lauer legen, vielleicht werden wir dann nach Feierabend zu Francescas Versteck geführt."

„Soll ich als Verstärkung vorbeikommen?"

„Danke für das Angebot, aber solange wir nur einen potentiellen Entführer enttarnt haben, werden wir das zu zweit schon bewältigen können. Anders sähe es aus, wenn wir gleich mehreren auf der Spur wären, aber dann könnten wir dich im Laufe des Tages noch rechtzeitig informieren."

„Okay, dann haltet mich auf dem Laufenden. Davide ist übrigens vorhin mit mehreren Spezialisten zur *Basilica Sant' Andrea della Valle* ausgerückt, falls sich dort etwas ergibt, informiere ich euch natürlich auch gleich. *Ciao.*"

Martina meldete sich schon nach dem zweiten Klingelton.

„Hallo, Papa, was gibt es?"

„Kannst du gerade ungestört sprechen?"

„Nein, ich bin heute Vormittag im Sekretariat."

„Pass auf, es gibt Neuigkeiten, hör einfach zu und antworte, wenn es nicht anders geht, nur mit Ja oder Nein."

„Okay."

„Hast du heute Raffaele schon gesehen?"

„Ja, ganz kurz."

„Und Sergio?"

„Auch."

„Die Entführer haben sich vorhin wieder bei Sandrinelli gemeldet und ihm so wie gestern ein Tonband mit Nachrichten von Francesca vorgespielt. Die Geldübergabe soll morgen stattfinden. Unmittelbar nach Sandrinelli hat uns der Zeitungshändler von der *Stazione Piramide* angerufen, weil er dort den selben Typen wie am Montag beobachtet hat. Der hatte eine dunkelbraune Lederjacke und eine Jeans an."

Diesmal antwortete Martina nicht.

„Bist du noch da?"

„Ja."

„Haben vielleicht Raffaele oder Sergio heute eine Jeans an?"

„Beide."

„Und was ist mit der Jacke?"

„Weiß ich nicht."

„Das heißt, du hast sie nur ohne Jacke gesehen."

„Ja, beide."

Martina bemerkte, dass sie von den beiden Sekretärinnen Graziana Rubino und Stella Mandani aufmerksam beobachtet wurde. Weil die Firma Sandrinelli auch viele deutsche Kunden belieferte, nahm sie an, dass für die beiden Sekretärinnen auch einiges an deutscher Korrespondenz anfiel und sie deshalb vermutlich auch ein wenig von der Sprache verstanden. Sie ließ sich davon allerdings nicht beirren, sondern antwortete weiter kurz und knapp auf die Fragen von Max.

„Meinst du, dass du sie vielleicht in der Mittagspause mit Jacke sehen wirst?"

„Einen bestimmt."

„Soll das heißen, dass du heute wieder mit Raffaele zum Mittagessen gehst?"

„Ja."

„Dann pass bitte auf dich auf."

„Mach ich doch immer, Papa."

„Und melde dich sofort, wenn es notwendig ist."

„Papa, du wiederholst dich."
„Manches kann man nicht oft genug sagen."
„*Ciao* Papa."
„*Ciao.*"

Nach dem Gespräch mit Martina konnten Max und Francesco vorerst nichts unternehmen. In Sachen Gemälde mussten sie auf Nachrichten von Piero beziehungsweise Davide Botazzi warten, wegen der Suche nach Francesca waren sie auf weitere Hinweise von Martina angewiesen. Eine derartige Situation, in der er tatenlos zuwarten musste und bei seiner Arbeit von anderen abhängig war, ging Max regelmäßig ziemlich auf die Nerven. Lieber war er Tag und Nacht pausenlos mit eigenen Ermittlungen beschäftigt, als dass er unruhig auf die Ergebnisse der Recherchen anderer warten musste. Am besten half ihm in so einer Situation erst einmal eine anständige Brotzeit. Deshalb ging er ins Esszimmer, wo Giulia und Elena bei ihrem späten Frühstück saßen. Beide hatten relativ lange geschlafen und waren erst kurz zuvor aufgestanden. Max ließ sich nicht zweimal bitten und setzte sich dazu. Während er kräftig zulangte und Giovanna, die ohnehin in der Küche beschäftigt war, darum bat, noch eine Kanne Kaffee zu kochen, begann Elena, ihn mit Fragen zu den neuesten Entwicklungen seines komplizierten Falles zu löchern. Als sie hörte, dass für den Abend eventuell wieder die Beschattung eines Verdächtigen notwendig war, wollte sie Max sofort das Versprechen abringen, dass sie wieder mit von der Partie sein würde. Diesmal musste er sie aber enttäuschen.

„Heute Abend könnte es unter Umständen sehr gefährlich werden. Außerdem weiß ich nicht, wie lange unser Einsatz dauern wird, das könnte sich eventuell die ganze Nacht hinziehen. Deshalb können wir dich heute leider nicht mitnehmen."

Elena war, wie nicht anders zu erwarten war, nicht erfreut darüber.

„Ach Mensch, immer wenn es richtig spannend wird, darf ich nicht mehr mitmachen."

„Elena, vergiss nicht, dass es sich hierbei weder um ein Spiel noch um eine Geschichte aus deinen Taschenbuchkrimis handelt. Mit Typen, die kleine Mädchen entführen, ist bestimmt nicht zu spaßen. Das Risiko, dass dir dabei etwas passiert, kann und will ich nicht eingehen."

Elena blickte hilfesuchend ihre Tante an, aber das war vergebliche Liebesmüh.

„Max hat vollkommen Recht, Elena. Der Einsatz heute Abend kann wirklich gefährlich werden. Wenn ich daran denke, welche Sorgen ich mir immer wieder um Francesco mache, wenn er nachts unterwegs sein muss, dann reicht es deiner Mama bestimmt, wenn sie sich um Max sorgt und sie sich nicht auch noch Gedanken machen muss, was dir passieren könnte."

Diesem Argument von Giulia konnte Elena nichts mehr entgegensetzen, schmollend schob sie sich einen Löffel Müsli in den Mund, und Max bedankte sich mit einem Augenzwinkern für Giulias Hilfe.

In der Firma Sandrinelli wurden Graziana Rubino und Stella Mandani von Caterina Moresco wie jeden Vormittag zur Kaffeepause abgeholt. Martina freute sich darüber, dass sie von den Sekretärinnen gefragt wurde, ob sie mit in die *Cafeteria* gehen würde. Bisher hatten sie ihr sehr viel über ihre tägliche Arbeit im Sekretariat erzählt und ihr kleinere Aufgaben zum Erledigen gegeben. In der *Cafeteria* wollte Martina die Gelegenheit nutzen, auch etwas Privates über die drei Sekretärinnen zu erfahren. Als alle vier mit einem *Cappuccino* versorgt an einem Tisch Platz nahmen, fragte Martina Stella Mandani, wie lange sie schon in der Firma beschäftigt war.

„Es sind mittlerweile neun Jahre."

„Dann muss Ihnen die Arbeit aber sehr viel Spaß machen."

„Es gibt sicher Tage, an denen man nicht so gern ins Büro geht, aber im Großen und Ganzen macht es mir schon Spaß."

„Hat sich denn in den letzten Jahren durch den technischen Fortschritt an der Arbeit im Sekretariat sehr viel geändert?"

„Während meiner ersten Jahre hier gab es eine rasante Entwicklung, denn anfangs hatten wir noch nicht einmal einen Internetanschluss, aber sämtliche Schreibarbeiten wurden natürlich schon damals am PC erledigt."

„Es hat auch einige Zeit gedauert, bis sich *Signor* Sandrinelli davon überzeugen ließ, dass die Firma eine eigene Homepage braucht", ergänzte Graziana Rubino. „Er hielt anfangs nämlich überhaupt nichts von diesem neumodischen Zeug. Aber letztlich hat er doch eingesehen, dass man der Konkurrenz hinterherhinkt, wenn man sich nicht im Internet präsentieren kann."

„Sind Sie auch schon so lange hier, *Signora* Moresco?"

„Sogar noch ein Jahr länger, wir drei sind innerhalb von zwei Jahren hier eingestellt worden, zuerst ich, dann ein Jahr später Stella und wiederum fast zwölf Monate später Graziana."

Martina überlegte fieberhaft, wie sie die Kurve zu Nicoletta Soranos Vergangenheit in der Firma kriegen könnte.

„Haben Sie damals gleich als Chefsekretärin angefangen?"

„Nein, ich war zuerst auch im Sekretariat eingesetzt, aber meine Vorgängerin im Chefsekretariat hat vor etwas mehr als sechs Jahren plötzlich gekündigt, obwohl sie erst gut ein Jahr zuvor zur Chefsekretärin befördert worden war. Da habe ich die Chance bekommen, ihren Job zu übernehmen."

Nun war Martina in etwa da, wo sie hinwollte.

„Das ist aber merkwürdig, dass man so schnell nach einer Beförderung kündigt. Der Job muss doch interessant sein, sonst würden Sie ihn doch nicht schon so viele Jahre machen."

Die drei Sekretärinnen sahen sich an und antworteten nicht sofort, Martina hatte den Eindruck, dass sie sich jetzt anscheinend überlegten, welche Details zu Caterina Morescos Vorgängerin sie preisgeben sollten und welche nicht.

„Genau wissen wir das auch nicht, denn sie hat sich nie dazu geäußert. Vielleicht ist sie mit unserem Chef nicht zurechtgekommen und ist deshalb gegangen."

Martina hatte den Eindruck, dass sie den Grund für die Kündigung von *Signora* Morescos Vorgängerin sehr wohl kannten. Ein Zerwürfnis mit dem Chef war bestimmt nicht der Anlass gewesen. Sie dachte sich, dass sie den drei Sekretärinnen genauso etwas vorspielen könne.

„So wie ich *Signor* Sandrinelli kennen gelernt habe, kann ich mir nicht vorstellen, dass man mit ihm nicht auskommen kann."

Diesmal antwortete Caterina Moresco sofort.

„Naja, man muss schon wissen, wie man mit seinen Eigenheiten umzugehen hat, aber ich habe ihn mir mittlerweile ganz gut erzogen."

Alle lachten laut los, einen weiteren Kommentar zum Chef bekam Martina aber nicht zu hören. Sie konnte nicht verhindern, dass das Thema gewechselt wurde und nun die geplanten Aktivitäten am bevorstehenden Osterwochenende im Mittelpunkt standen. Stella Mandani wollte mit ihrem Freund zu dessen Familie nach Mailand fahren. Graziana Rubinos Lebensgefährte, der als Arzt im römischen *Policlinico* arbeitete, hatte über die Feiertage Dienst, weshalb sie vorhatte, für zwei Tage allein zu ihren Eltern zu fahren, die in einem kleinen Dorf außerhalb von Rom eine *Trattoria* betrieben. Nur Caterina Moresco, die anscheinend Single war, wollte in Rom bleiben und hatte sich für die Feiertage mit verschiedenen Freundinnen verabredet. Schließlich berichtete Martina, dass ihre Familie plante am Karfreitagsabend zum Kolosseum zu gehen, wo alljährlich von Tausenden Römern zusammen mit dem Papst im Schein unzähliger Kerzen der Kreuzweg gebetet wurde.

„Am Ostersonntag sind wir sicher auf dem Petersplatz, wenn wir schon die Gelegenheit haben, beim Ostergottesdienst dabei zu sein und den Segen ‚Urbi et orbi' persönlich zu empfangen."

Für ihre Pläne erntete sie erstaunte Blicke, gerade so als hätten die drei Sekretärinnen soeben zum ersten Mal gehört, dass sie ihr verlängertes Wochenende dem höchsten Fest der Christenheit zu verdanken hätten. Anschließend stand Stella Mandani auf und trug ihre leere Tasse zum Geschirrwagen.

„Ich muss allmählich wieder ins Büro zurück, damit ich wirklich spätestens um drei Uhr gehen kann."

Sie wollte mit ihrem Freund bereits am Spätnachmittag in Richtung Mailand starten. Gemeinsam verließen sie die *Cafeteria* und kehrten in ihre Büros zurück.

„Besonders ergiebig war das nicht", dachte sich Martina. Auch wenn die Sekretärinnen in Sachen Nicoletta Sorano allem Anschein nach nicht die Wahrheit gesagt hatten, sah sie keinen Grund, warum sie eine von ihnen der Beteiligung an der Entführung verdächtigen sollte. Zwei weitere Mitarbeiterinnen im Sekretariat, die an diesem Tag wegen Urlaubs und Krankheit nicht arbeiteten, waren zu Zeiten von Nicoletta Sorano noch gar nicht in der Firma beschäftigt und kamen somit ohnehin nicht als mögliche Täter in Frage.

Der Rest des Vormittags verlief relativ unspektakulär, sonderlich spannend und lehrreich fand Martina ihren Aufenthalt im Sekretariat nicht. Weil sie sich dort auch keine weiteren Erkenntnisse für die Suche nach Francesca erwartete, wollte sie Raffaele in der Mittagspause vorschlagen, am Nachmittag ihm oder Sergio bei der Arbeit über die Schulter zu schauen. Wie am Vortag hatte sie sich mit ihm um ein Uhr bei seinem Auto verabredet.

„Mal sehen, ob er heute pünktlich ist", sagte sie zu sich selbst, als sie zwei Minuten zu früh am Parkplatz ankam.

Der Sonnenschein vom strahlend blauen Himmel schuf für ihre zweite Cabrio-Spritztour noch bessere Voraussetzungen als für die erste. Darüber freute sich Martina neben der Aussicht auf ein vorzügliches Mittagessen besonders. Als Raffaele wenige Minuten später aus dem Verwaltungsgebäude herauskam, ihr ein freundliches „Hallo, da bin ich" zurief und sie mit zwei Küsschen rechts und links auf die Wangen begrüßte, war ihre gute Laune allerdings schlagartig wie weggeblasen. Am Morgen hatte sie ihn nur hemdsärmelig gesehen, nun aber trug er über seinem weißen Hemd eine dunkelbraune Lederjacke.

23

Martina stand Raffaele Sandrinelli gegenüber, der sie freundlich anlächelte und ihr höflich die Beifahrertür seines Cabrios aufhielt. Für einige Augenblicke konnte sie keinen klaren Gedanken fassen, in ihrem Kopf schwirrte es wie in einem Bienenstock, ständig hatte sie im Ohr, wie Max ihr geschildert hatte, dass einer der Entführer mit Jeans und dunkelbrauner Lederjacke bekleidet war. Nachdem sie sich auf den Beifahrersitz fallen gelassen hatte und Raffaele um sein Auto herum zur Fahrertür ging, hätte sie am liebsten ihre Tür wieder aufgerissen, um schleunigst das Weite zu suchen. Aber damit wäre ihre Tarnung schlagartig aufgeflogen, denn wie hätte sie ihr Verhalten Raffaele erklären sollen?

„Mist, Mist, verdammter Mist“, sagte sie leise zu sich selbst.

Raffaele stieg ein, ließ den Motor an und öffnete sofort das Cabrio-Verdeck.

„Sollen wir bei dem herrlichen Wetter vor dem Essen wieder eine Runde drehen?“

„Natürlich, es ist schließlich vorerst meine letzte Cabrio-Spritztour“, antwortete Martina mit einem gequälten Lächeln. „Und deine letzte womöglich auch für lange Zeit“, ergänzte sie in Gedanken ihre Antwort.

Martina war hin- und hergerissen. Einerseits stieg Panik in ihr hoch, wenn sie daran dachte, dass sie womöglich mit einem Kidnapper allein im Auto unterwegs war, anderseits klammerte sie sich an den Strohhalm, dass es vielleicht nur ein dummer Zufall war, dass Raffaele ausgerechnet heute eine dunkelbraune Lederjacke trug. Ihr nächster Gedanke war, dass ihr bestimmt nichts passieren würde, solange Raffaele ihre wahre Identität nicht kannte. Außerdem konnte er doch überhaupt nicht der anonyme Anrufer von der *Stazione Piramide* sein, weil er keinen Bart hatte. Trotzdem wollte sie die nächstbeste Gelegenheit nutzen, um Max zu informieren.

„Warum bist du heute so still, Valentina?“, wollte Raffaele von ihr wissen.

Martina schloss die Augen, lehnte sich zurück und legte den Kopf in den Nacken.

„Ich genieße es einfach, mir den Fahrtwind durch die Haare wehen zu lassen. Außerdem bin ich müde, weil es gestern Abend bei unseren Freunden relativ spät geworden ist."

„Wie war es am Vormittag im Sekretariat?"

„Ganz interessant, aber ich denke, die paar Stunden haben ausgereicht, um genügend von der Arbeit dort mitzubekommen. Ich habe den Damen auch schon gesagt, dass ich mit dir noch besprechen muss, wo ich den heutigen Nachmittag verbringe."

„Was möchtest du denn gerne noch sehen?"

„Das Versteck von Francesca", hätte Martina am liebsten geantwortet, konnte sich aber beherrschen.

„Wie es im Verkauf und im Sekretariat zugeht, weiß ich jetzt, aber von dem, was auf Geschäftsleitungsebene alles anfällt, habe ich bisher noch nichts gesehen. Zu deinem Vater werde ich mich kaum ins Büro setzen können, aber vielleicht darf ich dir oder Sergio bei der Arbeit über die Schulter schauen, das wäre bestimmt sehr interessant für mich."

„Sergios Terminkalender von heute Nachmittag kenne ich nicht, ich habe um vier eine kurze Besprechung in unserem Lager, die restliche Zeit steht Büroarbeit an, da kannst du dich gerne dazusetzen."

„Super, danke."

Raffaele war eine etwas größere Runde als am Vortag gefahren. Kurz bevor sie das *Torre Latino* erreichten, bog er nach rechts in eine Tankstelle ab.

„Ich habe heute Früh vergessen zu tanken. Wenn ich es jetzt nicht mache, dann schaffen wir es hinterher nicht mehr bis zur Firma."

„Dann setze ich mich eben auf den Fahrersitz, und du schiebst mich bis zur nächsten Tankstelle."

„Das könnte dir so passen", lachte Raffaele.

Er stieg aus und bat den Tankwart, der sofort zur Stelle war, vollzutanken. Martina hörte, wie das Benzin in den Tank sprudelte. Wäre sie in einem geschlossenen Auto gesessen, hätte sie es riskieren können, ihren Vater sofort anzurufen, aber in dem Cabrio kam das nicht infrage, zumal Raffaele auch noch auf der Beifahrerseite zwischen seinem Auto und der Zapfsäule stand. Sie blickte sich in dem Wagen um. In einer Ablage am Armaturenbrett lagen eine Sonnenbrille, ein Kugelschreiber und eine Schachtel Zigaretten, deren Deckel halboffen stand, sodass neben den Zigaretten auch ein weißes Feuerzeug zu sehen war. In der Beifahrertür steckte eine Straßenkarte der Region *Lazio* und hinter dem Fahrersitz lag eine große weiße Plastiktüte, aus der der Hals einer Zweiliterflasche *Acqua minerale* herausragte. Raffaele unterhielt sich mit dem Tankwart über die schon wieder gestiegenen Benzinpreise und folgte ihm, als der Tank voll war, in das kleine Kassenhäuschen, weil er mit seiner Kreditkarte bezahlen wollte. Martina hielt die Zeit, bis er wieder zurück sein würde, für zu kurz, um mit Max zu telefonieren. Aber sie sollte ausreichen, um noch kurz das Handschuhfach zu inspizieren. Sie wartete, bis Raffaele ihr in dem Kassenhäuschen den Rücken zudrehte, griff nach vorne und öffnete den Deckel des Faches. Im Handschuhfach lag, mit der Kopföffnung nach oben und der Sonnenblende nach vorne, eine blaue Baseballkappe. Martina griff nach der Blende und zog die Kappe ein Stück heraus. Der Adrenalinstoß, der sie durchfuhr, war der gleiche wie der, der sie getroffen hatte, als Raffaele plötzlich in der Lederjacke vor ihr gestanden war. Im Inneren der Baseballkappe lagen ein zusammengefaltetes weißes Taschentuch aus Stoff, ein kleines Diktiergerät sowie eine rechteckige Kunststofffolie, auf der ein schwarzer Schnurrbart und ein größerer, ebenfalls schwarzer Bart klebten. Martina stockte der Atem. Nun gab es für sie keinen Zweifel mehr, Raffaele musste einer der Entführer sein. Wie hatte sie sich so in ihm täuschen können? Schnell schob sie die Kappe zurück und klappte das Handschuhfach zu, sie hatte genug gesehen.

Was Martina nicht gesehen hatte, war, dass sich Raffaele, als er den unterschriebenen Kreditkartenbeleg in seine Geldbörse stecken wollte, bereits zur Tür des Kassenhäuschens umgedreht hatte. Genau in diesem Moment hatte sie seine Baseballkappe aus dem Handschuhfach herausgezogen. Er blieb wie angewurzelt stehen, beobachtete sie und wartete so lange, bis sie das Handschuhfach wieder zugeklappt hatte. Warum zum Teufel kam diese kleine Göre auf die Idee, in seinem Auto herumzuschnüffeln? Raffaele war gespannt, ob sie ihn darauf ansprechen würde, was diese eigenartigen Utensilien in seinem Handschuhfach zu bedeuten hätten. Dann musste er schnell eine plausible Erklärung parat haben. Andererseits würde sie ihre eigene Neugier verraten, wenn sie ihn danach fragen würde. Etwas nervös ging er zum Auto zurück und stieg ein. Martina ließ sich nichts anmerken.

„Jetzt habe ich aber richtig Hunger. Du auch, Valentina?"

In den letzten Minuten war ihr der Appetit ordentlich vergangen, trotzdem musste sie so tun, als wäre nichts passiert.

„Ja, aber heute werde ich lieber kleinere Portionen wählen, denn wir haben gestern Abend auch richtig geschlemmt."

Im *Torre Latino* wurden sie wieder von Sebastiano, dem *Cameriere*, begrüßt und zum gleichen Tisch wie am Vortag begleitet. Wieder stellte er danach sofort eine Flasche eisgekühlten *Prosecco* bereit. Diesmal trank Martina ein ganzes Glas davon, weil sie sich dachte, dass das vielleicht ihre Nerven etwas beruhigen würde. Solange sie noch nicht mit Max telefoniert hatte, durfte sie sich auf gar keinen Fall anmerken lassen, dass sie Raffaele auf die Schliche gekommen war. Sebastiano kam erneut an ihren Tisch, um ihre Bestellung aufzunehmen. Raffaele wählte als *Primo* eine Portion *Bucatini all'amatriciana* und als *Secondo* ein *Bistecca alla Fiorentiana*, Martina wollte nur eine *Minestrone* und eine Gemüse-*Lasagne* haben. Während sie auf das Essen warteten, wollte keine rechte Konversation zustande kommen, Martina hielt sich bewusst zurück, um sich auf keinen Fall zu verplappern, und auch Raffaele schien mit seinen Gedanken ganz woanders zu sein. So unterhielten sie sich über eher belanglose Dinge, bis das Essen serviert wurde. Dann konnte Martina wenigstens die hervorragende Suppe loben und feststellen, dass sie schon lange keine so köstliche Gemüse-*Lasagne* mehr gegessen hatte. Raffaele war mit seinem Essen auch sehr zufrieden, obwohl die Soße der *Bucatini* vielleicht eine Idee zu viel *Peperoncino* abbekommen hatte. Nach dem Essen bestellte er sich noch einen *Espresso* und hatte es dann ungewöhnlich eilig, zu bezahlen und wieder aufzubrechen.

„Am besten kommst du hernach gleich mit in mein Büro, dann kann ich dir direkt bei der Arbeit erklären, was bei mir tagtäglich an Tätigkeiten anfällt."

„Dann habe ich wieder keine Gelegenheit, mit Papa zu telefonieren", ging es ihr durch den Kopf.

Aber sie hatte eine Idee.

„Bevor wir fahren, muss ich dringend noch auf die Toilette."
„Okay, dann warte ich am Auto auf dich."
Gemeinsam standen sie auf, und während Martina den Weg zur Toilette einschlug, ging Raffaele in Richtung Eingangstür des *Torre Latino*. Noch bevor er die Tür erreicht hatte, blieb er plötzlich stehen und drehte sich um. Martina war nicht zu sehen. Er ging ihr nach, wartete im Flur vor den Toilettentüren einen Moment, um zu hören, ob sich dort eventuell noch andere Personen aufhalten würden. Es war allerdings sehr ruhig, außer Martina schien dort gerade niemand zu sein. Leise öffnete er die Tür zur Damentoilette und lugte hinein. Die Türen von zwei der drei Kabinen standen offen, nur die dritte war verschlossen. Raffaele ging in die Knie, um unter der Kabinentür hineinsehen zu können. Die Schuhe, die er sah, gehörten eindeutig Martina. Aber an der Stellung ihrer Füße erkannte er, dass sie nicht auf der Toilette saß, sondern gleich hinter der Tür zur Seite gedreht stand. Er sah den Flur entlang, und weil niemand in der Nähe war, schlüpfte er in die Damentoilette hinein und schloss ganz leise die Tür hinter sich. Martina stand tatsächlich direkt hinter der Kabinentür und lehnte mit dem Rücken an der linken Seitenwand. Soeben hatte sie die Nummer von ihrem Vater gewählt. Nun wartete sie ungeduldig darauf, dass er sich endlich melden würde.
„Verdammt, nun geh schon ran."
„Grüß Gott, hier ist die Mailbox von Max Hartinger. Leider bin ich derzeit nicht erreichbar. Bitte hinterlassen Sie Ihren Namen und Ihre Telefonnummer, ich werde Sie so schnell wie möglich zurückrufen. Vielen Dank."
Martina fluchte leise vor sich hin, als sie die Ansage anhörte. Dann kam endlich der Piepton, der die Aufnahmebereitschaft der Mailbox signalisierte.
„Hallo, Papa, es brennt. Du hattest leider Recht, Raffaele scheint tatsächlich einer der Entführer von Francesca zu sein. Ich habe den Bart zum Ankleben sowie die Baseballkappe in seinem Auto gefunden, aber er weiß nicht, dass ich ihn enttarnt habe. Was soll ich jetzt unternehmen? Nachmittags bin ich bei Raffaele im Büro. Bitte melde dich ganz schnell. *Ciao.*"
Nachdem sie die brisanten Neuigkeiten auf der Mailbox hinterlassen hatte, überlegte sie kurz, ob sie auch noch versuchen sollte, ihren Onkel Francesco zu erreichen, dachte sich

aber dann, dass es vielleicht zu auffällig wäre, wenn sie so lange nicht von der Toilette zurückkäme. Pro forma drückte sie die WC-Spülung und verließ ihre Kabine.

Raffaele verstand nur wenige Worte Deutsch, aber die Stichworte „Papa – Raffaele – Francesca – Baseballkappe" hatten ausgereicht, um seine schlimmsten Befürchtungen zu bestätigen. Deshalb hatte er, noch während Martina sprach, die Toilette leise wieder verlassen und war schleunigst zu seinem Auto gegangen. Dort wollte er Martina, jetzt entsprechend vorbereitet, empfangen. Er musste nicht lange warten, bis sie aus dem *Torre Latino* herauskam und zu ihm ins Auto stieg. Sofort fuhr er los, aber anstatt zur Firma zurückzufahren, steuerte er das Cabrio in entgegengesetzter Richtung stadtauswärts. Martina merkte sofort, dass etwas nicht in Ordnung war.

„Fährst du nicht in die verkehrte Richtung?"

„Ich habe mir gedacht, wir drehen bei dem schönen Wetter noch eine Runde, weil du vorhin so bedauert hast, dass es deine vorerst letzte Cabrio-Spritztour sei."

Martina wusste nicht genau warum, aber sie glaubte ihm diese Erklärung nicht. Was sollte sie tun? An der nächsten Kreuzung aus dem Auto springen? Nein, damit würde sie sich selbst und wahrscheinlich noch mehr Francesca gefährden. Sie redete sich selbst ein, dass sie ruhig bleiben müsse, denn Raffaele konnte doch gar nicht wissen, was sie über ihn herausgefunden hatte. Langsam wurde die Gegend, in der sie fuhren, immer unwirtlicher. Links und rechts der Straße standen verlassene und heruntergekommene Industrieanlagen. Es begegneten ihnen immer weniger Autos. Raffaele sagte die ganze Zeit nichts. Plötzlich bog er in eine kleine Seitenstraße ab, fuhr noch einige hundert Meter weiter und stoppte dann das Cabrio zwischen zwei aufgelassenen, halb verfallenen Lagerhallen.

„Hey, was soll das, Raffaele?", fragte Martina entsetzt. „Was willst du denn hier?"

„Das wirst du gleich sehen."

Er betätigte die Zentralverriegelung und drückte auf einen zweiten Knopf in der Mittelkonsole. Surrend schloss sich das Cabrio-Dach. Martina fühlte sich plötzlich, als würde ihr die Kehle zugeschnürt, panische Angst stieg in ihr hoch. Raffaele grinste sie mit einem zynischen Lächeln an.

„Was willst du von mir?"

Plötzlich hatte sie nicht mehr die Entführung im Kopf, sie befürchtete, er würde sich an ihr vergehen.

„Du kleine Göre bist mir etwas zu neugierig."

„Was meinst du?"

Er öffnete sein Handschuhfach.

„Glaubst du, ich habe nicht bemerkt, dass du vorhin in meinem Auto herumspioniert hast?"

„Ach das Handschuhfach, da habe ich doch nur aus Langeweile reingeschaut, als ich an der Tankstelle auf dich warten musste."

Martina merkte selbst, dass diese Ausrede nicht sehr glaubwürdig klang.

„Und aus Langeweile hast du auch gleich deinen Papa angerufen und davon erzählt?"

Dafür hatte Martina keine Ausrede mehr. Fieberhaft überlegte sie, wie sie aus dieser misslichen Lage wieder herauskommen könnte. Sie griff mit der linken Hand an die Schnalle des Sicherheitsgurtes, um sie zu öffnen. Raffaele packte sie grob am Handgelenk.

„Halt, du bleibst hier!"

Martina konnte nicht reagieren, als er blitzschnell mit der linken Hand in das Seitenfach der Fahrertür griff, ein weißes Tuch herauszog, das er dort wenige Minuten zuvor am Parkplatz des *Torre Latino* bereitgelegt hatte, und ihr das Tuch aufs Gesicht drückte. Sie wollte schreien, als ihr der unangenehme Geruch in die Nase stieg, aber Raffaele drückte mit dem Tuch ihren Kopf so fest an die Kopfstütze, dass sie keine Luft mehr bekam. Mit aller Kraft packte sie ihn mit der rechten Hand am Handgelenk und krallte sich mit ihren spitzen Fingernägeln in seiner Haut fest. Raffaele schrie vor Schmerz auf, lockerte aber seinen festen Griff kein bisschen. Martina merkte, dass ihr schön langsam schwarz vor Augen wurde, ihre Lunge brannte und ihr Herz pochte wie wild. Dann spürte sie nichts mehr.

In *Flaminio* hatte Giovanna am späten Vormittag festgestellt, dass aus der Wasserleitung kein warmes Wasser mehr kam. Damit sie nicht gleich einen Handwerker rufen musste, wollten Max und Francesco nach dem Mittagessen im Keller versuchen, das Problem selbst zu beheben. Aldo war zum Essen nicht nach Hause gekommen, weil sich in der Praxis wie erwartet die Patienten die Klinke in die Hand gaben. Chiara und Giulia hatten einen gemischten Salat hergerichtet, während Elena und Giovanna eine große Schüssel *Spaghetti carbonara* zubereitet hatten. Nachdem von der *Pasta* nichts mehr übrig war und alle zusammen auch den Salat restlos aufgegessen hatten, verzogen sich Max und Francesco in den Keller. Auf Anhieb war ersichtlich, dass bei dem Heißwasserboiler die Stromversorgung unterbrochen war, woran das lag, konnten sie aber nicht sofort feststellen. Über eine halbe Stunde suchten sie vergeblich nach der Ursache, überprüften, ob wirklich alle Kabelverbindungen fest saßen, alles schien in Ordnung, nur der notwendige Strom floss nicht. Die banalste Fehlerquelle fiel ihnen erst relativ spät ein. Die Sicherung des Stromkreises, an dem der Boiler hing, war durchgebrannt.

„Danach hätten wir aber auch gleich schauen können, Francesco."

„Wir sind eben keine Handwerker, sondern nur Schreibtischtäter."

Bis sie in der großen Werkzeugkiste, deren Inhalt größtenteils aus der Zeit stammte, als Francesco noch bei seinen Eltern wohnte, die passende Ersatzsicherung gefunden und damit die defekte ersetzt hatten, war seit dem Mittagessen insgesamt fast eine Stunde vergangen. Sie waren mit dem defekten Boiler so sehr beschäftigt gewesen, dass keiner von ihnen dabei bemerkt hatte, dass sie in dem alten, dunklen Keller mit den massiven Steinmauern während der ganzen Zeit keinen Handyempfang hatten.

Als Raffaele Sandrinelli wieder in der Firma ankam, die Treppe nach oben rannte und so schnell wie möglich ins Büro seines Bruders gelangen wollte, lief ihm im Flur vor seinem Büro Caterina Moresco über den Weg.

„Raffaele, wissen Sie, ob unsere Praktikantin heute Nachmittag noch zu mir kommt? Ich wollte heute nicht zu spät nach Hause gehen, weil ich für die Feiertage noch einiges einkaufen muss."

„Ursprünglich war vorgesehen, dass sie für den Rest des Tages bei Sergio und mir mitarbeitet, ich habe sie allerdings gerade an der *Metropolitana* abgesetzt. Angeblich hatte sie schon den ganzen Vormittag Kopfschmerzen, die gegen Mittag so stark wurden, dass sie lieber nach Hause fahren wollte. Ich muss übrigens auch gleich weg, ich habe überraschend noch einen dringenden Termin hereinbekommen. Ist Sergio da?"

„Ja, er ist in seinem Büro."

Raffaele wartete, bis *Signora* Moresco im Vorzimmer seines Vaters verschwunden war, dann eilte er zu Sergios Büro. Dieser sah erschrocken von seinem Schreibtisch auf, als Raffaele hereinstürmte.

„Sergio, ich muss sofort verschwinden."

„Was ist denn passiert?"

„Die kleine Praktikantin war ein Spitzel."

„Was? Das gibt es doch gar nicht."

„Doch, ich habe sie beobachtet, wie sie in meinem Handschuhfach herumgeschnüffelt hat, als ich beim Tanken war. Sie hat den Bart, das Diktiergerät und die Kappe gesehen. Außerdem hat sie nach dem Mittagessen auf der Toilette versucht, heimlich ihren Vater anzurufen. Sie weiß von Francesca."

„Verdammt."

„Wer weiß, wer ihr Vater ist, aber bei BMW am Band arbeitet der ganz bestimmt nicht. In ihrer Handtasche hab ich ihren deutschen Personalausweis gefunden, sie heißt nicht Valentina Bauer, sondern Martina Hartinger. Sie kommt auch nicht aus München, sondern aus Rosenheim. Keine Ahnung, was sie mir sonst noch alles vorgelogen hat, dieses kleine Miststück."

Raffaele schilderte hastig, was in seinem Auto passiert war, nachdem er Martina vor der Rückfahrt in der Toilette des *Torre Latino* belauscht hatte.

„Deshalb muss ich jetzt sofort verschwinden, bevor die Bullen hier auftauchen werden."

„Wo willst du denn hin?"

„Weiß ich noch nicht, ich muss mich erst einmal in Sicherheit bringen, dann sehe ich weiter. Ich hole mir nur noch schnell ein paar Sachen aus meinem Büro und meiner Wohnung. Ich hoffe, dass ich noch genügend Vorsprung habe."

„Und was wird aus Francesca?"

„Noch ist sie in unserer Gewalt. Wenn sie mich jagen, heißt das noch lange nicht, dass sie wissen, wo ihr Versteck ist. Aber bevor ich meinen Kopf riskiere, lass ich sie lieber frei."

„Das heißt, wir können die Kohle abschreiben."

„Du auf alle Fälle. Ich werde natürlich versuchen, dass der Alte doch noch zahlt, damit ich mich ins Ausland absetzen kann. Aber nachdem ich enttarnt bin, wird die Geldübergabe noch riskanter, als sie ohnehin schon gewesen wäre."

„Das funktioniert doch jetzt nie mehr."

„Warte es ab. So leicht lass ich mich schon nicht erwischen. Und wenn ich die Kohle habe, dann *Arrivederci Roma!* Für mich allein werden die vier Millionen schon reichen."

„Und ich soll etwa leer ausgehen?"

Sergio war aufgestanden und wanderte nervös zwischen Schreibtisch und Fenster hin und her.

„Sei froh, wenn du nicht ins Kittchen wanderst. Du kannst Gift drauf nehmen, dass dich die Bullen ganz schön in die Mangel nehmen werden, um herauszufinden, ob wir Komplizen waren. Von mir aus kannst du ruhig behaupten, dass du von nichts weißt. Dafür musst du mir dann aber auch die Kohle überlassen."

„*Merda*", fluchte Sergio. „Du hast mir wieder einmal alles versaut."

Das wollte Raffaele nicht auf sich sitzen lassen.

„Was kann ich denn dafür, dass uns hier plötzlich so ein junges Ding nachspioniert? Ich frage mich schon die ganze Zeit, wer uns die auf den Hals gehetzt hat."

Sein Tonfall wurde merklich lauter.

„Hast du dich irgendwo verplappert, Sergio?"

„Spinnst du? Ich habe mit niemandem über Francesca geredet. Überleg lieber selber, ob du vielleicht bei einem deiner vielen Weiber die Klappe nicht halten konntest."

„Ich? Für wie blöd hältst du mich denn?"

Es entbrannte eine lautstarke Diskussion, wer bei der Entführung welchen Fehler begangen haben könnte und wer schuld daran war, dass sie aufgeflogen waren.

„Ich habe die ganze Entführung von vornherein für eine Schnapsidee gehalten, Raffaele, das weißt du genau."

„Typisch, wenn es kritisch geworden ist, hast du doch bisher immer noch den Schwanz eingezogen."

Plötzlich klopfte es an der Tür. Raffaele öffnete, draußen stand Stella Mandani, die Sergio eine Mappe mit geschäftlicher Korrespondenz zum Unterschreiben vorbeibringen wollte.

„Danke."

Raffaele nahm ihr die Unterschriftsmappe ab und schloss die Bürotür sofort wieder.

„Ich muss jetzt wirklich los."

Trotz des heftigen Disputs, den sie gerade gehabt hatten, ging Sergio auf Raffaele zu und umarmte ihn.

„Viel Glück."

„Danke, das kann ich brauchen. *Addio* Sergio."

Raffaele verließ das Büro seines Bruders und eilte in sein eigenes, wo er schleunigst einige persönliche Dinge zusammensuchte und in seinen Aktenkoffer warf. An der Tür drehte er sich noch einmal um und ließ kurz den Blick durch sein Büro schweifen.

„Das war's dann also", sagte er zu sich selbst, denn er war sich sicher, dass er diesen Raum nie wieder betreten würde.

Er war froh, dass ihm im Flur weder sein Vater noch die neugierige Chefsekretärin Caterina Moresco über den Weg liefen. Im Laufschritt stürmte er die Treppe hinunter und hätte an der Eingangstür beinahe einen der Lageristen über den Haufen gerannt.

„Sagen Sie Ihren Kollegen, dass unsere Besprechung um vier heute ausfällt, ich muss ganz dringend weg."

Ohne eine Antwort abzuwarten, ließ er den Lageristen stehen. Auf dem Parkplatz warf er den Aktenkoffer auf den Beifahrersitz seines Autos, ließ den Motor an, setzte zurück und raste mit quietschenden Reifen davon.

24

Max und Francesco kamen frohgelaunt aus dem Keller herauf, nachdem sie mit vereinten Kräften den Warmwasserboiler wieder zum Laufen gebracht hatten. Von ihren Ehefrauen, die mit Giovanna im Wohnzimmer saßen, durften sie sich den spöttischen Kommentar anhören, dass es eine wirkliche Glanzleistung sei, zu zweit immerhin bereits nach einer Stunde eine defekte Sicherung ausgewechselt zu haben. Nur Giovanna bedankte sich für das Reparieren des Boilers. Bevor Max auf die Sticheleien von Chiara und Giulia antworten konnte, zeigte ihm der Klingelton seines Handys an, dass er eine Kurzmitteilung erhalten hatte.

„Ich habe eine Nachricht auf meiner Mailbox, anscheinend hatten wir im Keller kein Netz."

„Dann weiß ich wenigstens, wo ich dein Handy beim nächsten Mal verstecken kann, wenn du wieder einmal überhaupt nicht zum Telefonieren aufhörst", frotzelte Chiara.

Max lachte darüber, aber seine Miene verfinsterte sich sofort, als er hörte, was ihm Martina auf die Mailbox gesprochen hatte.

„Francesco, jetzt wird's ernst."

„Was ist passiert?"

„Martina hat sich gemeldet."

Max aktivierte den Lautsprecher seines Handys und ließ die Nachricht seiner Tochter noch einmal abspielen.

„Hallo, Papa, es brennt. Du hattest leider Recht, Raffaele scheint tatsächlich einer der Entführer von Francesca zu sein. Ich habe den Bart zum Ankleben sowie die Baseballkappe in seinem Auto gefunden, aber er weiß nicht, dass ich ihn enttarnt habe. Was soll ich jetzt unternehmen? Nachmittags bin ich bei Raffaele im Büro. Bitte melde dich ganz schnell. *Ciao.*"

Chiara war schlagartig kreidebleich geworden.

„Max, du musst Martina sofort anrufen, damit sie augenblicklich unter einem Vorwand die Firma verlässt. Ich möchte sie keine Minute länger in der Nähe dieses Verbrechers haben."

„Meinst du nicht, dass sie sich erst recht in Gefahr begibt, wenn sie dort Hals über Kopf abhaut? Das könnte doch dazu führen, dass Raffaele misstrauisch wird. Jetzt versuche ich erst einmal mit ihr zu reden, auch wenn sie womöglich gerade direkt neben ihm sitzt."

Max ließ sein Handy die gespeicherte Nummer von Martina wählen und wartete.

„Der gewünschte Teilnehmer ist derzeit leider nicht erreichbar."

Zuerst sagte keiner etwas, alle sahen sich gegenseitig mit sorgenvoller Miene an.

„Oh, oh, ich will euch nicht beunruhigen, aber ich befürchte, das bedeutet nichts Gutes", stellte Giulia dann fest.

Francesco handelte.

„Ich alarmiere Piero."

Während Francesco seinen Freund bei den *Carabinieri* anrief und in kurzen Sätzen schilderte, was sie gerade erfahren hatten, setzte sich Max auf den Stuhl neben seiner immer noch kreidebleichen Frau und legte seinen Arm um sie.

„Wenn sie nicht sofort ans Handy geht, muss das doch nicht heißen, dass ihr etwas zugestoßen ist. Vielleicht wurde sie von Raffaele zu einer geschäftlichen Besprechung mitgenommen und hat vorsorglich das Handy ausgeschaltet, um das Gespräch nicht zu stören."

„Aber sie hat doch gesagt, du sollst dich sofort melden. Da wird sie doch das Handy nicht freiwillig ausgeschaltet haben."

Nun musste auch Giovanna, die bisher nur stumm dabeigesessen war, die aktuelle Lage kommentieren.

„Ich habe vorgestern Abend gleich gesagt, dass ich von dieser Idee mit dem fingierten Praktikum überhaupt nichts halte. Jetzt ist genau das eingetreten, was ich befürchtet habe."

„Entschuldige, Schwiegermama, aber gegenseitige Schuldzuweisungen helfen uns jetzt gar nicht weiter. Warte doch erst einmal ab, vielleicht meldet sich Martina gleich. Auch wenn bei ihrem Handy die Mailbox gerade nicht aktiviert ist, wird sie dennoch per SMS benachrichtigt, dass ich versucht habe, sie anzurufen."

Mit einer Handbewegung gab Francesco seiner Mutter und Max zu verstehen, dass sie etwas leiser sein sollten, anscheinend konnte er nicht richtig hören, was Piero am anderen Ende der Leitung sprach. Max flüsterte ihm zu, er solle den Lautsprecher einschalten, was er auch sogleich tat.

„Wir könnten innerhalb der nächsten Stunde dort sein und Raffaele hochgehen lassen. Bei dem, was ihr herausgefunden habt und was uns Martina an Beweisen geliefert hat, würde ich keine Schwierigkeiten haben, mir hier einen Zugriff auf ihn absegnen zu lassen. Aber mir wäre im Moment das Risiko für Martina zu hoch."

Max stand auf und nahm Francesco das Handy aus der Hand.

„*Ciao* Piero. Ich kann dir nur zustimmen. Solange wir Martina nicht in Sicherheit wissen, sollten wir auf keinen Fall etwas gegen Raffaele unternehmen. Und selbst wenn Martina aus der Firma draußen ist, sollten wir trotzdem noch abwarten. So wie wir gestern Abend und heute Morgen schon besprochen haben, sollten wir von der Verhaftung eines Einzelnen absehen, solange wir nicht wissen, wer an der Entführung noch beteiligt ist. Denn sonst würden wir Francesca in eine noch größere Gefahr bringen."

„Richtig. Wollt ihr die Überwachung von Raffaele immer noch allein durchführen, oder sollten das jetzt nicht besser meine Kollegen in die Hand nehmen? „

Max sah Francesco fragend an. Seinem skeptischen Blick entnahm er, dass für ihn mittlerweile der Punkt erreicht war, an dem sie auf sich allein gestellt eventuell überfordert sein könnten. Max war der gleichen Meinung.

„Wenn du sicherstellen kannst, dass das Observieren von Raffaele bei euch nicht gleich an die große Glocke gehängt wird, sondern nur einige wenige Personen eingeweiht werden, dann ist es sicher sinnvoller, wenn deine Zivilfahnder sich an seine Fersen heften, um noch vor der morgen geplanten Geldübergabe Francescas Versteck zu finden."

„In Ordnung, ich werde hier alles Notwendige in die Wege leiten, damit er observiert werden kann, sobald er am Abend die Firma verlässt."

„Danke, wir melden uns bei dir, so schnell es geht. *Ciao.*"

„*Ciao,* bis später."

Innerhalb der nächsten Viertelstunde wählte Max fünfmal Martinas Handynummer, bekam allerdings fünfmal die gleiche Ansage zu hören:

„Der gewünschte Teilnehmer ist derzeit leider nicht erreichbar."

Chiara wurde immer nervöser, und auch Giovanna konnte nicht mehr ruhig sitzen bleiben. Aus dem Wohnzimmerschrank holte sie eine Flasche *Grappa*, goss sich ein kleines Glas ein und trank es in einem Zug leer.

„Braucht noch jemand einen Schnaps?“

„Danke, Mama, mir ist ohnehin schon schlecht“, antwortete Chiara, die für den Tresterschnaps noch nie etwas übriggehabt hatte. Dann wandte sie sich an ihren Mann.

„Max, kannst du nicht in der Firma Sandrinelli direkt anrufen und dich mit ihr verbinden lassen? Die müssen doch wissen, wo sie jetzt steckt.“

Max wollte lieber noch ein paar Minuten abwarten, weil er immer noch der Meinung war, dass sich Martina wegen seiner Anrufe gleich melden würde. Francesco aber, der die ganze Zeit im Wohnzimmer auf und ab ging, hielt es wie seine Schwester für sinnvoll, zu handeln, und hatte für Max auch sofort einen Vorschlag parat.

„Wenn du dein Handy so einstellst, dass deine eigene Nummer nicht übermittelt wird, dann kannst du doch in der Firma anrufen, ohne dass man dort ganz schnell deinen Namen herausfinden kann. Allerdings musst du dich mit Bauer melden, wenn du nach deiner Tochter Valentina fragen willst. Noch unverdächtiger wäre es, wenn Chiara anruft und sich mit Antonia Bauer meldet.“

Chiara wollte den Anruf aber lieber Max überlassen. Nachdem er sein Handy wie von Francesco vorgeschlagen eingestellt und ihm Giulia aus dem Telefonbuch die Nummer der Firma Sandrinelli herausgesucht hatte, rief er dort an. Über die Telefonzentrale landete er zuerst im Sekretariat und wurde von dort ins Chefsekretariat zu Caterina Moresco weiterverbunden. Diese war über seinen Anruf sichtlich überrascht.

„Ist Ihre Tochter noch nicht zu Hause angekommen?“

„Nein, wie kommen Sie darauf, dass sie nach Hause sei?“

„Sie war heute mit Raffaele Sandrinelli beim Mittagessen, er ist allerdings alleine zurückgekommen und hat mir erzählt, dass sie schon den ganzen Vormittag starke Kopfschmerzen hatte und deshalb lieber heimfahren wollte.“

„Wann war das?“

„Vor ungefähr einer halben Stunde, also dürfte er sie vor circa einer Dreiviertelstunde an der U-Bahn abgesetzt haben.“

„Bisher ist sie aber hier noch nicht angekommen. Kann ich kurz mit Raffaele Sandrinelli sprechen?"

„Tut mir leid, er ist nur zehn Minuten nachdem er von der Mittagspause zurückgekommen war, wieder weggefahren, weil er einen dringenden Termin hatte."

„Könnten Sie mir bitte seine Handynummer geben?"

Zuerst zierte sie sich ein wenig, aber schließlich sah Caterina Moresco keinen Grund, warum sie die Handynummer von Raffaele nicht herausgeben sollte.

„Vielen Dank für Ihre Auskünfte. Valentina wird sicher jeden Augenblick nach Hause kommen. Auf Wiederhören."

Während Max mit Caterina Moresco gesprochen hatte, war Elena ins Wohnzimmer gekommen. Sie hatte sich nach dem Mittagessen in ihrem Zimmer zum Lesen aufs Bett gelegt und war dabei etwas eingedöst. Deshalb hatte sie von der ganzen Aufregung um Martina noch nichts mitbekommen. Umso überraschter war sie, dass alle wie gebannt zuhörten, als Max telefonierte. Erst als sie anschließend hörte, dass Martina Raffaele als Entführer enttarnt hatte, verstand sie, warum ihre Mutter völlig aufgelöst und den Tränen nahe auf ihrem Stuhl saß. Max hatte sofort nach seinem Telefonat erneut probiert, Martina zu erreichen, aber wie befürchtet meldete sie sich wieder nicht. Bisher hatte sich Max noch nicht allzu sehr von der Unruhe der anderen anstecken lassen, aber mittlerweile beschlich auch ihn mehr und mehr die Angst, dass Martina etwas zugestoßen war.

„Wenn sie Raffaele vor einer dreiviertel Stunde tatsächlich zur U-Bahn gebracht hat, dann müsste sie längst hier sein."

„Max, probier doch mal, ob sich wenigstens er am Handy meldet", schlug Chiara vor.

Max zögerte einen Augenblick, denn er war sich im Klaren darüber, was es bedeuten würde, wenn auch Raffaele seinen Anruf nicht entgegennehmen würde. Das hieße dann wohl, dass er gerade dabei war, sich aus dem Staub zu machen, im schlimmsten Fall mit Martina als Geisel. Langsam tippte Max die Nummer, die ihm Caterina Moresco gegeben hatte. Nach dem fünften Klingelton begann die Ansage der Handy-Mailbox, und Max hängte sofort ein. Nun konnte Chiara ihre Tränen nicht mehr zurückhalten.

„Was sollen wir jetzt nur machen?"

„Wir müssen sofort eine Großfahndung nach Raffaele einleiten, die *Carabinieri* müssen alle Ausfallstraßen von Rom sperren und jedes Auto genau kontrollieren."

Elenas Krimifantasie kannte wieder einmal keine Grenzen, aber im Kern war ihre Idee richtig. Francesco rief Piero an und schilderte ihm die dramatische Entwicklung der letzten zwanzig Minuten.

„Ich denke, jetzt ist der Zeitpunkt gekommen, wo wir unsere Zurückhaltung aufgeben müssen. Für mich wäre es schon ein großer Zufall, wenn Martinas Kopfschmerzen, ihre plötzliche Heimfahrt und der dringende Termin von Raffaele Realität wären. Es sieht schon sehr nach überstürzter Flucht aus, nachdem Martina in ihm einen der Entführer erkannt hat."

„Wie willst du vorgehen, Piero?"

„Bevor wir Raffaele tatsächlich zur Fahndung ausschreiben, werde ich jetzt sofort mit zwei Kollegen zur Firma Sandrinelli fahren. Die beiden habe ich vorher gerade in den Fall eingeweiht, weil ich geahnt habe, dass es nicht beim Observieren bleiben wird und wir heute noch richtig aktiv werden müssen."

„Sandrinelli wird bestimmt aus allen Wolken fallen, dass sein eigener Sohn ihn erpresst hat", mutmaßte Francesco.

„Sicher. Und ich bin auch auf die Reaktion von Sergio gespannt, denn er hätte doch das gleiche Motiv für die Entführung gehabt wie sein Bruder."

„Sollen wir auch hinkommen?"

„Das könnt ihr gerne machen, wenn ihr eure Damen in dieser Situation überhaupt alleine lassen könnt."

Max sah Chiara an, die sich gerade wieder die Tränen aus den Augen wischte.

„Fahrt nur hin, Max. Hier können wir doch ohnehin nichts machen außer warten."

Francesco und Max trafen kurz nach Piero bei der Firma Sandrinelli ein. Als Francesco auf den Parkplatz gefahren war, hatte Max Chiara angerufen, wie befürchtet war Martina noch immer nicht in *Flaminio* eingetroffen. Nachdem ihnen Piero seine beiden Kollegen Antonio Fiera und Giacomo Canelli vorgestellt hatte, gingen sie hinein. Der Pförtner informierte sofort Caterina Moresco über das Eintreffen der fünf Herren, nachdem ihm Piero seine Dienstmarke unter die Nase gehalten hatte. Anschließend begleitete er sie bis zum Lift.

„*Signora* Moresco holt sie im dritten Stock ab."

„Vielen Dank."

Von Caterina Moresco wurden sie sofort ins Vorzimmer von Paolo Sandrinellis Büro geführt.

„Einen Moment bitte, *Signor* Sandrinelli telefoniert gerade, er wird Sie in Kürze empfangen."

Trotz dieser Ankündigung mussten sie fast eine Viertelstunde warten, bis Sandrinelli endlich seine Bürotür öffnete und sie hereinbat. Seinem Gesichtsausdruck war deutlich anzusehen, dass er nun mit der schlimmsten Nachricht in Bezug auf seinen kleine Tochter Francesca rechnete.

„Haben Sie Francesca gefunden?", fragte er, noch ehe sie sich gesetzt hatten.

„Nein", antwortete Francesco. „Aber mittlerweile haben wir einen konkreten Hinweis, wer hinter der Entführung steckt."

„Wer? Wer ist es? Einer aus der Firma?"

Francesco antwortete nicht sofort.

„Leider hat sich unsere Überlegung im Hinblick auf Ihre Firma bestätigt. Meine Nichte Martina hat uns heute Mittag darüber informiert, dass sie anhand von eindeutigen Beweisen einen der Entführer identifiziert hat."

Abermals machte er eine Pause und sagte dann nur:

„Raffaele."

„Nein."

Sandrinelli sprang auf.

„Nein, das kann doch nicht sein", brüllte er. „Wie kommt dieser nichtsnutzige Idiot darauf, seine eigene Schwester zu entführen?"

Er war knallrot angelaufen, starrte seine Besucher einen Moment an und rannte dann zur Tür hinaus. Max, der ihm als Erster nachlief, sah, wie er durch das Vorzimmer auf den Flur hinauseilte und in ein Büro auf der gegenüberliegenden Seite stürmte. In der offenen Tür blieb er stehen. Als Max und die anderen vier dort eintrafen, stand er immer noch wie angewurzelt da und starrte in das Büro hinein. In dem Büroraum war nicht zu übersehen, dass er Hals über Kopf verlassen worden war. Von den fünf Schreibtischschubladen standen vier offen und sahen so aus, als wären sie in aller Eile durchwühlt worden. Auf dem Schreibtisch stand ein halbvolles Glas Wasser, der PC lief noch, über den Monitor wanderte als Bildschirmschoner ein Foto des Kolosseums bei Nacht. Beide Türen des Aktenschrankes, der hinter dem Schreibtisch stand, waren offen, und auch in dem Schrank sah es so aus, als hätte hier jemand schleunigst seine Sachen herausgesucht und mitgenommen.

„Dieser elende Schuft", schnaubte Sandrinelli. „Wenn ich den in die Finger bekomme, dann bringe ich ihn eigenhändig um."

Nun wandte sich Piero an ihn.

„*Signor* Sandrinelli, wir werden sofort eine Fahndung nach ihm einleiten. Wir müssen leider annehmen, das er neben Ihrer Tochter Francesca nun auch Martina Hartinger in seiner Gewalt hat, sie ist nämlich seit heute Mittag ebenfalls verschwunden."

„Wissen Sie schon, ob Raffaele einen Komplizen hat?"

„Nein, das wissen wir noch nicht. Aber wir nehmen schon an, dass er nicht allein gehandelt hat. Ist Ihr Sohn Sergio da?"

Ohne zu antworten, rannte Sandrinelli wieder los und stürzte in das Büro, das zwei Türen weiter am Ende des Ganges lag. Noch bevor Max und die anderen hinter ihm das Büro erreicht hatten, hörten sie ihn schreien.

„Sag mir sofort, ob du bei der Entführung auch deine Finger im Spiel hast."

Zu dritt hatten sie Mühe, Sandrinelli von seinem Sohn zu trennen. Er hatte ihn am Kragen gepackt und ihn auf seinem Schreibtischstuhl sitzend hin- und hergebeutelt.

„Bist du jetzt völlig verrückt geworden?", schimpfte Sergio los. „Du springst mir ohne Grund an die Gurgel und bringst mich fast um. Was ist denn in dich gefahren?"

Sandrinelli schnaubte vor Wut.

„Gibt doch zu, dass du genauso ein geldgieriger Idiot bist wie dein Bruder."

„Ich weiß überhaupt nicht, von was du redest."

Piero gab seinen Kollegen Fiera und Canelli, die Sandrinelli immer noch bei den Armen gepackt festhielten, einen Wink. Obwohl Sandrinelli lautstark dagegen protestierte, schoben sie ihn auf den Flur hinaus, und Piero machte hinter ihnen die Tür zu.

„Können Sie mir erklären, was hier los ist?", fragte Sergio.

Piero antwortete ihm nicht, sondern stellte ihm seinerseits eine Frage.

„Wann haben Sie Ihren Bruder Raffaele zuletzt gesehen?“

„Raffaele? Der war nach seiner Mittagspause kurz hier, das dürfte vielleicht eine Stunde her sein. Warum?“

„Wissen Sie, wo er danach hin ist?“

„Nein, er hat mir nur gesagt, er hätte einen dringenden Termin. Aber er hat nicht erwähnt, wo und mit wem. Wollen Sie mir nicht endlich sagen, was passiert ist?“

„Wir haben Ihrem Vater gerade mitteilen müssen, dass Raffaele seine Tochter entführt hat.“

„Seine Tochter? Mein Vater hat doch gar keine Tochter, er hat nur Raffaele und mich.“

„Nein, Sie haben eine sechsjährige Halbschwester, die am vergangenen Montag entführt wurde.“

Sergio starrte ihn mit offenem Mund an.

„Moment, noch mal ganz langsam“, stammelte er. „Das ist ein bisschen viel auf einmal. Mein Vater hat also ein uneheliches Kind?“

„Ja, sie heißt Francesca.“

„Und sie ist am Montag entführt worden?“

„Richtig, auf dem Weg zur *Scuola Materna.*“

„Aha. Und wie kommen Sie darauf, dass ausgerechnet mein Bruder der Entführer sein soll?“

„Wir haben eindeutige Beweise dafür. Wann haben Sie die Praktikantin Valentina Bauer zuletzt gesehen?“

„Steckt sie mit Raffaele unter einer Decke?“

„Nein.“

„Gesehen habe ich sie zuletzt heute Vormittag, als ich im Sekretariat etwas abgeholt habe. Warum fragen Sie?“

„Sie hat uns die Beweise gegen Raffaele geliefert und ist seit der Mittagspause ebenfalls verschwunden. Wir müssen annehmen, das er sie nun ebenfalls entführt hat.“

„Glauben Sie nicht, dass Sie sich da etwas zusammenreimen?“

„Nein, ganz bestimmt nicht.“

Bisher hatten es Francesco und Max Piero überlassen, die Fragen zu stellen, nun aber mischte sich Francesco ein.

„Wo waren Sie am Montag zwischen acht und halb neun?“

„Ich? Verdächtigen Sie jetzt etwa mich auch?“

„Beantworten Sie doch einfach meine Frage."
„Wie soll ich denn jemanden entführen, von dem ich nicht einmal wusste, dass er existiert?"
Francesco blieb hartnäckig.
„Sie haben meine Frage immer noch nicht beantwortet."
„Am Montag? Da habe ich wie immer zusammen mit meiner Freundin zu Hause gefrühstückt und bin anschließend sofort hierher gefahren. In der Regel bin ich spätestens ab halb neun oder neun hier. Wie spät es am Montag war, kann ich Ihnen nicht sagen."
Francesco ließ sich von ihm den Namen und die Handynummer seiner Freundin geben, Piero fragte ihn nach Raffaeles Privatadresse und mit welchem Auto er unterwegs sei.
„Falls er sich bei Ihnen melden sollte, raten Sie ihm dringend, sich zu stellen. Früher oder später kriegen wir ihn doch."
„Und wenn einem der beiden Mädchen auch nur ein Haar gekrümmt wird, dann sorgen wir dafür, dass er so lange in den Knast wandert, bis er schwarz wird", ergänzte Max, der sich die ganze Zeit auffallend zurückgehalten hatte.
Sergio ließ diese Drohung unkommentiert stehen.
„Jetzt müssen wir uns um Ihren Vater kümmern", stellte Piero fest und verließ mit Francesco und Max Sergios Büro.

Fiera und Canelli hatten Paolo Sandrinelli in sein Büro begleitet, mittlerweile hatte er sich wieder ein wenig beruhigt.
„Hat er gestanden?", fragte er sofort, als er Piero hereinkommen sah.
„*Signor* Sandrinelli, bisher haben wir keinen einzigen Hinweis, dass auch Sergio an der Entführung beteiligt ist. Hätten Sie für uns ein aktuelles Foto von Raffaele, vielleicht sogar als Datei?"
Ohne zu antworten, drückte er auf einen Knopf der Gegensprechanlage und forderte Caterina Moresco auf, ihm ein Foto von Raffaele zu bringen sowie ihm ein digitales zu mailen. Piero griff zum Handy und rief einen Kollegen auf dem Revier an. Ihm gab er die Daten von Raffaeles Auto durch, die ihm Sergio genannt hatte, und kündigte ihm an, gleich per Mail ein Foto des Flüchtigen zu schicken, damit sofort die Fahndung nach Raffaele eingeleitet werden könne. Caterina Moresco

hatte umgehend aus der Personaldatei das Foto von Raffaele herausgesucht und an Sandrinelli geschickt. Piero wählte sich kurz ins Internet ein und leitete das Foto an sein Revier weiter. Sein Kollege am anderen Ende der Leitung bestätigte ihm gleich den Eingang seiner Mail.

„Allzu weit kann er noch nicht sein, wenn er vor circa einer Stunde noch hier in seinem Büro war", meinte Piero, als er wieder eingehängt hatte.

„Wer weiß, wo er hinwill?", überlegte Paolo Sandrinelli laut. „Glauben Sie, dass er sich noch einmal wegen des Lösegeldes melden wird?"

„Wenn er für ein Scheitern seines Planes entsprechend Vorsorge getroffen hat, dann dürfte er sich wohl umgehend aus dem Staub machen und Rom und wahrscheinlich sogar Italien verlassen. Wenn seine finanziellen Mittel dafür eventuell zu gering wären, dann dürfte er sich sicher noch mal melden und versuchen, doch noch an das Lösegeld zu kommen. Schließlich hat er Francesca immer noch in seiner Gewalt und Martina noch dazu."

„Hoffentlich tut er ihnen nichts an, nachdem sein Plan jetzt gründlich gescheitert ist."

„Nachdem seine Tarnung aufgeflogen ist, dürfte das Risiko für Francesca vielleicht sogar gesunken sein."

„Wie kommen Sie denn darauf?"

„Hätte er das Lösegeld kassiert und Francesca freigelassen, hätte für ihn immer das Risiko bestanden, dass sie ihn irgendwann einmal wiedererkennt. Aber nachdem wir ihn enttarnt haben, geht von Francesca keine Gefahr mehr für ihn aus."

Paolo Sandrinelli blieb skeptisch, was die Sicherheit seiner Tochter anging. Francesco und Piero waren sich einig, dass sie nun in der Firma nichts mehr ausrichten konnten, Max dagegen hatte noch einige Fragen an Sandrinelli.

„Haben Sie außerhalb von Rom oder sogar im Ausland Immobilienbesitz, wohin Raffaele eventuell fliehen könnte?"

„Nein, da gibt es nichts. Ich besitze zwar einige Immobilien, diese sind aber alle langfristig vermietet, selbst genutzte Ferienwohnungen oder Ferienhäuser habe ich nicht."

„Könnten Sie sich vorstellen, wohin er abgehauen sein könnte?"

„Nein, keine Ahnung."

Francesco dachte an einen möglichen Mittäter.

„Wenn wir wüssten, wer ein Komplize bei der Entführung gewesen sein könnte, hätten wir zumindest einen Ansatzpunkt, wo wir zu suchen beginnen könnten."

„Wir sollten seinen Computer mitnehmen", schlug Max vor. „Vielleicht lässt sich da ein Hinweis finden."

Piero schickte Fiera und Canelli in Raffaeles Büro, um den PC zu holen. Sandrinelli versicherte er, dass die ganze Maschinerie des *Carabinieri*-Fahndungsapparates sehr schnell anlaufen würde und neben Rom natürlich alle internationalen Flughäfen Italiens sowie alle größeren Häfen mit einbezogen würden.

„Selbstverständlich werden wir neben dem Foto von Raffaele nun auch eines von Francesca an alle Dienststellen verteilen, denn es könnte durchaus sein, dass er versucht, mit ihr zu fliehen."

„Martina wird er wohl kaum mitnehmen, das wäre ihm sicher zu riskant", überlegte Max.

„Das glaube ich auch", pflichtete ihm Francesco bei. „Trotzdem solltest du so schnell wie möglich auch ein Foto von Martina an die *Carabinieri* liefern, damit auch nach ihr gezielt gesucht werden kann."

Max zog seine Brieftasche hervor, holte ein Foto von Martina heraus und gab es Piero.

„Ich habe natürlich schon eines von ihr dabei."

„Was kann ich jetzt noch tun?", fragte Sandrinelli.

„Vorerst nichts, außer dass Sie *Signora* Sorano schonend beibringen könnten, dass Ihr eigener Sohn Francesca entführt hat."

Sie verabschiedeten sich von Paolo Sandrinelli und trafen sich bei ihren Autos mit Fiera und Canelli, die gerade dabei waren, Raffaeles PC im Kofferraum zu verstauen.

„Danke für deine Hilfe, Piero."

„Keine Ursache, Max, ich mache schließlich nur meinen Job. Was hältst du von Sergio?"

„Für mich war er viel zu ruhig und zurückhaltend. Überleg mal, was das für dramatische Neuigkeiten waren, die wir ihm erzählen mussten. Ich finde, er hätte viel überraschter sein müssen, wenn diese furchtbaren Ereignisse tatsächlich neu für ihn gewesen wären."

„So ähnlich habe ich das auch empfunden", pflichtete ihm Francesco bei.

„Außerdem macht mich stutzig, dass er überhaupt keine Informationen über seine Halbschwester, deren Mutter, ihren Wohnort und so weiter haben wollte", fuhr Max fort. „Ich an seiner Stelle wäre in so einer Situation furchtbar neugierig gewesen. Piero, kannst du zwei Leute abstellen, die ihn ab sofort überwachen? Ich glaube nicht, dass er von der Entführung nichts wusste, deshalb sollten wir ihn nicht mehr aus den Augen lassen. Vielleicht trifft er sich mit Raffaele oder führt uns zu dem Versteck von Francesca, wo mittlerweile auch Martina gelandet sein könnte."

Piero wandte sich an seine Kollegen.

„Ihr habt ihn jetzt schon gesehen, am besten übernehmt ihr gleich die erste Schicht seiner Bewachung."

Max hatte auch gleich einen Hinweis für sie.

„Der schwarze *Lancia* dort neben dem Eingang ist seiner, das hat mir Martina gestern Abend erzählt."

Für den Fall, dass Sergio sie beobachten würde, stiegen sie in ihre Autos und fuhren vom Parkplatz. In einigen hundert Metern Entfernung, außerhalb Sichtweite des Verwaltungsgebäudes, blieben sie stehen.

„Gut, dass wir mit einem Zivilfahrzeug hergekommen sind."

Piero lud Raffaeles PC in Francescos Kofferraum um. Giacomo Canelli übernahm von ihm die Autoschlüssel, wendete den Wagen und fuhr ein Stück in Richtung Firmengelände zurück. Piero setzte sich hinter Max auf die Rückbank. Den Weg zum Revier der *Carabinieri* brauchte er nicht zu erklären, den kannte Francesco seit mehr als zwanzig Jahren.

25

„Hallo."

„Hallo, wie heißt du?"

„Liest du mir etwas vor?"

Langsam lichtete sich der schwarze Schleier, der Martina umgab. Sie nahm eine leise, zarte Stimme wahr, konnte aber nicht einordnen, woher diese kam. Ihre Augenlider waren schwer wie Blei, sie hatte Mühe, sie überhaupt aufzuschlagen. Vorsichtig blinzelte sie einige Male, öffnete die Augen und sah zuerst eine sehr schwach leuchtende Glühbirne, die an einem einfachen Kabel von der Decke hing. Sie hatte einen schmerzhaften Druck im Kopf, ihr Nacken fühlte sich sehr steif an. Trotzdem drehte sie sich etwas zur Seite und sah in das hübsche Gesicht eines kleinen Mädchens, das sie bisher nur einmal auf einem Foto gesehen hatte.

„Hallo, wie heißt du?"

Martinas Zunge klebte an ihrem Gaumen, erst nachdem sie einige Kaubewegungen gemacht hatte, bekam sie etwas Speichel in den Mund, und ihre Zunge löste sich.

„Ich heiße Martina, und du bist sicher Francesca."

Francesca strahlte sie an.

„Bringst du mich zu meiner Mami, Martina?"

Erst jetzt merkte Martina, dass sie auf dem Fußboden lag. Sie wollte sich aufsetzen, schaffte es aber auf Anhieb nicht, weil ihr ganzer Körper wie gelähmt war. Es dauerte eine Weile, bis das leichte Taubheitsgefühl aus ihren Armen und Beinen wich und sie sich aufrichten konnte. Im Sitzen sah sie sich in ihrem Verlies um. In dem rechteckigen Raum befand sich nur ein Bettgestell mit einer einfachen Matratze darauf. Am Fußende des Bettes stand ein unangenehm riechender Eimer, am Kopfende war ein Tablett mit einer Tasse, einer Thermoskanne, zwei Papiertüten und zwei Tellern abgestellt. Auf einem der Teller lagen mehrere Scheiben Käse, der andere war leer. Daneben lag ein Sechserpack mit Zweiliterflaschen *Acqua minerale*. Francesca, die neben Martina gekniet war, während sie aus ihrem Tiefschlaf erwacht war, hatte sich mittlerweile auf das Bett gesetzt und sah sie erwartungsvoll an.

„Francesca, geht's dir gut?"
Die Kleine nickte kaum merklich.
„Darf ich jetzt zu meiner Mami?"
Martina überlegte kurz, wie sie Francesca am besten ihre missliche Lage erklären sollte.
„Ich werde dir helfen, dass du so schnell wie möglich wieder bei deiner Mami bist."
„Wann kommt der Mann wieder?"
„Das weiß ich noch nicht, aber er wird uns bestimmt bald wieder besuchen."
Francesca schreckte etwas zusammen, als sie das hörte.
„Hat er dir wehgetan?"
Francesca schüttelte mit dem Kopf.
„Aber mein Bein tut immer noch weh."
Sie zeigte Martina ihr rechtes Schienbein, mit dem sie so heftig an der Autotür angeschlagen war, als sie sich gegen ihre Entführung wehren wollte. Der Bluterguss schimmerte in verschiedenen blauen, grünen und gelben Farbtönen.
„Was hat der Mann gemacht, wenn er zu dir gekommen ist?"
„Er hat mir immer etwas zu essen und zu trinken gebracht, dann durfte ich etwas für meinen Papa aufsagen. Ich habe immer solche Angst, wenn er kommt, weil er so eine schwarze Maske aufhat."
Martina setzte sich direkt neben Francesca auf das Bett und legte den Arm um sie.
„Jetzt brauchst du keine Angst mehr haben, jetzt bin ich bei dir."
„Vorher habe ich mich nicht so sehr gefürchtet, weil er da ohne Maske hereingekommen ist."
„Die Maske ist nun auch nicht mehr nötig", dachte sich Martina, schließlich hatte sie aufgedeckt, wer sich dahinter verbarg. Sie sah auf ihre Uhr, es war kurz nach fünf, aber sie wusste nicht, ob es Spätnachmittag oder früher Morgen war.
„Hast du geschlafen, als mich der Mann hergebracht hat?"
„Nein, ich bin überhaupt nicht müde."
Martina schloss daraus, dass sie nur circa drei Stunden besinnungslos gewesen war. Sie sah sich weiter in dem Raum um und erblickte ihre Jacke, die neben der Tür auf dem Fußboden lag. Eilig durchsuchte sie die Taschen, aber wie befürchtet war ihr Handy verschwunden. Auch in den Taschen

ihrer Jeans war außer einem Päckchen Papiertaschentücher nichts mehr zu finden, ihren Schlüsselbund und ihre Geldbörse hatte ihr Raffaele also auch abgenommen. Nur ihre Armbanduhr hatte er ihr gelassen. Bevor sie sich wieder zu Francesca aufs Bett setzte, riss sie die Kunststofffolie auf, mit der die Wasserflaschen umwickelt waren, öffnete eine der Flaschen und löschte ihren großen Durst. Danach fühlte sie sich gleich besser.

„Wie oft ist der Mann hergekommen, seit er dich hier eingesperrt hat?“

Francesca überlegte kurz.

„Ich weiß es nicht mehr. Ist das schlimm?“

Martina streichelte ihr über den Kopf.

„Nein, überhaupt nicht.“

Plötzlich erinnerte sich Francesca doch ein wenig.

„Ich glaube, dreimal. Liest du mir jetzt etwas vor? Schau, ich habe ein Buch, da sind ganz viele Pferde drin.“

„Gleich lese ich dir vor, Francesca. Wenn wir hier bald herauskommen wollen, muss ich mich erst einmal ein bisschen umsehen.“

Martina war sich sicher, dass Max längst seine Mailbox abgehört hatte und nun vergeblich versuchte, sie zu erreichen. Oder war er sogar schon auf der Suche nach ihr? Sie wollte aber nicht warten, bis Hilfe von außen kam, sie wollte selbst die Initiative ergreifen. Der Versuch, die Stabilität des Türschlosses zu testen, scheiterte bereits daran, dass sich die Türklinke nicht nach unten drücken ließ. Martina rüttelte kräftig daran, aber die Blockade der Klinke löste sich nicht. Deshalb wandte sie sich dem Fenster auf der gegenüberliegenden Seite des Zimmers zu. Die Fensternische war mit Brettern vernagelt, die so eng aneinandergelegt waren, dass kein einziger Lichtstrahl hindurchdrang. Ohne Werkzeug würde es wahrscheinlich unmöglich sein, die Bretter zu entfernen. Suchend blickte sie im Zimmer umher, aufmerksam beobachtet von Francesca. Raffaele war vorsichtig genug gewesen, auf das Tablett mit der Verpflegung kein Besteck zu legen. Ein Löffel, eine Gabel oder, noch viel besser, ein Messer wäre jetzt sehr nützlich gewesen. Irgendeinen spitzen, stabilen Gegenstand würde sie sicher brauchen, um die Bretter entfernen zu können, aber in ihrem Verlies schien nichts Geeignetes vorhanden zu sein. Oder sollte sie es ohne Hilfsmittel probieren? Und wo sollte sie anfangen, bei der Tür oder beim Fenster? Sie entschied sich für die Tür.

„Pass auf, Francesca, jetzt wird es gleich ein bisschen laut."

Martina schnürte sich ihre Turnschuhe fest zu, stellte sich vor das Fenster, nahm drei oder vier Schritte Anlauf und sprang mit den Füßen voraus gegen die Tür. Francesca, die sich die Ohren zugehalten hatte, sprang sofort auf und lief zu Martina, die vor der Tür auf dem Boden lag. Außer einem lauten Krachen und Schmerzen in ihren Füßen hatte der Sprung gegen die Tür nichts bewirkt.

„Ich glaube, so kriegen wir die Tür nicht auf. Vielleicht sind die Bretter vor dem Fenster nicht so stabil."

Nachdem sie noch einen Schluck Wasser getrunken hatte, stellte sie sich wieder in Position. Francesca saß erneut auf dem Bett und hielt sich die Ohren zu. Aber außer einem ähnlich lauten Krachen war Martinas Sprung gegen das vernagelte Fenster genauso erfolglos wie der Versuch, die Tür einzutreten. Ein tiefer Seufzer zeigte ihre Enttäuschung.

„So geht das nicht, ohne Werkzeug bringe ich weder die Tür noch das Fenster auf."

Sie hatte gedacht, dass sie sich und Francesca sehr schnell befreien könnte, aber das Verlies war bestens gesichert. Um Francesca etwas abzulenken und selbst ein wenig Zeit zu haben, um sich eine neue Fluchtmöglichkeit zu überlegen, setzte sie sich auch aufs Bett, griff nach dem Pferdebuch und begann daraus vorzulesen. Die Kleine hörte aufmerksam zu. Die Texte waren nicht allzu lang, es standen meist nur kurze Passagen zwischen den vielen Pferdefotos. Auf der letzten Seite des Buches war ein kurzes Gedicht abgedruckt.

„Das kenne ich", freute sich Francesca. „Da spielt mein Papa immer Pferdchen mit mir."

„Wie denn?"

Francesca setzte sich auf Martinas Schoß, und während sie das Gedicht auswendig aufsagte, imitierte sie eine Reiterin, die im wilden Galopp auf ihrem Pferd unterwegs war.

„Gleich noch einmal", rief sie, als das Gedicht zu Ende war.

Martina machte gerne mit, weil sie sah, dass es Francesca sichtlich gut tat, endlich etwas Ablenkung und Aufmunterung zu haben, nachdem sie schon den vierten Tag eingesperrt war. Bei der Wiederholung des Gedichtes war Martina etwas nach hinten gerutscht, damit Francescas wildes Hüpfen etwas besser von der Matratze abgefedert wurde. Während des letzten Verses, als Francesca besonders wild auf Martinas Oberschenkeln galoppierte, krachte es plötzlich unter den beiden.

„Ich glaube, jetzt ist bei deinem Bett irgendetwas kaputtgegangen", mutmaßte sie.

Gemeinsam hoben sie die Matratze von dem Bettgestell, und sofort war zu sehen, was passiert war. Eine der Querstreben aus Metall, auf denen die Matratze gelegen hatte, war genau an der Stelle vom Rahmen abgebrochen, wo Martina gesessen war. Francesca schaute ein wenig erschrocken.

„Das hast du sehr gut gemacht."

„Wirklich?"

„Ja, denn jetzt habe ich genau das, was ich brauche. Geh am besten ein wenig zur Seite, damit ich dir nicht wehtue."

„Was willst du machen?", fragte Francesca neugierig.

„Das wirst du gleich sehen."

Martina ergriff das lose Ende der Querstange und bog sie langsam nach oben. Zuerst musste sie dazu ziemlich viel Kraft aufwenden, aber als ein gewisser Widerstand überwunden war, konnte sie die Strebe so weit verbiegen, bis sie schließlich senkrecht nach oben stand. Aber sie hing immer noch an der hinteren Seite des Bettes am Rahmen fest. Deshalb drückte Martina sie wieder nach unten, um sie dann ein zweites Mal senkrecht nach oben zu biegen. Der Kraftaufwand wurde immer geringer, und als sie das Metallteil dreimal hinauf und wieder hinunter gebogen hatte, brach es ab.

„Endlich!"

„Was willst du damit machen?"

„Das zeige ich dir gleich, zuerst müssen wir aber wieder die Matratze auf das Bettgestell legen."

Während sie mit dem Lösen der Metallstrebe beschäftigt gewesen war, hatte sich Martina überlegt, ob sie bei der Tür oder beim Fenster anfangen sollte. Es erschien ihr einfacher, sich mit ihrem provisorischen Stemmeisen erst einmal am Fenster zu versuchen.

„Ich will versuchen, das Fenster freizulegen, damit wir hier endlich ein bisschen frische Luft hereinbekommen."

Noch viel wichtiger war es ihr aber, durch das Fenster um Hilfe rufen zu können. Sie setzte das Ende der flach zulaufenden Metallstange seitlich am untersten Brett an, wo es an der Wand festgenagelt war, aber sie schaffte es auf Anhieb nicht, zwischen Wand und Brett vorzudringen.

„Francesca, geh ein bisschen nach hinten, es könnte sein, dass hier gleich ein paar Splitter herumfliegen."

Sie nahm ihr Stemmeisen fest in beide Hände, holte seitlich aus und rammte es mit voller Wucht genau an die Stelle, wo sie zuvor vergeblich angesetzt hatte. Der Putz spritzte nach allen Seiten davon, aber das war egal, denn durch das Loch in der Wand, das durch ihren Hieb entstanden war, konnte Martina nun das Stemmeisen einige Zentimeter hinter das unterste Brett schieben.

„Jetzt wird es spannend."

Mit einem Ruck zog sie das Stemmeisen zu sich, erneut bröselte der Putz zu Boden, und tatsächlich konnte sie so die rechte Seite des Brettes mitsamt den Nägeln etwas von der Wand lösen.

„Es funktioniert!"

Noch zweimal setzte sie mit dem Stemmeisen an, dann stand das Brett so weit nach vorne, dass sie ihr Werkzeug senkrecht dahinterschieben konnte.

„Du schaffst es", feuerte Francesca sie an.

„Ja, gleich müsste ich es ganz wegbekommen."

Sie zog mit einem kräftigen Ruck am oberen Ende des Stemmeisens an und wäre beinahe rückwärts hingefallen, als sich das Brett vollständig löste und krachend zu Boden fiel. Durch den schmalen Spalt, der nun entstanden war, konnte Martina sehen, dass in der Fensternische eine kleine Matratze steckte. Innerhalb der nächsten Viertelstunde hatte sie drei weitere Bretter entfernt, sodass sie die Matratze herausziehen konnte. Zu ihrer großen Enttäuschung musste sie dann feststellen, dass das dahinterliegende Fenster auch sorgfältig mit Brettern zugenagelt war. Sie brauchte erst einmal eine Pause.

„Hast du auch Hunger, Francesca?"

Die Kleine nickte.

„In der kleinen Papiertüte sind noch zwei *Panini*, in die andere habe ich noch nicht hineingeschaut, die hat der Mann erst da hingelegt, als er dich hierher gebracht hat."

Martina öffnete die größere der beiden Tüten und holte drei *Panini* hervor, zwei davon waren mit Tomaten und *Mozzarella*, das dritte mit Schinken und Käse belegt.

„Ich mag eins mit Tomaten und *Mozzarella*, Martina."

Martina aß das Schinken-Käse-*Panino* und trank dazu aus ihrer Wasserflasche, Francesca schenkte sich den Rest Tee, der noch in der Thermoskanne gewesen war, in die große Tasse ein. Nach ihrer Brotzeit machte sich Martina sofort daran, das Fenster weiter freizulegen. Die restlichen Bretter, mit denen die Fensternische vernagelt war, stellten kein Problem mehr dar, schwieriger wurde es mit denen, die direkt auf den Fensterrahmen genagelt worden waren. Sie hatte keine Möglichkeit, ihr Stemmeisen seitlich anzusetzen, denn die Mauer rings um das Fenster stand ihr dabei im Weg. Auch oben und unten fand sie keinen Punkt, wo sie eines der Bretter etwas aushebeln konnte. Sie hielt kurz inne und überlegte.

„Ich glaube, das geht nur mit roher Gewalt. Geh lieber wieder etwas weiter weg, Francesca."

Francesca war die ganze Zeit direkt neben ihr gestanden, nach Martinas Warnung setzte sie sich an das Fußende des Bettes. Martina fixierte die Stelle, an der zwei Bretter aneinander lagen, holte aus und stieß mit der Metallstange nach vorne. Den Punkt, den sie treffen wollte, verfehlte sie, einige Holzsplitter flogen davon, aber die Bretterwand hielt stand. Noch einmal holte sie zu einem Stoß aus. Diesmal traf sie genau die Kante zwischen den zwei Brettern, und ihr Stemmeisen blieb dort stecken. Sie drückte es auf und ab, das Holz knarzte, aber die Bretter bewegten sich nicht. Mit einiger Mühe konnte sie die Stange wieder herausziehen und zum nächsten Schlag ausholen. Bei jedem Schlag, mit dem sie die gleiche Stelle traf, wurde das Loch etwas größer.

„Schön langsam tun mir meine Arme weh, aber ich komme Stück für Stück vorwärts", erklärte sie Francesca, als sie sich zwischendurch zu ihr aufs Bett setzte.

Sie nahm wieder einen kräftigen Schluck aus der Wasserflasche und postierte sich mit der Stange in den Händen von Neuem am Fenster. Mit dem nächsten Hieb traf sie genau in das Loch hinein, sodass die Stange auf der anderen Seite wieder herauskam. Klirrend zersplitterte die dahinterliegende Fensterscheibe. Nun aber steckte die Stange so weit und so fest zwischen den Brettern, dass Martina sie nicht mehr herausziehen konnte und sie genauso wenig nach oben oder unten bewegen konnte.

„Jetzt brauche ich deine Hilfe, Francesca."

Die Kleine stand sofort neben ihr.

„Wie denn?"

„Wir müssen uns beide an die Stange hängen, damit ich sie wieder herausbekomme."

Die Metallstange steckte so hoch waagrecht in der Bretterwand, dass Francesca sie nicht alleine erreichen konnte. Martina hob sie hoch, damit sie sich mit beiden Händen festklammern konnte.

„Vorsicht, ich lasse dich jetzt los."

Nun hing Francesca in der Luft, ihre Füße baumelten wenige Zentimeter über dem Fußboden, aber die Stange rührte sich nicht. Martina griff ebenfalls mit beiden Händen danach und zog ihre Beine an, sodass auch sie in der Luft hing. Wie in Zeitlupe bewegte sich die Metallstange etwas nach unten.

„Ich falle gleich runter, Martina."

„Halte noch ein bisschen durch, ich glaube, sie wird gleich herausrutschen."

Unter dem Gewicht der beiden senkte sich die Stange langsam weiter, Francescas Füße berührten fast schon den Fußboden, als mit einem lauten Knall ein Stück Holz aus der Bretterwand herausbrach. Francesca und Martina fanden sich auf dem Boden sitzend wieder.

„Hast du dir wehgetan?"

„Nein, das war fast wie in der *Scuola Materna*, da hänge ich mich auch immer an unsere Kletterstange."

Martina begutachtete das Loch und war enttäuscht, dass sie noch immer kein Tageslicht sehen konnte.

„Hoffentlich sind wir nicht in einem Kellerverlies", dachte sie sich, behielt diese Befürchtung aber für sich, um Francesca nicht zu entmutigen. Das Loch in der Bretterwand war nun groß genug, um das Stemmeisen so ansetzen zu können, dass sie weitere Holzstücke herausbrechen konnte. Die Nägel steckten allerdings in dem hölzernen Fensterrahmen viel fester als in der gemauerten Wand. Deshalb kostete es sie wesentlich mehr Mühe, die teilweise schon zerbrochenen Bretter vollständig vom Fensterrahmen zu lösen. Bald konnte sie erkennen, dass das Fenster auch noch mit Fensterläden verschlossen war, die verhinderten, dass das Tageslicht hereinfiel. Als sie die vier mittleren Bretter entfernt hatte und eine genügend große Lücke vorhanden war, stieß sie mit der Metallstange die Glasscherben der Fensterscheibe, die noch im Rahmen hingen, heraus, um sich anschließend nicht zu verletzen. Dann konnte sie die Verriegelung der Fensterläden öffnen und die Läden nach links und rechts wegklappen.

„Was siehst du?", fragte Francesca, die sich sicherheitshalber wieder aufs Bett gesetzt hatte, als am Fenster die Holzspäne umhergeflogen waren.

„Bis jetzt noch nichts."

Im ersten Moment war Martina sehr enttäuscht, denn sie dachte wieder, sie würden sich in einem Kellerraum befinden, weil kaum Licht hereinfiel. Dann aber erkannte sie, dass sie in einen dunklen Innenhof blickte und es draußen schon ziemlich duster war. Sie beugte sich vor, um mehr zu erkennen, musste aber aufpassen, sich nicht an den herumliegenden Glasscherben zu schneiden.

„Sieht du immer noch nichts?"

„Doch, da ist ein Innenhof, und gegenüber sind zwei Häuser, aber nirgends brennt Licht."

Mit ihren Händen formte sie einen Trichter um ihren Mund und begann laut zu rufen.

„Hallo, kann mich jemand hören?"

Außer einem leisen Echo blieb alles ruhig.

„Hallo, ist da jemand?"

Wieder kam keine Antwort.

„Martina, wo sind wir, dass uns niemand hört?"

„Ich weiß es leider nicht. Sei mal ganz leise."

Martina nahm eines der Bretter vom Fußboden und warf es zum Fenster hinaus. Es dauerte eine ganze Weile, bis es unten im Innenhof aufschlug.

„Verdammt", dachte sie sich. „Zum Hinausklettern oder zum Springen ist es viel zu hoch."

Enttäuscht setzte sie sich neben Francesca aufs Bett.

„Beim Fenster können wir jetzt nicht hinaus, das wäre zu gefährlich, aber vielleicht gibt es morgen in der Früh, wenn es wieder hell ist, eine Möglichkeit dazu."

Im Grunde glaubte sie selbst nicht daran, wollte Francesca aber die kleine Hoffnung lassen. Sie war sich im Klaren darüber, dass sie nun doch versuchen musste, die Tür aufzubrechen, um aus dem Verlies entkommen zu können. Auf den nächsten Morgen zu warten, war ihr auch deshalb zu riskant, weil sie damit rechnen musste, dass Raffaele wieder auftauchen könnte. Wenn er sehen würde, dass sie das vernagelte Fenster geöffnet hatte, dann würde er sie bestimmt sofort in ein anderes Gefängnis verfrachten. Um Francesca wieder etwas abzulenken, schlug sie vor, ihr nochmals aus dem Pferdebuch vorzulesen, und die Kleine stimmte begeistert zu. Obwohl sie sich müde und schlapp fühlte, ihre Hände schon stark schmerzten und sie sich bereits einige kleinere Verletzungen zugezogen hatte, wollte und musste sie anschließend einen Versuch unternehmen, die Tür ihres Gefängnisses zu öffnen.

26

Max plagten Gewissensbisse und Selbstvorwürfe. Wie hatte er nur auf die Idee kommen können, seine sechzehnjährige Tochter dorthin zu schicken, wo sie die Entführer von Francesca vermuteten? Und warum hatte er nicht wenigstens verhindert, dass sie am zweiten Tag auch noch einmal in die Firma Sandrinelli ging, obwohl Francesco und er da schon der Meinung waren, dass eventuell Raffaele und Sergio Sandrinelli die Kidnapper sein könnten? Erstaunlicherweise war es ausgerechnet Chiara, die versuchte, ihm das schlechte Gewissen zu nehmen.

„Es konnte doch niemand ahnen, dass Martina auch verschwindet, wenn sie Beweise dafür gefunden hat, dass die Entführer Angestellte von Sandrinelli sind."

Nach außen hin machte Chiara einen relativ gefassten Eindruck, aber in ihrem Innern war sie alles andere als gefasst. Sie machte sich selbst auch die größten Vorwürfe, dass sie so leichtfertig dem Spitzeleinsatz von Martina zugestimmt hatte. Den ganzen Nachmittag war sie fast ohne Pause im Haus herumgelaufen. Nur als ihr Giovanna eine Tasse Tee gekocht und ein Fläschchen Baldriantropfen dazugestellt hatte, war sie einige Minuten in der Küche sitzen geblieben, dann war sie weiter hin und her gelaufen, bis Max und Francesco von der Firma Sandrinelli zurückgekommen waren. Elena hielt sich mit Kommentaren erstaunlich zurück und hatte sich in ihr Zimmer zurückgezogen. Sie war hin- und hergerissen. Einerseits war sie immer noch davon überzeugt, dass sie der bessere Spitzel gewesen wäre, weil es die Entführer sicher niemals bemerkt hätten, wenn sie ihnen auf die Schliche gekommen wäre und danach sofort ihren Papa informiert hätte. Andererseits war sie ganz froh darüber, dass sie im Moment nicht an Martinas Stelle war, denn die lag jetzt womöglich gefesselt und geknebelt im Kofferraum von Raffaeles Auto und wurde von ihm weiß Gott wohin gefahren. Giovanna war weder auf ihren Sohn noch auf ihren Schwiegersohn gut zu sprechen, weil sie den Plan für Martinas fiktives Praktikum in der Firma Sandrinelli von vornherein für zu gefährlich gehalten hatte.

Nachdem Piero in einiger Entfernung zum Firmengelände zu ihnen ins Auto gestiegen war und seine Kollegen Fiera und Canelli die Beschattung von Sergio Sandrinelli übernommen hatten, war Francesco direkt zum Revier der *Carabinieri* gefahren. Dort hatten sie Piero aber nur aussteigen lassen und waren selbst nicht mit hineingegangen. Piero hatte ihnen versichert, die Koordination der Fahndung nach Raffaele Sandrinelli und die Suche nach Francesca und Martina selbst in die Hand zu nehmen und sie stets auf dem Laufenden zu halten. Den Rest des Nachmittages hatten sie wartend zu Hause in *Flaminio* verbracht, auf eigene Faust konnten sie momentan nichts unternehmen. Es war bereits nach achtzehn Uhr, als endlich Francescos Handy klingelte.

„Was gibt es für Neuigkeiten, Piero?"

„Im Hinblick auf die Entführung noch nicht sehr viel. Canelli hat mich gerade informiert, dass Sergio ohne Umwege von der Firma nach Hause gefahren ist. Fiera und Canelli werden bald abgelöst, wir werden Sergio nicht mehr aus den Augen lassen."

„Sonst keine Hinweise auf Martina, Francesca oder Raffaele?"

„Nein, bisher leider keine. Allerdings gibt es in Sachen Gemälde eine sehr interessante Entwicklung."

„Hat Davide in der *Basilica Sant'Andrea della Valle* tatsächlich Hinweise auf einen Diebstahl finden können?"

„Es sieht so aus. Er und sein Team mussten zwar lange suchen, aber schließlich haben sie doch etwas gefunden. An einem der Bilder in einer Seitenkapelle war der Rahmen ein klein wenig beschädigt. Das abgesplitterte Holzteilchen dürfte nicht größer als ein Zündholzkopf gewesen sein, deshalb war die Beschädigung aus der gewöhnlichen Entfernung eines Kirchenbesuchers nicht zu sehen. Aber bei der genauen Untersuchung aller Bilder ist die Absplitterung doch aufgefallen. Daraufhin wurde das betroffene Gemälde natürlich besonders intensiv begutachtet, es scheint tatsächlich eine Kopie zu sein."

„Und was unternimmt er jetzt?"

„Dank eurer Hinweise und Beobachtungen hat Davide sofort einen Durchsuchungsbefehl für Enzo Rivas Werkstatt bekommen. Er will in den nächsten fünf Minuten zum *Borgo* aufbrechen und wollte wissen, ob ihr auch hinkommt."

„Natürlich. Ich werde Max gleich fragen, aber ich bin mir sicher, dass auch er dabei sein will."

„In Ordnung. Dann treffen wir uns in zwanzig Minuten vor Rivas Werkstatt."

„Okay, falls wir nicht irgendwo im Verkehr stecken bleiben, werden wir pünktlich da sein."

„*Ciao,* bis gleich."

Francesco rannte die Treppe hinunter. Als ihn Pieros Anruf erreicht hatte, war er gerade mit Giulia in ihrem Zimmer gesessen und hatte mit ihr darüber diskutiert, was sie an den vergangenen Tagen bei ihrer Suche nach Francesca eventuell falsch gemacht hatten. Giulia war auch etwas skeptisch gewesen, was Martinas Einsatz betraf, sie machte jetzt aber Francesco genauso wenig Vorwürfe wie Chiara ihrem Mann.

„Max, wir müssen sofort los."

Francesco stürmte ins Wohnzimmer, wo Chiara und Max beisammensaßen und ungeduldig auf Nachrichten der *Carabinieri* warteten. Max sprang sofort auf.

„Haben sie Martina gefunden?"

„Nein, leider noch nicht. In Sachen Entführung gibt es noch keinen Fahndungserfolg. Aber Davide Botazzi macht sich gerade mit einem Durchsuchungsbefehl in der Tasche auf den Weg zu Rivas Werkstatt. Er hat anscheinend in der *Basilica* ein kopiertes Gemälde entdeckt. Wir sollen auch hinkommen."

„Dann lass uns sofort aufbrechen."

Schnell verabschiedete er sich von Chiara und versprach ihr, sich sofort zu melden, wenn er zwischenzeitlich Nachrichten von Martina erhalten sollte. Giovanna hatte in der Küche mitbekommen, dass Francesco durchs Haus gerannt war. Sofort war sie auch zur Stelle und war natürlich überhaupt nicht erfreut, dass Francesco und Max schon wieder so kurz vor dem Abendessen das Haus verlassen wollten.

„Wir wissen noch nicht, wie lange wir unterwegs sein werden, Mama. Wartet nicht auf uns."

„Aber du musst doch etwas Anständiges zu Abend essen."

„Zur Not müssen wir uns eben zwischendurch irgendwo einen Happen kaufen. Ich melde mich, wenn wir abschätzen können, wann wir wieder zurückkommen."

Enzo Riva war sichtlich überrascht, als Piero, Francesco, Max und Davide Botazzi mit seinen beiden Mitarbeitern Ruggero

Barcotto und Ignazio Laurano bei der Glastür hereinmarschierten, während er gerade dabei war, am Ende seines Arbeitstages die Werkstatt aufzuräumen.

„*Signor* Enzo Riva?", fragte Davide

„Ja, das bin ich."

„Ich bin *Capitano* Botazzi", stellte er sich vor, zeigte Riva seine Dienstmarke und hielt ihm ein Schriftstück vor die Nase. „Wir haben für Ihre Werkstatt einen vom Staatsanwalt unterschriebenen Durchsuchungsbefehl."

„Ein Durchsuchungsbefehl? Was wollen Sie denn bei mir finden? Hier gibt's nur alte Möbel."

Botazzi war nicht der Typ, der lange um den heißen Brei herumredete. Er kam direkt zur Sache.

„Kennen Sie die *Tre beati teatini*?"

„Nein, die kenne ich nicht. Wer sind die drei Mönche? Wissen Sie, ich habe mit der Kirche nicht so viel am Hut."

„Sie kommen sich wohl sehr witzig vor, oder?"

Riva antwortete nicht.

„*Tre beati teatini* wird ein Gemälde genannt, das in der *Basilica Sant'Andrea della Valle* hängt beziehungsweise hing. Das Original wurde vor wenigen Wochen gestohlen und durch eine Kopie ersetzt."

„Aha, und Sie glauben nun, dass Sie dieses Gemälde bei mir finden. Bitte, Sie können sich gerne umsehen."

Riva machte einen völlig ruhigen Eindruck, aber sein Puls raste, und er hatte ein ziemlich flaues Gefühl in der Magengegend. Hatte Sandrinelli seine Drohung, ihn hinzuhängen, tatsächlich doch noch wahr gemacht, obwohl er nach dem Streit über das anonyme Schreiben von Alfredo keinen Kontakt mehr zu ihm gehabt hatte? Oder hatte etwa Alfredo doch noch einmal etwas auf eigene Faust unternommen, um Sandrinelli zu erpressen? Zudem war sich Riva sicher, dass einer der Typen, die gerade bei ihm hereingeplatzt waren, schon einmal in seiner Werkstatt gewesen war.

Botazzi gab Barcotto und Laurano einen Wink, dass sie beginnen sollten.

„Die Staffelei steht in dem Nebenraum dort rechts hinten", gab ihnen Max einen Tipp, wo sie mit ihrer Durchsuchung beginnen sollten.

Der kleine Nebenraum hatte kein Fenster. An zwei Wänden standen Regale, in denen unzählige Tuben mit Ölfarben lagen und in mehreren Dosen zahlreiche Pinsel steckten. An der dritten Wand lehnten unterschiedlich große Leinwände, die noch nicht bemalt waren. Davor stand mitten im Raum die Staffelei.

„Die Ölfarben und Pinsel werden wir zur kriminaltechnischen Untersuchung mitnehmen."

„Meine Farben? Was wollen Sie denn damit? Ich denke, Sie suchen hier ein Gemälde."

„Signor Riva, da haben Sie leider falsch gedacht. Dass wir das Gemälde hier nicht finden, war uns schon klar. Anhand der Farben werden wir Ihnen beweisen, dass Sie es waren, der die Kopie der *Tre beati teatini* angefertigt hat. Oder wollen Sie mir erzählen, Sie hätten noch nie ein Gemälde kopiert?"

Riva wusste nicht, wie er reagieren sollte. Die *Carabinieri* schienen bestens über ihn informiert zu sein.

„Das will ich gar nicht leugnen, dass ich schon Gemälde kopiert habe. Diese Kopien habe ich aber nie als Originale ausgegeben und verkauft. Also habe ich nichts Illegales getan."

„Sie haben Recht, der Verkauf von Kopien ist nicht illegal. Illegal wird es erst, wenn man ein wertvolles Gemälde entwendet und mit einer selbst angefertigten Kopie vertauscht. Und einen Mesner zu betäuben und geknebelt in den Beichtstuhl zu verfrachten, halte ich auch nicht unbedingt für legal."

„Haben Sie auch Beweise für Ihre abenteuerlichen Behauptungen, *Capitano?"*

„Die werden wir Ihnen schon noch liefern."

Während Barcotto und Laurano die Ölfarben in zwei mitgebrachte Umzugskartons räumten und Botazzi mit Riva über das Gemälde diskutierte, hatte Max die oberste Schublade von Rivas Schreibtisch aufgezogen. Darin lag neben Bleistiften, Kugelschreibern, einem Spitzer, mehreren Linealen und einem Zirkel eine Klarsichthülle, in der mehrere DIN-A4-große Fotos steckten. Außerdem war in der Schublade in einer Lederhülle eine Digitalkamera aufbewahrt. Max zog die Fotos heraus und staunte nicht schlecht, als er sah, dass darauf Paolo Sandrinelli abgebildet war. Außer ihm waren zwei finster dreinblickende Verbrechervisagen zu sehen, die ein großes, flaches, mit Decken und Schnüren umwickeltes Paket hinter Sandrinelli hertrugen. Max gab die Fotos an Francesco weiter. Der zog die Augenbrauen hoch und wandte sich damit an Riva.

„Es war sehr freundlich von Ihnen, dass Sie für uns den Abnehmer des Originals der *Tre beati teatini* fotografiert haben. Das erleichtert unsere Arbeit ungemein."

„Sie irren sich schon wieder. Dieser Herr hat sich von mir nur einen antiken Bilderrahmen restaurieren lassen."

„Und warum haben Sie ihn fotografiert, wie er den Rahmen wieder abgeholt hat?"

Darauf wusste Riva auf Anhieb keine Antwort. Er überlegte, ob es nicht besser war, allmählich auszupacken. Warum sollte er diesen *Signor* Sandrinelli schonen, wenn er ihn anscheinend ans Messer geliefert hatte? Oder gab es doch noch eine Möglichkeit, sich aus dieser misslichen Lage zu befreien? Wieder war es Max, der ihm die Hoffnung nahm. Er hatte, nachdem er die Fotos an Francesco weitergereicht hatte, die Digitalkamera aus der Hülle herausgenommen und eingeschaltet. Auf der Speicherkarte waren über einhundert Fotos gespeichert. Die letzten zeigten ein Gemälde, bei dem es sich um die Kreuzigung Petri in der *Chiesa Santa Maria del Popolo* handeln musste. Davor waren Aufnahmen von mehreren Personen, die beim Essen saßen. Anscheinend war das eine Geburtstagsfeier, denn auf dem Tisch lagen mehrere mit Geschenkpapier umwickelte Päckchen. Als Max auf der Speicherkarte noch weiter zurückblätterte, stieß er zuerst auf die Fotos, die Sandrinelli und seine beiden Begleiter zeigten, und dann nochmals auf Fotos von einem Gemälde. Die *Tre beati teatini*.

„Haben Sie alle Fotos, die hier drauf sind, selbst aufgenommen?"

„Ja, meine Kamera gebe ich nicht aus der Hand."

Als er geantwortet hatte, erkannte Riva, dass er einen Fehler begangen hatte. Warum hatte er die Ausdrucke der Fotos von Sandrinelli nicht vernichtet und warum hatte er die älteren Aufnahmen auf der Speicherkarte nicht längst gelöscht?

„Es ist wirklich erstaunlich, dass Sie die *Tre beati teatini* nicht kennen, obwohl Sie das Gemälde fast zwanzig Mal fotografiert haben."

Max sah Riva an, dass er kapitulierte. Würde er aber auch preisgeben, wer sein Kunde und Auftraggeber war? Riva griff nach der Lehne des Schreibtischstuhles, zog ihn zu sich und setzte sich. Botazzi lehnte sich neben ihm an den Schreibtisch und sah ihn erwartungsvoll an.

„Also gut, ich gebe zu, dass ich die *Tre beati teatini* gemalt und ausgetauscht habe."

Vielleicht konnte er wenigstens seinen Bruder Alfredo verschonen.

„Wo ist das Original jetzt?"

„Das weiß ich nicht."

„Wollen Sie mich für dumm verkaufen?", schnauzte ihn Botazzi an.

„Nein, ich weiß es wirklich nicht. Sie haben doch gerade selbst die Fotos gesehen, wie es hier abtransportiert worden ist. Ich habe mein Honorar erhalten, der Rest hat mich nicht mehr interessiert."

„Und wer war Ihr Kunde?"

„Er heißt Sandrinelli."

Max und Francesco sahen sich an. Eigentlich hätten sie sich nun richtig freuen müssen, weil sie schon lange vermutet hatten, dass Sandrinelli und Riva ein illegales Geschäft abgeschlossen hatten. Aber aufgrund der dramatischen Ereignisse des zu Ende gehenden Tages mit der Flucht von Sandrinellis Sohn und dem Verschwinden von Martina wollte keine rechte Freude bei ihnen aufkommen.

„Wo hat dieser Sandrinelli das Original hingebracht?"

„Ich sagte doch, dass ich das nicht weiß. Das müssen Sie ihn schon selbst fragen, *Capitano.*"

Max und die vier *Carabinieri* in Zivil standen um Riva herum und erwarteten, dass er ihnen noch mehr über seinen Auftraggeber erzählen würde, als plötzlich die Tür aufging und Enzo Rivas Bruder Alfredo hereinkam.

„Was ist denn hier los? Was machen Sie mit meinem Bruder?"

Enzo wollte ihm helfen und gab ihm ein Zeichen, dass er schleunigst verschwinden solle. Aber damit erwies er ihm einen Bärendienst. Denn als Alfredo verstand, was ihm Enzo verdeutlichen wollte, und er auch noch sah, dass einer der Herren die Fotos vom Abtransport des Gemäldes in den Händen hielt, realisierte er, dass Enzo aufgeflogen war. Ohne zu überlegen, machte er auf dem Absatz kehrt und rannte bei der Tür hinaus. Ein eindeutigeres Schuldeingeständnis hätte er den *Carabinieri* nicht liefern können. Ruggero Barcotto reagierte am schnellsten und jagte ihm hinterher. Obwohl Alfredo sehr schnell war, hatte er gegen den Sprinter Barcotto keine Chance, denn der war als Jugendlicher sogar italienischer Vizemeister im Einhundertmeterlauf gewesen und trainierte immer noch regelmäßig. Alfredo wehrte sich nicht, als Barcotto ihn eingeholt und am Arm gepackt hatte. Gemeinsam kehrten sie zur Werkstatt zurück. Nachdem beide Brüder erklärten, dass sie ein umfassendes Geständnis ablegen wollten, entschied Botazzi, dies gleich auf dem Revier zu machen, damit sofort ein Protokoll ihrer Aussagen erstellt werden konnte. Seine beiden Kollegen wies er an, die Ölfarben wieder in die Regale zurückzulegen.

„Ich denke, eine genaue Analyse der Ölfarben wird vorerst nicht nötig sein."

Enzo Riva nickte stumm.

„Dennoch werden wir Ihre Werkstatt bis auf Weiteres versiegeln. Wenn Sie noch etwas an Lebensmitteln oder persönlichen Sachen, die Sie in nächster Zeit brauchen, hier haben, dann nehmen Sie diese am besten gleich mit."

Im selben Augenblick klingelte Pieros Handy.

„Pronto."

Er hörte eine ganze Weile lang zu, ohne zu antworten, und nickte ein paar Mal.

„Sonst keine neue Spur?"

Diesmal erhielt er nur eine kurze Antwort.

„In Ordnung. Ich bin ohnehin in der nächsten halben Stunde zurück auf dem Revier."

Nachdem er eingehängt hatte, bat er Max und Francesco, mit ihm kurz vor die Tür hinaus zu gehen. Draußen erzählte er ihnen, was er gerade erfahren hatte.

„Wir haben Raffaeles Auto gefunden."

„Wo?"

„Im *E. U. R.*"

Das *E. U. R.* ist ein Stadtviertel im Süden von Rom, das in seinem Kern auf dem Reißbrett entstanden ist. Unter dem faschistischen Regime von Benito Mussolini war in Rom auf einer Fläche von vierhundertzwanzig Hektar die *Esposizione Universale di Roma*, eine Weltausstellung mit gigantischen

Ausmaßen, geplant. Nach der Ausstellung, die für 1942 vorgesehen war, sollten die monumentalen Bauten allerdings nicht wieder abgetragen werden, sondern den Kern einer Satellitenstadt zwischen dem alten Rom und dem Meer bilden, mit der man die antiken weltlichen und kirchlichen Paläste Roms in den Schatten stellen wollte. Wegen des Zweiten Weltkriegs fand die Ausstellung nie statt. Die bis zum Ende des Krieges fertiggestellten Bauten wurden belassen, das ursprüngliche Konzept wurde aber nach 1945 so abgeändert, dass letztlich ein mit weiten öffentlichen Plätzen, breiten Straßen und umfangreichen Grünanlagen ausgestattetes, beliebtes Wohnviertel entstand.

„Was haben deine Kollegen in Raffaeles Auto gefunden? Gibt es Hinweise auf Martina?“

„Ja, Max, die gibt es. Im Auto lag die Geldbörse von Martina. Das Geld war weg, aber Martinas Ausweis steckte noch darin. Außerdem lagen neben der Geldbörse noch ein Schlüsselbund und ein Handy, wir nehmen an, dass beides auch Martina gehört.“

„Und Raffaele? Hat er Spuren hinterlassen?“

„Leider keine, aus denen man schließen könnte, wohin er vom *E. U. R.* aus geflohen ist. Das Handschuhfach war leer, er hat also seine Baseballkappe, das Diktiergerät und den falschen Bart mitgenommen. Sein *Alfa* wird gerade abgeschleppt, wir können momentan nur abwarten, ob uns die Spurensicherung noch weitere Hinweise liefern kann.“

„Was können wir in der Zwischenzeit noch unternehmen?“

„Nichts, denke ich. Wir tun unser Möglichstes, die Fahndung läuft auf Hochtouren, ich bin mir sicher, dass er uns nicht entkommen wird.“

„Verdammt, ich kann doch nicht tatenlos herumsitzen, während dieser Kerl meine Tochter in seiner Gewalt hat.“

Piero legte Max die Hand auf die Schulter.

„Max, ich kann deine Sorgen und deine Unruhe gut verstehen. Wie gesagt, wir tun alles, um Raffaele zu schnappen und auch Martina und Francesca bald zu finden. Wenn wir gleich die beiden Rivas aufs Revier bringen, ist es am besten, wenn du wieder zu deiner Frau fährst, sie kann sicher deine Unterstützung auch gut gebrauchen.“

Francesco nickte zustimmend, und auch Max sah ein, dass es wenig Sinn machte, auf dem Revier der *Carabinieri* auf Neuigkeiten von der Suche nach Martina zu warten.

„Danke, Piero, du hast sicher Recht. Auch wenn es mir schwerfällt, ist es bestimmt am sinnvollsten, wenn wir jetzt wieder nach Hause fahren."

Während sie vor der Werkstatt gestanden waren, hatte Enzo Riva einige Sachen zusammengesucht, die er nicht zurücklassen wollte, und hatte auch die Kleinigkeiten, die im Kühlschrank gelegen waren, eingepackt. Botazzi verzichtete darauf, den beiden Rivas Handschellen anzulegen, als sie von der Werkstatt zu den zwei Querstraßen weiter geparkten Dienstfahrzeugen geleitet wurden. Als sie mit Barcotto und Laurano im Auto saßen, bedankte sich Davide bei Max und Francesco für ihre Unterstützung.

„Ohne eure detaillierten Hinweise hätten wir niemals den mysteriösen Überfall auf den Mesner der *Basilica* aufklären und erst recht nicht den Diebstahl der *Tre beati teatini* entdecken können."

„Wann willst du Sandrinelli hochgehen lassen?"

„Noch heute Abend. Bei ihm dürfte zwar keine Fluchtgefahr bestehen, aber er könnte natürlich das Gemälde verschwinden lassen. Das müssen wir unbedingt verhindern."

Francesco war der gleichen Meinung.

„Ich wüsste zwar nicht, wie er erfahren sollte, dass ihr von seinem illegalen Gemäldekauf wisst, aber selbst wenn er es wüsste, abhauen wird der bestimmt nicht. Heute Abend dürfte er erst einmal damit beschäftigt sein, zuerst seiner Geliebten zu erklären, dass sein eigener Sohn ihre Tochter entführt hat. Und danach wird ihm nichts anderes übrig bleiben, als seiner Ehefrau zu beichten, dass er eine Geliebte und ein uneheliches Kind hat und dass darüber hinaus auch noch sein jüngerer Sohn auf der Flucht ist."

„Da kommt einiges zusammen", meinte Davide Botazzi. „In seiner Haut möchte ich jetzt nicht stecken."

„Ich auch nicht."

„Eine Frage ist aber bei der ganzen Gemäldegeschichte immer noch unbeantwortet", warf Max ein.

„Welche denn?"

„Wer ist der neue Auftraggeber von Riva? Ist es ein bisher völlig Unbeteiligter oder hat Sandrinelli vielleicht einen Strohmann geschickt, um über ihn an die *Crocifissione di San Pietro* zu kommen?“

„Das werden wir schon noch herausfinden“, war sich Davide Botazzi sicher.

Er schüttelte zuerst Francesco und dann Max die Hand.

„Deine Tochter und die Kleine werden unsere Kollegen sicher auch bald finden, Max.“

„Dein Wort in Gottes Ohr.“

Botazzi stieg zu seinen Kollegen und den beiden Rivas ins Auto.

„Ich komme gleich nach“, rief ihm Piero hinterher und wandte sich dann wieder Max und Francesco zu.

„Euren ersten Fall haben wir nun erfolgreich gelöst, der zweite wird sich bestimmt auch schnell lösen lassen. Ich kann mir nicht vorstellen, dass Raffaele sehr weit kommen wird. Und wenn wir ihn erst einmal haben, dann werden wir auch sehr schnell wissen, wo wir Martina und Francesca finden können.“

„Vielen Dank für deine Hilfe, Piero. Melde dich bitte gleich, falls du etwas Neues von meiner Tochter erfährst. Auch wenn es mitten in der Nacht ist.“

„Ich rufe euch natürlich sofort an, Max, das weißt du doch.“

Piero stieg in seinen Dienstwagen und brauste Richtung Revier der *Carabinieri* davon, während Francesco und Max in Francescos *Fiat Bravo* den Heimweg nach *Flaminio* einschlugen.

27

Nicoletta Sorano war außer sich vor Entsetzen. Paolo Sandrinelli hatte gerade versucht, ihr so schonend wie möglich beizubringen, was er am Nachmittag erfahren hatte. Sein eigener Sohn Raffaele war der Entführer der kleinen Francesca.

„Das ist nicht wahr. Sag, dass das nicht wahr ist“, schrie sie ihn an.

Aber diese gewünschte Antwort konnte er ihr leider nicht geben. Seit die *Carabinieri* bei ihm gewesen waren, zerbrach er sich den Kopf darüber, wie es so weit hatte kommen können. Nicoletta dachte in dieselbe Richtung.

„Woher hat er überhaupt von Francesca gewusst?“

„Ich weiß es nicht. Von mir hat er es sicher nicht erfahren.“

„Meinst du, er hat schon damals etwas gemerkt, als ich noch deine Chefsekretärin war?“

„Das glaube ich nicht. So lange war die Zeitspanne, in der ihr beide gleichzeitig in der Firma gearbeitet habt, doch auch wieder nicht.“

„Stimmt, trotzdem könnte sie ausgereicht haben. Oder glaubst du, dass es eher Sergio war, der etwas bemerkt hat?“

„Könnte sein. Ich habe heute Nachmittag auch sofort vermutet, dass die beiden die Entführung zusammen arrangiert haben, aber die *Carabinieri* waren der Meinung, dass es dafür bislang keinen Anhaltspunkt gibt. Allerdings glauben sie schon, dass Raffaele einen Komplizen hatte. Aber solange wir nicht wissen, wer das ist, können wir nur darüber spekulieren, wer unser Geheimnis entdeckt hat.“

Nicoletta, die bisher neben Paolo auf dem Sofa gesessen war, stand auf und ging im Wohnzimmer auf und ab.

„Was unternehmen die *Carabinieri* jetzt, um Raffaele und vor allem um Francesca zu finden?“

„Die Einzelheiten kenne ich nicht, aber für die ist es doch sicher Routine, nach einem Flüchtigen zu fahnden.“

„Hoffentlich tut er meiner armen kleinen Francesca nichts an, wenn er sich verfolgt und in die Enge getrieben fühlt.“

Paolo Sandrinelli stand ebenfalls auf und nahm sie in den Arm, um sie zu beruhigen.

„Ich glaube, in der Hinsicht sind deine Sorgen unbegründet. Zum einen wissen wir nicht einmal, ob er zusammen mit ihr auf der Flucht ist. Zum anderen ist Raffaele sicher ein geldgieriger Idiot, aber ein Mörder ist er ganz bestimmt nicht."

„Ach, und was macht dich da so sicher?", fauchte sie ihn an. „Hättest du dir vor ein paar Tagen vorstellen können, dass er dazu fähig ist, ein kleines, unschuldiges Mädchen zu entführen?"

Darauf gab er ihr keine Antwort, denn sie hatte völlig Recht. Niemals wäre er je auf den Gedanken gekommen, dass sein Sohn eine derartige kriminelle Energie haben könnte.

„Keine Antwort ist auch eine Antwort. Was willst du jetzt tun?"

„Ich muss nach Hause fahren und mit Rosaria reden, bevor sie von den *Carabinieri* erfährt, was Raffaele angestellt hat."

„Du willst ihr alles erzählen?", kreischte Nicoletta schon beinahe hysterisch.

„Was bleibt mir denn anderes übrig? Erfahren wird sie es ohnehin, da sag ich es ihr lieber selbst."

„Du bist dir aber schon im Klaren darüber, was das für Konsequenzen haben wird?"

„Natürlich kann ich mir lebhaft vorstellen, wie sie reagieren wird. Für sie werde ich selbstverständlich an allem schuld sein. An unserem missratenen Sohn, an der Entführung, an der Ehe, die nur noch auf dem Papier besteht."

„Und dann?"

„Ich weiß noch nicht, wie es weitergehen wird. Das Wichtigste ist doch erst einmal, dass nun Francesca so schnell wie möglich gefunden wird. Vielleicht ist es sogar ganz gut, wenn jetzt einmal alles herauskommt und das ewige Versteckspiel ein Ende hat. Für Francesca wäre es doch sicher auch das Beste, wenn ich nicht mehr so wie bisher immer nur stundenweise hier vorbeikommen könnte, sondern wir ganz offiziell zusammen wären und zum Beispiel endlich einmal gemeinsam in den Urlaub fahren könnten."

Obwohl Nicoletta ihn nicht gehen lassen wollte, weil sie nicht schon wieder mit der Ungewissheit über das Schicksal ihrer Tochter allein gelassen werden wollte, verabschiedete sich Paolo Sandrinelli kurze Zeit später von ihr und machte sich auf den Heimweg zu seiner *Villa* in *Frascati*. Es war bereits stockdunkel, denn obwohl ihm den ganzen Nachmittag aus verständlichen Gründen keine Arbeit so richtig von der Hand gegangen war, hatte er seinen Besuch bei Nicoletta und damit auch die Fahrt nach Hause immer wieder hinausgezögert. Als er sich durch den Stadtverkehr gekämpft und den Autobahnring um Rom erreicht hatte, wählte er die Handynummer von Francesco.

„*Buonasera,* hier ist Sandrinelli. Gibt es schon Neuigkeiten auf der Suche nach Francesca und Raffaele?“

Nach ihrem Einsatz bei Enzo Riva waren Francesco und Max schon eine ganze Weile zurück in *Flaminio*. Er wusste zwar schon längst, dass Raffaeles Auto im *E.U.R.* gefunden worden war, hielt es aber aus ermittlungstaktischen Gründen für sinnvoller, Sandrinelli nichts davon zu erzählen. Genauso wenig informierte er ihn darüber, dass die *Carabinieri* noch am selben Abend mit einem Durchsuchungsbefehl bei ihm auftauchen und in seiner *Villa* nach einem bestimmten Gemälde suchen würden.

„Meine Kollegen melden sich schon, wenn es etwas Neues gibt. Vergessen Sie nicht, dass erst seit ein paar Stunden offiziell nach Ihrer Tochter gesucht wird.“

Ohne sich zu verabschieden, hängte Sandrinelli ein. Etwa zwanzig Minuten später fuhr er in *Frascati* auf sein Grundstück, betätigte den elektrischen Garagentoröffner und stellte seine Limousine in der Garage ab. Als er das Haus betrat, wunderte er sich, dass weder im Wohnzimmer noch in der Küche das Licht brannte. Seine Frau musste aber zu Hause sein, denn ihr silbernes BMW 3er-Cabrio war in der Doppelgarage gestanden. Plötzlich hörte er Geräusche aus dem ersten Stock. Er ging hinauf, aus dem Schlafzimmer schien ihm Licht entgegen. Rosaria stand vor dem geöffneten Kleiderschrank, auf dem Bett lag ein aufgeklappter Koffer. Sie hatte ihn nicht heraufkommen gehört und zuckte zusammen, als er plötzlich in der Schlafzimmertür stand.

„Was machst du denn da, Rosaria?“

„Das fragst du noch? Sergio hat mich vor einer Viertelstunde angerufen.“

„Rosaria, lass dir erklären ...“

Sie fiel ihm ins Wort.

„Du brauchst mir gar nichts zu erklären. Was ich von Sergio gehört habe, reicht mir völlig aus. Dein Essen steht im Kühlschrank. Du hörst dann von meinem Anwalt."

„Rosaria, bitte, lass uns doch darüber reden."

„Du hättest sechs oder sieben Jahre Zeit gehabt, mit mir zu reden. Jetzt ist es dafür zu spät. Geh doch zu diesem Flittchen und rede mit ihr, ich war dir dazu offenbar schon lange nicht mehr gut genug."

Sie schob ihn auf den Flur hinaus und schloss die Schlafzimmertür. Obwohl er insgeheim gehofft hatte, dass seine Frau anders reagieren würde, hatte Paolo Sandrinelli sich schon darauf eingestellt, dass sie unmittelbar das Haus verlassen würde, wenn sie hörte, dass er seit vielen Jahren eine Geliebte und mit dieser zudem auch noch ein Kind hatte. Er ging hinunter in die Küche und schaute in den Kühlschrank. Die *Lasagne*, die er sonst so gerne aß, ließ er stehen, er hatte überhaupt keinen Appetit. Stattdessen nahm er eine angebrochene Flasche *Vino rosso* heraus, schenkte sich ein Glas ein und setzte sich an den Küchentisch. Er überlegte, wo seine Frau nun wohl hinwollte. Nähere Verwandtschaft gab es in Rom und Umgebung nicht, vielleicht wollte sie zu Sergio oder zu irgendeiner Freundin. Er war immer noch beim ersten Glas, als er hörte, wie Rosaria die Treppe herunterkam und sich in der Garderobe ihre Jacke anzog. Grußlos verließ sie das Haus. Er blickte zum Küchenfenster hinaus, im Schein des Garagenlichtes sah er, wie sie ihren Koffer und ihr Beautycase in ihren BMW lud, einstieg und davonfuhr. Nach dem zweiten Glas Rotwein bekam er allmählich doch Hunger. Deshalb nahm er den Teller mit der *Lasagne* aus dem Kühlschrank und stellte ihn für einige Minuten in die Mikrowelle. Als er die *Lasagne* anschließend aufgegessen hatte, schenkte er sich noch einmal Rotwein nach und lehnte sich auf seinem Stuhl zurück.

„Die Tochter entführt, der Sohn auf der Flucht, von der Ehefrau verlassen. Paolo, du hattest wahrlich schon erfolgreichere Wochen. Schlimmer kann es wahrscheinlich gar nicht mehr kommen", sagte er zu sich selbst.

Damit hatte er sich allerdings getäuscht. Es dauerte nicht lange, da sah er die Scheinwerfer eines Autos auf das Haus zukommen. Im ersten Moment dachte er, dass es sich Rosaria vielleicht doch noch einmal anders überlegt hatte. Er stand auf, um besser beim Küchenfenster hinaussehen zu können. Auf dem Hof blieb allerdings nicht Rosarias silberner BMW stehen, sondern ein dunkelblauer Wagen, aus dem drei Herren ausstiegen. Augenblicklich begann sein Herz zu rasen, denn wie schon mehrfach an den zurückliegenden Tagen befürchtete er, dass er gleich die schlimmste aller Nachrichten erhalten würde, nämlich dass er seine kleine Tochter Francesca nicht mehr lebend wiedersehen würde. Er lief zur Haustür und öffnete sie, noch bevor einer der Herren die Klingel betätigt hatte.

„*Signor* Sandrinelli?"

„Ja."

„Ich bin *Capitano* Davide Botazzi, und das hier sind meine beiden Kollegen Ruggero Barcotto und Ignazio Laurano."

Sandrinelli warf einen Blick auf Botazzis Dienstmarke und nickte.

„Bringen Sie Nachrichten von meiner Tochter?"

„Nein, wir kommen in einer anderen Angelegenheit. Sind Sie alleine zu Hause?"

„Ja, meine Frau ist vorhin gerade weggefahren."

Sandrinelli bat sie herein, führte sie ins Wohnzimmer und ließ sie Platz nehmen.

„Nun bin ich aber gespannt, was Sie so spät am Abend noch zu mir führt."

„*Signor* Sandrinelli, wir haben eindeutige Hinweise, dass in Ihrem Auftrag ein wertvolles Gemälde gestohlen wurde."

„Wie bitte? Ich soll einen Diebstahl in Auftrag gegeben haben? Wer behauptet denn so etwas?"

Botazzi legte das große Foto auf den Tisch, das Sandrinelli mit seinen Gehilfen beim Abtransport des Gemäldes aus der Werkstatt von Enzo Riva zeigte. Sandrinelli schluckte. Das hatte ihm an diesem Tag gerade noch gefehlt.

„Wenn Sie mir einzig und allein anhand dieses Fotos einen Diebstahl in die Schuhe schieben wollen, dann sollten Sie jetzt besser wieder gehen, meine Herren. Ich habe Wichtigeres zu tun, als mich mit solchen haltlosen Vorwürfen zu beschäftigen."

Botazzi hatte eine ähnliche Reaktion erwartet. Er griff in die Innentasche seines Sakkos, holte den Durchsuchungsbefehl heraus, faltete das Blatt Papier auseinander, las vor, was darauf stand, und legte es dann vor Sandrinelli auf den Wohnzimmertisch.

„Sie haben zwei Möglichkeiten. Entweder Sie sagen uns freiwillig, wo das Gemälde ist, oder meine Kollegen werden jetzt sofort Ihr ganzes Anwesen durchsuchen.“

Sandrinelli spielte weiter den Unwissenden.

„Sie reden immer von einem Gemälde, ich weiß ja nicht einmal, um welches Gemälde es sich handeln soll. Wie soll ich Ihnen da sagen können, wo es ist?“

„*Signor* Sandrinelli, Sie haben Enzo Riva beauftragt, eine Kopie der *Tre beati teatini* anzufertigen und diese Kopie mit dem Original in der *Basilica Sant'Andrea della Valle* zu vertauschen. Dafür haben Sie ihm viertausend Euro bezahlt. Uns liegt ein Geständnis von ihm und seinem Bruder Alfredo Riva vor, der ihm bei dem Diebstahl in der *Basilica* geholfen hat.“

Sandrinelli ballte die Faust in seiner Hosentasche. Warum um Himmels willen war Riva auf die Idee gekommen, ihn zu verpfeifen? Nur wegen tausend Euro Aufschlag, die er nicht zahlen wollte?

„Alles Lügen.“

„Und wie erklären Sie uns dann dieses Foto?“

„Da habe ich mit meinen Begleitern bei Riva nur einen restaurierten Bilderrahmen abgeholt.“

„Dasselbe Märchen wollte uns Riva auch erzählen, bevor er sein Geständnis abgelegt hat. *Signor* Sandrinelli, Sie lassen uns kein andere Wahl.“

Botazzi gab Barcotto und Laurano, die bisher nur stumm dabei gesessen waren, ein Zeichen, mit der Durchsuchung anzufangen. Sie zogen sich dünne Gummihandschuhe an und begannen im ersten Stock, Zimmer für Zimmer zu untersuchen, ohne fündig zu werden. Auch im Erdgeschoss stießen sie nicht auf das Gemälde. Währenddessen saßen Botazzi und Sandrinelli im Wohnzimmer. Sandrinelli hatte die ganze Zeit nichts gesagt, erst als sich Botazzi im Zimmer umsah, aufstand und sich interessiert die beiden großen Gemälde ansah, die an der Wand hingen, brach er sein Schweigen.

„Wenn Sie wollen, kann ich Ihnen die Rechnungen der Auktionshäuser zeigen, bei denen ich diese beiden wunderbaren Kunstwerke ersteigert habe“, bot er ihm mit einem arroganten, selbstsicheren Unterton an.

„Danke, nicht nötig. Ich traue Ihnen zwar viel zu, aber ich halte Sie nicht für so dumm, dass Sie sich im Wohnzimmer gestohlene Bilder an die Wand hängen."

„Dann frage ich mich, was der ganze Zirkus hier soll?"

Botazzi kam nicht mehr dazu, darauf zu antworten, weil plötzlich Ignazio Laurano aus dem Keller heraufgerannt kam.

„Davide, das musst du dir ansehen. Und Sie, *Signor* Sandrinelli, sollten uns ebenfalls in den Keller begleiten."

Im Keller hatten Barcotto und Laurano hinter einem Regal, das mit einem schwarzen Vorhang zugehängt war, eine Stahltür entdeckt, wie sie üblicherweise für Heizungs- und Tankräume verwendet wird. Barcotto hielt Botazzi die Türe auf und ließ ihn allein hineingehen, während er mit Laurano und Sandrinelli davor stehen blieb. Davide Botazzi glaubte, seinen Augen nicht zu trauen. In dem etwa fünf auf zehn Meter großen, fensterlosen Raum sah es aus wie in einer Kapelle, nur der Altar fehlte. Die Wände waren übervoll mit antiken Gemälden, davor standen auf steinernen Säulen zahlreiche geschnitzte Heiligenfiguren. An der einen Stirnseite hingen in der Mitte die *Tre beati teatini*. Auf den Gemälden daneben erkannte Botazzi verschiedene Heilige, darunter *San Francesco d'Assisi, Sant'Antonio di Padua* sowie die Apostel Petrus und Paulus. In einer Ecke stand eine fast lebensgroße *Madonna* auf dem Fußboden. Botazzi wusste gar nicht, wo er zuerst hinsehen sollte, insgesamt zählte er über vierzig Kunstschätze, die in dem Kellerraum verborgen waren. Ohne Zweifel war ihnen gerade ein besonders dicker Fisch ins Netz gegangen.

„*Signor* Sandrinelli, Sie sind vorläufig festgenommen wegen des Verdachts des Kunstraubes und der Hehlerei in mindestens vierzig Fällen", sagte er ganz offiziell, als der den Kellerraum wieder verlassen hatte. „Oder können Sie mir für die ganzen Gemälde und geschnitzten Figuren auch die Kaufbelege zeigen?"

„Ich will sofort mit meinem Anwalt sprechen."

„Das können Sie gerne machen. Am besten bestellen Sie ihn gleich aufs Revier."

Barcotto und Laurano begleiteten Sandrinelli ins Erdgeschoss hinauf bis zum Telefon, damit er seinen Anwalt anrufen konnte. Botazzi informierte gleichzeitig zwei weitere

Kollegen über den Fund der Kunstschätze. Obwohl die beiden sich schon ins lange Wochenende verabschiedet hatten, beauftragte er sie, mit einem Kleintransporter die Gemälde und Statuen sofort abzuholen. Da er nicht wusste, wer außer Sandrinelli Zugang zum Haus hatte, war ihm das Risiko zu groß, die wertvollen Gegenstände über Nacht im Keller der *Villa* zu lassen.

Sandrinelli, der zu Beginn ihres Besuches noch so selbstsicher gewirkt hatte, war sehr kleinlaut, seit er die *Carabinieri* in seinen Keller begleiten musste. Sein Anwalt hatte ihm versprochen, sich sofort auf den Weg zum Revier der *Carabinieri* zu machen.

„Es ist wahrscheinlich ganz sinnvoll, wenn Sie sich für die ersten Tage Ihr Waschzeug und ein wenig Wäsche zum Wechseln mitnehmen“, riet ihm Botazzi.

„Sie wollen mich gleich einbuchten?“, fragte Sandrinelli entsetzt.

„*Signor* Sandrinelli, wenn Sie glauben, dass es sich bei dem groß angelegten Kunstraub um ein Kavaliersdelikt handelt, dann täuschen Sie sich gewaltig. So wie sich die Sache jetzt darstellt, wird der Haftrichter meinem Antrag auf Untersuchungshaft auf alle Fälle zustimmen.“

„Das geht nicht“, protestierte Sandrinelli. „Wer soll sich denn dann um meine Firma kümmern?“

„Die Firma ist in den nächsten drei Tagen doch ohnehin geschlossen. Und wenn Sie einmal krank sind oder im Urlaub, bricht Ihr Unternehmen auch nicht gleich zusammen, oder?“

„Ich bin nie krank.“

Schön langsam wurde es Botazzi zu viel.

„Ende der Diskussion. Die Konsequenzen hätten Sie sich überlegen müssen, bevor Sie Ihre krummen Geschäfte angeleiert haben.“

Sandrinelli resignierte. In Begleitung von Laurano und Barcotto suchte er im ersten Stock etwas an Unterwäsche, mehrere Hemden und T-Shirts sowie sein Waschzeug zusammen und warf alles in eine kleine Reisetasche. Botazzi war im Erdgeschoss ins Wohnzimmer zurückgegangen. Er rief Piero an und erzählte ihm, welchen Schatz sie in Sandrinellis Keller gefunden hatten.

„Ich denke, damit werden wir nicht nur Tage, sondern Wochen beschäftigt sein. Wenn Sandrinelli nicht gesteht, wo er die einzelnen Stücke her hat, dann erwartet uns eine ziemliche Sisyphusarbeit."

„Es war sehr gut, dass wir Rivas Werkstatt versiegelt haben. Vielleicht brauchst du die Analyse der Ölfarben doch noch."

„Ich bin mir sicher, dass wir die noch brauchen werden. Wahrscheinlich werden nicht alle Gemälde, die Sandrinelli im Keller hatte, irgendwo durch Kopien ersetzt worden sein, einiges da unten ist bestimmt einfach auch nur gestohlen. Aber bei den ausgetauschten Originalen können wir untersuchen, ob sie von Riva angefertigt wurden."

„Wundern würde es mich nicht, wenn er mehr als nur die *Tre beati teatini* kopiert hätte. Wie hat Sandrinelli auf euren Fund reagiert?"

„Das hat ihn schwer getroffen, er wollte sofort seinen Anwalt anrufen und hat später herumgezetert, als ich die Untersuchungshaft erwähnt habe."

„Im Grunde hat er sich selbst ans Messer geliefert."

„Wie meinst du das, Piero?"

„Ganz einfach. Wenn er Riva nicht verdächtigt hätte, seine Tochter entführt zu haben, dann hätten Max und Francesco niemals den Gemäldetausch aufgedeckt, und du hättest auch die Schatzkammer in seinem Keller niemals gefunden. So aber hat sich der Kreis wunderbar geschlossen."

„Du wirst verstehen, dass sich mein Mitleid in Grenze hält."

„Ja, natürlich", lachte Piero. „Und am Ende bekommen Max und Francesco vielleicht sogar noch Finderlohn für das Wiederbeschaffen einiger Kunstschätze."

„Das könnte durchaus sein. Verdient hätten sie es, schließlich haben sie auch ein paar Urlaubstage für ihre Recherche geopfert, auch wenn sie nicht gewusst haben, in was für ein Wespennest sie letztlich hineingestochen haben."

„Ein Problem könnte sich allerdings noch durch Sandrinellis Verhaftung ergeben."

„Welches denn?"

„Solange seine Tochter noch verschwunden ist, können wir nicht ausschließen, dass sich Raffaele, obwohl wir mit Hochdruck nach ihm fahnden, nochmals wegen des Löse-geldes bei seinem Vater melden wird. Was willst du dann machen?"

„Daran habe ich überhaupt noch nicht gedacht. Das könnte tatsächlich ein Problem werden. Wenn wir den Vater in Untersuchungshaft stecken, müssten wir ihm auch sein Handy abnehmen. Aber damit wäre er für Raffaele nicht mehr erreichbar, und wir würden dadurch unter Umständen die kleine Francesca und auch Martina gefährden."

„Ich glaube, heute Nacht wird sich Raffaele kaum melden, aber bis morgen Früh solltest du dir eine Lösung überlegen."

„Gibt es schon Fortschritte bei der Fahndung?"

„Nein. Sein Auto wird gerade im Labor untersucht, bisher haben wir aber keine Spuren gefunden, die uns weiterhelfen könnten. Auch die Suche nach Blutspuren im Auto verlief bislang ergebnislos."

„Zum Glück."

„Eben, das lässt uns die Hoffnung, dass er Martina nichts angetan hat, nachdem sie ihn enttarnt hatte. Die Observation von seinem Bruder Sergio hat bisher auch nichts erbracht, er ist von der Firma aus schnurstracks nach Hause gefahren und hat seine Wohnung danach nicht mehr verlassen."

„Das wäre der nächste Schlag für Sandrinelli, wenn sein zweiter Sohn auch noch bei der Entführung mitgemacht hätte."

„Vermutet hat er es ohnehin schon."

Botazzi hörte, dass seine beiden Kollegen zusammen mit Sandrinelli die Treppe herunterkamen.

„Piero, ich muss Schluss machen. Ruggero und Ignazio werden Sandrinelli jetzt aufs Revier bringen. Ich bleibe so lange hier, bis wir seine Schatzkammer im Keller komplett ausgeräumt und alle Gemälde und Skulpturen sicher in unserem Kleinlaster abtransportiert haben."

„Dann hast du also auch so einen geruhsamen späten Abend vor dir wie ich. Viel Spaß dabei."

„Ja, du mich auch", erwiderte Botazzi, und beide prusteten los vor Lachen.

Das Lachen war Paolo Sandrinelli an diesem Tag gründlich vergangen. Alles, was er sich über Jahre aufgebaut hatte, schien nun innerhalb weniger Stunden wie ein Kartenhaus in sich zusammenzufallen. Flankiert von Barcotto und Laurano stand er nun in der geräumigen Diele seines Hauses, hatte seine kleine Reisetasche in der Hand und wartete darauf, von ihnen aufs Revier der *Carabinieri* gebracht zu werden.

„Wollen Sie Ihre Frau noch informieren, bevor wir losfahren?“

„Nein, das ist nicht nötig. Ich glaube nicht, dass sie das noch interessieren wird.“

„Wie soll ich das verstehen?“, fragte Botazzi erstaunt.

Sandrinelli erzählte, dass Rosaria kurz vor der Ankunft der drei *Carabinieri* nicht einfach nur weggefahren war, sondern dass sie ihn verlassen hatte, nachdem sie von ihrem Sohn Sergio informiert worden war, dass ihr Ehemann schon seit Jahren ein Verhältnis mit seiner ehemaligen Chefsekretärin hatte.

„Ich weiß nicht, wo sie sich jetzt aufhält.“

„Wollen Sie dann wenigstens Ihren Sohn anrufen und ihm Bescheid sagen, dass Sie uns aufs Revier begleiten müssen?“

Diese Blöße wollte sich Sandrinelli nicht geben. Am Nachmittag hatte er Sergio noch beschuldigt, an Francescas Entführung beteiligt gewesen zu sein, und jetzt wurde er selbst wegen Kunstraubes und Hehlerei verhaftet.

„Ich denke, es reicht, wenn er es morgen im Laufe des Tages erfährt.“

„In Ordnung, wie Sie wollen.“

Botazzi ließ sich von Sandrinelli den Hausschlüssel geben und sah ihm nach, wie er von Ruggero und Ignazio zum Auto geführt wurde. Nachdem die drei abgefahren waren, kehrte er ins Haus zurück und wartete auf die beiden Kollegen, die er nach *Frascati* beordert hatte, um Sandrinellis Kunstsammlung aufs Revier in Sicherheit zu bringen.

28

Gegen dreiundzwanzig Uhr klingelte es an der Haustür der Familie Bianchi. Zu diesem Zeitpunkt war noch keiner ins Bett gegangen, mit Ausnahme von Martina waren alle zusammen im Wohnzimmer gesessen. Nach dem Abendessen hatte Giovanna den Fernseher eingeschaltet, gemeinsam hatten sich alle die Liveübertragung der Abendmahlsfeier zum Gründonnerstag aus der *Basilica San Giovanni in Laterano* angesehen. Der Papst in seiner Funktion als Bischof von Rom hatte während der Feier in seiner Bischofskirche an zwölf Priestern seines Bistums die traditionelle Fußwaschung vollzogen. Nach dem Gottesdienst hatten sie darüber diskutiert, ob sie vielleicht doch auf eigene Faust nach Martina suchen sollten. Letztlich waren sie sich aber einig, dass man auf ein Lebenszeichen von ihr warten und sich auf den Fahndungsapparat der *Carabinieri* verlassen musste. Zwischenzeitlich war Francesco von Piero über Paolo Sandrinellis Verhaftung informiert worden.

„Auf Anraten seines Anwaltes hat er die Aussage weitgehend verweigert. Nur seine Frau hat er ausdrücklich in Schutz genommen. Angeblich wusste sie nicht, was er im Keller alles gesammelt hat. Er hat angegeben, dass sie nie daheim gewesen sei, wenn er wieder einmal ein Gemälde oder eine geschnitzte Figur mit nach Hause gebracht hat."

Piero hatte auch berichtet, dass in Raffaeles Auto keine Blutspuren gefunden worden waren und sich die beiden Kollegen vor Sergios Wohnung im Auto langweilten, weil er die Wohnung den ganzen Abend nicht verlassen hatte.

„Vielleicht ist es Martina", rief Elena, als es klingelte.

Augenblicklich waren alle aufgesprungen, und Elena rannte voraus zur Haustür.

„Lass mich aufmachen", rief ihr Aldo hinterher.

Er wartete ab, bis Max und Francesco bei ihm standen, und öffnete erst dann die Tür.

„Rosaria!", rief Aldo überrascht.

„*Buonasera* Aldo, entschuldige, dass ich hier so spät am Abend hereinplatze. Ist Giovanna da?"

„Natürlich, komm doch herein."

„Ich störe hoffentlich nicht, anscheinend habt ihr jemanden erwartet", meinte sie, weil neben Aldo, Max und Francesco auch noch Chiara und Elena neugierig an der Haustür gestanden waren.

„In der Tat warten wir auf jemanden, mit dir hätte ich jetzt nicht gerechnet", antwortete ihr Aldo.

Er führte Rosaria ins Wohnzimmer, wo Giovanna und Giulia im Stehen darauf warteten, zu erfahren, wer gerade geklingelt hatte. Giovanna war ebenfalls äußerst überrascht, weil ihre Freundin noch nie zu so später Stunde zu ihr gekommen war.

„Könnte ich dich bitte alleine sprechen, Giovanna?"

„Sicher. Lass uns ins Esszimmer gehen."

Dort konnte Rosaria ihre Tränen nicht mehr zurückhalten, als sie Giovanna von Paolos langjähriger Affäre und seiner Tochter erzählte.

„Ich habe natürlich sofort meinen Koffer gepackt und bin gegangen. Soll er doch schauen, wie er ohne mich zurechtkommt."

„Wo willst du denn jetzt hin?"

„Das weiß ich noch nicht. Meinst du, ich könnte wenigstens heute Nacht hierbleiben?"

„Selbstverständlich kannst du hier schlafen. Ich kann deine Reaktion natürlich sehr gut verstehen, ich hätte genauso gehandelt. Aber wenn du nur ein bisschen länger abgewartet hättest, dann hättest du auch zu Hause bleiben können."

„Wie meinst du das, Giovanna?"

Giovanna hatte ohnehin schon ein schlechtes Gewissen, weil sie seit mehreren Tagen von Paolos Affäre wusste und ihrer Freundin nichts verraten hatte. Sie nahm Rosarias Hand und gab ihr einen kurzen Abriss dessen, was sich seit Aldos Geburtstagsfeier zugetragen hatte, angefangen von Paolos Geständnis bezüglich seiner kleinen Tochter bis hin zu seiner Verhaftung, kurz nachdem sie ihn verlassen hatte. Rosaria war sprachlos.

„Ich denke, es ist am besten, wenn ich jetzt Francesco und Max dazuhole. Einverstanden?"

Rosaria nickte, und Giovanna rief nach ihrem Sohn und ihrem Schwiegersohn. Während Francesco die Einzelheiten über den Fund der geraubten Kunstschätze zusammenfasste, war Rosaria im Esszimmer auf und ab gegangen.

„Das kann doch alles nicht wahr sein“, stammelte sie. „Von den Gemälden habe ich wirklich nichts gewusst.“

Das Interesse von Max galt eher dem Entführungsfall.

„Was wissen Sie über das Verschwinden von Francesca?“

„Nur das, was mir Sergio heute Abend am Telefon berichtet hat.“

Als Francesco und Max sie erwartungsvoll ansahen, sprach sie weiter.

„Sergio sagte, dass Paolo eine sechsjährige Tochter hätte, die am Montag entführt worden sei. Und heute hätte sich Raffaele aus dem Staub gemacht, nachdem sich herausgestellt hatte, dass er das Kind entführt hat.“

„Mehr nicht?“, fragte Max ziemlich erstaunt.

„Nein, das war es im Großen und Ganzen. Hat er mir etwas Wichtiges verschwiegen?“

„Allerdings. Nach Francesca ist jetzt auch meine Tochter Martina verschwunden. Ihr Handy und ihre Geldbörse wurden in Raffaeles Auto sichergestellt.“

Rosarias Entsetzen wurde immer größer.

„Manchmal habe ich wirklich das Gefühl, bei dem Jungen alles falsch gemacht zu haben. Dann hatten Sie vorhin wohl gehofft, dass Martina vor der Tür stehen würde, als ich geklingelt habe?“

„Ja.“

Rosaria sah Giovanna an.

„Ich glaube, es ist besser, wenn ich wieder gehe.“

Bevor Giovanna etwas erwidern konnte, wandte sich Rosaria an Francesco.

„Was glauben Sie, wie lange wird Paolo in U-Haft bleiben müssen?“

„Schwer zu sagen. Vielleicht holt ihn sein Anwalt schnell auf Kaution wieder heraus, aber da müsste der Richter auch mitspielen. Wenn er nur den Hauch einer Verdunkelungs- oder Fluchtgefahr vermutet, wird er eine Freilassung ablehnen. Durch das bevorstehende Osterwochenende könnte sich das alles schon ein paar Tage hinziehen.“

„Dann werde ich jetzt nach Hause fahren und mir in den nächsten Tagen in Ruhe überlegen, wo ich mir eine neue Bleibe suche.“

Giovanna wollte sie nicht so einfach gehen lassen.

„Verzeih mir, dass ich dir nichts von Francesca erzählt habe."

„Schon gut, Giovanna. Eher müsste ich dich um Verzeihung bitten, dass mein missratener Sohn deine Enkelin entführt hat. Und Sie, Max, können beruhigt sein, auch wenn sich das jetzt vielleicht etwas komisch anhört. Ich bin mir sicher, dass mein Junge Ihrer Tochter nichts antun wird. Er ist zwar geldgierig, aber bestimmt kein Mörder."

Diese Aussage beruhigte Max nicht wirklich.

Nachdem Rosaria gegangen war, beratschlagten sich Max und Francesco wegen Sergio.

„Findest du es nicht eigenartig, dass er weder das Verschwinden von Martina erwähnt noch seiner Mutter erzählt hat, dass sein Vater ihn sofort beschuldigt hat, er wäre an der Entführung beteiligt?"

„Genau das ist mir auch aufgefallen, Max."

Francesco griff sofort zum Handy und gab die neuesten Infos an Piero weiter.

„Es ist zwar kein Beweis für seine Tatbeteiligung, aber könnte schon darauf hinweisen, dass er zumindest Bescheid wusste, was sein jüngerer Bruder angestellt hat. Ich bin vorher gerade informiert worden, dass in seiner Wohnung mittlerweile das Licht aus ist. Geht also nicht davon aus, dass bei ihm heute Nacht noch etwas passieren wird."

„Außer Herumsitzen und Warten wird bei uns heute auch nichts mehr passieren."

„Ich kann eure Unruhe und eure Sorgen gut verstehen. Versucht wenigstens ein bisschen zu schlafen. Wenn wir Martina und Francesca gefunden haben, dann klingle ich euch schon raus."

Obwohl sich die ganze Familie sicher war, in dieser Nacht vor Aufregung, Sorgen und Anspannung kein Auge zumachen zu können, waren bis Mitternacht alle in ihren Betten verschwunden.

Martina war müde und erschöpft. Der Schock, in dem netten Raffaele plötzlich den Entführer erkannt zu haben, die Betäubung mit dem anschließenden stundenlangen Tiefschlaf und schließlich das kräftezehrende Freilegen des vernagelten Fensters war nicht spurlos an ihr vorüber gegangen. Zudem rätselte sie, wo sich das Haus befand, in dem sie und Francesca gefangen gehalten wurden, schließlich hatte niemand ihre Hilferufe gehört, und auch durch den Lärm, den sie beim Aufbrechen des Fensters verursacht hatte, war niemand auf sie aufmerksam geworden. Das Haus musste völlig unbewohnt sein. Um Francesca weiter aufzumuntern, hatte ihr Martina von ihren regelmäßigen Reitstunden und den Pferden in ihrem Stall in Rosenheim erzählt. Mittlerweile kannte sie den Inhalt des Pferdebuches fast auswendig, weil sie es ihr immer wieder vorlesen musste. Beim letzten Mal war Francesca eingenickt. Martina hätte sich liebend gerne auch zum Schlafen gelegt, aber dazu war keine Zeit. Sie wollte unbedingt vor dem Morgengrauen die Tür aufgebrochen haben, um sich und Francesca zu befreien, bevor Raffaele wiederkam. Mit ihrem provisorischen Stemmeisen in der Hand hatte sie die Tür begutachtet, die beiden Scharniere schienen ihr weit weniger widerstandsfähig zu sein als das zugesperrte Schloss und die blockierte Türklinke. Deshalb schob sie das Stemmeisen zwischen das untere Scharnier und den Türstock, bis es fest saß, und zog an. Das Holz knarzte, es knirschte Metall auf Metall, und tatsächlich schien sich der dicke Metallstift, mit dem das Scharnier im Türstock verankert war, etwas bewegt zu haben.

„Das wäre doch gelacht, wenn ich diese Tür nicht aufbekommen würde", machte sie sich selbst Mut.

Beim nächsten Versuch sah sie deutlich, dass der Metallstift ein wenig aus dem Türstock herausgekommen war. Nachdem sie das Stemmeisen mehrfach angesetzt hatte, stand der Stift schon etwa einen Zentimeter heraus. Die gleiche Prozedur vollzog Martina am oberen Scharnier, bis auch dieses etwa einen Zentimeter hervorstand.

„Jetzt brauche ich eine kleine Pause", sagte sie zu sich selbst.

Francesca schien fest zu schlafen, Martina nahm sich das noch übrige *Panino* mit Tomaten und *Mozzarella* und verspeiste es. Als sie fertig war, machte sie sich sofort wieder ans Werk. Abwechselnd bearbeitete sie die beiden Scharniere, Stück für Stück kam sie vorwärts, bis sie schließlich sowohl oben als auch unten den Metallstift vollständig aus dem Türstock herausbekommen hatte. Sie ballte die Faust.

„Ja, endlich."

Sie ärgerte sich aber auch, dass sie sich entschieden hatte, zuerst das Fenster aufzubrechen.

„Vielleicht hätte ich doch sofort bei der Tür anfangen sollen, dann hätte ich mir eine Menge Kraft und Zeit gespart, und wir wären wahrscheinlich schon längst draußen."

Nach einer kurzen Verschnaufpause streichelte sie Francesca über den Kopf, um sie vorsichtig zu wecken. Es dauerte eine Weile, bis die Kleine verschlafen die Augen aufschlug.

„Francesca, ich hätte dich gerne schlafen gelassen, aber ich brauche deine Hilfe, damit du schnell wieder zu deiner Mami kommst."

Dieses Stichwort verfehlte seine Wirkung nicht. Sofort setzte sich Francesca auf.

„Was willst du denn machen, Martina?"

Sie zeigte ihr das Ergebnis ihrer Arbeit der letzten Stunde.

„Schau, es fehlt nicht mehr viel, dann können wir da hinaus."

Diese Aussage war etwas optimistisch, denn obwohl die Scharniere aus dem Türstock gelöst waren, widerstand die Tür bisher Martinas Versuchen, weiter geöffnet zu werden, zu fest war sie auf der anderen Seite im Schloss verankert. Martina trug einige Bretter vom Fenster zur Tür.

„Pass auf, Francesca. Ich werde jetzt mit meinem Stemmeisen versuchen, die Tür etwas aufzudrücken, dann musst du ganz schnell dort unten ein Brett hineinschieben."

Sofort nahm sie eines der Bretter in die Hand und stellte sich neben Martina. Diese schob das Stemmeisen zwischen Tür und Türstock hinein, zog es mit aller Kraft zu sich, und Francesca schob das Brett senkrecht in den Spalt hinein.

„Gleich noch eines", rief Martina, als sie sah, dass das Brett den Spalt nicht vollständig ausfüllte.

Sie zog noch etwas kräftiger an, und tatsächlich konnte Francesca gleich ein zweites Brett senkrecht neben dem ersten hineinschieben.

„Sehr gut, Francesca", lobte sie die Kleine.

Der entstandene Spalt war groß genug, um auch das obere Ende der Tür etwas vom Türstock abstehen zu lassen, sodass Martina dort problemlos ebenfalls ein Brett hineinschieben konnte. Ein zweites konnte sie mit einigem Kraftaufwand daneben hineintreiben, indem sie ein anderes als Hammer benutzte. Durch den offenen Spalt konnte sie ein klein wenig nach draußen blicken.

„Was siehst du, Martina?“
„Nichts, außer dass da vor der Tür eine Matratze steht.“
Sie nahm ihre Metallstange und schob sie durch den Spalt. Die Matratze fiel um und schlug mit einem dumpfen Geräusch auf dem Boden auf.
„Siehst du jetzt mehr?“
„Leider auch nicht viel, aber es scheint eine ganz normale Wohnung zu sein. Da sind mehrere Türen, ich schaue anscheinend in die Diele. Lass uns aber lieber weitermachen.“
Martina versuchte mit ihrem Stemmeisen die Tür noch weiter aufzudrücken, während Francesca wieder mit einem Brett in der Hand parat stand. Allmählich wurde es immer schwieriger, den Spalt noch weiter zu öffnen, Martina merkte auch, wie ihre Kraftreserven immer weniger wurde, aber sie wollte so kurz vor dem möglichen Ziel nicht aufgeben. Nachdem Francesca das dritte Brett senkrecht neben die beiden anderen geschoben hatte, legten sie eine Pause ein.
„Wir bräuchten noch etwas Größeres zum Hineinschieben, damit der Spalt so groß wird, dass wir uns hindurchzwängen können.“
Allerdings schien in ihrem Verlies nichts Geeignetes dazu vorhanden zu sein. Martinas Blick fiel auf die kleine Matratze, die in der Fensternische gesteckt war, sie hatte zwar in etwa die Höhe von fünf bis sechs Brettern, war als Keil aber leider nicht geeignet, weil sie zu sehr nachgeben würde.
„Es wird uns nichts anderes übrig bleiben, als zu versuchen, so viele Bretter wie möglich nebeneinander reinzuschieben, bis der Spalt groß genug ist.“
Martina setzte das Stemmeisen erneut an und drückte mit aller Kraft, die sie noch hatte, die Tür weiter auf. Plötzlich krachte es, die Bretter, die oben festgesteckt hatten, polterten zu Boden, die unteren kippten seitlich um, und Martina musste einen Ausfallschritt nach hinten machen, um nicht hinzufallen. Dabei entglitt ihr das Stemmeisen und fiel ebenfalls laut scheppernd zu Boden. Zu ihrem Erstaunen schnappte die Tür aber nicht in ihre Ausgangsposition zurück, sondern der Spalt blieb weit offen stehen.
„Was ist jetzt passiert?“, fragte sie verwundert.
Dann sah sie, dass auf der anderen Seite der Tür rings um das Schloss Holzteile abgesplittert waren, anscheinend hatte das

Schloss dem Druck nicht mehr standgehalten. Martina ließ einen Freudenschrei los.

„Francesca, ich glaube, wir haben es geschafft."

Sie fiel der Kleinen um den Hals und drückte sie.

„Komm, lass uns so schnell wie möglich verschwinden."

Sie nahmen sich ihre Jacken, zuerst zwängte sich Francesca durch den Türspalt hinaus, Martina folgte ihr. Sie kam zwar nicht so leicht hindurch wie das kleine Mädchen, aber auch sie schaffte es. Der Lichtschein aus dem Zimmer erhellte die Diele so weit, dass Martina dort ohne Probleme den Lichtschalter neben der Wohnungstür sehen konnte. Sie stieg über die am Boden liegende Matratze, schaltete das Licht ein und sah dann, warum die Zimmertür so plötzlich nachgegeben hatte. Das Schloss war fast komplett aus dem Türstock herausgebrochen. Die Latte, die als Sicherung diente, steckte immer noch unter der Türklinke fest.

„Hoffentlich ist die Wohnungstür nicht genauso verrammelt."

Sie griff nach der Klinke, schnaufte einmal tief durch und drückte die Klinke hinunter. Wieder hätte sie am liebsten einen Schrei losgelassen, denn die Tür ging auf. Raffaele musste sich sicher gewesen sein, dass sie nicht aus ihrem Gefängnis herauskommen würden, denn die Wohnungstür war nicht abgesperrt, er hatte sie nur ins Schloss fallen lassen.

„Martina, ich muss mal."

Die Tür zum Wohnzimmer und die Küchentür standen offen, die erste Tür, die Martina öffnete, gehörte zu einem großen leeren Zimmer, vermutlich war hier einmal das Schlafzimmer gewesen. Die letzte Tür war die Badtür.

„Mach schnell, Francesca."

Zum ersten Mal seit vier Tagen konnte Francesca ganz einfach die Toilette benutzen und musste sich nicht auf den scheußlichen Eimer setzen. Während sie im Bad war, sah sich Martina noch ein wenig in der Wohnung um. Der Kühlschrank in der Küche war fast leer, es standen nur zwei Tüten Milch darin. Im Spülbecken stand schmutziges Geschirr. Sie ging durchs Wohnzimmer, öffnete die Balkontür und trat hinaus. Es war stockdunkel, unten brannten nur wenige Straßenlaternen, die Straßen und Gehwege waren völlig menschenleer. Erst jetzt sah sie auf die Uhr. Es war kurz nach halb drei.

„Du meine Güte, ich hätte nicht gedacht, dass es schon so spät ist.“

Sie ging ins Wohnzimmer zurück und hörte, wie Francesca die Toilettenspülung betätigte. Mit nassen Händen kam sie aus dem Bad.

„Da ist gar kein Handtuch.“

„Macht nichts, heute darfst du dir ausnahmsweise einmal die Hände an deiner Hose abtrocknen.“

„Wirklich?“

„Ja, wirklich. Und jetzt lass uns abhauen.“

Sie zogen sich ihre Jacken an, schalteten das Licht aus und verließen die Wohnung. Martina zog die Wohnungstür hinter sich zu, erst dann stellte sie fest, dass das Licht im Treppenhaus nicht funktionierte.

„So ein Mist, wenn ich die Tür offen gelassen hätte, dann hätten wir wenigstens auf den ersten Stufen etwas Beleuchtung gehabt. Francesca, gib mir deine Hand.“

Sie nahm Francesca mit der linken Hand und griff mit der rechten nach dem Treppengeländer. Langsam gingen sie Stufe für Stufe nach unten. Nach ihrem Blick vom Balkon schätzte sie, dass die Wohnung im zweiten Stock lag.

„Wahrscheinlich müssen wir vier Treppenabsätze nach unten.“

Tatsächlich sahen sie nach dem dritten Absatz etwas Licht durch ein kleines Fenster scheinen, das über der Haustür lag. Zum Glück war auch die Haustür nicht abgesperrt. Vorsichtig streckte Martina den Kopf bei der Tür hinaus. Es war niemand zu sehen, das nächste Auto stand in etwas dreißig Metern Entfernung geparkt.

„Ich glaube, die Luft ist rein.“

Sie ließen die Haustür ins Schloss fallen und traten auf den Gehsteig hinaus. Martina blickte nach rechts, in dieser Richtung wurde es immer finsterer, weil die Straßenlaternen nur vereinzelt brannten. Plötzlich hörten sie ein Auto. Martina zog Francesca zur Haustür zurück, beide hielten den Atem an. Das Auto fuhr in einiger Entfernung vorbei. Martina deutete nach links.

„Ich glaube, wir müssen dorthin.“

Hand in Hand liefen sie auf dem Gehsteig die Straße entlang, bis sie nach ungefähr zweihundert Metern an eine Kreuzung kamen. Die Straße, die sie erreichten, war etwas heller beleuchtet, aber auch menschenleer.

„Dort vorne ist eine Tankstelle“, freute sich Martina, als sie die Leuchtreklame eines Mineralölkonzerns entdeckte.

„Mir ist kalt, Martina.“

„Gleich haben wir es geschafft, Francesca. Wenn wir bis zur Tankstelle laufen, dann wird uns schon warm, und dort bekommen wir bestimmt etwas Warmes zu Trinken.“

Der Tankwart, der Zigarette rauchend in seinem Kassenhäuschen saß, staunte nicht schlecht, als mitten in der Nacht die beiden Mädchen plötzlich vor ihm standen.

„Wo seid ihr beiden denn ausgebüxt?“

„Können Sie uns bitte helfen. Ich müsste dringend meinen Papa anrufen, der ist bei der Polizei. Wir waren eingesperrt, mein Geld und mein Handy sind weg.“

„Eingesperrt? Warum denn?“

„Die Kleine hier wurde am Montag entführt und ich gestern Mittag.“

Der Tankwart schaute etwas skeptisch, er wusste nicht so recht, ob er glauben sollte, was ihm dieser Teenager gerade erzählte.

„Also, darf ich bitte telefonieren?“

„Natürlich.“

Er schob ihr ein Handy über den Tresen, und Martina wählte die Nummer von Max.

Obwohl Max und Chiara schon fast drei Stunden im Bett lagen, hatten beide bisher kaum ein Auge zugetan. Chiara, die sonst ein sehr gesunden Schlaf hatte und meistens sofort einschlief, kaum dass sie ins Bett gegangen war, wälzte sich ständig von einer Seite auf die andere. Max ging es ähnlich, die Sorge um seine Tochter ließ ihn nicht zur Ruhe kommen. Gerade als er dann doch endlich ein wenig eingedöst war, klingelte sein Handy. Sofort war er wieder hellwach, schaltete das Licht ein und griff nach seinem *Telefonino*. Chiara hatte sich auch bereits aufgesetzt und schaute ihn mit sorgenvoller Miene an.

„Eine italienische Handynummer“, sagte Max zu ihr, bevor er das Gespräch annahm.

„*Pronto.*“

„Papa?"
„Martina? Martina, wo bist du?", schrie er.
„Wir sind an einer Tankstelle. Mir geht's gut und Francesca auch."
„Gott sei Dank. An welcher Tankstelle seid ihr denn?"
„Moment, ich frage nach der Adresse."
Weil Martina ganz selbstverständlich auf Deutsch mit Max geredet hatte, hatten sowohl der Tankwart als auch Francesca kein Wort verstanden. Nachdem sie ihn nach der genauen Anschrift der Tankstelle gefragt hatte, redete sie auf Italienisch weiter und erklärte Max, um welche Tankstelle es sich handelte.
„In der *Via della Magliana.*"
„Bleibt, wo ihr seid, wir werden sofort Piero bei den *Carabinieri* informieren, die werden bestimmt innerhalb einer Viertelstunde bei euch sein. Und Francesco und ich kommen auch so schnell es geht."
„Okay, Papa, bis gleich."
Chiara hatte sich erleichtert in ihr Kissen zurückfallen lassen, als sie mitbekommen hatte, dass ihre Tochter frei war. Dann sprang sie auf.
„Ich muss gleich Elena Bescheid sagen."
„Und ich wecke Francesco."
Das war allerdings nicht nötig, auch Francesco hatte nicht geschlafen. Innerhalb weniger Augenblicke lag sich die ganze Familie mit Tränen in den Augen im Flur in den Armen, weil auch die Großeltern sofort aus ihrem Schlafzimmer gekommen waren, als sie plötzlich laute Stimmen aus den Nebenzimmern gehört hatten. Francesco zog sich in Windeseile an, nachdem er Piero angerufen und ihm die freudige Nachricht mitgeteilt hatte.
„Wir machen uns auch sofort auf den Weg."
In der nächsten Viertelstunde rasten drei Einsatzfahrzeuge der *Carabinieri* nach *Magliana*.

Das Stadtviertel *Magliana* liegt im Süden von Rom, ist vom *E.U.R.* nur durch den Tiber getrennt und gehört nicht gerade zu den bevorzugten Wohngegenden der italienischen Hauptstadt. Es ist in den Sechzigerjahren des zwanzigsten Jahrhunderts entstanden und erlangte traurige Berühmtheit durch die so genannte *Magliana*-Bande, die 1978 die Roten Brigaden bei der Entführung und späteren Ermordung des italienischen Ministerpräsidenten Aldo Moro unterstützt und eine Wohnung in ihrem Stadtviertel als Versteck zur Verfügung gestellt haben soll.

Der Tankwart hatte in der Zwischenzeit Francesca und Martina mit heißem Tee versorgt und auch eine Packung Kekse für sie geöffnet. Gespannt hörte er zu, welch aufregende Geschichte die beiden Mädchen zu erzählen hatten. Martina schilderte ihm in allen Einzelheiten, wie sie Francesca und sich aus ihrem Gefängnis befreit hatte. Gerade als sie von dem stockdunklen Treppenhaus berichtete, fuhren die *Carabinieri* vor. Einen von ihnen hatte Martina schon einmal auf einem Foto bei Francesco gesehen.

„Ich bin *Capitano* Piero Cardocci. Deinen Onkel kenne ich schon, seit wir zusammen die Ausbildung bei den *Carabinieri* gemacht haben."

„Hallo, *Signor* Cardocci. Bin ich froh, Sie zu sehen."

„Was glaubst du, wie froh ich erst bin, dich wohlbehalten zu sehen. Und du bist sicher Francesca."

Francesca steckte sich gerade noch einen Keks in den Mund und strahlte Piero an. Sie fand es aufregend und spannend, was um sie herum passierte.

„Darf ich jetzt dann zu meiner Mami?"

„Ja, natürlich, wir werden dich gleich zu deiner Mami bringen. Ich will mir von Martina nur noch kurz das Zimmer zeigen lassen, wo du die letzten Tage warst. Bist du schon einmal in einem Auto mit Blaulicht gefahren?"

Francesca schüttelte den Kopf.

„Dann werden wir das machen, wenn ich dich zu deiner Mami bringe."

„Darf die Martina auch mitfahren?"

„Ja, wenn sie will, dann nehmen wir sie mit."

Martina nickte, denn sie wollte es sich nicht nehmen lassen, die Kleine, die ihr in den letzten Stunden richtig ans Herz gewachsen war, selbst zu ihrer Mama zu bringen.

Zwei *Carabinieri* blieben bei Francesca an der Tankstelle, während Martina Piero und die restlichen Kollegen von ihm zu der Wohnung führte, wo Francesca mehrere Tage gefangen gehalten worden war. Sie staunten, als sie die zerstörte Zimmertür sahen.

„Respekt, da hast du wirklich ganze Arbeit geleistet."

„Danke. Morgen habe ich bestimmt einen schlimmen Muskelkater in beiden Armen, mir tut jetzt schon alles weh."

Die vielen Schrammen an ihren Händen hatte sie während der Zeit, als sie das Fenster und die Tür bearbeitet hatte, gar nicht wahrgenommen. Als sie Piero nach Raffaele fragte, berichtete er ihr, dass sie bis auf sein Auto, das er im *E.U.R.* abgestellt hatte, keine Spur von ihm hätten.

„Nach Francescas Erzählungen ist er anscheinend einmal am Tag, am Morgen, hierhergekommen, hat ihr etwas zu essen gebracht und sie die Nachrichten für *Signor* Sandrinelli aufs Band sprechen lassen."

„Wenn er morgen oder besser gesagt heute Früh, wieder hierher kommt, dann werden wir dank deiner Hilfe darauf vorbereitet sein."

Piero ließ sich von Martina kurz zusammenfassen, was passiert war, nachdem sie entdeckt hatte, dass Raffaele Francescas Entführer war. Seine Frage nach einem möglichen Komplizen konnte sie allerdings nicht beantworten.

„Das werden wir schon noch aus ihm herauskitzeln, wenn wir ihn erst einmal geschnappt haben. Jetzt bringe ich dich am besten zur Tankstelle zurück, Francesco und Max werden dort bestimmt schon auf dich warten."

Wenige Minuten später fielen sich Martina und Max in die Arme.

„Ich bin so froh, dass dir nichts passiert ist. Entschuldige, es war wirklich keine gute Idee von mir, dich direkt in die Höhle des Löwen zu schicken."

„Warum nicht, Papa? Schließlich hätte ich Francesca nie befreien können, wenn mich Raffaele nicht auch betäubt und in das Verlies zu ihr geworfen hätte."

Max wandte sich an Piero.

„Was unternehmt ihr jetzt?"

„Meine Männer werden sich unauffällig bei dem Haus postieren, wenn Raffaele dort auftauchen sollte, läuft er uns direkt in die Falle."

„Hast du Sandrinelli schon informiert, dass Francesca frei ist?"

„Nein, das muss ich bei ihm nicht mitten in der Nacht machen.“

Erst jetzt erfuhr Martina, was in der Zwischenzeit mit Paolo Sandrinelli passiert war.

„Wo ist denn Francesca?“, sah sie sich suchend um.

„Sie sitzt schon draußen in einem Streifenwagen. Was meinst du, Martina, müssen wir sie zuerst zu einem Arzt bringen, bevor wir sie nach Hause fahren?“

„Nein, ich denke nicht, dass das nötig ist. Sie ist zwar sehr verschreckt und ängstlich gewesen, aber körperlich geht es ihr bestimmt gut.“

„In Ordnung. Psychologische Hilfe werden wir aber sicher in Anspruch nehmen müssen, damit sie die letzten, für sie so schrecklichen Tage richtig verarbeiten kann.“

„Und du, Martina?“, schaltete sich Max ein. „Bist du wirklich okay?“

„Klar, Papa, mir fehlt nichts.“

Wie sie es Francesca versprochen hatten, fuhr Martina mit ihr in einem Dienstfahrzeug der *Carabinieri* mit Blaulicht von *Magliana* zur Wohnung von Nicoletta Sorano in *Sant'Onofrio*. Allerdings ließen sie das Martinshorn ausgeschaltet, um die Nachtruhe der Römer nicht unnötig zu stören. Francesco und Max folgten ihnen im eigenen Auto. Als sie vor Francescas Wohnhaus ankamen und im obersten Stockwerk klingelten, dauerte es nur wenige Sekunden, bis dort das Licht anging, Nicoletta Sorano lag anscheinend auch in dieser Nacht wach im Bett.

„Hallo, wer ist denn da?“, meldete sie sich über die Sprechanlage.

Martina hob Francesca etwas hoch, damit sie das Mikrofon neben den Klingeltasten besser erreichte.

„Mami.“

Mehr brauchte sie nicht zu sagen.

„Francesca!“

Ihr Freudenschrei war durch das gesamte Treppenhaus zu hören. Der elektrische Türöffner summte, und nachdem Piero die Tür aufgedrückt hatte, ließen sie Francesca alleine loslaufen. Nicoletta Sorano kam so schnell vom Dachgeschoss heruntergerannt, dass Francesca nur bis zu dem Treppenabsatz zwischen dem Erdgeschoss und dem ersten Stock laufen musste, um ihre Mama endlich wiederzusehen.

„Francesca!"

„Mami!"

Als Piero, Francesco, Max und Martina die beiden erreichten, kniete Nicoletta Sorano immer noch auf dem kalten Fußboden und hielt Francesca fest umarmt. Ihre Freudentränen wollten überhaupt nicht mehr aufhören zu fließen.

„Mein Schatz, dass ich dich wiederhabe."

Francesco war der nächste, dem sie um den Hals fiel, nachdem sie aufgestanden war.

„Ich weiß gar nicht, wie ich Ihnen danken soll, dass Sie mir meinen Engel wiedergebracht haben."

„In erster Linie haben wir es Martina zu verdanken, sie ist Raffaele auf die Schliche gekommen und sie hat Francesca befreit, nachdem er auch sie entführt und eingesperrt hatte."

„Was ist denn hier los mitten in der Nacht?"

Im Erdgeschoss war der Hausmeister Casini durch den Lärm im Treppenhaus wach geworden und aus seiner Wohnung gekommen. Er sah Max und Francesco genauso misstrauisch an wie zwei Tage zuvor. Erst dann erblickte er Francesca, und seine Miene hellte sich sofort auf.

„Da ist ja meine kleine Freundin. Bist du schon wieder zurück von deinen Großeltern?"

Francescas Mutter ging die wenigen Stufen zu ihm hinunter.

„Signor Casini, entschuldigen Sie, dass ich Sie anlügen musste. Francesca ist am Montag entführt worden, das konnte ich Ihnen am Dienstag leider nicht erzählen. Aber die Herren *Carabinieri* haben sie gerade wohlbehalten zurückgebracht."

Zum ersten Mal erlebte sie den Hausmeister völlig sprachlos.

„Ich erzähle Ihnen morgen alles ganz genau."

Casini verschwand wieder in seiner Wohnung, und alle anderen gingen in den dritten Stock hinauf. *Signora* Sorano ließ sie im Wohnzimmer Platz nehmen. Martina merkte, dass insbesondere Piero alleine mit Francescas Mutter reden wollte.

„Francesca, zeigst du mir mal dein Zimmer?"

„Ja, komm mit."

Sie nahm Martina bei der Hand und verließ mit ihr das Wohnzimmer. Sobald sie draußen waren, berichtete Piero über die näheren Umstände von Francescas Befreiung und bot ihr an, schon am nächsten Tag Kontakt zu einem auf derartige Fälle spezialisierten Psychologen herzustellen.

„Wenn sich die erste Wiedersehensfreude gelegt hat, wird es sicher einige Zeit dauern, bis Francesca die Erlebnisse der letzten Tage richtig verarbeitet hat. Sie sollten unbedingt professionelle Hilfe in Anspruch nehmen."

Dann kam die von ihm befürchtete Frage, ob Paolo Sandrinelli auch schon über Francescas Rückkehr Bescheid wisse. Von Davide Botazzi wusste er, dass Sandrinelli Nicoletta noch nicht über seine Verhaftung informiert hatte. Deshalb blieb ihm nichts anderes übrig, als dass er ihr beibringen musste, wo sich Sandrinelli gerade befand. Diesmal waren es keine Freudentränen, die ihr über das Gesicht liefen.

„Leider kann ich Ihnen nicht sagen, wie lange er in Untersuchungshaft bleiben muss."

„Können wir ihn besuchen?"

„Natürlich. Melden Sie sich morgen bei mir auf dem Revier, damit auch er seine Tochter wieder in die Arme schließen kann."

Er drückte ihr seine Visitenkarte in die Hand und stand auf.

„Und jetzt lassen wir Sie am besten allein."

Martina verabschiedete sich von Francesca und versprach, ihr aus Deutschland zu schreiben.

„Und wenn ich das nächste Mal hier in Rom bei meiner Oma und meinem Opa bin, dann werde ich dich bestimmt besuchen."

Francesca drückte sie ganz fest, und auch Nicoletta Sorano umarmte Martina und dankte ihr nochmals dafür, dass sie Francesca gerettet hatte. Auf der Rückfahrt nach *Flaminio* wollten Max und Francesco ganz genau wissen, was im Laufe des Tages alles passiert war. Martina war mit ihren Erzählungen bei Weitem noch nicht fertig, als sie zu Hause ankamen. Obwohl es mittlerweile schon halb fünf war, lag keiner im Bett. Alle saßen im Wohnzimmer zusammen und warteten auf Martinas Rückkehr.

„Sie kommen", rief Elena, die wieder einmal als Erste aufsprang und loslief, als die Haustür aufgesperrt wurde.

Dann spielten sich im Hause Bianchi ähnliche Szenen ab wie kurz zuvor in dem Treppenhaus in *Sant'Onofrio*. Jeder umarmte und drückte Martina, und bei Chiara, Giovanna und Giulia flossen die Tränen. Aldo nutzte die Gelegenheit, um endlich seine Digitalkamera auszuprobieren, die er von Giovanna zum Geburtstag geschenkt bekommen hatte, auch wenn seine Frau das etwas unpassend fand.

„So ein freudiges Ereignis muss doch festgehalten werden“, rechtfertigte sich Aldo.

Martina wollte gar nicht, dass so ein Rummel um sie gemacht wurde. Nachdem die ganze Anspannung der letzten Stunden von ihr abgefallen war, war sie todmüde und wollte nur noch ins Bett. Zuvor nahm ihr aber Elena noch das Versprechen ab, dass sie ihr unbedingt in allen Einzelheiten erzählen musste, wie ihre Entführung abgelaufen war und wie sie es geschafft hatte, sich und Francesca zu befreien. Nun, nachdem die Entführung letztlich glimpflich ausgegangen war, überwog bei Elena wieder mehr die Enttäuschung, dass nicht sie anstelle von Martina die Detektivarbeit hatte machen dürfen.

„Ich erzähle es dir schon noch, Elena, aber heute nicht mehr.“

Nach und nach gingen alle wieder zurück in ihre Betten, es graute schon der Morgen des Karfreitags, bis der letzte von ihnen endlich eingeschlafen war.

29

Bis zum Morgen hatte ein Sondereinsatzkommando der *Carabinieri* rings um das Haus mit Francescas Verlies Stellung bezogen. Wenn Raffaele Sandrinelli tatsächlich zum Versteck seiner beiden Entführten zurückkommen würde, dann sollte er keine Chance haben zu entkommen. Da ein Hinterausgang zu dem kleinen Innenhof führte, hatten sich auch in den unbewohnten Nachbarhäusern einige *Carabinieri* postiert. Soweit würde Raffaele aber im Normalfall gar nicht kommen, denn im Haus selbst hatten sie bei einer der Erdgeschosswohnungen die Tür geöffnet und sich dort zu viert versteckt. Drei weitere *Carabinieri* waren auf dem niedrigen Dachboden, den die Mieter als Abstellkammer nutzen konnten. Außerhalb des Hauses stand schon an der Kreuzung zur Hauptstraße der erste Posten bereit, um sofort per Funk weitergeben zu können, wenn Raffaele dort in Richtung des Hauses abbiegen sollte. Entlang der Straße waren in mehreren Zivilfahrzeugen eine Reihe weiterer *Carabinieri* postiert. Alles war für eine schnelle Verhaftung vorbereitet, dann hieß es warten.

„Er kommt."

Der Funkspruch des ersten Wachpostens erreichte alle Mitglieder des Sondereinsatzkommandos um kurz nach sieben Uhr. Raffaele Sandrinelli bog in einem alten, verrosteten *Fiat Panda* von der *Via della Magliana* ab und hielt direkt vor dem Haus, in dem er sechs Tage zuvor die Wohnung im zweiten Stock angemietet hatte. Er griff nach der großen, vollen Papiertüte einer Bäckerei, die auf dem Beifahrersitz gelegen hatte, stieg aus und sperrte, nachdem er sich wie gewohnt noch einmal umgesehen hatte, die Haustür auf.

„Zielobjekt hat das Haus soeben betreten."

Im Treppenhaus war jeder Schritt von ihm auf der alten, knarzenden Holztreppe zu hören. Oben angekommen, stellte er die Papiertüte ab, um die zweite Hand frei zu haben. Er wusste, dass sich die Wohnungstür regelmäßig dagegen sträubte, aufgesperrt zu werden. Ein Ölkännchen hatte er auch diesmal nicht dabei, aber das war nun egal. Wenn an diesem Tag alles so ablaufen würde, wie er sich das vorstellte, dann würde er hier jetzt ohnehin zum letzten Mal hineingehen.

„Zielobjekt ist jetzt in der Wohnung."

Es war längst hell genug, sodass er das Licht nicht einschalten musste, um zu sehen, dass die Matratze nicht mehr vor der Zimmertür lehnte, sondern davor auf dem Fußboden lag. Zuerst dachte er, sie sei von allein umgefallen, doch dann sah er die aufgebrochene Zimmertür.

„Merda", fluchte er. „Das gibt es doch gar nicht."

Fassungslos starrte er die Tür an, dann steckte er seinen Kopf beim Türspalt hinein. Sein Blick fiel auf das ebenfalls aufgebrochene Fenster und die auf dem Boden davor liegenden, teilweise zerbrochenen Bretter.

„Dieses elende kleine Miststück. Ich hätte ihr doch sofort den Hals umdrehen sollen, anstatt sie hier auch einzusperren."

Schnell durchsuchte er die anderen Zimmer, um sich zu vergewissern, dass sich die Mädchen nicht noch in der Wohnung versteckt hielten.

„Zugriff!"

Die vier *Carabinieri* schlichen sich aus der Wohnung im Erdgeschoss und versuchten, mit ihren Waffen im Anschlag, so leise wie möglich nach oben zu gehen. Raffaele wollte sofort wieder abhauen, denn er wusste nicht, wie lange die beiden Mädchen schon weg waren. Er lief aus der Wohnung, warf die Tür hinter sich zu und wollte nach unten rennen, als er von dort ein Geräusch wahrnahm. Die alte Holztreppe verriet ihm, dass mehrere Personen langsam die Stufen heraufkamen. Er beugte sich etwas über das Treppengeländer und nahm einen Schatten wahr.

„Merda!"

Hastig sperrte er die Wohnungstür wieder auf und hörte, dass sich auch jemand auf der Treppe zum Dachboden befand. In der Wohnung lief er durchs Wohnzimmer auf den Balkon hinaus. Von da aus sah er, was er befürchtet hatte. Vor dem Haus standen einige schwer bewaffnete *Carabinieri* in schusssicheren Westen. Francesca und Martina hatten ihm also schon längst diese Meute auf den Hals gehetzt. Als er zurück zur Diele lief, klingelte es an der Wohnungstür. Vergeblich suchte er in der fast leeren Wohnung nach etwas, das groß genug war, um den Eingang zu blockieren. Da klingelte es erneut.

„*Signor* Sandrinelli, machen Sie auf. Das Haus ist umstellt. Sie haben keine Chance."

Ein *Carabiniere* schlug mit der Faust an die Tür.

„Machen Sie auf, wir wissen, dass Sie in der Wohnung sind."

Wieder wurde mit der Faust an die Tür geschlagen.

„Ihr bekommt mich nicht", dachte sich Raffaele. „Ich bin auf alles vorbereitet."

Er griff an die Innentasche seiner Jacke, um sich zu vergewissern, dass er den Brief, den er in der Nacht im Auto geschrieben hatte, auch wirklich eingesteckt hatte. Im nächsten Augenblick krachte es an der Wohnungstür, anscheinend hatte sich einer der *Carabinieri* mit der Schulter dagegen geworfen. Lange würde die Tür dem nicht standhalten können. Raffaele zog sich in Francescas Verlies zurück. Als er am Fenster stand, hörte er, wie hinter ihm die Wohnungstür zerbarst.

„Zielobjekt ist soeben aus dem Fenster gesprungen."

Rosaria Sandrinelli brach zusammen, als man ihr die Todesnachricht überbrachte. Die Beamten mussten einen Arzt rufen, der ihr erst einmal eine Beruhigungsspritze gab. Seinen Rat, sie zur Beobachtung ins Krankenhaus einzuliefern, lehnte sie ab. Nachdem der Arzt wieder gegangen war, blieb einer der Sanitäter, die mit ihm gekommen waren, noch so lange bei ihr am Bett sitzen, bis sie eingeschlafen war. Die Spritze wirkte und würde sie mehrere Stunden schlafen lassen.

Nicoletta Sorano hatte in dieser Nacht nicht mehr geschlafen. Sie war zu aufgewühlt vor Freude über die Rückkehr ihrer Tochter und vor Sorgen, weil ihr Geliebter in Untersuchungshaft saß. Von seinen krummen Geschäften hatte sie nie etwas mitbekommen. Francesca hatte wenigstens zwei

Stunden geschlafen. Ihre Mutter hatte ihr versprochen, gleich in der Früh zu ihrem Papa zu fahren, deshalb war die Kleine von selbst auch schon gegen sieben Uhr wieder aufgestanden. Piero Cardocci hatte genehmigt, dass sie Sandrinelli auch außerhalb der offiziellen Besuchszeit sehen durften, deshalb waren sie schon kurz nach acht auf dem Revier der *Carabinieri* erschienen. Piero wartete, bis Nicoletta und Francesca ihren Besuch beendet hatten, um auch Sandrinelli über den Selbstmord seines Sohnes zu informieren. Er wirkte erstaunlich gefasst.

„Diesen Brief haben wir in seiner Jacke gefunden."

Er reichte ihm den Umschlag, auf dem „Für meinen Vater" geschrieben stand. Sandrinelli riss ihn auf und las. Als er fertig war, faltete er den Brief zusammen, steckte ihn wieder in den Umschlag und gab ihn Piero.

„Sie können den Brief mitnehmen, es stehen auch für Sie wichtige Informationen darin. Und jetzt lassen Sie mich bitte allein."

„Einen Dank dafür, dass wir seine Tochter gerettet haben, kann ich von dem wohl nicht erwarten", dachte sich Piero.

Er verließ Sandrinellis Zelle und kehrte an seinen Schreibtisch zurück. Dort las auch er Raffaeles Abschiedsbrief.

„Wenn du diesen Brief zu lesen bekommst, dann habe ich es nicht geschafft. Sicher ist es dir lieber, dass deine Tochter davongekommen ist und nicht ich. Sie war dir doch von Anfang an wichtiger als Sergio und ich. Meinst du, wir hätten nicht bemerkt, wie du der Sorano und ihr seit sechs Jahren das Geld vorne und hinten hineingeschoben hast, während wir beide uns wie zwei Sklaven für einen Hungerlohn für dich abrackern mussten? Sergio hat sich bestimmt fein aus der Affäre gezogen, als ich aufgeflogen bin, so wie er immer gekniffen hat, wenn es ernst geworden ist. Aber er war von Anfang an mit beteiligt und hat sogar das Auto gefahren, als wir Francesca entführt haben. Ich bereue nicht, was wir getan haben, es wäre nur gerecht gewesen, wenn wir auch einmal einen ordentlichen Batzen von deinem Reichtum abbekommen hätten. Die Einzige, die mir wirklich leidtut, ist Mama, die du seit Jahren betrogen hast, ohne dass sie es bemerkt hat. Hoffentlich lässt sie dich dafür ordentlich bluten. *Addio* Papa."

Piero griff sofort zum Telefon. Sergio stand immer noch unter ständiger Beobachtung, wie Piero kurz zuvor gemeldet worden war, hatte er seine Wohnung noch immer nicht verlassen, seit er am Abend heimgekommen war. Ein Teil der Einsatzkräfte, der gerade aus *Magliana* zurückkam, wurde sofort wieder losgeschickt, um Sergio zu verhaften. Er saß mit seiner Freundin gemütlich beim Frühstück, als die *Carabinieri* bei ihm klingelten.

„*Signor* Sergio Sandrinelli, Sie sind vorläufig festgenommen, wegen des dringenden Tatverdachts, ihre Halbschwester Francesca Sorano entführt zu haben."

Widerstandslos ließ er sich festnehmen und abführen, seine Freundin blieb fassungslos zurück. Im Dienstwagen der *Carabinieri* fragte er, ob Francesca und Martina frei seien.

„Ja, sie sind beide wohlbehalten zurück."

„Und Raffaele?

Als er keine Antwort bekam und das ernste Gesicht des *Carabiniere* sah, wusste Sergio, dass eingetreten war, was er die ganze Zeit schon befürchtet hatte. Sein jüngerer Bruder hatte seine Idee, ihren Vater zu erpressen, mit seinem Leben bezahlt. Er vergrub sein Gesicht in seinen Händen und weinte bitterlich.

30

Martina hatte fast den ganzen Karfreitag verschlafen. Als sie am Spätnachmittag aufwachte, war sie allein zu Hause. Chiara hatte ihr auf einem Zettel in der Küche die Nachricht hinterlassen, dass die ganze Familie gemeinsam zu einem Spaziergang in der nahen *Villa Borghese* aufgebrochen war. Martina hatte Hunger, kochte sich eine Tasse Tee, aß zwei *Panini* mit Nutella und machte sich anschließend auch noch eine kleine Schüssel Müsli zurecht. Da klingelte es an der Haustür.

„Wer kann das sein?", dachte sie sich. „Die müssten doch einen Schlüssel dabeihaben."

Draußen stand Piero Cardocci.

„Hallo, *Signor* Cardocci."

„Hallo, Martina. Du kannst ruhig Piero zu mir sagen."

Sie ließ ihn eintreten.

„Ich müsste noch einmal mit Francesco und Max reden."

„Die sind nicht da. Sie haben mir einen Zettel geschrieben, dass sie drüben in der *Villa Borghese* sind. Ich weiß nicht, wann sie weg sind, ich habe nämlich bis vorhin geschlafen."

„Hast du dich von dem anstrengenden gestrigen Tag schon erholt?"

Martina nickte.

„Ich habe zwar einen ordentlichen Muskelkater in den Armen, aber sonst bin ich ganz okay."

Inzwischen hatten sie im Wohnzimmer Platz genommen.

„Für dich habe ich übrigens etwas dabei."

„Für mich?"

Piero griff in seine Jackentasche und holte Martinas Schlüsselbund, ihre Geldbörse sowie ihr Handy heraus.

„Mein Handy", rief sie erfreut.

Sie schaltete es sofort ein, und innerhalb kürzester Zeit ertönte fünf Mal der Klingelton, der anzeigte, dass sie eine SMS bekommen hatte. Der Absender war immer der gleiche. Robert wunderte sich, warum sie ihm nicht mehr antwortete, und fragte besorgt, ob bei ihr alles okay sei. Sobald Piero weg war, wollte sie Robert sofort antworten.

„Der Geldbeutel ist leider leer. Hattest du viel Geld dabei?"

„Nein, es waren bestimmt nicht mehr als zwanzig Euro. Was brauchen Sie denn noch von Papa und Onkel Francesco?"

„Heute Nacht ist alles so schnell gegangen, dass ich mich bei den beiden gar nicht für ihre Arbeit bedankt habe, wie ihr in *Sant'Onofrio* weggefahren seid. Das wollte ich jetzt noch nachholen. Außerdem muss ich ihnen noch mitteilen, dass sie, was Raffaeles Komplizen angeht, auch richtig gelegen haben."

„Sergio?"

„Ja, wir haben ihn heute Vormittag verhaftet."

„Dann haben Sie also Raffaele erwischt, und er hat gestanden?"

„Nicht direkt, er hat einen Brief hinterlassen."

„Einen Brief hinterlassen? Heißt das, dass er ...?"

Martina schluckte.

„Ja, er hat sich umgebracht. Als wir ihn heute Früh in eurem Verlies verhaften wollten, ist er dort aus dem Fenster gesprungen."

Martina war schlagartig kreidebleich im Gesicht.

„Das wollte ich nicht."

„Du hast doch keine Schuld daran."

„Doch. Wenn ich das Fenster nicht aufgebrochen hätte, dann hätte er dort nicht rausspringen können."

Piero war überrascht, auf welche Gedanken sie kam, und wollte ihre Selbstvorwürfe zerstreuen. Er nahm ihre Hand.

„Martina, rede dir nicht so etwas ein. Du trägst überhaupt keine Schuld. Raffaele hatte für den Fall, dass wir ihn erwischen, seinen Selbstmord längst geplant, sonst hätte er doch den Abschiedsbrief nicht geschrieben. Und wenn das Fenster noch vernagelt gewesen wäre, dann wäre er eben bei einem anderen Fenster raus oder vom Balkon gesprungen."

Martina schwieg eine Weile und fragte dann, was in dem Brief gestanden hatte. Piero erzählte ihr, dass Raffaele in erster Linie seinem Vater Vorwürfe gemacht, aber eben auch Sergio beschuldigt hatte, mit ihm die Entführung angezettelt zu haben.

„Sergio hat auch schon alles gestanden."

Plötzlich spitzte Martina die Ohren.

„Ich glaube, sie kommen."

Tatsächlich hörten sie jetzt deutlich, wie die Haustür aufgesperrt wurde und die ganze Familie zurückkehrte. Noch einmal musste Piero von Raffaeles Selbstmord, seinem vorwurfsvollen Abschiedsbrief und von Sergios Verhaftung erzählen. Francesco betrachtete das Ganze aus dem Blickwinkel von Paolo Sandrinelli.

„Der muss doch fast wahnsinnig werden. Der eine Sohn bringt sich um, der zweite sitzt wie er selbst in U-Haft, und schließlich hat ihn seine Frau auch noch verlassen."

„Er wird genügend Zeit haben, im Knast darüber nachzudenken. Ich frage mich nur, was aus seiner Firma wird."

„Warte ab, Max, noch ist er nicht verurteilt. Ich kenne seinen Anwalt, das ist ein ganz gerissenes Kerlchen, der hat schon so manchen seiner Mandanten aus scheinbar aussichtsloser Lage herausgeboxt. Aber du hast natürlich Recht, für die Firma muss er sich etwas einfallen lassen, wenn gleich alle drei Sandrinellis auf einen Schlag ausfallen."

Wie er es angekündigt hatte, bedankte er sich noch einmal ausdrücklich bei Max und Francesco für ihre Arbeit und bei Martina für ihren mutigen Einsatz in der Firma sowie bei der Befreiung von Francesca. Dann verabschiedete er sich und wünschte ihnen noch schöne Feiertage.

Obwohl sie ursprünglich geplant hatten, wie fast in jedem Jahr am Karfreitagsabend zum Kolosseum zu fahren, um dort den Kreuzweg mitzubeten, hatte beim Mittagessen die Mehrheit Aldos Vorschlag zugestimmt, an diesem Abend lieber zu Hause zu bleiben.

„Ich denke, wir können am Fernseher genauso daran teilnehmen."

Giovanna wäre zwar doch gerne zum Kolosseum gefahren, alleine wollte sie sich aber auch nicht auf den Weg machen, als alle anderen bei ihrem Beschluss vom Mittagessen blieben. Während der Übertragung des Kreuzweges, als natürlich das Leid und der Tod im Mittelpunkt standen, war Martina in Gedanken ständig bei Raffaele. Sie wusste nicht, wie sie mit seinem Tod umgehen sollte, nachdem sie zwei Tage zuvor noch vergnügt mit ihm im Cabrio spazieren gefahren und beim Mittagessen gesessen war. Einerseits bemitleidete sie ihn, dass er auf so tragische Weise auf dem kalten Steinboden des finsteren Innenhofes in *Magliana* sein Leben gelassen hatte. Andererseits kam richtiger Hass in ihr auf, wenn sie daran dachte, dass er aus reiner Geldgier und nur um sich an seinem Vater zu rächen, so viel Schrecken über ein kleines, unschuldiges Mädchen und dessen Angehörige gebracht hatte. Hatte er nicht seine gerechte Strafe erhalten?

„Liebe Brüder und Schwestern, wenn wir Jesus auf seinem Leidensweg nachfolgen, sehen wir nicht nur die Passion Jesu, sondern wir sehen auch alle Leidenden der Welt. Das ist die grundlegende Intention des Kreuzweges: unsere Herzen zu öffnen und uns zu helfen, mit dem Herzen zu sehen. Bitten wir den Herrn in dieser Stunde für alle Leidenden der Welt. Bitten wir ihn, dass er uns wirklich ein Herz gebe. Er mache uns zu Boten seiner Liebe, nicht nur mit Worten, sondern mit unserem ganzen Leben."

Martina fühlte sich von den Worten des Papstes direkt angesprochen. Wie kam sie dazu, Raffaele derart zu verurteilen? Sie wusste doch überhaupt nicht, was er in seinem Leben alles erleiden musste, wie konnte sie sich da erlauben, ein Urteil über ihn zu fällen? Je länger sie darüber nachdachte, desto mehr bedauerte sie es, dass er nicht den Mut gehabt hatte, sich der Justiz zu stellen, sondern sein junges Leben einfach weggeworfen hatte.

Den Karsamstag nutzte Martina, um noch einmal richtig auszuschlafen. Giovanna war mit Chiara und Giulia beizeiten zum Bäcker, zum Metzger und auf den Markt gefahren, um für das geplante Ostermenü einzukaufen. Auch wenn es für sie einfacher gewesen wäre, mit der ganzen Familie nach den Osterfeierlichkeiten auf dem Petersplatz wieder in ein *Ristorante* zu gehen, wollte sie es sich nicht nehmen lassen, ihre Familie an diesem Festtag noch einmal ausgiebig zu bekochen, zumal Francesco und Giulia bereits im Laufe des Sonntagnachmittages wieder nach *Ischia* zurückfahren mussten. Als Martina am späten Vormittag aus den Federn gekrochen und in die Küche heruntergekommen war, wollte Elena sie sofort einspannen.

„Du kannst mir gleich beim Eierfärben helfen."

„Lass mich doch erst einmal in Ruhe frühstücken. Danach werde ich dir gerne helfen."

Aldo beschäftigte sich schon den ganzen Vormittag intensiv mit seiner neuen Digitalkamera, weil er mit den ersten Fotos, die er damit geschossen hatte, noch nicht zufrieden war. Er wollte die Kamera am Sonntag unbedingt zum Petersplatz mitnehmen, bis dahin musste er sich wenigstens mit den wichtigsten Einstellungen vertraut machen. Bisher hatte ihm dazu die Zeit gefehlt. Am Nachmittag traf sich Francesco mit ehemaligen Kollegen, die schon seit ihrer gemeinsamen Ausbildung bei den *Carabinieri* regelmäßig Fußball spielten. Max fuhr gerne mit ihm mit, weil er sich schon lange nicht mehr die Zeit genommen hatte, sich wenigstens etwas sportlich zu betätigen. In der Pause ihres Spiels erfuhren sie, dass sich Paolo Sandrinelli weiterhin beharrlich weigerte, zur Herkunft seiner illegal erworbenen Kunstschätze irgendeine Aussage zu machen.

„Der sitzt lieber über die Osterfeiertage im Knast, als den Mund aufzumachen", erzählte ein Kollege aus Davide Botazzis Team.

Enzo und Alfredo Riva dagegen hatten inzwischen zugegeben, dass Enzo für Sandrinelli insgesamt vier Gemälde kopiert hatte, die Alfredo anschließend in verschiedenen Kirchen Roms mit den Originalen vertauscht hatte. Nur beim Tausch der *Tre beati teatini* war Enzo wegen der Größe des Gemäldes selbst dabei gewesen. Enzo hatte auch den Namen seines neuen Auftraggebers, mit dem er sich im *Da Vecchio Zio* getroffen hatte, preisgegeben. Daraufhin waren die beiden Brüder unter Auflagen wieder auf freien Fuß gesetzt worden, weil der Haftrichter keine akute Fluchtgefahr sah. Enzos Werkstatt blieb allerdings vorerst noch versiegelt, und den *Carabinieri* oblag es, herauszufinden, ob Enzos neuer Auftraggeber womöglich ein Strohmann von Paolo Sandrinelli war.

Bei wolkenlosem Himmel brach der neue Tag an. Der Ostersonntag in Rom war wie in jedem Jahr für alle ein ganz besonderer Festtag. Für die Bianchis war es mittlerweile zur Gewohnheit geworden, das gemeinsame Osterfrühstück nach den Gepflogenheiten der Hartingers zu gestalten. Es gab für jeden ein selbst gefärbtes Osterei, frisches Brot mit Schinken und den von Chiara am Samstagnachmittag gebackenen, süßen Osterfladen aus Hefeteig. Martina und Elena hatten, nachdem Chiara mit dem Osterfladen fertig war, noch ein Osterlamm aus Biskuitteig gebacken, das nun mit Puderzucker bestäubt und einer roten Schleife um den Hals auf dem Tisch stand. Im Rücken des Lammes steckte ein langes, dünnes Holzstäbchen, an dem eine kleine Fahne mit dem Christus-Symbol hing. Martina hatte ein Messer in der Hand und wollte das Lamm gerade anschneiden.

„Heuer darf ich aber den Kopf abschneiden", protestierte Elena.

„Du warst doch letztes Jahr dran."

„Stimmt doch gar nicht."

„Jedes Jahr die gleiche Diskussion", stöhnte Max.

Die Diskussion war schlagartig beendet, weil Giulia beherzt zu einem Messer griff und das Lamm köpfte, ehe Martina reagieren konnte.

„Tante Giulia", rief Elena vorwurfsvoll.

Giulia grinste schelmisch, zerteilte das Stück, das sie abgeschnitten hatte, in zwei Teile und schob sich eins davon in den Mund. Das andere legte sie Francesco auf den Teller.

„Ich durfte das Lamm schließlich noch nie köpfen", rechtfertigte sich Giulia grinsend, und mit Ausnahme von Martina und Elena stimmten ihr alle lachend zu.

Nach dem Frühstück blieben sie und Giovanna zu Hause, um das Mittagessen vorzubereiten, die vier Hartingers machten sich mit Francesco und Aldo auf den Weg zum Vatikan. Noch mehr Gläubige als eine Woche zuvor am Palmsonntag bevölkerten die *Piazza San Pietro*. Mitten in der Menge fanden sie für alle nebeneinander noch einen Platz. Nach dem feierlichen Gottesdienst warteten sie gespannt darauf, dass der Papst auf die Mittel-*Loggia* des Petersdomes treten, die Gläubigen wie immer an Ostern und Weihnachten in mehr als vierzig Sprachen grüßen und den Segen „*Urbi et orbi*", der Stadt und dem Erdkreis, spenden würde.

Am Vorabend hatte sich Max lange mit Martina unterhalten, weil er merkte, dass sie Raffaeles Tod immer noch sehr beschäftigte.

„Auch wenn sich das jetzt vielleicht etwas philosophisch anhört, Martina, vielleicht war es einfach sein Schicksal, ausgerechnet am Karfreitag ums Leben zu kommen. Und sollte uns nicht unser Glaube die Hoffnung geben, dass mit diesem Sprung aus dem Fenster für ihn nicht alles vorbei war?“

„Das hört sich in der Theorie immer so einfach an, Papa. Aber wenn man fast hautnah miterleben muss, wie jemand, mit dem man gerade noch ganz lustig zusammen war, plötzlich stirbt, dann zweifelt man schon ein bisschen daran. Besonders wenn es ein relativ junger Mensch war, der sich auch noch selbst getötet hat. Das ist alles so endgültig.“

„Stell dir vor, früher hat man Selbstmördern sogar ein kirchliches Begräbnis verweigert, aber diesen Unsinn hat man Gott sei Dank schon seit mehr als zwanzig Jahren abgeschafft. Vielleicht kann dir morgen die Osterbotschaft auch ein wenig helfen, zu glauben, dass Raffaele trotz allem, was er angestellt hat, nun seinen Frieden gefunden hat.“

Unter dem Applaus der Menge betrat Benedikt XVI. die *Loggia* über dem Hauptportal des Petersdomes. Eine Blaskapelle spielte die Papsthymne und ließ traditionsgemäß auch die italienische Nationalhymne anklingen. Bevor der Papst seine vielsprachigen Grüße in alle Welt sendete, hielt er eine kurze Ansprache.

„Liebe Brüder und Schwestern, durch die Wunden des auferstandenen Christus können wir die Übel, welche die Menschheit quälen, mit Augen der Hoffnung sehen. Der Herr hat zwar in seiner Auferstehung das Leid und das Böse nicht aus der Welt genommen, aber er hat es mit der Überfülle seiner Gnade an der Wurzel besiegt. Der Übermacht des Bösen hat er die Allmacht seiner Liebe entgegengesetzt. Er hat uns als Weg zum Frieden und zur Freude die Liebe hinterlassen, die den Tod nicht fürchtet.“

Martina, die zwischen ihren Eltern stand, nahm die Hand von Max, drückte sie und sah ihn an. Er verstand genau, was sie damit meinte. Als nach der Ansprache und den italienischen, englischen und französischen Ostergrüßen die deutschen folgten, zog Elena wieder ihre weißblaue bayerische Rautenfahne aus der Jackentasche und wedelte damit wild durch die Luft. Am Jubel der Menge konnte man hören, wie viele deutsche Pilger auch in diesem Jahr wieder nach Rom gekommen waren, um ihren deutschen Papst zu sehen. Nach dem abschließenden Segen strömte die Menge nach allen

Seiten auseinander, und die Hartingers machten sich auf den Heimweg. Aldo hatte, besonders als der Papst auf der *Loggia* stand, immer wieder fotografiert und war gespannt darauf, ob diese Fotos nun besser geworden waren als seine ersten Versuche mit der neuen Kamera. Gleich nach dem Mittagessen wollte er sich das Ergebnis an seinem PC ansehen.

Als sie in *Flaminio* ankamen und die Haustür öffneten, strömte ihnen ein wunderbarer Essensduft entgegen. Wer nicht ohnehin schon richtig Appetit hatte, der bekam ihn spätestens bei diesen herrlichen Gerüchen. Schnell hatten alle rings um den großen runden Tisch im Esszimmer Platz genommen. Eröffnet wurde das festliche Ostermenü mit einer Auswahl verschiedener kalter und warmer *Antipasti,* danach folgte eine römische Ostersuppe. Für den *Brodo pasquale* hatte Giovanna Rinder- und Lammbrühe gekocht, anschließend Eigelb, Zitronensaft, ein wenig Pfeffer und geriebenen Parmesan gut miteinander verquirlt und mit der Brühe aufgegossen. Serviert wurde die Suppe garniert mit Majoranblättern und noch etwas geriebenem Parmesan.

„Halt, Giovanna, bleib mal kurz stehen“, rief Aldo.

Er wollte fotografieren, wie seine Frau das Hauptgericht auftrug. Sie machte ein paar Schritte zurück und kam dann noch einmal mit der großen Servierplatte mit dem *Arrosto d'agnello* darauf bei der Tür herein. Auch Giulia wurde von Aldo fotografiert, als sie die mit der Lammkeule im Ofen gegarten Kartoffeln sowie die halbierten und dann frittierten Artischocken hereinbrachte.

„Jetzt reicht es aber mit den Fotos, Aldo. Du weißt doch, dass das Lamm ganz heiß gegessen werden muss.“

Trotz Giovannas Ermahnung schoss Aldo noch einige Fotos von seiner Familie. Nachdem Francescas und Martinas Entführung, die ominösen Geschäfte mit den Gemälden sowie das für die Familie Sandrinelli so dramatische Ende der beiden Fälle die ganze Familie lange genug in Atem gehalten hatte, wollte an diesem Festtag keiner mehr dieses Thema anschneiden. Francesco und Max diskutierten über ihr Fußballspiel vom Vortag, während Giulia Chiara erzählte, wie viel Arbeit ihr in den nächsten Tagen in ihrem Hotel auf *Ischia* wegen der beginnenden Urlaubssaison bevorstand.

Zum Nachtisch hatten sich Elena und Martina ein *Tiramisu* gewünscht, das wie immer von Giulia zubereitet wurde. Bevor sie es servierte, wurde erst einmal eine Pause eingelegt, denn alle hatten bei der Lammkeule reichlich zugelangt und nicht ein Stückchen Fleisch übrig gelassen. Martina half Giulia, das benutzte Geschirr wegzutragen. In der Küche nutzte Giulia die Gelegenheit, allein mit Martina zu reden.

„Hast du deinem Robert schon von deiner Heldentat erzählt?"

„Nein, Tante Giulia, ich musste ihn erst einmal beruhigen. Er hatte sich richtig Sorgen um mich gemacht, weil ich mich zuletzt am Donnerstag vor dem Mittagessen bei ihm gemeldet und er dann bis zum Freitagnachmittag nichts mehr von mir gehört hatte."

„Er macht sich Sorgen um dich? Das ist ein gutes Zeichen."

Martina wurde ein bisschen rot.

„Hoffentlich hast du Recht. Ich habe ihm geantwortet, dass ich mein Handy nicht finden konnte. Dass es mir abgenommen wurde, als man mich entführt hat, habe ich ihm lieber nicht geschrieben, ich denke, es ist besser, wenn ich ihm erst zu Hause erzähle, was mir hier passiert ist."

„In Zukunft kann er dann auf dich aufpassen."

„Ich hätte nichts dagegen", antwortete Martina und grinste.

Als sie ins Esszimmer zurückgingen, nahm Giulia das *Tiramisu* gleich mit. Nach dem abschließenden *Espresso* verschwanden Francesco und Giulia kurz in ihrem Zimmer, um ihre restlichen Sachen einzupacken. Den Großteil hatten sie schon am Samstagabend in ihre Koffer gelegt. Francesco trug das Gepäck zum Auto und kehrte dann ins Esszimmer zurück. Wie üblich wollte ihn Giovanna nicht so schnell gehen lassen.

„Musst du wirklich schon los?"

„Mama, du weißt doch, was am Sonntagabend immer los ist, wenn sich nach den Feiertagen alles auf den Heimweg macht. Ich habe keine Lust, im Stau zu stehen."

„Wann sehen wir uns denn wieder?"

„Das weiß ich noch nicht. Wenn Papa seine Praxis bald los ist, dann könnt ihr doch viel öfter nach *Ischia* kommen."

„Und die Entfernung ist wirklich nicht allzu groß", pflichtete ihm Giulia bei. „Die Sommerhitze ist doch bei uns auf der Insel auch viel besser zu ertragen als hier mitten in der Stadt."

„In den letzten Jahren hat mir die Hitze mehr und mehr zu schaffen gemacht."

„Siehst du. Kommt öfter nach *Ischia*, dann können wir uns auch öfter sehen, Mama."

Aldo schien auch nichts dagegen zu haben, seinen Ruhestand zeitweise bei seinem Sohn und seiner Schwiegertochter auf der Insel im Golf von Neapel zu verbringen.

„Und wann sehen wir euch wieder?", wollte Francesco von Chiara und Max wissen.

„Ich muss mir schon schwer überlegen, ob ich meinen Mann während seines Urlaubs noch einmal in deine Nähe lasse, Francesco. Zuerst hatte er im letzten Sommer auf *Ischia* einen Arbeitsurlaub, jetzt hier in Rom das gleiche Spiel. Wer weiß, für welchen Kriminalfall du ihn mir beim nächsten Mal wieder ausspannst."

„Ich?", fragte Francesco mit einem lang gezogenen i. „Was kann ich denn dafür, dass überall, wo dein Mann auftaucht, sich gleich die übelsten Verbrecher tummeln."

„Jetzt geht's aber los", protestiert Max, knüllte seine Papierserviette zusammen und warf sie seinem Schwager an den Kopf. „Du spinnst doch total."

„Hey, habt ihr das gesehen? Das war ein tätlicher Angriff auf einen italienischen Staatsbeamten", verteidigte Giulia ihren Mann und warf ihrerseits mit einer zerknüllten Serviette nach Max, was sofort Martina und Elena auf den Plan rief, die ihrem Papa zu Hilfe kommen wollten.

Im Nu flogen die Papierkugeln kreuz und quer durchs Esszimmer, jeder hatte plötzlich einen Grund, dem anderen etwas an den Kopf zu werfen. Nur Giovanna und Aldo hielten sich zurück.

„Halt, halt, halt", rief Giovanna schließlich, als ihr dieses Tohuwabohu zu viel wurde, und sofort war die Schlacht beendet.

„Na gut", seufzte Chiara. „Vielleicht lasse ich mich doch überreden, im Sommer mit Max und den Mädchen wieder nach *Ischia* zu kommen."

Max nickte zustimmend, und auch Martina und Elena hatten nichts dagegen. Somit war die Planung für den Sommerurlaub der Familie Hartinger abgeschlossen.

„Nun müssen wir aber wirklich aufbrechen."

Francesco stand auf, umarmte zuerst seine Schwester, dann Martina und Elena und gab schließlich Max einen freundschaftlichen Klaps auf die Schulter.

„Genieß deine zweite Urlaubswoche ohne mich, Schwager."

„Das werde ich auf alle Fälle tun, Francesco."

Von seinen Eltern verabschiedete sich Francesco erst an der Haustür, bei Giovanna flossen die unvermeidlichen Tränen.

„Viel Glück mit deinem Robert", flüsterte Giulia im Hintergrund Martina ins Ohr, nachdem sie Chiara, Max und Elena umarmt hatte.

„Danke, Tante Giulia. Drück mir die Daumen."

Im Hinausgehen wurde Giulia auch von ihren Schwiegereltern herzlich verabschiedet. Aldo schoss noch einige Fotos, bevor Francesco einstieg. Sein Auto war in der Sonne gestanden und hatte sich richtig aufgeheizt. Sie öffneten alle Fenster, um sich die frische Luft hineinwehen zu lassen.

„A presto, bis bald", rief Giulia, als Francesco den Motor anließ und losfuhr.

Francesco streckte seinen linken Arm beim Fenster heraus und winkte, mit der rechten Hand drückte er einmal kurz auf die Hupe.

„Arrivederci, gute Fahrt", riefen Martina und Elena, während sich Giovanna die Tränen aus dem Gesicht wischte.

Sie blieben vor dem Haus stehen, bis Francescos *Fiat* an der nächsten Ecke abgebogen war.

„Sollen wir uns die Fotos gleich am PC anschauen?", fragte Aldo seine beiden Enkelinnen im Hineingehen.

„Ja, wir helfen Oma nur noch schnell, das restliche Geschirr in die Küche zu tragen und in die Spülmaschine einzuräumen."

Giovanna war bereits Richtung Küche vorausgegangen.

Als Chiara auch ins Haus gehen wollte, hielt Max sie zurück. Er nahm sie in den Arm und gab ihr einen Kuss.

„In unserer zweiten Urlaubswoche machen wir nur noch, was du willst, mein Schatz."

„Max, versprich nicht Sachen, die du vielleicht nicht halten kannst", lachte sie.

„Ich meine es ernst, Chiara, ich habe doch gemerkt, wie die letzten Tage auch an deinen Nerven gezerrt haben. Und ich hatte nur die Aufklärung des Falles im Kopf."

„Schon gut, Max. Nach fast zwanzig Jahren mit dir weiß ich doch, dass du nicht aus deiner Haut kannst."

„Fast zwanzig Jahre? Ich möchte keinen Tag davon missen."

„Ich auch nicht, Max."

Sie küsste ihn und hielt dann plötzlich inne.

„Du machst wirklich nur noch, was ich will?"

„Ja, das habe ich dir doch versprochen. Was wünscht du dir?"

„Das sage ich dir, wenn wir heute Abend alleine sind", hauchte sie ihm ins Ohr.

Arm in Arm gingen sie ins Haus ihrer Eltern zurück und freuten sich auf eine ruhige und erholsame zweite Urlaubswoche in der Ewigen Stadt.

Anmerkungen des Autors

Sämtliche in diesem Buch genannten Charaktere sind frei erfunden, Ähnlichkeiten mit lebenden oder bereits verstorbenen Personen sind rein zufällig. Dem erzählten Kriminalfall liegt keine wahre Begebenheit zugrunde. Lediglich bei der zeitlichen Einordnung habe ich mich an realen Ereignissen orientiert, wie z. B. Ostern 2007 mit Papst Benedikt XVI. (jeweils Originalzitate!) oder die Fußballspiele der UEFA-Champions-League. Zur Fertigstellung des Manuskriptes habe ich im November 2010 sämtliche Schauplätze der Handlung in Rom aufgesucht und fotografiert. Die Fotos sind mit einer Angabe der Seitenzahlen im Taschenbuch sowie einer kurzen Beschreibung auf meiner Homepage zu finden:

www.andreasfranke-rosenheim.de

Dort habe ich ebenfalls einige Kochrezepte der im Text genannten Köstlichkeiten eingestellt. *Buon appetito!*

Danksagung

Ich danke allen meinen Lesern, die mich durch ihre positiven Kritiken zu meinem ersten Krimi ENDSTATION ISCHIA ermuntert haben, meinen Rosenheimer Kommissar Max Hartinger ein weiteres Mal in Italien ermitteln zu lassen. Mein besonderer Dank gilt an dieser Stelle meiner Familie für die Unterstützung bei allem, was ich in meinem Leben angepackt habe – danke, dass Ihr immer für mich da seid! Nicht zuletzt danke ich meiner Lektorin Claudia Bethke, die mit ihren fundierten Italien- und speziellen Rom-Kenntnissen auch die Arbeit an meinem zweiten Buch konstruktiv begleitet hat.

Printed by Amazon Italia Logistica S.r.l.
Torrazza Piemonte (TO), Italy

20960222R00221